JN319010

二見文庫

黒騎士に囚われた花嫁

ジュディス・マクノート／後藤由季子＝訳

A Kingdom of Dreams
by
Judith McNaught

歯のない笑みと赤ちゃんのおもちゃに
リトル・リーグの試合と、あなたが流そうとしなかった涙に
スピードの出る車と、かわいい女の子と、大学のフットボールに
思いやりと愛嬌とユーモアに

息子に

わたしたち、ずいぶん長く、いっしょに歩んできたわね、クレイ。

特別な感謝を……

秘書のカレン・T・ケイトンに――
わたしの隣りで働いてくれた半狂乱の夜中すべてに対して、
忍耐とユーモアを決して忘れなかったことに対して、
それにわたしを決して見失わなかったことに対して！

そして

ペンシルヴェニア州立大学歴史学科ベンジャミン・ハドソン博士に
わたしがどうしても見つけられなかった答えを与えてくださいました。

そして

シャロン・ウッドラフ博士に
その友情と励ましに対して。

黒騎士に囚われた花嫁

登　場　人　物　紹　介

ジェニファー(ジェニー)・メリック	スコットランド貴族の娘
ロイス・ウェストモアランド	イングランドの貴族。クレイモア卿。通称"黒い狼"
メリック伯爵	スコットランドの貴族。ジェニファーの父
ブレンナ	メリック伯爵の次女。ジェニファーの義理の妹
アレグザンダー	メリック伯爵の長男。ジェニファーの義理の兄
ウィリアム	メリック伯爵の次男。ジェニファーの義理の兄
マルコム	メリック伯爵の三男。ジェニファーの義理の弟
エレノア	ジェニファーの伯母
ステファン・ウェストモアランド	ロイスの弟
アリック	ロイスの護衛。巨漢
ユースタス	ロイスの護衛の騎士
ゴッドフリー	ロイスの護衛の騎士
ライオネル	ロイスの護衛の騎士
ゴーウィン	ロイスの従者
ヘンリー七世	イングランド王
ジェームズ四世	スコットランド王
グレゴリー	修道士

1

「クレイモア公爵と花嫁に乾杯！」

　通常なら、この乾杯の音頭《おんど》により、メリック城の大広間に集まった紳士淑女たちは、にっこり微笑《ほほえ》み、歓声をあげるだろう。このスコットランドの南部で催されようとしているような豪華な結婚式を祝って、ワインのゴブレットが高く上げられ、さらなる乾杯の声があがるだろう。

　だが、きょうは違う。この結婚式では、違う。

　この結婚式では、だれも歓声をあげなかったし、ゴブレットを持ち上げなかった。この結婚式では、だれもが互いに顔を見合わせ、だれもが緊張していた。花嫁の一族は緊張していた。花婿の一族は緊張していた。招待客と使用人と猟犬たちは緊張していた。暖炉の上に飾られた肖像画の第一代メリック伯爵でさえ、緊張しているように見える。

「クレイモア公爵と花嫁に乾杯」花婿の弟がふたたび声をあげる。混雑した広間の、不自然で墓場のような静けさのなかで、その声はまるで雷鳴《らいめい》だった。「ふたりが長く、実りある人生をともに送りますように」

通常なら、この古式ゆかしい乾杯のあと、次に何が起こるかは簡単に予想できる。花婿は決まって、誇らしく微笑む。というのも、きわめてすばらしいことを成し遂げたと確信するからだ。花嫁が微笑むのは、花婿にそう確信させることに成功したからだ。招待客も微笑む。貴族同士の結婚は、名家の結びつきを、大きな富の結びつきを意味するからで、それだけで、大いに祝い、陽気になる理由となる。

だが、きょうは違う。この一四九七年十月十四日においては、違う。

乾杯の言葉を言い終えると、花婿の弟はゴブレットを上げ、花婿にこわばった笑みを向けた。花婿の友人たちはゴブレットを上げ、花嫁の家族に決然とした笑みを向けた。花嫁の一族はゴブレットを上げ、互いに冷ややかに微笑み合った。花婿だけが広間のよそよそしさに動じていないようすで、花嫁に向かって穏やかに微笑んだが、その目は笑っていなかった。

花嫁はだれに向かっても微笑もうとしなかった。彼女は怒った、不服そうな顔をしていた。

実際、ジェニファーは逆上のあまり、だれが参列しているのかほとんどわかっていなかった。いま現在、彼女は全身全霊をかけて、神への最後の要請に集中していた。神があまり注意を払ってくださらなかったか、関心を持ってくださらなかったせいで、彼女はこの残念な事態に陥っているのだ。「神さま」ジェニファーは声に出さずに叫び、喉で大きくなりつつある恐怖のかたまりを呑みこんだ。「あなたがこの結婚を止めるのに何かするおつもりなら、急がなくてはなりません。さもないと、五分後には、遅すぎてしまいます！　ご存じのとおり、わたしはほいほいと体を差し出したわけじゃないんですから！」

神を非難することの愚かさに気づき、ジェニファーは急いで方針を変え、懇願した。「わたしはいつだってあなたによく仕えようとしましたよね？」声に出さずにささやく。「いつだってあなたに従いましたよね？」

「いつもではないぞ、ジェニファー」彼女の心のなかで、神の声がとどろいた。

「ほぼいつもです」ジェニファーは半狂乱で訂正した。「毎日、ミサに出席しました。病気のときを除いてですが、病気にはめったになりませんでした。それから、毎朝毎晩、お祈りをしました。ほぼ毎晩です」ふたたび良心に否認される前に、急いで訂正する。「お祈りを終える前に、眠ってしまったときを除いて。それから努力しました。大修道院のシスターたちが望むような人間になろうと、ほんとうに努力しました。どれほど努力したか、あなたはご存じでしょう！　神さま」必死になってしめくくる。「この結婚式から逃れるのに手を貸してくださるなら、わたしはもう決してわがままを言ったり、衝動的になったりしません」

「それは信じられんな、ジェニファー」神が疑わしげに声を響かせた。

「いいえ、誓います」ジェニファーは取引を成立させようと、真剣に返事をした。「あなたが望むことをなんでもします。まっすぐ大修道院に帰って、一生を祈りと――」

「婚姻契約は正式に結ばれた。司祭をお呼びしろ」バルフォア卿が命令すると、ジェニファーの呼吸は荒々しい、恐怖に満ちたあえぎとなり、犠牲的行為の提供に関する考えは頭から消えていった。「神さま」胸のうちで懇願する。「なぜあなたはわたしにこんなことをしているんです？　本気で実行するつもりじゃないですよね？」

大広間がしんとなり、ドアが大きくあけられた。

「本気だ、ジェニファー」

司祭を通すため、人々が反射的に道をあけ、ジェニファーは人生の幕が下りるような気がした。花婿が隣りに来たので、さっと身を離す。この距離に耐えなければならないことが腹立たしく、屈辱的に思え、胃がむかついた。一時《いっとき》の不注意が災難と不名誉を招くと、知ってさえいたら……。あんなに衝動的で向こう見ずでなかったなら……。

ジェニファーは目を閉じて、イングランド人の敵意のある顔と、スコットランドの親類たちの殺意のある顔を見ないようにした。そして心の奥で、辛い事実と向き合った――彼女の二大欠点、衝動性と無謀さがこの恐ろしい結末を招いたという事実。この性格の傷が、もっとも悲惨な愚行を招いた。このふたつの傷と、父の継息子たちと同じように父に愛されたいという切なる思いが組み合わさって、ジェニファーの人生の大失態は起こったのだ。

十五歳のとき、そういう思いから、ジェニファーは正当で恥ずかしくないと思われた方法で、狡猾《こうかつ》で意地悪な義理の兄に仕返しをしようとした。つまり内緒でメリック家の甲冑《かっちゅう》を身につけ、馬に乗って、馬上槍《やり》試合場で正しく彼に挑んだのだ。その途方もない愚行によってジェニファーが得たものは、その名誉の場での父親による容赦ない打擲《ちょうちゃく》と、意地悪な兄をみごとに落馬させたことによる、ほんの少しの満足感だけだった。

その前年には、その性格によって、ボールダー卿が求婚を取り消すようなふるまいをしてしまい、ふたつの家族を結び合わせようという、父の大きな夢を打ち砕いた。この一連の出来事によって、ジェニファーはベルカークの大修道院へ追い払われ、そしてそこで、七週間前、彼女は〝黒い狼《おおかみ》〟の略奪軍の餌食《えじき》となってしまったのだ。

そしていま、そのせいで、彼女は敵との結婚を余儀なくされた。彼女の国を制圧した軍隊を持つ、残酷なイングランドの戦士との結婚を。彼女を捕らえ、捕虜にし、純潔を奪い、評判をめちゃくちゃにした男との結婚を。

しかしいま、祈りや約束をするにはもう遅すぎる。彼女の運命は、七週間前、祭日の鶉《うずら》みたいに縛りつけられて、隣りに立つ獣の足もとに投げ下ろされたとき、決まったのだ。

ジェニファーはつばを呑みこんだ。いいえ、その前よ――同じ日の早い時刻に、〝黒い狼〟の軍隊が近くにいると警告されながら、それを気に留めなかったとき、わたしはこの災難の道に踏みこんだのよ。

でも、気に留めるはずがないじゃない、とジェニファーは自己弁護の叫びをあげた。「〝狼〟がやってくるぞ!」という警告の叫びは、この五年間、ほぼ毎週発せられていた。しかし七週間前のあの日、その警告は悲しいことに真実だった。

広間の人々が落ち着かなげに身動きし、司祭の到来のしるしを求めて、あたりを見回したが、ジェニファーはあの日の思い出に没頭して……。

あの日はいつになく天気がよく、空は気持ちのいい青色で、空気はさわやかだった。陽光が大修道院に降り注ぎ、ゴシック様式の尖塔《せんとう》と優雅なアーチを明るい金色に輝かせ、活気のないベルカークの村を優しく照らしていた。小さな村にあるのは、大修道院と、店が二軒と、三十四軒の民家で、中心部には石造りの共同井戸があって、村人たちは日曜の午後になるとそこに集まり、その日もそうしていた。遠い丘では、羊飼いが羊の群れ見守り、井戸から遠くない空き地では、ジェニファーが、大修道院長に世話を任された孤児たちと、目隠し遊びをしていた。

そしてその笑いとくつろぎの平和な舞台で、この茶番劇は始まった。心のなかで再現すれば、起こったことをなんとか変えられると思っているかのように、ジェニファーは目を閉じた。すると彼女は突然、ふたたび子どもたちと小さな空き地にいて、頭は目隠し遊びの鬼のフードで完全に覆われていた。

「どこにいるの、トム・マギヴァン？」ジェニファーは大声で呼び、伸ばした手で手探りして、くすくす笑う九歳の男の子の位置がわからないふりをした。その笑い声を聞けば、男の子が右側のすぐそばにいることは明らかだった。ジェニファーは頭を覆ったフードの下でにやりと笑って、伝統的な〝怪物〟をまねた。両腕を高く上げ、指をかぎ爪みたいに広げて、足を踏み鳴らし、太い不気味な声をあげる。「わたしから逃げられないぞ、トム・マギヴァン」

「ふん！」男の子が右側で叫ぶ。「ぼくを捕まえられるもんか、鬼め！」

「捕まえられるぞ」ジェニーはそう脅し、わざと左側を向いた。それによって、木の陰に隠れたり、低木のわきにしゃがんだりしていた子どもたちから、笑いの嵐が起こった。

「捕まえた！」ジェニーは数分後、勝ち誇った声をあげ、くすくす笑いながら逃げる子どもに飛びかかり、小さな手首をつかんだ。息を切らし、笑いながら、ジェニーは赤みがかった金色の髪が肩や腕にかかるのもかまわず、フードをさっとはずして、だれを捕まえたのか見ようとした。

「メアリーがつかまった！」子どもたちが大喜びで言う。「今度はメアリーが鬼だ！」

五歳の小さな女の子がジェニーを見上げる。榛《はしばみ》色の目は大きく開かれ、心配そうで、細い体は恐怖で震えている。「お願い」女の子がジェニーの脚にしがみつき、ささやく。「あたし――あたし、フードをかぶりたくない――なかが真っ暗だから。かぶらなきゃだめ？」

ジェニーは安心させるように微笑み、メアリーの顔から髪を払ってやった。「いやならいいわよ」

「あたし、暗いのが怖いの」メアリーがしなくてもいい打ち明け話をする。恥ずかしさに、小さな肩が下がっている。

ジェニーはメアリーを抱き上げ、きつく抱擁した。「だれにだって、怖いものがあるわ」そう言ってから、からかうように付け加える。「わたしだって――蛙《かえる》が怖いもの！」

不正直な自白を聞いて、女の子がくすくす笑った。「蛙！」おうむ返しに言う。「あたしは蛙が好き！　全然怖くない」

「あらまあ――」ジェニーは彼女を地面に下ろした。「とても勇敢なのね。わたしよりも勇気があるわ」

「レディー・ジェニーは蛙なんかが怖いんだって」メアリーが走って逃げる子どもたちに告げた。

「そんなわけ――」小さなトムが、きれいなレディー・ジェニーを守ろうと、急いで立ち上がる。身分が高いにもかかわらず、彼女はいつも何かしでかしていた。太った牛蛙を捕まえようとする彼を手助けするために、スカートを引き上げて池を歩いたり、猫みたいに素早く木に登って、怖くて降りられなくなった小さなウィルを助けようとしたり……。

ジェニーの訴えるような表情を見て、トムは口をつぐみ、蛙が苦手だという彼女の主張に反論するのをやめた。「ぼくがフードをかぶるよ」そう買って出て、十七歳の少女をあがめるような目で見る。見習い尼の地味な服を着ているが、見習い尼ではなく、それどころか、見習い尼のようなふるまいを絶対しないジェニーを。なにしろ、この前の日曜など、司祭の長い説教の最中に、レディー・ジェニーは船を漕ぎ出し、後ろにいたトムが大きな咳をしてみせ、彼女を起こさなかったら、鋭い目をした大修道院長にばれてしまうところだったのだ。「トムがフードをかぶる番よ」ジェニーはすぐに同意し、トムにフードを渡した。そして子どもたちがお気に入りの隠れ場所に走っていくのを笑顔で見守りながら、鬼になるためにはずしていた尼僧用の頭巾と毛織りのベールを拾い上げた。共同井戸へ行こうと思い、それをかぶろうと持ち上げる。井戸では、イングランド軍とのコーンウォールでの戦いからの帰路、ベルカークを通りかかったどこかの氏族の男たちが、村人から質問攻めにされていた。

「レディー・ジェニファー！」村人のひとりが突然声をあげた。「早く来て――お父上の動静がわかったよ」

ベールと頭巾を着けることを忘れ、ジェニーは走り出した。わくわくするようなことが起こると感じて、子どもたちがゲームをやめ、彼女を追いかける。

「何をご存じなんです？」ジェニーは息を切らしながら尋ね、氏族の男たちの無表情な顔を見回した。ひとりが前に出て、礼儀正しく兜《かぶと》を脱ぎ、腕に抱える。「メリックの領主の娘さんですか？」

メリックの名を聞いて、井戸にいた男ふたりが、水の入ったバケツを引き上げる作業を中断し、驚きと敵意の混じった視線を交わしてから、急いでまた頭を下げ、顔が陰に隠れるようにした。「はい」ジェニーは熱をこめて言った。「父の消息は？」

「ええ。こちらに向かってます。われわれとそう離れていません。大軍を率いていますよ」

「よかった」ジェニーはひと息ついた。「コーンウォールの戦いはどうなっています？」と、すぐに尋ねた。個人的な心配事はもう忘れ、ジェームズ王やイングランドの王位を主張するエドワード五世を支持して、スコットランド人たちがコーンウォールで行なっている戦闘を気遣う。

男がジェニーの質問に答えるより早く、その顔が回答を物語っていた。「われわれが離れるときには、ほとんど終わっていました。コークとトーントンでは、われわれが勝つように見えましたし、コーンウォールでも同じような状況だったんですが、それも悪魔がヘンリーの軍を指揮しに来るまででした」

「悪魔？」ジェニーはぽかんとしてきいた。

憎悪に顔をゆがめて、男が地面につばを吐いた。「ええ、悪魔――〝黒い狼〟ですよ。どうかあいつが生まれ故郷の地獄で焼かれてしまいますように」

農民の女ふたりが、〝黒い狼〟の名を聞いて、災いを防ぐかのように十字を切った。彼はスコットランドでもっとも憎まれ、恐れられている敵だが、氏族の男が次のように言うと、村人たちは恐怖に口をあけた。「〝狼〟がスコットランドにまた来ます。エドワード王を支持するわれわれを鎮圧《ちんあつ》するために、ヘンリーが新たな軍とともに彼をこちらへよこしたんです。前回のように、悲惨で血なまぐさいことになるでしょう。いや、もっとひどい。あらゆる氏族が戦《いくさ》に備えるため、急いでもどってきています。〝狼〟はきっとまっ先にメリックを攻撃するでしょう。コーンウォールでいちばんイングランド人を殺したのが、おたくの氏族ですから」

そう言うと、男は丁寧に会釈をして、兜をかぶり、馬に乗った。

井戸に集まっていた人々はまもなくその場を離れ、荒れ地を通り、丘を曲がりくねりながら上っていく道へ向かった。

しかし、そのうちの男ふたりは、道のカーブの向こうまでは行かなかった。ひとたび村人たちから見えなくなると、右へ曲がり、密かに馬を全速力で走らせ、森へ入った。

ジェニーが警戒していれば、すぐ後ろの道と並行する木立のなかに、折り返してもどってきた男たちの姿がちらりと見えたはずだ。しかしそのとき、彼女の関心は、恐慌をきたした村人たちに向けられていた。なにしろベルカークは、イングランドとメリック城をつなぐ道の途上にあるのだ。

「〝狼〟がやってくる！」ひとりの女が叫び、赤ん坊を守るように胸に抱きしめた。「神よ、われらを憐れみたまえ」

「やつが攻撃するのはメリックだ」男が声をあげる。恐怖で甲高い声になっていた。「やつが望んでるのはメリックの領主の命だが、道すがら、ベルカークを滅ぼすだろう」

突如として、火災と死と虐殺の恐ろしい予言があちこちで起こり、子どもたちはジェニーのまわりに集まり、恐怖で口もきけずに、彼女にしがみついた。金持ちの貴族であろうが、身分の卑しい村人であろうが、スコットランド人にとって、〝黒い狼〟は悪魔そのものよりも邪悪で、危険だった。なぜなら、悪魔は超自然的な存在だが、〝狼〟は血も肉もある生きた悪であり、この地上で彼らを脅かす、恐ろしい存在だからだ。彼は邪悪な化け物であり、スコットランド人は言うことを聞かせるために子どもを脅すとき、彼を使った。子どもたちを森に迷いこませないため、あるいは夜にベッドから出さないため、あるいは年上の者に逆らわせないため、「〝狼〟にさらわれるぞ」と警告した。

ジェニーは人間というよりは神話的だと思える存在について、みながあまりにも不安になっていることに耐えられなくなり、騒々しい声に負けないぐらいに声を張りあげた。「それよりも」〝狼〟の名前が口にされたとたん、脅《おび》えて集まってきた子どもたちに腕を回して言う。「彼は野蛮な王のもとへ帰るんじゃないかしら。そうして、勝利を誇張するような大うそをつきながら、コーンウォールでわたしたちから受けた傷をなめるのよ。でなかったら、メリックよりも弱い城を攻撃するでしょうね——敵のお尻を鞭《むち》で打てる可能性があるようなお城を」

その言葉とばかにするような口調を耳にして、村人たちは驚きの視線を彼女に向けた。しかしジェニーがそう言ったのは、たんにわざと強がっているからではなかった。彼女はメリック氏族の一員であり、メリックの者は人間に対する恐怖を決して認めない。義理の兄弟たちに父がそう言うのを、ジェニーは何百回も聞いてきたし、彼女も父の信条を自分の信条としてきた。それに、子どもたちがすっかり脅えてしまっていて、それを止めたかったのだ。

メアリーが注意を惹こうとジェニーのスカートを引っ張って、小さな、甲高い声できいた。

「ジェニーは〝黒い狼〟が怖くないの？」

「もちろん怖くないわよ！」ジェニーは、晴れやかな、安心させるような笑みを浮かべた。

「でもさ」小さなトムが畏怖《いふ》をにじませた声で言った。「〝狼〟は木みたいに背が高いんだってよ」

「木ですって」ジェニーはくすくす笑って、〝狼〟と彼を取り巻く伝説のすべてを冗談にしようとした。「もしそうなら、彼が馬に乗るところを見てみたいものね。鞍《くら》に持ち上げてもらうのに、四人は従者が必要よ」

それを想像するとあまりにもばかばかしくて、子どもたちの何人かは、ジェニーの望みどおり、きゃっきゃと笑った。

「ぼくはこう聞いたよ」小さなウィルが恐怖に体を震わせて言った。「〝狼〟は素手で壁を引き裂き、血を飲むんだって」

「あはは！」ジェニーは目を輝かせた。「だとすると、彼がとても卑しいのは消化不良のせいね。ベルカークに来たら、かわりにスコットランドのおいしいエールを飲ませてやりましょう」

「ぼくの父ちゃんが言ったよ」べつの子どもが言った。「あいつが馬に乗るときには、横に巨人が付き添ってるんだって。アリックって名の巨人で、戦斧《せんぷ》を持ってて、それで子どもをたたき切って……」

「ぼくはね――」べつの子どもが不気味な声で割りこんだ。

ジェニーは明るくさえぎった。「わたしが聞いた話を教えてあげるわ」明るく微笑んで、子どもたちを大修道院のほうへ歩かせる。大修道院は、道のカーブの向こうにあって、見えなかった。「じつはね」陽気に即興の話を語る。「彼はとっても年寄りで、目を細くしないとものが見えないの。こんなふうに――」

ジェニーは顔をおもしろおかしくゆがめ、近視の酔っぱらいが目を凝らしてあたりを見回すまねをしてみせ、子どもたちを笑わせた。

歩きながら、ジェニーは陽気でからかうような批評を続け、子どもたちもそのゲームに参加して、〝狼〟が滑稽《こっけい》に見えるような意見を付け加えた。

しかしこの短い笑いと見せかけの陽気さにもかかわらず、雲が流れこんできて、空が突然暗くなったかと思うと、空気が身を切るように冷たくなり、ジェニーのマントが風にはためいた。まるで邪悪な存在の話を聞いて、母なる自然の気分が落ちこんだかのようだった。

ジェニーはふたたび〝狼〟をだしにして冗談を言おうとしたが、馬に乗った氏族の一団が大修道院の方向からカーブを曲がってこちらに来るのを見て、唐突にそれをやめた。ジェニーと同じような地味な灰色の服を着て、白い頭巾と、見習い尼の短いベールをつけた美しい少女が、一団の先導者の前に、上品に横を向いて座っていた。彼女の内気な微笑みが、ジェニーにはすでにわかっていることを裏づけている。

声に出さずに喜びの叫びをあげて、ジェニーは前に駆け出そうとしたが、すぐにレディーらしくない衝動を抑え、なんとかその場に留まった。氏族の者たちは、彼女の視線は父親に貼りついてから、氏族のほかの者たちにちらりと向けられた。氏族の者たちは、いつもの非難するようなきびしい目で、ジェニーの背後を見つめている。長年こうなのだった――彼女の義理の兄がひどい話を広めることに成功して以来、ずっとこうなのだ。

まっすぐ大修道院へ帰るよう子どもたちにきつく言ってから、ジェニーは道の真ん中で、永遠とも思える時間、待ちつづけた。やがてついに、一団が彼女の前で止まった。

ジェニーの義理の妹のブレンナも滞在している大修道院に、父はすでに立ち寄ったようで、馬から下りると向きを変えてブレンナを下ろした。のろのろした動きにジェニーはいらついたが、礼儀と威厳を尊重する姿はいかにも父らしく、彼女の唇にゆがんだ笑みが浮かんだ。

ようやく父がジェニーに正対して、腕を大きく広げた。ジェニーはその腕のなかへ飛びこみ、父にぎゅっと抱きついて、興奮してまくしたてた。「お父さん、会えなくてとてもさみしかった！　二年ぶりよ！　元気にしている？　元気そうね。昔とちっとも変わっていない！」

メリック卿は首からジェニーの腕を優しくはずすと、娘を自分から少し離して、視線を彼女の乱れた髪、薔薇《ばら》色の頬、そしてくしゃくしゃの服へ漂わせた。ジェニーは心のなかで身をよじらせて、父親の長い吟味に耐えた。父親が目に映ったものを好ましく思いますように、そしてすでに大修道院に立ち寄っているのは明らかだったことから、大修道院長の報告に満足していますように、と願った。

二年前、彼女はそのふるまいから大修道院へ送られた。そして一年前、今度はブレンナが、領地での戦いを避けるため、安全を考えてここへ送られてきた。大修道院長のしっかりした指導のもと、ジェニーは自分の長所を認識するようになり、欠点を直そうとするようになった。しかし、父親に頭のてっぺんからつま先までじろじろ見られると、彼の目には、いまの淑女然とした娘が映っているのか、はたまた二年前の手に負えない娘が映っているのかと、悩まずにはいられなかった。父の青い目がついにジェニーの顔にもどったとき、そこには笑みが浮かんでいた。「女らしくなったな、ジェニファー」

ジェニーの心は舞い上がった。無口な父から出たその言葉は、賞賛も同然だ。「わたし、ほかの点でも変わったのよ、お父さん」ジェニーは目を輝かせて、そう請け合った。「ものすごく変わったんだから」

「それほどではないぞ」父親がもじゃもじゃの白い眉を上げて、ジェニーの指先から垂れた短いベールと頭巾をじろりと見る。

「ああ！」ジェニーは笑い声をあげ、急いで説明を試みた。「これは……子どもたちと目隠し遊びをやっていて……それで、フードをかぶるのにじゃまだったからなの。大修道院長には会った？　マザー・アンブローズはなんて言っていた？」

父親のまじめくさった目が、笑いで輝いた。「こう言っていたぞ」皮肉るように言う。「おまえには丘の上に座って、夢見るように空を眺める習慣があると。聞いたことがあるような話だな。それから、ミサの最中、思っていたよりも司祭の説教が長くなると、居眠りする傾向があると。これも聞いたような話だ」

敬服する大修道院長に裏切られたらしいと知って、ジェニーはがっかりした。ある意味、マザー・アンブローズは広大な領地の領主だ。りっぱな大修道院に付属する農地や家畜から得る収入を管理し、訪問客がいれば食事の席で主人役を務め、大修道院の土地で働く信徒だけでなく、そびえ立つ塀の内側で世を捨てて暮らす尼僧たちに関するすべての事柄に対処する。

ブレンナは厳格な大修道院長を恐れていたが、ジェニーは彼女が大好きで、それゆえに、裏切りと思える行為にジェニーは深く傷ついた。

しかし父親の次の言葉が、ジェニーの失望を払いのけた。「マザー・アンブローズはこうも言った」父が荒々しい声で、満足そうに認める。「おまえには大修道院長にもふさわしい分別があるとな。おまえは完璧にメリック氏族の人間で、族長になるだけの勇気があると言った。だが、おまえがそうなることはない」そう警告して、ジェニーの大好きな夢を打ち砕いた。

ジェニーは努力して笑みを顔に浮かべつづけ、その権利を奪われた痛みを感じまいとした。父がブレンナの未亡人の母親と結婚し、三人の継息子を得るまで、その権利は彼女のものと約束されていたのだ。

三人兄弟のいちばん上のアレグザンダーが、かわりにその地位を引き継ぐ予定だった。それ自体は、アレグザンダーがいい人であれば、少なくとも偏見のない人間であれば、それほど耐えがたいことではない。しかし彼は不誠実で狡猾なうそつきで、たとえ父や氏族の者たちがそれを知らなくとも、ジェニーは知っていた。メリックの城に住むようになって一年もしないうちに、アレグザンダーは彼女についてのうわさ話を始めた。とても中傷的でひどい話だったが、巧みに作られており、何年かすると、氏族のだれもがジェニーに敵対するようになった。氏族の人々から愛されなくなったという事実は、いまだに耐えがたいほど彼女を傷つける。いまも、ジェニーが存在しないかのように彼女を無視している彼らを見ると、彼女はやっていないものごとについて許しを請いたくなる衝動を抑えねばならなかった。

兄弟の真ん中のウィリアムは、ブレンナに似ている――優しくて、非常に気が弱い――が、いちばん下のマルコムは、アレグザンダー同様、邪悪でずるい。「大修道院長はこうも言った」父が続ける。「おまえは親切で優しいが、気性があまりにも……」

「大修道院長がそう言ったの？」ジェニーは義理の兄弟に関する憂鬱《ゆううつ》な思いから離れ、質問した。「ほんとうに？」

「そうだ」いつものジェニーなら、その回答に大喜びするところだったが、彼女は父親の顔をずっと見ていて、その顔が見たこともないほど険しく、緊張したものになっているのに気づいた。声まで張りつめている。「おまえが野蛮なふるまいをやめて、このように成長したのはいいことだ、ジェニファー」

先を続けられないのか、続けたくないのか、父親がいったん口を閉じる。ジェニーは優しく促した。「どうして？」

「なぜなら」父親はそう言って、荒い息をついた。「氏族の将来は、わしの次の質問に対するおまえの答えにかかっているからだ」

父の言葉がジェニーの頭のなかでらっぱのように鳴り響き、彼女は興奮と喜びで気が遠くなった。「氏族の将来は、おまえにかかっている……」あまりにもうれしくて、自分の耳が信じられなかった。まるで丘に登って、大修道院を見下ろしながら、大好きな白昼夢にふけっているようだ。その白昼夢で、父はかならずジェニーにこう言う。「ジェニファー、氏族の将来は、おまえにかかっている。おまえの義兄弟にではない。おまえにだ」これは、氏族の者たちに自分の底力を見せ、彼らの愛情をとりもどすために、彼女が夢見ていたチャンスなのだ。その白昼夢のなかで、彼女は何か信じられないような大胆なことを、勇敢で危険な行為を成し遂げるよう求められる。たとえば、〝黒い狼〟の城の壁をよじ登って、単独で彼を捕らえるようなことをだ。だが、いかにその任務がむずかしくとも、彼女は決してそれを疑問に思わないし、引き受けるのに一瞬たりともためらわない。

ジェニーは父親の顔をじっと見た。「何をわたしにさせるつもり？」熱をこめて尋ねる。

「言ってくれれば、わたしはやる！　どんなことだって――」

「エドリック・マクファーソンと結婚してくれないか？」

「ええっ？」ジェニーの白昼夢のヒロインが衝撃を受けて、息を呑む。エドリック・マクファーソンは父よりも年上だった。しわくちゃで、ぞっとするような男で、ジェニーが子どもから娘へと変わりだしてからというもの、虫酸《むしず》が走るような視線で彼女を見る。

「してくれるのか、してくれないのか？」

ジェニーの上品な金褐色の眉がさっと寄った。「どうして？」疑問を持つことのないヒロインが質問する。

奇妙な、苦悩に満ちた表情が父の顔を暗くした。「われわれはコーンウォールで敗北を喫したのだよ――氏族の半分の男を失った。アレグザンダーは戦闘で死んだ。メリックの人間としてふさわしい死にかただった」張りつめた自尊心をこめて、父が付け加える。「最期まで戦った」

「その点はよかったわね」ジェニーはそう言ったが、彼女の人生を地獄にした義兄に対して、ちくりとした悲しみ以上の気持ちは覚えなかった。いま彼女は、過去に何度も望んだように、何かをして、父親に娘を誇らしく思ってもらいたいと望んでいた。「お父さんが彼を実の息子のように愛していたと、わたしは知っているわ」

その悔やみの言葉を短くうなずいて受け入れると、彼はもとの話題にもどった。「氏族のなかには、ジェームズ王の大義のためにコーンウォールへ行って戦うことに反対するところもあったが、それでもわしに従ってくれた。各氏族がコーンウォールへ行ったのは、わしの影響力ゆえだということは、イングランド人たちにとって秘密ではない。そしていま、イングランドの王は復讐《ふくしゅう》を望んでいる。彼はメリックの城を攻撃するために、〝狼〟を送ってくる」深みのある声に痛みをにじませながら、こう認める。「われわれはもう、包囲攻撃に抵抗できない。マクファーソンの氏族が援軍をよこしてくれないとな。マクファーソン氏族には、ほかの十あまりの氏族にも援軍を出させる影響力がある」

ジェニーの心は揺れていた。アレグザンダーは死に、〝狼〟はほんとうに彼女の故郷を攻撃しようとしている……。

父親のきびしい声がして、ジェニーは茫然《ぼうぜん》とした状態から現実にもどされた。「ジェニファー！　わしが言っていることがわかるか？　マクファーソンはわれわれの戦闘に参加することを約束した。ただし、おまえが彼を夫にすれば、だ」

ジェニーは母親の遺産によって、女伯爵であり、マクファーソンの土地と隣接する、豊かな地所の相続人だった。「彼はわたしの土地が欲しいの?」望みをかけるように言う。エドリック・マクファーソンが一年前、〝儀礼的訪問〟と称して大修道院に立ち寄ったとき、彼女の体の上をさまよった、彼のぞっとするような視線が忘れられなかった。

「そうだ」

「彼に援軍のお返しとして、その土地を与えればいいんじゃないの?」ジェニーは必死になって申し出た。自分の氏族のためなら、躊躇《ちゅうちょ》することなく、すばらしい領地を――喜んで――差し出す覚悟があった。

「あの男はそれに同意しなかった!」父親が怒って言う。「親族のために戦うことは当然だが、彼はつながりのない氏族のために自分の氏族の人間を送り、その報酬におまえの土地を受け取ることはできないのだよ」

「でも、そんなにわたしの土地が欲しいのなら、きっと何か方法が――」

「あの男はおまえが欲しいのだ。コーンウォールでそう知らせてきた」父の視線がジェニーの顔へ移り、やせて、そばかすがある、十人並みの子どもの顔から、魅惑的とも言える美しい顔になった、驚くべき変化に目を留めた。「おまえは母親のような容貌を持つようになり、それが老人の欲望を刺激したのだよ。ほかに方法があれば、おまえにこんなことを頼みはしない」うなるような声で、彼はジェニーに思い出させた。「おまえは領主として指名してくれと、ずっと申し立てていたな。自分の氏族のためなら、なんでもすると……」

ジェニーは自分の体を、一生を、本能的に嫌悪を覚える男に引き渡すと考えると、胃が締めつけられるように感じ、吐き気がした。しかし顔を上げて、勇敢にも父親と視線を合わせた。「ええ、お父さん」静かに言う。「わたし、いまいっしょに行きましょうか?」

父親の顔に誇りと安堵《あんど》の表情が浮かんだだけでも、その犠牲的行為は価値のあるものと言えた。彼が首を横に振る。「おまえはここにブレンナと残ったほうがいい。余分の馬がないし、早くメリックへもどって、戦争の準備をしたいからな。結婚は合意に達したとマクファーソンに知らせたら、おまえを彼のもとへ送るために人をよこそう」

父が馬に乗るために向きを変えると、ジェニーはずっと戦っていた誘惑に負けた。道のわきに立つかわりに、馬に乗った氏族の者たちの列へ入っていった。仲間や遊び友だちだった男たちだ。もしかすると、マクファーソンとの結婚に同意したことを聞いた者がいて、それによって彼女への蔑視《べっし》がなくなっているのではないかと期待した。血色のよい、赤毛の男が乗った馬の横で立ち止まる。「こんにちは、レナルド・ガーヴィン」まぶたを半分閉じた彼の視線に、ためらいがちに微笑みかけた。「奥さんは元気?」

男の顎《あご》がこわばり、冷たい視線がちらりとジェニーに向けられた。「元気だと思うよ」彼がぴしゃりと言った。

間違いようのない拒絶の言葉に、ジェニーは息を呑んだ。かつてはジェニーに釣りを教え、彼女が川に落ちたときはいっしょに笑った仲だったのだ。

ジェニーは向きを変え、すがるようにレナルドの横の列を見た。「あなたは、マイケル・マクレード？　まだ脚の痛みはあるの？」

冷たい青の目が彼女の目と合い、それからまっすぐ前へ向けられた。

ジェニーは彼の後ろの、憎しみに満ちた表情の男のところへ行った。懇願するように手を伸ばし、声を詰まらせながら言った。「ギャリック・カーマイケル、あなたのベッキーが亡くなってから、四年たつわね。そのとき神に誓って言ったように、いまも誓って言う。わたしは彼女を川に突き落としてはいないわ。わたしたち、口論なんてしていなかった。あれはアレグザンダーが考えたうそで――」

花崗岩のように硬い表情で、ギャリック・カーマイケルは馬に拍車を当て、前へ進ませた。男たちが彼女を見ることなく、わきを通り過ぎていく。

氏族の武具師である、老いたジョッシュだけが、よぼよぼの馬を止め、ほかの者たちを先に行かせた。上体を前に傾けて、ジェニーのむき出しの頭にまめのできた手を置く。「おまえさんがほんとうのことを言っていると、わしは知っておるよ」彼の変わらない忠誠に、ジェニーは目に涙の刺激を感じながら顔を上げ、穏やかな茶色の目をのぞいた。「おまえさんが癇癪《かんしゃく》持ちであることは否定できんが、まだほんのチビだったときから、それを抑えていた。ギャリック・カーマイケルやほかの者たちは、アレグザンダーの天使のような顔にだまされたのかもしれんが、このジョッシュは違う。わしはあの男が死んでも、ちっとも悲しまんぞ！　若いウィリアムが率いたほうが、この氏族はずっとよくなる。カーマイケルやほかの者たちも――」安心させるように付け加える。「おまえさんが父親のため、そしてあいつらのためにマクファーソンと結婚すると知れば、おまえさんに対する考えを変えるだろう」

「兄たちはどこ？」ジェニーは泣き出さないようにと、かすれた声で話題を変えた。

「彼らは違う道でもどる。帰り道で〝狼〟に攻撃されるかもしれんかったから、コーンウォールを離れてから分かれた」ジェニーの頭をもう一度たたくと、ジョッシュは馬に拍車を当て、前進した。

目がくらんだかのように、ジェニーは道の真ん中にじっと立って、一行が離れ、カーブを曲がって消えていくのを見守った。

「暗くなってきたわ」彼女の横でブレンナが言った。その優しい声は思いやりで満ちている。

「大修道院へ帰りましょう」

大修道院。ほんの三時間前、ジェニーは陽気に元気よく、大修道院から出てきた。いまは――死んでしまったような気分だ。「先にひとりで帰って。わたしは――わたしは帰れない。いまはだめ。丘に登って、しばらく座っているわ」

「日が暮れる前にもどらないと、大修道院長が怒るわよ。そしてもうすぐ日が暮れるわ」ブレンナが不安そうに言う。ふたりの娘はいつもこうで、ジェニーが規則を破る一方、ブレンナは規則を曲げるのを恐れる。ブレンナは温和で、素直で、美しく、髪はブロンド、目は榛色、そしてその優しい性質は、ジェニーの目には、もっとも望ましい女性の実例に見えた。彼女はまた、従順で気が弱く、一方ジェニーは衝動的で度胸があった。ジェニーがいなければ、彼女はひとつもわくわくするような出来事を体験しなかっただろうし、ひと言も叱《しか》られなかっただろう。心配し、保護すべきブレンナがいなければ、ジェニーはわくわくするような出来事をもっと多く体験できただろうし、もっと何度も叱られただろう。結果として、ふたりは完全に相手に愛情を捧げ、相手の欠点による避けられない結果からできるかぎり相手を守ろうとした。

ブレンナがとまどい、それからほんの少しだけ声を震わせて申し出た。「わたしもいっしょにいるわ。あなたがひとりでいたら、きっと時間を忘れて、そして――暗闇で熊に襲われてしまうかもしれない」

一瞬、熊に殺されるという可能性は、ジェニーにとってかなり魅力的に見えた。なにしろ、彼女の前途で待ち受ける人生は、悲しく、暗いものだからだ。ジェニーは外に留まり、考えをまとめる機会が心底欲しかったし、必要だったが、首を横に振った。ふたりで留まれば、ブレンナは大修道院長との対面を想像して、恐怖におぼれてしまうとわかっていた。「いいえ、もどりましょう」

ジェニーの言葉を無視して、ブレンナがジェニーの手をつかみ、左側を、大修道院を見渡す丘へ登る道のほうを向いた。そしてはじめてブレンナが先に立ち、ジェニーがあとについた。

道のわきの木立では、ふたつの影がひそかに移動し、丘を登る少女たちとつねに並行して動いた。

急な坂を登るころには、ジェニーはすでに自己憐憫《れんびん》に耐えられなくなり、しおれた気持を高めようと必死に努力した。「考えてみると」ブレンナをちらりと見て、切り出した。「氏族の人たちのためにマクファーソンと――結婚する機会を与えられたのは、とてもすばらしく、崇高《すうこう》なことだわ」

「ジャンヌ・ダルクそっくりよね」ブレンナが熱心に同意する。「人々を勝利へ導くんですもの」

「エドリック・マクファーソンと結婚することを除けばね」

「そして」ブレンナが勇気づけるように締めくくる。「彼女よりもつらい運命を受け入れるのよ！」

妹が善意から熱をこめて言った憂鬱な言葉に、ジェニーは目を丸くして笑った。

ジェニーがふたたび笑えるようになったことに励まされ、ブレンナは姉が気を紛らし、喜ぶような話題を探した。厚い木立にふさがれた丘の頂上に近づくと、彼女は出し抜けに言った。「あなたがお母さんみたいな容貌を持っているって、お父さんが言ったけれど、どういう意味？」

「わからないわ」ジェニーはそう言うと、突然、濃くなっていく暗さのなかで、だれかに見られているような落ち着かない気分になった。向きを変え、後ろ向きで歩きながら、井戸のほうを見ると、村人たちはみな暖かな家庭へ帰っていた。マントを体に引き寄せ、身を切るような風に震えながら、あまり興味を示さずに付け加える。「大修道院長さまが、わたしの顔は少し大胆だから、大修道院を出たら、男の人たちに与える影響に注意しなければならないと言ったわ」

「それって、どういうこと？」

ジェニーは無関心に言った。「わからない」向きなおり、ふたたび前向きに歩きながら、ジェニーは手のなかの頭巾とベールを思い出し、頭巾を着けはじめた。「わたしって、どんなふうに見える？」ブレンナに当惑の目をさっと向けて、尋ねる。「この二年間、水に映った顔を見る以外、自分の顔を見ていないんだもの。わたし、ずいぶん変わった？」

「ええ、そりゃあ」ブレンナが笑い声をあげた。「アレグザンダーもいまでは、あなたをやせていて不器量だとは言えないし、髪も人参色だと言えない」

「ブレンナ！」ジェニーは自分の無神経さに驚愕《きょうがく》し、話をさえぎった。「あなた、アレグザンダーが死んで、とっても悲しんでいる？　彼はあなたの実のお兄さんだったし——」

「それ以上は言わないで」ブレンナが震えて懇願した。「お父さんに言われたときは泣いたけれど、ほとんど涙は出なかった。そして、兄をそれほど愛さなかったことに罪悪感を覚えているの。昔も、いまもね。愛せなかった。兄はとっても――心が狭かった。死んだ人を悪く言うのは間違っているけれど、兄について、褒め言葉があまり思い浮かばない」声を途切らせると、湿った風をさえぎるようにマントを体に巻きつけ、ジェニーをじっと見て、話題を変えるよう無言で訴えた。

「じゃあ、わたしがどう見えるか話して」ジェニーはさっと妹を引き寄せ、きつく抱きしめた。

ふたりは歩くのをやめた。坂道の残りは密集した木立でふさがれている。思いやるような笑みがブレンナの美しい顔に徐々に浮かび、彼女は榛色の目をジェニーの表情豊かな顔にさまよわせて、義理の姉を観察した。ジェニーの顔は、暗青色の水晶みたいに澄んだ、大きな目が際立ち、その上で金褐色の眉が優雅に羽を広げている。「そうね、あなたは――とてもきれいだわ!」

「そう。でも、何か普通と違うところがない?」マザー・アンブローズの言葉を思いながら、ジェニーは尋ね、頭巾をかぶって、短い毛織りのベールをその上の定位置に留めた。「男の人に変わったふるまいをさせるようなところがない?」

「ない」ブレンナが言った。ジェニーを無邪気な少女の目で見ているからだ。「全然ない」男なら、まったく違った返事をするだろう。なぜなら、ジェニファー・メリックは一般的な見方からすれば美しくないが、彼女の顔立ちは人目を惹き、挑発的だからだ。大きな口はキスを誘っているし、目は澄んだサファイアさながらで、衝撃的で魅惑的だし、細く、なまめかしい体は男の手に触れられるためにある。

「目は青いわ」ブレンナが姉の外見をなんとか表現しようとして言うと、ジェニーはくすくす笑った。

「二年前だって青かったわよ」ジェニーは言った。ブレンナが返答しようと口をあけたが、そこから出てきたのは悲鳴だった。男が彼女の口を手で覆い、後ろの密集した木立のなかへ引っ張った。

ジェニーは背後からの攻撃を予想して、反射的に身を屈めたが、遅かった。手袋をした男の手に抵抗して、足をばたつかせ、悲鳴をあげながら、体を持ち上げられ、木立へ運ばれた。ブレンナは誘拐犯の馬の背に、小麦の袋みたいに放られた。だらんとした手足が、彼女が気絶していることを示している。だが、ジェニーはそう簡単には服従しなかった。顔のわからない敵によって馬の背に下ろされると、横に身を投げ、葉と土の上に転がり落ち、馬の足もとで四つん這《ば》いになって、それから素早く立ち上がった。男にふたたび捕らえられると、ジェニーは彼の顔を爪で引っかき、男の手から逃れようと身をよじった。「くそっ！」男がうなり、ばたばたする彼女の手足を押さえようとする。ジェニーは血も凍るような悲鳴をあげ、同時にできるだけ力をこめて足を蹴《け》り出し、見習い尼に適切だとみなされている頑丈な黒い靴で男の向こう脛《ずね》をしたたかに打った。金髪の男が痛みの声をあげ、一瞬、彼女から手を離した。ジェニーは前方へ駆け、もう少しで数メートル進めるところだった。しかし靴が太い木の根に引っかかって、彼女は前に投げ出され、頭の横を石に打ちつけて倒れた。

「縄をくれ」〝狼〟の弟がぞっとするような笑みを浮かべて、相棒をちらりと見た。捕虜のマントを頭からかぶせると、ステファン・ウェストモアランドはそれをジェニーの体に巻きつけて、腕がわきから離れないようにし、相棒から受け取った縄をジェニーの胴のところでしっかりと結んだ。それが終わると、積み荷のようにジェニーを、尻が空のほうを向くかたちで、ぽんと馬に乗せ、自分は彼女の後ろの鞍にひらりと乗った。

2

「ロイスはぼくたちの幸運を絶対信じないだろうな」ステファンは隣りを走る相棒に話しかけた。相棒の捕虜もやはり縛りつけられ、鞍からだらんと垂れている。「考えてもみろ――メリックの娘たちがあの木の下で、枝に実った林檎《りんご》みたいに、摘みとってくれと言わんばかりに立っているとはな。これで、メリックの砦《とりで》を偵察する必要がなくなった――あいつは戦うことなく降伏するだろう」

暗い羊毛の監獄のなかできつく縛られて、馬が蹄《ひづめ》を上げるたびに頭がはずみ、胃が馬の背に打ちつけられるなか、ジェニーは「ロイス」の名を聞いて、ぞっとした。ロイス・ウェストモアランド、クレイモア伯爵。〝狼〟。彼にまつわる恐ろしい話は、もはやそれほどありそうもない話とは思えなかった。ブレンナと彼女は、ふたりが着ているセントオルバンズ修道会の服にまったく畏敬の念を表さない男たちに捕らえられてしまった。その服は、ふたりが見習い尼――まだ誓願を立てていない、修道女の卵であることを示している。この男たちはだれなの、とジェニーは怒りを覚えながら思った。修道女に、あるいは修道女同然の者に、罪悪感も、人か神による報いを受ける恐れもいだかずに危害を加えるとは。人間ではない。そんなことをするのは、悪魔とその弟子たちだけだ！

「こっちのはすっかり気を失ってる」トーマスが下卑た笑い声をあげて言った。「略奪品の味見をする時間もないとは、残念だな。もっとも、時間があったとしても、おれはおまえの毛布にくるまれたおいしそうなご馳走のほうがいいな」

「おまえのほうのだって、美人の片割れだ」ステファンがひややかに言った。「それに、ロイスがこのふたりをどうしたいか決めるまで、味見はできない」

毛布のなかで恐怖に喉が詰まりそうになりながら、ジェニーは愚かで自制心を失った抗議の声をあげたが、だれにも聞こえなかった。この誘拐犯たちを馬に乗ったまま殺してくれるよう神に頼んだが、神は彼女の声を聞かなかったようで、馬たちは止まることなく、うんざりするほど延々と走りつづけた。なんらかの脱出方法が思い浮かぶようにと祈ったが、彼女の頭は、非道な〝黒い狼〟に関する恐ろしい話でひどく苦しめられることに忙しすぎた。あの男は、拷問にかける意図がなければ、捕虜を取らない。捕虜が痛みの悲鳴をあげると、あの男は笑う。あの男は捕虜の血を飲み……。

喉に苦いものがこみ上げてきて、ジェニーは祈った。逃げられるようにではない。逃げられないと、彼女は心の奥でわかっていた。そうではなく、死がすみやかに訪れ、誇り高い家名を汚さないようにと祈ったのだ。父の声が思い出された。彼がメリックの大広間に立って、まだ幼かった継母の息子たちに教えていた。「敵の手にかかって死ぬのが神のご意志なら、勇敢に死ぬのだ。戦士らしく戦って死ね。メリックの者らしく！　戦いながら死に……」

その言葉が彼女の頭のなかで何時間も何時間も響きつづけたが、馬が歩調をゆるめ、男たちの大規模な野営地の音がまぎれもなく遠くに聞こえると、恐怖よりも怒りが強まった。わたしは死ぬには若すぎるし、死ぬなんて不公平だ、と胸の奥でつぶやく。それに、優しいブレンナが死んだら、それもわたしの責任になる。そうなったら、良心の呵責《かしやく》を感じながら、神と対面しなくてはならない。何もかも、血に飢えた野蛮人が、この地を歩きまわり、通り道のすべてを食べつくしているせいなのに。

馬が不快な揺れを伴って止まると、ジェニーの胸の動悸がさらに激しくなった。彼女の周囲では、男たちが歩きまわり、金属と金属が当たる音がしていて、やがて捕虜たちの声――男の声が哀れっぽく慈悲を請うている――が聞こえた。「後生だから、〝狼〟――後生だから――」恐ろしい嘆願の声が叫び声へと高まっていくなか、ジェニーはいきなり馬から下ろされた。

「ロイス」彼女を捕まえた男が大声で呼んだ。「そこにいてくれ――いいものを持ってきたぞ！」

頭にかけられたマントのせいで何も見えず、腕はまだ縄で縛られた状態で、ジェニーは誘拐犯の肩にかつがれた。彼女の隣りで、ブレンナが彼女の名前を叫ぶなか、ふたりは運ばれていった。

「勇気を出して、ブレンナ」ジェニーは叫んだが、マントによって声がくぐもっていたし、気が動転した妹には聞こえないとわかっていた。

ジェニーは突然地面に下ろされ、前へ押された。脚の感覚がなくなっていたため、まともに歩けず、どさりと膝《ひざ》をついた。〝メリックの者らしく死ね。勇敢に死ね。戦いながら死ね〟という声が体内を嵐のように駆け抜け、起き上がろうと空しい努力をした。上方で〝狼〟がはじめて口を開き、ジェニーはそれが彼の声だとわかった。太くしゃがれた、荒っぽい声で、地獄の底から響いてくるようだった。「これはなんだ？　食べられるものだといいが」

〝彼は殺す人間の肉を食うと言われてて……〟氏族の者の声が思い出され、怒りがブレンナの悲鳴と捕虜たちの嘆願の声と混ざり合う。突然、ジェニーの腕を縛っている縄がゆるんだ。恐怖と憤怒の両方に突き動かされて、ジェニーはぎこちなくも立ち上がった。腕をマントに打ちつける姿は、屍衣《しい》を脱ぎ捨てようとする、怒った幽霊のようだった。マントが地面に落ちた瞬間、ジェニーは拳を固め、前に立つ黒く怪しげな巨人に向かって力いっぱい振りまわし、彼の顎骨に命中させた。

ブレンナが気絶した。

「怪物！」ジェニーは叫んだ。「野蛮人！」もう一度、拳を振ったが、今回は万力のようにきつくつかまれ、頭上高くに持ち上げられた。「悪魔！」ジェニーは身をよじらせながら叫び、男の向こう脛をしたたかに蹴った。「サタンの息子！　弱い者から略奪する――！」

「いったい――！」ロイス・ウェストモアランドは怒鳴り声をあげ、手を伸ばして、攻撃的なジェニーの腰をつかんで彼女を地面から持ち上げ、腕の長さだけ離れた空中に留まらせた。それは間違いだった。ジェニーの靴を履いた足がふたたび蹴り出され、ロイスの股間にまともに当たって、その衝撃に、彼は身を折り曲げた。

「このあま！」彼はわめきながら、驚きと痛みと怒りからジェニーを落とし、今度は彼女のベールをつかんで、その下の髪もいっしょに握り、彼女の頭を後ろへ引いた。「おとなしくしろ！」声をとどろかせる。

万物も彼に従ったようだった。捕虜たちが泣き叫ぶのをやめ、金属のぶつかり合う音もしなくなり、恐ろしい、この世のものと思えない静けさが空き地を包んだ。ジェニーは鼓動が激しくなり、頭皮がひりひりするなか、目をぎゅっとつむって、力強い拳固によって殺されるのを待った。

しかし、何も起きなかった。

恐怖半分、不健全な興味半分で、ジェニーはゆっくりと目を開き、はじめて悪魔の顔を実際に見た。前にそびえ立つ怪物の姿に、恐怖の叫びをあげそうになった。彼は大きかった。巨大だった。髪は黒く、黒いマントが、風に吹かれて、まるでそれ自体に生命があるかのように、不気味にはためいていた。浅黒い、鷹《たか》のような顔の上で火明かりが揺れ、影を投げかけ、それによってますます恐ろしく見える。明かりは彼の奇妙な目のなかで熱く燃え上がり、ひげを生やした、げっそりした顔において、銀色の石炭のように光を放っていた。肩はがっちりしていて幅があり、胸は信じられないほど広く、腕は筋肉が盛り上がっている。ひと目見ただけで、彼がうわさどおり、どんな卑劣なこともやる人間だと、ジェニーはわかった。

〝勇敢に死ね！　すみやかに死ね！〟

ジェニーは顔を横に向け、男の厚い手首に歯を沈めた。

燃えるような目が大きくなるのを見たかと思うと、次の瞬間、彼の手が上がり、力強くジェニーの顔に当たった。顔がぐいと横を向き、体が飛んで、膝から落ちた。ジェニーは反射的に体を丸めて防御の姿勢になり、目をぎゅっと閉じて、致命的な打撃がやってくるのを待った。震える全身を、恐怖が悲鳴をあげて駆け抜ける。

大男の声が上のほうから聞こえた。ただし、今回はきびしく抑制されて、言葉に出さない怒りをこめて発せられたため、より恐ろしかった。「いったい何をしたんだ？」ロイスが弟を叱りとばす。「そうでなくても、われわれには問題が山積なんだぞ！　男たちは疲れ果て、腹を空かせているのに、おまえは女をふたり連れてきて、彼らの不満をさらに大きくするのか」

弟に話す間を与えず、ロイスは向きを変え、ほかの男たちにそばから離れるよう命じ、それから自分の足もとに倒れている女たちに鋭い視線を向けた。女のひとりはすっかり気を失い、もうひとりは丸くなって、ひきつけで苦しんでいるかのように激しく体を震わせている。なぜか、彼は震えている娘のほうが、意識のないもうひとりよりも気にさわったらしかった。

「起き上がれ！」ジェニーに向かってきつく言い、靴の先で彼女をつついた。「さっきまで、とても勇敢だったじゃないか。さあ、起き上がれ！」

ジェニーはゆっくりと体をほどき、地面に片手を置いて、ぎこちなく、よろよろと立ち上がった。そのあいだに、ロイスがふたたび弟のほうを向いた。「おまえの返事を待っているんだぞ、ステファン！」

「兄さんが怒鳴るのをやめれば、答えるよ。この女たちは――」

「修道女だ！」ロイスが嚙《か》みつくように言い、ジェニーの首から黒い紐《ひも》で下がった、重い十字架に突然視線を据え、それから泥だらけの頭巾と斜めになったベールを見た。一瞬、彼は思い当たった事実に、ほとんどものが言えなくなった。「なんと、おまえは娼婦として使うために、修道女を連れてきたのか？」

「修道女！」ステファンが驚きに息を呑んだ。

「娼婦！」ジェニーは憤慨し、かすれた声で言った。この男が不信心な生活を送ってきたからといって、まさかふたりを娼婦として家臣たちに与えはしないはずだ。

「この愚行によって、おまえを殺してもいいんだぞ、ステファン――」

「このふたりの正体を言ったら、兄さんも考えを変えるよ」ステファンはそう言って、ジェニーの灰色の服と十字架から恐怖の視線を引き離した。「兄さんの前に立ってるのは」喜びを新たにして、彼が告げる。「レディー・ジェニファー。メリック卿の長子だよ」

ロイスが弟をじっと見た。体のわきに下ろしていた拳を開きながら、向きを変え、ジェニーの汚れた顔を傲慢《ごうまん》な目で見る。「おまえがからかわれたか、ステファン、あるいは国じゅうに間違ったうわさが広がっているかだ。なぜなら、メリックの娘はこの国いちばんの美人だと言われているからな」

「いや、からかわれてないよ。彼女はほんとうに彼の娘で、ぼくは彼女が自分でそう言ってるのを聞いた」

ロイスがジェニーの震える顎を親指と人差し指でつまみ、火明かりのなか、彼女の汚れた顔をじっくりと吟味した。彼の眉が寄り、唇がゆがんで陰気な笑みを作る。「どうしたら、おまえを美人と呼べるんだ？」わざと軽蔑《けいべつ》するような皮肉をこめて言った。「スコットランドの宝石と？」

ロイスは自分の言葉によって、彼女の顔に怒りがぱっと広がるのを見た。ジェニーが彼の手からつかまれた顎をさっとはずすと、彼はその勇気に感心することなく、腹を立てた。メリックの名に関係した事柄はすべて彼を激怒させ、復讐心を沸かせる。ロイスは彼女の青白い、汚れた顔をつかみ、ふたたび自分のほうへ向けた。「答えろ！」恐ろしい声で要求する。

病的に興奮した状態のなか、ブレンナには、彼女が受けるべき非難を、ジェニーがなぜか受け入れているように思えた。ブレンナはジェニーの服をつかみ、それを支えにしてよろよろと立ち上がり、それからジェニーの右わきに体をぴったりつけた。ほんとうの双子のように、ひとつになった。

「ジェニーはそんなふうに呼ばれていないわ！」ジェニーが沈黙を続けていることで、目の前の恐ろしい大男からきっとひどい報復を受けるように思われて、ブレンナの声はしわがれた。「わたしが――そう呼ばれているの」

「おまえはだれだ？」男が腹を立ててきく。

「だれでもないわ！」ジェニーはうそをつくなという、十戒の八番目を思わず放棄した。ブレンナがメリックの一員でなく修道女だと信じてもらえれば、彼女は解放されるかもしれないという希望をいだいたからだ。「彼女はベルカーク大修道院のシスター・ブレンナにすぎないわ！」

「ほんとうか？」ロイスがブレンナに尋ねる。

「そうよ！」ジェニーは叫んだ。

「違うわ」ブレンナがおとなしくささやいた。

ロイス・ウェストモアランドは体のわきに垂らした手を握りしめ、少しのあいだ目を閉じた。まるで悪夢だ、と心のなかでつぶやく。信じられない悪夢だ。強行軍のあと、食料は尽き、雨露をしのげる場所はなく、我慢の限界に来ていた。そして、これだ。いま、彼はふたりの恐れをなした女たちから、良識ある、誠実な答えも得られない体たらくだ。自分は疲れている、とロイスは気づいた。三日三晩、眠っていず、疲労困憊《こんぱい》しているのだ。憔悴《しょうすい》した顔の向きを変え、燃えるような目でブレンナを見た。「もう一時間生きていたいと思うなら」ふたりのうち、彼女のほうが簡単におじけづき、よってうそをつきそうにないと正しく判断して告げる。「正直に答えるんだ」刺すような視線でブレンナの恐怖に開いた榛色の目を見据え、とらえて放さなかった。「おまえは、メリック卿の娘なのか、そうではないのか？」

ブレンナはつばを呑みこみ、話そうとしたが、震える唇からひと言も押し出すことができなかった。敗北感を味わいながらうなだれ、おとなしくうなずいた。ロイスは満足し、しとやかな修道服をまとったじゃじゃ馬に残忍な視線をちらりと向けてから、向きを変え、弟にぶっきらぼうに命じた。「ふたりを縛って、テントへ入れておけ。アリックを見張りに立たせて、男たちが近づかないようにさせろ。あす、尋問するために、ふたりを生かしておきたい」

あす、尋問するために、ふたりを生かしておきたい……その言葉が、ジェニーの苦悶する心に響き渡った。彼女はいま、テントのなかで、かわいそうなブレンナの隣りの地面に横たわっており、手首と足を革紐で縛られ、テントの上部にあいた穴から、雲のない星空を見上げていた。〝狼〟はどんな質問をするつもりだろう？　疲れがついに恐怖よりも優位に立つなか、思いを巡らした。答えを得るために、どんな拷問をするつもりだろう？　それに、どんな答えを求めているのだろう？　あす、ふたりの人生が終わる、とジェニーは確信していた。

「ジェニー？」ブレンナが震える声でささやいた。「あの人、あした、わたしたちを殺さないわよね？」

「もちろんよ」ジェニーは元気づけるようにうそをついた。

3

〝狼〟の野営地は、空から最後の星が消える前に活動を始めたようだったが、ジェニーは一時間も眠っていなかった。薄いマントの下で震えながら、インクのような青い空を見上げ、神に、これまでの多くの愚行を謝罪し、昨日、夕暮れに丘に登ろうと自分が決めたせいで避けることのできない結果から、かわいそうなブレンナを除外してくれるようにと懇願した。

「ブレンナ」外で男たちの動きがうるさくなって、野営地がすっかり目覚めたことが明らかになると、ジェニーはささやいた。「起きている?」

「ええ」

「〝狼〟がわたしたちに尋問するとき、わたしに答えさせてね」

「ええ」ふたたびブレンナが言った。声が震えている。

「何を知りたいのかわからないけれど、きっと彼に教えてはいけないことだわ。どういう意図できいてくるのか、たぶん予想できると思うの。そうしたら、うまくうそをついて信じこませることができる」

朝日が淡紅色の筋を空にろくにつけないうちに、ふたりの男がやってきて、彼女たちのいましめを解き、広い空き地の端にある茂みのなかで数分間だけ私的な行動を許してから、ジェニーをふたたび縛り、〝狼〟に会わせるためにブレンナを連れていこうとした。「待って」ジェニーは彼らの意図に気づき、息を呑んだ。「どうか、わたしを連れていって。妹は……その……体調がよくないの」

片方の男、二メートル以上あることから、アリックという名の伝説的な巨人だと思われる男が、ジェニーにぞっとするような視線を向けて、歩き去った。もうひとりの見張り番が、かわいそうなブレンナを連れて歩きつづける。テントの開いた垂れ布から、ジェニーが見ていると、ブレンナが手を後ろで縛られて、野営地の男たちのあいだを歩いていくとき、彼らから好色な視線を向けられていた。

ブレンナが連れ去られてからの三十分は、ジェニーには永遠とも思えたが、大いに安堵したことに、もどってきたブレンナには肉体的苦痛を受けたようすがまったく見られなかった。「だいじょうぶ？」見張り番が立ち去ると、ジェニーは心配して尋ねた。「彼に危害は加えられなかったでしょう？」

ブレンナがつばを呑みこみ、首を横に振って、すぐに泣き出した。「いいえ――」感情的になって叫ぶ。「でも、彼はとても怒ったの。なぜならわたしが――わたしが、な、泣くのをやめられなかったから。わたし、とっても怖かったし、彼はそれは大きくて、荒々しくて、だから泣くのをやめられなくて、それで彼をますますお、怒らせてしまったの」

「泣かないで」ジェニーは慰めた。「もう終わったんだから」と、うそをつく。うそをつくことがとても簡単になってきた、と彼女は情けなく思った。

ステファンがロイスのテントの垂れ布を上げ、なかへ入ってきた。「まったく、すごいべっぴんだな」去ったばかりのブレンナについて言う。「尼さんなのが惜しい」

「尼ではない」ロイスはいらだちながら鋭い声で言った。「泣く合間に、どうにかこうにか、自分が〝見習い尼〟だと説明した」

「それはなんだ？」

ロイス・ウェストモアランドは戦いで鍛えられた戦士で、宗教についての直接的な知識はないに等しい。少年のときから、彼にとって世界とは軍隊を意味していたので、彼はブレンナの涙ながらの説明を、自分が理解する軍隊の言葉に置き換えた。「どうやら見習い尼というのは、訓練をまだ終了していず、主君に忠節を誓っていない志願兵のようだ」

「彼女が真実を言ってると思うか？」

ロイスは顔をしかめ、エールをさらに飲んだ。「彼女はうそをつくには脅えすぎていた。実際のところ、話をするには脅えすぎていた」

ステファンの目が狭まる。それは、娘に対する警戒心からかもしれないし、たんに兄がもっと価値ある情報を聞き出せなったことに対する不満からかもしれなかった。「それに、きつく問い詰めるには美しすぎたか?」

ロイスはばかにするような視線を弟に向けたが、心は差し迫ったことに向いていた。「私が知りたいのは、メリック城がどれほど防備を固めているかということと、そこの地形だ——役に立つことならなんでもいい。でなければ、おまえはきのう出発したメリックへの偵察旅行を再開しなければならない」ジョッキを架台式テーブルにどすんと置く。「姉のほうを連れてこい」恐ろしいほど決然と言った。

アリックがテントに入ってくると、ブレンナは恐怖にさっと後退した。彼が一歩歩くたびに、地面が震えるようだった。「いや、お願い」ブレンナが小さな声で必死に言う。「彼のところに連れもどさないで」

ブレンナを完全に無視して、アリックは大股でジェニーに近づき、巨大な手でジェニーの腕をつかんで立たせた。アリックの戦斧の大きさに関して、言い伝えは誇張していない、とジェニーはやや取り乱しながら思った。斧《おの》の取っ手は、太い木の大枝並みだ。

〝狼〟は大きなテントのなかで、落ち着きなく行ったり来たりしていた。しかしジェニーが入ってくると、唐突に足を止めて、手を後ろで縛られ、堂々と立つジェニーを銀色の目でじろじろと見た。彼女の顔は注意深く表情を隠していたが、挑戦的に見返してくる青い目のなかに、侮蔑が隠されているのに気づき、ロイスはびっくりした。侮蔑——しかも、涙のあとすらない。突然、ロイスはメリックの長女についてのうわさを思い出した。妹のほうは〝スコットランドの宝石〟と呼ばれているが、この姉は、持参金がたっぷりあり、血筋のとてもいい、冷たい、高慢な相続人であるため、接近を試みる男がいないという。それだけでなく、器量が月並みで、一度だけ受けられそうだった求婚をはねつけて、父親に大修道院へ送られたということだ。顔全体が泥で汚れているため、彼女がどの程度〝月並み〟なのか判断できなかったが、妹の天使みたいな美しさと気質がないのは確かだった。妹のほうは悲しげに泣いていた。それに対し、この娘は、こちらをにらんでいる。「まったく、おまえたちはほんとうに姉妹なのか?」

ジェニーの顎がさらに高く上がる。「ええ」

「驚きだな」ロイスはあざけるような声で言った。「実の姉妹なのか?」出し抜けに、とまどったような口調で尋ねる。「答えろ!」ジェニーが強情に沈黙を続けると、ぴしゃりと言った。

見た目よりも怖がっていたジェニーは、彼女の血統についての、どうでもいい話で始まったこの尋問の最後に、彼が拷問にかけたり、殺したりするつもりはないだろうと唐突に思った。「義理の妹よ」やがて反抗的な勇気が恐怖を圧倒した。「手首を後ろで縛られていると、何かに集中するのがむずかしいわ。痛いし、必要ない」

「そのとおりだ」ジェニーに股間を蹴られたことを思い出して、ロイスはわざと粗野に言った。「縛っておくべきなのは、おまえの足だ」

やけに不満そうな声を聞いて、ジェニーの唇がおもしろそうに、満足そうにゆがんだ。ロイスはそれを見て、自分の目が信じられなかった。大人の男たちは、戦士たちは、彼の前でおののくのに、傲慢な態度と頑固そうな顎を持つこの娘は、彼に反抗するのを楽しんでいる。ロイスの好奇心と忍耐力は、不意に消えた。「世間話はじゅうぶんだ」鋭い声でそう言って、ゆっくりと彼女に近づく。

ジェニーの楽しい気分は消えてなくなり、彼女は一歩後退し、それから立ち止まって、その場に留まった。

「私の質問に答えてもらいたい。おまえの父親はメリック城に何人の兵士を置いている？」

「知らないわ」ジェニーはきっぱりと言った。それから、もう一歩、慎重にあとずさって、これまでの虚勢の効果をだいなしにした。

「おまえの父親は、私が進撃してくると考えているか？」

「知らないわ」

「おまえは私の忍耐力を試しているな」もの柔らかな、不気味な声で警告する。「質問は、おまえの優しい妹にしたほうがいいのか？」

その脅しは、彼の望んでいた成果を上げた。ジェニーの挑戦的な表情が必死の表情に変わる。「あなたが攻撃してこないと、父が考えるわけがないでしょう。長年、あなたが来るとうわさされていたのよ。いま、あなたには口実がある。口実なんて必要ないでしょうけれどね」ロイスがふたたび近づきはじめると、恐ろしさのあまり、ジェニファーは叫んだ。「あなたは獣よ！　罪のない人々を殺すのを楽しんでいる！」ロイスが楽しんでいることを否定しないと、ジェニーは内臓が縮み上がるのを感じた。

「そこまで知っているのなら」危険なほど穏やかな声で、ロイスが言う。「父親が兵士を何人置いているか、教えてくれるんだろう？」

少なくとも五百人は残っていると、ジェニーは急いで計算し、「二百人」と答えた。

「ばかで向こう見ずな娘め！」ロイスが嚙みつくように言って、ジェニーの腕をつかみ、強く揺さぶった。「私は素手でおまえを半分に折ることができるが、それでもうそをつくつもりか？」

「わたしに何を望んでいるの？」全身が震えていたが、ジェニーはそれでも強情だった。

「父を裏切るとでも？」

「おまえはこのテントを出る前に、父親の計画について知っていることを私に話すだろう――」ロイスが断言する。「――みずから進んでか、あるいはおまえには楽しくない、私の手助けを借りてな」

「父が何人の兵士を集めたのか、わたしは知らないわ」ジェニーは当惑して叫んだ。「ほんとうよ」食ってかかる。「きのう、父は二年ぶりにわたしに会ったんだし、その前だって、ろくに話しかけてこなかったんだから！」

その返答にロイスは驚き、彼女をじっと見た。「なぜだ？」

「わたしが——父を怒らせたのよ」ジェニーは認めた。

「理由はわかる」ロイスは無遠慮に言いながら、これまでに不幸にも遭遇したなかで、彼女ほど御しにくい女はいないと考えていた。彼女はまた、これまで見たなかで、もっとも柔らかで魅力的な口と、もしかするともっとも青い瞳の持ち主だとも驚きつつ気づいた。

「長年、話かけてもくれなければ、少しの注意も払ってくれない父親なのに、それでもおまえは彼を私から守るために命を懸けるのか？」

「そうよ」

「なぜだ？」

誠実でより安全な答えがいくつか、ジェニーの頭には浮かんでいたが、怒りと痛みが彼女の思考を麻痺《まひ》させていた。「なぜなら」きっぱりした口調で言う。「わたしはあなたと、あなたに関係するすべてが大嫌いだからよ」

ロイスは、このふてぶてしい勇気に怒りと驚きと賞賛を覚えながら、彼女を凝視した。彼女を殺せば、求めている答えを得られなくなるため、どうしたものかと迷う。絞め殺すのは、一時《いっとき》はおもしろいだろうが、問題外だ。いずれにしても、メリックの娘たちを捕虜にしていれば、メリックが抵抗せずに降参する可能性がある。「出ていけ」ロイスはぶっきらぼうに言った。

それ以上言われなくても、憎らしい彼の前から離れるのに、ジェニーに躊躇はなかった。テントから去ろうと向きを変えたが、垂れ布が下りていたため、足を止めた。

「出ていけと言ったんだ！」ロイスが不気味な声で警告すると、彼女は向きをもどした。

「それ以上うれしいことはないけれど、粗布があって、うまく通り抜けられないわ」

ロイスが無言で手を伸ばして垂れ布を上げ、それからジェニーが驚いたことに、あざけるように、低くお辞儀をした。「どうぞ、お嬢さま。ご滞在をより心地よいものにするために、私にできることがございましたら、なんなりとお申しつけください」

「じゃあ、手の縄をほどいて」ジェニーの要求に、ロイスは耳を疑った。

「だめだ」ぴしゃりと言う。垂れ布が落ち、ジェニーの背中に当たった。彼女は怒りと驚きから駆けだし、それから見えない手が伸びてきて、腕をつかまれると、押し殺した叫びをあげた。しかし腕をつかんだのは、〝狼〟のテントの外に配置された十人ほどの護衛兵のひとりにすぎなかった。

ジェニーが自分のテントにもどると、ブレンナはひとりで残された恐怖に、顔を青くしていた。「わたしはだいじょうぶよ」ジェニーはそう安心させて、ぎこちなく地面に腰を下ろした。

4

〝狼〟の兵たちがその晩も野営している谷では、火が断続的に燃えていた。手首を後ろで縛られた状態で、テントの開いた戸口に立ちながら、ジェニーはまわりの動きをじっと観察した。「逃げるなら、ブレンナ――」ジェニーは言った。

「逃げる？」妹がぽかんとした顔で、おうむ返しに言う。「どうやったら逃げられると言うの、ジェニー？」

「はっきりとはわからないけれど、逃げるなら、すぐにやらなければならないわ。外で男たちが話しているのが聞こえて、父を降伏させるためにわたしたちが使われるだろうって言っていた」

「降伏するかしら？」

ジェニーは唇を噛んだ。「わからない。アレグザンダーがメリックへ来る前は――氏族の人たちが――わたしが傷つくのを見るよりも武器を下ろすほうを選ぶと思えたときがあった。いまでは、わたしは彼らにとって重要じゃないわ」

ブレンナは姉の声が途切れるのを聞き取り、ジェニーを慰めたいと思った。だが、彼女もまた、アレグザンダーがメリック氏族とジェニーの仲を裂いたせいで、彼らがもはや姉に関心がないことを知っていた。

「でも、ブレンナ、あなたのほうは愛されているから、彼らがどういう決定をするか、そしてお父さんが彼らにどの程度の影響力を行使できるかは、判断がむずかしいわね。とにかく、わたしたちがすぐに逃げられれば、なんらかの決定が下される前にメリックへもどれる。それがわたしたちのなすべきことよ」

行く手にある障害のなかで、ジェニーがいちばん心配しているのは、メリックへもどる旅そのものだった。メリックまで馬で二日かかると思われるその旅では、途上で過ごす一時間一時間が危険だ。盗賊がいたるところにいるし、女ふたりの旅は、誠実な男たちにとっても格好の獲物だ。街道は非常に危険だ。宿も変わりない。唯一安全な宿は、大修道院か小修道院だ。正直で品行方正な旅人はみな、そこを選ぶ。

「問題は、手を縛られていたら、逃げられる見こみがないことよ」ジェニーはそう言いながら、忙しそうな野営地を見た。「ということは、ほどいてくれるよう彼らを説得するか、縛られていないときになんとか森へ逃げこむかね。でも、そうしたら、まだあまり遠くへ行かないうちに、彼らが食器の回収に来て、すぐにばれてしまう。それでも、ここ一日か二日のあいだにそれしか機会がないのなら、実行に移すべきだわ」明るく告げる。

「森へ逃げこんだら、どうするの？」ブレンナが、夜、森でふたりきりになると考えただけで起こる体内の震えを果敢に抑え、尋ねた。

「わからない――どこかに隠れるんでしょうね。彼らが捜索をあきらめるまで。あるいは、北ではなく、東へ行ったように思わせることもできるかも。彼らの馬を二頭盗めれば、身を隠すのがむずかしくなるにしても、追っ手の先を行く可能性は増すわね。要するに、なんとかして、身を隠し、かつ彼らの先を行かないとだめだわ」

「どうやって？」ブレンナがきく。彼女の額には、考えても答えが得られないために、しわが寄っていた。

「わからないけれど、何かやってみなくては」ジェニーは考えにふけりながら、背の高い、ひげを生やした男の向こうにぼんやりと目をやっていた。男が騎士のひとりとの会話をやめ、彼女をじっと見た。

火が小さくなり、見張り番が食事のトレイを回収して、彼女たちはふたたび手首を縛られたが、どちらの娘も、突飛な考えがいくつか浮かんで、話し合ったものの、満足のいく計画を思いつけないでいた。「あいつの役に立つ、従順な人質みたいに、ここにのうのうと残ってはいられないわ」その夜、妹と並んで横たわりながら、ジェニーは唐突に言った。「逃げなければだめよ」

「ジェニー、彼が何をするか考えたことがある？　捕まったときに――」ブレンナが急いで訂正する。「――万が一」

「殺されはしないと思う」ジェニーは少し考えてから、妹を安心させた。「死んだら、人質として使えないもの。お父さんは降伏を受け入れる前に、わたしたちを見せろと言い張るだろうし、伯爵はわたしたちを見せなくてはならない。わたしたちが生きて、息をしていなければ、お父さんは彼をめった切りにするでしょうね」彼を〝狼〟ではなく、クレイモア伯爵と考えるほうがましだし、怖さが減ると、ジェニーは判断した。

「そのとおりね」ブレンナが同意して、安心したようにすぐに眠りについた。

しかしジェニーが緊張を解き、眠りにつくまでには、さらに数時間かかった。勇気と自信があるように見えても、実際にはこれまでにないほど脅えていたからだ。ブレンナのために、自分自身のために、そして氏族のために脅えていたし、脱出方法がまったく思いつけないでいた。わかっているのは、やらなくてはならないということだけだ。

捕まっても殺されないことに関しては、たぶん正しいだろう。しかし、あの男が彼女たちに報復するには、即座に殺す以外に、手近な、男に特有の――想像したくもない――方法がある。彼の、少なくとも二週間は剃っていない、濃く、黒いひげにすっかりおおわれた浅黒い顔をジェニーは思い浮かべ、昨夜、あの奇妙な銀色の目に、たき火の炎が反射して、跳ねていたさまを思い出し、身を震わせた。きょうの彼の目は、嵐の空のような、怒った灰色だった――しかし、彼の視線がジェニーの口もとへ移動し、目の奥の表情が変化した瞬間があった――そしてその漠然とした変化によって、それまでよりもさらに彼が恐ろしく見えた。彼があんなに怖く見えるのは、黒いひげのせいだ。あれが表情を隠しているからだ、とジェニーは元気づけるように自分に言い聞かせた。あの黒ひげがなければ、彼はどこにでもいる年上の男にしか見えないだろう……三十五歳？　四十歳？　自分が三歳か四歳のころから彼のうわさを聞いていたから、かなりの年にちがいない！　相手が年寄りだと思うと、気分がよくなった。彼に恐怖をいだくのは、あのひげのせいだけだ、とジェニーは自分を安心させた。ひげと、威圧するような長身と体格、そして奇妙な銀色の目……。

朝になっても、ジェニーは実行できそうな計画をまだ思いつけないでいた。速さを伴い、身を隠せ、盗賊などに襲われないという条件を満たすものがない。「男の服があればいいのに」ジェニーは、これで何度めになるかわからなかったが、そう言った。「そうすれば、うまく逃げられるし、目的地に無事に着くことができるわ」

「見張りにその服を貸してって言うわけにもいかないものね」ブレンナが言った。もともと穏やかな性格なのに、恐怖に圧倒され、やけになっている。「わたし、縫い物を持っているとよかったのに」そう付け加え、ざらついたため息をつく。「わたしって、とても臆病だから、じっと座っていられないの。それに、針を持っているときがいちばん頭が冴えるのよ。見張りの人、わたしが丁寧に頼んだら、針を持ってきてくれると思う？」

「無理ね」ジェニーはうわの空で答え、服のへりを引っ張りながら、戦争で破れた服でどしんどしんと歩き回る男たちを眺めた。針と糸が必要な人間がいるとすれば、それはこの男たちだ。「それに、いったい何を縫う――」ジェニーの声は低くなったが、気分のほうは舞い上がっていた。そして喜びいっぱいの笑みをなんとか顔から消して、ゆっくりとブレンナのほうを向いた。「ブレンナ」注意深く、何げない声で言う。「針と糸を持ってきてって見張りに頼むのは、名案だわ。彼は優しそうだったし、あなたをいい子だと思っているのはたしかだもの。彼を呼んで、針を二本手に入れてって頼んだらどう？」

ブレンナがテントの垂れ布のところへ行き、見張りに合図するのを見守りながら、ジェニーは内心笑っていた。ブレンナにはすぐに計画を話すつもりだが、いまではない。ブレンナは、うそをつこうとしたら、顔でばれてしまうからだ。

「べつの見張りよ――全然知らない人」男が近づいてくると、ブレンナががっかりしてささやいた。「優しい見張りの人を連れてきてって頼む？」

「もちろん」ジェニーはにやにや笑いながら言った。

サー・ユースタスがロイスやステファンとともに地図を見ていたとき、レディーたちが呼んでいると見張り番に告げられた。「あの女の傲慢さにはきりがないのか！」ロイスは噛みつくようにジェニーのことを言った。「彼女は見張り番を使い走りにし、おまけに見張り番のほうも彼女の命令に従うとは」話を止め、短く言う。「おまえを送りこんだのは、汚い顔をした青い目だろうな？」

サー・ライオネルが喉の奥で笑い、首を横に振った。「ぼくが見たのはふたつの清潔な顔だが、ロイス、話しかけてきたのは緑色がかった目のほうで、青じゃない」

「ああ、なるほど」ロイスは皮肉をこめて言った。「おまえを持ち場から小走りさせたのは、〝傲慢〟のほうではなく〝美〟のほうか。彼女は何をお望みだ？」

「教えてくれなかった。ユースタスに会いたいと言ったんだ」

「持ち場へもどって、そこから離れるな。彼女には、待っていろと言え」ロイスは鋭い声で言った。

「ロイス、ふたりは無力な女にすぎない」サー・ライオネルは指摘した。「おまけに体が小さい。さらには、きみはアリックかぼくたちしか、ふたりの見張り番として信頼していない」〝ぼくたち〟とは、ロイスが選んだ優秀な護衛の騎士たちで、信頼されている友人でもあった。「きみは彼女らを、ぼくたちを打ち負かして逃亡する危険な男みたいに縛って、見張りをつけている」

「あの女たちの相手として、ほかのやつらは信用できない」ロイスは無意識に首の後ろをこすりながら言った。突然、椅子から立ち上がる。「このテントのなかにいるのは飽きた。おまえといっしょに行って、女たちの望みを聞いてみよう」

「ぼくも行く」ステファンが言った。

ジェニーは近づいてくる伯爵を見た。自然な大股で素早くこちらへやってくる。右に見張り番ふたり、左に弟を伴っていた。

「さて」三人の男とテントに入ると、ロイスは言った。「今度はなんだ?」ジェニーに尋ねる。

ブレンナが慌てふためいて振り向いた。手を心臓のところに置き、うろたえた、純真な人間そのものの顔で、彼を不快にさせたことの責めを受けようとする。「わたし——彼を呼んだのはわたしなの」見張り番のほうにうなずく。「サー・ユースタスを」

いらだちのため息をついて、ロイスは視線をジェニーからはずし、愚かな妹のほうを見た。

「理由を教えてもらえるかな?」

「はい」

彼女にそれ以上発言する気はないと、ロイスは気づいた。「結構。なら話してくれ」

「わたし……わたしたち——」非常につらそうな表情でジェニーを見てから、ブレンナが思いきって言う。「——わたしたち……針と糸があったらいいと思っているの」

ロイスの不信の視線が、彼の肉体的苦痛のために針を使う方法をいちばん思いつきそうな人物に、さっと向けられた。しかしきょうのレディー・ジェニファー・メリックの目は彼を穏やかに見返し、表情はおとなしい。彼女の虚勢がこんなにも早く消えてしまったことに、ロイスは不思議な失望感を覚えた。「針?」渋面を彼女に向けながら言った。

「ええ」ジェニーは、挑戦的でも従順でもない、慎重に加減した声で答えた。まるで、運命を受け入れたかのような、穏やかで丁寧な声だ。「一日は長いのに、わたしたちにはすることがほとんどないの。それで、妹のブレンナが、縫い物で暇をつぶしたらどうかって」

「縫い物？」ロイスはおうむ返しに言いながら、彼女たちを縛り、見張りをつけていた自分がいやになった。ライオネルの言うとおり――ジェニーはただのか弱い女だ。若くて、向こう見ずで、判断力よりも虚勢が勝る強情な女だ。目の前に連れてこられた捕虜のなかで、彼に手を上げるような勇気のある者がほかにいなかったから、彼女を買いかぶっていたのだ。

「ここをなんだと思っている？　女王の居間か？」鋭い口調で言う。「ここにはそんな――」

宮廷の女たちが毎日、何時間も刺繍糸《ししゅう》とともに使う道具の名前を思い出そうとして、ロイスの思考が止まった。

「刺繍枠？」ジェニーは助け船を出した。

ロイスの目が、うんざりして彼女を見る。「残念ながら違う――刺繍枠ではない」

「じゃあ、小さなキルティングの型台？」笑いをこらえ、無邪気に目を大きくして付け加えた。

「違う！」

「針と糸を使って縫える何かがあるはずよ」向きを変えて出ていこうとしたロイスに、ジェニーは急いで付け加えた。「毎日毎日、何もすることがなかったら、頭がおかしくなってしまうわ。何を縫おうがかまわないの。きっと、何か縫わなくてはならないものがあるはずよ――」

ロイスがくるりと向きをもどした。驚きと喜びと疑いの表情を浮かべている。「われわれのために繕《つくろ》い物をしてくれると、申し出ているのか？」

彼の発言に、ブレンナが心底衝撃を受けた顔になった。ジェニーは彼女の表情をまねようとした。「具体的に何を縫うかは考えていなかったけれど……」

「ここには、百人の針子が一年かかっても終わらないほどの繕い物がある」ロイスはきっぱりと言った。彼女たちは賄《まかな》いつき宿泊――お粗末だが――の料金を自分で稼ぐべきだし、繕い物はその手段としてちょうどいいと即座に判断した。ゴッドフリーのほうを向いて言う。「探してこい」

ブレンナが、自分の提案が実質的に敵に協力する結果になったことに、大いに衝撃を受けた顔をしていた。ジェニーは尻ごみしているような顔をしようと懸命に努力していたが、四人の男たちが声の届かないところまで行った瞬間、妹に腕をかぶせ、大喜びで抱きしめた。「これで、逃げるにあたっての三つの障害のうち、ふたつを克服したわ。手の縄はほどいてもらえるでしょうし、変装に必要なものが手に入る」

「変装？」ブレンナが口を開いたが、ジェニーが答える前に、ブレンナの目が理解を示して大きく開き、彼女も抱きついて、穏やかに笑った。「男の服ね」忍び笑いをする。「しかも、彼のほうから提供してくれる」

一時間もしないうちに、テントには服の小山がふたつと、兵士たちの毛布やマントから成る三つめの山ができた。山のひとつは、ロイスとステファンのウェストモアランド兄弟のものだった。もうひとつはロイスの騎士たちのもので、そのなかの二着が中ぐらいから小柄な男たちの服だとわかり、ジェニーは安堵した。

ジェニーとブレンナは夜遅くまで働き、ふたりの目は揺れる灯りのなかで疲れていた。逃亡のさいに着る服はすでに繕いを終え、隠してある。いまはロイスの服の山をせっせと片づけていた。「いま何時だと思う?」ジェニーは尋ねながら、彼のシャツの袖口《そで》を注意深く、完全に綴《と》じていた。彼女の横には、同様に独創的な改変を加えた服がたくさんあり、そのなかには何本かのズボンも含まれている。膝のところが意地悪く絞られ、足がその先に進めないズボンだ。

「十時ごろかしら」ブレンナが糸を歯で切りながら答えた。「あなたの言うとおりよ」伯爵のシャツを持ち上げ、にっこり笑う。背中に黒い糸で髑髏《どくろ》図を刺繍してあった。「着ても、彼は気づかないでしょうね」ジェニーは笑い声をあげたが、ブレンナが突然、物思いにふけった。「マクファーソンの件をずっと考えていたの」ブレンナがそう言ったので、ジェニーは注意を向けた。恐怖でうろたえていないときのブレンナはとても賢いのだ。「マクファーソンと結婚しなくてもすむんじゃないかしら」

「どうして?」

「お父さんがジェームズ王に——もしかすると法王に——わたしたちが大修道院からさらわれたって知らせるでしょう? そうしたら大騒ぎになるから、ジェームズ王はメリックに軍隊を送るわ。大修道院は神聖な場所で、わたしたちはそこの保護下にいたんだもの。だから、ジェームズ王が助けに来てくれたら、マクファーソンの氏族は必要なくなるでしょう?」

ジェニーの目に希望の炎が浮かび、それから揺らいだ。「わたしたち、実際には大修道院の土地にいなかったと思う」

「お父さんはそんなこと知らないから、いたと思うはずよ。ほかの人たちもきっとそう」


当惑のしわを額に寄せて、ロイスはテントの外に立ち、野営地の端にある小さめのテントを見ていた。ふたりの娘が人質として入っているそのテントでは、ユースタスがライオネルと交替し、見張りに立ったばかりだった。

テントと地面のあいだから蠟燭《ろうそく》のかすかな灯りが漏れていることから、女性たちがまだ起きているとわかった。月明かりの差す比較的平和なこの夜、彼は午前中に彼女たちのテントへ行った理由の一部に好奇心があったことを認めていた。ジェニファーの顔が汚れていないと知ると、見てみたいという衝動に駆られたのだ。いま、ロイスは彼女の髪の色にばかばかしいほど興味をいだいていた。翼を広げたような眉からすると、彼女の髪は金褐色か茶色だ。妹のほうは間違いなくブロンドだが、彼はブレンナ・メリックには惹かれなかった。

ジェニファーに惹かれた。

彼女は断片を一枚ずつ見ていくしかないパズルのようだ。そして、それぞれの断片は、前の断片よりも驚きが大きい。

彼女はロイスの極悪さについてのうわさを聞いているはずだが、多くの男たちの半分も彼を恐れなかった。それが、第一の、そしてもっとも興味をそそる、パズルの——彼女の——断片だ。彼女の勇気と、恐怖心の欠如。

それから、大きくて魅力的な——あの目。深く豊かな青い色は彼にベルベットを思い起こさせる。驚くべき目。金褐色の長い睫毛《まつげ》を伴い、率直で表情に富んでいる。あの目はロイスに、持ち主の顔を見たいという気にさせ、そしてきょう実際に見たとき、彼女が十人並みだといううわさが信じられなかった。

正確には美しいとは言えないし、〝かわいい〟という表現もふさわしくないが、きょう彼女に仰ぎ見られたとき、ロイスはびっくりした。頬骨は高く、優雅な形で、肌は雪花石膏《アラバスター》みたいになめらかで、ほんのりと赤く染められており、鼻は小さい。これらの優雅な容貌とは対照的に、小さな顎ははっきりと頑固さと愛想のなさを表わしていた。しかし、彼女が微笑んだとき、ロイスは小さなえくぼがふたつ浮かんだのを確かに見た。

全体的に言えば、魅力的でそそられる顔だと言える。間違いなくそそられる。ロイスは、彼女の柔らかく、豊かな唇を思い出すことを自分に許した。

ジェニファー・メリックの唇から思考を引きはがして、ロイスは顔を上げ、問うようにユースタスを見た。ユースタスが無言の問いかけを理解し、自分の顔が照らされるよう、少し体をたき火のほうへ向けてから、右手を上げて、二本の指でそっと針を持つしぐさをし、それを上げたり下げたりして、縫い物をする波打つような動きをしてみせた。

この遅い時間に娘たちは縫い物をしている。ロイスにはそれが理解しがたかった。裕福な女性たちとの、みずからの体験からすると、彼女たちは家族や家庭のために特別な品を縫うが、繕い物は使用人にやらせる。ロイスはテントに映るジェニファーの影が見分けられないかと目を凝らし、不首尾に終わりながら、裕福な女たちは退屈さを紛らわせるために縫い物をすることもあるのかもしれないと思った。しかし、こんなに遅く、蠟燭の灯りのもとではしない。

メリックの娘たちはなんと勤勉なんだ、と皮肉と不信をないまぜにした感想をいだく。敵の服を直して、協力したがるとは、なんとすばらしい。なんと気前がいいんだ。

なんとありえない話だ。

とくにレディー・ジェニファー・メリックの場合はありえない。彼女の敵意をじかに見たロイスには、そう思えた。

テントから離れ、大股で進んで、疲労困憊し、戦傷を負った男たちがマントにくるまって眠るわきを通る。女たちのテントに近づきながら、彼女たちが針とはさみを急に持ちたくなった、明白な理由が突然わかり、ロイスは悪態を抑えながら、歩調を速めた。あの女たちは間違いなく、与えられた服をずたずたにしている！

〝狼〟がテントの垂れ布をぐいと上げ、頭をひょいと下げて入ってくると、ブレンナは恐怖と驚きの叫びを押し殺したが、ジェニーはたんに目を凝らし、うさんくさいほど愛想のいい表情を浮かべて立ち上がった。

「おまえたちのやっていることを見にきた」ロイスはぴしゃりと言い、切りつけるような視線を、身を守るように喉に手をやっているブレンナからジェニーへ向けた。「見せろ！」

「いいわよ」ジェニーは何食わぬ顔で言った。「このシャツに取りかかったところなの」うそをつきながら、袖ぐりを縫って綴じたばかりの彼のシャツをそっとわきにやる。自分で着るつもりの服の山に手を伸ばすと、彼に見せるために厚いウールのズボンを持ち上げ、前の数センチの破れをきれいに繕ったところを指で差した。

ロイスは完全に意表を突かれ、彼女が縫った、ほとんど見えないきっちりした縫い目をじっと見た。誇り高く、高慢で、しつけがなっていず、強情な女だが、すばらしく縫い物上手でもあると、ロイスは認めた。

「ご期待に添えましたでしょうか？」ジェニーが愉快そうに尋ねた。「今後も仕事を続けてよろしゅうございますか?」

彼女が捕虜で、敵の高慢な娘でなかったら、非常にありがたい協力に、ロイスは彼女を抱き上げ、しっかりキスをしたいと強く思っただろう。「すばらしい仕事だ」正直に認める。その場を離れようとしてから、テントの垂れ布を上げたまま、振り返った。「このまま、これから来るきびしい天候に不適切な破れた服を着ていたら、男たちは寒い思いをしただろう。冬用の服が来るまで、少なくとも着用可能な服があると知ったら、大いに喜ぶはずだ」

ジェニーは、自分とブレンナがはさみを持っていたら危険だと彼が気づき、仕事を調査しに来るかもしれないと予測していた。だから、彼の目をくらませるためにズボンを用意しておいたのだ。しかし、彼が素直な褒め言葉を口にするとは予想していず、彼の体に少なくとも一滴の人間性があると知ったいま、落ち着かず、裏切られたような気分になっていた。

ロイスが去ると、ふたりはふたたび敷物の上に座りこんだ。「ああ、なんてこと」ブレンナが不安げに言う。その視線は、ずたずたにした毛布の山に向けられていた。「どういうわけか、考えていなかったわ。ここの人たちが――人間であることを」

ジェニーは同じように思っていたことを認めようとしなかった。「彼らは敵よ」自分たちふたりに言い聞かせる。「わたしたちの敵であり、お父さんの敵であり、ジェームズ王の敵」信じている考えを口にしたものの、ジェニーの手は、はさみを取ろうとしたとき、たじろいだ。しかし彼女は意を決してそれを手に取り、マントを冷静に切り裂きながら、翌朝の逃亡に向けた最良の計画を決めようとした。

ブレンナが疲れきって眠ったあとも、ジェニーは長いこと横たわったまま、成功しそうなことと――失敗しそうなことのすべてに思いをめぐらしていた。

5

曙光《しょこう》に照らされて、草の上で霜がきらめくなか、ジェニーはそっと起き上がった。かわいそうなブレンナを必要以上に早く起こさないよう注意しながら、すべての計画を順番に再検討したあと、実行可能な最良の計画にたどり着くと、彼女はうまく逃げおおせる可能性について、ほとんど楽観的な気分になった。

「時間？」ブレンナが恐怖にかすれた声でささやき、ごろりと仰向けになって、ジェニーを見た。彼女はすでに厚いウールのズボンと、男物のシャツと胴着《ジャーキン》を身につけていた。今朝、個人的な用事をすますため、見張り付きで森へ行くときは、この上に修道服を着る。その際、数分間、監視の目から離れられるのだ。

「時間よ」ジェニーは励ますような笑みを浮かべて言った。

ブレンナは顔を青くしたが、起き上がり、震える手で服を着はじめた。「わたし、こんなに臆病じゃないといいのに」小さな声で言って、早鐘を打つ心臓を手で押さえ、もう一方の自由な手で革の胴着を取った。

「あなたは臆病じゃないわ」ジェニーは低い声を保ちつつ、断言した。「あなたは、何をするときも、起こりそうな結果について、たんに心配しすぎるだけ——しかも、ずいぶん前からね。実際には」ブレンナのシャツの、喉のところの紐を結んでやりながら、付け加える。「あなたはわたしより勇気があるわ。だって、わたしがあなたみたいに結果を恐れたら、ほんのわずかなことでもあえて行なう勇気がないだろうから」

ブレンナのためらいがちな微笑みは、口には出さないものの、その褒め言葉をありがたがっているしるしだった。

「帽子はある?」

ブレンナがうなずくと、ジェニーも長い髪を隠すためにかぶる予定の黒い帽子を手に取り、それから灰色の修道服を持ち上げて、ズボンのウエストにその帽子をはさんだ。太陽が少し高くなり、空を雨の日のような灰色にした。ふたりは男物の服を修道服で隠した状態で、自分たちを森へ連れていくため大男が現われるのを待った。

その時が近づき、ジェニーは声をごく小さくして、最後にもう一度、自分たちの計画を説明した。ブレンナが恐怖のあまり、すべきことを忘れるといけないからだ。「覚えておいて」ジェニーは言った。「一秒一秒が大切だけれど、性急に動いてはだめよ。人目を惹くから。修道服を脱いだら、茂みの下によく隠すのよ。彼らがふたりの男の子じゃなくて、修道女を捜してくれれば、わたしたちが逃げおおせる可能性が高くなる。修道服を発見されたら、野営地を出る前に捕まってしまうわ」

ブレンナがうなずき、つばを呑みこんだ。ジェニーは続けた。「服を脱いだら、あなたはわたしから目を離さないようにして、できるだけ速く動くの。人声に耳を傾けたり、わたし以外を見てはだめ。わたしたちが消えたと知ったら、彼らは大声をあげるでしょうけれど、それはわたしたちにはなんの意味もないのよ、ブレンナ。わめき声に脅えないで」

「そうするわ」ブレンナが言う。その目はすでに恐怖で丸くなっていた。

「わたしたちは森から出ずに、野営地に沿って南側へ進み、馬のいる囲いまで行く。捜索者たちはわたしたちが野営地にもどろうとしているとは予想しないで、反対方向を捜すわ――森の奥へ行く。

囲いに近づいたら、あなたは森のなかに留まって。わたしが馬を取ってくる。運がよければ、わたしたちが馬に乗るところをだれかが見ても、わたしたちを捜すのに忙しくて、気にしないでしょうね」

ブレンナが無言でうなずく。ジェニーは言い残した大事なことを伝えるのに、どうしたらいいかと考えた。もし追っ手に見つかったら、ブレンナが逃げられるように、自分が彼らの注意を惹くべきなのだが、ひとりで逃げるようブレンナを説得するのは簡単ではない。低い、切迫した声で、ジェニーはやがて言った。「それから、万が一、別れ別れになったら――」

「ない！」ブレンナが叫んだ。「そんなことないわ。あるわけない」

「聞いて！」ジェニーがささやき声ながらもきびしく言うと、ブレンナは抗議の言葉を呑みこんだ。「もし別れ別れになった場合、あなたは計画の残りの部分を知っておかなくてはならないわ――わたしが、あとで追いつけるように」ブレンナがしぶしぶうなずき、ジェニーは妹の冷たく湿った両手を取り、ぎゅっと握って、自分の勇気のいくらかをブレンナに注ぎこもうとした。「北はあの高い丘の方向よ――馬がいる囲いの向こうの丘。どれだかわかる？」

「ええ」

「結構。馬を手に入れて、乗ったら、森から出ないようにして、丘の上へ行くまで北へ進むの。頂上に着いたら、今度は西へ向かって丘を下るけれど、森から出ないようにする。道が見えたら、それに沿って進むけれど、森に留まっている必要があるわ。クレイモア伯爵はたぶん道を見張らせるでしょうけれど、見張りたちが捜すのはベルカーク大修道院の修道女ふたりで、若者ふたりじゃないわ。運がよければ、わたしたち、旅人たちと出会って、その一団に加われるかもしれない。そうなれば、変装がいっそう見破られにくくなって、うまくいく可能性が高くなるわ。

ブレンナ、もうひとつあるの。もし捜索人たちに見つかって、追いかけられたら、あなたはわたしがいま言った方向に全速力で走るのよ。わたしはべつの方向へそれて、彼らをあなたから引き離すわ。その場合は、できるだけ人目につかないようにするのよ。大修道院まではせいぜい五、六時間だけれど、もしわたしが捕まったら、ひとりで行くの。ここがどこなのか、わたしにはわからない。イングランドとの境界だと思うわ。北西寄りの北方向へ進んで、どこかの村に着いたら、ベルカークの方向を尋ねなさい」

「あなたを置いて行けないわ」ブレンナが小さい声で叫んだ。

「行かなくちゃだめ――そして、お父さんと氏族の人たちに、わたしの救出を頼むの」

ブレンナが最終的にはジェニーを見捨てるのではなく、助けることになるのだと理解して、その顔がわずかに明るくなった。ジェニーは妹に明るい笑みを向けた。「土曜には、わたしたち、きっといっしょにメリック城にいるわ」

「メリック城?」ブレンナが出し抜けに言う。「大修道院に留まって、使いを送り、お父さんにことの次第を知らせるべきじゃないの?」

「そうしたいのなら、あなたは大修道院に残ればいいわ。わたしはマザー・アンブローズに護衛をつけてくれるよう頼んで、きょうじゅうに城への旅を再開する。お父さんはきっと、わたしたちが人質としてここにいると思って、交換条件を受け入れてしまうでしょうから、その前にわたしはお城に着かないと。それに、ここの兵士の数とか、武器の種類とか――わたしたちしか答えられない、そんなことを、お父さんは知りたがるわ」

ブレンナはうなずいたが、ジェニーがメリック城へ行きたがる理由はそれだけでないと、ふたりともわかっていた。ジェニーは何よりも、父親と氏族の人間に誇らしく思われるようなことをしたくてたまらないし、それにはこれは絶好の機会なのだ。そしてもしことがうまくいった場合、彼女はその場に居合わせたかった。

外で見張り番の足音がし、ジェニーは立ち上がって、愛想のいい、懐柔的とも言える笑みを顔に浮かべた。ブレンナが、ある種の死と向かい合うような表情で立ち上がった。

「おはよう」ジェニーはそう言って、サー・ゴッドフリーに付き添われ、森へ向かった。

「眠っていないような気分よ」

たぶん三十歳ぐらいのサー・ゴッドフリーが、けげんそうにジェニーを見た。これまで彼に丁寧に言葉をかけたことがないからだ、と彼女は思った。そして額にしわを寄せた彼の視線が修道服をゆっくり見下ろした気がして、身をこわばらせた。修道服の下には、男物の服を着ているのだ。

「あんたたちはほとんど眠っていない」彼が言った。ふたりが夜遅くまで針仕事をしていたことを、明らかに知っている。

三人の足音は湿った葉によってくぐもっていた。ジェニーは彼の左側を歩き、ブレンナは彼女のもう一方の側をぎこちなく歩いている。

あくびをするふりをして、ジェニーは彼を横目で見た。「妹は睡眠不足で、いまがいちばん眠いのよ。小川でさっぱりする時間を余分にもらえたらいいんだけれど？」

サー・ゴッドフリーが深くしわの寄った日焼けした顔をジェニーに向け、半信半疑の目で彼女をじっと見てから、同意してうなずいた。

「十五分だ」そう言われると、ジェニーの気分は舞い上がった。「だが、少なくともどちらかの頭が見えるようにすること」

彼はふたりに横顔を向けて、森のきわで見張りに立った。ジェニーは、彼の視線が自分たちの頭よりも下へ行かないとわかっていた。これまで、見張り番のだれひとりとして、半裸の状態のふたりをちらりと見たいという欲望をあらわにしたことがなく、きょうはとくにそれがありがたく思えた。「あわてないのよ」ジェニーはブレンナを小川へ導きながら、そう言い聞かせた。小川に到着すると、岸に沿って歩き、サー・ゴッドフリーが追って森に入ってこない程度に、できるだけ森のなかへ移動し、やがて茂みの上に木が低く枝を垂れているところで止まった。

「水が冷たそうね、ブレンナ」ジェニーは声をあげた。これを見張りが耳にして、そばに確かめに来なくていいと思ってくれるように願っていた。声を発しながら、ジェニーは木の枝の下に立ち、慎重にベールと頭巾をはずし、ブレンナにうなずいて、同じことをするようにと合図した。ふたりの短いベールがはずされると、ジェニーはまだ頭にかぶっているようにベールを頭上に保ちながら、ひょいと身を低くし、それをすぐ上の枝にそっと引っかけた。満足して身を屈め、同じように頭上にベールを持ったブレンナのところに素早く移動し、妹の震える手からそれを受け取ると、できるだけうまく茂みに取りつけた。

二分後、ふたりは修道服を脱いで、茂みの下に押しこみ、葉や小枝を上にかけて、灰色の服が見えないようにした。ジェニーはふと思いついて、服と小枝の山のなかに手を伸ばし、ハンカチを取り出した。唇に指を当てて、ブレンナに片目をつぶってみせると、身を低くし、屈んだまま小川を十メートルほど下ったところまで行った。目指す方向とは反対側だ。とげの多い枝に、まるで逃げる途中でなくしたかのように、白いハンカチをさっと引っかけると、向きを変え、急いでブレンナのところへもどった。

「あれで彼らがだまされて、時間を稼げるはずよ」ジェニーが言うと、ブレンナが希望と疑いの混じった顔でうなずいた。ふたりは互いをさっと見て、相手の外見を確認した。ブレンナがジェニーに近づき、姉の帽子が耳にかかるように下ろし、はみでた金褐色の髪を押しこんでからうなずく。

感謝と励ましの笑みを浮かべて、ジェニーはブレンナの手をつかみ、妹を森のなかへ急いで導いた。野営地に沿って、北へ移動する。ゴッドフリーが約束の十五分を、もしかするとそれ以上の時間を、自分たちに与えてくれるよう祈っていた。

数分後、ふたりは馬を縄で囲った場所の背後まで行き着き、茂みのなかに屈んで、ひと息ついた。「ここにいて、動かないで!」ジェニーは言いながら、近くに視線を走らせ、軍馬のそばにいるはずの見張りを捜した。見張りは、囲いの向こう側の地面でぐっすり眠っていた。「見張りは持ち場で眠っているわ」大喜びでささやき、ブレンナのほうを向いて、そっと付け加えた。「彼が目を覚まして、馬を盗もうとしているわたしに気づいたら、徒歩で計画を実行するわよ。わかった？　森から出ないようにして、後ろの高い丘に向かうの」

返事を待たずに、ジェニーはゆっくりと前進した。森のきわで立ち止まり、周囲を見た。曇った灰色の朝のせいで、実際よりも早い時刻だと誤解され、野営地はまだ完全には目覚めていない。馬たちは腕を伸ばせば届くところにいた。

ジェニーが落ち着きのない二頭の端綱《はづな》をそっとつかみ、囲っている縄のほうへ引いていくさいに、一度だけ、見張りが身じろぎをした。ジェニーはぎこちなくつま先で立って、縄を持ち上げ、馬が下を通れるようにした。二分後には、一頭をブレンナに渡し、ふたりは馬を森の奥へ急いで導いた。朝露で湿った木の葉によって、蹄の音は消されていた。

馬たちを倒木のところへ引いていき、それを台にして、大きな馬の背に乗りながら、ジェニーは喜びの笑みを浮かべずにはいられなかった。高い丘の上へ向かってかなり進んだころ、急を報じる声が背後からぼんやりと聞こえた。

その騒ぎのおかげで静かに動く必要がなくなり、男たちの叫ぶ声が聞こえてくると、ふたりは同時に馬の腹を踵《かかと》で蹴り、森のなかを飛ぶように疾走させた。

ふたりとも馬の扱いはうまく、どちらも馬にまたがって乗ることにすぐに慣れた。鞍がないのは不便だったが、そのために膝できつく馬の腹を押さえることが必要となり、それを軍馬たちが速度を上げる合図と受け取ったため、ふたりは端綱に懸命にしがみつかなければならなくなった。前方には高い尾根があり、そしてその先、尾根の向こう側には、道が、大修道院が、そして最終的にはメリック城がある。ふたりはいったん止まって、ジェニファーが現在位置を確認しようとしたが、森がわずかな陽光をさえぎっているせいで、うまく確かめられず、勘で進むことを余儀なくされた。「ブレンナ」ジェニファーは乗っている大きな黒い軍馬のつやつやした太い首をぽんぽんとたたきながら、にやりと笑った。「〝狼〟に関する言い伝えを思い出してみて――馬についての。彼の馬はソアという名で、この地でいちばん速い軍馬だって言われていない？　しかも、軽快さもいちばんだって？」

「ええ」ブレンナが答え、夜明けの寒さのなかで小さく震えた。馬たちは深い森へと入っていった。

「それに」ジェニーが続ける。「その馬は真っ黒で、額に白い星のしるしがあるだけだと言われていない？」

「ええ」

「それで、この馬にもその星があるわよね？」

ブレンナが振り向き、うなずいた。

「ブレンナ」ジェニーはそっと笑い声をあげた。「わたしは〝黒い狼〟の偉大なるソアを盗んだのよ！」

馬が自分の名を聞いて耳を動かし、ブレンナは不安を忘れて、笑い声をはじけさせた。「だからきっと、この馬はつながれていて、ほかの馬とは分けられていたのね」ジェニーは陽気に付け加え、みごとな馬に賞賛の視線を送った。「それに、最初に野営地から逃げるとき、この馬があなたの馬よりずっと速いものだから、速度を抑えなくてはならなかった理由も、それで説明がつくわ」体を前に傾け、ふたたび馬の首をたたく。「おまえはなんて美しいの」ささやきかける。馬に対して嫌悪感はなかった。嫌悪感は、馬の以前の持ち主に対してだけだ。

「ロイス――」ゴッドフリーはロイスのテントのなかに立っていた。声は悔しさのせいで荒れており、太い、日に焼けた首に狼狽《ろうばい》の赤みが広がっている。「女たちが……その……逃げた。四、五十分前だ。アリックとユースタスとライオネルが森を捜している」

ロイスはシャツを取ろうとしていた手を止めた。側近のなかでもっとも狡猾でもっとも荒々しい男の話を信じられず、滑稽とも言える表情が顔に浮かぶ。「女たちが、なんだって?」疑うような微笑に、しだいに当惑が広がった。「まさかこう言っているのか」あざけるように言って、昨夜、娘たちが繕った服の山からシャツを憤慨気味につかんだ。「おまえがうぶな娘ふたりにまんまと出し抜かれ――」袖に腕をぐいと入れ、それから綴じられていて手が通らない袖口を、怒りと驚きの目で見つめた。小声で毒づき、べつのシャツをつかんで、袖口に問題がないか確認してから、腕をつっこんだ。袖全体がシャツの胴の部分から取れ、あっというまに落ちた。「神にかけて誓うぞ」歯を食いしばって言う。「あの青い目の魔女を捕まえたら――」シャツを放り投げ、衣装箱のところへ歩き、新しいシャツを取り出すと、素早く着た。怒りのあまり、文句を締めくくることを忘れていた。無意識に短剣を取って、身につけ、ゴッドフリーの前を通り過ぎる。「最後に彼女らを目撃した場所を教えろ」

「ここだ。森のなか」ゴッドフリーが言った。「ロイス――」二枚のベールが、その下に持ち主の頭もなく、枝に風変わりにかかっている場所を示しながら、彼は付け加えた。「このことを……その……ほかの者たちに知らせる必要はないよな？」

ロイスは目にさっと笑みを浮かべ、大男を皮肉たっぷりの表情で見た。自尊心をひどく傷つけられたゴッドフリーが、これを仲間内だけの出来事にしたいと望んでいると、すぐに理解した。「非常事態を告げる必要はない」ロイスはそう言いながら、長い脚で川岸を歩き、木々のあいだや茂みのなかに目をやった。「簡単に見つけ出せるだろう」

一時間後、彼はその自信をなくしていて、おもしろがる気持ちは怒りに取って代わられていた。ロイスは女たちを人質として必要としていた。ふたりはメリック城の門を開く鍵であり、その鍵があれば、おそらくは流血せずに大切な兵士たちも失うこともなく、それを実現できる。

五人の男たちが力を合わせ、森をしらみつぶしに捜索した。逃げる途中でどちらかの娘がハンカチをなくしたと信じて、東へ向かって捜した。しかし、その地点から先になんの痕跡も見つからないと、ロイスはひとつの結論に達した。どちらかの娘――間違いなく、青い目のほう――が、冷静な判断を下し、彼らを惑わすために白い布切れをそこに置いたのだ。ありえないし――信じられないことだ。しかし、どうやらそれが真実のようだ。

ゴッドフリーを片側に、あざわらっているアリックをもう一方の側に従えて、ロイスは二枚の灰色のベールのところへ行き、それらを乱暴に枝から取った。「非常事態を告げ、この森をくまなく捜すために捜索隊を組め」娘たちのテントの前を歩きながら、ロイスはきびしい口調で言った。「女たちは間違いなく茂みに隠れている。木の密生した森だから、われわれはふたりのすぐそばを歩いたはずだ」

四十人の男たちが横一列になって、伸ばした手をつなぎ、森を徹底的に捜しはじめた。小川の岸から始めて、ゆっくりと前進し、茂みや倒木の下をのぞいた。数分が一時間となり、二時間となり、やがて、ついに午後になった。

娘たちが最後に目撃された小川の岸に立って、ロイスは北にある、木のよく茂った丘を目を細くして見ていた。行方不明の捕虜たちが見つからないまま、時が刻々と過ぎ、彼の表情はしだいに険しくなっていった。風が出てきて、空が鉛色になった。

ステファンが、昨夜の狩りからもどり、兄に歩み寄った。「けさ、女たちが逃げたそうだな」高い丘から、その向こうの北を見やるロイスの視線を、心配そうに追う。「あの尾根まで行ったと思うか？」

「女たちに、歩いてあそこに行き着く時間はなかった」ロイスは怒りでざらついた声で答えた。「だが、あの丘を迂回する長いルートを取った場合に備えて、男たちに道を調べさせている。会う旅行者すべてに質問をしているが、娘ふたりを見た者はいない。ひとりの作男《さくおとこ》が、少年ふたりが馬で丘に入っていくのを見ただけだ。

彼女らがどこにいるにしても、あの丘へ入っていったら、道に迷うに決まっている。太陽が出ていず、方位がよくわからないからな。それに、自分たちの居場所を知らないから、どちらへ向かうべきかわかっていない」

ステファンは無言で遠い丘をじっと見てから、鋭い視線をロイスに向けた。「さっき野営地にもどったとき、兄さんも昨夜、狩りに出ることにしたのかと思ったよ」

「なぜだ？」ロイスはそっけなく言った。

ステファンはためらった。あの大きく、黒い軍馬の途方もない勇気と誠実さに対するロイスの評価が、多くの人間に対する評価よりも高いと知っているからだ。実際、ソアの馬上槍試合場と戦場における功績は、その持ち主の功績と同じぐらい伝説化している。宮廷の、ある有名な婦人が友人に言ったことがある。ロイス・ウェストモアランドが彼のいまいましい馬に見せる愛情の半分でも彼女に見せてくれたら幸運だと思う、と。そしてロイスは、いかにも彼らしく、皮肉たっぷりにこう答えた。彼女が彼の馬の半分でも誠実で愛情があれば、彼女と結婚しただろう、と。

ヘンリー王の軍隊のなかに、ロイスの馬を囲いから出して駆けさせる勇気のある者はいない。つまり、ほかのだれかがそうしたということだ。

「ロイス……」

ロイスは弟の声にためらいが混じっているのを聞いて向きを変えたが、彼の視線は突然、ステファンの横の土地に惹きつけられた。茂みの根もとに、葉や小枝が不自然に積み上がっている。いやな予感がして、彼は靴の先でその山を突いた。そこにはまぎれもない、地味な灰色の修道服があった。上体を曲げて服をつかみ取ったとき、ステファンが言葉を継いだ。

「ソアが、囲いにいなかった。娘たちが見張りに気づかれずに、あの馬を連れ出したにちがいない」

ロイスはゆっくりと上体を起こした。捨てられた服を見ながら、歯を食いしばっている。声は怒りでとげを含んでいた。「われわれは徒歩の修道女ふたりを捜していた。捜すべきだったのは、私の馬に乗った、ふたりの小柄な男たちだ」小さく毒づくと、向きを変え、馬のいる囲いのほうへ大股で向かった。娘たちのテントの前を通ったとき、上げられた垂れ布のなかへ、怒りと嫌悪のこもった鋭い動きで、灰色の修道服を投げこんだ。それから、ステファンを後ろに伴って、走り出した。

広い馬の囲いで見張りをしていた男が、主人に敬礼してから、危険を察知してあとずさりした。〝狼〟が手を伸ばし、男のジャーキンの前をつかんで、彼を地面から持ち上げた。「けさ、夜明けに見張っていたのはだれだ？」

「わ——わたしであります」

「おまえは持ち場を離れたか？」

「いいえ！　離れてません！」男は叫んだ。王の軍隊で、その行為は死罪だと承知していた。

ロイスはむかついて、男をわきへ放った。すぐに十二人から成る一団が組織され、ロイスとステファンを先頭に、道を北へ向かって走っていった。野営地と北の道のあいだにある、急な丘のところまで行くと、ロイスは手綱を強く引いて馬を止め、大声で指示を出した。女たちが事故にあったり、道に迷ったりしていないとすれば、すでに丘の向こう側を下り、次の尾根を登っているはずだ。それでも、ロイスは丘をこちら側から向こう側までくまなく捜索させるため、四人の男たちを行かせた。

ステファンとアリックと残った四人を従えて、ロイスは去勢馬に拍車をかけ、飛ぶように道を進んだ。二時間後、彼らは丘を迂回して、北の道に到着した。道は分かれ、一本が北東に、もう一本が北西へ向かっている。ロイスは躊躇して顔をしかめながら男たちに止まるよう合図し、女たちがどちらの道を選んだだろうかと考えた。あのいまいましいハンカチを森に残し、こちらに誤った方向を捜させるような冷静さが彼女らになければ、彼は男たち全員を北西の道へ行かせただろう。だが、現状では、彼女らが半日よけいにかかる道を故意に選んだ可能性も否定できない。時間はかかるが、安全な道だと、ロイスは知っていた。それに、彼女らが故郷へもどれる方向を知っているかどうか、疑わしかった。ロイスは空に目をやった。あと二時間で日が暮れてしまう。北西の道は、遠くの丘へ登っていくようだった。短いほうの道は、夜移動するのがむずかしい道でもある。男の格好をしてはいても、脅えた、か弱いふたりの女は、たとえ長くても、安全で容易な道を選ぶはずだ。ロイスは決断し、アリックと残りの男たちを、その三十キロに及ぶ道の捜索に出した。

一方ロイスは馬の首を北西の道へ向け、ステファンについてくるよう合図して、激怒しながら胸の奥でつぶやいた。あの傲慢で狡猾な青い目の魔女は、夜、自分たちだけで勇ましく丘を行くかもしれない。あの女はなんだってやってしまう。怒りを募らせながらそう思い、昨夜、服を繕ってくれたとき、彼女に丁寧に礼を言ったことを思い出した。彼の感謝の言葉を受け入れるとき、あの女はそれはそれは上品ぶっていた。彼女は恐れを知らない。いまのところは。だが、ロイスに捕まったとき、彼女はその意味を知るだろう。あの女に、恐れることを知らせてやる。

陽気に鼻歌を歌いながら、ジェニーは小さなたき火に小枝を足した。たき火は、きのう、裁縫のための蠟燭をつけるのに渡された火打ち石を使って熾《おこ》したものだ。生い茂った森のそば近くで、上っていく月に向かって、動物が不気味な遠吠えの声をあげたので、ジェニーはもっと決意を固くして鼻歌を歌い、本能的な不安の震えを隠した。かわいそうなブレンナを安心させるため、顔には明るい、励ますような笑みを浮かべていた。雨が降りそうな気配はなくなり、夜空は金色の丸い月が照る星空となっていて、ジェニーはそれをとてもありがたく思っていた。雨は、彼女がいまもっとも望まないものだ。

動物がふたたび遠吠えし、ブレンナが馬の毛布を肩にさらにきつく巻きつけた。「ジェニー」小さな声で言った。視線は信頼するように姉に向けられている。「あの声は、わたしが考えているとおりのもの？」その言葉を口にするのも恐ろしいかのように、〝狼〟という語を青い唇で形作った。

ジェニーはそれが一匹ではなく、何匹かの狼だとわかっていた。「さっき聞こえた梟《ふくろう》のこと？」にっこり笑って、うそをつく。

「あれは梟じゃなかったわ」ブレンナがそう言って、いやな感じで激しく咳きこみ、あえぐと、ジェニーは不安に身をこわばらせた。子どものころからブレンナを始終苦しめていた肺の病気が、湿った寒さと恐怖によって悪化し、今夜、再発している。

「梟じゃなかったとしても」ジェニーは優しく言った。「肉食動物はこの火に近づいてこないわ――ほんとうよ。ギャリック・カーマイケルが、わたしたち三人がアバディーンからの帰り道、雪で野宿せざるをえなくなった夜に教えてくれたの。彼は火を熾し、ベッキーとわたしにそう言ったわ」

そのとき、火をつけていることの危険性が、狼たちの危険性と同じぐらい、ジェニーを不安にさせた。小さな火は、森のなかであっても、遠くからよく見える。道から数キロ離れているとはいえ、追っ手に見つかるかもしれないという感覚を振り払えなかった。

気を紛らわせて心配事を忘れようとして、ジェニーは膝を胸に引き寄せ、膝小僧に顎を置いて、ソアのほうへうなずいた。「あれほどみごとな馬を見たことがある？　けさ乗ったとき、最初は振り落とされるんじゃないかと思ったけれど、彼はわたしたちの切迫した気持ちを感じとったみたいで、やがて落ち着きを見せたわ。そしてきょうは一日じゅう――不思議なことに――こちらが促したり指図したりしなくても、わたしの望みを承知しているようだった。わたしたちが〝狼〟の手から逃れただけでなく、彼の馬を伴って帰郷したら、お父さんがどんなに喜ぶか、想像してみて！」

「彼の馬だと確実には言えないわ」ブレンナが言った。とても価値があり、とても有名な軍馬を盗んだことが賢明かどうか、考え直しているようだ。

「もちろんそうよ！」ジェニーは誇らしげに断言した。「彼は、吟遊楽人たちが歌のなかで言っていた、まさにその馬よ。それに、わたしが名前を言うたびに、あの馬はわたしを見るわ」実証するように、ジェニーがそっと馬の名前を呼ぶと、馬はりっぱな頭を持ち上げ、人間のような知的な目で彼女を見た。「彼よ！」ジェニーは歓喜の声をあげたが、ブレンナはその考えにたじろいだようだった。

「ジェニー」ブレンナがささやく。榛色の目が、姉の勇敢で決然とした微笑みを悲しそうに見ていた。「あなたにそんなに勇気があるのに、わたしにはほとんどないのは、どうしてだと思う？」

「なぜなら」ジェニーはくすくす笑いながら言った。「われらが主《しゅ》は公正な神で、あなたが美しさのすべてを与えられたから、わたしにも何かバランスが取れるものを与えたかったのよ」

「ああ、でも――」ブレンナが突然、言葉を切った。大きな黒い馬が急に頭を持ち上げ、夜空に向かって大きくいなないたからだ。

ジェニーはさっと立ち上がると、ソアに駆け寄り、手を馬の鼻面に押し当て、彼を黙らせた。「急いで――火を消して、ブレンナ！　毛布を使って」耳のなかで心臓の高鳴りを聞きながら、ジェニーは首を傾け、馬の乗り手の音が聞こえないかと耳を澄ました。聞こえなくても、彼らの存在が感じ取れた。「聞いてちょうだい」大急ぎでささやき声で言う。「わたしがソアに乗ったら、あなたは自分の馬を放して、森のあっちの方向へ走らせ、それからここへもどってきて、あの倒木の下に隠れなさい。わたしが帰ってくるまで、あそこから離れたり、音をたてたりしちゃだめよ」

そう言いながら、ジェニーは丸太に飛び乗り、ソアの背にまたがった。「わたしはソアを道のほうへ走らせ、あの丘を駆け上らせる。あの人でなし伯爵が来ているとすれば、彼はわたしを追うはずよ。そしてブレンナ」すでにソアを道のほうへ向けながら、息を殺して付け加える。「わたしが彼に捕まって、もどらなかったら、道を大修道院のほうへ歩いて、計画どおりにするのよ――わたしの救出のために、お父さんをよこして」

「でも――」ブレンナが恐怖に震えながら、ささやく。

「そうするの！　お願い！」ジェニーは懇願し、馬を道に向かって突進させた。追っ手からブレンナを引き離すため、故意にできるだけ音をたてて森を抜ける。

「あそこだ！」ロイスがステファンに叫び、高い尾根へ向かって疾走する黒い点を指さすと、彼らは自分たちの馬に拍車を当て、道を飛ぶように進み、馬とその乗り手を追った。娘たちが野営した場所の近くの道に来ると、紛れもない、消したばかりの火のにおいがし、ロイスとステファンは急停止した。「野営地を捜索しろ」ロイスはすでに拍車を当てて、馬を全速力で駆けさせながら、そう叫んだ。「妹のほうが見つかるはずだ」

「くそ、馬に乗れるとは！」ロイスは賞賛に近い気持ちで言った。彼の視線は、ソアの首を覆うように上体を低くしている、三百メートル先の小さな姿を見据えていた。自分が追っているのがジェニーであって、臆病な妹のほうではないと、直感でわかった。馬がソアであることにも、同じぐらいの確信があった。ソアは一心に走っているが、勇ましい黒馬のスピードをもってしても、非常に高い障害物をジェニファーが飛び越えさせず、迂回させるために失う時間を取りもどすことはできないでいた。鞍がないため、馬をあまり高く跳躍させると、振るい落とされる危険があるのだ。

ロイスがふたりの間隔を五十メートルにまで狭め、急速に近づきつつあるとき、ソアが突然、方向を変え、倒木を跳び越えることを拒んだ。明らかに、危険を感じとり、自分と乗り手を守ろうとしているそぶりだ。不安と恐怖の叫びに胸を引き裂かれながら、ロイスは夜陰に目を凝らし、倒木の向こうには急斜面と希薄な空気以外何もないと気づいた。「ジェニファー、やめろ!」そう叫んだが、彼女は警告を聞こうとしなかった。

激しい恐怖に襲われながら、ジェニーはふたたび馬をもとの地点へもどし、後退させてから、つややかな横腹に蹴りを入れた。「進め!」彼女がそう叫ぶと、巨大な馬は一瞬ためらってから、後ろ脚を曲げ、力強く跳躍した。ほとんど即座に、人間の悲鳴が夜を切り裂き、ジェニーはバランスをくずして、跳んでいる馬から滑り落ち、一瞬、そのたてがみをつかんでから、倒木の枝のなかへすさまじい音とともに落ちた。そしてすぐ、べつの音がした――巨大な動物が急勾配に突っこみ、死へと転がり落ちる、吐き気を催す音だ。

ジェニーが枝のなかからよろよろと立ち上がったとき、ロイスが馬から飛び降り、崖のふちへ走った。ジェニーは目にかかった髪の毛をどけ、目の前には暗黒しかないと気づき、それから自分を捕まえに来た者へ視線を移したが、彼は花崗岩のように顎を硬直させて、急坂を見下ろしていた。落ち着きを失い、混乱していたため、ロイスに腕を痛いほどつかまれても、彼女はまったく抵抗しなかった。ロイスに引っ張られて、慎重に急坂を下る。

一瞬、ジェニーは彼が何をするつもりなのか想像できなかった。それから、頭が少しはっきりした。ソア！　彼は自分の馬を捜しているのだ。ジェニーはごつごつした土地に視線を走らせ、なんとかして、あのすばらしい馬が無傷でいるようにと祈った。馬を発見したのは、ロイスと同時だった。動かない、黒い体が、巨石のすぐそばに横たわっていた。その巨石が彼の落下を中断させ、首を折ったのだった。

ロイスがジェニーの腕を放り出した。ジェニーは後悔と苦悩でその場から動けないまま、自分の不注意で殺してしまった美しい馬を凝視した。彼女が見守るなか、まるで夢のなかであるかのように、イングランド一残忍な戦士が死んだ馬の横に片膝をつき、そのつややかな黒い毛をゆっくりと撫で、聞き取ることのできない、感情むき出しの声で何かつぶやいていた。

涙でジェニーの目はぼやけていたものの、ロイスが立ち上がり、体を回してこちらを向いたのが見えると、彼女は恐怖に襲われた。衝動的に逃げようと向きを変えたが、間に合わなかった。ロイスがジェニーの髪をつかんでぐいと引き、彼女を自分のほうに向かせた。彼の指がジェニーの頭皮に食いこむ。「なんていまいましい女なんだ！」ロイスが怒りをこめて言った。目は憤怒でぎらぎらしている。「おまえがいま殺した馬は、そこいらのどんな男よりも勇気と誠実さを持っていたんだぞ！　その両方をあまりにも持っていたせいで、死ねというおまえの命令を聞き入れた」ジェニーの青い顔に悲しみと恐怖が刻まれたが、それに彼女の捕獲者の気持ちを和らげる効果はなく、彼は髪をつかんだ手にさらに力をこめ、彼女の頭をさらに後ろに引っ張った。「あいつはあの木の向こうに希薄な空気しかないと知っていて、おまえに警告し、それから死の命令を聞き入れたんだ！」

自分が何をするかもはや信用できないかのように、ロイスは彼女の髪を放すと、今度は手首をつかみ、彼女を崖の上へ乱暴に引っ張っていった。彼が下までいっしょに来させたのは、もう一頭の馬を盗まれないようにするためだったのだと、ジェニーはぴんと来た。あのときはひどく緊張していたため、たとえその機会があっても、やろうという考えは浮かばなかった。しかしいま、彼女は正気を取りもどしつつあった。そして馬の背に乗せられたとき、その機会がやってきた。伯爵が片脚を馬の背の向こうに回そうとしたとき、ジェニーは手綱に飛びつき、なんとか彼の手から奪った。しかし計画は失敗した。ロイスが走り出した馬になんなく乗り、ジェニーの胴に腕を回して、息ができないほどきつく押さえたからだ。「もう一度、やってみろ」ジェニーの耳にささやく。激しい怒りの口調に、ジェニーの身がすくんだ。「もう一度、私をいらつかせることをやってみろ」彼の腕に恐ろしいほど力がこもる。「そうしたら、生きているかぎり後悔させてやる！　わかったか？」ロイスは腕にぎゅっと力を入れ、その質問を強調した。

「わかったわ！」ジェニーがあえぎながら答えると、彼はゆっくりと胸郭への圧迫をゆるめた。

ジェニーに隠れているよう指示された倒木の下で縮こまりながら、ブレンナは彼女の馬を引いて空き地にもどってきたステファン・ウェストモアランドを見守った。彼女の位置からでは、馬たちの脚と、地面と、馬を下りた彼の脚しか見えない。もっと森の奥へ行けばよかった、と取り乱しながら思ったが、もしそうしても、道に迷っていただろう。それに、ジェニーにここに留まるよう言われていた。こういう場合、ブレンナはジェニーの指図に忠実に、完璧に従った。

男の脚が近づいてきた。彼はたき火のところで止まり、靴の先で残り火をつついた。ブレンナは直感で、自分が隠れている茂みの暗がりを彼の目が探っているのを感じとった。彼が突然動き出し、近づいてくると、恐怖にブレンナの肺が空気を求め、胸があわただしく上下した。ブレンナは口を手で覆い、体内で起こっている咳の発作を抑えようとしながら、ほんの数センチ先にある彼の靴を凝視し、恐ろしさに凍りついた。

「もういいだろう」低い声が小さな空き地に響き渡る。「そこから出てくるんだ、お嬢さん。楽しい追いかけっこだったが、これでおしまいだ」

それが策略で、実際にはここにいると彼が知らないことを望みながら、ブレンナは隠れている場所のさらに奥へ身を押しつけた。「わかったよ」ステファンがため息をつく。「こちらから手を伸ばして、おまえを捕まえなければならないようだ」彼がさっと身を屈め、次の瞬間には大きな手を枝のなかにつっこみ、あたりを手探りして、ついにブレンナの胸をつかんだ。

彼女の喉に怒りと恐怖の悲鳴があがるなか、彼の手がぱっと開き、それから自分が見つけたものの正体を確認するかのように、ふたたびゆっくりと閉じた。そしてその正体をたしかに突き止めると、つかの間の衝撃に彼は手を引っこめ、それからまた突っこんで、今度は腕をつかみ、ブレンナを引きずり出した。

「これは、これは、これは」ステファンがにこりともせずに言った。「どうやらぼくは森の妖精を見つけたようだ」

ブレンナには、ジェニーが〝狼〟にやったように、殴ったり噛んだりする勇気はなかったが、なんとかにらみつけることはできた。ステファンがブレンナを彼女の馬に乗せ、その手綱を持ちながら、自分の馬に乗る。

森から道に出たとき、ブレンナはジェニーが逃げおおせたようにと祈りをささやき、それから意を決して、道の先の尾根を見た。ジェニーが〝黒い狼〟の馬に乗ってこちらへやってくるのが目に入り、心が沈んだ。ステファンが自分の馬を兄の馬の隣りへ行かせた。「ソアはどこだ?」そう尋ねたが、ロイスの顔に浮かぶ凶悪な表情が、実際の言葉よりも先に答えていた。「死んだ」

ロイスは唇をきつく結んで無言で進み、時が刻々と過ぎるうち、怒りがますます大きくなっていった。ソアに対して深い喪失感を覚えていただけでなく、疲れて空腹だったし、赤毛（いま気づいた）の娘に対して非常に怒ってもいた（ブレンナに罪はないと正しく認識していた）。彼女はあろうことか賢く、経験のある護衛をだまし、部隊の半分を混乱させ、彼女をふたたび捕まえるために、彼に一昼夜を費《つい》やさせた。しかしロイスをいちばん怒らせたのは、彼女の不屈の意志と、しぶとい根性と、挑戦的態度だった。彼女は、泣きくずれることで自分の間違いを認めようとしない、甘やかされた子どもみたいだった。

彼らが野営地に入っていくと、男たちが首を回して彼らを見、安堵の表情を浮かべたが、喝采をあげるような愚か者はいなかった。そもそも、ふたりの捕虜を逃がしてしまったことが当惑のもとであり、喜ぶなどとんでもなかったが、捕虜たちが女であるという事実は、問題外だった。恥ずべきことだった。

ロイスとステファンは囲いのほうへ馬を進めた。ロイスは馬から下りると、ジェニーを下ろした。彼女は自分のテントへ行こうと向きを変えたが、次の瞬間、痛みと驚きの叫びをあげた。ロイスに引きもどされたのだ。「見張りに見られずに、おまえがどうやって馬を囲いから連れ出したのか知りたい」

声が聞こえる範囲内のすべての男がいっせいに緊張し、ジェニーのほうを向き、答えを待っているようだった。そのときまで、彼らはジェニーが見えないかのようにふるまっていたが、いま、彼らの素早い、強烈な視線を受けて、ジェニーは当惑した。

「答えろ！」

「こそこそ盗み出す必要はなかったわ」ジェニーはできるだけ威厳と軽蔑をかき集めて言った。「見張りが眠っていたんだもの」

ロイスの怒った目のなかで、痛みを伴った驚きが揺らめいたが、それ以外に顔に感情を表わすことなく、彼はアリックに短くうなずいた。手に斧を持った金髪の巨人は、男たちのあいだを通り抜け、不従順な見張り番のほうへ向かった。ジェニーは気の毒な男がどうされるのだろうかと思いながら、目の前に広がる光景を眺めていた。彼が職務怠慢で罰せられるのは間違いなかったが、罰はあまり重いものではないだろうと思った。それとも、重いのだろうか？　ロイスに腕をつかまれて、引っ張っていかれたので、真実はわからなかった。

ロイスに引かれて野営地を歩きながら、通り過ぎる兵士と騎士すべてがあからさまに示す、敵意のこもった怒りを、ジェニーは感じとった。彼女はまんまと逃げることで、彼ら全員をばかにしたのだ。そのために彼らはジェニーを憎み、その憎しみの激しさに、ジェニーは肌がひりひりした。伯爵でさえ、前よりも怒っているように見え、彼女は腕が抜けそうなほど強く引っ張る彼に遅れまいと、小走りになるぐらい歩調を速めた。

彼の怒りに対するジェニーの不安は、突然、もっと直接の災難に圧倒された。ロイス・ウエストモアランドが、ジェニーのテントではなく、自分のテントに彼女を連れていったのだ。

「そこには入らないわ！」ジェニーは叫び、急にあとずさりした。

伯爵は小声で毒づき、手を伸ばして、彼女を小麦の袋みたいに肩に担いだ。ジェニーの尻が空のほうを向き、長い髪は彼のふくらはぎまで届いた。彼女が人前で恥をかかせられるのを男たちは見守り、空き地に下卑た笑い声や喝采が響き渡った。憤慨と屈辱に、ジェニーは喉を詰まらせそうになった。

テントに入ると、ロイスが彼女を毛皮の敷物の山にどさりと下ろし、立ったまま、ジェニーを見守った。彼女はどうにか身を起こし、それから立ち上がって、追い詰められた小動物みたいに彼を見た。「わたしを犯したら、あなたを殺すわ。絶対に」そう叫んだが、ロイスの顔に浮かんだ怒りを見て、心のなかで身をすくめた。彼の顔が鋼のように冷たくなり、目がきらめく銀色の破片みたいになった。

「おまえを犯す？」ロイスは痛烈な軽蔑をこめて言った。「いま、おまえに対していちばんいだかないものが肉欲だ。おまえがこのテントに留まるのは、ここがすでに厳重に警備されているから、そしておまえの監視で兵士たちの時間をこれ以上浪費したくないからだ。それに、おまえは野営地の中心部にいるから、逃げようとしたら、男たちがおまえを阻止するだろう。わかったか？」

ジェニーが彼をにらみつけたが、口は開かずにいた。こちらの意志に従わない彼女の傲慢さに、ロイスはさらに激怒した。体のわきで拳を握り、怒りを懸命に抑えて、言葉を継いだ。「私やこの野営地のほかの者にあとひとつでも不愉快な思いをさせたら、私みずから、おまえの人生を生き地獄にしてやる。私の言うことがわかったか？」

ジェニーは荒々しく恐ろしい顔を見ながら、彼にはそれができるし、きっとそうするだろうとじゅうぶん理解した。

「答えろ！」ロイスが残忍な声で命じる。

彼がすでに理性を失っていると気づき、ジェニーはつばを呑みこんで、うなずいた。

「それから——」ロイスはこれ以上何を言うか自分を信じられないかのように、急に言葉を途切らせた。向きを変え、テーブルからワインの大瓶をさっと取り、飲もうとしたとき、従者のゴーウィンがテントに入ってきた。ゴーウィンの腕のなかには、先刻、女たちのテントから取ってきた毛布があった。男たちに渡そうとしたとき、繕われていず、切り裂かれているると気づいた毛布だ。従者の顔には、怒りと不信がよく表われていた。

「何か問題か？」ロイスが瓶を唇に持っていきかけたまま、ぴしゃりと言った。

ゴーウィンが若い、憤怒の顔を主人に向けた。「毛布です」そう言って、顔の向きを変え、ジェニーを非難の目で見た。「彼女が繕わず、切ってしまったんです。防寒にこの毛布しかなくて、兵士たちが凍えてしまいますが……」

伯爵が非常にゆっくり、非常に注意深く大瓶を下げ、テーブルに置いたとき、ジェニーの心臓は本物の恐怖に激しく鼓動しはじめた。ロイスが口を開くと、その声は怒りでざらついた、感情むき出しのささやき声だった。「こっちへ来い」

ジェニーは首を横に振って、一歩後ろに下がった。

「おまえは自分で状況を悪くしている」ジェニーがもう一歩下がると、ロイスは警告した。

「こっちへ来いと言ったんだ」

ジェニーは崖から飛び降りたほうがましだと思った。テントの垂れ布は上がっているが、逃げようがない。ロイスが彼女をテントに連れこんでからというもの、男たちがまわりに集まって、彼女が慈悲を請うて泣くか叫ぶかするのを待っているようなのだ。

ロイスは従者に話しかけたが、射るような視線はジェニーに向けたままだった。「ゴーウィン、針と糸を持ってこい」

「はい」ゴーウィンが返事をし、隅へ走っていって、その両方を取ってきた。それらをロイスのわきのテーブルに置き、それから後ろへ下がって、驚きの目で主人の行動を見守った。

ロイスはかつては毛布だった切れ端を取り上げ、切った当人である赤毛の魔女に差し出した。

「全部繕うんだ」不自然に穏やかな声でジェニーに言う。

体から緊張が抜けた状態で、ジェニーは自分の捕獲人を困惑と安堵の目で凝視した。彼の一昼夜を彼女の追跡に費やさせ、彼の美しい馬を殺し、彼の服を台なしにしたというのに、彼が与える罰は、だめにした毛布の繕いだけ。それが、ジェニーの人生を生き地獄にするのだろうか？

「おまえは、この毛布すべてを繕うまで、毛布で寝てはならない。わかったか？」ロイスが付け加える。彼の声は磨かれた鋼のようになめらかで、硬かった。「兵士たちが暖かく眠れるまで、おまえが暖まることは許さない」

「わ――わかったわ」ジェニーは震える声で答えた。ロイスの態度があまりにも抑制されていて、子を罰する親のような感じだったので、これ以上のことを彼がするつもりだとは、思ってもみなかった。実際、前へ歩き、彼が持つずたずたの布切れを震える手で受け取ろうとしたときには、彼の無情さについてのうわさはひどく誇張されたものだという考えが、ちらりと頭をよぎった。次の瞬間、その考えは粉々になった。「痛っ！」彼の大きな手が蛇みたいにさっと出てきて、ジェニーの伸ばした手をつかみ、彼女の肺から空気が押し出され、体が反るほどの力で彼女を前に引っ張った。「この甘やかされたあまめ」嚙みつくようにロイスが言う。「おまえが子どものころに、だれかがおまえの鼻をへし折るべきだったんだ。だが、だれもそうしなかったのなら、私が――」

ロイスの手が上がると、ジェニーは一方の腕を上げて、頭を守ろうとした。顔を殴られると思ったからだが、殴りに来ると予想していた大きな手は、彼女の腕をぐいと下ろした。「私がこんなふうにおまえを殴ったら、首を折ってしまうだろう。私にはべつの目的があるんだ――」

ジェニーが反応する間もなく、ロイスがなめらかな動きで腰を下ろし、彼女の体を膝に載せた。「いやよ！」ジェニーは息を呑み、怒りと恐怖から無我夢中でもがいた。テントの外に男たちが集まり、聞き耳を立てているのが、痛いほどよくわかった。「やめて!」そう叫び、床に身を投げようとした。ロイスが一方の脚を彼女の両脚にかぶせ、腿《もも》で動けないように締めつけ、手を上げた。「これは」彼女の尻に手を下ろしながら、彼は言った。「私の馬のぶんだ」ジェニーは泣き叫ぶ声をこらえようと、血が出るほど唇を噛みながら、痛みの波のなかで数を数えた。彼の手が容赦なく、何度も何度も上下する。「これはおまえの破壊好きの心のぶん……おまえの愚かな逃亡の……おまえが台なしにした毛布の……」

ジェニーがすすり泣き、やめてくれと懇願するまで打つつもりで、ロイスは手が痛くなるほど続けたが、彼女は手を避けようと必死にもがくものの、決して声を漏らさなかった。実際、尻を手で打つたびに、彼女の全身が引きつらなければ、ロイスは彼女がなんにも感じていないと思ったかもしれない。

ロイスはふたたび手を上げ、それから躊躇した。打たれると予期して、ジェニーの尻が硬くなり、体が緊張したが、それでも彼女は叫ばなかった。自分がいやになったし、彼女を泣かせ、慈悲を請わせるという満足感を得られないので、ロイスは彼女を膝から押しやって立ち上がり、激しく呼吸しながら、ぎらぎらする目で見下ろした。

いまでさえ、頑固で屈しない自尊心によって、彼女はロイスの足もとに倒れていることを拒否した。手を床について、ゆっくり、ぐらつきながら身を起こし、やがて、ズボンを腰のところでつかみながら、彼の前に立った。頭を垂れていて、ロイスには彼女の顔が見えなかったが、彼女はわななく肩をしゃんとしようと、身を震わせた。あまりにも小さく、弱々しい姿に、ロイスは良心の呵責を覚えた。「ジェニファー――」吐き出すように言う。

彼女の頭が上がり、ロイスは自分が目にしたものに対して、驚きと不本意な賞賛の念を覚えながら、身をこわばらせた。怒り狂ったジプシーのようにそこに立ち、髪を金色の炎みたいに体のまわりに垂らし、憎悪と流さない涙で大きな青い目をぎらつかせながら、彼女はゆっくりと手を上げた……その手には、短剣があった。たたかれているときに、ロイスの靴からまんまと奪い取ったのだ。

そして彼女が短剣を高く上げた、現実とは思えない瞬間、ロイス・ウェストモアランドは、これまで出会ったなかで、彼女ほどすばらしい人物はいないと思った。荒々しく、美しく、怒り狂った、復讐の天使。自分よりはるかに長身の敵と、勇敢にも向かい合いながら、怒りで胸を上下させている。彼女を傷つけ、侮辱したが、その不屈の精神を粉砕することはできなかった、とロイスは気づいた。突然、彼女を粉砕したいのかどうか、わからなくなった。優しく、強調することなく、彼は手を差し出した。「短剣をよこすんだ、ジェニファー」

彼女が短剣をさらに高く上げた。ロイスの心臓に狙いをつけていた。

「もうおまえを傷つけることはしない」穏やかに言葉を継ぐあいだに、ゴーウィンがひそかに彼女の後ろに移動した。主人の命を守ろうと、少年の顔は凶悪になっている。「でないと」ロイスはゴーウィンに向けた命令を強調して、続けた。「熱心すぎる従者が、おまえが攻撃に出たとたん、その喉を切り裂こうと、いまおまえの後ろに立っているぞ」

怒りのあまり、ジェニーは従者がテント内にいたことを忘れていた。あの少年に屈辱の場面を見られてしまった！　その思いが、ジェニーの体内で火山のように爆発した。

「短剣をよこすんだ」ロイスは手を伸ばした。今度はよこすだろうと確信していた。彼女はそうした。短剣が光の速さで空気を切り、彼の心臓を狙った。ただ、ロイスが素早く反応して、腕でその向きを変え、それから刃をひねって、彼女の凶暴な手からはずした。それだけでなく、腕を回して、彼女を抱きかかえる。赤い鮮血がすでに傷口から流れていた。彼女がみごとにも、ロイスの耳のそばの頬を切ったのだ。

「血に飢えた娘め！」低い残忍な声で、ロイスは言った。彼女に対する賞賛は、顔から血が流れるのを感じてすぐに消え去った。「おまえが男だったら、殺すところだ！」

ゴーウィンが、ロイスをしのぐほど激しい怒りをこめて、主人の傷をじっと見た。ジェニーに視線を移したとき、その目には殺意があった。「護衛兵を連れてきます」ジェニーに最後の憎悪の一瞥《いちべつ》をくれてから、言った。

「ばかなことをするな！」ロイスが鋭い声で言った。「私が修道女に傷つけられたといううわさを野営地じゅうに、それから国じゅうに広めるつもりか？　敵が戦わずして敗北するのは、私に対する恐怖、私の伝説ゆえなんだぞ！」

「申し訳ありません」ゴーウィンが言った。「でも、彼女が解放されたときにしゃべるのはどうやって止めるんです?」

「解放?」ジェニーは恐怖による放心状態から目覚め、自分が引き起こした出血をじっと見た。「あなたはわたしたちを解放してくれるの?」

「いつかはな。その前に私がおまえを殺さなければ、だが」〝狼〟がそう言って、彼女を突き放した。あまりの力に、ジェニーはテントの隅にある敷物の山に大の字に倒れた。ロイスがワインの大瓶をさっと取り、用心深く彼女を見ながら、ごくごくと飲み、それからテーブルの、糸の横にある大きな針をちらりと見た。「もう少し小さな針を見つけてこい」従者に命じる。

ジェニーは彼の言葉と行動にとまどいながら、放られた場所に座っていた。理性がもどってきたいま、彼を殺そうとしたその場で殺されなかったことが、ほとんど信じられなかった。彼の言葉が心のなかを駆け抜ける。「敵が戦わずして敗北するのは、私に対する恐怖、私の伝説ゆえなんだぞ」心の薄暗い奥底では、〝狼〟が伝説とは違って、それほど悪人ではないという結論にすでに達していた。彼がうわさどおりの悪人なら、彼女はいまごろ拷問にかけられ、乱暴されているだろう。彼はそうせずに、ブレンナと彼女を解放するつもりでいるようだ。

ゴーウィンが小さめの針を手にもどってきたころには、ジェニーは数分前に殺そうとした男に対して、思いやりに近いものを感じていた。肉体的に痛い思いをさせられたことを許すつもりはないが、自分と同様、彼の体と自尊心も傷ついたいまとなっては、勝負は痛み分けに思えた。大瓶からワインを飲むロイスを座って見守りながら、今後取るべきもっとも賢明な道は、ふたりを大修道院へ返すという気持ちを変えさせないため、彼を怒らせないように最善を尽くすことだと判断した。

「ひげを剃《そ》らなければなりません」ゴーウィンが言った。「でないと傷がよく見えなくて、うまく縫えませんから」

「なら、剃れ」ロイスがつぶやいた。「おまえは見えていても、針の使いかたがあまりうまくないからな。全身の傷跡がその証拠だ」

「切られたのが顔でなければよかったのに」ゴーウィンが同意すると、それまで消えていた感情がジェニーにもどってきた。「すでに顔は傷跡だらけです」従者はそう付け加えながら、ひげ剃りのための鋭いナイフと水の入ったカップを並べた。

ひげ剃りの作業に入ると、少年の体で〝狼〟がジェニーから見えなくなり、時がゆっくりと進むなか、彼女は気がつくと、濃く黒いひげの向こうにどんな残忍な顔があるのか知りたくてたまらなくなっており、体をわずかに左へ右へと傾けていた。それとも、弱々しい顎が現われるのだろうか？　確かめようと、さらに左へ体を傾けながら思った。きっと弱々しい顎だ、と決めつけながら、従者の向こうをのぞこうとあまりにも右に体を傾けたため、バランスをくずしそうになった。

ロイスはジェニーに彼の命を奪おうとするほどの大胆さがあると知ったいま、彼女の存在を忘れていなかったし、彼女を信用してもいなかった。目の隅で監視していると、彼女が左右に体を傾けているのが見えたので、従者にからかうように言った。「ゴーウィン、わきに寄れ。彼女が瓶のようにひっくり返る前に、私の顔がよく見えるように」

右に傾きすぎていたジェニーは、そんなことをしていないふりをしようとしたが、すぐにはバランスをもどせなかった。頰を赤く染めながら、視線をロイス・ウェストモアランドの顔からはずしたものの、そうする前に、〝狼〟が思っていたよりもかなり若いという、驚くべき印象を受けた。それに、弱々しい顎ではなかった。たくましい、四角い顎で、真ん中に奇妙な小さなくぼみがあった。それ以外は、なんとも言えなかった。

「ほら、ほら、恥ずかしがるんじゃない」ロイスは皮肉っぽく言ったが、先ほど飲んだ強いワインで、機嫌はかなりよくなっていた。そのうえ、彼女が大胆な暗殺者から、困惑したりおもしろがったりする好奇心たっぷりの娘へ、驚くべき変化を急速に遂げたことに気づいた。

「いましがた、自分の頭文字を彫ろうとした顔をよく見てみろ」ジェニーの澄ました横顔を見ながら、彼は促した。

「傷を縫わなければなりません」ゴーウィンが顔をしかめて言った。「深くて腫《は》れていますから、このままでは見苦しくなるでしょうね」

「レディー・ジェニファーに恐ろしく思われない顔にしてくれ」ロイスは皮肉をこめて言っ

た。

「ぼくはあなたの従者であって、お針子ではありません」ゴーウィンが答える。主人のこめかみから顎に沿って伸びる深い傷の上方で、針と糸を構えていた。

ロイスは〝お針子〟という言葉を聞いて、ジェニーがウールのズボンを縫ったときの、みごとでほとんど見えない縫い目を突然思い出した。手ぶりでゴーウィンをわきにどかし、考えるような視線を捕虜に向ける。「こっちへ来い」穏やかだが、それでも威厳に満ちた声でジェニーに言った。

彼が怒って、ふたりの釈放について考えを変えることは避けたかったので、ジェニーは立ち上がり、慎重に命令に従った。ずきずきする尻にかかる圧力が取り除かれ、ほっとした。「もっと近寄れ」手の届かないところで彼女が立ち止まると、ロイスはそう命じた。「おまえは自分が裂いたもののすべての繕いをすべきだと思う。私の顔を縫え」

二本の蠟燭からの灯りで、ジェニーは自分が彼の顔に作った深い傷を見た。裂けた肉を目にし、そのうえ、それに針を刺すと考えると、気が遠くなりそうだった。彼女は喉にこみ上げる苦いものを呑みこむと、ひからびた唇のあいだからささやき声を出した。「で――できないわ」

「できるし、するんだ」ロイスは無情に言った。彼女に針を持たせて、近づけていいのだろうかと不安に思ったが、みずからの行為の結果を目にして恐怖を覚えている彼女を見て、自信を取りもどした。むしろ、彼女に傷を見つづけさせ、触れつづけさせることは、報復になる！

明らかに気の進まない顔をして、ゴーウィンが彼女に針と糸を渡した。ジェニーが震える手でそれを持ち、ロイスの顔の上で構えたが、彼に触れようとしたそのとき、ロイスは手で彼女の手を止め、冷たい、警告の声で言った。「この苦難を必要以上に辛いものにするようなな、ばかな考えは持っていないな？」

「ないわ。前もいまも、そんな考えはない」ジェニーが弱々しく言う。

ロイスは満足して、彼女にワインの大瓶を渡した。「ほら、まずこれを飲め。気持ちが落ち着くぞ」そのとき、もし毒薬を差し出され、飲めば気持ちが落ち着くと言われたら、ジェニーは飲んだだろう。これからする仕事を想像して、動揺が激しかったからだ。ジェニーは大瓶を持ち上げ、ごくごくと三口飲んで、むせ、それからもう少し飲もうとまた持ち上げた。握りしめた手から伯爵が大瓶を断固として取り上げなかったら、もっと飲んでいただろう。

「飲みすぎると、目がぼやけ、動きがぎこちなくなる」ロイスが冷淡に言う。「耳を縫ってふさがれるのはごめんだからな。さあ、始めろ」ロイスは頭の向きを変え、彼女が作業に取りかかれるよう、傷ついた顔を穏やかに差し出した。ゴーウィンがジェニーの肘のところに立ち、彼女が危害を加えないよう見守っている。

人間の肉を針で縫った経験のないジェニーは、伯爵の腫れた肌に針を刺しながら、吐き気によるうめき声を完全には抑えられなかった。ロイスはここで身をすくませたら、彼女がそれを見て気絶してしまうと思い、我慢した。「暗殺者にしては、おまえの胃は驚くほど弱いな」痛みから自分の気をそらし、むごたらしい仕事から彼女の気をそらそうとして言った。

ジェニーは唇を嚙んで、ふたたび肉に針を刺した。彼女の顔から血の気が引き、ロイスはふたたび会話で彼女の気をそらそうとした。「なぜ修道女になろうと思ったんだ？」

「お――思わなかったわ」ジェニーが小さくうめく。

「なら、ベルカークの大修道院で何をしていたんだ？」

「父にあそこへ遣られたの」そう言って、ぞっとする仕事による吐き気を呑みこんだ。

「おまえを修道女にしようと、父親が思ったのか？」ロイスは目の隅で彼女を見ながら、信じられない思いで尋ねた。「彼は、おまえの性質の、私が見たのとはべつの面を見ているにちがいない」

その発言に、彼女が笑いそうになったのが、ロイスにはわかった。唇を嚙むジェニーを見ていると、彼女の頰に赤みがもどってきた。「実際には」ジェニーがゆっくりと口を開く。「父は、怒ったり警戒したりしていないときの彼女の穏やかな声は、驚くほど魅力的だった。「父は、わたしの性質の、あなたが見たのと同じ面を見たからこそ、わたしをあそこへ遣ったのだと思うわ」

「ほんとうか？」ロイスは打ち解けた口調で尋ねた。「おまえはどんな理由で父親を殺そうとしたんだ?」

　本気でむっとしたような声だったので、ジェニーは笑みを完全には消せなかった。それにきのうから何も食べてなかったし、ワインで体じゅうに酔いが回り、彼女の全身を弛緩《しかん》させ、暖めていた。

「どうなんだ?」ジェニーの口の端に小さなえくぼが現われたのを見ながら、ロイスは返事を促した。

「父を殺そうとはしなかったわ」ジェニーがまた針を刺しながら、きっぱりと言った。

「では、修道院へ追い払われるような、どんなことをしたんだ?」

「いろいろあるけれど、結婚を断ったことがあるわ――ある意味で」

「ほんとうか?」この前、ヘンリーの宮廷に行ったとき、メリックの長女について聞いたことを思い出し、ロイスは心の底から驚いていた。うわさでは、メリックの長女は不器量で、澄ましていて、冷たく、筋金入りの行き遅れということだった。彼女のことをそう言ったのが実際にはだれなのか思い出そうとして、頭を絞った。エドワード・ボールダーだ――ジェームズ王の宮廷から送られた使者のロッホロードン伯爵が、彼女についてそう言ったのだ。だが、彼女のうわさを聞くことはめったにないのに、ほかのみんなの話も同じだった。不器量で、澄ました、冷たい行き遅れ、とうわさされていたが、それ以外にも何かあった。しかし、いまの彼には思い出せなかった。「歳はいくつだ?」唐突に尋ねた。

その質問は彼女をびっくりさせ、困惑させたようだった。「十七歳」言いたくないような答えかただ、とロイスは思った。「と二週間」

「そんな歳なのか？」ロイスは言った。彼の唇は愉快さと同情で引きつっていた。十七歳は年増とは言えないが、ほとんどの娘は十四歳から十六歳までに結婚する。ゆるい基準でなら、行き遅れの範疇《はんちゅう》に入るだろう。「じゃあ、自分の意志によって独身なのか？」

当惑と否定が彼女の深い青の目のなかで揺らめき、ロイスは彼女について宮廷でなんと言われていたか思い出そうとした。何も思い出せない――思い出せたのは、妹のブレンナが完全に姉の評判を低くしているという話だけだった。男たちはなぜ、この激しやすい若い妖婦よりも、おとなしくて青白いブロンドのほうを好むのだろう、とぼんやりと考え、それから自分もたいていは天使のようなブロンドのほうが好きだったと思い出した――特別好きだった。「おまえは自分の意志によって独身なのか？」賢明にも彼女がまたひと針縫うまで待ってから、彼女をたじろがせる質問をくり返した。

ジェニーはまた小さな縫い目を作り、そしてまた作り、さらに作った。彼がハンサムで男っぽい男であることに突然気づき、その不慣れな感覚から気をそらそうとしたからだ。たしかに驚くほどハンサムだ、と彼女は正直に思った。きれいにひげを剃った彼は、いかつい、とても男っぽい美しさを備えていて、ジェニーは非常にびっくりした。顎は四角く、顎先にはくぼみがあり、頬骨は高くて広い。しかし、彼女が心底惹きつけられたのは、いま気づいたばかりの事実だった。名を聞いただけで敵を恐怖に陥れるクレイモア伯爵は――ジェニーが見たこともないほど濃い睫毛の持ち主だったのだ！　その事実を故郷で披露したら、みんながどれほど興味をそそられるかと想像すると、彼女の目のなかで笑みが躍った。

「おまえは自分の意志によって独身なのか？」ロイスは幾分しびれを切らして、くり返した。

「そうだと思うわ。なぜなら、わたしが受けられそうだった、唯一のとても望ましい求婚をだいなしにしたら、修道院へ送るぞって、父に警告されたから」

「だれが求婚したんだ？」ロイスは好奇心をそそられた。

「エドワード・ボールダー、ロッホローードン伯爵よ。動いちゃだめ！」ロイスが驚いて跳び上がると、ジェニーがひどく大胆に言ってのけた。「あなたが針の下で跳びはねるつもりなら、上手に縫えなくてもわたしのせいじゃないわよ」

ほんの小娘から、しかも捕虜である娘から、きつい叱責《しっせき》を受けて、ロイスは声を出して笑った。「どれぐらい縫うつもりなんだ？」いらだちながら言い返す。「ちょっとした傷にすぎないのに」

自分の大胆な攻撃が取るに足りない不都合だと思われていることに腹を立て、ジェニーは一歩下がり、彼をにらんだ。「これはまさしく、大きな、ひどい傷よ！」

ロイスは言い返そうと口を開いたが、その視線は彼女の胸に惹きつけられた。厚かましくも、着ているシャツの生地に圧力をかけているのだ。奇妙なことに、いまのいままで、彼女の胸が豊かなことや、胴がとても細いことや、腰がゆるやかに丸みを帯びていることに気づいていなかった。そしてもう一度考え、まったく奇妙ではないと思った。彼女は何時間か前には不格好な修道服を着ていたし、数分前までロイスは怒りにわれを忘れていたため、彼女が何を着ているのかまったく気づかなかったのだ。そしていま気づき、気づかなければよかったと思った。それらすべてに気づき、彼女の尻がほれぼれするほど丸みを帯びていたことを、すっかり思い出した。体内で欲望が跳ねまわり、ロイスは落ち着かず、椅子に座っている尻の位置を変えた。「仕事を終えろ」ぶっきらぼうに言う。

彼が唐突につっけんどんな態度になったことを、ジェニーは彼のむら気のせいにした――そのおなじむら気によって、あるときは極悪人に、またあるときは親しい兄に見えるのだ。ジェニーのほうはというと、彼女の体は彼の気分と同じように予測不可能だった。数分前までは、テント内に火があるのに、寒かった。いまは、シャツ姿なのに、暑すぎる！　それでも、先ほどまでのように、ほとんど友人同士のような雰囲気をとりもどしたかった。彼と友人になりたいからではなく、そのほうが彼をあまり怖く感じないですむからだ。ジェニーはおずおずと言った。「わたしがロッホロードン伯爵の名を言ったとき、あなたはびっくりしたみたいね」

「びっくりした」ロイスがあいまいな表情を保ったまま言った。

「どうして？」

ジェニーに関するいささか不当なうわさがロンドンに広まっているのは、おそらくエドワード・ボールダーのせいだと、ロイスは彼女に告げたくなかった。ボールダーがうぬぼれの強い見栄っ張りであることを考えると、求婚を拒絶されたことに反発して、拒絶した女を悪く言う行動に出るのは全然不思議ではなかった。「なぜなら、彼は年寄りだからだ」あいまいな返事をする。

「それに醜いわ」

「それもある」ロイスはいくら考えてみても、愛情に満ちた父親が娘をあの老いた好色漢とほんとうに結婚させようとしたとは信じられなかった。娘をずっと修道院に閉じこめておくつもりだとも思えなかった。メリック伯爵は彼女に服従を教えるため、数週間だけあそこへ送りこんだにちがいない。「ベルカーク大修道院にはどれぐらいいたんだ?」

「二年」

ロイスの口があんぐりとあき、それから彼は自分を抑え、口を閉じた。顔がとてつもなく痛く、気分は突然、悪い方向へ変化した。「明らかにおまえの父親は、私と同じように、おまえを御しがたく、わがままで、強情で、無分別だと思ったんだな」ワインをがぶ飲みしたいと思いながら、ロイスはいらいらして言った。

「わたしがあなたの娘だったら、あなたはどんなふうに感じる?」ジェニーが腹を立てて言った。

「いまいましく感じるな」ロイスはそっけなく言い、彼女の傷ついた表情を無視した。「この二日で、おまえは、私が最近力ずくで奪ったふたつの城で受けた抵抗よりも激しい抵抗を見せた」

「わたしが言っているのは」ジェニーがすらりとした腰に手をぽんと置き、目に怒りをたぎらせた。「わたしがあなたの娘で、あなたの不倶戴天《ふぐたいてん》の敵がわたしをさらったら、わたしにどんなふうに行動してほしいかってこと」

一瞬驚きでものが言えなくなり、ロイスはジェニーをじっと見ながら、その言葉を熟考した。彼女は作り笑いをしたり、慈悲を請うたりしなかった。そのかわりに全力を尽くして、彼の裏をかこうとし、彼から逃げようとし、彼を殺そうとした。一滴の涙さえ流さなかった。こちらが思う存分尻をたたいたときでさえだ。あのあと、彼女が泣いているだろうと思っていたときには、向こうは短剣で刺す計画をしていた。泣けない人間なのだという思いがふたたびロイスの頭をよぎったが、その瞬間、彼女が自分の娘だったらどう感じるかという考えに心が奪われた。安全な大修道院から、無邪気な娘がさらわれたら……。

「参ったよ、ジェニファー」彼はそっけなく言った。「おまえの言いたいことはわかった」

彼女は愛想よくうなずいて、勝利を受け入れた。実際には、ロイスが考えていたよりもずっと愛想がよかった。

ロイスは彼女がほんとうに微笑むのをはじめて見た。そしてそれが彼女の顔に及ぼす影響は、驚きを通り越したものだった。笑みはゆっくりと彼女の目のなかに表われ、やがてはっきりと輝き、それから豊かな唇へ漂っていき、端のところで唇の緊張を取り、ついに唇が開いて、完璧な白い歯がちらりと姿を見せ、柔らかな口のかたわらに、ふたつのえくぼがのぞいた。

ロイスはもう少しで彼女に笑いかけるところだったが、そのとき、ゴーウィンの軽蔑に満ちた顔が見え、自分が捕虜に対して——さらに重要なことには、敵の娘に対して——恋した優男みたいにふるまっていたと気づいた。もっと言えば、彼女の破壊行動のせいで、今夜、男たちの多くが季節はずれの寒さのなか、暖めてくれる毛布なしに、震えなければならないのだ。ロイスは敷物の山に向かって、そっけなくうなずいた。「眠れ。あすになったら、自分がずたずたにした毛布の繕いを始めろ」

彼の無愛想さに、ジェニーの顔から笑みが消え、彼女は後ろに下がった。

「私は本気で言っている」ロイスは彼女にというより、自分にますます腹を立てて、付け加えた。「毛布の繕いを終えるまで、おまえは毛布なしで眠るんだ」

ジェニーの顎が、彼はだんだん見慣れてきたが、尊大そうに上がり、彼女は向きを変え、彼のベッドとなっている敷物のほうへ歩いた。彼女の動きは、修道女ではなく、高級娼婦の挑発的な優美さを備えている、とロイスは気づき、不愉快になった。

ジェニーが毛皮の敷物のてっぺんに横たわるあいだに、ロイスが蠟燭の灯を消した。少しして、伯爵は彼女の隣りに体を横たえ、暖を取るため毛皮を自分の上に引き寄せた。突然、ジェニーから、彼女を元気づけるのに役立ったワインのほてりが消えていき、疲れ果てた心は、長い一日の、神経がぼろぼろになる一時間一時間を再生しはじめた。ブレンナと逃亡を計画した夜明けから、隣りにいる男にふたたび捕まったところまでを……。

暗がりを見上げながら、ジェニーはもっとも衝撃的な場面を思い出した――この晩ずっと忘れようとしていた場面だ。彼女の目の前に、ソアが見えた。みごとな輝きに包まれて、彼は森のあいだを軽々と跳ね、尾根を疾走し、障害を次々に跳び越え、そして次の瞬間、ジェニーには、巨石に当たって死んでいる彼が見えた。月明かりにつややかな毛皮が輝いていた。目に涙がこみ上げてきた。ジェニーはそれを抑えようと、不規則な息をしたが、勇ましい馬に対する苦しい思いは去ってくれなかった。

ジェニーより先に寝入ってしまうことを恐れていたロイスは、彼女の荒い息づかいと、鼻をすする怪しげな小さい音を耳にした。こちらを軟化させ、毛皮の下に寝ることを許してもらおうと、泣くふりをしているのだと確信して、なめらかな動きで横に振り向くと彼女の顔をとらえ、自分のほうへ向けた。「ずいぶん冷たいな。涙をこらえようとしているのか？」――信じられず、そう言った。テントの中央の消えかけた残り火だけを照明にして、彼女の顔を見ようとした。

「いいえ」ジェニーがしわがれた声で答える。

「ならば、どうして?」ついに何が彼女の強情な自尊心を打ちのめしたのか、まったく見当がつかなかった。「私が尻を打ったせいか?」

「いいえ」ジェニーが苦しそうにささやく。目と目が合った。「あなたの馬よ」

彼女の返答はもっとも予想していなかったもので、ロイスがもっとも聞きたかったものだった。彼女が愚かにも馬を死なせたことを後悔していると知って、どういうわけか、心の痛みが軽くなった。

「彼は、わたしが見たなかでいちばん美しい馬だったわ」ジェニーがかすれた声で付け加える。「けさ、彼を連れ出したら、死ぬことになるかもしれないと知っていたら、わたしはここに残ったわ。べつの——べつの方法を見つけるまで」

ジェニーが伯爵の半ば閉じた目を見上げると、彼は一瞬びくっとしてから、彼女の顔から手を放した。「おまえたちの両方が死ぬ前に、おまえが落馬したのは奇跡だ」しわがれた声で言う。

ジェニーは横を向き、顔を毛皮に埋めた。「わたしが落馬したんじゃないの」小さな声で、途切れ途切れに言う。「彼がわたしを放り出したの。わたしは一日じゅう、彼に乗って、もっと高い障害を跳び越えていたわ。わたしはあの木を簡単に跳び越えられると思っていたけれど、彼は跳躍すると同時になんの理由もなく前脚を上げて、わたしは後ろに落ちた。彼は跳ぶ前にわたしを振り落としたの」

「ソアは息子を二頭もうけた」ロイスは荒っぽい優しさをこめて言った。「父親にそっくりな仔たちだ。一頭はここにいて、もう一頭はクレイモアで調教中だ。私にとって、彼は完全に失われたのではない」

ロイスの捕虜は苦しそうに息を吐き、暗がりのなかで、ただこう言った。「ありがとう」

身を切るような風が月夜の谷を吹き抜け、寝ている兵士たちを冷たく包み、彼らの歯をがちがち鳴らす。秋が冬の仮装をして、無作法に早めの初舞台を踏んでいる。テントのなかで、ロイスは暖かな毛皮の下で寝返りを打ち、腕を氷のような手にかすられる、不慣れな感覚を味わった。

目をあけると、ジェニファーが毛皮の山の上で震えているのが見えた。暖かさを逃すまいと、膝を曲げて胸につけ、しっかり丸まっている。じつはロイスは自分が何をしているのかわからないほど寝ぼけていたわけではなく、ジェニーが男たちの毛布を繕うまで、彼女に毛布の暖かさを禁じたのを忘れてもいなかった。そして、ほんとうに正直に言えば、震える彼女の体をぼんやりと見つめながら、自分の忠実な兵士たちが、外で、テントもなく、もっとずっとひどく震えていることを知っていた。だから、ロイスが次にした行為を正当なものとする理由はまったくない。彼は片肘をついて身を起こし、ジェニファーの向こうに手を伸ばして、毛の敷物の山の端をつかみ、こちらへ引っ張って、彼女をそのなかへ転がし、暖かくくるまれるようにした。

ロイスはふたたび横たわると、良心の呵責を覚えることとなく目を閉じた。結局のところ、男たちは苦難と悪天候に慣れている。ジェニファー・メリックはそうではない。

彼女が毛皮のなかへさらに身を寄せようと動き、なぜか彼女の尻がロイスの引き寄せた膝に当たった。毛皮という障壁があるにもかかわらず、ロイスの心はただちに、簡単に手の届くところに存在する、美しい女性的なものすべてを思い出しはじめた。そしてロイスは根気強く、その思いを退けた。彼女には、無邪気な処女と金褐色の髪の女神に同時になれるという独特な能力がある。彼の気分を小枝のように折る子どもと、「ごめんなさい」とささやけば痛みでさえ和らげられる女が同時に存在する。しかし、子どもであろうと女であろうと、あえて触れる気はなかった。いずれにしても、彼はジェニファーを手放さなければならないのだ。そうしなければ、一カ月もしないで実現するはずの、慎重に立てた将来の計画すべてを放棄することになる。ジェニファーの父親が降参しようがしまいが、実際にはロイスにはどうでもよかった。一週間、かかっても二週間で、彼女の父親がヘンリー王に合意できる条件で降参すれば、彼女を父親のもとへ返すことになるし、父親が拒絶すれば、ヘンリーのもとへ送ることになる。彼女はいまではロイスのものではなく、ヘンリーのものなのだ。そしてロイスは、彼女と寝た場合にあらゆる方向から来るはずの問題を望まなかった。

メリック伯爵はホールの中心にある暖炉の前を行ったり来たりしていた。顔を怒りでゆがませながら、ふたりの息子と、親友かつ身内とみなす四人の男たちの提案に耳を傾けている。「できることは何もない」ギャリック・カーマイケルがうんざりして言った。「きみが〝狼〟に娘をさらわれたときに要請した援軍を、ジェームズ王が送ってくるまではな」

「そうなれば、あの野郎を攻撃して、倒すことができる」下の息子、マルコムが吐きだすように言った。「あいつはこちらの境界近くにいる——今回は、コーンウォールくんだりまで行って、戦う前に疲れ果ててしまうこともない」

「彼がどのぐらい近くにいようが、こちらに何人いようが、ぼくは関係ないと思う」上の息子のウィリアムが静かに言った。「ブレンナとジェニーを自由の身にする前に彼を攻撃するのは、ばかげているよ」

「で、いったいおれたちはどうしたらいいんだ？」マルコムがぴしゃりと言った。「女たちはいま、死んだも同然だぞ」とにべもなく言う。「もう復讐しか道はないんだよ」

弟と義理の父親より身長がずっと低い——そして気性はずっと穏やかな——ウィリアムが、額から金褐色の毛を払い、椅子から身を乗り出して、周囲の人々を見た。「たとえジェームズ王が〝狼〟を踏みつぶせるほどの兵を送ってくれたとしても、妹たちを自由の身にはできない。妹たちは戦いの最中に——あるいは戦いが始まったとたんに——殺されてしまうだろう」

「まともな計画を思いつけないのなら、いちいち議論するな！」伯爵が鋭い声で言った。

「ぼくは思いついたよ」ウィリアムが静かに返事をし、全員の顔が彼のほうを向いた。「武力で妹たちを救い出すことはできないけど、こっそりやればうまくいくかもしれない。軍隊を送って彼と戦うかわりに、ぼくに何人かつけてくれ。商人か修道士か何かに変装して、〝狼〟の軍隊のあとをつけ、彼女たちに近づくようにする。ジェニーは」愛情をこめて言う。「ぼくの言っているような状況だと気づいているだろう。それならば、ぼくらが来るのを待っているはずだ」

「おれは攻撃がいいと思う！」マルコムが大声で言った。〝狼〟にふたたび立ち向かいたいという彼の願いは、理性を失わせ、姉たちへの、ないに等しい気づかいも押しつぶしていた。

ふたりは意見を求めて、父親のほうを向いた。「マルコム」伯爵が愛情をこめて言う。「男らしい道を――結果を気にせず、厳格な報復を望むのは、おまえらしい。ジェームズ王が援軍をよこしてくれたら、おまえは攻撃の機会を得られる。いまのところは――」認識を新たにしたようすをちらりと見せて、ウィリアムを見る。「――おまえの兄の計画がいちばんだ」

6

それから五日間のうちに、ジェニーは休息中の軍隊の日課がわかるようになってきた。朝は、夜が明けるとまもなく、男たちは起床し、数時間、武器を使って訓練をする。剣が盾に当たったり、広刃の刀同士がぶつかったりする耳障りな音が、やむことなく野や谷に響き渡る。技量が伝説となっている〝狼《おおかみ》〟の射手たちも、やはり毎日練習し、金属音に矢がびゅんと放たれる音が加わる。馬でさえ、毎日連れ出され、訓練させられた。乗り手たちは想像上の敵に向かう突撃訓練のなかで、馬たちを異常な速さで疾走させた。やがて、男たちが昼食のためにに訓練をやめたずっとあとまで、ジェニーの耳のなかで、戦闘の音が鳴り響くようになった。

ジェニーはロイスのテントのなかに座って、毛布相手に手を忙しく動かし、いつまでも続く騒ぎに耳を傾けながら、不安を抑えようとしたが、うまくいかなかった。〝狼〟のみごとに磨き抜かれた〝戦闘装置たち〟と戦うとき、父の軍隊がどうやったら生き延びられるのか想像できなかったし、ロイスたちから受ける攻撃に対して、メリック城の準備が整っていいないのではないかと不安にならずにはいられなかった。やがて彼女の不安はブレンナへ移っていった。

ジェニーは不運な逃亡の夜以来、妹をちらりとしか見ていなかった。クレイモア伯爵がジェニーに対する責任を負っているように、伯爵の弟のステファンがブレンナを彼のテントに拘束し、彼女に対する責任を負っているらしい。しかし、伯爵は娘たちがいっしょになるのを許していなかった。ジェニーはくり返し、ブレンナが安全かどうか尋ね、ロイスは外見上は誠実そうに、ブレンナは完全に安全で、弟によって客として扱われていると答えた。

縫い物をわきに置き、ジェニーは立ち上がって、テントの、上がっている垂れ布のところへ行った。九月初めにしては、天候はとてもよかった。夜は寒かったものの、昼間は暖かかった。〝狼〟の選り抜きの護衛たち——十五人いて、彼らの責任はロイスに対してだけあり、軍隊に対してではない——が、空き地のいちばん向こうで馬に乗って訓練しており、ジェニーは捕獲者であるロイスに禁じられていたものの、陽光の下、外を歩きたくなった。そのロイスの彼女に対する態度は、日増しにきびしくなっているように思えた。騎士たち、とくにサー・ゴッドフリーとサー・ユースタスは、以前は礼儀正しいと言ってもいいほどだったが、いまでは彼女を耐えがたい敵のように扱っていた。ブレンナと彼女が彼らをだましたため、彼らのだれひとりとして、そのことを忘れるつもりはないようだ。

その晩、食事を終えたあと、ジェニーはふたたび、いつもいちばん気にしていることを口にした。「妹に会いたいわ」伯爵の冷淡な雰囲気に合わせるようにして言った。

「なら、私に頼んでみたらどうだ」ロイスが無愛想に言う。「告げるのではなく」

その口調にジェニーは身を硬くし、いったん口を閉じて、自分の置かれた状況と目的を達成することの重要性を検討し、長いためらいののち、うなずいて負けを認め、かわいらしく言った。「わかったわ。妹に会わせてもらえますか、ご主人さま？」

「だめだ」

「どうしてだめなのよ？」ジェニーは従順なふりを一瞬忘れて、激昂した。

ロイスの目が笑いできらめいた。「なぜなら」肉体的そして精神的にジェニーを近づけまいと決心していたにもかかわらず、彼は彼女との口論を楽しみ、説明した。「すでに言ったように、おまえは妹に悪影響を及ぼすからだ。彼女は、おまえがいなくて、ひとりだったら、逃亡を計画するほどの想像力も勇気もなかっただろう。それにおまえは、彼女抜きでの逃亡を考えられない」

ジェニーは彼の耳が痛くなるほど罵声を浴びせたかったが、そんなことをすれば目的が達成できなくなるだけなので自制した。「逃亡を企てないと誓っても、信じてくれないでしょうね」

「誓うのか？」

「ええ。じゃあ、妹に会っていい？」

「申し訳ないが」

「だめだ」ロイスが丁寧に答える。

「まったく驚きだわ」ジェニーがゆっくり立ち上がりながら、威厳たっぷりに相手を見下すように言った。「あなたが、ただの女ふたりを、イングランドの軍隊の全員をもってしても閉じこめておけると確信できないなんて。それとも、わたしの願いを拒絶するのは、あなたの残酷さのせい？」

ロイスの口がきゅっと結ばれたが、彼は何も言わず、食後すぐにテントを離れ、ジェニファーが寝てしばらくたっても、もどらなかった。

翌朝、ジェニーがびっくりしたことに、ブレンナがテントに連れてこられた。小川の近くに埋めた灰色の修道服は着るには汚すぎて、ジェニーと同様、ブレンナもいまはチュニックとズボン、そして柔らかな長靴を身につけていた。明らかに、小姓のひとりから借りたものだ。

熱烈に抱き合ってから、ジェニーは妹を隣りに座らせ、可能な逃亡手段について話を始めようとした。そのとき、テントの下部と地面のあいだに、男の深靴が見えた。金色の拍車のついた深靴は、騎士以外の者には禁止されている。

「元気だった？」ブレンナが心配そうに尋ねた。

「とっても」ジェニーは答えながら、外にいるのはどの騎士で、その騎士は自分たちの話の立ち聞きを命じられたのだろうかと考えた。突然、顔に考え深げな表情を浮かべて、おもむろに付け加える。「じつを言うと、これほどよく扱ってもらえると知っていたら、あんな無鉄砲な逃亡は試みなかったわ」

「なんですって？」ブレンナが驚いて息を呑む。

ジェニーは妹に黙るよう合図し、それから彼女の顔を両手で包んで、向きを変え、視線をテントの外の黒い深靴に向けた。聞きとれないぐらいのささやき声で言う。「もう逃亡を望んでいないと思わせれば、逃げるチャンスが来る可能性が高くなるわ。お父さんが降伏する前に、わたしたちは逃げる必要があるの。降伏してしまったら、遅すぎる」

ブレンナが理解してうなずくと、ジェニーは話を続けた。「捕まったときは全然そんなふうに感じなかったけれど、正直言って、逃亡を試みた夜、あの山でふたりきりだったとき、わたしはひどく怖がっていたの。そしたら、あの狼の遠吠えが聞こえて――」

「狼！」ブレンナが叫ぶ。「梟だって言ったじゃない」

「いいえ、思い返してみると、あれはまず間違いなく、恐ろしい狼だったわ！　でも、重要なのは、わたしたちがここで安全だってこと――最初に考えていたみたいに殺されたり乱暴されたりはしないだろうから、危険を冒して逃亡を試み、自力で家へもどる方法を見つける理由はないのよ。もうすぐ、お父さんがなんとかしてわたしたちを自由にしてくれるわ」

「ええ、そうね！」ジェニーに声を出して同意しろと身ぶりで指示されると、ブレンナは相《あい》槌《づち》を打った。「わたしも絶対そう思う！」

テントの外に立っていたステファン・ウェストモアランドは、ジェニファーの望みどおり、盗み聞きした内容を報告した。ロイスは非常に驚きながら耳を傾けたが、捕虜の境遇を甘受しようというジェニファーの決意の背後にある論理は、納得のいくものだった。さらに言えば、解放されるまでじっと待とうというジェニファーの考えは賢明であり、妹に説明した理由も賢明なものだった。

それゆえ、なんとなく悪い予感がしたものの、ロイスはテントのまわりの見張りを四人からひとりに減らすよう命じた。そのひとりとはアリックであり、彼は捕虜の安全を確保するためだけに配置された。命令を出した直後から、ロイスは気づくと、野営地のどこにいようが、自分のテントを見ていた——くしゃくしゃの金褐色の髪がテントの下から這《は》い出ようとしている場面を目にするだろうと、つねに予期して。二日たっても、彼女がおとなしくテント内に留まっていると、彼はべつの命令も取り消して、毎日一時間、妹に会っていいとジェニファーに告げた。そのときも、ロイスは自分の決定が賢明かどうか疑問に思った。

このような変化の理由をよく知っていたジェニファーは、伯爵の根拠薄弱な信頼を強固なものにし、それによって彼をだまし、警備をよりゆるくするさらなる機会をうかがった。

翌日の晩、運命が彼女に究極のチャンスを与えてくれ、ジェニーはそれを大いに利用した。彼女がブレンナと外に出たときのことだった。テントの周囲を散歩したいと——いまのところはそこで体を動かすことだけが許されていた——アリックに言おうとしたとき、ふたつのことが同時に起こった。ひとつは、アリックと〝黒い狼〟の護衛たちが二十メートル以上離れたところにいて、男たちのあいだで起こった喧嘩《けんか》に一瞬、注意を向けたことだ。もうひとつは、ジェニファーの左手の遠い場所で、伯爵が向きを変え、彼女とブレンナに目を向けたことだった。

見られていると知らなかったら、ジェニーはブレンナと森へ逃げようとしただろうが、そうしたら伯爵にすぐに捕まると即座にさとって、もっとましな行動を取った。監視にまったく気づいていないふりをして、ジェニーはブレンナと腕を組み、注意不足なアリックのほうを指さしてから、わざと森から離れる方向へ歩き、言われているとおり、従順にテントの周辺にいつづけるようにした。見張りがいなくても、自分が逃げない姿を巧みにロイスに見せつけ、信用を得ようとした。

この策略はもののみごとに成功した。その晩、ロイスとステファンとアリックと護衛たちが集まって、翌朝野営を撤収し、五十キロ北東のハーディン城まで軍を進めることを話し合った。その城で休息しながら、ロンドンから来る増援部隊を待つのだ。話し合いとその後の食事のあいだ、ロイス・ウェストモアランドのジェニーに対する態度は、優男のそれに近かった！　そしてみんながテントを出ると、彼はジェニーのほうを向き、静かに告げた。「もう、おまえが妹を訪問するのに制限は加えない」

毛皮の敷物の山に腰を下ろそうとしていたジェニーは、ロイスの声に含まれる、聞き慣れない優しさに、動きを途中で止め、彼を見た。説明がつかないものの、たしかに感じ取れる不安が彼女の体内を巡った。ロイスの誇り高い、貴族的な顔を凝視する。まるで彼が彼女を敵と考えるのをやめ、彼女にも同じことを求めているようで、どう反応していいのかわからなかった。

底の知れない銀色の目をのぞきながら、休戦によって、彼が敵であったときよりも危険な存在になる可能性があると、ジェニーの本能が警告した。しかし彼女の理性はその考えを拒絶した。道理にかなっていないからだ。ジェニーにとって、表面的な友情は間違いなく恩恵だし、じつを言えば、先日の晩、彼女はロイスの傷を縫いながら、冗談の言い合いをかなり楽しんだのだ。

ジェニーは口をひらいて、彼の申し出に感謝しようとしたが、思いとどまった。自分を誘拐した相手にその寛大さを感謝し、すべてを許し合い、ふたりが——なんと言うか——友人同士であるふりをするのは、裏切り行為のように思われた。それに、自分を信用させることにどうやら成功したのはうれしかったが、そのために使った策略やうそを恥ずかしく感じていた。小さかったときでさえ、ジェニーは率直であけすけだった。その態度のために、ちょくちょく父親の不興を買ったし、最終的には、悪辣《あくらつ》な兄を相手に、彼の欺瞞《ぎまん》のゲームで負かそうとするのではなく、名誉の決闘を申しこんでしまった。率直で正直だったために、大修道院へ追い払われてしまった。だが、ここでは、策略に頼らざるをえない。そして、たとえ努力のすべてが報われようと、彼女の目的が価値あるものであろうと、ジェニーは自分のしていることをなぜか恥ずかしく思った。自尊心と誠実さと必死さが彼女の体内で争い合い、その争いのなかで良心が襲撃を受けていた。

マザー・アンブローズだったら、この状況でどうするかを考えようとしたが、だれかが尊い大修道院長をあえて誘拐するとは、とても想像できなかった。小麦の袋みたいに大修道院長を馬の背に投げ上げたり、ここに来て以来ジェニーが耐えたさまざまなことを体験させたりするわけがない。

しかしひとつだけ確かなことがあった。マザー・アンブローズは、たとえ状況がひどく腹の立つものであろうと、だれに対しても公正にふるまう。

伯爵はジェニーに信頼――さらには、ある種の友情まで――を差し出している。それは、彼のまなざしの温かさのなかに見えたし、深いバリトンの声の優しさのなかに聞こえた。彼の信頼を断るわけにはいかない。

ジェニーの氏族の将来は、彼女が逃げられることにかかっている。あるいは、少なくとも、彼らは降伏する前に救出を試みるはずだから、彼女を簡単に救出できることにかかっている。そのためには、ジェニーはできるだけ野営地で自由に動ける状態になくてはならない。不面目であろうがなかろうが、正直だったら、彼の信頼をはねつけることはできない。そして彼の信頼を危うくさせずに、友情を拒絶することも不可能だ。しかし少なくとも、ある程度の誠実さを持って、友情に応えようと努力することはできる。

長い沈黙ののち、そう決断すると、ジェニーは伯爵を見て、顎を上げ、無意識にそっけなくうなずいて、休戦の申し出を受け入れた。

自分の慈悲を彼女が〝女王のように〟受け入れたと誤解して、ロイスは腹を立てるのではなく、おもしろく思った。胸の前で腕を組み、テーブルに腰を置いて、片方の眉を愉快そうに吊り上げる。「教えてくれ、ジェニファー」彼女が毛皮に腰を下ろし、形のよい脚を体の下にたくしこむと、尋ねた。「修道院にいたとき、七つの悪徳をしないよう注意されなかったか？」

「もちろんされたわ」

「傲慢《ごうまん》も含まれていたか？」ロイスはつぶやきながら、彼女の肩に滝のごとく落ちた黄金の髪が、蠟燭の灯りにきらめくさまに気を取られていた。

「わたしは傲慢なんかじゃないわ」うっとりするような微笑みを浮かべて、ジェニーは言った。休戦を受け入れるのに時間をかけ、かなりぶしつけな応対だったことを言われているにちがいないと、よくわかっていた。「わたしはわがままだと思う。頑固でもあるわ。それに無鉄砲。でも、傲慢じゃないと思う」

「うわさと、私自身の経験からすると、その意見には賛成できないな」

ロイスの意地の悪い口調に、ジェニーは笑い出した。彼は気がつくと、そのつられそうな笑いに、その美しさに、魅了されていた。これまで彼女の快い笑い声を聞いたことがなかった。彼女のみごとな目のなかでその笑みがまばゆいばかりに光るのを見たことがなかった。豪勢な毛皮の山に座り、彼に笑いかけるジェニファー・メリックの姿は、忘れがたいものだ。そうはっきりと気づき、もし彼女のところへ歩いていって、隣りに腰を下ろしたら、彼女を愛さずにはいられなくなる可能性が高いとも気づいた。ロイスは彼女を見ながら躊躇《ちゅうちょ》し、その場に留まっているべき理由を無言で数え上げた。そして、慎重に意図を隠して、正反対のことをした。

手を伸ばして大ジョッキふたつとワインの大瓶を横のテーブルから取り上げ、その三つを毛皮の山まで持っていった。大ジョッキにワインを注ぎ、ジェニファーに手渡す。「おまえは傲慢なジェニファーと呼ばれているのを知っていたか?」彼女の魅惑的な顔に、にやりと笑いかける。

危険かつ未知の領域へ稲妻のごとき速さで突っこもうとしているのに気づかず、ジェニーは目を陽気に躍らせながら、肩をすくめた。「たんなるうわさよ。ボールダー卿に一度会ったことで広まったんだと思う。あなたはスコットランドの災いと呼ばれているのよ。それに、赤ん坊を殺し、その血を飲むとも言われている」

「ほんとうか?」ロイスはわざと身震いして、彼女の隣りに座った。冗談を言うように、付け加える。「イングランドのわりといい城で、私が歓迎されないのも無理ないな」

「そうなの？」ジェニーは尋ねた。当惑しながら、突然湧き起こった同情心を抑えようとする。彼はスコットランドの敵かもしれないが、イングランドのために戦っている。その彼を同郷の人々が拒絶するのは、ひどく不公平に思えた。

ジェニーは大ジョッキを持ち上げると、数口飲んで神経を静め、それから重い容器を下ろして、テントの向こう側のテーブルに置かれた、獣脂の蠟燭の灯りで彼を見つめた。ゴーウィン少年は反対側にいて、砂と酢で主人の武具を磨くという果てしない仕事に熱中しているようだ。

イングランドの貴族はとても変わっているにちがいない、とジェニーは決めつけた。なぜならスコットランドでは、彼女の隣りにいる男は、とてもハンサムな英雄と判断され、未婚の娘がいる城ならどこでも歓迎されるはずだからだ。たしかに彼にはある種の陰険な尊大さがある。顎のいかつい線には石のごとく固い決意と、冷酷無情な権威が刻まれているが、全体的に見れば、とても男らしい、ハンサムな顔だ。年齢は推測できない。風と太陽によって、目尻と口のわきにしわが寄っているのだ。実際の見た目よりもずっと上だろうと、彼女は思った。なぜなら、〝狼〟の偉業について、昔からずっと耳にしていたからだ。そこで突然、ある考えが心に浮かんだ。勝利続きの人生を送りながら、彼はなぜ結婚して、たっぷり蓄えたにちがいない富を相続させる子どもを持たなかったのだろう？

「あなたはどうして結婚しなかったの？」不意に言ってから、ほんとうにそんな質問を口にしてしまった自分にびっくりした。

顔に驚きの表情を浮かべながら、ロイスは気づいた。彼女は明らかに、二十九歳の彼を結婚適齢期をとっくに過ぎた男と見なしているのだ、と。冷静さを取りもどし、愉快に思いながら尋ねた。「どうしてだとおまえは思う？」

「ふさわしい女性がだれも言い寄ってこなかったから？」生意気そうな笑みを浮かべ、横目で見ながら、ジェニーが思いきって言う。ロイスはその顔が非常に魅惑的だと感じた。

そのような結婚の打診が数多くあったにもかかわらず、ロイスはただにやりと笑った。

「結婚するにはもう遅すぎると思うか？」

ジェニーがにっこりしてうなずく。「わたしたちはふたりとも、一生独身の運命にあるようね」

「ああ、だが、おまえは自分の選択によって独身なのだから、状況が違う」大いに楽しみながら、ロイスは片肘をついて上体を後ろに反らし、酔いの回りが速いワインによって、ジェニーの頬が赤くなるのを見守った。「私はどこで間違ったのだと思う？」

「もちろんわたしにはわからないわ。でも、想像すると」ちょっと考えてから、ジェニーが続ける。「戦場では、多くのふさわしい女性に会う機会がないんじゃないかしら」

「たしかに。私は人生のほとんどを、平和をもたらすための戦いに費やしてきた」

「平和がもたらされていない唯一の理由は、邪悪な包囲攻撃と延々と続く戦いによって、あなたが平和を壊しているからよ」ジェニーが険悪な声でロイスに教えてやる。「イングランド人はだれとも仲良くできないのね」

「そうかな?」ロイスは、先ほど彼女の笑い声を楽しんだように、彼女の勇気を大いに楽しみながら、さりげなく尋ねた。

「もちろんそうよ。だって、あなたの軍はコーンウォールでのわたしたちとの戦いに行ってきたばかりなのに――」

「私はイングランドにあるコーンウォールで戦っていたんだ」ロイスが穏やかに彼女に思い出させる。「なぜならば、おまえたちの愛するジェームズ王が――ところで、彼は弱々しい顎の持ち主だな――従妹《いとこ》の夫を王位に即《つ》かせようとして、われわれの領土に侵入したからだ」

「あら」ジェニーが腹を立てて言い返す。「あいにくパーキン・ウォーベックはイングランドの正統な王で、ジェームズ王はそれを知っているわ! パーキン・ウォーベックは、エドワード四世の長らく行方不明だった息子よ」

「パーキン・ウォーベックは」ロイスがきっぱりと否定する。「フランドルの船頭の長らく行方不明だった息子だ」

「それはたんなるあなたたちの見解よ」

ロイスがその問題について言い争おうと思いかけたとき、ジェニーが彼のいかつい顔を見た。「ジェームズ王はほんとうに弱々しい顎の持ち主なの?」思わず尋ねる。

「そうだ」ロイスは断言し、ジェニーに向かってにやりと笑った。

「まあ、わたしたちはそもそも、彼の顔の話をしていたわけじゃないしね」ものすごくハンサムだと言われている王についての、この情報を消化しながら、ジェニーは澄まして言った。

「わたしたちが話していたのは、あなたの絶え間ない戦争についてよ。わたしたちと戦う前には、あなたはアイルランド人と戦っていて、それから——」

「アイルランド人と戦ったのは」ロイスがあざけりの笑みを浮かべ、口をはさんだ。「連中がランバート・シムネルを王位に即け、それからわれわれの領土に侵入して、彼をヘンリーのかわりに王にしようとしたからだ」

どういうわけか、彼はまるでスコットランドやアイルランドが悪かったかのように話していて、ジェニーはこの問題に関してじゅうぶんに討論するだけの知識がないと感じていた。

ため息をついて、彼女は言った。「あなたがいま、わたしたちとの境界のすぐそばにいる理由については、疑いの余地がないと思うわ。あなたは援軍を待っていて、やがてヘンリーはあなたをスコットランドへ送りこみ、わたしたち相手に血なまぐさい戦闘をさせるつもりよ。野営地のだれもがそれを知っている」

ロイスは話を以前の気楽な話題にもどそうと思い、言った。「たしか、私が戦場でふさわしい女性を見つけられないことについて、われわれは話し合っていたんだよな。私の戦闘の結果でなはく」

話題が変わったことを喜び、ジェニーは慎重にその問題に注意をもどした。しばらくしてから言う。「あなたはヘンリーの宮廷へ行って、そこで女性たちに会ったわよね?」

「ああ」

ジェニーは無言でワインを飲んだ。そして、隣りにいる長身の男について考えていた。彼は片膝を体に引き寄せ、その膝の上に手を何げなく置き、戦場のテントのなかですっかりくつろいでいる。彼のすべてが、戦士であることを示していた。くつろいでいるいまでさえ、攻撃者としての力が体から発散している。肩幅は信じられないほど広く、紺青色のウールのチュニックの下で、腕と胸が筋肉で盛り上がっていて、脚と腿の筋肉は、長靴の上の、厚く、黒いウールのズボンに覆われていても輪郭がわかる。何年も鎧《よろい》を身につけ、広刃の刀を振るっていたので、戦闘向けの強健な体となっているが、そんな人生では、宮廷で得をするとは思えなかったし、宮廷の人々に溶けこむことさえできないように思えた。ジェニー自身は宮廷に行った経験はないが、その豊かさや、そこの人々の洗練具合について、さまざまな話を聞いたことがあった。突然、そんな場所では、この戦士はとても場違いに見え、そう感じるにちがいないと気づいた。「あなた——宮廷の人たちといると、落ち着けないでしょう?」

ためらいながら、思いきって尋ねる。

「あまりな」ロイスは言った。ジェニーの表情豊かな目に表われる、無数の感情に気を取られていた。

彼の同意の言葉に、ジェニーの優しい心は衝撃を受け、少しうずいた。なぜなら、受け入れてほしいとこちらが強く願う人々のなかにいて、場違いだと感じるのは屈辱的で苦しいと、彼女はよく知っているからだ。日々、イングランドのために命を危険にさらすこの男が、その国の人々に避けられるのは、間違いで不公平に思えた。「悪いのは絶対にあなたじゃないわ」深く同情して言う。

「なら、何が悪いと思う？」ロイスは、整った唇のわきにかすかな笑みを浮かべた。「なぜ私は宮廷で心地よく感じないのだ？」

「それは、女の人たちといるときの話？　それとも、男の人たちといるとき？」突然、ロイスを助けたくなって、ジェニーは尋ねた。そんな気持ちになったのは、同情のせいであり、強いワインのせいであり、彼女を見つめる、不動の灰色の瞳のせいだった。「もし女の人たちといるときのことなら、わたしが手助けできるかもしれない」と、申し出る。「あ——あなたは、助言が欲しい？」

「ぜひとも頼む」ロイスは笑いをこらえながら、真剣そうな表情をみごとに浮かべてみせた。「女性たちの扱いかたを教えてくれ。次に宮廷に行ったとき、そのうちのだれかが、私を夫にすることに同意してくれるように」

「あら、彼女たちがあなたと結婚したくなると請け合うことはできないわ」ジェニーは何も考えずに笑い出した。

ロイスはワインにむせて、口の端の滴を拭った。「おまえが私に自信を持たせようとしているのなら」笑いを嚙《か》み殺した声で言う。「うまくいっていないぞ」

「そんなつもりは——」ジェニーが惨めなほどうろたえた。「ほんとうに、わたしは——」

「お互いに助言するのはどうかな」陽気に続ける。「高貴な女性がどう扱われたいのかをおまえが話し、私が男の自信を粉々にすることの危なさについて話す。ほら、もっとワインを飲め」ロイスは言葉巧みに言って、後ろに手を伸ばし、酒瓶を取ると、ジェニーの大ジョッキに注ぎ足した。肩越しにゴーウィンをちらりと見ると、すぐに従者は磨いていた盾を横に置き、テントから出た。

「助言を続けてくれ。全身を耳にして聞くよ」ジェニーがワインを口に含むと、ロイスは言った。「私が宮廷にいて、ちょうど女王の客間に入ったところにしよう。女王のまわりには何人かの美しいご婦人がいて、私はそのうちのひとりを妻にすると決め——」

驚きに、ジェニーの目が大きくなった。「あなたにはこだわりってものが少しもないの?」

ロイスが頭を後ろに傾け、大声で笑い出した。聞き慣れない声に、護衛が三人、何事かとテント内に走ってきた。ロイスはぶっきらぼうに手を振って、彼らを去らせると、ジェニーの形のいい鼻を見た。まだ鼻のわきに非難のしわが寄っている。ジェニーによる彼の評価が、かつてないほど低くなったと気づいた。ふたたびこみ上げる笑いを呑み下し、ロイスは悔悟しているふりをした。「女性はみな美しいと、前に言っておいたはずだが？」ジェニーが顔を明るくして微笑み、うなずいた。「そうだったわね。男性にとって、美しさがいちばん重要なことを忘れていたわ」

「最初は、美しさがいちばん重要だ」ロイスは訂正した。「いいだろう。では、私が結婚したい相手をええと――選び出したら、今度はどうするんだ？」

「普通ならどうするの？」

「どうすると、おまえは思う？」

ジェニーが優美な眉を寄せてロイスを眺めるうちに、豊かな唇の端が愉快そうに上がった。

「わたしの知識に基づいて言うと、あなたは彼女を膝に載せ、お尻をたたいて服従させようとするとしか思えないわ」

「では」ロイスがまじめな顔で言う。「それではだめなのか？」

ジェニーは彼の目に笑いが隠れているのに気づいた。彼女がどっと笑うと、ロイスにはテント内が音楽で満たされたように思えた。「女性は……つまり、家柄のよい女性は」しばらくして口を開いたジェニーの表情は、彼がこれまで相手にした女性はまったくべつの種類の女性だろうとほのめかしていた。「自分が好きになった男性には、こう扱われたいというはっきりした考えを持っているの」

「家柄のよい女性は、いったいどんなふうに扱ってもらいたいと願っているんだ？」

「丁重によ、もちろん。でも、それだけじゃない」サファイア色の目を夢見るようにきらめかせる。「女性は、混雑した部屋に理想の男性が入ってきたとき、彼には自分だけしか見えないと思いたいの」

「それだと、その男はいまにも自分の剣につまずいてしまうぞ」ロイスはそう指摘してから、ジェニファーが自分の夢を話しているのだと気づいた。

彼女が警告の視線を向ける。「それから」強調するように言った。「彼女は彼がロマンチックな人であると思いたいの——明らかに、あなたは違うわね！」

「ロマンチックというのが、目の不自由な人間みたいに手探りしながら部屋に入らなければならないという意味なら、そうだな」ロイスはからかった。「だが、続けて——ご婦人がたはほかに何が好きなんだ？」

「誠実さと深い愛情。それに言葉——とくに言葉よ」

「どんな言葉？」

「愛と優しい賞賛の言葉」ジェニーが夢見るように言う。「女は、理想の男性に、だれよりもきみを愛していて、きみは美しい人だと言われたいの。きみの目は海や空を思わせるとか、唇は薔薇《ばら》の花びらのようだとか……」

ロイスはびっくりして彼女をしげしげと眺めた。「ほんとうに、男にそんなことを言われるのをおまえは夢見ているのか？」

ジェニファーは殴られたかのように顔を青くしたが、やがて気にするまいと決めたようだ。「不器量な女だって、夢はあるのよ」にっこりして指摘する。

「ジェニファー」ロイスは自責の念と驚きを覚えながら、はっきりと言った。「おまえは不器量ではない。おまえは――」前よりも惹きつけられて、彼女のどこが魅力的なのか考えながらじっと見たが、彼を惹きつけるのはたんにその顔や体ではなかった。ジェニファー・メリックには、彼の心を温める熱い優しさや、彼に挑む火のような気性――そして、彼を引き寄せて離さない、どんどん明るさを増していく輝きがある。「おまえは不器量ではない」

ジェニーは悪意なしにくすくす笑い、首を横に振った。「どんな状況でも、あなたはその口先だけのお世辞で恋人を丸めこもうとしないことね。うまくいきっこないわ！」

「尻をたたいてご婦人を従わせることも、甘言でだますこともできないとしたら」ロイスはジェニーの薔薇色の唇に心を奪われながら言った。「私は唯一残った技術に頼るしかなさそうだ……」

意味ありげに言葉が途切れたので、ジェニーは興味津々になり、ついには好奇心を抑えられなくなった。「どんな技術なの？」

ロイスはちらりと彼女の目を見て、意地の悪い笑みを浮かべた。「言うのは、はばかられる」

「恥ずかしがっちゃだめよ」ジェニーは文句を言った。あまりにも興味をそそられていたため、ロイスの手が彼女の肩のところまで上がったことに気づかなかった。「女性が結婚したくなるほど、あなたが上手な技術って何？」

「私が自負しているのは——」ロイスの手が彼女の肩を包む。「——キスのうまさだ」

「キ——キス！」ジェニーはつかえながら言い、笑い声をあげると同時に体を後ろに反らし、彼の手から逃れた。「そんなことをわたしに自慢するなんて、信じられない！」

「自慢しているのではない」ロイスは傷ついた顔をして、言い返した。「かなりうまいと思わざるをえないんだ」

ジェニーはきびしい非難の表情を浮かべようと必死に努力したが、うまくいかなかった。〝スコットランドの災い〟が槍や剣ではなくキスの腕前を誇ると思うと、おかしくて唇が震えた。

「ばからしいと思っているようだな」ロイスがまじめな顔で言う。

ジェニーはあまりにも激しく頭を振ったため、髪が肩の上で跳ね、目が笑いできらきら光った。「ただ——ただ」笑い声を抑えて言う。「印象が違いすぎて——あなたの」

ロイスは予告なしに手を上げて、彼女の腕をつかみ、自分にぐいと引き寄せた。「じゃあ、実際に確かめてみたらどうだ？」そっと言う。

ジェニーは離れようとした。「ばかなこと言わないで！　できるわけない——できないわ！」突然、彼の唇から目を離せなくなった。「あなたの言葉を喜んで信じるわ。喜んで！」

「だめだ。証明したい」

「必要ないったら」ジェニーは必死に叫んだ。「キスした経験がないのに、どうやってあなたの腕前を判断するのよ？」

その告白は、ロイスにとって彼女をより好ましい相手にしただけだった。なにしろ彼がよく付き合う女性たちは、ベッドでの経験において彼と拮抗している者ばかりだからだ。ロイスは唇を笑みの形にカーブさせたが、腕をつかむ手にはいっそう力をこめ、彼女を容赦なく近寄せ、もう一方の手を彼女の肩に置いた。

「いやよ！」ジェニーは彼から離れようとしたが、うまくいかなかった。

「だめだ」

ジェニーは未知の攻撃に備えて身構えた。恐怖の悲鳴が喉につかえたが、次の瞬間、怖がることは何もないと気づいた。押しつけられた彼の唇は冷たく、彼女の閉じた口を軽くかすったとき、びっくりするほどすべすべしていた。驚きに、身動きできなかった。手を彼の肩に置いて突っ張り、こわばった体で彼を近づけまいとしていたが、心臓の鼓動は激しくなっていった。キスがどんなものなのか必死に味わおうとしながらも、冷静さを保とうとしていた。

ジェニファーが唇を離せる程度に、ロイスは手の力をゆるめた。「もしかすると、私は思っていたほどうまくないのかもしれない」おもしろがっていることを慎重に隠して言った。

「キスしているあいだ、おまえの頭はずっとさえていたようだからな」

びっくりし、すっかり気が動転していたが、それでもジェニファーはもがいたり何かしたりして、仮の友情の微妙なバランスをくずすことは避けた。「ど——どういう意味？」ロイスが頭を毛皮に載せ、たくましい体を、彼女のほぼ下で、もっともみだらな形で横たわらせていることを強く意識せずにはいられなかった。

「つまり、私のキスは家柄のいい女性たちが〝夢見る〟ようなものだと言えるか？」

「お願いだから、わたしを放して」

「おまえのような育ちのいい女性たちが喜ぶようなふるまいかたを、教えてもらえると思っていたんだが」

「あなたのキスはとてもいいわ！　まさに女性がされたいと夢見るようなキスよ！」ジェニーはやけになって叫んだが、彼は疑わしそうに彼女を見つめるだけで、手を離さなかった。

「どうも自信が持てないんだ」そうからかって、ジェニーの信じられないほど青い目のなかで、怒りが小さく火を放つのを見守る。

「なら、ほかの人と練習して！」

「残念ながら、アリックにはそそられなくてね」ロイスはそう言うと、ジェニーがまた異議を唱える前に、素早く作戦を変えた。「荒っぽい罰を与えると脅しても、おまえには効果がないようだが」楽しげな口調で言う。「ついに効果的な罰を発見したよ」

「それは」いぶかしく思って、ジェニーは尋ねた。「どういう意味?」

「つまり、今後、おまえを私の意志に従わせたいときには、キスをする。おまえはキスを恐れているからな」

文句を言うと、キスをされる——それも間違いなく、男たちの前で——と想像すると、ジェニーはひどく動揺した。ロイスの主張に激しく抗議するのではなく、理性的な声で冷静に話をすれば、彼がその主張の正しさを証明するのを思いとどまってくれるかもしれないと考え、こう言った。「恐れているんじゃなくて、興味がないだけよ」

ロイスはジェニファーの作戦に気づいて、愉快に思うと同時に感心したが、彼女の反応を知りたいという彼の説明不可能な決意に大きな影響はなかった。

「そうなのか?」ロイスはそっとささやき、半分まぶたを閉じた目でジェニファーの唇を見据えた。話しながら、手で彼女の頭を包みこみ、ゆっくりと少しずつ確実に自分のほうへと下ろし、ついに彼の温かい息が彼女の息と混ざった。それから視線を上げて、彼女の視線と絡み合わせる。執拗《しつよう》で抜け目のない灰色の目が、脅えた、魅力的な青い目をとらえて放さない。そしてロイスは彼女の唇を自分の唇へ下ろした。ジェニーのあらゆる神経に衝撃が走り、彼女の目が閉じられた。ロイスの唇が彼女の唇に重なって動き、あらゆる柔らかな曲線と震える輪郭を、徹底的に、わがもの顔に探索する。

ロイスは彼女の唇が意に反して柔らかになり、震える腕が離れたのを感じた。乳房が胸に当たり、彼女の心臓の激しい鼓動が感じられた。彼女の口と自分の口が離れないよう押さえていた手から力を抜き、それと同時に、自分の唇の圧力を増した。彼女を仰向けにすると、ロイスは彼女にかぶさって、キスを濃厚なものにし、手を彼女のわき腹のあたりに、なだめるように置いた。舌の先を彼女の唇のしわに沿って滑らせ、入り口を捜し、唇が開くよう強く要求し、ついに開くと、愛らしい口に舌を入れ、ゆっくりと引っこめ、ふたたび入れて、危なくも欲望をいだきはじめた行為を露骨にまねた。ロイスの下でジェニーが息を呑み、身をこわばらせ、それから突然、ありとあらゆる緊張が彼女から抜け、その体内で喜びが大爆発を起こした。ロイスから慎重かつ巧みに刺激された情熱をまったく知らなかったジェニファーは、うっとりした気分になり、彼が自分を誘拐した人間であることをすっかり忘れた。彼はいま、恋人だった――熱心で、説得力があり、優しく、切望している恋人。彼女は温かい気持ちに包まれ、なすすべもない降伏のうめきを小さく漏らすと、彼の首に手を置き、目覚めつつある情熱を伴って、彼の唇の下で自分の唇を動かした。

ロイスの口がさらに要求をきつくし、舌で求め、撫でる。彼女の胴のところで手が絶え間なく動き、乳房を撫で、それからまた下へ移動し、素早く彼女のベルトをゆるめると、チュニックの下へ滑りこんだ。ジェニーは裸の胸を彼のたこのできた手が自信を持ってなめらかに動くのを感じ、それと同時に、唇がむさぼるようなキスに襲われたのがわかった。

官能的な猛攻撃の下で、彼女がうめく。ロイスがてのひらで豊かなふくらみを包み、乳首が誇らしげに立つのを感じると、彼の体内で欲望が爆発した。その生意気な先端を指で軽くさすり、それからつまんで転がす。ジェニファーがびっくりして、喜びのうめきを上げ、彼の肩に指を食いこませてきた。そして与えられている喜びの返礼をするかのように、濃厚なキスをしてきた。

ジェニファーの反応が困惑するほど優しいことに、ロイスは驚き、唇を離して、彼女のうっとりした赤い顔を見下ろした。そのあいだも、もうすぐ彼女を解放するのだと自分に言い聞かせながら、乳房の愛撫を続けた。

これまでロイスが寝た女たちは、誘惑されたり、優しく扱われることを決して望まなかった。女たちは、彼の伝説の一部である、抑制された獰猛《どうもう》さや力や精力を望んだ。〝狼〟によって、征服されること、手荒に奪われること、使われることを望んだ。ベッドで「痛くして」と懇願した女の数は、多すぎて数えられない。性的征服者の役割を押しつけられ、彼は長年それを受け入れていたが、だんだんうんざりしてきて、最後には吐き気を覚えるようになっていた。

ロイスはジェニファーの豊かな胸から手をゆっくりとはずし、彼女を解放するよう、始めたことをいますぐやめるよう、自分に命じた。あすになれば、ここまで来てしまったことを間違いなく後悔するとわかっていた。一方で、どうせ後悔するなら、たっぷり後悔しても同じではないかと思った。そして、今夜、互いに感じているらしい喜びをもう少しだけ続けてみようとぼんやり思いながら、頭を下ろして彼女にキスをし、彼女のチュニックを開いた。視線が下へ漂い、目の前にあらわになった魅惑的な晩餐《ばんさん》に釘付けになった。丸くて、豊かで、先端でピンクの乳首が欲望の固い蕾《つぼみ》となっているみごとな乳房が、彼の視線の下で震えている。肌はクリームのようになめらかで、火明かりに輝き、新雪のように手がつけられていない。

息を吐いて気を静めると、ロイスは視線を乳房から唇へ、そして魅力的な目へ移動させ、それと同時に自分のチュニックを脱ぎ捨て、その柔らかで白いふくらみを自分の裸の胸で感じられるようにした。

ロイスのキスと視線とワインの熱で、すでに気が遠くなるぐらいうっとりしていたジェニーは、彼の唇の引き締まった、肉感的な輪郭が目的を持って下りてくるのを、ぼうっとしながら見守っていた。目を閉じる。餓《う》えた彼の口がかぶさってきて、唇を開かされ、彼の舌が口のなかへ入ってくると、世界がぐるぐると回りはじめた。乳房を手で包まれ、上へ高く持ち上げられると、喜びのうめき声をあげた。ロイスがゆっくり、裸の、毛でざらざらした胸を下ろし、それから体重を彼女にかけた。ジェニーの体を自分の体で半ば覆って、喜びを与えるキスを彼女の口から耳へと移動させ、舌で敏感なくぼみを弾き、それから巧みにまさぐる。やがてジェニーは身もだえした。

ロイスは唇を彼女の頬から口へと移動させ、ゆっくりと官能的な動きで誘いをかけると、ジェニーがすぐに喉の奥で低くうめいた。開いた口で彼女の口を覆い、大きくあけさせ、彼女の舌をとらえて、その甘さを味わうように、そっと自分の口のなかへ導いた。それから自分の舌を彼女に与え、やがてジェニーが本能的に彼の動きに応じて、キスが激しくなった。舌と舌が絡み合い、彼はジェニーの髪に両手を入れた。ジェニーが大地を揺さぶるようなキスにわれを失い、腕を首に巻きつけてくる。

ロイスは下半身を持ち上げ、脚で彼女の脚をそっと開き、そのあいだに身を沈めて、彼女の腿に目的を持って押しつけたこわばりを相手に敏感に意識させた。ロイスの餓えた情熱に圧倒されて、ジェニーは彼にしがみつき、彼の唇が離れると、失望の叫びをこらえ、その唇が胸に下りてくると、驚きに息を呑んだ。彼の唇が乳首を吸い、そっと引っ張り、それからきゅっとすぼめて強く引っ張り、ついにはジェニーの背が弓なりになり、純粋な喜びの衝撃波が彼女の体の隅々にまで行き渡った。そしてジェニーがこれ以上耐えられないと思ったとき、ロイスはさらに強く引っ張り、彼女から低いうめきを引き出した。それを耳にすると、彼はその行為をやめ、顔の向きを変えて、もう一方の乳房に同じように心を注いだ。ジェニーは彼の黒髪に指を走らせ、無意識に彼の頭を自分に引き寄せていた。

喜びのあまり死んでしまうとジェニーが思ったとき、ロイスが突然両手を突っ張らせ、彼女から胸を引きはがした。ジェニーのほてった肌に冷気が当たり、彼の肉体が離れたこともあって、ジェニーはうっとりした幸福感から少しだけ現実にもどった。なんとか目を開くと、上方にロイスの顔が見えた。彼が熱い視線でジェニーの豊かな乳房を愛撫している。その乳首は、彼の舌と唇と歯によって、誇らしげに立っていた。

彼女はぼんやりとしながらも、遅ればせながらうろたえると同時に、ロイスの、きびしく求める腿の圧力によって、体内で欲望が高まるのを感じた。ロイスが頭を下げてくると、ジェニーは迷いすぎたことにぞっとしながら、夢中になって首を振った。「お願い」と、あえぎながら言う。しかし彼はすでに体を持ち上げ、警戒し、張りつめていた。すぐにテントの外で護衛の声がした。「すみません。兵士たちがもどってきました」

ロイスは無言で体を転がして立ち上がり、急いで服を整え、テントから出ていった。宙ぶらりんになった欲望と混乱で茫然《ぼうぜん》としながら、ジェニーは彼を見送り、やがて正気がゆっくりともどってきた。急に恥ずかしさを覚えて、乱れた服を見下ろし、それを引っ張って整え、震える手でくしゃくしゃになった髪を梳《す》いた。彼に無理やり応じさせられていたら、それだけでじゅうぶんまずいことだが、彼は強いなかった。なんらかの魔法をかけられたかのように、ジェニーはみずから進んで、奔放に、誘惑に飛びこんでいった。自分のしたこと――しかけたこと――に衝撃を受け、体が震えた。ロイスを責めようとしたが、良心がそれを許さなかった。

ロイスがもどってきたときに何を言うべきか、あるいは何をすべきかと、必死に考えはじめた。なぜなら、ジェニーはうぶではあったものの、彼が中断したことの再開を望むだろうと、直感でわかったからだ。彼女の心臓が恐怖に鼓動を速めた。彼が怖いのではなく、自分が怖かった。

数分がたち、それが一時間になり、ジェニーの恐怖は驚きに、そしてついには――幸いにも――疲労に変化した。毛皮の上で身を丸めているうちに、目がいつのまにか閉じ、やがて、数時間後にちがいないが、ぱっと目をあけると、ロイスが上方に立っていた。

彼のきびしく、冷酷無情な顔を慎重に探ると、ジェニーの眠くてぼうっとした頭は、テントを出ていった〝恋人〟にもう誘惑を続ける気がないと察知した。彼女のほうも再開を望んでいない。

「あれは間違いだった」ロイスがきっぱりと言う。「私たちふたりにとって。もう二度とあんなことは起こらない」

そんなことを彼が言うとは、ジェニーは夢にも思っていず、ロイスが向きを変え、急ぎ足でテント下から夜空の下へ出ていったときには、それが彼なりのぶっきらぼうな謝罪なのだろうと推測した。無言の驚きに唇を開き、それから急いで目を閉じた。ゴーウィンがテントに入ってきて、入り口近くの粗末な寝床に体を横たえたからだ。

7

夜が明けると、テントが解体され、雷鳴が絶え間なくとどろくなか、馬に乗った騎士と傭兵と従者の五千人が谷を出た。彼らのあとに、重い荷馬車が続く。射石砲《しゃせきほう》、臼砲《きゅうほう》、破城槌《はじょうつい》、石弓をはじめとする包囲攻撃に必要なあらゆる物資の重みに、うなるような音をたてていた。

ジェニーは、ブレンナの隣りで馬に乗り、両側を武装した騎士に厳重に守られていたが、彼女にとっての世界は、騒音と埃《ほこり》と内なる混乱からなる、ぼんやりした非現実的なものとなっていた。自分がどこへ行くのかも、どこにいるのかも、さらには自分がだれなのかさえ、わからなかった。まるで全世界が大混乱に陥り、すべての人間がなぜか変わってしまったかのようだ。いままでは、ブレンナのほうが元気づけるような笑みをジェニーに向けていて、自分ではかなり理性的だと思っていたジェニーは、気がつくときょろきょろしていた——ロイス・ウェストモアランドがちらりと見えることを望んで。

横を馬で過ぎる彼を何度か見ていたが、彼もまた、見知らぬ人だった。大きな黒の軍馬に乗って、力強い肩から下がり、風をはらんで後ろへふくらんでいるマントから長靴まで不気味な黒でまとめた彼は、ジェニーがこれまで見たなかで、もっとも恐ろしい、高圧的な人物だった。彼女の家族を、氏族を、そして彼女の愛するすべてのものを滅ぼす、きわめて有害な、赤の他人だ。

その晩、ブレンナの隣りに横たわり、星を見上げながら、ジェニーは草地に不気味な影を投げる、醜い攻城用移動櫓《やぐら》について考えないようにした。間もなく、その櫓がメリック城の古い城壁に向かって置かれるだろう。谷にいたとき、彼女は木立に置かれたそれをちらりと見ていたが、なんなのかはっきりとはわからなかった。あるいは、恐怖が決定的なものとなるのを望まなかっただけかもしれない。

いまや、ほかの可能性はほとんど考えられず、気がつくと、ジェームズ王が援軍を送ってくれるだろうというブレンナの予言に必死にすがっていた。そしてそのあいだずっと、心の隅で、戦闘があることを信じまいとしていた。それはおそらく、あれほど情熱的で優しいキスをし、触れてきた男が、てのひらを返して、彼女の家族と氏族を冷徹に殺すとは思えなかったからだ。昨夜、からかい合ったり、笑い合ったりした男にそんなことは不可能だと、心の、優しく純真な部分で信じていた。

その一方で、昨夜のことが現実とは、完全には信じられないでいた。昨夜、彼は優しく、魅力的で、執拗な恋人だった。きょうの彼は、彼女が存在したことさえ忘れられる赤の他人だ。

ロイスはジェニーの存在を忘れてはいなかった——旅の二日目でさえ、忘れていなかった。彼女を抱いた腕の感触、彼女のキスとためらいがちな愛撫の、うっとりするような心地よさによって、二晩連続で眠れなかった。昨日は一日じゅう、兵士たちの縦隊のそばを馬で走りながら、気がつくと彼女を捜していた。

いま、兵たちの先頭にいて、時刻を知ろうと太陽の位置を目を細くして確かめているときも、彼女の音楽のような笑い声が、心の隅で鈴のように鳴っている。ロイスがその声を追い出そうと頭を振ると、突然、彼女があの陽気な笑顔を浮かべ、彼を横目で見て……。

〝私が結婚しなかったのはどうしてだとおまえは思う？〟と彼は言った。

〝ふさわしい女性がだれも言い寄ってこなかったから？〟と彼女がからかう。

彼女が非難の表情を浮かべようとしながら、くすくす笑う小さな声が聞こえた。〝あなたはその口先だけのお世辞で恋人を丸めこもうとしないことね。うまくいきっこないわ……〟

〝わたしの知識に基づいて言うと、あなたは彼女を膝に載せ、お尻をたたいて服従させようとするとしか思えないわ……〟

うぶなスコットランド娘に、あれほどの心意気と勇気があるのを、ロイスは信じられなかった。自分の捕虜に、ますます惹きつけられ、執着するこの状態を、二晩前に彼女に掻き立てられた欲望の結果にすぎないと自分に言い聞かせようとしたが、自分の心を奪っているのが欲望だけではないと承知していた。多くの女性と違い、ジェニファー・メリックは、危険と死を連想させる名前を持つ男に触れられ、体を差し出すという考えに、反感も持っていないし、官能をくすぐられてもいない。二晩前、彼によって目を覚ました内気で情熱的な反応は、恐怖とはなんら関係ない。あれは、優しさ、そして欲望によるものだ。彼についてのうわさの数々を知っているはずなのに、ジェニファーは純粋な優しさで、彼の愛撫に応えた。そしてそれゆえに、ロイスは彼女を頭から追い払えないでいた。あるいは、うわさを知っているにもかかわらず、ジェニファーは彼を、夢のなかの有徳で汚点のない、雄々しい騎士と同様の人物だと勘違いしただけかもしれない、と顔をゆがめながら思う。彼女の優しさと情熱が、子どもっぽい、うぶな空想の結果だという可能性は、あまりにも不快だった。ロイスは彼女に関する思いのすべてを不機嫌にわきにやり、彼女を忘れようと固く決心した。

昼になって、ジェニファーはブレンナの隣りの芝生に腰を下ろし、筋だらけの鶏肉と硬くなったパンの厚切りというういつもの食事を取ろうとした。ふと顔を上げると、アリックがこちらへ来るところだった。彼が目の前で立ち止まった。長靴を履いた足と足のあいだが、少なくとも一メートルはある。彼が言った。「来い」

ジェニーは、ブロンドの巨人が必要最小限の言葉しか発したがらないことにもう慣れていて、立ち上がった。ブレンナも同じように立ち上がろうとしたが、アリックが腕を上げた。

「おまえはいい」

アリックはジェニーの上腕をがっちりつかんで、草地にやはり座って簡素な昼食を食べている数百の男たちのあいだを抜け、道のわきの木立のほうへ進み、ロイスの騎士たちが見張りで立っているらしい木のところで止まった。

サー・ゴッドフリーとサー・ユースタスが、通常は感じのよい顔を無表情にして、わきへどく。アリックに軽く押されて、ジェニーは小さな空き地によろよろと入った。

彼女を誘拐した男は地面に座っていた。広い肩を木の幹にもたせかけ、片膝を立てて、彼女を無言で見つめている。暖かな日なので、マントをはずし、茶色い長袖《そで》の簡素なチュニックと、厚い茶のズボンに長靴という格好だ。昨日のような死と破壊の化身とは似ても似つかない姿だった。明らかに彼が彼女の存在を忘れていなかったという事実に、ジェニーはばかげているものの、急に喜びに満たされた。

しかし自尊心から、そのような感情を外には出さなかった。どう行動し、感じるべきかまったくわからず、ジェニーはその場に留まり、なんとか彼を見返すことさえし、やがて彼の思わせぶりな沈黙に落ち着きをなくした。当たり障りのない丁寧な口調で、ジェニーは言った。「わたしに用だと聞いたけれど?」

なぜか、その質問に、彼の目があざけるように輝いた。「そのとおりだ」

妙な、ばかにするような口調に動揺しながら、ジェニーは続きを待ち、それから言った。

「なぜ？」

「質問がある」

「わたしたち——会話をしているの？」ジェニーは怒ったように尋ね、そして完全に困惑した。彼が顔を空に向け、どっと笑ったのだ。太く低い声が、空き地に響き渡る。

かわいい困惑の表情を浮かべるジェニファーを見て、ロイスは冷静になり、彼を笑わせたその無邪気さに同情すると同時に、二晩前よりももっと彼女を欲しくなった。地面に敷かれた白い布のほうを身ぶりで示す。その上には、彼女が食べていたのと同じ鶏肉とパンのほかに、林檎《りんご》がいくつかとチーズのかたまりがあった。穏やかにロイスは言った。「おまえといると楽しい。それに、何千人もの兵士たちに囲まれて食べるよりも、私とここで食事をするほうが、おまえも心地よいだろうと思ったんだ。違うか？」

いっしょにいると楽しいと言われなかったら、ジェニーはそれは大間違いだと言っただろうが、会えなくて寂しかったと本質的に認めた、その魅力的な太い声にはあらがえなかった。「違わないわ」ジェニーは同意したものの、自尊心と用心深さから、彼のそばには座らなかった。つやつやした赤い林檎を手に取ると、彼の手がぎりぎり届かない倒木に腰を下ろしたが、数分間、何げない会話をするうちに、すっかりくつろぎ、妙に陽気な気分になった。この不思議な現象が彼の慎重な努力の結果だとは、夢にも思わなかった。誘惑されることはないとジェニーを安心させ、二晩前に唐突かつ冷淡に終えた前戯を忘れさせて、彼女が彼の次の試みを反射的に拒まないようにしたのだ。

ロイスは自分がどういう理由で何をしているのか正確にわかっていたが、もしジェニファーを彼女の父親か自分の王に手渡すまで、奇跡的に彼女に触れずにいられたとしても、この努力は無駄にはならないと自分に言い聞かせた。なぜなら、居心地のいい空き地で、とても快適で少し長めの食事をとっていたからだ。

数分後、騎士に関する完全に一般的な議論をしているとき、ロイスは彼女に求婚したという男に突然嫉妬《しっと》のようなものを感じた。「騎士と言えば」出し抜けに言う。「おまえの騎士はどうなった？」

ジェニファーが林檎を嚙みながら、いぶかしげな顔をした。「わたしの何？」

「おまえの騎士」ロイスがはっきりさせる。「――ボールダーだよ。おまえの父親が結婚に乗り気だったのなら、おまえはどうやって老ボールダーに求婚を思いとどまらせたんだ？」

その質問はジェニファーをまごつかせたようで、答えを考える時間を稼ぐかのように、彼女は形のいい長い脚を胸に引き寄せ、手で包みこんで、膝に顎を載せてから、きらきらした楽しげな青い目をロイスに向けた。丸太に腰を下ろした彼女は信じられないほど魅力的だ、とロイスは胸の奥でつぶやいた。男物のチュニックとズボンを身につけた、長い巻き毛の森の精……。森の精？　このざまでは、次には、彼女にその美しさを称えるソネットを作らされるかもしれない――そして、彼女の父親を喜ばせるのではなかろうか？　ふたつの国の宮廷で、さんざんうわさされるのは言うまでもない！　「質問がむずかしすぎたかな？」自分にとまどいを覚えながら、鋭い声で言う。「もっと簡単なものにするか？」

「なんて気が短いの！」ジェニファーが彼の口調にはまったくひるまず、手きびしく言った。上品な、非難をこめた顔でそう言ったので、ロイスは思わず喉の奥で笑った。「おまえの言うとおりだ」そう認め、自分の短所について説教を垂れる不埒《ふらち》な小娘に笑みを向けた。

「では、なぜ老ボールダーが身を引いたのか話してくれ」

「いいわ。でも、耐えがたいほどきまり悪いことは言うまでもなく、きわめて個人的な事柄をしゃべらせるなんて、ものすごく騎士らしくないわよ」

「だれがきまり悪いんだ？」ジェニファーの愚弄《ぐろう》を無視して、ロイスは尋ねた。「おまえか、ボールダーか？」

「わたしがきまり悪かったの。ボールダー卿は憤慨した。だって」と、微笑みながら、率直に話す。「彼が結婚の契約書に署名するためにメリック城へ来た晩まで、彼を見たことがなかったんですもの。さんざんだったわ」愉快さと恐ろしさが同居した表情を浮かべた。

「何があった？」ロイスは先を促した。

「話すとしたら、わたしがほかの十四歳の少女たちと同じだったということを、覚えておくと約束して。すてきな若い騎士のお嫁さんになることを夢見る少女のひとりだったの。彼がどんな外見をしているか、目に浮かんでいたわ」思い返しながら、後悔するように微笑む。

「彼は金髪で、もちろん若くて、ハンサムなの。目は青くて、ふるまいは王子のよう。強さも持っているわ。いつかふたりのあいだに生まれる子どもたちのため、所有地を守れるだけの強さを持っている」彼女は顔をゆがめ、ロイスをちらりと見た。「それがわたしの秘密の望みで、わたし自身のために言っておかなくてはならないのは、ボールダー卿がそうではないとわたしに思わせるようなことは、父も義理の兄弟も何ひとつ言わなかったってこと」

ロイスは顔をしかめた。気取った年配のボールダーの姿が、ぱっと頭に浮かぶ。

「そしてわたしは、寝室で歩きかたを何時間も練習したのち、メリック城の大ホールにゆったりと入っていったの」

「歩きかたを練習した？」愉快さと驚きの混ざった口調で、ロイスは言った。

「もちろんよ」ジェニファーが陽気に応じる。「だって、わたしは将来の夫のために、自分の完璧な姿を見せたかったんだもの。ホールに駆けこんだらあまりにも熱心に見えてしまうし、ゆっくりすぎると、気が進まないという印象を与えてしまってまずいでしょう？どうやって歩くか、とっても悩んだわ。何を着るかもね。どうしようもなくて、ふたりの兄弟に相談をした。アレグザンダーとマルコムに、男の意見をきいたの。わたしがいちばん好きなウィリアムは、その日、義理の母と出かけていた」

「もちろん彼らはボールダーについて警告したんだろうな」ジェニファーの目の表情からそうでないとわかったが、それでも彼女が首を横に振ったときに感じた、哀れみの鋭い痛みに対して、彼は準備ができていなかった。

「その正反対。アレグザンダーは、継母が選んだドレスはあまりよくないんじゃないかと心配したわ。それで、かわりに緑のを着て、母の真珠で飾ったらと勧めた。わたしはそのとおりにしたわ。マルコムは、未来の夫の輝かしい存在に見劣りしないよう、宝石のちりばめられた短剣をわきに刺したらと提案した。アレックスはわたしの髪が平凡で赤毛だから、アップにして金色のベールで包み、一連のサファイアで結ぶべきだと言った。そして彼らの満足がいくようにわたしが装うと、今度は歩きかたの練習を手伝ってくれて……」まるで義兄弟の好意的でない姿を生き生きと描くことを、忠誠心が拒んでいるかのように、彼女は明るく微笑み、安心させるように言った。「ふたりはもちろんわたしをからかっていたのよ。兄弟が姉妹をからかうようにね。でも、わたしは夢で頭がいっぱいで、気づかなかった」

ロイスは彼女の言葉の向こうに真実を見つけ、彼らのいたずらにこめられた冷酷な悪意に気づいた。突然、ジェニファーの兄弟の顔に拳固をくれてやりたい――たんに〝からかう〟ために――という強い願望をいだいた。

「わたしはどこもかしこもちゃんとしているかどうか気を揉《も》みすぎて」そう言うジェニファーの顔はじつに楽しそうで、まるで自分自身を笑っているかのようだった。「だから、婚約者に会うためにホールへ行くのがかなり遅れてしまったの。ようやくホールに着いて、正しい速度で歩いているとき、脚は緊張だけでなく、喉もとと手首と腰につけた真珠、ルビー、サファイア、金のチェーンの重みで震えていた。わたしの服装を見たときの、気の毒な継母の顔を見せたかったわ。ものすごくけばけばしい装いだったのよ」ジェニーが笑い声をあげる。ロイスのなかで鬱積《うっせき》する怒りを、不注意にも気づいていなかった。

「継母はあとで、脚のついた宝石箱みたいに見えたと言ったわ」彼女がくすくす笑った。「薄情にそう言ったんじゃないのよ」ロイスの顔にどす黒い怒りを見て、急いで付け加える。「実際にはかなり同情してくれたわ」

ジェニファーが黙ると、ロイスは先を促した。「それで、おまえの妹のブレンナは？　彼女はなんと言った？」

ジェニファーの目が愛情で輝いた。「ブレンナは、わたしに関して、いつも何かいいところを見つけて言うわ。たとえわたしの間違いがとても衝撃的で、行動がとんでもなくても。彼女は、わたしが太陽と月と星みたいに輝いていたと言ったわ」ジェニーはひとしきり笑ってから、明るく輝く目でロイスを見つめた。「もちろんそのとおりだったの――輝いていたのよ」

ロイスの声は自分でも理解も抑制もできない感情の高ぶりでざらついていた。ジェニファーを見て、声をこわばらせる。「女性のなかには、宝石で輝かせる必要のない者がいる。おまえはそのひとりだ」

ジェニファーが驚きに口を大きく開き、彼をぽかんと見た。「それはお世辞？」

女に口当たりのいいことを言う男だと思われたことにいらだって、ロイスはぶっきらぼうに肩をすくめた。「私は兵士であって、詩人ではない。いまのは事実を言ったまでだ。話を続けろ」

当惑し狼狽したジェニファーはためらい、それから心のなかで肩をすくめて、彼の不可解な気分の変化を忘れた。林檎をさらにひと口かじってから、陽気に言った。「どっちにしても、ボールダー卿はあなたのように宝石に無関心ではいなかったわ。それどころか」笑い声をあげる。「目が飛び出しそうだった――わたしのきらめきに魂を奪われて。わたしの悪趣味な飾りに眩惑《げんわく》されて、顔のほうはちらりと見ただけで、父のほうを向いて言ったわ。『彼女をもらおう』って」

「で、そんなに簡単に婚約したのか？」ロイスは眉をひそめた。

「〝そんなに簡単〟じゃなかったわ。わたしが気絶しそうになったの――〝最愛の人〟の顔をはじめて見た衝撃で。床に倒れる前にウィリアムがわたしを捕まえて、テーブルのわきのベンチに座らせてくれたけれど、座って、正気がもどってきても、ボールダー卿の容貌から視線を離せなかったわ！　父よりも年上なだけじゃなくて、棒みたいにやせていて、しかもつけていたのよ――あの――」声が尻すぼみになり、自信なさげにためらう。「これは言うべきじゃないわ」

「すべて話せ」ロイスは命じた。

「すべて？」ジェニーが困ったようにくり返す。

「すべてだ」

「わかった」ジェニファーはため息をついた。「でも、楽しい話じゃないわよ」

「ボールダーは何をつけていたんだ？」ロイスは顔をにやつかせながら促した。

「彼がつけていたのはね……」ジェニファーが肩を揺らし、あえぎながら言う。「つけていたのは、だれかほかのひとの髪よ！」

ロイスの胸から豊かで太い声が響いてきて、ジェニーの鈴が鳴るような笑い声に加わった。

「正気を取りもどすかもどさないかのうちに、わたし、今度は、これまで見たこともないような変な食べ物を彼が食べているのに気づいたの。それより前、弟たちがわたしの服についで助言してくれていたとき、ボールダー卿が毎食アーティチョークを食べたがっていると笑っていたわ。わたしはひと目で、ボールダー卿のお皿に載った変な揚げものが、アーティチョークと呼ばれているものにちがいないとわかった。そしてそれがもとで、わたしはホールから追い払われ、ボールダー卿は婚約を取り消す結果になったのよ」

ボールダー卿がそれを食べていた理由を、ロイスはすでに推測し、苦労して真面目な顔を保っていた。その食べ物は、精力を増すと言われているのだ。「何が起こった？」

「わたしはとても不安になっていたの。実際には恐怖をいだいていたわ――こんなひどい男と結婚すると想像して。まったく、彼は乙女の夢じゃなくて、乙女の悪夢だった。自分で自分を殴って、赤ん坊みたいに泣きわめきたいという、淑女としてふさわしくない衝動に駆られたわ」

「でも、もちろん、そうしなかった」ロイスは彼女の不屈の精神を思い出して、微笑みながら推測した。

「ええ。でも、そうしたほうがよかったでしょうね」ジェニファーは微笑みながらそう認め、それからため息をついた。「わたしがしたことは、もっとまずかったの。彼を見ることに耐えられなくて、これまで見たことがないアーティチョークに意識を集中したわ。彼ががつがつ食べるのを見ながら、この食べ物はいったいなんで、なぜ彼が食べるのかと考えた。わたしが何を見ているかマルコムが気づいて、ボールダー卿がそれを食べている理由を話してくれたわ。そして、それを聞いて、わたしはくすくす笑いはじめて……」

ジェニファーの大きな青い目が楽しそうに動き、肩がどうしようもなく揺れる。「最初はなんとかそれを隠して、それからハンカチをつかんで唇に押しつけたんだけれど、興奮しすぎて、とうとう声を出して笑ってしまったの。笑い転げているうちに、かわいそうなブレンナにも笑いが伝染してしまった。わたしたちは笑いこけ、ついには父がブレンナとわたしをホールから去らせたわ」

楽しそうな目をロイスに向け、ジェニーはあえぎながら言った。「アーティチョーク！　あんなばかげたもの、聞いたことがある？」

最大の努力を伴って、ロイスはなんとか当惑の表情を浮かべた。「アーティチョークが男の大胆な行ないに有益だと、おまえは信じていないよな？」

「わたしは――あの――」話題が不適切だとようやく気づいて、ジェニファーは顔を赤らめたが、引き返すにはもう遅すぎたし、興味もあった。「あなたは信じている？」

「もちろん信じていない」ロイスは真顔で言った。「そういうことにはポロ葱《ねぎ》と胡桃《くるみ》が有益だと、だれでも知っている」

「ポロ葱と――！」ジェニファーは困惑して叫び、それからロイスの幅の広い肩のわずかな動きを見て、彼が笑っていることに気づき、微笑みながら、非難するように首を横に振った。

「いずれにしても、ボールダー卿は決断したわ――ちゃんと正しく。わたしを妻にできるだけの宝石がこの世にないって。数カ月後、わたしはまたべつの、許されない愚行を犯したわ」前よりも真剣な顔でロイスを見る。「そして、父はわたしには継母よりも強力な指導者が必要だと結論を下した」

「そのときは、どんな〝許されない愚行〟を犯したんだ？」

ジェニファーが真面目な顔になる。「アレグザンダーに、わたしについて言っていることを取り消すか、決闘場でわたしと戦うか、どちらかにしてって公然と要求したの。毎年、メリックのそばで、地域の馬上槍試合が開かれるのよ」

「そして彼は断った」ロイスは真剣な表情で優しく言った。

「もちろんよ。受け入れたら、彼にとって不名誉だもの。わたしが女であるだけじゃなくて、彼が二十歳なのに、わたしはたったの十四だったから。でも、わたしは彼の自尊心なんてまったく気にしなかった。だって、彼は——あまりいい人じゃなかったから」ジェニファーは穏やかに締めくくったが、最後の言葉には苦悩がたっぷり含まれていた。

「おまえは自分の名誉のために仕返しをしたのか？」ロイスは、なじみのない痛みを胸に覚えながら尋ねた。

ジェニファーがうなずく。悲しそうな笑みが唇にうっすらと浮かんだ。「馬上槍試合場に近づくなと父に命じられていたけれど、マルコムの甲冑《かっちゅう》を貸してくれるよう武具師を説得し、試合当日、だれにもわたしであると知られずに試合場に出て、アレグザンダーと向き合った。彼はしばしば槍試合で名をあげていたわ」

ジェニファーが試合場に出てきて、槍を振るう大人の男へ突撃するのを想像して、ロイスはぞっとした。「落馬して、殺されずにすみ、おまえは運がいい」

ジェニファーがくすくすと笑う。「落馬したのはアレグザンダーのほうよ」

ロイスはすっかり困惑して、彼女をまじまじと見た。「おまえが彼を落馬させた？」

「ある意味ではね」ジェニファーがにやりと笑う。「わたしに向かって彼が槍を上げたちょうどそのとき、ぱっと眉庇《まびさし》を上げて、舌を出してやったの」

衝撃による沈黙のあと、ロイスの爆笑が起こり、彼女が付け加えた。「彼は馬から滑り落ちたわ」

小さな空き地の外では、騎士と従者と傭兵と射手たちが手を休め、クレイモア伯爵の笑い声が空へと立ちのぼる木立のほうを見た。

ようやく落ち着くと、ロイスは賞賛をこめた優しい笑みを浮かべ、彼女を見た。「おまえの作戦はすばらしい。私だったらその場で騎士の称号を与えただろう」

「父はそんなに興奮しなかったわ」ジェニファーが悪意のない声で言った。「アレックスの槍の腕前は氏族の誇りだったの――わたしはその点を考えなかった。その場で騎士の称号を与えるどころか、父は、たぶんわたしが受けるにふさわしかった打擲《ちょうちゃく》をくれたわ。それからわたしを修道院へ送りこんだ」

「その修道院に、おまえは二年も入れられていた」ロイスは要約した。その声は、ぶっきらぼうな優しさに満ちていた。

ジェニーは、すぐ向こうにいるロイスを眺めながら、驚くべき事実にゆっくりと気づきはじめた。人々が冷酷で残忍な野蛮人と呼ぶ男は、まったく違っている。彼はばかな娘に強い同情心をいだける男だ――彼の顔の穏やかになったしわを見ればわかる。ぼうっとしながら、ジェニーは彼が立ち上がるのを見た。催眠作用のある彼の銀色の目から視線が離せない。彼が断固とした足取りで近づいてくる。自分が何をしているのか気づかずに、ジェニーもゆっくりと立ち上がった。「思うんだけれど」ロイスを見上げ、ささやき声で言った。「伝説はあなたに不誠実だわ。あなたがしたとみんなが言うこと――真実じゃない」そっと言いながら、ジェニーは美しい目で彼の顔をじっと見た。まるで、彼の心を見通せるかのように。

「真実だよ」ロイスは手短に否定した。これまで戦った、数えきれないほどのいまわしい戦闘の光景が頭をよぎる。恐ろしく、醜い戦闘に、敵味方の兵士たちの死体が散らばる戦場が加わって、完璧な光景となった。

ジェニーは彼の暗い記憶を何も知らず、彼女の優しい心は、彼みずからが宣言した罪の意識を拒絶した。目の前に立つ男は、月に照らされた顔に痛みと悲しみを刻みつけて、死んだ馬を見下ろしていた男だ。甲冑を身につけ、年上の騎士と向かい合ったという彼女の愚かな話を聞いて、同情し、顔を引きつらせた男だ。「わたしは信じない」彼女はつぶやいた。

「信じろ！」ロイスはきつい口調で言った。ロイスが彼女を欲しいと思った理由の一部は、触れたとき、彼女が獣のような征服者という役を彼に振り当てなかったからだ。だが、彼は同様に、彼女が思い違いをして、べつの役割を彼に割り当てることも望まなかった。有徳の、輝く甲冑を身につけた騎士という役割を。「大部分は真実だ」きっぱりと言う。

ロイスが手を伸ばしてくることに、ジェニーはぼんやりと気づいた。ベルベットの手枷《てかせ》のように、彼の手が上腕をつかみ、彼女を引き寄せ、彼の口がゆっくりと下りてくる。そしてまぶたの重そうな、肉感的な彼の目を見つめるうちに、揺らめく自衛本能が深入りしすぎだと警告を送ってきた。ジェニーはうろたえ、彼に唇を奪われる寸前に顔を背けた。まるで走っているかのように息が速くなった。ロイスはひるむことなく、かわりに彼女のこめかみにキスをし、温かな唇を彼女の頬へ進ませ、彼女をさらに引き寄せて、敏感な首へと下ろしていった。ジェニーの体内がとろける。「やめて」彼女は震えながら呼吸をし、顔をさらに遠くへやって、自分が何をしているのかに気づかずに、彼のチュニックをつかんで支えにした。世界が揺れはじめた。「お願い」小さくささやく。ロイスは彼女をきつく抱きしめ、舌を彼女の耳に滑りこませて、曲線や割れ目を官能的にゆっくりと探索し、ジェニーを欲望で身震いさせた。そのあいだ、手は彼女の背をさすっていた。「お願い、やめて」ジェニーが苦しそうに言う。

それに反応してロイスは手を下へ滑らせ、背骨のところで大きく開き、彼女の体を自分のこわばった腿にぴったりとくっつけた。その行為は、やめられないし、やめるつもりもないことを雄弁に語っていた。ロイスのもう一方の手は彼女のうなじにあって、官能的な愛撫をして、彼女が顔を上げ、キスを受け入れるようにと促している。不規則な呼吸をしながら、ジェニーが顔を彼のウールのチュニックへ向けて、彼の優しい説得を拒否する。すると、うなじにあった手に急に力が入って、強く命じた。ジェニーはもはや彼の説得も命令も拒めなくなり、ゆっくりと顔を上げて、キスを受け入れた。

ロイスは彼女の豊かな髪に手を差し入れて彼女を支え、略奪するような、むさぼるようなキスをした。ジェニーは熱い暗闇へくるくる回りながら落ちていった。彼の魅惑的で切迫したキスと経験豊かな手のほかは、どうでもいい世界へ……。自らの女らしい気持ちとロイスのむき出しの強い欲望に圧倒されながら、ジェニーは彼の空腹を満たし、唇を開いて、押し進んでくる舌を迎えた。ロイスに身を委ねると、彼が息を呑むのがわかり、そしてすぐ、彼の手が背中やわきや乳房へわがもの顔で滑ってきて、それから下へ移動し、彼女の体を彼の硬い、目覚めた部分へ引き寄せた。ジェニーはどうすることもできずに身をとろかし、われを忘れさせようとする、彼の終わりのないキスに応え、彼のてのひらから乳房があふれると、喉の奥でうめいた。彼の手が厚いズボンのなかに押し入ってくると、体内に炎が走った。その手は下へ進み、彼女の裸の尻を包んで、彼女の体を彼の怒張したこわばりに密着させた。

肌に押しつけられた彼の手による、ひどく官能的な感覚と、主張するように体に当てられた、彼の欲望のあからさまな証拠とのあいだで、ジェニーはわれを忘れた。彼の胸に両手を滑らせ、彼の首のところで組み合わせて、彼の喜びに身を任せ、それを刺激し、分け合い、彼の胸を引き裂いて出てくるうめき声を誇りに思った。

ロイスがようやく唇を離し、ジェニーを胸にしっかりといだいた。彼の呼吸は荒く、速かった。ジェニーは目を閉じ、彼の首に腕を巻きつけたまま、力強い胸の鼓動に耳を当て、完全な安らぎと、慣れない、うっとりとした喜びのあいだを漂った。彼は再度ジェニーに、不思議で、恐ろしくて、わくわくするような感覚を与えた。しかしきょう、ジェニーはほかの感覚も覚えた。必要とされ、大事にされ、望まれているという感覚だ。この感覚を、彼女は記憶できるかぎり長く感じていたいと願った。

ロイスの硬く、筋肉のある胸から顔を離し、頭を上げようとした。彼のチュニックの茶色い柔らかな生地を頰がこすり、その単純な接触にさえ、彼女はくらくらした感覚を覚えた。ついに顔を上に向け、ロイスを見た。くすんだ灰色の目には、まだ欲望がくすぶっている。静かに、強調することなく、彼が言った。「おまえが欲しい」

今回、その言葉の意味に疑いの余地はなく、ジェニーのささやき声の返答は、頭にではなく、胸の奥に突然生まれたかのように、考えることなく発せられた。「メリックを攻撃しないと約束してくれるぐらいに？」

「いや」

彼はためらいも、後悔も、不快感さえなく、冷静にそう言った。食べたくない食事を拒否するのと同じく、あっさりと拒否した。

その言葉は、氷水に突っこまれたぐらい強烈に、ジェニーに衝撃を与えた。彼女が身を引き、彼の手が彼女の体から離れた。

恥ずかしさと驚きにぼうっとしながら、ジェニーは震える唇をぎゅっと嚙み、横を向いて、髪と服の乱れを直そうとした。森から逃げたかった――ここで起こったことすべてから逃げたかった。涙に喉が詰まり、窒息しそうになった。彼の拒絶に傷ついたのではない。すっかりみじめな気持ちになりながらも、自分の質問がばかげていたと――どうしようもないほど愚かだったと気づいていた。耐えがたいほどジェニーを傷つけたのは、彼女が捧げようとしたすべてのもの——名誉、誇り、体——をロイスが一蹴《いっしゅう》したときの冷淡さ、気軽さだった。ジェニーは、大切で価値があると教えられたすべてを犠牲にして、捧げようとしたのに……。

彼女は木立を出ようと歩きはじめたが、ロイスに呼び止められた。「ジェニファー」彼女がだんだんいやになってきた、例の容赦ない権威を感じさせる声で言う。「この先、おまえの馬は私の隣りに来るんだ」

「やめておくわ」ジェニーは振り向きもせず、きっぱりと言った。どれぐらい彼に傷つけられたのか見られるぐらいなら、川に身を投げたほうがましだった。そこで、ためらいながらも付け加えた。「あなたの家来のことよ——わたしはあなたのテントで寝ていたけれど、そこにはいつもゴーウィンがいた。もしわたしがあなたといっしょに食事をし、並んで馬に乗ったら、彼らは……誤解するわ……いろいろと」

「男たちがどう思おうと、関係ない」そう答えたが、それは完全に真実というわけではなく、ロイスはそれを承知していた。ジェニーをおおやけに〝客人〟として扱ったせいで、このところ、いっしょに戦った、疲れた忠臣たちのあいだで、彼は急速に面目を失っていた。しかも、軍の全員が忠義心から彼に従っているのではない。傭兵のなかには、盗人も人殺しもいる。彼らは、ロイスが腹を満たしてくれるから、そして服従しなかったときの結果が恐ろしいから、彼に従っているのだ。ロイスは彼らを力で支配していた。だが、忠誠心のある騎士であろうと、ただの傭兵であろうと、ロイスが彼女を押し倒し、陵辱することが、彼の権利であり義務であると信じている。敵が卑しめられて当然なのと同じように、彼女の体を利用して彼女を卑しめるべきなのだ。

「もちろん関係あるわ」ジェニーは彼の腕に身を委ねた屈辱感にすっかり打ちのめされながら、痛烈に言った。「ずたずたにされるのは、あなたの評判じゃなくて、わたしの評判だもの」

ロイスが冷静な口調できっぱりと言った。「彼らは好きなように考えるだろう。馬にもどったら、護衛に前へ連れてきてもらえ」

ジェニファーが無言で憎悪のこもった目を彼に向け、顎を上げて、小さな空き地を出ていった。彼女の細い腰が、無意識に女王のような優雅さを伴って揺れている。

ジェニーは木立から出る直前に、ちらりとロイスを見ただけだったが、彼の目に浮かんだ奇妙な光と、唇の端に潜んでいた説明しがたい微笑みに気づいた。それが何を意味するのかはわからなかったが、彼の笑みによって怒りが増大し、ついにはみじめな気分がすっかり消え去った。

ステファン・ウェストモアランドか、サー・ユースタスか、サー・ゴッドフリーがそこにいて、その表情を見ていたら、その意味するところをジェニーに教え、説明を受けたジェニーはいまよりももっと怒っただろう。ロイス・ウェストモアランドは、特別骨が折れる魅力的な城を攻撃しようとするとき、そしてそれが自分のものだと宣言しようとするとき、まさにそんな顔になるのだ。それは、勝算や反対意見によって思いとどまりはしないことを意味している。彼がすでに勝利を楽しく空想していることを意味している。

男たちがふたりの抱擁をどうにかして木立のあいだから見たのか、それともジェニーがロイスと笑う声を聞いたからか、ジェニーは身をこわばらせて馬のところへもどるさい、捕まってからずっと耐えねばならなかった以上の、流し目と心得顔を向けられた。

ロイスがゆっくりと木立を出て、アリックをちらりと見た。「彼女はわれわれと移動する」ゴーウィンが手綱を握っている馬へ歩くと、騎士たちが反射的に自分たちの馬へと歩き、人生の大部分を馬上で過ごす男の軽快さを伴って鞍《くら》に座った。彼らの後ろで、残りの兵士たちが命令される前に同じように馬に乗る。

しかし、彼の捕虜は不届きにも、出された命令に従わないことにし、隊列が前進を始めても、先頭のロイスたちに加わらなかった。ロイスはその激しい抵抗を知ると、彼女の勇気を賞賛する笑みを浮かべ、それからアリックのほうを向いて、忍び笑いを抑えながら言った。

「彼女を連れてこい」

いまや彼女を自分のものにすると決め、胸の内で欲望と闘うことをやめたロイスは、きわめて機嫌がよかった。ハーディンへ向かう途上で、彼女をなだめ、手に入れると思うと、わくわくした。ハーディンには、柔らかなベッドの贅沢《ぜいたく》と豊富なふたりきりの時間がある。それまでのあいだは、きょうと今夜、彼女といっしょにいられるという、申しぶんのない楽しみがある。

二度腕にいだいたとき、身を任せてきて、こちらの情熱に対し、うっとりするような愛らしさで応じた、あの優しい、無垢《むく》な女が、もはやそれほど簡単になだめられないとは、ロイスは想像もしなかった。戦闘で負け知らずの彼が、互いに激しく欲望をいだいている娘にいま負かされるという考えは、考慮もされなかった。ロイスは彼女が欲しかった。彼女を信じられないほど強く望んでいたし、ものにするつもりだった。もちろん、彼女の意向は無視してだが、喜んで譲歩するつもりだ。それはかなりの譲歩になるはずで、いまのところは、すばらしい毛皮や宝石に加えて、彼の愛人として家臣たちから受ける敬意が適当かと思われた。

ブロンドの巨人が目的を持って隊列の後部に来るのを見るのと同時に、ジェニーはロイスのところから去ったときに彼の顔に浮かんだ笑いを思い出して、怒りが爆発し、強打されたような衝撃を頭に受けた。

アリックが軍馬を小さく回転させて、手綱をぐいと引き、彼女の隣りにつくと、眉をひややかに上げた。いっしょに列の前に来いと無言で命じているのだ、とジェニーは激怒しながらもはっきりと理解した。彼女はしかし、過度に興奮していて、脅しには屈しなかった。彼が来た理由がまったくわからないふりをして、あてつけに顔の向きを変え、ブレンナに話しかける。「ねえ、気がついた――」びっくりして声を途切らせた。アリックが巧みに手を伸ばし、ジェニーの雌馬の手綱をつかんだのだ。

「わたしの馬から手を離して！」ぴしゃりと言って、雌馬の手綱をぐいと引いたので、かわいそうな雌馬の鼻先が空を向いた。馬が旋回して、混乱しながら横に跳ね、ジェニーは鬱積した怒りを敵の手ごわい使者に向けた。アリックをにらみつけ、左の手綱を引く。「手を離しなさい！」

淡い青の目が冷淡にジェニーを見たが、少なくとも彼は発言せざるをえなくなり、ジェニーはその小さな勝利を喜んだ。「来い！」

彼女の反抗的な目と彼の淡い青の目がにらみ合う。ジェニーはためらったが、どうせ力ずくで連れていかれるだけだとわかっていたので、鋭い口調で言った。「なら、申し訳ないけれど、道をあけてちょうだい！」

最前列への一キロ以上の移動は、ジェニーの若い日々における、おそらくもっとも屈辱的な出来事だった。きょうまで、彼女は男たちの目の届かないところにいたり、騎士たちがわきを固めたりしていた。いま、ジェニーが横に来ると、男たちの頭が回転し、彼女が通り過ぎるあいだ、好色な目が彼女の細い体に貼りついていた。彼女について、彼女の一般的な外見について、そして彼女の外見の具体的な形状について、さまざまな論評がされた。あまりにも個人的なことを言われるので、ジェニーは雌馬を全速力で走らせたいと強く願った。

列の先頭のロイスのところに彼女が来て、反抗心を燃え上がらせてねめつけてくると、ロイスはこの激怒した美しい娘に向かって微笑まずにはいられなかった。彼女は彼の短剣を使って刺してきた晩と、まさに同じ表情をしている。「これはこれは」ロイスはからかった。「なぜか私は嫌われたようだ」

「あなたは」ジェニーがありったけの軽蔑をこめて返答した。「言語に絶するわ！」

ロイスは喉の奥で笑った。「そんなにひどいか？」

8

　翌日の午後、ハーディン城が近づいてきたころには、ロイスはもはやそれほど愛想がよくなかった。期待していた、彼女との機知にあふれる会話のかわりに、隣りの娘は、彼のからかうような意見や真面目な発言に、うつろで当たり障りのない視線で応えるばかりで、ロイスを帽子に鈴をつけた宮廷道化師みたいな気分にさせた。きょう、彼女は作戦を変えていた。いまは、沈黙で応じるかわりに、ロイスがどのような発言をしても、彼女とは議論できないしするつもりもないような質問を返してくる。たとえば、メリックを攻撃する日取りとか、連れていく兵士の数とか、どのぐらい彼女を捕虜にしておくつもりかとかだ。

　もしジェニファーの意図が、彼女が残酷な軍隊の被害者で、彼が人でなしだと、できるだけはっきり示すことだとしたら、彼女は目的を達成していた。もし彼女の意図が彼をいらだたせることだとしたら、その点でも成功しはじめていた。

　ジェニファーは自分がロイスの旅をさんざんなものにしているとは気づかなかったが、ロイスが想像しているほどには自分の成功をうれしく思っていなかった。それどころか、城の存在を示すものが何かないかと、ごつごつした丘を見やりながら、極度に消耗していた。隣りにいる不可解な男と、彼に対する自分の反応を理解しようと、頭を使いすぎたせいだ。伯爵は彼女が欲しいと言い、たしかに二日間、彼女からぶしつけな扱いを受けても耐えるほど、その欲望は強く、それは彼女のたたきのめされた自尊心を少しはなだめてくれた。だが一方、彼の欲望は、彼女の親族や国を思いやるほど強くはない。

マザー・アンブローズは、ジェニーが男たちに与えるであろう〝影響〟について、警告していた。賢明な大修道院長は、彼女の〝影響〟によって、男たちがいまいましく、優しく、下品で、予測不可能な、常軌を逸した人間になる――しかも一時間のうちに、そのすべてになる――ことを言っていたにちがいない、とジェニーは判断した。ため息をついて、その問題を理解しようとする努力をやめた。彼女はただただ家に、あるいは大修道院に帰りたかった。そこならば、少なくとも、人々のふるまいが予測できる。後ろをこっそり見ると、ブレンナがステファン・ウェストモアランドと楽しそうに会話していた。彼は、ジェニーが彼の兄と列の先頭を進むことを強いられてからずっと、ブレンナの護衛のように行動している。ブレンナが安全で満足そうだという事実は、ジェニーのみじめな状況における唯一の明るい点だった。

夕暮れ直前に、ハーディン城が見えてきた。絶壁の上に建つその城は、巨大な要塞のようにそびえ、四方に広がり、年月を感じさせる色をした城壁が夕陽に照らされていた。ジェニーの心は沈んだ。メリック城より五倍は大きく、難攻不落に見えたからだ。城の六本の円形の塔で明るい青の旗がなびき、城の主人が夕方には入城していることを示している。

馬が吊り上げ橋を渡り、中庭に入ると、使用人たちが新着者の世話をしようと、走り出てきて、馬勒《ばろく》をつかんだ。伯爵がやってきて、雌馬からジェニーを下ろし、彼女をホールへ連れていった。ジェニーが見るところ、どうやら執事らしい猫背の年配者が近づいてきて、ロイスが命令を出しはじめた。「何か飲み物を私と私の――」一瞬、ロイスがジェニファーに用いるべき名称を考える。老執事は、彼女の服装をひと目見て、彼の判断――あばずれ――を顔に出した。「――客人に」と、ロイスが言った。

軍隊とともに移動する売春婦だと間違われたことは、ジェニファーには耐えがたい、決定的な侮辱だった。じろじろ見る老人から無念の視線を引きはがし、彼女は大ホールを調べるふりをした。伯爵は命令を続けている。彼から聞かされた話では、ハーディン城はつい最近、ヘンリー王から与えられたものらしい。ジェニーが眺めているうちに、彼女の女の目が、ハーディン城は大きいものの手入れがあまりされていないと気づいた。床の藺草《いぐさ》は何年も変えられていないし、高い、材木を使った天井からは、厚いカーテンみたいに、蜘蛛《くも》の巣が垂れ下がっているし、使用人たちはだらしない感じだ。

「何か食べるか？」ロイスがジェニーのほうを向いて尋ねた。

見た目とは違うことを、老執事に――そしてだらしのない使用人たちすべてに――気づかせるため、ジェニファーは怒りと自尊心に満ちた行動を取った。伯爵のほうを向いて、冷たく答える。「いいえ、いらない。部屋に案内してもらいたいわ。できるなら、このホールより清潔な部屋がいいわね。それに、お風呂と清潔な服を用意して。この――岩のかたまりのなかで、それが可能ならだけれど」

執事がジェニファーに向けた顔を見ていなければ、ロイスは彼女の言葉と口調にもっと強く反応しただろうが、それを見ていた彼は怒りを抑えた。執事のほうを向いて、言った。「メリック女伯爵を私の隣りの部屋へ案内しろ」ジェニファーに向かって、冷淡に言う。「二時間後に夕食だから、下りてくるように」

思慮深く彼女の称号を使ってくれたことに対して、ジェニーが感謝の気持ちをいだいたとしても、彼が選んだ部屋の位置に動揺して、その気持ちはすっかり消えた。「わたしは自分の部屋で食べるわ。部屋の錠を下ろして。でなければ、食事はいらない」

口をあんぐりあけた五十人の農奴たちの前での、このまったく受け入れられない反抗と、ここ二日間の彼女のふるまいから、ロイスはよりきびしい仕返しが有効だとついに確信し、躊躇することなく言った。「ジェニファー」これから与えようとする罰のきびしさを完全に隠した、落ち着きのある、断固たる声。「おまえの性格が改善するまで、妹のところへ行くのは禁止だ」

ジェニファーが顔を青くし、ステファン・ウェストモアランドに連れられてホールへ入ってきたばかりのブレンナは、嘆願するような視線をまずジェニファーに、それから横の男に送った。ジェニファーが驚いたことに、ステファンが擁護した。「ロイス、兄さんの命令は、レディー・ブレンナに対する罰にもなる。彼女は何も悪いことを――」

兄が向けてきた氷のような不満の顔に、ステファンは言葉を途切らせた。

入浴し、ひげを剃ってさっぱりしたロイスは、騎士たちと弟とともに、大ホールのテーブルについた。使用人たちが、水っぽい鹿肉のスープの皿をすでに置いていて、中身は冷めつつあった。ロイスはしかし、食欲をそそらない食事に注意を向けていなかった。階上の寝室へうねうねとつながる狭い階段を見守りながら、上がっていって、娘ふたりを引きずってこようか迷っていた。驚いたことに、ブレンナが気概のあるところを見せて、姉の反抗に加わることにしたらしく、階下で食事の用意ができたという知らせを無視していた。

「彼女たちは食べなくていいんだろう」ロイスはついにそう決めつけ、食事用の短剣を持ち上げた。

とうの昔に架台でできたテーブルが片づけられ、壁際に積み上げられてからも、ロイスはホールに残り、両脚をスツールに載せて、火を眺めていた。今夜ジェニファーとベッドをともにするというはじめの計画は、つぶされていた。夕食を取りはじめるのとほぼ同時に、彼が注意を払わねばならない問題や決定が山のように出てきたのだ。遅くなったが、いまから彼女の寝室へ行こうかと考えたものの、いまの彼の気分では、彼女を優しく誘惑するより、非情な力で彼女の反抗を抑えたかった。その気がある彼女を腕にいだいたときの、最高の喜びを味わったあとでは、それ以下で手を打つのは気が進まない。

ゴッドフリーとユースタスがホールへやってきた。緊張を解き、微笑んでいるのは、明らかに城の豊満な女中たちと晩を過ごしたからだ。ロイスの思考はすぐに、もう少しましな問題に切り替わった。「城門の歩哨《ほしよう》たちに、入城を求める者がいたら引き留め、私に知らせるよう指示してくれ」

片方の騎士がうなずいたが、そのりりしい顔には当惑の表情が浮かんだ。「メリックのことを考えているなら、彼は一カ月以内に軍を集めてここへ来ることはできない」

「攻撃を予期しているのではない。なんらかの策略を予期しているんだ。彼がハーディン城を攻撃したら、娘が戦闘のどさくさで殺される可能性がある。彼自身の兵士によってか――彼は想定しているだろうが――われわれによって。この状況で攻撃は問題外だから、彼は女たちを救出するしかない。そのためには、まず、ここに人を送りこむだろう。執事にはすでに、明らかに村の者でないかぎり、追加の使用人を雇うなと命じてある」

両方の騎士がうなずくと、ロイスは唐突に立ち上がって、ホールの端にある石の階段へ向かって歩きはじめ、それから振り向いた。わずかに眉を寄せている。「ステファンはあの……年下の娘のほうに……興味をいだいているようなことをきみたちに言ったり、そんなふるまいを見せたりしたか?」

ふたりの騎士――どちらもステファンより年上――は顔を見合わせ、それからロイスを見て、首を横に振って否定した。「なんでそんなことを?」ユースタスが尋ねる。

「なぜなら」ロイスは渋面を作った。「私が女たちを分けるよう命じたとき、あいつが急いで彼女を擁護したからだ」肩をすくめて、友人たちの意見を受け入れると、上階の寝室へ向かった。

9

柔らかなクリーム色のウールでできた寝巻きに包まれて、ジェニファーは翌朝、寝室の小さな窓から外をのぞき、城壁のすぐ向こうの、木に覆われた丘に視線をさまよわせた。注意を下の中庭へ移し、そこを囲む厚い壁をじっと見て、なんらかの脱出口が……隠されたドアのしるしがないかと探した。きっとあるはずなのだ。メリック城には、壁にはめこまれたドアがあり、こんもりした茂みで隠されている。彼女が知るかぎりでは、どの城にもそれがあって、敵が外の防御を突破してきたとき、城内の者たちが脱出に使えるようになっている。そういうドアがあるはずなのに、ありそうな気配はなく、彼女とブレンナが無理やり通れそうな割れ目も、厚さ三メートルの壁には見つからなかった。視線を上げ、城壁の歩道を絶えず歩いている警備兵たちに目をやった。彼らの視線は、道やまわりの丘に向けられている。使用人たちはぞんざいで怠惰だから訓練や命令が絶対必要だが、伯爵は城の防備を怠っていない、と彼女は憂鬱に胸の奥でつぶやいた。警備兵でさえ警戒しているし、五、六メートルおきに配置されている。

彼女とブレンナが捕虜になっていることを父に知らせたと、伯爵は言っていた。それならば、父は五千の兵がハーディン城に入ったことをなんなく突き止めるだろう。そして彼女たちを助けるつもりなら、ハーディンはメリックから馬を疾走させれば二日、徒歩なら五日の距離だ。しかし、信じられないほど防備の固い城からどうやれば父が彼女たちを救出できるのか、ジェニーには想像もつかなかった。そういうわけで、ずっと悩んでいる問題にもどってしまう。つまり、脱出方法は、こちらで考えるしかない。

お腹がぐうぐう鳴って、きのうの昼前から何も食べていないと気づき、窓に背を向け、服を着て、ホールへ下りていこうと決めた。空腹では何も解決しない、とため息をついて思い、けさ、部屋に運びこまれた衣装箱のところへ歩いた。それに、下へ行かなければ、伯爵はドアを壊してでも、彼女を連れに来るにちがいなかった。

けさ、湯の張られた木の浴槽に浸かれたので、少なくとも、頭からつま先まで清潔だという喜びは感じていた。湯と石鹸は、凍えるような小川での水浴びとは比べものにならない、とこれまでの日々を振り返って、ジェニーは思った。

最初の衣装箱には、かつて城の女主人と娘たちのものであったドレスがあふれるように入っていて、エレノア伯母さんが好む愛すべき、風変わりな格好――高い円錐形の頭飾りと床まで届くベールとともに婦人たちが身につけた衣装――が思い出された。ドレスはもう流行遅れだったが、金に糸目はつけていなかった。高級なサテンやベルベットや刺繍《ししゅう》された絹でできていたからだ。いまの状況と城における彼女の立場からすると、どれも華美すぎたので、ジェニーは次の箱をあけた。女性らしい純然たる喜びの声を唇から漏らして、柔らかなカシミアのドレスをそっと取り出す。

髪を整え終えたちょうどそのとき、使用人がドアをたたいて、動揺した、悲鳴のような声で言った。「お嬢さま、あなたさまが五分以内にホールへ朝食に下りてこなければ、旦那さまが直接ここへ来て、連れていくとおっしゃってます！」

その脅しに屈したと思われたくないので、ジェニファーは大声で言った。「ちょうどそのつもりだったから、数分で行くと伝えてちょうだい」

ジェニーは〝数分〟たったと思われるまで待ってから、寝室を出た。寝室の並ぶ階から下の大ホールへ続く階段は、メリック城のそれと同じく、狭くて急だった。攻撃者がホールへ入ってきた場合、上へ行くには剣を持った手が石の壁にじゃまされ、一方防御者にとってはそれほどじゃまでないようにできている。しかしメリックのそれとは違い、この階段は蜘蛛の巣だらけだった。脚のひょろ長い巣の住人を想像して、ジェニーは身震いしながら足を速めた。

ロイスは椅子にゆったり座りながら、階段を見ていた。顎は決意でこわばり、心のなかでは、彼女の時間が切れるまでの、過ぎゆく時を数えていた。ホールはほとんど空で、いるのは、エールを飲みながらぐずぐず残っている騎士数人と、朝食を片づけている農奴たちだけだ。

時間切れだ！　腹を立ててそう判断すると、ロイスは椅子を後ろに力強く押しやり、椅子の脚が床の石をこすって、鋭い音をたてた。そして、立ったまま、動きを止めた。陽光のような黄色い、柔らかな、ハイウエストのドレスを着て、こちらへ向かってくるのは、ジェニファー・メリックだった。しかし、見慣れている魅力的な乙女ではなかった。彼をうろたえさせ、魅了するほどに変化した、息を呑むほど美しい女性は、この国のもっともきらびやかな宮廷でもしかるべき位置を占められる女伯爵だった。髪は真ん中で分けられ、揺らめく、金褐色の滝さながらに、肩のところで波打ち、それから背中を腰まで流れ落ち、そこでたくさんのカールとなって終わっている。

ドレスはVネックが彼女の豊かな胸を強調し、それから長いスカート部分が優雅な腰を優しく覆いながら落ちていた。広い袖は手首のところで折り返されて袖口となり、腕から垂れて、膝《ひざ》まで届いている。

彼女がほかのだれかになってしまったような奇妙な感覚をロイスは覚えたが、近づいてくると、きらめく青い目や魅惑的な顔は間違いなく彼女のものだった。

目の前でジェニファーが立ち止まると、どんな面倒に巻きこまれようが彼女をものにしようという決断が、揺るぎない決意となった。賞賛の笑みをゆっくりと顔に広げて、ロイスは言った。「おまえはなんというカメレオンなんだ！」

ジェニファーの目が憤りにぱっと大きくなった。「わたしが蜥蜴《とかげ》だと言うの？」

ロイスは笑いを噛み殺しながら、ドレスの襟もとの、なめらかでそそられる肌に目を向けないように、そして彼女にどれほど腹を立てていたのかを思い出すように努力した。「私が言ったのは」冷静に言う。「おまえは変化するという意味だ」

ジェニーは彼の灰色の目が、奇妙なわがもの顔の光を放って自分の上をさまよっているのに気づかなかったが、彼がとてもハンサムで、優雅に見えるという気がかりな発見をしてしまい、一瞬、注意がそちらに向いた。最上のウールでできた紺のチュニックは、筋肉質の広い肩を引き立て、たっぷりした袖は手首のところで絞られ、銀糸で飾られている。平らな銀の円のベルトが腰の低い位置で締められ、その腰から、大きなサファイアが柄にはめこまれた短剣が下がっている。そこから下を、ジェニーは見ようとしなかった。

ロイスに髪を見られていることにようやく気づいて、ジェニーは遅まきながら、自分が無帽だと気づいた。後ろに手を伸ばし、ドレスについている広い黄色のフードを引き上げてかぶると、それは彼女の顔を囲み、優雅なひだとなって肩を覆った。

「美しい」ロイスは彼女を見ながら言った。「だが、髪は出すほうが私の好みだ」

また誘惑しようとしている、とジェニーは憂鬱な気持ちで思った。優しく接してこられるより、はっきりと敵対しているほうが、彼は扱いやすいと気づいた。ジェニーは一度にひとつの問題と向き合おうと無理やり決め、彼の指摘に注意を集中して、フードをはずした。

「知っているはずだけれど」ロイスに椅子を引いてもらうと、冷たく、丁寧に言った。「小さな女の子と花嫁を除いて、頭をむき出しにするのは無作法なのよ。女性は隠さないといけないの――」

「魅力を?」ロイスはそう先に答え、楽しげな視線をジェニーの髪と顔と胸に向けた。

「そうよ」

「なぜなら、アダムを誘惑したのはイヴだから?」ロイスはキリスト教の信条を言ってみた。ジェニーは粥《かゆ》の入った木皿に手を伸ばした。「ええ」

「私はずっとこう思っているんだ」ロイスはからかうように言った。「彼を誘惑したのは林檎で、となると、彼が身を滅ぼすもととなったのは、肉欲ではなく、貪欲《どんよく》さだったと」

こういう気楽な会話のあと、彼の腕に二度包まれてしまったことを思い出し、ジェニーはそんな異説をおもしろがったり、衝撃を受けたりすることを断固として拒否し、あえて返事をすることさえ避けた。かわりに、注意深く、丁寧な口調でべつの話題を切り出した。「妹とわたしを離ればなれにするという命令を、考え直してくれないかしら?」

ロイスが思わせぶりな顔をジェニーに向ける。「おまえの性格は改善したのか?」

彼の腹立たしい、揺るぎない落ち着きと、傲慢さから、ジェニーはほとんど息ができなくなった。長い沈黙ののち、なんとか喉から言葉を吐き出した。「ええ」

ロイスは満足し、近くをうろついている農奴に顔を向け、言った。「レディー・ブレンナに、姉がここで待っていると伝えてくれ」それからジェニファーのほうに顔をもどし、彼女の優美な横顔を見て楽しんだ。「さあ、食べろ」

「あなたが食べるのを待っていたの」

「私は腹が空いていない」一時間前は腹ぺこだったのに、とロイスは皮肉に思った。いま、唯一ある食欲は、彼女に対する食欲だ。

みずから課した断食のせいで餓えていたジェニーは、言われたとおりにし、粥をスプーンですくった。しかしすぐ、ロイスの考えにふけっているような視線が気になった。スプーンを口に運ぶ手を止め、用心深く横目で彼を見た。「どうしてわたしを見ているの？」

ロイスがなんと答えようとしていたにせよ、それはジェニファーのもとへ駆けてきた農奴があわてて発した声によってさえぎられた。「あ――あなたの妹さんが。あなたを呼んでます。ぞっとするような咳をしてるんですよ！」

ジェニーの顔から色がなくなった。「ああ、神さま、だめ！」そうささやきながら、彼女はすでに椅子から立ち上がっていた。「いまはだめ――ここではだめ！」

「どういう意味だ？」戦場であらゆる種類の緊急事態に慣れているロイスは、落ち着いて彼女の手首をつかみ、制止した。

「ブレンナには胸の病気があるの――」ジェニーは必死に説明した。「たいてい咳で始まって、やがて息ができなくなる」

ロイスの手から逃れようとしたが、彼も立ち上がり、あとをついてきた。「楽にしてやれる方法があるはずだ」

「ここではだめ！」ジェニーは言った。動揺から、言葉が混乱している。「エレノア伯母さんはいい香りがするものを混ぜるの——彼女は薬草や治療法について、スコットランドでいちばんよく知っている——それが大修道院にあるわ」

「それには何が入っているんだ？　もしかすると——」

「知らない！」ジェニーはほとんど彼を引っ張るようにして、急な階段を上った。「わたしが知っているのは、湯気が立つまで液体を温めなければいけないことだけ。そしてブレンナがそれを吸うと、状態がよくなっていく」

ロイスがブレンナの寝室のドアをあけ、ジェニーが妹のベッドへ駆け寄って、半狂乱になって灰色の顔を見た。

「ジェニー？」ブレンナがささやき、ジェニーの手を握ったが、そこで動きを止めた。激しい咳の発作に、背中がベッドから完全に離れた。「ま——また病気になっちゃった」あえぎながら弱々しく言う。

「心配しないで」ジェニーはなだめ、上体をかがめて、ブレンナの額からもつれたブロンドのカールを払った。「心配しないで——」

ブレンナの苦しそうな目が、戸口をふさぐように立つ、伯爵の恐ろしげな姿を捕らえた。

「わたしたち、家にもどらなければならないわ」ロイスに言う。「どうしても――」甲高い空咳の発作にふたたび襲われる。「――どうしても、薬が必要なの!」

増していく恐怖で心臓がどきどきするなか、ジェニーは肩越しにロイスを見た。「彼女を家へ帰して、お願い!」

「だめだ。たぶん――」

恐怖に気を動転させ、ジェニーはブレンナの手を離して、急いでドアのところへ行き、ロイスにいっしょに部屋を出るよう身ぶりで合図した。ブレンナが話を聞いて苦しまないように、背後のドアを閉めてから、必死の形相で自分の誘拐者と向き合った。「伯母の芳香薬がないと、ブレンナは死ぬかもしれないわ。前回は、心臓が止まったのよ!」

ロイスはブロンドの娘がほんとうに死にかかっていると完全には信じていなかったが、ジェニファーがそう思っているのは明らかだし、ブレンナがあの咳をわざとしているのではないことも明らかだった。

ロイスのきびしい顔にためらいがよぎるのを見て、彼が拒絶するだろうと考え、ジェニーはわざとへりくだることで彼の態度を和らげようとした。「あなたはわたしが高慢すぎると言った――そのとおりよ」そう言って、ロイスの胸に手を置いて哀願する。「もしブレンナを解放してくれたら、わたしはどんなに卑しい仕事を命令されても従うわ。床を磨く。あなたに仕える――台所であなたの食事を作るわ。何百もの方法であなたに恩返しをすると誓う」

ロイスは胸に置かれた、小さく優美な手を見下ろした。チュニックを通して、その熱が伝わってきて、すでに欲望で彼の下腹部は硬くなっていた——彼女の手が胸に置かれただけでそうだった。なぜ彼女にこれほど激しく反応してしまうのか、ロイスは理解できなかったが、彼女が欲しいことは理解できた——そして腕にいだくのなら、自発的に体をゆだねてくる、温かな彼女のほうがいい。つまり、そうするためには、人生ではじめて、まったくばかげたことをする覚悟ができていた。つまり、もっとも価値のある人質を解放するのだ。なぜなら、ジェニファーによると、メリック卿はきびしいものの愛情深い父親らしいが、彼女の話の印象から、ロイスは彼が〝面倒な〟娘に愛情をいだいているとは思わなかったからだ。

ジェニーの大きく、恐怖に丸くなった目が彼の顔を見据えていた。「お願い」ロイスの沈黙を拒絶だと誤解して、彼女はささやいた。「なんでもするわ。あなたにひざまずく。お願いよ、何が望みか言ってくれればいいの」

ロイスがついに口を開いたとき、ジェニーはあまりにも取り乱していたため、彼の声の奇妙で意味ありげな調子に気づかなかった。「なんでも?」

ジェニファーが勢いよくうなずく。「なんでも——このお城をきれいにして、数週間以内に王を受け入れられるぐらいにするし、お祈りをあなたの——」

「私が望むのは祈りではない」ロイスは口をはさんだ。

ロイスが気を変える前に合意に達したくて、彼女は言った。「じゃあ、何が望みか言ってちょうだい」

ロイスは容赦なく言った。「おまえだ」

ジェニファーの手が彼のチュニックから落ちる。ロイスは感情を交えずに続けた。「私はおまえにひざまずいてほしくない。私のベッドに入ってほしい。自発的に」

妹を解放してもらえるという安堵《あんど》は、かわりに要求されたものに対する激しい憎悪に一時的に圧倒された。

彼はブレンナを解放することで何も犠牲にしない。なぜなら、まだジェニーが人質としているからだ。それなのに、ジェニーに対しては、すべてを犠牲にするよう求めている。自発的に純潔を彼に差し出すことにより、ジェニーは売女《ばいた》になってしまう。彼女自身の、家族の、そして彼女が愛する者すべての不名誉だ。たしかに、前に一度、ジェニーは彼に身を差し出した——あるいは、それに近いことをした——が、彼女がかわりに求めたものによって、何百の——たぶん何千の——命が救われただろう。彼女が愛する人々の命が……。

さらに言えば、身を差し出したあのとき、ジェニーは彼の情熱的なキスと愛撫で半ばぼうっとしていた。しかし、いまは、この取引の結末が冷静にはっきりと見えていた。

ジェニーの背後で、ブレンナの咳がだんだんひどくなっていて、彼女は不安に身を震わせた。彼女自身と妹に対する不安だ。

「取引をするか？」ロイスが穏やかに尋ねる。

ジェニーは小さな顎を上げ、信頼していた者に刺された、誇り高い若い娘のような顔つきになった。「あなたを誤解していましたわ」辛辣《しんらつ》に言う。「二日前、あなたがいやと言ったとき、わたしはあなたには道義心があると信じた。なぜなら、わたしの願いどおりにすると約束して、わたしを奪ってから、メリックを攻撃することもできたんですもの。いま、あれは道義心じゃなくて、尊大さだったとわかるわ。野蛮人に道義心はないもの」

負けを悟ったときでさえ、彼女はすばらしい、とロイスは胸の奥でつぶやき、賞賛の笑みを抑えながら、彼女の怒り狂った青い目をじっと見た。「私が申し出た取引はそんなにいまわしいか？」静かに尋ね、ジェニファーのこわばった腕に手を置いた。「実際には、私はおまえと取引をする必要はまったくないし、おまえもそれを知っている。これまでずっと、いつでも力ずくでおまえをものにすることができたんだ」

ジェニファーはそれを承知していたし、怒りはまだ残っているものの、いままでは彼の太く低い声に魅了されないように闘っていた。「私はおまえが欲しい。もしそれで私が野蛮人に見えるのなら、それでかまわないが、そんなふうにはならない。もし私に身を任せてくれるのなら、私はそれを喜びのあふれるものにする。私のベッドで、おまえは恥辱も苦痛も与えられない――最初の避けられない苦痛を除いては。それが過ぎれば、あとは喜びしかない」

べつの騎士が言ったのなら、その発言はもっとも洗練された高級娼婦の心をも動かすのにじゅうぶんだったかもしれない。イングランドでもっとも恐れられる戦士が、うぶな修道院育ちのスコットランド娘に言うと、その効果は衝撃的だった。ジェニファーは頬に血がさっと上り、みぞおちから膝にかけて、小さく震えるのを感じながら、唐突に彼の熱いキスと愛撫の記憶に襲いかかられた。

「取引をするか？」ロイスは尋ねた。彼の長い指が無意識に彼女の腕を撫でている。これまで女性に言ったことがないほど、思いやりのある発言をいましたのだと気づいた。

ジェニーはほかに選択の余地はないのだと承知しながら、長いことためらい、気がつくと、いつのまにかうなずいていた。

「おまえの分担も守るんだろうな？」

自発的にという部分を言っているのだと、ジェニーは気がつき、今度はもっと長くためらった。この件で彼を憎悪したかった。その場に立ちながら、そうしようとしていたが、小さく、しつこい声が彼女にはっきりとこう思い出させていた。べつの人間に捕まっていたら、彼の申し出よりもずっとひどい結果になっていたはずだ、と。言語に絶する残虐な結果に……。

ロイスの彫りの深い男らしい顔を見上げ、彼があとで態度を軟化させる可能性がないかと探ったが、答えを見つけるかわりに、彼を見るために、自分がかなり顔を上に向けなければならないことを急に実感した。彼の背の高さと肩幅と比較すると、ジェニーはじつに小さかった。彼の大きさ、力、不屈の意志と向き合うと、ジェニーに選り好みする自由はないことがよくわかった。そしてそれによって、自分の敗北の痛みが少し和らいだ。なぜなら、彼女はとてつもなく並外れた力によって、出し抜かれ、圧倒されていたからだ。

ジェニーは決然と彼と目を合わせた。降伏するときでさえ、誇りを持っていた。「取引の自分の分担を守るわ」

「約束しろ」ロイスがそう主張したとき、激しい咳の発作がまた起き、ジェニーの注意はブレンナの部屋へ向けられた。

ジェニーは驚いてロイスを見た。前に約束すると申し出たとき、彼は彼女の約束がなんの意味もないかのようにふるまった。そしてそれは驚きではなかった。父をはじめとして男というものは、ただの女の言葉を重要視しない。明らかにウェストモアランド卿は考えを変えていて、ジェニーはそれにびっくりした。自分の誓約が求められ、受け入れられるこのはじめての機会に、大きな不安と少々の誇らしさを覚えながら、彼女は小声で言った。「約束します」

ロイスが満足げにうなずいた。「なら、いっしょに行くから、おまえは妹に大修道院へもどれることを話すんだ。その後は、彼女とふたりきりになることは許されない」

「どうしてだめなの？」ジェニーは息を吞んだ。

「なぜなら、おまえの妹が父親に何か報告するほど、ハーディン城の防備に注意を払ったとは考えられない。だが、おまえは」ロイスが愉快そうに皮肉をこめて言う。「吊り上げ橋を渡ったとき、城壁の厚さを目測し、歩哨の数を数えた」

「いやよ！　いっしょでなくちゃいや！」ブレンナが、大修道院へ返されると聞いて、そう叫んだ。「ジェニーもいっしょでないとだめ」ウェストモアランド卿をじっと見て、声をあげる。「だめなの！」その瞬間のブレンナの顔は、脅えや病よりも、いらだちが前面に出ていたと、ジェニーは断言できた。

一時間後、ステファン・ウェストモアランド率いるウェストモアランドの騎士百名が馬に乗り、城内から出ようとしていた。「気をつけて」ジェニファーはブレンナの上に身を乗り出して言った。ブレンナは、敷き藁《わら》や枕が重ねられた心地よい荷馬車に乗せられていた。「あなたの同行を許してくれると思ったのに」ブレンナが辛そうに咳をする。非難の視線が伯爵へ向けられた。

「しゃべって体力を使ってはだめよ」ジェニーはそう言って、ブレンナの背後に手を伸ばし、彼女の頭と肩の下にある羽根枕をふくらまそうと努めた。

ロイスが顔の向きを変え、命令を発すると、重い鎖と重りが動き出した。金属がぶつかり合う大きな音と木が軋《きし》る音がするなか、先のとがった落とし格子門が上がり、吊り上げ橋がゆっくりと前方に落ちた。騎士たちが馬に拍車を当て、ジェニファーが後ろに下がり、一団は吊り上げ橋を渡りはじめた。一団の前後で、男たちの持つ三角旗が風にはためく。それには、歯をむいてうなる黒い狼の頭があしらわれていた。ジェニーの視線はその三角旗に貼りついた。〝狼〟のしるしは、国境まではブレンナを守ってくれるだろう。その後は、ウェストモアランド卿の男たちが攻撃された場合、ブレンナが身を守るには彼女の名前が必要になる。

吊り上げ橋がふたたび上げられ、ジェニーの視界をさえぎった。ウェストモアランド卿は彼女の肘に手を置き、彼女をホールのほうへ向けた。ジェニーはおとなしくホールへ向かったが、彼女の心は、白い牙《きば》をむき出しにした狼という、恐ろしい印象をわざと与える邪悪な三角旗から離れなかった。これまで、男たちが持っていたのは、イングランド王のしるし──黄金のライオンと三つ葉──をあしらった旗だった。

「取引のおまえの分担をすぐに私が要求すると心配しているのなら」ロイスが冷淡に言った。「気を楽にするといい。夕食まで、仕事で手一杯だ」

ジェニーは取引について考えたいとは思わなかったし、話し合うなど問題外だったので、急いで言った。「わたし──いま発った騎士たちがなぜ王のではなく、あなたの三角旗を掲げていたのか不思議に思っていたの」

「なぜなら、あれは私の騎士であって、ヘンリーのではないからだ」ロイスが答える。「彼らの忠誠の義務は私に対してある」

ジェニーは中庭の真ん中で急に足を止めた。うわさでは、ヘンリー七世は、貴族たちが私的な軍を持つことを違法としている。「でも、イングランドの貴族は自分の騎士たちの軍を持ってはいけないのだと思っていたわ」

「私の場合、ヘンリーは例外としたんだ」

「どうして？」

ロイスの眉が、冷笑を浮かべた灰色の目の上で持ち上がった。「たぶん、私を信用しているからかな？」彼はあえて言った。それ以上の情報を教えることに、なんの気のとがめもなかった。

10

食後、ロイスはジェニファーの隣りにゆったりと座り、彼女の椅子の背に腕を置いて、思案する表情を浮かべながら、ジェニーが故意に、テーブルに残っている四人の騎士たちを喜ばせ、惑わせているのを眺めていた。ユースタス、ゴッドフリー、ライオネルが食後も長くその場でぐずぐずしているのは、驚きではなかった。それはひとつには、ジェニーがクリーム色のサテンで飾られた空色のベルベットを着て、魅惑的に見えるからだ。もうひとつの理由は、食事の途中でジェニファーが突然、快活で陽気で愛想よくなったからで、いま彼らはロイスでさえ知らなかった彼女の一面を見ていた。彼女は大修道院での生活やフランス人の大修道院長についての愉快な話をしていた。その大修道院長は、ジェニファーとブレンナに、スコットランド訛《なま》りのないしゃべりかたを学ぶようにと、とくに主張したそうだ。

ジェニファーはわざと喜ばせる作業に取りかかっている。ロイスは銀のゴブレットの脚を指でぼんやりと回しながら、その頑張りをおもしろいと思うと同時に、腹立たしく感じていた。

彼女はまずい食事を楽しい場に変えていた。食事は焼いた羊、鵞鳥《がちょう》、雀《すずめ》のほかに、脂っこいシチューや、ロイスに茶色いオートミール粥を思い起こさせるものが入ったパイもあった。ハーディン城の食べ物は、戦場の食べ物と変わらない、と彼はうんざりしながら思った。ジェニファーが愛想よくふるまおうと決めていなかったら、騎士たちは間違いなく、腹がいっぱいになるだけ詰めこんだら、さっさといなくなっただろう——そこがまさに彼女の狙いなのだと、ロイスは承知していた。ジェニファーは彼と上階へ行くのを遅らせようとしているのだ。

ジェニファーが何か言って、ゴッドフリーとライオネルとユースタスがどっと笑った。ロイスは左手に座っているアリックに何げなく視線をやった。アリックはこのテーブルでただひとり、ジェニファーの虜になっていない、と気づき、おもしろく思った。アリックは椅子を後ろに傾け、疑わしそうに目を細くしてジェニファーを見守り、胸の前で腕を組んでいる。その不満げな態度は、彼女の外見の愛想のよさにだまされていないことと、一瞬たりとも彼女を信じてはいけないと思っていることを明白に示していた。

この一時間、ロイスは喜んで彼女の好きにさせ、その時間を使って、彼女とともにいることを楽しみ、やがて起こることに対する期待感を味わっていた。しかしいま、彼はもう期待感に興味はなかった。

「ロイス——」ゴッドフリーが心の底から笑いながら言った。「レディー・ジェニファーのいまの話、おもしろくないか？」

「とてもおもしろい」ロイスは同意した。そして無作法に立ち上がって、彼女のおしゃべりをやめさせるのではなく、もっと巧妙な方法を使った。ゴッドフリーに、夕食は終わったとはっきり告げる表情をしたのだ。

自分の心配事で頭がいっぱいだったため、ジェニーは視線が交わされたことに気づかず、ロイスに満面の笑みを向けて、みんなをテーブルに留まらせつづける話題を必死に考えた。しかし彼女が口を開く前に、突然、椅子の脚が床をこする音がし、騎士たちが全員立ち上がって、急いでジェニーにおやすみの挨拶をし、さっさと暖炉の近くの椅子へ行ってしまった。

「ちょっと変だと思わない？　みんなが急に行ってしまったことだけれど」

「行かなかったら、もっと〝変〟だと私は思うな」

「どうして？」

「なぜなら、私が行くように告げたからだ」ロイスも立ち上がり、ジェニーが一日じゅう恐れていた瞬間がやってきた。彼女に手を伸ばしたロイスの揺るぎない灰色の視線が、彼女も立ち上がらなければならないと間違いなく言っていた。ジェニーは膝を震わせながら立ち上がった。恐る恐る彼の手に手を伸ばし、それからさっと引っこめる。「わたしは――わたしはあなたが彼らに言ったのを聞かなかったわ」声を大にして言った。

「私はとても控えめなのだよ、ジェニファー」

上階へ行くと、ロイスはジェニーの隣りの部屋の前で立ち止まり、彼女が先に入れるようドアをあけた。

ジェニーの小さく質素な部屋と違って、彼女が足を踏み入れた部屋は、それよりも広くて豪華だった。四柱式寝台に加えて、心地よさそうな椅子が四脚と、装飾の真鍮《しんちゅう》がついた重そうなトランクが数個あった。壁にはタペストリーが掛かり、フードのついた暖炉の前には厚い敷物さえあった。暖炉は火が燃え、部屋を暖かく、明るくしている。ベッドの向こうの窓から月光が入っていて、窓の横にはドアがあり、小さなバルコニーらしきものにつながっている。

ジェニーの背後で、ドアの重い掛け金が下ろされる音がし、彼女の心は沈んだ。ロイスがするつもりのことを遅らせようと心に決め、ジェニーはベッドからいちばん遠い椅子へ逃げて、腰を下ろし、膝の上で手を組み合わせた。明るい、好奇心たっぷりの笑みを顔に貼りつけ、彼が確実に興味を持つ話題を見つけ、質問を開始した。「あなたは戦闘で落馬させられたことがないと聞いたわ」椅子のなかで少し前のめりになり、興味津々のふりをする。

騎士たちが夕食の席でやったような、自分の手柄についての話を始めるかわりに、クレイモア伯爵はジェニファーの向かいに腰を下ろし、深靴を履いた脚を組み、椅子にゆったり座って、彼女を無言で見つめた。

数分前、ロイスがテーブルで差し出した手から手を引っこめた瞬間から、ジェニファーが落ち着かない気分になっていて、取引を守らないですむような奇跡が何か起きないかと願っていることを、彼は承知していて、その態度を気に入らずにいた。ジェニファーが目を大きくして、彼を会話に引きこもうとさらに努力する。「ほんとうなの？」彼女が明るく尋ねた。

「何がほんとうかって？」ロイスは冷淡に応じた。

「戦闘で落馬させられたことがないという話」

「いや」

「そうなの？」ジェニファーが興奮して言う。「じゃあ……ええと……何度落馬させられたの？」

「二度だ」

「二度！」二十回でも少ないのにとジェニーは胸の奥でつぶやき、やがて彼と対決する自分の氏族のことを思ってぞっとした。「まあ。あなたが長年、戦ってきた戦闘の数を考えると、驚きね。これまでいくつの戦闘に参加したの？」

「数は数えていないんだ、ジェニファー」

「数えるべきよ。そうだ！　それぞれの戦闘の話をしてくれたら、わたしが数えてあげるわ」ロイスの手短な答えに緊張がさらに高まり、ジェニーは少し大胆に提案した。「いまから始める？」

「いや、よそう」

ジェニーは時間切れを感じとり、息を呑んだ。救いの天使が窓からやってきて、彼女を運命から救ってくれそうにはない。「じゃあ——馬上槍《やり》試合では？　落馬させられたことはある？」

「私は試合場で戦ったことはない」

びっくりして、一瞬、心配事を忘れ、ジェニーは純粋な驚きのこもった声で言った。「どうして？　あなたの国の多くの人が、あなた相手に勇気を試そうとしない？　あなたに試合を申しこんでこない？」

「くるよ」

「でも、あなたは受けないの？」

「私は戦闘で戦うのであって、馬上槍試合では戦わない。馬上槍試合は遊びだ」

「ええ、でも、みんな……その……あなたが断るのは臆病だからと思うんじゃない？　あるいは——たぶん——あなたはうわさほど優れた騎士じゃないと？」

「かもしれない。さて、こちらからの質問だ」ロイスは巧みにさえぎって言った。「突然、私の戦闘での手柄や騎士としての評判におまえが興味を持ったのは、私たちが決めた取引と関係があるのか——おまえがいま、守りたくないと思っている取引と？」

ロイスは彼女がうそをつくと半ば予測していたが、かわりに彼女は困惑したささやき声でこう言って、彼を驚かせた。「怖いのよ。これまで感じたことがないほど怖いの」

ロイスを操ろうとする、ここ数分間のジェニファーの試みに対する彼のいらだちはあっけなく消え、彼は緊張して椅子に座る彼女を見るうちに、自分は無垢な娘に、彼女が宮廷で寝た経験豊富な高級娼婦のひとりであるかのように、これからふたりのあいだで起こることを受け入れるよう期待していたのだと気づいた。

ロイスは立ち上がり、手を差し出して、穏やかな声で言った。「こっちへ来るんだ、ジェニファー」

膝を激しく震わせながら、ジェニーは立ち上がり、ロイスのほうへ歩いた。憤慨した良心に対し、これからしようとしていることは罪深くもなければ、背信的でもないと言い聞かせていた。妹を助けるために身を犠牲にするのだから、実際には気高く、高潔とさえ言えるのだ。ある意味では、ジャンヌ・ダルクみたいに、受難を受け入れるのだ。

ジェニーは冷たい手を彼の温かなてのひらにおずおずと置き、彼の日焼けした長い指が自分の指を包むのを見守った。彼の温かな手と、人を惹きつける視線によって、不思議な安心感が得られた。

そして彼の腕にいだかれ、彼の硬く筋肉質の体に引き寄せられ、彼の開いた唇が唇に触れてくると、ジェニーの良心は唐突に沈黙した。これまでのどのキスとも違っていた。なぜなら、彼はこの行為の行き着く先を知っていたからだ。大いに抑制されたキス、餓えきったキスだった。彼の舌がジェニーの唇の上で滑り、唇を開くよう強く求め、唇が開いたとたん、口のなかへ突入してきた。彼の手が休むことなく、わがもの顔に、ジェニーの背で、胸で上下し、背骨を横切り、彼女を自分の硬くなった下腹部へぎゅっと押しつけた。ジェニーは、官能と目覚めつつある情熱のめくるめく深淵《しんえん》へ自分がゆっくり落ちていくのを感じた。無言のうめきをあげて、彼の首に腕を回し、完全に屈服して、しがみついた。

ジェニーの心のどこか遠くで、ドレスが床に落ち、彼のてのひらが乳房に触れ、突然、燃えるようなキスを受けるたびに情熱が高まるのを感じとった。鋼のベルトのように腕が巻きつけられ、持ち上げられ、そっと揺すられ、それからベッドへ運ばれて、冷たいシーツの上に優しく置かれた。突然、温かさと、彼の腕と体と唇による保護がなくなった。

これから起こる現実からの避難所としようとしていた、夢のような茫然自失の状態から徐々に意識がもどってきて、ジェニーは肌に触れる冷気を感じ、意志に反して目が開いた。ロイスがベッドのわきに立ち、服を脱いでいるのが目に入り、驚きと賞賛の震えが体に走る。暖炉の明かりによって、彼の肌は油を塗った真鍮のように見えた。彼の指がタイツのベルトへ向かったとき、腕と肩と腿《もも》にしっかりついた筋肉がさざ波を打った。彼はみごとで申しぶんがない、とジェニーは気づいた。恐怖と当惑まじりの賞賛のかたまりを呑みこんで、急いで顔を反対側に向け、シーツの端を握って、それで部分的に体を覆ったとき、ロイスが最後の服を脱いだ。

ロイスの体重でベッドが沈み、ジェニーは顔を背け、目をぎゅっとつぶって待った。もっと冷酷な現実をふたたび意識する前に、彼にいだかれ、さっさと奪われたいと望んでいた。

ロイスはそれほど急ごうとは思っていなかった。横を向いて寝そべると、ジェニーの耳に軽くキスをしてから、優しく、しかし容赦なく、シーツをどけた。彼女のすばらしい裸体を見て、息を呑む。頭からつま先まで、彼女のつややかな肌はほんのり赤らんでいた。なまめかしい、先端が薔薇色の豊かな胸、細い胴、ゆるやかな曲線を描く腰、長く形のいい脚と、文句のつけどころがない。思わず、ロイスは考えていることを口にしていた。「きみは自分がどれほど美しいか、わかっていないのか？」かすれた声でささやき、視線をそっと上に向け、うっとりするような顔と、枕に豊かに広がる金褐色の髪を眺める。「あるいは、私がどれほどきみを欲しいと思っているかを」

ジェニーが顔を背け、目をぎゅっとつむったままでいると、ロイスは優しく彼女の顎《あご》をつまんで、顔を自分のほうへ向けさせた。気だるげな笑みを浮かべ、欲望に満ちた、ざらついたベルベットのような声でささやく。「目をあけて、かわいい人」

ジェニーはしぶしぶ従い、気がつくと、魅惑的な銀色の目と見つめ合っていた。ロイスの手が頬から喉へ、そして胸へと下り、たわわな乳房をすくった。「怖がらないで」そっと彼が命じて、指を乳首へ持っていき、軽く前後にこする。低く、かすれた声の響きと、熟練した指のじらすような動きによって、すでにうっとりしているジェニーに、彼が付け加えて言った。「きみはこれまで私を怖がらなかった。いまさら怖がるのはよせ」

ロイスが手を広げて、乳房から上へ軽く滑らせ、彼女の肩を包むと、形のいい口を彼女の口へ下ろす。彼の唇が、軽く、撫でるように触れてきただけで、ジェニーの全身に喜びが走り、一瞬、体の感覚がなくなった。彼の舌が彼女の唇の上で動き、そっと唇を開かせ、優しくなぶる。そして彼の口が彼女の口を覆い、欲望むき出しのキスを執拗に、いつまでも続けた。「キスして、ジェニー」ねっとりした声でロイスが命じる。

ジェニーはそうした。ロイスのうなじに手を置き、開いた唇を突き出して、彼の唇の上で動かし、彼がしたときと同じように官能的なキスをする。ロイスが喜びのうめきをあげ、ジェニーの背に手を当てると、彼女を腕のなかへ引き寄せ、硬くなった彼自身を強烈に意識させた。ジェニーはキスによってぼうっとなりながら、彼の胸と肩の隆起した筋肉へ手を滑らせ、それから彼の首へ、うなじの縮れた髪へと移動させた。

ついにロイスが唇を離したとき、彼の呼吸は荒くて速く、ジェニーのほうは心臓の激しい鼓動のたびに、熱い愛情と欲望が体内を巡り、体が溶けてしまいそうな感覚を覚えた。燃えているロイスの目を見つめながら、彼女は震える指を上げて、彼に触れられたように彼の顔に触れ、頬を、口のわきの溝を指先でなぞり、なめらかな唇へと持っていった。ジェニーの体内で、ある感情が優しく芽生え、ぱっと熱くあざやかな花となり、その強烈さに彼女は身震いした。その感情による痛みを胸に感じながら、指先を彼の硬い顎へ滑らせ、自分のつけた赤い傷跡に触れると、びくっとした。罪悪感に打ちのめされて、ロイスに目を向け、ささやいた。「ごめんなさい」

ロイスは彼女のうっとりするような青い目を見下ろした。彼女の手と声によって、欲望がますます高まりながらも、それを抑え、胸をなぞる手の信じられないほどの心地よさに魅了されていた。ジェニーの目が胸の、長い傷跡の迷路をとらえた。それを見ながら、ロイスには本能的にわかった。これまで寝たほかの女性たちと違って、彼女がその傷跡に嫌悪を覚えておののいたり、さらに悪いことには、彼が住み、代表する危険な世界の明白な証《あか》しに下劣な興奮を覚えて身震いしたりしないだろうと。

ロイスは腕のなかの奔放な天使が何か違った行動に出ると予想したが、実際に起こったことにも、それに対する自分の混乱した反応にも、準備ができていなかった。ジェニーの指がロイスの傷跡に触れ、心臓にいちばん近い傷跡へゆっくりと進んだので、筋肉が反射的にぴくぴく動き、彼は彼女をいきなりものにしてしまわないよう苦労した。ようやくジェニーが顔をあげ、彼を見たとき、その目は流さなかった涙できらめき、美しい顔は苦悩で青くなっていた。悲しげなうめきをあげて、ジェニーがささやく。「ああ、なんてひどいことをされたの――」そしてロイスが相手の次の行動を想像できないうちに、ジェニーは首を曲げ、唇でそれぞれの傷に優しく、まるで治そうとするかのように触れ、腕をきつく、守るかのように巻きつけてきた。ロイスは自制心を失った。

ジェニーの豊かな、絹のような髪に指を差し入れると、彼女を仰向けにした。「ジェニー」

かすれた声でうめき、彼女の目に、頬に、額に、唇にキスをする。「ジェニー……」何度も何度もささやいた。その言葉の響きが、ロイスの低く、太い声のかすれかたが、彼が始めたことと同じぐらい刺激的な影響を彼女に与えた。ロイスの口が乳房へ移り、張りつめた先端をなぶり、それから唇を絞って、乳首を鋭く吸うと、やがてジェニーがあえぎ、背を弓なりにして、彼の頭を胸に押しつけた。ロイスの手が移動し、彼女の胃のあたりからウエストへ、そして太腿へと下がる。

反射的にジェニーが脚を閉じると、ロイスはくぐもった、うなるような笑い声を漏らして、焼けるような情熱をこめて唇を彼女の唇にもどした。「だめだよ、愛しい人」欲情した声でささやき、彼女の腿のあいだの、毛がカールした三角形のなかへ慎重に指を入れ、入り口を探した。「痛くないから」

喜びと恐怖の震えがジェニーの体を駆け巡ったが、彼女はそのどちらにも応えなかった。ジェニーはかわりに、彼の声から聞き取った要求に応えた。脚の筋肉の緊張を解こうと意識的な努力をし、緊張が解けた瞬間、ロイスの知識豊富な指が彼女を分けて、濡れた温かさのなかへ滑りこみ、優しく、巧みに彼女を喜ばせ、彼の情熱的な侵入への道を用意した。

ジェニーはロイスにしがみつき、彼の筋張った首に顔を埋めながら、自分に火がつき、溶けて流れてしまいそうな感覚にとらわれた。驚きと歓喜によるすすり泣きの声が、口から漏れた。体内で高まる感情によってきっと爆発してしまうと思ったとき、ロイスの膝によって腿を開かれ、彼が覆いかぶさるような体勢になった。ジェニーが目をあけると、上方で彼が構えていた。その名を聞くと男たちが震える戦士。その同じ男が、こんなにも優しく彼女に触れ、キスをする……。彼の顔は欲望できびしく、黒くなっており、自制しようと努力しているせいで、こめかみが激しく脈打っていた。

彼の手がジェニーの背側に回されて、彼を受け入れられるよう腰を持ち上げられた。彼の熱く硬いものが探り、入り口で構えたのをジェニーは感じ取り、これまで彼によってもたらされた運命を受け入れたのと同じように勇敢に、今回の運命を受け入れた。目を閉じ、自分に痛みを与えるはずの男に回した腕に力をこめる。そのけなげなふるまいに、ロイスは胸を打たれた。自分の腕のなかへとジェニーが身を任せてくると、体がぶるっと震えた。脈打つ竿《さお》を彼女の信じられないような温かさのなかへ少しずつ進ませる。どれほどの痛みを彼女に与えることになるのかわからず、なんとかそれを軽減したいと思っていた。時間をかけた愛撫によって、前に進むのは容易になっており、なめらかな温かさが彼をきつく覆い、覆い尽くそうと広がるのが感じられた。欲望でもだえ、心臓が痛いほど鼓動するなか、ゆっくりとなかへ進んでいき、ついにもろい障壁に行き当たった。

ロイスは少し身を引き、それからふたたび進み、また引き下がり、障壁を破ろうと身を構えた。彼女のなかに身を沈めたくてたまらなかったが、痛みを与えることがいやだった。ジェニーから痛みを吸い取ろうとするかのように、彼女を強く抱きしめ、彼女の唇に向かってしわがれた声で言った。「ジェニー――ごめん」そしてすべてを彼女の体内に沈めた。ジェニーが痛みに息を呑み、彼女の腕に突然緊張が走るのがわかった。

彼女の痛みが治まるのを待ってから、ロイスはなかで動きはじめた。そっと奥へ進んでは、後退し、さらに奥へ進み、さらに後退する。彼の体は完全に覚醒し、欲望が最高度に達していて、自制はさらに困難になっていた。慎重に腰を回すうちに、ジェニーの静かなあえぎが聞こえてきて、情欲が倍加する。ジェニーが手を彼の腰に移動して、自分の体と密着させた。ロイスは深い、リズミカルな突きに変えて、ジェニーのなかに身を沈めると、彼女がいっしょに動きはじめるのがわかった。彼女から与えられる喜び、怒張した竿を包み、くわえる彼女の体の感触、彼女の本能的な動きによる甘美な拷問が信じられなかった。

素早い、刺すような欲望の突きに、体をリズミカルに揺らされながら、ジェニーはいっしょに動き、ロイスが与えようとしているらしい何かを無意識に求め、彼が執拗な突きを速めるにつれて、それがだんだん近づいてきた。体の奥深くで脈打つものが、激しい喜びによって突然爆発し、興奮の波が次々に押し寄せ、彼女の体を揺らした。ジェニーの痙攣《けいれん》が彼をつかみ、男の高まりを握りしめ、強く引いた。ロイスは彼女を腕に抱きしめ、じっと動かずにそのままでいて、ジェニーの喜びを大きくしようとした。彼女の頰に、速く、深いあえぎが当たる。それが落ち着くのを待って、心臓が肋骨に激しくぶつかるなか、もはや突く力を自制できずに、深く打ちこんだ。体を何度もひくつかせながら、熱いものを彼女に注いだ。

ロイスとひとつになったまま、喜びの海をぼうっと漂いながら、ジェニーは彼が体を横たえ、自分もいっしょに横向きになったのを感じた。だんだん意識がもどってきた。目をぱっと開くと、寝室の影がゆっくりとはっきりした形になった――薪《まき》が石の床に落ち、火花があざやかに散る。ふたりのあいだに起こったことが実感を伴ってどっと押し寄せてきて、ジェニーは彼の腕にしっかり抱かれながら、何よりも孤独と恐怖を感じた。彼女がたったいましたことは、受難ではなかったし、高潔な犠牲でさえなかった――そこに、あのような快楽を、あのような……天国を見つけてしまったのだから。頬の下から、彼の心臓の激しくリズミカルな鼓動が聞こえて、ジェニーは苦しい感情のかたまりを呑みこんだ。ここで彼女はあるものを見つけてしまった。彼女には禁じられた、危険なものを。存在すべきでなく、してはいけない感情を……。

そしていま感じていることに、恐怖と罪悪感をいだいているにもかかわらず、この瞬間、ジェニーが求めているのは、あのざらついた、優しい口調で、彼に「ジェニー」と呼ばれることだけだった。あるいは、どんな口調でもいいから、「愛している」と言ってもらいたかった。

ロイスの声を聞きたいというジェニーの思いが通じたかのように、彼が口を開いた。しかし出てきた言葉は、彼女が聞きたかったことではなかったし、口調も切望していたものではなかった。静かに、感情を交えずに、ロイスがきいた。「ひどく苦痛を与えてしまったか?」

ジェニーは首を横に振り、二度試みたのち、なんとか小さな声を出した。「いいえ」

「与えてしまったのなら、すまない」

「与えていないわ」

「最初の相手がだれであろうと、痛かったはずだ」

急に涙がこみあげ、喉を詰まらせた。ジェニーは彼の腕から逃れようと、反対側に向きを変えたが、ロイスにしっかり抱かれていたため、背中と脚が彼の胸と腿に当たっていた。

〝相手がだれであろうと〟という言葉は、〝愛している〟からかけ離れている、とジェニーはみじめに心のなかでつぶやいた。

ロイスはそれを承知していた。同時に、愛の言葉を考えるのは愚かだし、口にするなどとんでもないともわかっていた。いまはまだ……いや、ずっとだめだ、と訂正する。結婚する予定の女性の姿が頭に浮かんだ。ジェニファーと肉体関係を持ったことに、罪悪感は覚えなかった。なにしろ、まだ婚約していないのだ……ヘンリーがことを急ぎ、勝手にレディー・メアリー・ハメルとの婚約話をまとめていなければ、だが。

そのとき、たとえ婚約していても、なんの罪悪感も覚えないだろうと思った。メアリー・ハメルの、銀色がかった髪に縁取られた、美しい色白の顔が頭をよぎった。ベッドでのメアリーは情熱的であけっぴろげで、腕のなかで興奮して震えていた。彼女の考えは、ふたりのあいだでなんの秘密でもなかった。なぜなら、本人がロイスの目に微笑みかけながら、ハスキーで低い声でこう言ったからだ。「あなたは権力であり、暴力であり、腕力であるわ。そしてほとんどの女にとって、それらがいちばん強い媚薬《びやく》なの」

暖炉の火を見つめながら、ロイスは自分が月末にもどる前に、ヘンリーが婚約話を進めただろうかとぼんやり考えた。勝利によって王座を獲得した強い君主のヘンリーは、ロイスにはかなり不快に感じる、政治的問題の解決法を実施しはじめた。敵同士を結婚させるのだ。始まりは、ヘンリー自身の、ヨーク家のエリザベスとの結婚だ。ヘンリーは前年に彼女の父親からイングランドの王位を奪っており、その戦いは相手の死によって終わっていた。さらには、ヘンリーは一度ならずこう言っている。自分の娘が年頃になったら、スコットランドのジェームズ王と結婚させ、それによって長年の二国間の紛争を終わらせる、と。そんな解決はヘンリーを満足させるかもしれないが、ロイス自身はそんな非友好的な縁組みはごめんだった。彼は従順で素直な妻に、ベッドを温め、ホールを飾ってもらいたかった。すでに人生で多くの争いに関わってきたので、自分の領地でさらに多くの争いに進んでさらされる気にはならなかった。

腕のなかでジェニファーが身じろぎし、離れようとした。「もう自分の部屋へもどっていいかしら?」くぐもった声できいてくる。

「だめだ」ロイスはにべもなく答えた。「われわれの取引は完了からはほど遠い」そして本気で言ったことを証明するため、それに、勝手だと自分でも承知しているこの命令を和らげるために、ジェニーを仰向けにすると、唇を押しつけ、彼女がわれを忘れるまでキスをした。やがて彼女がしがみついてきて、甘美で奔放な情熱をこめて、キスに応えた。

11

窓から月明かりが射しこんでいる。ロイスは寝返りを打ってうつぶせになり、ジェニファーに腕を伸ばした。彼の手が触れたのは温かな肉体ではなく、冷たいシーツだった。これまでの人生で、つねに危険をベッドの友としてきたロイスは、あっというまに深い満ち足りた眠りから鋭敏な覚醒へ移動した。目をぱっと開いて仰向けになり、部屋をざっと見る。淡い月明かりのなか、家具が不気味な影となっていた。

ベッドの側面から脚を下ろして立ち上がり、素早く服を着ながら、階段の下に見張りを置かなかった愚かさを呪った。習慣から短剣をつかんで、ドアへと向かう。あんなふうに寄り添って寝ていたジェニファーが、目を覚まし、冷静に逃亡をたくらめるわけがないと、気楽に思いこんで寝てしまった自分に腹が立った。ジェニファー・メリックはそれができるし、それ以上のこともできる。よくよく考えると、逃げる彼女に喉を掻っ切られなくて幸いだった！　手が掛け金にぶつかり、ドアを勢いよくあけると、もう少しで驚いた従者を踏みつけるところだった。ドアの前に藁布団を敷いて寝ていたのだ。「どうしました、ロイスさま？」

ゴーウィンが上体を起こし、主人の足もとへ這《は》っていく体勢になって、心配そうに尋ねた。

ほんのかすかな動き――窓の外のバルコニーでの、何かの揺らめき――をロイスの目が捕らえ、彼は顔を素早くそちらへ向けた。

「どうしました?」

驚いたゴーウィンの目の前で、ドアがばたんと閉じられた。

夜の追跡という迷惑な仕事をまたせずにすんだと安堵して、ロイスは静かにドアをあけ、外に出た。ジェニファーはバルコニーに立っていた。長い髪を夜風に吹かれ、腕を体に巻きつけて、遠くを見つめている。ロイスは目を細めて、彼女の表情を観察した。安堵の波がふたたびやってきた。ジェニファーはバルコニーからの身投げを考えているようすもないし、処女を失ったことに涙を流してもいない。当惑や怒りを覚えているというより、たんに物思いにふけっているようすだ。

ジェニーは実際、考えに夢中になっていたので、もはやバルコニーにひとりでいるのではないとは気づかなかった。季節はずれの暖かな夜気に優しくいだかれたおかげで、元気がもどっていたが、それでも、今夜、世界がひっくり返ってしまったような感じがしていた。そう感じる理由の一部はブレンナにあった。ブレンナと羽根枕が、ジェニーが処女を失った〝気高い〟犠牲の原因だったのだ。ジェニーは今夜、眠りに落ちはじめたとき、恐ろしい事実に気づいた。

ブレンナの快復と安全な旅を願って、眠りそうになりながら祈りの言葉をつぶやいていたとき、リンネルの枕カバーから突き出た羽根が彼女の記憶を揺さぶった。荷馬車で運ばれるブレンナの、頭の下にあった枕を撫でつけたことが思い出された。ブレンナは顔や体に羽根が当たると、ひどく咳をする。だから彼女はだれよりも注意深くそれを避ける。ブレンナは自分の部屋で眠ったとき、咳で目覚めたはずだが、不快な枕をどかさず、大胆で創意に富んだ行動に出たにちがいない。おそらく、いまにも死にそうな咳の発作を起こすまで、枕に頭を載せつづけたのだ——そうすれば伯爵がふたりを解放してくれると信じて。

まったく頭がいい、とジェニーは思った。わたしが考えつくどんな計画よりもみごとで、しかも災難をもたらすものだ、と暗い気持ちで声に出さずにつぶやいた。

ジェニーの思考がブレンナから離れ、かつて夢見た将来のことへ移った。その将来はいま、これまでよりもずっと、実現性がなくなった……。

「ジェニファー——」背後からロイスが声をかけた。

ジェニーは振り向き、彼の声の深い音色に不誠実な心臓が反応したことを必死に隠そうとした。なぜ、肌に触れた彼の手の感触がいまだに感じられ、彼の顔を見ただけで優しく激しいキスを思い出してしまうのだろう、といらだちながら思う。「わたし——どうしてあなたは服を着ているの?」落ち着いた声を出せたことにほっとした。

「きみを捜しに行くつもりだった」ロイスが答え、陰から出てくる。

彼の手もとで光る短剣を見て、顔をしかめ、ジェニーは尋ねた。「わたしを見つけたら、どうするつもりだったの?」

「このバルコニーのことは忘れていた」短剣をベルトに差して、ロイスは言った。「きみが部屋から抜け出したと思ったんだ」

「ドアの向こうには従者が寝ているんじゃない?」

「目のつけどころがいいな」ロイスが冷笑的に言った。

「彼はたいてい、あなたがいる場所の入り口を塞ぐように寝るのが習慣だわ」ジェニーは指摘した。

「まったくそのとおりだ」ロイスは冷淡に言いながら、いつもと違って、ほかの場所に目を向けることなくドアに直行した思慮のなさを不思議に思っていた。

見つけたのだから立ち去ってほしい、とジェニーは強く願った。彼女が必死に求めている静穏を、ロイスの存在がだいなしにしているのだ。彼に背を向けることで、去ってほしいとはっきりほのめかし、月に照らされた風景を眺めた。

ロイスはためらった。彼女がひとりになりたがっているとわかったが、ここを離れたくなかった。それはたんに彼女の妙な雰囲気が心配だからで、彼女といっしょにいることや彼女の横顔から得られる喜びのせいではない、と自分に言い聞かせる。ジェニーが触れられることを望んでいないと感じて、ロイスは彼女のそばで立ち止まり、バルコニーの壁に肩をもたせかけた。ジェニーは物思いにふけったままだった。ロイスは眉を寄せて、少ししかめ面になり、彼女が自殺のようなばかげた考えを持っているのではないという、先ほどの結論を考え直した。「さっき、私がここへ来たとき、何を考えていたんだ?」

ジェニーはその質問に少し身をこわばらせた。考えていたのはたったふたつで、ひとつのほうは、ブレンナの独創的な策略についてだったので、もちろん話すことはできない。「たいしたことじゃないのよ」話をはぐらかした。

「いいから言ってみろ」ロイスがしつこくせがむ。

ジェニーは横をちらりと見た。彼の大きな肩がすぐそばにあり、男らしいハンサムな顔が月明かりに照らされているのを見て、不誠実な心臓がどきんとした。彼の存在以外に気をそらせるのなら、なんでも話そう、いや、喜んでしたいと思いながら、丘の向こうへ目をやり、降伏のため息をついて言った。「メリック城のバルコニーによく立って、王国について考えていたころを思い出していたの」

「王国?」ロイスはくり返した。彼女の考えが暴力的なものでないことに、驚き、安堵した。ジェニーがうなずき、豊かな髪が背中で上下する。ロイスはそのつややかな髪に手を差し入れ、彼女の顔を優しくこちらへ向けたいという衝動を断固として抑えた。「どの王国だ?」

「わたし自身の王国よ」ジェニーはため息をついた。ばかげている感じがしたし、彼がこの話題を続けるつもりだとわかり、ばかばかしさと、強烈な苦しさを感じた。「わたしは自分自身の王国の計画を立てていたの」

「かわいそうなジェームズ」ロイスはスコットランドの王のことを言って、からかった。

「彼のどの王国を手に入れるつもりだったんだ?」

ジェニーは陰気な笑みを彼に見せたが、声には悲しみが奇妙に混じっていた。「土地とお城がある本物の王国じゃないのよ。夢の王国――物事がわたしの望みどおりになっている場所よ」

長く忘れていた記憶がロイスの頭をよぎり、彼はバルコニーのほうを向いて、壁の上に腕を置き、指を軽く組み合わせた。ジェニファーと同じように、丘のほうを眺めながら、静かに認める。「遠い昔、私も自分自身の王国を想像したものだ。きみのはどんな王国だ?」

「話すことはほとんどないわ」ジェニーは言った。「わたしの王国には、繁栄と平和があった。もちろん、ときには小作人がひどい病気にかかったり、わたしたちの身の安全に、恐ろしい脅威が迫ることもあったわ」

「きみの夢の王国には、病気と紛争があったのか?」ロイスは驚いて口をはさんだ。

「もちろんよ!」ジェニーが哀れむような笑みを向けて言った。「どちらも少しは存在しなくてはだめだった。そうすれば、わたしが駆けつけて、助けたり勝利を収めたりできるでしょう。だからこそ、わたしは自分の王国を創造したの」

「きみは領民のヒロインになりたかったんだな」ロイスは自分がたやすく理解できる動機だ

と知って微笑み、そう結論を下した。

ジェニーが首を横に振った。彼女の声に切ない望みを聞き取って、ロイスから笑みが消えた。「いいえ。わたしは愛する人々から愛されたかっただけ。わたしを知る人々に、わたしを見て、期待はずれな人間ではないと認めてもらいたかったの」

「きみの望みはそれだけ？」

ジェニーがうなずく。彼女の美しい横顔には厳粛さがあった。「だからわたしは、それを実現するために偉大で大胆な行ないができる夢の王国を創造したの」

それほど遠くない、城にいちばん近い丘で、雲間から現われた月明かりによって、男の姿が一瞬、照らし出された。ほかのときだったら、その姿がちらりと見えただけで、ロイスは配下の者を調査に送っただろう。しかし、いま、愛の行為で満たされ、隣りの魅力的な美女とのあいだに、さらにその先があると思うと、彼の脳は目が見たことに注意を払わなかった。暖かさとめったにない打ち明け話で満たされた夜であり、自分の領地のすぐそばにありそうもない脅威が潜んでいることを考えるには、心地よく、美しすぎる夜だった。

ロイスは眉を寄せて、ジェニーの謎の言葉について考えた。スコットランド人は、氏族の掟《おきて》よりも封建制の掟に従って生活する低地人でさえ、かなり忠義な人々だ。そして、ジェニファーの氏族が彼女の父親を〝伯爵〟や〝メリック〟と呼ぼうと、彼と彼の家族はそれでもみな、メリック氏族の忠誠を受けるに値する。彼らはジェニファーを見て、期待はずれな人間だと思うことはないだろうし、彼女は間違いなく、彼女が愛する人々から愛されているだろう――だから、彼女は自分の王国を創造する必要はないはずだ。「きみは勇敢で美しい娘だ」ロイスはやがて言った。「それに、生得権によって女伯爵だ。きみの氏族の人々は間違いなく、きみの希望どおりの感情をきみにいだいている――たぶん、それ以上の感情を」

ジェニーはロイスから視線をはずし、ふたたび景色に見入っているようだった。「実際には」慎重に感情を交えない声で答える。「彼らはわたしをある種の――取替え子だと考えているわ」

「なぜそんなばかなことを考えるんだ?」ロイスはあきれはてて言った。

驚いたことに、ジェニーはすぐに彼らを擁護した。「義理の兄に、さまざまなことをわたしがしたと思わされたら、彼らはそう考えるしかないでしょう?」

「さまざまって、どんなことだ?」

ジェニーは身震いして、ふたたび腕で身をいだき、ロイスがバルコニーに出たときに見たのと同じような表情になった。「口にするのもいやなことよ」小さな声で答える。

ロイスは彼女をじっと見て、無言で説明を要求した。ジェニファーが不安定に息を吸い、しぶしぶと従った。「いろいろあったけれど、何よりもレベッカの溺死《できし》の件ね。ベッキーとわたしは遠い親類で、親友同士だった。わたしたちは十三歳だったわ」悲しげに小さく微笑む。「彼女の父親――名前はギャリック・カーマイケル――は男やもめで、ベッキーはひとりっ子だった。彼はベッキーを溺愛したわ。わたしたちのほとんどがそうしたようにね。彼女はそれはかわいらしくて、それに信じられないほど色白で――ブレンナよりも白いのよ――だからみんな彼女を愛さずにはいられなかった。問題は、彼女の父親が娘を愛するあまり、彼女に何もさせなかったこと。怪我をするといけないからって。ベッキーは川のそばに行くことも許されなかったわ。父親が溺《おぼ》れるのを心配したためよ。ベッキーは泳げるようになろうと決心して――父親に、だいじょうぶだと証明するため――毎朝、わたしたちはこっそり川へ行って、わたしは彼女に泳ぎかたを教えたの。

彼女が溺れる前日、わたしたちは定期市へ行き、口喧嘩《くちげんか》をしたわ。なぜなら、曲芸師のひとりが妙な目つきで彼女を見ていると、わたしが言ったから。わたしの義理の兄弟のアレグザンダーとマルコムがわたしたちの話を耳にしていて――ほかにも何人かいたわ――わたしが焼き餅を焼いているってアレグザンダーが非難した。わたしがその曲芸師に興味を持っているからだって。まったくばかな話よ。ベッキーはとても怒って、当惑して、だから別れるとき、朝、川にわざわざ来なくてもいい、ジェニーの手助けはもういらないからって言ったの。本気じゃないってわかっていたし、まだうまく泳げなかったから、わたしはもちろん、翌朝、川へ行った」

ジェニファーの声はささやき声になっていた。「川に着くと、ベッキーはまだ怒っていた。ひとりでいたいって、わたしに大声で言ったわ。わたしがその場を去って、丘のてっぺんにいたとき、ざぶんという音と、彼女が助けてとわたしに叫ぶ声が聞こえた。わたしは向きを変え、丘を下りはじめたけれど、ベッキーの姿は見えなかった。もう少しで川に着くというとき、彼女がなんとか水面に頭を出した――髪の毛が見えたから、わかったの。それから、助けてとわたしを呼ぶ叫びが聞こえて……」ジェニーは身を震わせ、無意識に腕をさすった。「でも、彼女は川の流れに持っていかれていた。わたしは飛びこみ、彼女を見つけようとした。何度も何度も何度も水に潜った」ジェニーはささやくような声で途切れがちに話していた。「でも、わたし――彼女を見つけて助けられなかった。翌日、数キロ下流で、ベッキーは土手に打ち上げられていたわ」

ロイスは手を上げ、それから下げた。ジェニファーが自制しようと必死になっていて、それがだいなしになるような慰めのしぐさは歓迎されないと感じたからだ。「事故だったんだ」優しい声で言う。

ジェニーは落ち着こうと、長い息を吐いた。「アレグザンダーによると、そうではなかった。彼は近くにいたんだわ。なぜなら、ベッキーがわたしの名を叫んだって、みんなに言ったから。それは事実だもの。でも、彼の話では、わたしたちは喧嘩をしていて、わたしが彼女を川に突き落としたの」

「きみの濡れた服について、彼はどう説明したんだ?」ロイスは手短にきいた。

「彼はこう言った」ジェニーはざらついたため息をついた。「突き落としてから、少し待って、それから助けようとしたにちがいないって。アレグザンダーは」付け加えて言う。「すでに、わたしではなく、彼が父の跡を継いで領主になると告げられていた。でも、それではじゅうぶんじゃなかったの——わたしが信用をなくし、遠くへやられるよう望んでいたの。事件のあとは、彼にとって簡単だったわ」

「どんなふうに簡単だったんだ？」

ジェニファーの細い肩が小さくすくめられた。「いくつかのもっと不快なうそと、ねじ曲げられた真実よ。小作人が城に持ってきた小麦の袋の重さにわたしが異議を唱えた晩、その小作人の家が突然火事になったとか、そんなこと」

涙できらめく青い目をゆっくりと上げて、ロイスを見る。ロイスが驚いたことに、彼女は笑みを浮かべようとした。「わたしの髪が見える？」ジェニファーが尋ねる。ロイスは、ここ何週間かずっと見とれていた金褐色の豊かな髪に、必要もないのに目を向け、うなずいた。

ジェニーが声を詰まらせながら言った。「わたしの髪は以前、ひどい色だったの。いまは、ベッキーの髪の色になっている。ベッキーは知っていたわ……わたしがどれほど……彼女の髪にあこがれていたか」途切れ途切れに話す。「そして……そして、わたしは彼女がそれをくれたんだって思いたいの。彼女を助けようとしたことを知っていると、わたしに教えるために」

ロイスはなじみのない、胸が締めつけられる痛みを覚え、そのせいで、ジェニーの頬に置こうと上げた手が震えた。しかし彼女は身を引いた。大きな目は流されていない涙できらめいていたが、彼女は泣きくずれなかった。この美しい娘が捕らえられて以来、こちらがしたたかに尻を打ったときでさえ、なぜ泣かなかったのか、ロイスはいまようやく理解した。ジェニファー・メリックはすべての涙を体内にしまいこんでいて、取り乱して泣きくずれることは、自尊心と勇気が許さないのだ。彼女がすでに耐えてきたことと比較すれば、彼の手が与えたたんなる打撃はなんでもなかったにちがいない。

ほかにどうすればいいのかわからなかったので、ロイスは寝室にもどり、大瓶からワインをゴブレットに注いで、彼女のところへ持っていった。「これを飲め」有無を言わせぬ口調で言った。

ロイスが安堵したことに、ジェニファーはすでに悲しみを抑制できる状態になっていて、彼の思わずぶっきらぼうになった声を聞いて、柔らかな唇に愛嬌《あいきょう》のある笑みを浮かべた。

「どうやらあなたは、いつでもわたしにお酒をくれるみたいね」

「たいていは、よこしまな理由からだ」ロイスがおどけて認めると、彼女がくすくす笑った。

ジェニーはひと口飲むと、ゴブレットをわきに置き、低い壁の上で腕を交差させて、壁にもたれ、遠くを眺めた。ロイスは無言で彼女をじっと見ながら、彼女の打ち明け話を頭から振り払うことができず、何か元気づける言葉が必要だと感じていた。「きみは、どちらにしても、自分の氏族に責任を持つことを好まなかったんじゃないかな」

ジェニファーが首を横に振り、静かに言った。「とっても好んだはずよ。違ったやりかたがあるように思えたことがたくさんあった——男は気づかなくても、女なら気づくことがね。大修道院長から学んだこともあった。新しい織機——あなたたちのはわたしたちのよりずっといいわ。作物の新しい栽培方法。何百ものことが、違ったふうに、そしてよりよくできる」

どの織機あるいは作物がどれよりもよいのか、という議論はできないので、ロイスは違った議論を試みた。「氏族に自分を認めさせることに一生を費やすことはできないよ」

「できるわ」ジェニファーが低い、熱のこもった声で言う。「彼らにまたわたしを一員として認めさせられるなら、なんでもする。彼らはわたしの氏族の人間よ——彼らの血がわたしの血管に流れ、わたしの血が彼らのなかに流れている」

「忘れたほうがいい」ロイスは強く勧めた。「うまくいっても勝つ見こみのない探求に、きみが乗り出したように見えるだけだ」

「ここ何日間かは、あなたが考えるほど見こみがなくはなかったわ」ジェニファーの横顔は暗かった。「ウィリアムはいつか伯爵になるし、彼は親切ですばらしい子よ——いいえ、一人前の男ね——二十歳だから。彼は、アレグザンダーがそうだったようには、あるいはマルコムのようには、体力がないけれど、理知的で賢くて誠実だわ。わたしと氏族の人たちとの困った状態に同情してくれているし、領主になったら、問題を解決しようとしてくれたでしようね。でも、今夜、それは不可能になった」

「今夜がどう関係しているんだ？」

ジェニーが目を上げ、彼と視線を合わせた。穏やかで事務的な口調を使っていても、その表情はロイスに、手負いの鹿を思わせた。「今夜、わたしは家族の最大の敵の仲間となってしまった――氏族の敵の愛人となってしまった。これまで、彼らはわたしがしなかったことでわたしを嫌った。いまは、わたしがしたことでわたしを嫌うのに格好の理由があるわ。わたしにも自分を嫌う理由があるように。今夜、わたしは許せないことをした。神さまでさえ、わたしを許してくださらないでしょう……」

ロイスの仲間になったという彼女の非難は否定しがたい事実で、彼はそのことに認めたくないほどの衝撃を受けた。しかし、彼女が失った人生がたいした人生ではないとわかったので、罪悪感は軽減された。ロイスは彼女の肩に手を伸ばし、強くつかんで、彼女をこちらに向かせ、それからその顎を上げて、自分の目を見させた。懸念と同情を覚えながら話しはじめたとき、ジェニファーが近くにいる状況に、下腹部がすでに自分勝手な反応をして、硬くなっていた。「ジェニファー」静かな、断固とした口調で言う。「きみときみの氏族のあいだで、どういうことになっているのかは知らないが、私はきみとベッドをともにしたし、それを変えることはもう不可能だ」

「もし変えられるとしたら」ジェニーが反抗的な顔で言った。「あなたは変える？」

ロイスは信じられないほど魅力的な娘を見下ろした。いま、この瞬間、彼の体には火がついていた。穏やかに、そして正直に答える。「いや」

「なら、わざわざ後悔しているような顔をしないで」ジェニーがぴしゃりと言った。

　ロイスの唇がよじれて陰気な笑みを形作り、手がジェニーの頬からうなじへと下りた。

「後悔しているように見えるか？　後悔などしていない。きみの面目をつぶしたのは残念だが、一時間前にきみを抱いたことを後悔していないし、数分後にふたたびきみを抱くつもりだが、そうすることに後悔は覚えないだろう」その話の傲慢さにジェニファーが目を怒りでぎらつかせたが、ロイスは言おうと思っていることをそのまま続けた。「私はきみの神もほかの神も信じていないが、信じている者の話によれば、きみの神は公正な神だそうだな。もしそうなら」穏やかで冷静な口調で続ける。「彼はきっと、この件できみに罪はないと保証するはずだ。結局、きみは妹の命が心配で、私との取引に応じただけなのだから。あれはきみの意志ではなく、私の意志だった。そしてベッドで私たちのあいだに起こったことも、きみの意志に反したことだった。そうじゃないか？」

　その質問をしてすぐ、ロイスはそれを後悔した。あまりにも後悔して、混乱した。そしてそれから気づいた。ジェニファーに、彼女の神の見地からすると、彼女を破滅させたのではないと請け合ってもらいたいのと同時に、彼の愛の行為でさまざまなことを感じた事実や、彼と同程度の欲望を彼女も持っていたことを否定してほしくないと。突然、ジェニファーの誠実さと彼の直感を試す必要性が出たかのように、ロイスはくり返し言った。「そうじゃないか？　きみはたんに意志に反してベッドで私に従っただけだから、この件で神はきみに罪がないとみなすのではないか？」

「いいえ！」ジェニーが声を張りあげた。その言葉には、羞恥心《しゅうちしん》と、無力さと、ロイスには判別できないさまざまなほかの感情がこめられていた。

「違うのか？」そう言いながら、ロイスの体内で、強い安堵が爆発した。「どこが間違っている？」低いが、はっきりした声で尋ねる。「どこが間違っているのか、教えてくれ」

ジェニーが答えたのは、彼の声に含まれた命令の口調のせいではなかった。そうではなく、彼の愛しかたを突然思い出したからだ。彼の信じられないほどの優しさと自制、処女膜を破って彼女に痛みを与えるさいの、彼の苦悩、賞賛のささやき声、自分の情熱をなんとか抑えようと、苦しそうに息をしていたことなどが思い出された。それに加えて、彼に満たされたいというジェニー自身の切迫した欲望や、与えられているすばらしい感覚を彼にも与えたいという気持ちも思い出された。ジェニーは幸福を求めるあらゆる機会を彼に傷つけられたように、彼を傷つけてやりたいと思い、口を開いたが、良心によって言葉が喉に詰まった。ふたりの愛の行為において彼女が見つけたのは、恥辱ではなく栄光であり、うそをつく気にはなれなかった。「あなたのベッドへ行ったのはわたしの意志ではなかった」くぐもったささやき声で答える。ロイスのくすんだ灰色の目から、悔しさのこもった視線を引きはがすと、ジェニーは顔を背け、言葉を継いだ。「でも、ベッドに行ったあと、そこから出たいという意志もわたしにはなかった」

ジェニーは視線をよそに向けていたので、ロイスの顔にゆっくり浮かんだ笑みに、新たな優しさが加わっていることを目で確認はできなかったが、彼の腕に包まれ、彼の手が背中に当てられて、彼の硬くなった下半身に体を強く引き寄せられたことで、それを感じた。ロイスの口に口を覆われて、言葉を奪われ、それから呼吸を奪われた。

12

「客人が来る」ゴッドフリーがホールに入ってきて、告げた。テーブルで昼食をとっている騎士たちを、顔をしかめて見る。十二本の腕が動きを止め、持ち主たちの顔に緊張が走った。「大人数の一団が王の旗を掲げて、こちらへやってくる。かなりの人数だ」ゴッドフリーが詳細を述べる。「通常の使者にしては、人数が多すぎる。ライオネルが道から彼らをちらりと見た。グラヴァリーらしい顔があったそうだ」眉間のしわを深くして、上の回廊のほうに目をやった。「ロイスはどこだ?」

「われらが人質と散歩に行ってるよ」ユースタスが渋い顔で答えた。「どこにだかは知らない」

「おれは知ってる」アリックが太い声で言った。「行ってくる」向きを変え、ホールを出る。地面に食いこみそうな大股の歩きは、しっかりと安定したものだったが、いかつい顔にいつも浮かんでいる冷酷非情な落ち着きは、不安によって損なわれ、淡い青の目のあいだの溝を深くしていた。

ジェニーの音楽的な笑い声が、突然の風にびっくりした鐘のように響き、ロイスは彼女を見て、にやりとした。ジェニーがたまらずに木の幹の、彼の横にどさりと腰を落とす。肩は笑いに震え、頰は、彼女が着ている魅力的なドレスと同じ、淡いピンクに染められた。「わたし――わたし、信じない」おかしさのあまり浮かんだ涙を目から拭って、ジェニーがあえぎながら言う。「それはあなたがたったいまでっちあげた大うそだわ」

「その可能性はある」ロイスは同意し、長い脚を前に伸ばし、彼女につられて笑みを浮かべた。けさ、ロイスのベッドで彼女が目覚めたとき、使用人たちが寝室にぞろぞろ入ってきた。そんなふうに彼といるところを見られた彼女の嘆きは、見ていてかわいそうなほどだった。ジェニーはロイスの愛人となったことが城じゅうのうわさになるだろうと確信した。そして、もちろん、それは間違いない。ロイスはそれについて彼女にうそをつこうか、あるいはうまく言い含めて忘れさせようかとも思ったが、いちばんいいのは、数時間、城から連れ出して、彼女の緊張を少し解いてやることだと判断した。ジェニーのきらめく瞳と、赤みが差してきた顔色を見ると、それは賢明な判断だったようだ。

「わたしがだまされてそんなうそを信じるような愚か者だと思っているんでしょう」ジェニーはそう言って、険しい表情を作ろうとしたが、失敗した。

ロイスは微笑んだが、その非難を否定して、首を横に振った。「いや、きみはあらゆる点で間違っている」

「あらゆる点？」ジェニーがいぶかしげにきく。「どういう意味？」

ロイスは笑みを顔全体に広げて、説明した。「私がきみに言ったのは、うそではないし、きみはだれかに簡単にだまされるとは思えない」言葉を切り、ジェニーの反応を待ったが、彼女が何も言ってこないと、微笑みながら言った。「これはきみの分別に対する賛辞だぞ」

「まあ」ジェニーは驚いて言った。「ありがとう」自信なく付け加える。

「それから、きみを愚か者と誤解するどころか、私はきみをすぐれた知性を持った女性だと思っている」

「ありがとう！」ジェニーが即座に答える。

「これは賛辞ではない」ロイスは訂正した。

ジェニーは好奇心たっぷりの不満の表情を彼に向け、無言で説明を求めた。そしてロイスは手を伸ばして、人差し指で彼女の頬に触れ、なめらかできめの細かい肌をなぞりながら、答えた。「きみにもっと知性がなければ、私の愛人となることによる、想定されるさまざまな結果をぐずぐず考えることなく、単純に自分の境遇とそれに伴うすべての利益を受け入れただろう」そう言って、意味ありげに、視線を真珠の首飾りに移す。けさ、城に保管された宝石のすべてを彼女に与えたあと、ぜひ首につけるようにと勧めたものだ。

ジェニーの目が怒りで大きくなったが、ロイスは冷静な男の論理を展開した。「きみが普通の知性の持ち主だったら、女性が普通に関心を持つことだけに関心を持っただろう。流行とか、家事の切り盛りとか、子育てとか。忠誠や愛国心などの問題で苦しむことはなかったはずだ」

ジェニーは信じられない思いでロイスをにらみつけた。「わたしの〝境遇〟を受け入れるですって？　わたしは、あなたがそんなに心地よく口にした〝境遇〟にはないわ。わたしは、家族の意向や国の意向や神の意向を無視して、男と結婚せずに同衾《どうきん》している。そのうえ」かっとなって付け加える。「家事の切り盛りや子育てみたいな女性らしい問題だけを考えるようわたしに勧めるのは結構だけれど、そういったことをする権利をわたしから奪ったのがあなたよ。あなたの奥さんは、家事を切り盛りするでしょうし、可能ならば、きっとわたしの人生を生き地獄にするでしょうし、それに――」

「ジェニファー」ロイスは笑みを噛み殺しながら、口をはさんだ。「きみがよく知っているように、私に妻はいない」彼女が言っていることの多くが事実だと気づいていたが、涙できらめかせたサファイア色の目と、キスしたくなるような口を持つ彼女があまりにもかわいらしくて、意識を集中するのがむずかしかった。ロイスがほんとうにしたいのは、彼女をさっと腕で包み、怒った子猫を抱きしめるように抱くことだった。

「いまはいないわ」ジェニファーが苦々しげに食ってかかった。「でも、そのうちすぐに娶《めと》るはずよ――イングランドの女を！」吐き出すように言う。「血管に氷水が流れていて、髪は鼠《ねずみ》の毛の色で、鋭い小さな鼻は先端がいつでも赤くて、いまにも鼻水が――」

たまらずに笑い声を出しそうになり、ロイスの肩が揺れる。彼は手を上げ、身を守るようなそぶりをした。「髪は鼠の毛の色?」くり返して言う。「私はそんな妻しか娶れないのか? 最近まで、私が夢見ていたのは、ブロンドで、大きな緑の目と――」

「大きなピンク色の唇と、大きな――」あまりにも腹を立てていたので、ジェニーは実際に胸のほうへ手を上げ、それから自分の言おうとしていることに気づいた。

「ああ」ロイスは先を促してからかった。「大きななんだ?」

「耳よ!」ジェニーが猛烈な勢いで叫ぶ。「でも、どんな外見であろうと、要点は、彼女がわたしの人生を生き地獄にするってこと」

もはや自制できなくなって、ロイスは上体を曲げ、彼女の首に鼻をすりつけた。「こうしよう」ジェニーにキスをしながら、ささやく。「私たちふたりが気に入る妻を選ぶんだ」その瞬間、彼はジェニファーに対する自分の執着が思考に暗い影を投じていると気づいた。結婚していながら、ジェニファーを手もとに置いておくわけにはいかない。こうして冗談を言ってはいるものの、メアリー・ハメルかほかのだれかと結婚して、ジェニファーに愛人として留まる屈辱を味わわせるほど、ロイスは無情ではなかった。昨日なら、それを検討したかもしれないが、いまは違った。昨夜をともに過ごし、ジェニーが短い人生ですでにかなりの苦痛に耐えたと知ったいまは……。

いまでさえ、敵と寝たジェニーが故郷に帰ったとき、彼女の〝最愛の〟氏族の人々にどう扱われるか考えることを、ロイスの心は避けているのだ。

独身を貫き、子どもも世継ぎもいないままでいるという選択肢は、魅力がなかったし、受け入れがたかった。

残る選択肢――ジェニファーとの結婚――は問題外だ。彼女と結婚して、不倶戴天《ふぐたいてん》の敵と姻戚関係になり、しかも妻の忠誠心はその敵のほうに重きが置かれているという状況は耐えられない。そんな結婚をすれば、平和と調和を求める家庭を戦場にすることになる。ベッドでのジェニーの無邪気な情熱と無私無欲の献身によって、このうえない喜びが与えられたからといって、争いの絶えない人生を送る理由とはならない。とはいえ、彼女は伝説的人物のロイスではなく、等身大の彼と愛を交わした唯一の女性だ。それに彼女はロイスを笑わせてくれる。これはいままでどの女もしなかったことだった。ジェニーには勇気と知恵があり、その顔はうっとりするほど魅力的だ。そして最後だが重要なこととして、彼女の率直さ、正直さがある。それは彼の警戒心を完全に解くものだ。

いまでも、昨夜、彼女が自尊心よりも正直さを選び、ロイスのベッドに入ったあとは、そこを離れたくなかったと認めたときの感動を忘れられない。そういう正直さは、とくに女性においては、実際、めったにないものだ。それは、彼女の言葉が信ずるに足ることを意味する。

もちろん、これらすべての理由があっても、ロイスが慎重に立てた将来の計画をご破算にするには不十分だ。

だが、その計画は、彼女をあきらめるほど強力な動機ともならない。

城壁の護衛兵たちがトランペットを長く、ひと吹きしたので、ロイスは顔をあげた。敵ではない訪問者が近づいている合図だ。

「あれは何を意味するの？」ジェニーがびっくりして尋ねた。

「ヘンリーからの特使だと思う」ロイスは答え、両肘をついて、体を後ろに反らし、目を細くして太陽を見た。そうだとすると、予想よりずっと早い、とぼんやり思う。「だれであろうと、友好的な訪問だ」

「あなたの王さまは、わたしが人質になっていると知っているの？」

「ああ」ロイスはこの話題の変化を気に入らなかったが、ジェニーが自分の運命を心配しているのはわかったので、こう付け加えた。「きみが野営地に連れてこられてから二、三日後に、いつもの毎月の報告とともに、王に知らせた」

「わたしは――」ジェニファーは震えながら息を吐いた。「――どこかへ送られるの――地下牢とか――」

「いや」ロイスは素早く言った。「きみは私の保護下に留まる。しばらくのあいだは」と、あいまいに付け加える。

「でも、彼がべつの命令を出したら？」

「それはない」ロイスはきっぱりと言い、肩越しにジェニーをちらりと見た。「私がどのような勝ちかたをしようと、私が勝つかぎり、ヘンリーは何も気にしない。きみが私の人質になっているという理由で、きみの父親が武器を置き、降伏するなら、その勝利はもっとも望ましいもの——無血の勝利だ」この話題はジェニーを緊張させると見て取り、けさずっと心の隅に引っかかっていた質問で彼女の気をそらした。「きみの義理の兄弟がきみと氏族を敵対させはじめたとき、きみはなぜその問題を父親に持ちこまなかったんだ？　心のなかに夢の王国を築いて、問題から逃げるのではなく？　きみの父親は有力な領主なのだから、私が取るであろう解決方法で、その問題を解決できたはずだ」

「それで、あなたならどう解決するの？」ジェニーは無意識に挑発的な横目で彼を見て、にやりと笑みを浮かべた。その表情を見ると、ロイスはいつも、彼女を抱きしめ、その笑みをキスで消し去ってしまいたいと思うのだった。

　思ったよりも鋭い口調で、ロイスは言った。「私なら、きみを疑うのをやめるよう、氏族の者たちに命令する」

「領主ではなく、戦士らしい考えかたね」ジェニーは静かに論評した。「人々にどう考えるのか、〝命令する〟ことはできないわ。そんなことをしたら、彼らは脅えて、考えを口にしなくなるだけ」

は言った。

「きみの父親はどうしたんだ？」ジェニーの意見に異議を唱えるような、冷たい声でロイス

「ベッキーが溺れたときは、父はあなたとどこかの戦場で戦うため、留守だったと思う」

「それで、彼はその――私との戦いからもどってから――」ロイスはゆがんだ笑みを浮かべた。「どうしたんだ？」

「そのころには、わたしに関するさまざまな話が出回っていたけれど、父はわたしが誇張して言っているだけで、うわさなどすぐになくなると考えたわ」ロイスが非難するように顔をしかめると、ジェニーは付け加えた。「わたしの父はね、彼が言うところの〝女どもの問題〟をあまり重要視しないの。彼はわたしをとても愛しているわ」その言葉は、感覚よりも忠誠心からきていると、ロイスは思った。ジェニファーの夫として、メリックがボールダーを選んだ件があるからだ。「でも、父にとって、女は……その……男の世界にはあんまり重要ではないの。彼がわたしの継母と結婚したのは、彼女が遠い親戚で、健康な息子が三人いたからよ」

「きみの父親は、自分の爵位を遠い親戚に渡すほうを好むのか？」ロイスは嫌悪をうまく隠せずに言った。「きみに継がせれば、うまくいけば、孫息子に継がせられるのに？」

「父にとっては氏族がすべてで、それはりっぱなことよ」ジェニファーの忠誠心が、話に力をこめた。「女のわたしが、氏族たちの忠誠を維持したり、彼らを導いたりすることはでき

ないと、父は感じたの。たとえ、父の爵位をわたしに渡すことを、ジェームズ王が認めてもね——それはむずかしかったでしょうけれど」

「彼はジェームズにそれを願い出たのか？」

「いいえ。でも、言ったように、父が信用しなかったのは、わたし個人ではないわ。わたしが女だから、ほかの物事に向いていると考えたにすぎないの」

あるいは、ほかの使いかたが向いているとだ、とロイスはジェニーのために腹を立てながら思った。

「あなたはわたしの父を理解できないでしょうけれど、それは彼を知らないからよ。父は偉大な人で、だれもがわたしと同じ気持ちを父に持っている。わたしたち——わたしたちみんな——は、命を差し出すこともいとわない。もし父が……」一瞬、ジェニーは自分の頭が、あるいは目が、完全におかしくなりつつあるのかと思った。なぜなら、木立のすぐ内側に立ち、声を出さないようにと、唇に指を当ててこちらを見ているのが——ウィリアムだったからだ。「……それを求めたのなら」ジェニーは息を吐いたが、ロイスは彼女の口調が突然変わったことに気づかなかった。それよりも、ジェニーの父親がこれほど盲目的な愛情を彼女にいだかせられることに、ばかげた嫉妬を覚え、それを押しもどそうと苦労していた。

ジェニーは目をぎゅっとつぶり、それからふたたび目をあけて、もっとしっかりと見た。ウィリアムはもう木の陰に身を隠していたが、それでも緑の胴着の端が見えた。ウィリアムがここにいる！　わたしを取りもどしにきたのだ、と気づいて、ジェニーの胸のなかで、喜びと安堵が爆発した。

「ジェニファー――」ロイス・ウェストモアランドの静かな声は厳粛さに縁取られており、ジェニーはウィリアムが姿を消した場所から視線を引きはがした。

「は――はい」声がどもった。いまにも父の軍隊全部が森から飛び出してきて、ここに座っているロイスを殺すのではないかと半ば予期した。彼を殺す！　それを考えると、喉に苦いものがこみあげ、ジェニーはさっと立ち上がった。木立から彼を離し、同時に自分は木立のなかに入る必要があると強く思った。

ロイスがジェニーの青い顔を見て、顔をしかめた。「どうした――顔が――」

「落ち着かないの！」ジェニーは勢いよく言った。「少し散歩する必要があるみたい。わたし――」

ロイスが体を転がして立ち上がり、落ち着かない理由を尋ねようとしたとき、丘を上がってくるアリックが目に入った。「アリックが来る前に、言っておきたいことがある」

ジェニーは振り向き、大きなアリックをじっと見た。ばかげた安堵感が体を貫いた。アリックがここにいれば、少なくともロイスは味方なしに戦って死ぬことにはならない。しかし、戦いがあるとすると、父かウィリアムか氏族のだれかが殺されるかもしれない。

「ジェニファー――」ロイスは言った。彼の口調は、うわの空のジェニファーに対するいらだちを反映していた。

ジェニーはなんとか彼のほうを向き、注意深い表情を作った。「はい？」父の兵がロイスを攻撃するつもりなら、もう木立から出てきているはずだった。いまほど、ロイスが無防備な瞬間はもうないだろう。ということは、ウィリアムはひとりで、アリックが来るのを見たにちがいない、とジェニーは必死に頭を働かせた。もしそれが事実なら、そしてこの瞬間はそれが事実であることを願ったが、その場合、ジェニーは冷静に行動し、できるだけ早く木立に行く方法を考えればよかった。

「だれもきみを地下牢に閉じこめない」ロイスが優しく、きっぱりと言った。

人を惹きつける灰色の瞳を見上げながら、ジェニーは突然、まもなく――おそらくは一時間のうちに――彼のもとを離れるのだと気づいた。それに気づくと、意外にも、胸が痛んだ。たしかに彼はジェニーの誘拐を黙認したが、ほかの誘拐犯なら彼女にしたはずの残虐行為を彼はしなかった。それに、ジェニーの勇気と無鉄砲な行動を賞賛した男はロイスだけだ。彼の馬を殺し、彼を短刀で刺し、逃亡して彼をばかにしたのに……。すべてを考えると、ロイスはどんな廷臣よりも親切に――彼なりに親切に――彼女を扱ったと実感して、ジェニーは目の奥に強い痛みを感じた。実際、ふたりの家と国の関係が違っていたら、ロイス・ウェストモアランドとは友だちになれただろう。友だち？　彼はすでにそれ以上の存在だ。彼はわたしの愛人だ。

「ご――ごめんなさい」ジェニーは声を詰まらせて言った。「ぼうっとしていて。いま、なんて言ったの?」

「いま言ったのは」ジェニーのうろたえた表情を少し不安に思い、ロイスは眉を寄せた。「自分が危険にさらされているとは思うなということだ。きみを家に帰すときが来るまで、きみは私の保護下に留まる」

ジェニーはうなずき、つばを呑みこんだ。「ええ。ありがとう」ささやき声には感情があふれていた。

ジェニーの口調を感謝の口調だと勘違いして、ロイスはゆったりと微笑んだ。「感謝の気持ちをキスで表現してくれるかな?」ロイスが驚き、喜んだことに、ジェニーを強く説得する必要はまったくなかった。ロイスの首に腕を絡ませ、熱いキスをしてきた。ロイスの唇にぎゅっと唇を押しつけたそのキスは、一部は別れの、また一部は恐れのキスだった。ジェニーは彼の背中の隆起した筋肉に両手をさまよわせ、きつく彼を引き寄せて、彼の体を無意識に記憶した。

ロイスはついに顔を上げて、腕でジェニーを抱きしめたまま、彼女を見下ろした。「なんということだ」ささやき声で言う。ふたたび顔を低くして、それからアリックを見て、動きを止めた。「ちくしょう、もう来た」ロイスはジェニーの腕を取り、騎士のほうへ導いたが、アリックのところに行くと、大男が即座にロイスをわきに引っ張り、素早く話をした。

ロイスはジェニファーのほうに向きをもどした。グラヴァリーの到着という不快な知らせで、頭はいっぱいだった。「もどらねばならない」そう言いはじめたが、ジェニーの顔に浮かんだ苦痛が気になった。けさ、城の外へ連れていこうと持ちかけたとき、彼女は蠟燭のように顔を明るくした。「テントに閉じこめられたり、それ以外では長いこと監視下に置かれていたから」と、ジェニーは説明した。「丘でくつろげると思うだけで、生き返った感じがするわ！」

明らかに、ここで過ごした時間はジェニファーのためになった、とロイスは胸の内でつぶやきながら、むずかしい顔になった。彼女の熱烈なキスを思い出し、ここにひとりで残っていいと提案するのは愚かだろうかと迷う。彼女は徒歩だし、馬を手に入れる方法はないし、たとえ徒歩で逃げようとしても、城のまわりで野営している五千もの兵士たちに一時間もしないで見つかると承知している。それにこちらは、城壁の護衛たちに、彼女から目を離さないよう指示もできる。

ジェニファーのキスの味が唇に残り、数日前、野営地からの逃亡をくわだてないという彼女の決断の記憶がまだ新しい状況で、ロイスは彼女に歩み寄った。「ジェニファー」これからしようとしていることが賢明かどうか不安なため、声がきびしくなる。「きみがここに留まることを許した場合、きみを信じてだいじょうぶか？」

ジェニファーの顔に浮かんだ、喜びながらも信じられないという表情で、ロイスは自分の寛大さに対してじゅうぶんな報酬を得た。

「ええ!」ジェニーは叫んだ。この幸運が信じられなかった。

ロイスのブロンズ色の顔に気だるげな笑みが漂い、彼をとてもハンサムに、そしてほとんど少年のように見せた。「すぐにもどる」彼は約束した。

アリックとともに歩き去るロイスを見守りながら、ジェニーは彼の外見や、黄褐色の胴着に覆われた広い肩や、細い腰にゆったりと締められたベルトや、長靴の上からのぞく、腿によくついた筋肉を際立たせる厚いズボンを無意識に記憶した。丘を半ば下りたところで、ロイスが立ち止まり、振り返った。顔を上げて、木立をざっと見ているうちに、まるで木立のなかに脅威が潜んでいるのを感じたかのように、黒い眉を寄せ、顔をしかめる。彼が何かを見たか聞いたかして、もどる気になったのではないかと恐れ、ジェニーは頭に浮かんだ最初のことをした。手をわずかに振るようにして上げて、彼の注意を惹き、微笑んでから、指で唇に触れたのだ。そのしぐさは故意ではなく、口を覆って、狼狽《ろうばい》の叫びを抑えるための衝動的な動きだった。ロイスには、それが投げキスのように見えた。意外な喜びを示す笑みを浮かべると、彼は手を上げ、ジェニファーに別れの手ぶりをした。ロイスの隣りで、アリックが突然話しはじめ、彼はジェニファーと木立から注意をそらした。向きをもどし、アリックと急な坂を素早く下りながら、彼はジェニファーのキスの熱さと同じように情熱的な自分の反応を楽しく思い出していた。

「ジェニファー！」背後の木立から、ウィリアムの低く、切迫した声がし、ジェニーの体は差し迫った逃亡を意識して緊張したが、彼女は木立へ歩いていかないよう用心した。ハーディン城を囲む厚い石壁にあけられた、秘密の戸口の向こうへ伯爵が消えるまで、動かなかった。それからくるりと向きを変え、急ぐあまり、つまずきそうになりながら、短い坂を上って木立へ駆けこみ、自分の救出者を必死に捜した。「ウィリアム、どこに――」そう言いかけたとき、筋張っていて屈強な腕に後ろから腰をつかまれて、悲鳴を押し殺した。地面から持ち上げられ、太古のオークの木立の、さらに奥深くへ引きこまれた。

「ジェニファー！」ウィリアムがかすれた声でささやく。愛しい彼の顔は、ジェニーの顔と数センチも離れていなかった。彼の心配そうに眉をひそめた表情には、後悔と嘆きが刻まれていた。「かわいそうに――」ウィリアムがそう口をひらき、ジェニーの顔をじっと見て、それから明らかに先ほど見たキスを思い出して、悲しげに続けた。「あいつの愛人にさせられたんだな？」

「わたし――あとで説明するわ。急がないと」血を流すことなく氏族の者たちに去るよう説得しなければならないと思い出し、ジェニーは強く懇願した。「ブレンナはもう家へ向かっているわ。お父さんと氏族の人たちは？」

「父さんはメリック城だ。ここにいるのは、六人だけだよ」

「六人！」ジェニーは叫び、蔓《つる》に靴を取られてよろめき、それから体勢をもどして、ウィリアムの隣りを走った。
ウィリアムがうなずく。「武力よりも隠密行動のほうが、きみを逃がせる可能性が高いと思ったんだ」

ロイスがホールに入っていくと、グラヴァリーが部屋の真ん中に立ち、ハーディン城の室内装飾をしかめ面でゆっくりと見回していた。細い鼻が、憤りとうまく隠せていない強欲さで引きつっている。枢密顧問官であり、強力な星室庁のもっとも有力なメンバーであるグラヴァリーは、途方もない影響力を持っているが、まさにその地位のために、彼が願ってやまない爵位と地所を手にする望みは絶たれていた。

ヘンリーが王座を獲得して以来、グラヴァリーは先任者たちと同じ運命になることを避ける方策を講じてきた。王への忠誠を誓いながら、不満をいだくと反旗を翻してその王を倒す有力な貴族たちによって、彼ら顧問官は破滅させられてきた。その轍《てつ》を踏まぬよう、グラヴァリーは星室庁を復興させ、グラヴァリーのような貴族でない顧問官と聖職者で満たし、彼らが悪事を行なった貴族たちを裁いて、重い罰金を科すようにした。その行為によって、ヘンリーの金庫はふくらみ、同時に、貴族たちは反乱を起こすのに必要な富を奪われた。

全枢密顧問官のなかで、グラヴァリーはもっとも影響力があり、もっとも意地が悪かった。彼の背後には、ヘンリーの全幅の信頼と権威がある。グラヴァリーは英国の有力な貴族のほとんどを弱体化するか完全に打ちのめすことに成功していた……クレイモア伯爵という例外を除いて。伯爵は繁栄を続け、王のための戦闘で勝利するたびに、力と富を増していき、グラヴァリーはそれに対する憤りを隠していなかった。

グラヴァリーのロイス・ウェストモアランドに対する憎悪は、宮廷のだれにも知られていて、ロイスの彼に対する軽蔑も同様だった。

ロイスは完全に感情を隠した顔で、三十メートル離れた敵へ近づいていったが、何かの問題について、非常に不快な対決が明らかに待ちかまえている徴候をすべて感じとっていた。ひとつには、グラヴァリーの顔に浮かんだ満足げな笑みがある。ほかには、グラヴァリーの背後にヘンリーの三十五人の兵士が軍人らしく堅苦しく立ち、断固としたきびしい顔をしていることがあった。ロイスのほうの兵士は、ゴッドフリーとユースタスを先頭に、ホールの端の高座の近くで二列に並んでいた。彼らの顔は用心深く、緊張している――まるで彼らも、この予期しない、前例のないグラヴァリーの訪問に、何かきわめてありがたくないことを感じているかのようだ。ロイスが兵士たちの最後のふたりの前を通り過ぎると、彼らは儀仗兵《ぎじょう》として彼の後ろを歩いた。

「これは、グラヴァリー」ロイスは敵の前で立ち止まり、言った。「ヘンリーの王座の後ろに隠れていなくていいのか？」

グラヴァリーの目のなかで怒りが燃えたが、彼の声もやはり感情を表わさず、発する言葉はロイスと同じく、ひと言ひと言、衝撃を与えるものだった。「文明人にとってありがたいことに、クレイモア、われわれの多くは、きみのように血にまみれた光景や、腐りかけた死体の悪臭と付き合わなくてすむ」

「挨拶が終わったところで」ロイスが素早く言った。「なんの用だ？」

「きみの人質だ」

凍りついた静けさのなかで、ロイスはグラヴァリーのその後の痛烈な熱弁に耳を傾けていたが、麻痺《まひ》した頭には、その言葉がどこかとても遠いところから発せられているように感じられた。「王は私の助言に注意を払ってくださり」と、グラヴァリーが言っている。「ジェームズ王との和平交渉を試みてこられた。この微妙な交渉の最中に、きみがスコットランドでもっとも有力な領主の娘たちを捕らえ、おかげで、和平は不可能になるかもしれなかった」権威をにじませた声で、締めくくる。「いつもの野蛮なやりかたでまだ捕虜たちを殺害していないと仮定して、われらが君主はここに、レディー・ジェニファー・メリックとその妹をすみやかに私へ引き渡すよう、命ずる。そののち、娘らは家族のもとへもどされることになる」

「だめだ」その氷のようなひと言は、王命に従うことを拒否する反逆的なものであり、ロイスは思わずそう言ってしまったのだが、それは見えない石弓によって投げこまれた巨石のような大衝撃を部屋に与えた。王の兵士たちは反射的に剣を持つ手に力を入れて、ロイスを険悪な目で見つめ、ロイスの兵士のほうは、驚きと懸念から身を硬くし、やはりロイスを見つめた。アリックだけがなんの感情も表わさず、冷酷な視線をグラヴァリーに貼りつけていた。グラヴァリーでさえ衝撃を受けたことを隠せなかった。目を狭めてロイスを見ながら、まったく信じられないという口調で言う。「きみは私が王の伝言を正確に伝えていないと異議を唱えているのか、それともほんとうに命令を拒否しているのか？」

「私が異議を唱えているのは」ロイスが冷静に取り繕《つくろ》った。「殺害という非難の言葉だ」

「きみがその件についてそれほど敏感だとは知らなかった」グラヴァリーはうそをついた。無意識に時間稼ぎをしながら、ロイスは言った。「捕虜は、きみはことのほかよくご存じだろうが、ヘンリーの聖職者の前に連れていかれ、そこで運命が決められる」

「とぼけるのはもういい」グラヴァリーがぴしゃりと言う。「きみは王命に応じるのか、応じないのか？」

意地の悪い運命と気まぐれな王によって課せられた数秒間で、ロイスはジェニファー・メリックとの結婚が愚かだという多くの理由と、なぜ結婚するのかという、いくつかの説得力のある理由を素早く検討した。

本土のさまざまな戦地での勝利の年月の後、彼はみずからのベッドで、これまで知っている何十人もの女よりも勇気と機知がある十七歳の愛らしい女の上に乗って、明らかに敗北に向かって走っていた。いくら努力しても、彼女を家へ送り返す気になれなかった。

彼女は雌虎のごとくロイスと戦ったが、天使のごとく降伏した。彼女は彼を刺そうとした――しかし、彼の傷跡にキスをした。彼の毛布を切り刻んで、シャツを縫って綴じた――しかし数分前、甘く、情熱たっぷりのキスをしてきて、彼を欲望で身もだえさせた。彼女には、ロイスの心の奥を明るくする微笑みがあり、彼を思わずにやりとさせる笑いがある。それに彼女は正直で、何よりもそれをロイスは評価した。

心の底にそういった思いを保ちつつ、しかしそれらに集中することも、〝愛〟という言葉を考えることさえも、ロイスは拒絶した。そうすることは、彼が肉体以上に彼女と関わりを持っていることを意味し、それは受け入れがたかった。戦闘で決断を下すときと同じように、公平で電光石火の論理を使って、ロイスはそのかわりに考えた。ジェニファーの父親とメリック氏族がすでに彼女に対して持つ感情から判断して、彼女が家にもどされた場合、彼らは彼女を被害者ではなく裏切り者として扱うだろう、と。彼女は彼らの敵と寝ていて、すでに身ごもっていようといまいと、残りの人生はどこかの修道院に閉じこめられ、自分が受け入れられ、愛される王国を夢見て過ごすことになるだろう。現実のものとは決してならない王国を。

それらの事実と、だれよりもベッドでの相性がよかったという認識だけを、ロイスは決定を下すために検討した。そして結論に達すると、いつもの速度と決意を伴って行動した。ジェニファーがグラヴァリーの申し出にやみくもに飛びつく前に、彼女に道理をわからせるためのふたりきりの数分間が必要だとわかっていたので、ロイスは顔に温かみのない笑みを無理やり浮かべ、敵に言った。「レディー・ジェニファーをホールに連れてくるあいだ、休戦ということにして、軽い食事をするのはどうかな?」腕を振って、テーブルのほうを示す。使用人たちが、短時間でなんとか集めた冷たい食事をトレイに載せ、ホールに列をなして入ってきた。

グラヴァリーの眉が寄って、疑い深い渋面になり、ロイスはヘンリーの兵士たちをちらりと見た。彼らのうちの何人かとは、過去の戦闘でともに戦ってきており、まもなく死の戦闘で互いにがっぷり組み合うことになるのだろうかと考えた。グラヴァリーのほうへ向きをもどし、そっけなくきいた。「どうだ?」そう言ってから、ロイスはジェニファーが自分のところに留まることに同意しても、グラヴァリーに彼女を連れていくことを思いとどまらせる仕事が残るとわかっていたので、声に愛想のよさを少しこめた。「レディー・ブレンナは私の弟の護衛ですでに家へ帰る途上にある」グラヴァリーの根っからのうわさ好きな心に響くよう願って、ロイスはほとんど真心をこめて付け加えた。「この話を、食事をしながらお聞かせすれば、きみはきっと……」

グラヴァリーの好奇心が疑念に勝った。ほんの少しためらってから彼はうなずき、テーブルへ向かった。ロイスは途中まで案内してから、ちょっと失礼と断った。「レディー・ジェニファーを呼んでこさせよう」すでにアリックのほうを向きながら、言った。

そして低い声で素早くアリックに言う。「ゴッドフリーといっしょに行って彼女を見つけ、ここに連れてくるんだ」

うなずいた巨人に、ロイスは言い足した。「私から話を個人的に聞くまで、グラヴァリーの申し出を信じたり受け入れたりしないよう、彼女に言え。そこをはっきり伝えるんだぞ」

ジェニファーが彼の申し出を聞いて、それでも城を出ると主張する可能性は、ロイスが見るところ、ありえなかった。彼女と結婚するという決断が、欲望や同情以上の動機から来ているかもしれないという考えを彼は拒絶したが、戦闘においてはつねに、彼に抵抗する敵の熱意の度合いを知るようにしていた。この件では、ジェニファーの彼に対する思いが、彼女が自分で承知しているよりも深いとよく知っていた。そうでなければ、ベッドであれほど完全に身を任せてこなかっただろうし、ベッドに留まりたいと望んだことを正直に認めなかっただろう。それに、数分前に、丘であのようにキスしてくることもなかったはずだ。あのような感情を装うには、ジェニファーは優しすぎるし、正直すぎるし、無邪気すぎる。

まずはジェニファーと、それからグラヴァリーと小さないさかいはあるだろうが、勝利は掌中にあると確信し、気分がよくなったロイスは、グラヴァリーがついたばかりのテーブルへ歩いていった。

「それで」長いことたって、ロイスがブレンナを帰した話を伝え、加えて、時間稼ぎをするために思いつくかぎりの取るに足らない詳細まで話したあと、グラヴァリーが口を開いた。

「きみは美しい娘を手放し、高慢なほうを手もとに置いたのか？　すまないが、それは私には理解できないな」そう言ってから、パンのかたまりを上品に噛《か》む。

ロイスはほとんど相手の言葉を聞いていなかった。ハーディンに留まるというジェニファーの決断をグラヴァリーが拒否した場合の代案を検討していた。代案を持つこと——そしてどんな不安定な状況でも最良の案を選ぶ準備ができていること——によって、ロイスは戦場で生き抜き、勝利してきたのだ。それゆえ、ロイスのもとに留まるというジェニファーの決断をグラヴァリーに拒否されたときは、ロイスはヘンリー自身から命令を聞く権利を要求するつもりだった。

グラヴァリーを〝信じる〟ことを拒絶するのは、反逆とは言えないし、ヘンリーは、きっと腹を立てるだろうが、その件でロイスの絞首刑を命じる可能性はないだろう。ロイスと結婚したいと言うジェニファーの言葉が彼女の柔らかな唇から発せられるのを聞いたら、ヘンリーがその考えを気に入る可能性は高い。なにしろヘンリーは、みずからの結婚が示すように、政略結婚で潜在的に危険な政治情勢を解決することを好んでいる。

ロイスの命令不服従をヘンリーが優しく受け入れ、そののち即座にふたりの結婚を祝福するという心地よい想像は、あまり現実的でなかったが、ロイスはその思いをいだきつづけるほうを好んだ。べつの可能性——絞首台とか、四つ裂きとか、何度も命を懸けて勝ち取った土地や城の剝奪《はくだつ》——は考えたくなかった。ほかにも同様に不快な可能性——と、その組み合わせ——が山ほどあり、敵の向かいに座りながら、ロイスはそれらすべてを検討した。彼が背を向けたとたんに逃げるつもりでいながら、ジェニファーが唇と心と体を預ける勢いでキスしてきた可能性以外はすべてを……。

「そんな美人なのに、どうして手放した？」

「言ったように」ロイスは手短に答えた。「病気だったんだ」これ以上のグラヴァリーとの会話を避けようとして、ロイスは空腹であるような大芝居をした。手を伸ばし、パンの載った木皿を引き寄せ、ぱくりと食べた。パンに異議を唱えて、胃がぐらぐらと揺れた。いやなにおいのする鵞鳥に包まれ、その脂に浸されたパンだったのだ。

二十五分後、ロイスは増していく不安を隠すのに、肉体的努力を必要としていた。アリックとゴッドフリーはジェニファーに伝言を届けたはずで、彼女はどうやらためらっているようだ。そのため、彼らは彼女を説得していて、ホールに連れてくるのが遅れているのだろう。しかし、ジェニファーがためらうだろうか？　そして、もしためらったとしたら、アリックはどうするだろう？　忠実な騎士がジェニファーに同意させるために腕力を使う場面を想像して、ロイスは一瞬ぞっとした。普通の男が指のあいだで渇いた小枝を折るように、アリックは易々《やすやす》とジェニファーの腕をふたつに折れる。そう考えると、ロイスの腕が不安に震えた。

間に合わせのテーブルとなっている、荒削りの板の向こうで、グラヴァリーがだまされているのではないかという疑いを強めながら、ロイスを見ていた。突然、彼がぱっと立ち上がった。「待つのはもうじゅうぶんだ！」鋭い声で言って、ロイスをにらみつける。ロイスもゆっくりと立ち上がった。「きみは私をばか扱いしている、ウェストモアランド。わかるぞ。きみはだれも彼女を捜しに行かせていない。もし彼女がここにいれば、隠されているはずで、そうだとしたら、きみは思っているよりずっとばかだ」ロイスを指さして、グラヴァリーは護衛兵たちのほうを向き、命じた。「この男を取り押さえ、それからメリックの女の捜索を始めろ。必要なら、石をひとつずつ引きはがしてもいいから、彼女を見つけるんだ！　私の推測では、女たちはふたりとも、何日も前に殺されている。彼の兵士たちを尋問し、必要なら剣を使え。やるんだ！」

ヘンリーの騎士のふたりが前に出た。王の兵士であるため、抵抗にあわずにロイスに近づけると、明らかに誤解している。彼らが動いた瞬間、ロイスの兵士たちが剣の柄に手を置いて、すぐに列を閉じ、ヘンリーの兵士とロイスとのあいだに人間の壁を作った。

ヘンリーの兵と自分の兵の衝突は、ロイスが何よりも望まないことであり、とくにいまはそうだった。「控えろ！」ロイスは怒鳴った。自分の兵が王の兵の邪魔をするだけで、反逆行為になるとよくわかっていた。大声の命令に、ホールにいる九十人の男たちが全員動きを止め、それぞれの主人へ顔を向け、次の命令を待った。

ロイスは視線でグラヴァリーを切りつけ、激しい侮蔑で年上の男に衝撃を与えた。「きみはばかだと思われるのが何よりもきらいなのに、きみの行動はばかそのものだ。私が殺したときみが考えている女性は、心地よい散歩を楽しんでいた――城の裏の丘で、護衛もつけずにな。さらに言えば、レディー・ジェニファーはここでは捕虜どころか、完全な自由を楽しみ、あらゆる快適さを与えられている。実際、彼女を見たら、この城の元城主夫人の服で着飾っていて、首には、これまた元城主夫人のきわめて高価な真珠の首飾りがかかっていることがわかるだろう」

グラヴァリーの口があんぐりとあいた。「きみは彼女に宝石を与えたのか？　無情な〝黒い狼〟――〝スコットランドの災い〟――が、不正手段で獲得したものを捕虜に気前よく与えていたのか？」

「箱ごと与えた」ロイスは穏やかな声でのんびりと言った。

そう知らされたときのグラヴァリーの驚きの表情があまりにも滑稽《こっけい》だったため、ロイスは笑いたい衝動と、男の顔に拳骨をくれてやりたいというもっと魅力的な衝動のどちらを選ぶべきか悩んだ。しかし、この瞬間のいちばんの関心事は、ホールで敵対する兵たちの衝突を回避し、それによる想像もできない影響を避けることだった。その目的のためなら、アリックがジェニファーを連れてもどるまで、なんでも喜んで言い、どんなばかげたことでも白状するつもりだった。「そのうえ」テーブルに腰掛けて、完全に相手を信頼して打ち明けるふりをする。「レディー・ジェニファーがきみの足もとに倒れ、〝救出〟に来てくれた喜びに涙を流すと期待しているのなら、失望することになるぞ。彼女は私のところに留まりたいと望むはずで――」

「なぜだ？」グラヴァリーは強く答えを求めたが、怒っているどころか、その瞬間は明らかにこの状況をおもしろいと思っていた。ロイス・ウェストモアランドと同じように、グラヴァリーも代案の重要性を知っており、もしレディー・ジェニファー・メリックに関するこのくだらない話が真実だと証明された場合――そしてもしロイスが自分に罪はないとヘンリーを説得できた場合――ウェストモアランドの捕虜に対する優しい待遇という、この興味深い情報が、イングランドの宮廷を何年も笑わせられる楽しいうわさ話を提供してくれるとわかっていた。「きみの所有者然とした雰囲気から推測するに、レディー・ジェニファーはきみのベッドで浮かれ騒いだようだな。それだから、きみは彼女が喜んで家族と国を裏切ると考えているのか」愉快に思っていることを隠すことなく、こう締めくくる。「きみはどうやらベッドでの自分の武勇に関する宮廷のうわさを、すべて信じはじめたらしいな。それとも、彼女がベッドでよすぎて、きみは賢明さを失ったのか？　もしそうなら、私も味見させてもらわないとな。かまわないだろう？」

ロイスの声は氷のようだった。「私は彼女と結婚するつもりなのだから、その発言はきみの舌を切る言い訳を私に与えてくれるだろう――それが実行できる日を大いに楽しみにしている！」さらに言葉を続けようとしたとき、グラヴァリーの視線が突然、ロイスの肩の向こうへ移った。

「忠実なアリックがもどったぞ」グラヴァリーが楽しそうに傲慢な口ぶりで言う。「だが、きみの情熱的な花嫁はどこだ？」

ロイスはくるりと後ろを向き、アリックの無情ないかつい顔に視線を据えた。「彼女はどこだ？」

「逃げた」

その発言のあとに続いた、凍りついた静けさのなかで、ゴッドフリーが言い足した。「木立のなかの足跡から判断すると、男が六人、馬が七頭いたようだ。彼女は抵抗のしるしなしに去っている。きみがきょう彼女と座っていた場所からほんの数メートル離れた木立のなかに、男のひとりが隠れていたんだ」ジェニファーが決して離れたくないかのようにキスをしてきた場所からほんの数メートルのところだ、とロイスは思い出しながら怒り狂った。彼女が唇と体と微笑みを使って、ひとりでその場に残れるようロイスをだました場所から、ほんの数メートルのところ……。

グラヴァリーはしかし、体が麻痺するような驚愕《きょうがく》にとらわれていなかった。向きを変えると、命令を矢継ぎ早に発しはじめた。まずはゴッドフリーに向かって言う。「事件が起こったとおまえが言う場所に私の兵を案内しろ」自分の兵のひとりに向かって、付け加える。「サー・ゴッドフリーといっしょに行け。そして彼が説明したように、実際に逃亡事件があったようなら、兵を十二人引き連れて、メリック氏族を追え。彼らに追いついたときは、剣を抜くな――だれもだぞ。イングランドのヘンリーからの挨拶の言葉を述べて、スコットランドとの国境まで彼らを送り届けるんだ。わかったか？」

グラヴァリーは返事を待たずにロイスのほうを向いた。広いホールに彼の声が不気味に響く。「ロイス・ウェストモアランド、イングランドの王、ヘンリーの権威によって、私とともにロンドンへ行くことをここに命ずる。その地できみはメリックの女たちの誘拐について、答えを求められるだろう。そしてまた、きょう、私がメリックの女たちに関する王命を伝えるさい、故意に私を妨害しようと試みた件――それは反逆行為と考えられるし、そう見なされるはずだ――についても、答えを求められるだろう。さて、きみは自発的にわれわれに身を委ねるか、それともわれわれは力できみを捕らえねばならないだろうか？」

数でグラヴァリーの兵に勝るロイスの兵たちに、緊張が走った――彼らの忠誠心は当然ながら、自分たちの主君であるロイスへの忠誠の誓いと、王への誓いのどちらを選ぶべきかで迷っていた。ロイスの心のなかに存在する激怒の地獄のどこかで、彼は男たちの苦境に気づき、頭を小さく動かして、武器を置くよう彼らに命じた。

抵抗がないと見て取ると、グラヴァリーの兵のひとりがロイスのそばへ来て、彼の両腕をつかみ、後ろへぐいと引いて、丈夫な革紐《かわひも》を手首に素早く巻きつけた。革紐はきつく結ばれ、ロイスの手首に食いこんだが、彼はほとんどそれを気に留めなかった。これまで経験したことがないような激情に駆られ、心が怒りで煮えくりかえる火山へ変わっていく。ロイスの目の前を、魅惑的なスコットランド娘の幻が行進していた。ロイスの腕のなかに横たわるジェニファー……笑いながらこちらを見上げるジェニファー……投げキスをするジェニファー……。

彼女を信用するという愚行のせいで、ロイスは反逆の告発に立ち向かわなくてはならない。うまくいけば、すべての土地と爵位を失い、悪ければ、命を失うだろう。

そのときのロイスは、激昂のあまり、そんなことは気にしていなかった。

13

ロイスは、二週間前から自分の〝独房〟である、小さいながらも設備の行き届いた寝室の窓辺に立っていた。ここは、ヘンリーの王宮であるロンドン塔だ。脚を大きく開いて立ち、ロンドンの屋根の向こうを見つめながら、しきりに考えごとをしている彼の顔は、感情が表に出ていない。両手は後ろにあったが、縛られてはいなかった。ジェニファー・メリックに対する――そして自分の人のよさに対する――激怒のせいで一時的に体が麻痺した最初の日以来、縛られていない。あのときは、ひとつには、男たちが彼のために戦って命を危険にさらすのを回避するため、もうひとつには、憤激のあまり彼が気にしなかったため、手首を縛ることを許したのだ。

しかしその日の夜になるころには、怒りは危険な穏やかさに変化していた。ロイスが食事を終え、グラヴァリーが彼の手をふたたび縛ろうとしたとき、気がつけば、グラヴァリーは喉に革紐を巻かれて、床に倒されていた。グラヴァリーの目の前に、ロイスの怒りに黒くなった顔があった。「ふたたび私を縛ろうとしたら」ロイスは歯を食いしばりながら言った。

「私はヘンリーとの会見を終えて五分以内に、おまえの喉を切り裂いてやる」

驚きと恐れのなか、グラヴァリーは身をよじりながらもなんとかあえぎ声をあげた。「王との会見の五分後には……きみは……絞首台へ向かっている！」

ロイスは何も考えずに手の力を強め、手首をわずかにひねって、効果的に敵の首を絞めた。被害者の顔が変わりはじめて、ロイスは自分のしていることに気づき、軽蔑をこめて彼をぱっと放した。グラヴァリーは怒りに目を燃やしながらよろよろと立ち上がったが、ヘンリーの兵にロイスを捕まえて縛れとは命じなかった。そのころには、ヘンリーのお気に入りの貴族の権利を故意に粗末に扱えば、自分が危険な領域に入りこんでしまうかもしれないことを、ロイスによって気づかされていた。

しかし、王からの呼び出しを何日も待ったいま、ロイスはヘンリーが実際に枢密顧問官と意見が完全に一致しているのだろうかと疑問に思いはじめていた。いつものロンドンの悪臭――下水とごみと排泄《はいせつ》物のにおい――がする暗い夜を窓から眺めながら、ロイスはなぜヘンリーが自分と会って、幽閉の理由を話し合おうとしないのか、答えを探した。

ロイスはヘンリーと知り合って十二年になる。ボズワース・フィールドの戦闘ではいっしょに戦ったし、その同じ戦場でヘンリーが王であると宣せられ、王位に即《つ》いた場面を目撃した。その戦闘でのロイスの功績を認めて、ヘンリーは同じ日に彼を騎士に叙した。ロイスはまだ十七歳だった。それは、じつは、ヘンリーの王としての最初の公的な行動だった。年月がたつにつれ、ヘンリーのロイスに対する信用と信頼は急速に増していき、ほかの貴族に対する疑念は深まっていった。

ロイスがヘンリーのために戦い、華やかな勝利を得るたびに、ヘンリーはイングランドの敵と彼の個人的な敵に――血を流すことなく――敗北を認めさせることが簡単になっていった。その結果、ロイスは十四の地所と、イングランドで指折りの金持ちとなるほどの富を報酬として与えられた。同様に重要なのは、ヘンリーが彼を信用していたことだ――ロイスに、クレイモアの城を要塞化し、揃いの服を着た個人の軍隊を持つことを許すほど信用していた。もっとも、この場合、ヘンリーの寛大さの背後には戦略がある。〝黒い狼〟がヘンリーのすべての敵にとって脅威であるからだ。うなる狼が描かれた旗を見ただけで、敵が抵抗する前に敵意をなくしてしまうことがしばしばあったのだ。

信用と感謝に加えて、ヘンリーはまた、グラヴァリーや強力な星室庁のほかのメンバーのじゃまなしに、思うことを自由に話す特権をロイスに与えた。そして、その事実が、いまロイスをいらつかせていた――ロイスから自己弁護を聞く機会を、王がこれほど長いあいだ拒否しているという事実が、これまでのヘンリーとの関係が変化していることを示しているのだ。それに、自己弁護も成果をあげそうにないことを示している。

ドアに鍵が差しこまれる音がして、ロイスはそちらをちらりと見たが、見張り番が食事の載ったトレイを持ってきただけだとわかり、彼の希望はしぼんだ。「羊肉です」ロイスの無言の問いに、見張り番が言った。

「くそっ！」ロイスは激昂した。すべてに対する忍耐が沸点に達しつつあった。

「私も羊肉はあまり好きではありません」見張り番が同意したが、〝黒い狼〟の爆発が食事とはなんの関係もないことを承知していた。トレイを下ろすと、男は敬意を示して姿勢を正した。幽閉されていようがいまいが、〝黒い狼〟は危険な男であり、さらに重要なことには、自分を真の男だと思いこんでいるあらゆる男にとって、彼は英雄だった。「ほかに何かお望みのものがありますか？」

「情報だ！」ロイスは噛みつくように言った。あまりにもきびしく、恐ろしい顔に、見張り番は従順にうなずいてから、一歩あとずさった。〝狼〟はつねに情報について尋ねていた――通常は友好的でざっくばらんな言いかたで。そして今夜、見張り番はあるうわさを打ち明けられることをうれしく思った。しかしそれは、〝狼〟が喜びそうなうわさとは言えなかった。

「ある情報があります。うわさですが、信頼できるもので、知りうる立場の者から聞きました」

ロイスはたちまち注目した。「どんな〝うわさ〟だ？」

「あなたの弟さんが、昨夜、王の前に呼ばれたという話です」

「弟がロンドンにいるのか？」

見張り番がうなずく。「きのうここへ来て、あなたとの面会を求め、会えなければここを包囲すると事実上脅しました」

悪い予感がロイスを包んだ。「いまどこにいる？」

見張り番は左のほうへ頭を傾けた。「一階上の、西へ二、三部屋ほど行ったところだと聞きました。見張りがついています」

ロイスは失望と不安の息を吐き出した。ステファンがここへ来たのは、とてつもなく向こう見ずな行ないだった。ヘンリーが怒っているときは、彼が癇癪を抑制できる状態になるまで、近づかないのがいちばんなのだ。「ありがとう」ロイスはそう言って、見張り番の名前を思い出そうとした。「ええと……？」

「ララビーです――」ふたりは話を打ち切り、ぱっと開いたドアのほうを見た。グラヴァリーが意地悪そうに笑いながら、戸口に立っている。

「きみを連れてくるよう、王に命じられた」

安堵とステファンに対する不安の両方を覚えながら、ロイスはグラヴァリーを肩で押しのけて歩いた。「王はどこだ？」

「謁見室だ」

ロイスはこれまで何度かロンドン塔に客として呼ばれたことがあり、その部屋をよく知っていた。懸命についてくるグラヴァリーを従えて、長い廊下を素早く歩き、螺旋《らせん》状の階段を二階ぶん下り、それから部屋の迷路を通り抜けた。

護衛兼見張りを後ろに引き連れて、回廊を通り過ぎるさい、だれもが振り向くのに気づいた。彼らの顔の多くに嘲笑《ちょうしょう》が浮かんでいることから判断すると、ロイスがここに幽閉されていて、ヘンリーの不興を買っている事実はみんなに知られているようだ。

宮廷服で盛装したエリントン卿夫妻が、通り過ぎるロイスにお辞儀をし、ロイスはふたたび彼らの妙な表情を目撃した。宮廷にいるとき、恐れや疑いの表情を向けられるのには慣れている。しかし、今夜、彼らは間違いなく愉快そうな笑みを隠していた。そしてロイスは、笑われるよりも疑われるほうがずっとましだと実感した。

グラヴァリーが奇妙な表情の理由をうれしそうに教えた。「レディー・ジェニファーが名うての〝黒い狼〟から逃げたという話が、ここでみんながたいそう愉快そうにしている理由だよ」

ロイスは歯を食いしばり、歩く速度を速めたが、グラヴァリーも速度を速めてついてきた。あざけりの響きが混じった、打ち明けるような声で、彼が付け加える。「その有名なヒーローが並みの器量のスコットランド娘にぞっこんだったのに、彼女は結婚するどころか、もらった高価な真珠を身につけて逃げたという話もある」

ロイスはグラヴァリーのにやついた顔に拳固を見舞ってやるつもりで、くるりと向きを変えたが、背後ではすでに、制服姿の従僕が謁見室の背の高いドアをあけていた。ヘンリーがもっとも評価している枢密顧問官を殺せば、自分の将来だけでなく、ステファンの将来も危うくなるとわかっていたので、ロイスは自制した。向きをもどし、従僕があけて待っているドアを大股で通り抜ける。

ヘンリーは王衣を身につけ、部屋のいちばん奥に座って、王座の肘をいらだたしそうに指でたたいていた。「ふたりだけにしろ！」グラヴァリーにそう命じ、それから冷たく、よそよそしい視線をロイスに向けた。ロイスの丁寧な挨拶ののち、沈黙が続いた。普通ではない、氷のような沈黙で、この会見の結果がよくないものとなるきざしだった。永遠とも思われる数分のあと、ロイスは落ち着いて丁寧に言った。「私にご用がおありだと伺いました、陛下」「黙れ！」ヘンリーが立腹してきつく言った。「余の許しなく、発言することは許さん！」しかし沈黙のダムが決壊したいま、ヘンリーの怒りを抑えておくことはもはや不可能となり、彼の言葉が鞭《むち》のように発せられた。「グラヴァリーによると、そちはそちの兵に、余の兵へ刃を向けることを許可したそうだな。それから、そちは故意に余の命に従わず、メリックの娘たちを解放しようとするグラヴァリーのじゃまをしたとも聞いた。この反逆の告発に、そちはどう弁解するのだ、ロイス・ウェストモアランド？」ロイスに答える間を与えず、激した王は椅子からさっと立ち上がり、先を続けた。「そちはメリックの娘たちの強奪を黙認した。この行為は、余の王国の平和を脅かす事件となっておる。しかも、そちはそうしておきながら、その娘ふたりを——スコットランド娘ふたりを——その手から逃してしまい、この件は笑い話になって、イングランドじゅうに広まっておる！ そちはどう弁明するのだ？」低い声で怒鳴る。「さあ？」息もつかず、ふたたび怒鳴る。「さあ？ さあ？」

「どちらの告発を最初に弁明しましょうか、陛下？」ロイスはお辞儀をして言った。「反逆の告発？ それとも、もうひとつの、笑いものになっているほう？」

驚きと怒りと不承不承の笑いのうずきで、ヘンリーの目が大きくなった。「この無礼な男め！ そちを鞭打ちの刑に処してもいいのだぞ！ 絞首刑でも！ さらし台にさらしても！」

「はい」ロイスは静かに同意した。「しかし、まず、どちらの罪でかおっしゃってください。この十年、私は何度も人質を取りましたし、勝利するのに、完全な戦闘よりも平和的な手段だと、陛下は一度ならずも褒めてくださいました。メリックの女たちを捕らえたとき、陛下が突然、ジェームズとの和平を求めることに方針を変えたと推測するのは無理です。コーンウォールで勝ちを収めつつあったのですから、なおさら無理です。私がコーンウォールを離れる前、私たちはまさにこの部屋で話をし、こう決めたではありませんか。コーンウォールを離れられる程度にスコットランド人たちを鎮圧したらすぐ、私はスコットランドとの国境近くで新しい軍の指揮を執って、ハーディンに軍を置き、敵にわれわれの力を見せつける、と。あのとき、われわれの意見は完全に一致していて、次に私は――」

「そうだよ、そう」ヘンリーは腹を立ててさえぎった。ロイスが次にする予定の行動をふたたび聞きたくなかった。「では、余に説明するのだ」ロイスがふたりの人質を取った理由は正当だと声に出して認めたくなかったので、ヘンリーはいらだちながら命じた。「ハーディンのホールで起こったことを。グラヴァリーが言うには、彼がそちを逮捕しようとしたとき、そちの兵が余の兵を攻撃しようとしたらしいな」顔をしかめて付け加える。「もちろん、そちの見解は彼とは違っているだろう。あれはそちを憎んでおるからな」

最後の言葉は無視し、ロイスは有無を言わせぬ説得力をもって穏やかに答えた。「私の兵は、陛下の兵の倍近くいました。彼らが陛下の兵を攻撃していたら、だれひとりとして生き残らず、私を拘束できなかったでしょう。しかし、陛下の兵はかすり傷もなく、みなここへもどっています」

ヘンリーがわずかに緊張を和らげた。そっけなくうなずいて言う。「それは、枢密院でグラヴァリーが話をしたとき、ジョードーがまさに言ったことだ」

「ジョードー？」ロイスはくり返した。「ジョードーが私の味方だとは知りませんでした」

「そうだろう。あの男もそちを憎んでおるが、グラヴァリーをもっと憎んでおる。グラヴァリーの地位が欲しいからだ。手に入る見こみのない、そちの地位ではなくな」陰気な声で、ヘンリーは言った。「余のまわりは、悪意と野心によってのみ他者より頭が冴える者たちばかりだ」

ロイスはその故意ではない侮辱を耳にして、緊張した。「そうとは言いきれないでしょう」

冷静に言う。

伯爵が真実を言っているとわかっていても、王は同意する気分ではなく、いらだたしげにため息をつくと、宝石をちりばめたゴブレットとワインが載ったトレイのあるテーブルのほうを身ぶりで示した。和解の意思表示らしいことを言う。「何か飲み物を注げ」手の関節をこすりながら、うわの空で言い足した。「ここの冬はきらいだ。冷たい湿気で、余の関節がいつも痛む。そちの騒動がなかったら、余は田舎の暖かな家にいたろうに」

ロイスは指示に従い、最初のワインのゴブレットを王へ持っていくと、次に自分のぶんを注いで、高座へ続く段の昇り口へもどった。無言で立ったままワインを口に含み、ヘンリーが考えごとをやめるのを待った。

「いずれにせよ、この件でいいこともあった」王がやがてロイスをちらりと見て、こう認めた。「白状すると、そちにクレイモアの要塞化を許し、制服を着た家臣を持たせたことがよかったのかと、余は何度も問い直した。だが、反逆の告発で、そちの家臣よりも数で劣る余の兵たちに、そちが進んで身を委ねたとき、そちは余に刃向かうことがどんなに魅力的であろうと、そうしないと証明してみせた」安堵して、油断している者に一杯食わせる目的で、王は稲妻の素早さで話題を変え、すらすらと言った。「だが、余にいくら忠誠を示していようが、レディー・ジェニファー・メリックをグラヴァリーに渡し、故郷に帰すことを認めるつもりはなかっただろう？」

その発言に自分のばかさ加減を思い出し、ロイスの体に怒りが走った。ゴブレットを下ろし、彼は冷たく言った。「そのときは、彼女自身がもどることを拒否すると信じていて、グラヴァリーにそれを説明するつもりでした」

ヘンリーは口をぽかんとあけ、手のゴブレットを危険なほど傾けたまま、ロイスを見た。「では、グラヴァリーはその件については真実を言ったのだな。どちらの女もそちをだましたのか」

「どちらの女も？」

「ああ、そうだ」ヘンリーが喜びと不快さを交えて言った。「この部屋のドアの外に、ジェームズ王の使者がふたり立っている。そのふたりを通して余はジェームズとつねに連絡を取っており、ジェームズはメリック伯爵をはじめとして、この件に関係したすべての者と連絡を取っている。ジェームズがいささかうれしそうに言ってきたことから推測すると、妹のほう――そちが死にかけていると信じたほう――は、じつは羽根枕に顔を埋めて、わざと発作を起こしたらしい。そして肺の病気がほんとうに再発したのだとそちに信じこませ、家へ帰れるようにした。年上のほう――レディー・ジェニファー――は明らかにその策略に協力し、一日だけあとに残って、ひとりになれるようそちをだまし、義理の兄と逃げられるように取り計らった。義理の兄のほうは、落ち合う場所を、どうにかして伝えていたのだろう」

ヘンリーの声がきつくなる。「余の戦士が娘ふたりにしてやられたと、スコットランドで笑い話になっている。しかも、余の宮廷でもよく語られ、おもしろおかしく誇張されておる。今度そちが敵に会ったときは、クレイモア、そいつは恐怖で震えるかわりに、そちの目の前で声をあげて笑うだろう」

ロイスは先ほどまで、ジェニファーに逃げられたときにハーディンで激怒した以上に激怒するのは不可能だろうと考えていた。しかし、みずからの影にも脅えるブレンナ・メリックにだまされたと知ると、彼は歯ぎしりした。しかもそれは、ヘンリーの後半の話が心に染みこむ前のことだ。ジェニファーの涙と妹の命乞いが偽りだったとは！　あの女はすべてを装ったのだ。妹の〝命〟と引き換えに処女を捧げると申し出たときは、彼女は夕暮れまでには救出されると予想していたにちがいない！

ヘンリーが急に立ち上がり、段を下りて、ゆっくりと歩きはじめた。「この話にはまだ先がある！　この件で大騒ぎになっておるのだ。そちが人質の身元を最初に知らせてきたとき、余が予想したよりももっと大きな騒ぎに。これまでそちに会わなかったのは、そちの向こう見ずな弟が現われて、娘たちをさらった正確な場所を直接聞けるのを待っていたからだ。どうやら」ヘンリー王は一気に言った。「そちの弟は、娘たちが滞在していた大修道院の土地でさらった可能性が高い。娘たちの父親が言い張っているようにな。

その結果、ローマが考えられるかぎりの賠償を余に求めておるのだ！　そして、神聖な大修道院から娘をさらったことに対する、ローマとスコットランドじゅうのカトリック教徒からの抗議に加えて、マクファーソンがいる。彼は、ハイランドの氏族すべてを率いて、われわれと戦うと脅しておる。そちが、彼の婚約者を汚したという理由でな！」

「彼のなんだって！」ロイスは驚きの声をあげた。

ヘンリーは不機嫌そうに彼を見た。「そちが花を散らし、宝石を気前よく与えた娘が、スコットランドでもっとも有力な氏族の長とすでに婚約していたと、知らなかったのか？」

ロイスの目の前で、憤怒が爆発して赤い霧となった。その瞬間、ジェニファー・メリックはこの世でもっとも途方もないうそつきだと確信した。いまでも彼女が目に浮かんだ。天真爛漫《らんまん》な笑みを浮かべ、ロイスをじっと見たまま、大修道院へ送られたことについて話し、一生そこで過ごすかもしれないと彼に信じこませた彼女の姿が見えた。結婚寸前だということを、彼女は言いそびれていた。続いて、夢の王国を頭に描いているという、ちょっとした感動的な話を思い出し、ロイスの体内の怒りはほとんど我慢の限界を超えた。彼女がそのすべてを――なにもかもを創作したことは間違いない。ハープ奏者が楽器を巧みに奏でるように、彼女は彼の同情心を巧みに利用したのだ。

「ゴブレットの形がだいなしになっているぞ、クレイモア」ヘンリーが顔をしかめ、いらだたしげに指摘した。ロイスの握りしめた手が、銀のゴブレットの縁を楕円形にしていた。

「ところで、そちが否定しないということは、メリックの女と寝たのだな？」

怒りで歯を食いしばり、ロイスはほんの少し頭をかしげ、うなずきのしるしとした。

「議論は終わりだ」王が突然、鋭い声で言い、彼の声から打ち解けた愛想のよさが消えた。豪華な彫刻が施された金色のオークのテーブルにゴブレットを置くと、彼は王座への段を上りながら言った。「大修道院が冒瀆《ぼうとく》されたことで臣下が大騒ぎしている状態では、ジェームズは協定に同意できない。ローマも、金庫に贈り物をされたぐらいでは満足しないだろう。そこでジェームズと余は、解決法はひとつしかないということで合意した。今回ばかりは、ふたりとも完全に意見が一致しておる」

王は有無を言わせぬ、響くような口調で続けた。「余はこう決定した。そちはただちにスコットランドへ赴き、そこで、双方の宮廷から送られた外交使節出席のもと、彼女の親戚たちの目の前で、レディー・ジェニファー・メリックと結婚するのだ。そちの旅には余の宮廷の者も何人か同行する。彼らの婚礼の出席は、イングランドの貴族がそちの妻を同階級として完全に受け入れることの表明となる」

言い終えると、ヘンリーは前に立つ背の高い男を険悪な目で見据えた。ロイスは怒りで顔を蒼白《そうはく》にし、浅黒い頬の筋肉を引きつらせている。口が利ける程度に落ち着きを取りもどしたとき、彼の声は薬缶の湯気のように勢いよく出た。「陛下は私に不可能を求めておられます」

「余はこれまでもそれをそちに何度も求めたが――戦場で――そちは拒まなかった。いま、そちには拒む理由も権利もないのだ、クレイモア。それに」さらに声を険しくして、ヘンリーが言う。「余は求めていない。命じている。それから、人質を解放する王令を余の使者が伝えたさい、そちがただちに応じなかったことにより、ここに、グランド・オークの地所と、今年、そこから得た収入のすべての没収を命ずる」

あの狡猾《こうかつ》でうそつきの赤毛女と結婚するという思いで怒り狂っていたため、ロイスはヘンリーの後半の発言をろくに聞いていなかった。

「しかしながら」クレイモア伯爵がばかげた——そして容認できない——反対を口にしそうにないと見て、王は声をいくぶん和らげた。「グランド・オークの地所をそちから永遠に取り上げないために、余は結婚祝いとしてそこをそちの花嫁に与えよう」自分の金庫を太らせつづける必要性を忘れることなく、丁寧に言い足す。「しかし、この一年間にそこから得られた収入は没収する」

王は、高座を下りたところにあるテーブルの、ワインのゴブレットの隣りにある羊皮紙の巻物を手ぶりで示した。「その羊皮紙は、一時間以内にジェームズの使者の手によってここを離れ、直接、王に渡される。そこには、余が述べたことすべてが記され——ジェームズと余がすでに同意したことすべてだ——そして余はそれに署名捺印をした。ジェームズはそれを受け取ったらすぐ、メリックへ使いを送り、伯爵に結婚を知らせる。二週間後に、メリック城で執り行なわれる、彼の娘とそちの結婚だ」

ヘンリー王は言い終えるといったん口を閉じ、彼の臣下が丁寧な同意の言葉を発し、服従を約束するのを待った。

彼の臣下はしかし、前と同じように勢いよく、怒りのこもった口調で言った。「それで全部でしょうか、陛下？」

ヘンリーの眉がさっと寄った。彼の堪忍袋の緒が切れた。「そちの服従の言葉を聞かせてもらおう。どちらかを選ぶがいい」声を響き渡らせる。「絞首台か、クレイモア、それとも、ただちにメリックの娘と結婚すると約束するか」

「ただちに」ロイスは歯を食いしばって言った。

「すばらしい！」ヘンリーはそう言って、膝をたたいた。すべてが解決して、彼は好意的態度を取りもどした。「じつを言うと、友よ、余は一瞬、そちが結婚よりも死を選ぶのではないかと思ったぞ」

「そうしなかったことを、しばしば後悔することになるでしょう」ロイスはぴしゃりと言った。

ヘンリーが喉の奥で笑い、指輪をはめた指で、置き捨てにしたワイン・ゴブレットを示した。「そちの結婚を祝って乾杯しよう、クレイモア」一分後、ロイスが明らかに怒りを鎮めようとしてワインを一気飲みするのを見守りながら、ヘンリーは続けた。「そちがこの強制された結婚を、長年の奉仕に対するひどい報いだと見なしているのはわかるが、余は、何かを得られる希望があまりないときに、そちが隣りで戦ったことを決して忘れていないぞ」

「私が得たかったものはイングランドの平和でした、陛下」ロイスは辛辣に言った。「平和と、その平和を守るための、戦斧と破城槌を使った旧来のやりかたよりももっとましな考えを持った強い王でした。でも、そのときは知りませんでしたよ」皮肉をじゅうぶんに隠すことなく言い足した。「陛下のやりかたのひとつが、敵同士を結婚させることだとは。そうと知っていたら」意地悪く締めくくる。「リチャードのほうについていたかもしれない」

その途方もない反逆に、ヘンリーはのけぞって笑い声をとどろかせた。「余が結婚を一流の妥協とみなしていることを、そちは知っているはずだ。ボズワース・フィールドで、たき火のそばにふたりきりで夜遅くまで座らなかったか？　そのときのことを思い返せば、余が、平和がもたらされるなら、ジェームズに妹を差し出してもいいと言ったのを覚えておるだろう」

「陛下に妹さんはいません」ロイスはそっけなく指摘した。

「いないが、かわりにそちがいる」ヘンリーが静かに答える。それは王の褒め言葉でも最高のもので、ロイスでさえ、その言葉には参った。いらだちのため息をつくと、ロイスは杯を置き、右手でわきの髪をぼんやりと梳いた。

「休戦と馬上試合――それが平和への道だ」ヘンリーが満足げに言葉を足す。「休戦は自制のため、馬上試合は敵意を晴らすためだ。晩秋にクレイモアの近くで開かれる馬上試合に、だれでも好きな者をよこすよう、ジェームズに伝えておいた。名誉の場で、氏族たちをわれわれと戦わせるのだ――安全にな。きっと、おもしろいだろう」そう言ってから、はじめの意見を変えた。「もちろん、そちは参加しなくていい」

ヘンリーが口を閉じると、ロイスは言った。「ほかに話がなければ、陛下、おいとましてよろしいでしょうか?」

「もちろんだ」ヘンリーが愛想よく言う。「あすの朝、また来い。もっと話をしよう。弟につらく当たるのではないぞ――あやつは、そちを助けるため、自分が妹のほうと結婚すると申し出た。じつのところ、まったくいやそうではなかった。残念ながら、その縁組みでは役に立たん。ああ、それからクレイモア、レディー・ハメルに婚約破棄を伝える心配はいらん。余がすでに伝えた。かわいそうに――かなり動揺しておったわ。景色が変われば元気ももどるだろうと思い、彼女は田舎へ遣った」

ヘンリーが婚約話を進めていた事実を知り、ロイスのジェニファーに対するふるまいが評判になったせいで、メアリーが非常に恥をかかされたにちがいないと思うと、彼はひと晩でこれ以上の悪い知らせにはもう耐えられなかった。短くお辞儀をし、くるりと向きを変える。従僕がドアをあけた。しかし数歩歩いたところで、ヘンリーが彼の名を呼んだ。

今度はどんな不可能な要求をしてくるのかと思いながら、ロイスはしぶしぶと向きをもどした。

「そちの未来の花嫁は女伯爵だ」妙な笑みを口もとに浮かべながら、ヘンリーが言った。

たか？」

「母親から受け継いだ爵位だ——ついでながら、そちの爵位よりもずっと古い。知っておっ

「たとえ彼女がスコットランドの女王でも、私は欲しいとは思わないでしょう」ロイスはぶっきらぼうに答えた。「だから、彼女の現在の爵位は惹かれる理由にはほとんどなりません」

「余もそう思う。実際、それは結婚の釣り合いを悪くしそうだ」ロイスがじっと王を見ていると、ヘンリーが笑みを大きくして説明した。「若き女伯爵は余のもっとも獰猛《どうもう》で優秀な戦士をだましたほどなのだから、彼女のほうが地位が上なのは、戦術的に誤りのような気がするのだ。そこでだ、ロイス・ウェストモアランド、余はここに、そちに公爵の爵位を授けようと……」

ロイスが謁見室から現われたとき、控えの間はじろじろ見る貴族たちでいっぱいだった。だれもが明らかに彼をひと目見て、王との謁見《えっけん》がどうだったのかを推し量りたがっていた。その答えは、謁見室から走り出てきて、大声で「閣下？」と言った従僕から得られた。

ロイスは向きを変え、ヘンリー王が彼の未来の妻によろしくと伝えるよう言うのを聞いたが、控えの間の貴族たちはふたつのことだけを聞いた。「閣下」と呼ばれたからには、ロイス・ウェストモアランドがいまは、この国でもっとも名誉ある爵位、公爵となった事実を意味すること。そして、彼がどうやら結婚する予定だということだ。これがふたつの出来事を控えの間にいる人々に告げる、ヘンリーなりのやりかたなのだと、ロイスは不快な気分で認

識した。

レディー・アメリア・ウィルデールとその夫が、最初に衝撃から立ち直った。「では」ウィルデール卿がロイスにお辞儀をしながら言った。「お祝いを言うのが適切なようですな」

「私はそうは思わない」ロイスはぴしゃりと言った。

「幸運な女性はだれだ？」エイヴリー卿が気さくに尋ねる。「明らかに、レディー・ハメルではないな」

ロイスは顔をこわばらせ、緊張と期待がぱちぱちと音をたてるなか、向きをゆっくりと変えたが、彼が答えるよりも早く、戸口でヘンリーの声が響き渡った。「レディー・ジェニファー・メリックだ」

驚愕による沈黙に続き、まずは大きな笑い声があがって、急に抑えられ、それから忍び笑いが起こり、そして否定と驚きの叫びによる大騒ぎとなった。

「ジェニファー・メリック？」レディー・エリザベスがロイスを見ながら、おうむ返しに言った。彼女の情熱的な目は、かつての親密な関係をロイスに無言で思い起こさせた。「美しいほうじゃなくて？　じゃあ、不器量なほうなの？」

ロイスの心はこの場から去ることだけに向けられていたので、彼はひややかにうなずくと、回れ右をしようとした。

「彼女、かなりの歳なんじゃない？」レディー・エリザベスが続ける。

「スカートの裾《すそ》をつかんで、〝黒い狼〟から逃げるほどの歳ではないよ」グラヴァリーが人々のあいだから出てきて、すらすらと答えた。「間違いなく、きみは尻をたたいて、言うことを聞かせなくてはならないだろうな。ちょっと痛い目にあわせれば、彼女はきみのベッドに留まるかもしれないな？」

ロイスはこの男の首を絞めたい衝動を抑え、両手をぎゅっと握った。

だれかが緊張を和らげようと笑い声をあげ、冗談を言った。「イングランド対スコットランドの戦いだな、クレイモア。ただし、戦場は寝室だ。ぼくはきみの勝ちに賭《か》けるよ」

「ぼくもだ」ほかのだれかが言った。

「私は女のほうだ」グラヴァリーが宣言する。

人ごみの後ろのほうで、年寄りの紳士が耳に手を当て、公爵に近い場所にいる友人に呼びかけた。「えっ？　これはなんなんだ？　クレイモアに何があったんだ？」

「メリックのあばずれと結婚しなければならないんだ」友人が、どんどん大きくなる騒がしさに負けじと声を張りあげた。

「彼はなんて言ってるの？」さらに後ろにいる夫人が、首を伸ばして叫んだ。

「クレイモアがメリックのあばずれと結婚しなければならないんだ！」老人が親切に大声で教えてやる。

その後の騒ぎのなかで、ふたりの貴族だけが控えの間でじっと動かず、無言でいた――ジエームズ王から遣わされたマクリーシュ卿とドゥーガル卿だ。彼らは署名された結婚契約書を待っていて、今夜、それをスコットランドへ持っていく予定だった。

二時間後には、うわさは貴族から使用人へ、そして外の護衛兵へ、それから通行人へ伝わっていた。「クレイモアがメリックのあばずれと結婚しなくてはならないそうだ」

14

父に呼ばれて、ジェニーはいまだに日夜思い浮かぶ、ハンサムで灰色の目をした男の記憶をなんとか頭から追い出した。刺繍を置き、当惑の目をブレンナに向けてから、濃い緑のマントをさらにしっかり肩に巻いて、サンルームを離れた。議論をする男たちの声に、回廊でいったん立ち止まって、下のホールをちらりと見る。少なくとも二十人以上の男たち——親類と近隣の貴族——が火のそばに集まり、無骨な顔をひどくしかめていた。ベネディクト修道士もそこにいて、彼のきびしく冷たい顔を見ると、ジェニーは恐怖と恥ずかしさで身をびくりとさせた。

ロイス・ウェストモアランドとともに犯した罪を告白したときの、彼の激しい非難の言葉のひと言ひと言を、いまでも思い出すことができる。「おまえはその男に対する抑えられない欲望で、おまえの父親に、おまえの国に、おまえの神に恥をかかせたのだ。おまえが肉欲の罪を意識しなかったのなら、名誉よりも命を惜しんだということだ！」ジェニーはいつもなら告白のあと、清められた感覚を覚えるのだが、そのときは自分が汚されていて、救われる余地はほとんどないと感じた。

いま、思い返してみると、ジェニーが恥をかかせたものの順番で、修道士が神を最後に置いたのが少し妙に思えた。それに、ウェストモアランド卿との行為を自分が実際に楽しんだことにはずっと罪悪感をいだいているにもかかわらず、ジェニーはそもそも取引をしたことを、自分の神がとがめるとは信じていなかった。だいいち、ウェストモアランド卿は彼女の命を望んではいず、彼女の体を望んでいた。それに、夫でない男と寝るのを楽しんだことは間違っていたかもしれないが、ブレンナの命を助けるための取引そのものは、気高いものだった――あるいは、そう思っていた。

激しい復讐心と高潔さを持つとベネディクト修道士が恐ろしげに語る神は、ジェニーがしばしば思いを打ち明ける神とは同じではなかった。彼女の神は無理を言わず、親切で、少しだけきびしい。ロイス・ウェストモアランドの腕のなかで過ごした夜の、このうえない心地よさを、ジェニーが永遠に心から追い出しておけそうにはない理由を、もしかすると、彼女の神は理解してくれるかもしれない。彼の情熱的なキス、賞賛と情熱のささやきが、しょっちゅう思い出されて、ジェニーは苦しむのだが、それを食い止めることはできないでいた。ときには……何度かは、食い止めたくないと思った。ジェニーは彼のことを夢に見た。物憂げな笑みが日に焼けた顔に広がり、白い歯が現われるようすや、あるいは……。

ジェニーはそのような思考を頭から押し出し、ホールへ足を踏み入れた。暖炉のそばに集まる男たちと顔を合わせたくないという思いが、一歩ごとに増していく。これまで、ジェニーはメリック城のなかで隠れるように暮らしていた。古く、なじみのある城の壁に囲まれた安全な状態が必要だったからだ。そして、引きこもっていたにもかかわらず、ホールの男たちが自分のしたことを知っていると、確信していた。父は、誘拐についての完全な話をジェニーに求め、ジェニーが説明する途中で、〝狼〟にともに寝ることを強要されたかどうか知りたいと、あからさまにきいてきた。ジェニーの顔が答えを漏らし、ジェニーは取引について説明し、彼女の誘拐者は残忍ではなかったと話して、父の怒りを静めようとしたが、うまくいかなかった。父の罵声《ばせい》は垂木《たるき》にまで響き渡り、罵声の理由は秘密にはならなかった。ホールの男たちがジェニーを無力な被害者と見るか、下品なあばずれと見るか、彼女には知る手立てがなかった。

父は暖炉に向かって立っていた。こわばった背中を客たちに向けている。「ご用ですか、お父さん？」

父親は振り向かずに口を開いた。その不吉な口調に、ジェニーの背筋を不安がぞくぞくと上がっていった。「座るがいい」すると、従兄《いとこ》のアンガスがさっと立ち上がり、ジェニーに自分の椅子を譲った。その優しい態度の素早さと熱心さに、ジェニーはびっくりした。

「元気かい、ジェニー？」ギャリック・カーマイケルが尋ねてきて、ジェニーは驚きに彼をまじまじと見た。感動がこみ上げてくる。ベッキーの溺死のあと、ベッキーの父親が彼女に話しかけたのははじめてだった。

「え――ええ、元気にやっているわ」目に気持ちをこめ、小さな声で言った。「それから――心配してくれてありがとう、ギャリック・カーマイケル」

「おまえは勇敢な娘だ」べつの親類に声をかけられると、ジェニーの心が舞い上がりはじめた。

「ああ」またべつの親類が言う。「おまえは本物のメリックの人間だ」

父親のなぜか険しい顔は気になったものの、ジェニーはきょうが人生で最良の日になるのではないかと、一瞬、うきうきしながら思った。

ホリス・ファーガソンが口を開いた。荒々しい声で、みんなにかわって、自分たちの過去の態度を謝る。「おまえが野蛮人に捕まっているときに何があったのか、ウィリアムが何もかも話してくれた――やつの馬で逃げたこととか、やつの剣でやつを攻撃したこととか、やつらの毛布を切り刻んだことを。おまえの逃亡で、やつは笑いものになった。おまえのような勇敢な娘が、アレグザンダーが言ったような恥ずべきことをこそこそしたわけがない。ウィリアムがわれわれにそれを思い起こさせてくれた。アレグザンダーはおまえを誤解していたのだ」

ジェニーの視線は義理の兄の顔に向けられた。彼女の目には、愛と感謝が浮かんでいた。

「ぼくは真実を言っただけだよ」ウィリアムが言った。ジェニーの目を見返す顔には、優しい微笑みと、なぜか悲しみが浮かんでいた。まるで、彼が成し遂げたことの喜びが、重くのしかかる何かによって弱まっているようだ。

「おまえはメリックの人間だ」ホリス・ファーガソンが誇らしげに言った。「徹頭徹尾、メリックの人間だ。われわれのだれひとりとして、〝狼〟に剣の味を味わわせていないのに、おまえはやってのけた。小柄で、しかも女なのに」

「ありがとう、ホリス」ジェニーは静かに言った。

ジェニーの義理の兄弟でいちばん下のマルコムだけが、昔と同じように、冷酷な悪意をこめた顔で彼女を見つめていた。

ジェニーの父が突然向きを変えた。その顔に浮かんだ表情を見て、ジェニーの喜びのいくらかが消えた。「何か……悪いことがあったの？」ジェニーはおずおずときいた。

「ああ」父が苦々しげに言う。「われわれの運命が、われわれではなく、われわれの干渉好きな王によって決められた」背中で手を握り合わせ、ゆっくりと行ったり来たりしながら、とげとげしい一本調子で説明をした。「おまえとおまえの妹がさらわれたとき、わしはジェームズ王に二千の兵を要請して、われらといっしょに野蛮人をイングランドまで追おうと考えた。ジェームズの返事は、おまえたちの解放と、この非道な行為に対するヘンリーからの賠償を彼が要求するから、それまでなんの行動も起こすなと命じるものだった。イングランドとの休戦協定に同意したばかりだと言うのだ。

わしは自分の望みをジェームズに言うべきではなかった。それが間違いだった」悔しそうに言う。「王の助けはいらなかったのだ！　おまえたちが大修道院の土地からさらわれたときに、そこの神聖さが冒瀆された。数日のうちに、スコットランドのカトリック教徒すべてが武器を取り、われわれと行進する用意ができた——行進を切望していた！　だが、ジェームズは平和を求めている」怒りをこめて締めくくる。「メリックの誇りを犠牲にしての平和——どんな犠牲を払ってもいいからと、平和を求めている。彼はわしに復讐を約束した。この非道な行為に対して、野蛮人に埋め合わせをさせると、スコットランド人すべてに約束した。そして」メリック卿は怒り狂って言った。「彼はやつに埋め合わせをさせたよ、たしかに！　彼はイングランド人から〝賠償〟を受け取った」

むかつくような一瞬のあいだ、ジェニーはロイス・ウェストモアランドが刑務所に入れられたかそれよりひどいことになったのだろうかと考えたが、父の激怒した顔からすると、そのどちらの罰——父はそれならふさわしいとみなすはずだ——も与えられなかったようだ。

「ジェームズ王は賠償として何を受け取ったの？」父が先を続けられないようだと見て取ると、ジェニーは尋ねた。

ジェニーの向かいで、ウィリアムが身をびくんとさせ、ほかの男たちは自分たちの手を見はじめた。

「結婚だ」父親が歯を食いしばって言った。

「だれの?」

「おまえのだ」

一瞬、ジェニーの頭は完全に空っぽになった。「わたしの——結婚って、だれと?」

「悪魔の子とだ。わしの弟と息子を殺したやつとだ。〝黒い狼〟とだ!」

ジェニーは椅子の肘を指の関節が白くなるほど強く握った。「ええっ?」

父親が頭をぐいと動かしてうなずいたが、その声と表情には奇妙にも勝利の片鱗《へんりん》があった。娘の前にやってくる。「おまえは和平の道具だと考えられている。だが、のちにおまえは、メリックと全スコットランドのための勝利の道具となるのだ!」

ジェニーはゆっくりと首を横に振り、衝撃と当惑の目で父を見つめた。父親が話を続けるうちに、彼女の顔に残っていた赤みが消えた。「ジェームズは気づかないうちに、あの野蛮人を破滅させる手段をわしにくれた。戦場でではないが、わしが望んでいたように、やつの命に終止符を打てる。やつの城で、不正に得たその命を滅ぼすのだ」メリック卿はずる賢く、得意そうな笑みを浮かべて締めくくった。「実際、おまえはすでに始めている」

「何——どういう意味なの?」ジェニーはかすれ声できいた。

「イングランドじゅうが、おまえのおかげで、彼を笑いものにしている。おまえの二度の逃亡、やつの短剣でやつを傷つけたことなど、すべての話がスコットランドからイングランドへ広がっている。やつはその残虐性で自分の国のなかにも敵を作っていて、その敵たちがこれらの話をあちこちにせっせと広めておる。おまえはヘンリーの戦士を物笑いの種にしたのだよ。おまえは彼の評判をだいなしにしたが、彼の富は、爵位とともにまだ残っている。スコットランドを踏みつぶすことによって得た富と爵位だ。それら得たものをやつが二度と楽しめないようにできるかどうかは、おまえにかかっている。そしておまえにはできる。やつに跡継ぎを持たせないことで。やつに体を許さないことで。やつに――」

衝撃と恐怖から、ジェニーはさっと立ち上がった。「これはどうかしているわ！　わたしは〝賠償〟なんて望んでいないと、ジェームズ王に伝えて」

「われわれが何を望もうと、どうでもいいことなのだ！　ローマが賠償を求めている。スコットランドが求めている。こう話をしているあいだにも、クレイモアはこちらへと近づいている。結婚の契約書に署名がされ、その後、ただちに結婚式となるだろう。ジェームズはわれわれに選ぶ権利を与えなかった」

ジェニーは無言でゆっくりと首を振って必死に否定した。声が脅《おび》えたささやき声になった。

「いいえ、お父さん。お父さんはわかっていないの。あのね――わたしは――彼はわたしが逃亡を試みないと信用していたのに、わたしは逃げた。そして、もしわたしがほんとうに彼を物笑いの種にしたのなら、そのことで、決してわたしを許さないでしょうし……」

怒りで、父親の顔色が恐ろしい色合いの赤になった。「おまえは彼の許しを求めなくていい。われわれが求めるのは、あらゆる点――大きかろうが小さかろうが――での彼の敗北だ！　メリックの全員が、スコットランドの全員が、おまえがそれをもたらしてくれるよう願っている。おまえにはそうする勇気があるのだよ、ジェニファー。あの男の人質でいるあいだに、おまえはそれを証明し……」

それ以上、ジェニーは聞いていなかった。彼女はロイス・ウェストモアランドに恥をかかせ、そしていま、彼はこちらへ来ようとしている。彼がどれほど彼女を憎んでいて、どれほど怒っているかと思うと、体が震えた。ジェニーの頭に、怒ったときのロイスの恐ろしい形相がすぐに浮かんだ。彼の足もとにどさりと下ろされた晩の、彼の姿が見えた。黒いマントが不気味にひるがえり、たき火のオレンジ色の炎が、彼の顔を悪魔のように見せていた。ジェニーのせいで彼の馬が死んだときの、彼の表情が見えた。ジェニーが彼の顔を切ったときの、どす黒い怒りが見えた。だが、そのどれもが、彼の信頼を裏切ったときのものではない。あるいは、もっとまずい、彼を笑いものにしたときのものではない。

「わしが跡継ぎを奪われたように、やつも跡継ぎを奪われるにちがいない！」父の声がジェニファーの思考を切り刻んだ。「きっとだ！　神がこの復讐をわしにくださったのだ。ほかの道がすべて閉ざされたわしに。わしにはべつの跡継ぎがいるが、やつはひとりも得られないだろう。決して。おまえの結婚がわしの復讐になるのだ」

苦悩によろめきながら、ジェニーは叫んだ。「お父さん、お願いだから、わたしにこの件を呑めと言わないで。ほかのことならなんでもする。大修道院にもどってもいいし、エレノア伯母さんのところでも、あるいはお父さんが命じるどこへでも行くわ」

「だめだ！　そんなことをしても、やつは自分の好みのべつの女と結婚し、跡継ぎをもうけるだけだ」

「わたしは結婚しないわ」ジェニーは激しく言い張り、頭に最初に浮かんだ論理的な主張を口にした。「できない！　間違っているわ。不可能よ！　もし――もし〝黒い狼〟がわたしを欲しがって――跡継ぎを欲しがっているなら」と訂正し、恥ずかしそうに顔を赤らめてほかの男たちをちらりと見る。「どうやってそれを防ぐの？　彼の力はわたしの五倍はある。もっとも、わたしたちのあいだにあれこれあったから、彼はわたしが同じ城にいるのもいやがるはずよ。同じ――」べつの言葉を必死に探したものの、ひとつもなかった。「――ベッドは言うまでもないわ」弱々しく締めくくって、男たちから視線をはずした。

「おまえが正しかったらそうだが、おまえは正しくない。おまえには、おまえの母親と同じ特質がある。男に、欲望をいだかせる特質だ。〝狼〟は、おまえを好きであろうとなかろうと、おまえを求める」突然、メリック卿は強調するためにひと息つき、顔にゆっくりと笑みを浮かべた。「だが、わしがエレノアをおまえに付けたら、やつがその点に関してできることはあまりないだろう」

「エレノア伯母さん」ジェニーはぽかんとしてくり返した。「お父さん、わたしはお父さんの言っていることが全然わからないけれど、こんなこと、何もかも間違っている！」困惑してウールのスカートをつかみ、まわりの男たちに必死に目で懇願しながら、心のなかでは、彼らが知っているのとはべつのロイス・ウェストモアランドを見ていた。空き地で彼女をからかった男。バルコニーで彼女と話をした男。ほかの誘拐者なら彼女を犯し、家来に与えてしまっただろうに、取引で彼女をベッドに連れこみ、優しく扱ってくれた男……。

「お願い」男たちを見回し、それから父親を見て、ジェニーは言った。「わかってちょうだい。これから言うことは、忠誠心がないからじゃなくて、道理だからよ。わたし、〝狼〟との戦いでどれほどうちの人間が死んだのかは知っている。でも、戦争というのはどれもそういうものよ。アレグザンダーの死で彼を責めることはできないと――」

「まさかおまえはやつを許す気か？」父親が怒鳴り、まるで娘が蛇に変化しつつあるかのように、ジェニーを見た。「それとも、それはおまえの忠誠心がわれわれにではなく、やつにあるからなのか？」

ジェニーは父親に平手打ちを食らったかのように感じたが、心の一部では、かつての誘拐者に対する気持ちは彼女にとってさえ不可解だと気づいていた。「わたしはたんに平和を求めているだけよ――わたしたち全員にとっての――」

「これは明らかなのだが、ジェニファー」父親が苦々しげに言った。「おまえは未来の夫がこの〝平和な〟結婚とおまえについてどう考えているのかを耳にする屈辱から逃れられない。ヘンリーの宮廷にいた者全員が聞いているなかで、やつはおまえがスコットランドの女王だろうと、欲しくはないと言ったそうだ。やつがおまえを妻にすることを拒むと、やつの王は全財産を取り上げると脅したが、それでも拒んだ。やつを最終的に同意させるには、死の脅しが必要だったのだぞ！　その後、やつはおまえをメリックのあばずれと呼んだ。尻をたたいておまえに言うことをきかせると、得意げに言った。やつの友人たちは笑いながらやつに賭けはじめたそうだ。なぜなら、やつがスコットランドを服従させたように、おまえを服従させるつもりだからだ。これこそが、おまえとこの結婚についての、やつの考えだ！　ああ、ほかにもあったぞ――イングランド人たちは、やつがおまえに贈った称号をおまえに付けた。メリックのあばずれ、だ！」

父親のひと言ひと言が、鞭のようにジェニーの心に当たり、耐えられないほどの恥ずかしさと痛みに、彼女の身が縮まった。ついに父親の話が終わると、立ちすくんだ体にありがたくも冷たい無感覚が広がっていき、とうとう何も感じなくなった。やがてジェニーは頭を上げ、疲れた、雄々しいスコットランド人たちを見回し、鋭く、きびしい声で言った。「彼らはそれに全財産を賭けるといいわ」

15

ジェニーはバルコニーにひとり立ち、前の石の手すりを握って、荒れ地を眺めていた。風がたわむれるように吹き、髪を肩のところではためかせている。〝花婿〟が結婚式に来ないかもしれないという、ここ二時間のうちに湧いてきた希望は、数分前に、馬に乗った者たちがやってくるという、城の護衛の大声によって消えていた。百五十人の騎士たちが吊り上げ橋へと近づいてくる。夕陽が彼らの磨かれた盾に反射し、盾を輝く金色にしている。うなる狼の姿が、ジェニーの目の前で不吉に躍り、青い三角旗の上でひるがえり、馬の飾りと騎士の外衣の上で波打つ。

この五日間と同じ、感情の欠けた無感覚状態で、ジェニーはその場に立ったまま、大集団が城門に近づくのを見守った。集団のなかに女たちがいて、いくつかの旗には〝狼〟のではないしるしが付いているのが、いまや見えていた。イングランドの貴族が何人か、今夜参列するとは聞いていたが、女性がいるとは予想していなかった。ジェニーの視線は不承不承移動し、一団の先頭にいる肩幅の広い男へ向けられた。頭に何もかぶらず、盾も剣も持たずに、大きな黒い軍馬に乗っている。長いたてがみと尾から見て、ソアの仔にちがいない。ロイスの隣りには、やはり何もかぶらず、武器も持たないアリックがいて、これは彼らなりの侮辱方法なのだろうとジェニーは思った。メリック氏族が彼らを殺そう試みても、どうということはないと言っているのだ。

ロイス・ウェストモアランドの顔はここからは見えなかったが、吊り上げ橋が下りるのを待つ彼のいらだちを、ほとんど感じることができた。

見られていることに気づいたかのように、ロイスが唐突に頭を上げ、城の屋根に視線を走らせた。ジェニーはそんなつもりはなかったのに、壁に背中を押しつけ、身を隠した。恐怖。この五日間ではじめていだいた感情は恐怖だった、とうんざりしながらジェニーは自覚した。背筋をぴんと伸ばし、くるりと向きを変え、室内にもどった。

二時間後、ジェニーは鏡の自分をちらりと見た。バルコニーで消えた心地よい無感覚は永遠に去ってしまい、身震いする感情だけが残ったが、鏡に映った顔は青く、感情のない顔だった。

「あなたが考えているほどひどくはならないわよ、ジェニー」ブレンナがジェニーを懸命に元気づけようとして言った。彼女は、ジェニーのドレスの長い裾を伸ばす女中ふたりに手を貸しているところだった。「一時間もしないで、すべてが終わるから」

「結婚が結婚式と同じぐらい短ければいいのに」ジェニーはみじめな声を出した。「サー・ステファンがホールにいるわ。わたし、自分で見たの。公爵があなたを辱めるような行為は、彼がさせないわよ。彼は高潔で強い騎士よ」

ジェニーは手にブラシを持っていることを忘れ、くるりと後ろを向いた。青白い、当惑の笑みを浮かべて、妹の顔をじっと見る。「ブレンナ、わたしたちが話しているのは、最初にわたしたちを誘拐した、同じ〝高潔な騎士〟のことよね？」

「あら」ブレンナが弁解するように言った。「邪悪なお兄さんのほうと違って、少なくとも彼はその後、不道徳な取引をわたしとしようとはしなかったわ」

「まったくそのとおり」ジェニーは自分の苦悩を一瞬忘れて言った。「でも、今夜、わたしは彼の善意を当てにしない。彼があなたを見たら、絶対に首を絞めたいと思うはずよ。だって、いまではあなたがだましたって知っているもの」

「まあ、でも彼はそんなふうには全然思っていないわよ！」ブレンナが勢いよく言った。「わたしの行為はとても大胆で勇敢だったって言ったもの」悲しそうに付け加える。「そのあと、その件でわたしの首を絞めてもいいと言ったわ。それに、わたしがだましたのは彼ではなくて、卑劣なお兄さんのほうよ！」

「あなた、もうサー・ステファンと話をしたの？」ジェニーはびっくりしてきいた。ブレンナはこの三年間、彼女を追い回す若者たちになんの関心も持たなかったのに、いま、父親が絶対に結婚を許さない男と、明らかにこっそり会っている。

「ウィリアムに質問があってホールへ行ったときに、彼となんとか少し言葉を交わしたの」ブレンナが頬をほてったピンク色に染めて打ち明け、それから急に赤いベルベットのドレスの袖を伸ばすことに夢中になった。「ジェニー」下を向いたまま、小さく言う。「国のあいだで平和協定が結ばれるんだから、あなたにしょっちゅう手紙を送れると思うの。それで、わたしがそれにサー・ステファン宛のものを入れたら、彼が受け取れるようにしてくれる?」

ジェニーは世界がひっくり返っているような感じがした。「あなたがほんとうにそうしてほしいのなら、そうするわ。それから」妹のかなわぬ恋に興奮と狼狽による笑いを抑えながら言葉を継いだ。「わたしもあなたへの手紙にサー・ステファンからのものを同封する?」

「サー・ステファンも」ブレンナが笑みを浮かべた目をジェニーに向けた。「それを言っていたわ」

「わたし――」ジェニーは言いはじめたが、部屋のドアが開いて、言葉を途切らせた。小柄な年配の女性が急ぎ足で入ってきて、途中で立ち止まった。時代遅れだが、兎《うさぎ》の毛で裏打ちされた鳩《はと》色のサテンの美しいドレスを着て、薄い白の頭巾で首全部と顎の一部を包み、銀色のベールを肩まで垂らしている。エレノア伯母さんは、とまどって、一方の娘からもう一方の娘へ視線を移動させた。「あなたは、かわいいブレンナね」エレノア伯母さんがそう言って、ブレンナに微笑みかけ、それからジェニーに笑顔を向けた。「でも、この美人さんがかわいい平凡なジェニーなの？」

伯母さんは驚きと賞賛の目で花嫁を見た。前方に立つ花嫁は、クリーム色のサテンとベルベットのドレスを着ていて、襟ぐりはスクエアカットで深く、ウエストの位置は高く、たっぷりした長袖は真珠で覆われ、肘から手首まで、ルビーやダイヤモンドが散っていた。裏地がベルベットでできたみごとなサテンのケープもやはり真珠で縁取られていて、真珠とルビーとダイヤモンドがはめこまれた、みごとなひと組の金のブローチで肩に留められている。髪は肩と背中にこぼれ落ち、身につけた金とルビーと同じようにきらめいていた。

「クリーム色のベルベット――」エレノア伯母さんが微笑みながら言って、腕を広げた。「全然実用的じゃないけれど、とってもきれいよ！　あなたと同じぐらいきれい――」

ジェニーは彼女の腕のなかへ飛びこんだ。「ああ、エレノア伯母さん、会えてとってもうれしい。伯母さんが来ないんじゃないかと――」

ブレンナがドアのノックに答え、それからジェニーのほうを向いた。ブレンナの言葉に、ジェニーの喜びに満ちた挨拶は急に終わった。「ジェニー、お父さんがすぐに階下《した》へ来なさいって。書類に署名する用意が調ったって」

ほとんど制御不可能な恐怖がジェニーを包み、胃をむかつかせ、顔から赤みを奪った。エレノア伯母さんがジェニーの気持ちを待ち受けるものからそらそうと、ジェニーの腕に自分の腕を絡ませて、階下のようすをしゃべりながら、優しく彼女をドアのほうへ導いた。

「ホールが人でごった返してるのを見たら、自分の目が信じられなくなるわよ」参列者の数が未来の夫との対面を恐れるジェニーの心を和らげるだろうと誤解して、早口でまくしたてる。「あなたのお父さんはホールの片側に百人の氏族を立たせてて、あの男――」伯母の声にかすかに優越感が含まれていて、〝あの男〟が〝黒い狼〟だとわかる。「――は、部屋の真向かいに少なくとも同数の騎士を立たせ、こちらの氏族を見守ってるわ」

ジェニーは長い廊下をぎこちなく歩いた。のろのろと一歩進むたびに、それが最後の一歩のような気がした。「戦闘の配置みたいね。結婚式じゃなくて」

「ええ、そうね。でも、違うのよ、正確には。陛下には騎士よりも多い貴族がいる。ジェームズ王は結婚式に立ち会わせるため、宮廷の半分をここに送りこんだにちがいないわ。それに、近隣の氏族の長たちも来てるわよ」

ジェニーは長く暗い廊下をさらにぎこちなく一歩進んだ。「けさ、やってくるのを見たわ」

「ええ。ヘンリー王はこれを特別な祝典に見えるようにしたかったのね。だって、さまざまなイングランドの貴族たちもここに来てて、何人かは奥さんを連れてきてるもの。びっくりするような光景よ――ベルベットとサテンで着飾ったスコットランド人とイングランド人が一堂に会して……」

ジェニーは向きを変え、短く、急な石の螺旋階段をホールへと下りはじめた。「陛下はとても静かだわ――」震える声で言う。耳に届いたのは、陽気な雰囲気作りのために発せられた、くぐもった男の声と、咳払いがいくつかと、女性の神経質な笑い声……それだけだ。

「みんな、何をしているの?」

「まあ、みんなで冷たい視線を交わしてるのよ」エレノア伯母さんが明るく答えた。「あるいは、部屋の半分の人たちの存在に気づかないふりをしてる」

ジェニーは階段の終わり近くで、最後の螺旋を回っていた。気を静めようといったん立ち止まって、震える唇を噛むと、挑戦するように頭をぐいと上げ、顎を高くして、前へ進んだ。

ジェニファーが見えてくると、ホールに不吉な静けさがゆっくりと広がった。彼女を迎えた光景は静けさと同様に不気味だった。石の壁に据えられたスタンドで、松明《たいまつ》が赤々と燃え、見つめ合う、敵意に満ちた人々を照らしている。松明の下で、兵士たちが身を硬くし、直立している。紳士淑女たちが並んで立っている――イングランド人はホールの片側、スコットランド人はその向かい――まさにエレノア伯母さんが言ったとおりに。

しかし、ジェニーの膝をどうしようもないほど震えさせたのは、客たちではなかった。背の高い、屈強な男がホールの真ん中に超然と立ち、険しい、きらめく目で彼女を見ているせいだ。邪悪な亡霊のように前方に立つ彼は、黒貂《くろてん》で裏打ちされた暗赤色のマントを身につけていて、あまりに強力に放たれている怒りのため、彼の国の人々でさえ、じゅうぶんに彼から離れて立っていた。

ジェニファーの父が進み出て、娘の手を取った。両側に護衛を従えているが、〝狼〟はひとりで立っている。絶大な力を持ち、卑劣な敵を軽蔑している彼は、そんな敵から身を守る必要はないと、あからさまにばかにしているのだ。父親が自分の腕をジェニーにつかませ、前方へと導く。ふたりが近づくと、スコットランド人とイングランド人を分けていたホールの広い道が、さらに広がった。ジェニファーの右にはスコットランド人が立ち、誇りに満ちたいかつい顔に怒りと同情をこめて、彼女を見た。左側には傲慢なイングランド人が立ち、冷たい敵意をこめて彼女をにらんでいる。そして前方で彼女の道をふさいでいるのが、彼女の未来の夫の邪悪な体だ。幅の広い肩の向こうにマントを垂らし、足を少し開いて立ち、胸のところで腕組みして、まるでジェニファーが床を這ってくるいまわしい生物か何かのように、彼女をじろじろ見ている。

彼の視線に耐えられなくなって、ジェニーは彼の左肩の少し上に目をやり、彼がわきに寄って、親子を通すつもりがあるのだろうかと、少しあせりながら思った。胸の奥で心臓が破城槌みたいに打つなか、父の腕を握る手に力をこめたが、それでも悪魔は体を動かすのを拒否し、ジェニーたちに彼をよけて歩くことをわざと強要した。これは、彼が今後、公的にも私的にも彼女を扱うときの、蔑《さげす》みと辱めの最初の行為にすぎない、とジェニーは狼狽しながら気づいた。

幸い、そのことを考えている時間はほとんどなかった。なぜなら、真っ正面にべつの恐怖が待ち受けていたからだ。テーブルに広げられている結婚契約書への署名だ。わきには男がふたり立っていた。ひとりは、ジェームズ王の宮廷からの使者、もうひとりはヘンリー王の宮廷からの使者で、ふたりとも手続きを見守るためにここにいる。

テーブルのところで、ジェニファーの父親が立ち止まり、娘の冷たく湿った手を父の心地よい腕から解放した。「野蛮人は」メリック卿がはっきり、聞こえるように言う。「もう署名をすませている」

その言葉によって、部屋の敵意がはっきりわかるほど高まり、スコットランド人側とイングランド人側の双方から百万の短剣が投げられたように、空気を切った。声に出さない反感でジェニーは身を硬くし、長い羊皮紙を見つめた。彼女の嫁入り道具についての説明が書かれ、彼女が嫌い、向こうも嫌っている男の妻及び財産に永遠になり、取り消しはできない旨が述べられている。羊皮紙のいちばん下に、クレイモア公爵が肉太の筆跡で名前をなぐり書きしていた。彼女の誘拐者の、そしていまは彼女の看守の署名だ。

テーブルの、羊皮紙の隣りに鵞《が》ペンとインク壺が置いてあり、ジェニーは意志の力で鵞ペンに触れようとしたが、震える指が服従を拒否した。ジェームズ王の使者が前に進み出てくると、ジェニーは抑えられない怒りとみじめさをこめて彼を見た。「マイ・レディー」使者が同情に満ちた丁寧な言葉で言った。明らかに、レディー・ジェニファーがジェームズ王に重んじられているということを、ホールのイングランド人たちに示そうとしていた。「われらが君主、スコットランドのジェームズが、あなたによろしくとのことです。それに、愛するわが国のためにあなたが犠牲になることに関して、全スコットランドはあなたに恩義があると言っておられました。あなたは偉大なるメリック氏族だけでなく、スコットランドの誉れです」

〝犠牲〟という言葉が強調されたように聞こえた、とジェニーは困惑しながら思ったが、使者はすでに鵞ペンを取り、明らかに彼女に手渡そうとしていた。

遠くから見る映像のように、ジェニーは自分の手がゆっくりと鵞ペンに伸び、それを握り、いまわしい書類に署名するのを見守ったが、体をしゃんと起こしたとき、彼女は書類から目を離せなかった。立ちすくんで、自分の名前を凝視した。マザー・アンブローズに仕こまれた、学者のような字体で書かれていた。大修道院！　ジェニーは突然、神がほんとうに自分をこんな状況に置いているとは信じられないし、信じたくもない気持ちになった。ベルカーク大修道院での長い年月、神はたしかに彼女の敬虔《けいけん》さと服従と献身を見ていたはずだ……まあ、少なくとも、従順で、信心深く、献身的であろうとした。「神さま、お願い……」ジェニーは何度も何度も必死にくり返した。「わたしにこんな試練を与えないでください」「紳士淑女のみなさん――」ステファン・ウェストモアランドの力強い声がホールを切り裂き、石の壁に反響する。「クレイモア公爵と花嫁に乾杯」

花嫁……その言葉がジェニーの頭のなかでくらくらするほど鳴り響き、この数週間を思い出していた彼女を揺さぶり起こした。ジェニーは茫然《ぼうぜん》としながら周囲を見た。この物思いが数秒続いたのか数分続いたのかわからなかった。それから彼女はふたたび祈りはじめた。

「神さま、お願い、わたしにこんな試練を与えないでください」最後にもう一度、胸の奥で叫んだが、もう遅すぎた。ジェニーの大きく開いた目は、みなが待ち受ける聖職者を受け入れるため、ホールに向かって開いた大きなオーク製のドアに釘付けになった。

「ベネディクト修道士は」父親がドアのところに立ち、大声で宣言する。

ジェニーは息を呑んだ。

「気分が優れないと知らせてきた」

ジェニーの心臓が早鐘を打った。

「そして結婚式はあすまで執り行なえないということだ」

「神さま、ありがとう！」

ジェニーは後ろに下がり、テーブルから離れようとしたが、急に部屋が回りだし、動けなくなった。気を失う、とぞっとしながら思った。しかも、いちばん近いところにいる人間はロイス・ウェストモアランドだ。

突然、エレノア伯母さんがジェニーの状態に気づき、驚愕の叫びをあげると、恥も外聞もなく、驚いた氏族の者たちを肘でどけながら、前に走った。一瞬後、ジェニーは気づくと固く抱きしめられ、灰黄色の頬が押しつけられ、胸が痛むほどなつかしい声が耳もとでしゃべっていた。「さあさあ、あなた、深呼吸をするの。そうすれば、すぐに気分がよくなるわ」

優しい声が言う。「あなたのエレノア伯母さんがここにいますからね。階上《うえ》へ連れてってあげるから」

世界がでたらめに傾き、それから正常になった。喜びと安堵がジェニーの体内に広がっているとき、彼女の父親がホールの客たちに告げていた。

「遅れは一日だけだ」イングランド人に背を向けたまま、声をとどろかせる。「ベネディクト修道士は少し気分が悪いだけで、あすには、体調がまだ悪くても、ベッドを離れ、ここへ来て、式を執り行なうと約束した」

ジェニーは向きを変え、伯母とホールを去ろうとしていた。〝婚約者〟にさっと目を向け、遅れに対する彼の反応を知ろうとする。しかし〝黒い狼〟は、彼女がそこにいることに気づいていないようだった。狭めた目を父親のほうへ向けていて、その表情はスフィンクスのごとく不可解だが、目には冷たい好奇が宿っていた。外では、一日じゅう徴候を示していた嵐が突然暴れだし、稲妻が空を裂き、続いて不吉で原始的な雷鳴がとどろいた。

「しかしながら」ジェニーの父親が、ホール全体に呼びかけるため、向きを変えたが、実際には決して右側のイングランド人たちを見なかった。「祝宴は予定どおり今夜開かれます。ヘンリー王の使者のかたからお聞きしたところによると、みなさんの大部分はあす、すぐにイングランドへ帰るのが希望のようですが、残念ながら、もう一日、滞在の必要がありそうです。わが国の道は、嵐のさい、イングランドのかたが旅するには向いておりませんから」

部屋の両側が急にがやがやしだした。ジェニーは自分に向けられた視線を無視して、伯母とともに混雑したホールを抜け、二階上の寝室へ続く階段にまっすぐ向かった。正気と慰めの世界へ。一時的救済へ。

寝室の重いオークのドアが背後で閉まると、ジェニーはエレノア伯母さんの腕のなかに入り、外聞をはばからずに、ほっとして泣いた。

「ほらほら、子猫ちゃん」ジェニーの実母の姉がそう言って、小さな手でジェニーの背中をぽんぽんとたたき、いかにも彼女らしい、熱心で支離滅裂できっぱりした話しかたでしゃべった。「わたしがきのうもおといも現われなかったので、あなたはあきらめて、わたしはいっしょに行かないんだって、間違いなく思ったでしょう。そうでしょう？」

ジェニーは涙を呑みこみ、伯母の優しい腕のなかでわずかに体を反らして、おどおどとうなずいた。エレノア伯母さんがいっしょにイングランドへ行くと父親に言われて以来、ジェニーはそれを暗く、恐ろしい未来における唯一の喜びとみなし、そのことばかりを考えていたのだ。

ジェニファーの涙を流した顔を両手で包んで、エレノア伯母さんは明るく、きっぱりと言った。「でも、わたしはいま、ここにいる。そして、あなたのお父さんとけさ話をしたわ。わたしはここにいて、これから毎日あなたといっしょよ。すてきじゃない？　いっしょに楽しい日々を送れるわ。あなたはあの獣みたいなイングランド男と結婚し、いっしょに住まなきゃならないけれど、彼のことはすっかり忘れて、昔みたいにやってきましょう。あなたのお父さんがわたしをグレンケアンの寡婦用住居へ追い払う前みたいに。あなたのお父さんを責めるわけじゃないのよ。わたしはたしかにおしゃべりなんだもの。でも、いまは前よりひどくなってると思うの。長いあいだ、愛する人たちと話をする機会がなかったから」

伯母の長く息もつかない話で、頭がぼうっとした状態で、ジェニーは伯母を見た。そして笑みを浮かべ、小柄な婦人をぎゅっと抱きしめた。

高座の長テーブルに座ったジェニーは、三百人がまわりや下の座席で食べたり飲んだりする喧噪《けんそう》に気づくことなく、ホールをじっと見ていた。隣りの、肘が触れ合うほど近い場所には、結婚契約書とあすの正式な結婚式の両方で彼女を一生縛りつける男が座っている。隣りに座ることを強いられたこの二時間、彼の氷のような視線がこちらに向けられたと感じたのは三度だけだった。まるで彼が彼女を見るのもいやで、早く彼女を手中に収め、その人生を地獄にすることだけを願っているようだった。

将来の言葉の暴力と肉体的折檻《せっかん》がジェニーの前方にぼんやりと現われた。なぜなら、スコットランド人のあいだでさえ、しつけや鼓舞が必要だと夫が感じたとき、妻をたたくのは珍しくないからだ。そのことを知っているし、隣りの怒った冷たい男の気性と評判を知っているため、ジェニーは自分の人生が不幸に満ちたものになると確信していた。一日じゅう、喉を締めつけられる感覚があった、息が苦しかったが、いまやほとんど窒息しそうな感じがしたので、これから送らされる人生において、何か楽しめるものはないかと懸命に考えようとした。エレノア伯母さんがいっしょにいる、と自分に言い聞かせる。それにいつか——彼女が知る夫の好色さからすると、かなり早くに——愛し、世話をする子どもたちを持つだろう。子どもたち。目をさっと閉じ、苦しい呼吸をすると、喉の締めつけ感が徐々になくなってきた。赤ちゃんを抱いてかわいがるのは、楽しいことだろう。その思いにしがみつこう、とジェニーは決めた。

ロイスがワインのゴブレットに手を伸ばすのを、ジェニーは目の隅でちらりと見た。彼はとてもきれいな曲芸師を見ている、と胸の奥で不機嫌につぶやいた。曲芸師は剣先に手を置いて、逆立ちをしている。スカートは、頭のほうに落ちないよう、膝のところで縛ってあるが、それでも、長靴下をはいた形のいい脚が、足首から膝まであらわになっていた。部屋のもう一方の側では、先端に玉のついた帽子をかぶった道化師たちが、部屋いっぱいに伸びるテーブルの前で、踊ったり跳ねたりしている。祝宴の余興と豪勢な夕食は、メリック氏族には誇りと富があることを憎いイングランド人に示す、父親なりのやりかただった。

美しい脚の曲芸師に対するロイスのあけすけな賞賛にうんざりして、ジェニーはワインのゴブレットに手を伸ばし、飲むふりをして、イングランド人たちの意地悪い、ばかにするような視線を避けた。彼らはひと晩じゅう、嘲笑しながら彼女を見ていた。ふと耳にした発言のいくつかから判断すると、彼女はまったく不十分だと判断されたらしかった。「あの髪を見て」ひとりの女がくすりと笑った。「あの色を持ってるのは、馬のたてがみだけだと思ってたわ」「あの傲慢な顔を見ろ」ジェニファーが頭を高く上げ、緊張しながら通り過ぎるとき、ひとりの男が言った。「ロイスはあの傲慢な態度に我慢できないだろう。クレイモアに彼女を連れて帰ったら、あの根性をたたき直すはずだ」

ジェニーは道化師たちから視線をそらし、左隣りに座る父親を見た。その貴族的で、ひげを生やした横顔を見ると、ジェニーの胸が誇らしさでいっぱいになった。お父さんにはこんなに威厳がある……こんなに物腰が堂々としている。実際、小作人たちのあいだでときどき起こる揉《も》めごとの判決を大ホールで下す父親を見ると、ジェニーはいつも神は父親そっくりにちがいないと考えずにはいられない。天国の王座に座り、やってきた魂それぞれに判決を下す神に……。

しかし今夜、とんでもない状況もあってか、父親の機嫌がとても妙なように思えた。この晩、ホールにいるさまざまな氏族の長と話したり飲んだりしているとき、彼がうわの空で、いらだっていて、それでいながら……奇妙なことに……満足しているように見えたのだ。何かに満足している。ジェニファーの視線を感じて、メリック卿は娘のほうを向き、同情のこもった青い目を彼女の青白い顔にさまよわせた。ジェニーの頰がくすぐったくなるほど、ひげの顔を彼女に近寄せ、声をわずかに、ほかの人間には聞こえない程度にあげて言った。

「くよくよするな」そして付け加えた。「元気を出せ。すべてうまくいくから」

あまりにもばかげた発言に、ジェニーは笑ったらいいのか泣いたらいいのかわからなかった。ジェニーの見開いた青い目に狼狽を見て、メリック卿は手を伸ばし、娘の冷たく湿った手を握った。その手は、命懸けですがりついているかのように、テーブルの縁をしっかりつかんでいた。父の大きく温かい手に元気づけるように手を包まれて、ジェニーはなんとか弱々しい笑みを浮かべた。

「わしを信用しろ」父が言う。「あすには、すべてうまくいく」

ジェニーの気分は落ちこんだ。あすでは遅すぎる。あすには、彼女は隣りの男の妻に永遠になってしまう。その男の広い肩はジェニーに、自分が弱くて取るに足らない者だという感覚を覚えさせていた。ジェニーは不安に満ちた視線を素早く、こっそりと婚約者に向けた。遅まきながら、父親との小声での会話を聞かれていないか確かめたかったのだ。しかし彼の注意はほかに向いていた。ロイスはもはや器量よしの曲芸師をぼんやりと見てはいず、まっすぐ前を見つめていた。

ジェニーは興味をいだき、彼の視線の方向を追うと、ホールに入ってきたばかりのアリックが目に入った。ジェニーが見ていると、顎ひげを生やした金髪の巨人はロイスに向かって、ゆっくり一度うなずき、それからもう一度うなずいた。ジェニーの目の隅で、ロイスの顎が引き締まり、それからほとんどわからないぐらいに彼が頭を傾け、それから冷静に、慎重に注意を曲芸師にもどした。アリックは一瞬待ってから、何げなくステファンに歩み寄った。ロイスの弟は表面上はバグパイプ奏者を見ていた。

ジェニーはなんらかの情報がいま、無言で交換されたことを感じ、非常に不安になった。とくに、父の言葉が頭のなかで鳴り響いているいまはそうだった。何かはわからないけれど、何かが起こっている。何かとてつもなく真剣なゲームが行なわれている。自分の将来がその結果にかかっているのだろうか、と気になった。

これ以上騒音と不安に耐えられなくなり、ジェニーは心を安らげるために寝室へ行って、ほんの少しだけ存在する希望をじっくり味わおうと決めた。「お父さん」父親のほうを向いて、急いで言う。「わたし、もう下がるわ。寝室で心を安らげたいの」

「もちろんだ」父親がすぐに応じた。「おまえは短い人生でほとんど心の安らぎを得られなかったが、それこそおまえに必要なものだろうからな」

一瞬、ジェニーは父の言葉に何か二重の意味があるような気がして躊躇したが、それがわからず、うなずくと、立ち上がった。

ジェニーが動いたとたん、ロイスが彼女のほうへ顔を向けた。もっとも、ひと晩じゅうジェニーがそこにいたことを彼は実際には知らなかったと、彼女は断言してもよかった。「行くのか？」ロイスがそう尋ね、傲慢な視線を彼女の胸へ上げた。その視線がついにジェニーの視線と合ったとき、彼女は彼の目にこめられた説明しがたい激怒を見て、動けなくなった。

「部屋までいっしょに行こうか？」

ジェニーは努力して体を動かし、完全に立ち上がって、背筋を伸ばすと、彼を見下ろす喜びに一瞬浸った。「結構よ！」ぴしゃりと言う。「伯母がついてきてくれるわ」

「なんてひどい晩でしょう！」ジェニファーの部屋に入ったとたん、エレノア伯母さんが言い放った。「あのイングランド人たちのあなたに向けた目つきを見てたら、ホールから出ていけと命じたくなったわ。もう少しでそうするところだったのよ。いまわしいヘンリーの宮廷から来てたヘイスティングズ卿は、食事のあいだずっと、右側にいた男とこそこそ話をしてて、わたしを完全に無視した。無作法きわまりないけど、あんな男との会話なんて、こっちが遠慮するわ。それから、あなたの気をさらに重くするつもりはないけど、わたしはあなたの夫が全然気に入らないわね」

小さな鵲《かささぎ》みたいにぺちゃくちゃしゃべる伯母の癖を忘れていたジェニーは、不満げなスコットランド人に向かって愛情をこめて微笑んだが、心は違うことを考えていた。「夕食のとき、お父さんの機嫌が妙な感じだったの」

「わたしはずっとそう感じてたわ」

「そうって？」

「妙に不機嫌な人だって」

ジェニーは非常に感情的な、疲れきった忍び笑いを呑みこみ、今夜のことについてこれ以上話をするのをあきらめた。立ち上がり、伯母にドレスをゆるめてもらおうと、後ろを向いた。

「あなたのお父さんはわたしをグレンケアンに帰すつもりよ」エレノア伯母さんが言った。

ジェニーは顔をぐいと後ろに向け、伯母をじっと見た。「なんでそんなことを言うの?」

「彼がそう言ったからよ」

ジェニーはすっかり困惑して、向きをもどし、伯母の肩をぎゅっとつかんだ。「エレノア伯母さん、お父さんは正確にはなんて言ったの?」

「夕方、予定よりも遅く着いたとき」小さな肩を落とし、伯母が答える。「彼はきっと怒ってると思ったわ。でも、そんなのひどいわよ。だって、雨が西に向かってあんなに降ってたのは、わたしのせいじゃないもの。ほら、いまの季節は――」

「エレノア伯母さん――」ジェニーは恐ろしい、警告する口調で言った。「お父さんはなんて言ったの?」

「ごめんなさい。わたし、長いこと人といっしょじゃなくて、話し相手がいないせいで会話をためこんじゃって、だから、いるいまは――話し相手がいるってことよ――どうにも止められないの。グレンケアンの寝室の窓によく鳩が二羽留まってて、わたしたち三人でおしゃべりをしたわ。もちろん、鳩たちはあまりしゃべらないけれど――」

この人生でもっとも不穏なときに、ジェニーの肩はどうしようもない笑いで震えはじめ、彼女は驚いた小柄な女性に腕を巻きつけた。そのあいだも、胸の奥で笑いが爆発し、恐怖と疲労の涙が目に満ちた。

「かわいそうな子」エレノア伯母さんがそう言って、ジェニファーの背中をたたいた。「あなたはこんなに緊張を強いられてたのに、わたしがそれを増してしまうなんて。それでね」いったん間《ま》を置き、考える。「あなたのお父さんが今夜、わたしは結局あなたに付き添うことを考えなくていいって言ったの。でも、あなたの結婚式を見たいのなら、留まってていいって」伯母の腕がジェニファーから離れ、彼女は落胆したようにベッドにどさりと座った。年配者の優しい顔が必死に訴える。「グレンケアンにもどらなくていいなら、わたし、なんでもするわ。あそこはとても寂しいところなのよ」

ジェニーはうなずきながら、伯母の雪のように白い髪に手を置き、つややかな頭を撫で、遠い昔、伯母が大家族をてきぱきと切り盛りしていたことを思い出した。強いられた孤独と加齢で、度胸のある女性がこんなに変わってしまうのはとても不公平だった。「あした、お父さんに考えを変えるよう頼んでみるわ」ジェニーは疲れながらも、決然と言った。長く苦しい一日のせいで、感情がたたきのめされ、圧倒的な大波となって彼女を襲おうとしていた。「わたしがどれほど伯母さんといっしょにいたいかがわかれば」ため息をつき、突然、狭いベッドの心地よさが恋しくてたまらなくなる。「お父さんはきっと折れてくれるわ」

16

大ホールから厨房まで、床のほぼ全面が、眠った客たちと疲れきった使用人たちによって埋め尽くされていた。石の硬さを和らげるため、持っていた、あるいはその場で見つけたものの上に寝ている。城中でいびきの音がいっせいにあがり、ばらばらに落ち、荒立つ波みたいにぶつかったり引いたりしている。

月のない暗い夜を乱す独特な音に慣れていないジェニーは、眠りながらときどき身じろぎし、やがて枕の上で顔の向きを変え、目をあけた。部屋のなかの、未知の音か動きにびっくりして、ぼんやりと目覚めたのだ。

当惑と恐怖で胸が高鳴り、目をしばたたかせて速い脈を落ち着かせようと努め、暗い寝室をじっと見る。ジェニーの狭いベッドの隣りに敷かれた、低い藁《わら》布団の上で、伯母さんが寝返りを打った。エレノア伯母さんだ、ジェニーはそう気づき、ほっとした。エレノア伯母さんの動きで目が覚めたにちがいない。かわいそうな伯母さんは、関節のこわばりにしばしば苦しんでいて、柔らかなベッドよりも硬い藁布団のほうが楽なのだが、それでも、心地よさを求めて輾転《てんてん》反側している。ジェニーの脈が通常の速さにもどり、彼女は仰向けになって、突然の冷たい一陣の風に身震いし……。悲鳴が胸を張り裂くのと同時に、大きな手が彼女の口を覆って、それを抑えつけた。ジェニーがほんの数センチ上にある黒い顔を恐怖で身をすくめて見つめると、ロイス・ウェストモアランドがささやき声で言った。「叫んだら、殴って気絶させる」彼は間をおき、ジェニファーが分別を取りもどすのを待った。「わかったか？」ぴしゃりと言う。

ジェニーは躊躇し、つばを呑みこみ、それから勢いよくうなずいた。

「それなら」そう言いながら、ロイスは手の力をほんの少しゆるめた。その瞬間、ジェニファーが彼のてのひらの肉づきのいい部分に歯を食いこませ、身を左側に投げ、窓辺へ行って、下の外壁にいる護衛兵に叫ぼうとした。彼女の足がベッドから離れる前に、ロイスは彼女を捕まえ、ベッドへ投げた。傷ついた手で彼女の鼻と口をきつく押さえたので、ジェニーは息ができなかった。「おまえが私を傷つけたのは二度目だな」ロイスは小声できつく言った。目は怒りでぎらぎらしている。「そして、これが最後だ」

私を絞め殺そうとしている！　ジェニーは取り乱しながら思った。必死に首を横に振る。目は見開き、胸は空気を求めて大きく上下していた。

「それでいい」ロイスが皮肉っぽく言う。「私を恐れることを覚えたほうが身のためだ。さて、よく聞くんだぞ、女伯爵」ジェニーの脅えた身もだえを無視して、ロイスが話を続けた。

「いずれにしても、私はそこの窓からおまえを下ろす。一瞬でもまた私に面倒をかけたら、下ろすとき、おまえは気を失っている。そうなると、生きて地面に下りる可能性はかなり小さくなるな。自分でつかまることができないのだから」

ジェニーが肺に空気を送りこめる程度にロイスの手の力がゆるんだが、あえぎながら何度か息を吸っても、体の震えは止められなかった。「窓!」覆っている手に向かって、もぐもぐ言う。「正気なの? 堀まで二十メートル以上もあるのよ」

それを無視して、ロイスはもっとも致命的な武器、彼女の抵抗をやめさせるのに確実な脅し言葉を発射した。「アリックがおまえの妹を捕らえている。私が合図するまで、彼女は解放されない。私が合図を送るのを妨げるようなことをしたら、あの男が彼女に何をするのか、私は考えたくないな」

ジェニーに残っていたわずかな闘志が消え去った。これは悪夢を追体験するようなもので、逃げようとするのは無意味だ。あすにはどうせこの悪魔と結婚するのだから、逃れられない不幸と混乱の日々にひと晩加わったとしてもなんの違いもない。

「手をどけて」ジェニーはうんざりして言った。「叫んだりしない。信用してくれてい——」

最後の言葉は失敗だった。言葉が口から出たとたん、ロイスの顔にすさまじい侮蔑が浮かんだのを見て、ジェニーはそう気づいた。「立て!」ロイスが鋭い声で言って、ジェニーをベッドからぐいと引っ張り出した。暗がりに手を伸ばし、ベッドの裾のトランクに載っていたベルベットのウェディング・ドレスをつかみ上げ、彼女の腕に押しこむ。胸にドレスをいだいて、ジェニーは震える声で言った。「あっちを向いて」

「短剣も使えるように取ってやろうか？」ロイスが冷淡にあざけり、ジェニーが答えるよりも早く、ぴしゃりと言った。「服を着ろ！」

ジェニーがドレスと上靴と紺のマントを身につけると、ロイスは彼女を自分のほうへ引き、彼女が何をされるのか気づく前に、その口に黒い布を巻きつけ、ものが言えないようにした。それを終えると、彼女をぐるりと回し、窓のほうへ押した。

ジェニーは恐怖に脅えながら、深く暗い堀へまっすぐ落ちる、長くてなめらかな壁を見下ろした。まるで自分の死を見ているようだった。彼女は激しく首を振ったが、ロイスは彼女を前へ押し、窓台から垂らしたままにしておいた丈夫な綱をつかんで、彼女の胴にきつく結んだ。

「手で綱をしっかりつかむんだ」容赦なく命じながら、綱のもう一方の端を自分の手首に巻きつける。「そして壁から体を離すために、足を使え」ロイスはためらうことなく彼女を抱き上げると、窓台に乗せた。

大きな目に恐怖を浮かべ、両側の窓枠を意味なくつかんでいるジェニーを見て、ロイスはそっけなく言った。「下を見るな。綱は丈夫だし、すでにおまえよりずっと重い荷に使っている」

ロイスの手に腰をつかまれ、容赦なく外へ押されたとき、ジェニーの喉からうめきがあがった。「綱を握れ」ロイスに鋭く言われて、ジェニーがそのとおりにした瞬間、彼女は窓敷居から持ち上げられ、暗い水のずっと上方にぶら下がった。その瞬間、恐怖に息もできなかった。

「足で押して、壁から離れるんだ」ロイスが鋭い声で命じる。すでに窓の外にいたジェニファーは、風に飛ばされる葉のように、どうしようもなく、くるくる回っていて、足で必死に壁を探し、やがてなんとか回転を止めた。ざらざらした壁に足をしっかり置き、首から上だけが窓の開口部の高さにある状態で、彼女はロイスを見つめた。息が浅い、恐怖のあえぎになっている。

そして、深い堀の二十メートル上方で、力強い手と丈夫な綱だけで死への落下を防いでいるこのもっともありえない――そしてもっとも望ましくない――瞬間、ジェニーは〝黒い狼〟の顔に完全な衝撃が現われるという、めったにない光景を目撃した。ジェニーのベッドの隣りから、白い寝巻きを着たエレノア伯母さんが亡霊のように立ち上がり、尊大に尋ねたのだ。「あなた、何をしてるつもり?」

ロイスの頭がレディー・エレノアのほうへ向けられ、自分のどうしようもない状況に気づいた顔には滑稽な驚きの表情が貼りついていた。なぜなら、ロイスは短剣に手を伸ばして彼女を脅すことも、部屋の向こうへ駆けて彼女を黙らせることもできないからだった。

べつのときならば、八方ふさがりのロイスを見て、ジェニーは喜んだだろうが、彼に自分の命を文字どおり握られているいまは違った。ジェニーが最後に目撃した光景は、エレノア伯母さんを見つめる彼の横顔だった。やがて綱が徐々に繰り出され、ジェニーはどこまでも続く壁を下ろされていった。ぶら下がったまま、祈り、寝室でいったい何が起こっていて、エレノア伯母さんはなぜ姿を現わしたのか、そもそもどうしていまなのかと思うよりほかにできることはなかった。

ロイスも同じことを思いながら、暗いなか、年配の女性を見ていた。彼女は何か理解しがたい理由から、この信じがたい瞬間までわざわざ待って、姿を見せたのだ。ロイスは手首に食いこむ綱をちらりと見て、無意識に張り具合を確認し、それからようやくレディー・エレノアの質問に答えた。「あなたの姪《めい》を誘拐している」

「思ったとおりだわ」

ロイスは彼女をじっと見た。ジェニファーの伯母が愚かなのか狡猾なのかわからなかった。

「この件をどうするつもりです?」

「後ろのドアをあけて、助けを呼ぶこともできる」レディー・エレノアが言った。「でも、ブレンナを人質にしてるなら、それはたぶんすべきじゃないわね」

「ええ」ロイスは躊躇しながら同意した。「たぶん」

永遠とも思える一瞬、ふたりの視線がぶつかって、互いに相手の評価をし、それからレデイー・エレノアが言った。「もちろん、あなたがうそをついてる可能性はある。わたしには知りようがないわ」

「そうかもしれない」ロイスは注意深く同意した。

「でも、そうじゃないかもしれない。あなたはどうやって壁をよじ登ったの？」

「なぜ私がそうしたと思うんです？」ロイスはそう答え、視線を綱に移して時間を稼いだ。肩を緊張させ、下半身を壁で安定させて、ゆっくりと綱を繰り出しつづける。

「あなたの家臣のひとりが夕食のあいだに、トイレを使うふりをして階上へ来たのかもしれないわ。ホールのは混んでるから。そして彼はここにそっと入り、窓の下のその衣装箱に綱を固定して、もう一方の端を窓の外へ投げた」

ロイスはあざけるように頭をわずかに傾けて、彼女の完全に正確な推理を認めた。エレノアの次の発言は、彼をふたたび動揺させた――今度は恐怖による動揺だ。「もっとよく考えてみると、あなたはやっぱりブレンナを人質にしてないと思うわ」

故意にジェニファーにそう信じさせていたロイスは、老女を急いで黙らせる必要があると感じた。「なぜそう思うんでしょう？」そう尋ね、綱を繰り出す貴重な時間をうまく手に入れようとした。

「ひとつには、わたしが今夜部屋にもどるとき、甥《おい》がホールの、階段の上り口に警備を置いてたから――間違いなく、こんな事態を防ぐためよ。だからブレンナを人質にするためには、あなたはすでに一度、この壁を登っていなければならないけど、それは途方もない、不必要な骨折りよ。だって、ジェニファーをおとなしく連れていくためだけに、あなたはブレンナを必要としてるんだもの」

その要約があまりにも簡潔で正確だったため、ロイスの老女に対する見解がもうひと目盛り上がった。「だが一方で」ロイスは冷静にゆったりと話し、彼女をじっと見ながら、ジェニファーが堀まであとどれぐらいか判断しようとした。「あなたは私があまり注意深くない男かどうか確信を持てないでいる」

「まったくそのとおり」エレノアが同意した。

ロイスは胸の内で安堵のため息をついたが、彼女が次のように付け加えて言ったとき、それは恐怖に変わった。「でも、あなたがブレンナを人質にしているとは思えないわ。だから、あなたと取引しようと思うの」

ロイスの眉がさっと寄った。「どんな取引です？」

「いま、わたしが警備を呼ばないかわりに、わたしをその窓から下ろして、今夜、いっしょに連れていくの」

たとえ彼女にベッドに誘われたとしても、ロイスはこれほど驚かなかっただろう。なんとか落ち着きを取りもどすと、老女のやせた弱々しい体をじっと見て、いっしょに綱で降りる場合の危険性を考えた。「無理だ」ぴしゃりと言う。

「それなら」レディー・エレノアがそう言って、向きを変え、ドアのほうへ手を伸ばした。「しかたないわね、お若い人――」

いまの苦境に対する悪態を押し殺して、ロイスは綱を繰り出しつづけた。「なぜ私たちと行きたいんです？」

レディー・エレノアの声から横柄な自信が消え、肩が少し下がった。「甥があした、わたしを人里離れた場所へ追い返すつもりだからよ。そんなこと、考えるのも耐えられない。でも」狡猾さを含ませた声で続ける。「わたしを連れてくのが、あなたにもっとも有益だからでもあるわ」

「なぜ？」

「なぜなら」レディー・エレノアが答える。「わたしの姪は、あなたも知ってのとおり、やっかいな女になることがあるわ。でも、わたしの言うことは聞く」

目を好奇心でかすかにきらめかせ、ロイスはこれからの長旅と急ぐ必要性を考えた。〝協力的な〟ジェニファーは、彼の計画の成否に大きく影響する。しかし、ジェニファーの反抗心、強情さ、そして狡猾さを思うと、あの赤毛の悪女が伯母におとなしく従うとは考えにくい。いまでも、血の滲《にじ》んだてのひらに、彼女が噛んだ歯の痛みが感じられるのだ。「率直に言って、それは信じがたいですね」

老女が白い頭を上げ、さげすむようにロイスを見た。「それがわたしたちの習慣なのよ、イングランドのお人。だから、彼女の父親はわたしを呼んで、あした彼女があなたと行くときにわたしを同行させるつもりだったのよ」

ロイスは老女を連れていく利益と、彼女のせいで速度が遅くなる問題点をもう一度考えた。連れていくのはよそうと決めたとき、レディー・エレノアがこう言って、彼の考えを変えた。

「わたしを残してったら」悲しげに言う。「あなたが彼女をさらったことで、甥はわたしをきっと殺す。彼のあなたに対する憎悪は、わたしへの愛よりも――さらに言えば、かわいそうなジェニファーへの愛よりも――大きいの。あなたがわたしたち両方を黙らせることができたとは、甥は信じない。わたしがあなたのために、そこに綱を置いたと考えるでしょうね」

心のなかでスコットランド女すべての破滅を願いながら、ロイスはためらい、それから頭をぐいと動かして、不承不承の同意を示した。

綱があばらに痛いほど食いこみ、石の壁で腕と脚が広くこすれて、ひりひりするなか、ジェニーは息を呑んで下をちらりと見た。堀のどんよりした暗さのなかに、二人の男の姿をなんとか見分けられた。水面に不気味に立っているように見える。その理性を失った考えを断固として押し殺し、目を細くすると、彼らの下に平らな筏《いかだ》の輪郭が見えた。それからすぐ、大きくざらついた手が闇から伸びてきて、彼女の胴をつかみ、冷淡に胸をかすった。アリックがジェニーを縛っていた綱をほどき、それから不安定な間に合わせの筏へ彼女を下ろした。

ジェニーは頭の後ろへ手をやり、猿ぐつわの黒い布をほどきはじめたが、アリックが彼女の手をぐいと下ろし、背中で手荒に縛ってから、優しさをまったく見せずに、揺れる筏に立つもうひとりの男のほうへ彼女を押し、その男が彼女を捕まえた。恐ろしい体験でまだ身を震わせながら、ジェニーは気がつくと、ステファン・ウェストモアランドの無表情な顔を見つめていた。彼は冷淡に顔を背けると、ずっと上にある暗い窓のほうを見上げた。ジェニーはぎこちなく筏に腰を下ろし、彼女にはもはや訳のわからない世界で、かろうじて見つけたわずかな安心をありがたく思った。

数分後、筏のふたりの男たちの沈黙が、ステファン・ウェストモアランドの低い、驚愕のささやきによって破られた。「いったい――！」そう漏らして、ジェニファーが下りてきたばかりの城壁を驚きの目で見つめる。

ジェニーは頭を上げ、男たちの視線を追った。ロイス・ウェストモアランドが水面へ向かってなすすべもなく落ちてくる光景を半ば期待して。目に入ったのは、まぎれもなく、小麦の袋みたいに人間を肩に担ぎ、綱で腰のところに結びつけている男の姿だった。

彼が担いでいるのが、かわいそうなエレノア伯母さんだと気づいて、ジェニーは立ち上がりかけたが、筏が上下に揺れ、アリックが顔を向けてきて、おとなしくしていろと鋭い視線で警告した。息もできないほど緊張して、ジェニーは待ち、痛々しいほどの遅さで不格好な輪郭が綱を下りるのを見守った。アリックとステファン・ウェストモアランドが手を伸ばし、自分たちの共謀者をつかんで筏に下ろすまで、ジェニーは普通の呼吸ができなかった。

ロイスがまだ〝人質〟と自分の綱を解いているあいだに、筏が遠い岸へ向かってすいすいと動きはじめた。同時に、ジェニーはふたつのことに気づいた。彼女とは違って、エレノア伯母さんが悲鳴を防ぐ猿ぐつわをされていないことと、向こうの土手の木立にいた男たちが引く綱によって、筏が向こう岸へ向かっていることだ。

稲妻の明るい閃光《せんこう》が二度、ぎざぎざの青い光で空を引き裂き、ジェニーは振り返って、城壁にいる警備兵がこちらを向き、怒った空によって照らされた筏を見てくれるよう祈った。しかし、よく考えてみると、見てくれるよう祈る理由はないし、自分が猿ぐつわをされる理由もないと物憂げに思った。どちらにしても、ロイス・ウェストモアランドとともにメリックを離れる運命なのだ。恐怖が静まるにつれ、こうして離れるほうが、彼の妻として離れるよりもいいと判断した。

17

二日間、力を蓄えた嵐が、猛烈な勢いでうなり、いつもの夜明けよりも丸二時間長く空を暗くしていた。しっかりした若木をへし折りそうな雨が彼らの頭をたたき、顔を打ったが、それでも一行は、可能な場合には森に守ってもらいながら、根気強く進みつづけた。

ロイスは背を丸くして、背中に雨が当たるようにしていた。この姿勢が、この行進すべての原因である、胸にもたれて落ち着きなく寝ている疲れた女にも雨よけの場所を与えていることがしゃくだった。

太陽が頭上の黒い雲に完全に征服され、まるで永遠に続く夜明けのなかを馬で進んでいるようだった。雨がなかったら、探していた場所を何時間も前に見つけていただろう。ロイスはゼウスのつややかな首をなんということもなく軽くたたいた。父と同じく易々と倍の重荷を運ぶソアの息子に満足していた。手袋をした手のわずかな動きが、ジェニファーを眠りから起こしたらしく、彼女は温かなロイスの体にさらにすり寄った。かつて、そう遠くない昔、その同じかすかな動きに、ロイスは彼女を胸に掻き寄せたくなったものだが、きょうは違う。

もうそれはない。彼女の体が必要になったときは、使わせてもらうつもりだが、優しく慎重に扱うことは二度とない。狡猾な小娘に欲望を感じはしても、それ以上のものは感じない。決して。彼女の若さ、大きな青い目、感動的なうそに、以前はだまされたが、もうだまされない。

自分がどこにいて何をしているのか突然気づいたかのように、ジェニーが彼の腕のなかでもぞもぞと動き、それから目をあけて、何が起こったのか理解しようとするかのように、まわりを見た。「わたしたち、どこにいるの？」ロイスが彼女を城壁から下ろして以来、はじめて発せられた言葉は、眠けから声が魅力的にかすれていた。ハーディン城でいっしょに過ごした、終わりのない情熱的な夜に、ふたたび愛し合おうと彼女を起こしたときの声を、それはロイスに思い出させた。

彼は顎を緊張させて、その記憶を冷酷に拒絶し、上を向いたジェニファーの顔をちらりと見下ろした。いつもの尊大さに取って代わって、当惑が浮かびはじめていた。

ロイスが黙ったままでいると、ジェニーがうんざりしたため息とともに、しつこく尋ねた。

「わたしたち、どこへ向かっているの？」

「南西よりの南へ向かっている」ロイスがあいまいに答える。

「わたしに目的地を教えるのは、そんなに不都合なの？」

「そう」ロイスが歯を食いしばって言った。「不都合だ」

残っていた、しびれるような眠けが消え、ジェニーが背をしゃんとさせると、彼のひと晩の苦労がよくわかった。ロイスの大きな体の保護から出たとたん、雨が顔に当たり、彼女はそばにいるマントを着た人々の姿へ視線をさっと移した。馬の上で体を丸め、静かに森を進んでいる。左側にステファン・ウェストモアランド、右側にアリックがいた。エレノア伯母さんはすっかり目覚めていて、背筋を伸ばして鞍《くら》に座り、安心させるような笑みを浮かべてジェニーを見ている。その表情から、寡婦用住宅以外ならどこでも満足だということが明らかだった。昨夜、筏の上で、エレノア伯母さんはなんとか小声でジェニーに声をかけ、自分を伴うように公爵をだましたのだと言ったが、それ以外については、ジェニーは何も知らない。実際、ジェニーの猿ぐつわは、眠ってしまうまではずされなかった。

「ブレンナはどこ?」ジェニーははっと息を呑み、新たな注目の的にさっと思考を向けた。「彼女を解放したの?」

ジェニーは有益な返事はもらえないと予想していたのに、答えが返ってきた。皮肉たっぷりの口調で、ロイス・ウェストモアランドが答える。「彼女は一度も捕らえていない」

「くそったれ!」ジェニーが激怒して言い、それから驚いて息を呑んだ。襲いかかる蛇みたいに、ロイスの腕が体に巻きついてきて、呼吸ができなくなるのと同時に、彼の胸に強く引き寄せられたからだ。「二度と」恐ろしい声で彼が言う。「私にそんな口を利くな!」

ロイスがさらに言おうとしたとき、前方の丘の中腹に、長い石造りの建物があるのが目に入った。ステファンのほうを向いて、弱まりつつある雨に負けない声で言った。「あそこのようだ」言いながら、馬に拍車をかけ、全速力で走らせた。彼の横と後ろにいた五十人の一団が同じようにし、一瞬後、彼らは轍《わだち》のできた道を疾走していた。激しい揺れに文句を言うエレノア伯母さんの声が、蹄《ひづめ》の音よりも大きく響く。

小修道院であることが明白な建物の前で、ロイスが馬を止めて、ジェニーを座らせたまま、馬を下りた。ジェニーは怒りと好奇心に満ちた目でロイスの背をにらみ、彼がステファンに何を言っているのか聞き取ろうとした。「アリックは私たちといっしょにここに残る。予備の馬を置いていってくれ」

「レディー・エレノアは？　彼女が旅に耐えられなかったら？」

「そのときは、田舎屋を見つけて、置いていくんだ」

「ロイス」ステファンが心配そうに顔をしかめて言う。「これまでみたいなばかはするなよ。メリックの連中がすぐ後ろにいるかもしれないんだ」

「計画を知らなかったとへイスティングズとドゥーガルを納得させようとして、やつはきょうの大部分を使ってしまうだろうし、その後は、われわれの足跡を見失ったあと、行方を捜しまわらなくてはならない。それでたっぷり時間がかかるはずだ。たとえそうではなくても、われわれの騎士たちはすべきことを知っている。おまえはクレイモアへ向かって走り、あらゆる攻撃に対する備えを万全にしておくんだ」

不承不承うなずいて、ステファンが馬を翻《ひるがえ》すと、走り去った。「計画？」ジェニーは興奮して尋ね、情報を教えない誘拐者をにらんだ。

「おまえはまったく狡猾なうそつきだ」ロイスがぴしゃりと言い、ジェニーの腰をつかんで、鞍から下ろした。「なんの計画か知っているだろう。おまえも噛んでいるのだから」ジェニファーの腕をつかみ、彼女の濡れそぼったマントの重さもかまわず、小修道院のドアのほうへ引っ張った。「もっとも」怒りのこもった大股で歩きながら、辛辣に付け加える。「おまえみたいな激しやすい女が、実際に修道院に身を捧げるほうを選ぶとは、想像するのがむずかしいが。男と結婚するほうがましだろうに——私を含めた、どんな男とでも」

「なんの話かわからないわ！」ジェニーは叫んだ。平和な小修道院に——とくに、ほとんど人けのないこの修道院に——どんな新たな恐怖が潜んでいるのか、必死に考える。

「私が言っているのは、昨夜、晩餐のあいだに城に到着したランダガンの女子大修道院長のことだ。彼女の小さな〝軍隊〟を引き連れてな。おまえはよく知っているはずだ」鋭くそう言うと、ロイスは拳を上げ、オークの重いドアをどんどんとたたいた。「雨で到着が遅れたせいで、ベネディクト修道士は式を遅らせるため、仮病を使わなくてはならなかった」

怒りで胸を上下させながら、ジェニーはロイスのほうを向いた。憤怒で目が火花を散らしている。「まず第一に、わたしはランダガンもそこの大修道院も聞いたことがないわ。第二に、大修道院長が到着したところで、なんの違いがあるの？　さあ」彼女はわめいた。「何か言いなさいよ。わたしの理解するところでは、あなたはわたしをベッドから引きずり出し、城壁へ放り出し、嵐のなか、スコットランドを移動して、ここへ連れてきた。なぜなら、わたしとの結婚を一日たりとも待ちたくないから」

ロイスの傲慢な視線が、ジェニーのむき出しの、濡れた胸へ移動し、彼女はその憎悪の視線に、心のなかでしりごみした。「うぬぼれるな」ロイスが辛辣に言う。「死の脅しに加え、貧窮の脅しがなかったら、おまえとの結婚に同意はしなかった」

腕を上げて、ロイスがオークの板をせっかちに力強くたたくと、ドアがあき、驚いた修道士の上品な顔が現われた。一瞬、修道士を無視して、ロイスは未来の花嫁を軽蔑するように見た。「われわれがここにいるのは、われわれが大急ぎで結婚するよう、ふたりの王が決めたからで、それをこれからしようとしているんだ。おまえには、戦争をもう一度やり直す価値はないからな。それに、斬首されるという見通しは、私の感情を害する。だが、何よりも、私たちがここにいるのは、おまえの父親の計画を挫折《ざせつ》させることが、抵抗できないほど魅力的に思えるからだ」

「あなたは狂っている！」ジェニーは胸を上下させながら言った。「それに、悪魔よ！」

「そしておまえは」ロイスが冷静に応じた。「あばずれだ」そう言ってから、衝撃を受けている修道士のほうを向き、ためらうことなく告げた。「このご婦人と私は、結婚を望んでいます」

ドミニコ会の白い長服と黒いマントを身につけた敬虔な男の顔に、滑稽な驚きの表情が浮かんだ。礼儀正しさというよりも衝撃から、一歩後ろに下がり、ふたりを静かな小修道院のなかへ導く。「私は――私はあなたの言葉を聞き間違えたようですね」

「いいえ、そうではありません」ロイスは大股でなかへ入りながら、ジェニファーの肘を引っ張った。立ち止まり、高い位置にある、美しいステンドグラスの窓をじっくりと見てから、呆然《ぼうぜん》とした修道士へ視線を下ろす。眉がせっかちに寄った。「それで?」

二十五歳ぐらいの修道士は、はじめの衝撃から回復し、ジェニファーのほうを向いて、穏やかに尋ねた。「私はグレゴリー修道士です。これがどういうことなのか、あなたが教えてくれませんか?」ジェニーは周囲の神聖さに無意識に反応して、ロイスの命令するようなバリトンよりもっと適切な静かな声で、震えながら丁寧に答えた。「グレゴリー修道士、助けてください。この男はわたしを家から誘拐したんです。わたしはジェニファー・メリックで、父は――」

「不誠実で狡猾な私生児だ」ロイスがぴしゃりと言い、ジェニファーの腕に指を痛いほど食いこませて、黙らないと骨を折るぞと警告した。

「な――なるほど」グレゴリー修道士は賞賛に値する落ち着きを伴って言った。眉を上げ、期待するようにロイスを見る。「ご婦人の身元がわかり、彼女の父親の出生にまつわる、どうやら堕落した事情が明らかになったところで、今度はあなたの身元をお尋ねするのは無遠慮でしょうか？　そうならば、私が当てずっぽうを言ってみることも――」

ほんの一瞬、怒りにかわって愉快そうな敬意を顔に浮かべ、ロイスは毅然《きぜん》とした若い修道士を見た。はるかに背の高いロイスに見下ろされても、修道士はまったく恐怖を見せない。

「私は――」そう言いかけたが、ジェニーの怒りの声が割りこんだ。「彼は〝黒い狼〟よ！　スコットランドの災い。獣で、頭がおかしいの！」

彼女の突然の怒りの声に、グレゴリー修道士は目を大きくしたが、外見上は冷静さを保った。うなずいて言う。「クレイモア公爵」

「正式な紹介が終わったのですから」ロイスは修道士にそっけなく言った。「結婚式の台詞《せりふ》を言って、終わらせてください」

大いに威厳をこめて、グレゴリー修道士が答えた。「通常は正式な手続きが必要です。しかしながら、この小修道院やほかの場所で聞いたところでは、教会とジェームズ王はすでに認可している。ゆえに、ここに障害はまったくありません」ジェニーの気分が沈み、それから修道士が彼女のほうを向いてこう言うと、途方もなく舞い上がった。「しかしながら、あなたはこちらの人と結婚したくないように見える。そうですか？」

「はい！」ジェニーは叫んだ。

若い修道士はほんの一瞬、勇気を集めるのにためらってから、彼女の隣りの、力強く冷酷な男のほうへゆっくりと向き直った。「ウェストモアランド卿――閣下――結婚式を執り行なうのに、こちらの女性の同意がなくては――」クレイモア公爵にあざけるように無言で見つめられつづけて、言葉を途切らせた。まるで何かを――命じられたとおりにするしかない何かを――グレゴリー修道士が思い出すのを、公爵は待っているようだった。

はっとうろたえて、修道士はそもそも考慮すべきだったことに気づき、ジェニファーのほうへ向きをもどした。「レディー・ジェニファー」優しく言う。「もっとも屈辱的な状況にあるにちがいないいま、あなたを苦しめるつもりはないのですが、あなたが数週間、こちらの人と……いっしょに……いたということは世間で知られていて、ですので――あなたは――」

「わたしの意志ではありませんでした」ジェニファーは静かに反論し、ふたたび罪悪感と屈辱感を覚えた。

「わかっています」グレゴリー修道士が優しくなだめる。「しかし、挙式を拒否する前に、私は尋ねなくてはなりません。その……人質として過ごしたときの結果として、身ごもっていないと確信しているかどうかを。確信がないのなら、生まれるかもしれない子のために、この式を執り行なわねばならないのです。やむをえないのです」

このじつに屈辱的な会話に、ジェニファーの顔は真っ赤になり、ロイス・ウェストモアランドに対する嫌悪感は、比類のないほど高まった。

「いいえ」彼女はかすれた声で言った。「その可能性はまったくありません」

「そうなると」グレゴリー修道士が勇敢にも公爵に告げる。「私には無理だと理解していただかねば――」

「完全に理解していますよ」ロイスはもの柔らかな、思いやり深い声で言った。ジェニーの腕をつかむ力は痛いほど強くなっている。「すみませんが、十五分ほどしたらもどってきます。そのときには、式を執り行なえます」

ジェニーは狼狽《ろうばい》し、その場に金縛りになってロイスを見つめた。「わたしをどこへ連れていくの？」

「ここのすぐ後ろにあった小屋だ」無情な冷静さを伴って、彼が答える。

「どうして？」ジェニーは恐怖に声を大きくし、彼の手からふたたび逃れようとした。

「結婚をやむをえないものにするためだ」

ジェニーはロイス・ウェストモアランドならできるし、きっとするだろうと確信した。彼女を小屋へ引っ張っていき、手籠《てご》めにしてから、ここへ連れもどし、修道士がふたりを結婚させるしかない状況にすることを。猶予の希望が、抵抗する気力とともに消え去り、敗北感と屈辱感で、彼女の肩ががっくりと下がった。「あなたを憎むわ」ひどく冷静に言う。

「完全な結婚のための、完全な基礎だ」ロイスが皮肉っぽく答えた。修道士のほうを向いて、そっけなく命じた。「やってください。すでにここで時間を使いすぎている」

数分後、愛や恋慕のかわりに憎悪を基礎にした、不自然な婚姻に永遠に束縛されたジェニーは、小修道院から連れ出され、ロイスの馬に乗せられた。ロイスに予備の馬に乗らずに、振り返ってアリックに素早く話しかけ、アリックがうなずいた。ジェニーは巨人が何を命じられたのか聞き取れなかったが、彼が向きを変え、小修道院に断固とした足取りで入っていくのを見た。

「なぜ彼はあそこへ入っていったの？」グレゴリー修道士がきょうは小修道院にひとりでいると言ったことを思い出し、ジェニーは叫んだ。「彼はあなたの脅威にはならないわ。旅の途中で小修道院に立ち寄っただけだと言っていたじゃない」

「黙れ」ロイスがぴしゃりと言い、彼女の後ろに乗った。

次の一時間は、ぼんやりとした記憶になった。ぬかるんだ道をがむしゃらに走るさい、馬の動きがジェニーの尻に当たることだけが、はっきりと意識された。分かれ道に近づくと、ロイスが突然馬を森に入れ、それから何かを待つかのように止まった。数分が過ぎ、さらに数分が過ぎる。ジェニーはなぜ待っているのかと思いながら、道をじっと見た。やがて見えた。恐ろしい速度で疾走してくるのはアリックだった。伸ばした手で、隣りを走る予備の馬の手綱を握っている。そして、乗馬がはじめてであるかのように、その馬の背で跳ねていたのは、グレゴリー修道士だった。必死に鞍頭にしがみついている。

ジェニーはかなり滑稽な光景をあきれて見つめた。グレゴリー修道士が近くまで来て、彼の顔に浮かんだつらそうな表情を実際に見るまで、自分の目が信じられなかった。夫のほうへ顔を回して、激怒しながらまくし立てた。「あなた――どうかしている！　今度は聖職者をさらうなんて！　なんてことをしたの！　神聖な修道院から聖職者をさらったのよ！」

ロイスが視線を彼らから妻のほうへ移し、感情を示さずに冷静に見つめてきた。その関心のまったくないようすは、ジェニーの怒りをさらに増しただけだった。「このことで、あなたは絞首刑よ！」怒りと喜びをこめて予言する。「教皇さま自身がきっとそうさせる！　あなたは打ち首になって、はらわたを引き出され、体を四つ裂きにされるの。槍の先に首を吊され、はらわたは餌に――」

「頼む」ロイスが大げさに脅えて言った。「私に悪夢を見させないでくれ」

運命をあざ笑い、犯罪を無視できる彼の能力は、ジェニーには耐えられないものだった。何か興味深い怪物を見るかのように、肩越しに夫を見つめ、喉を締めつけられたようなささやき声で言った。「あなたが厚かましくすることに、限度はないの？」

「ない」ロイスは言った。「限度はまったくない」手綱をぐいと引き、ゼウスを道のほうへ向け、アリックとグレゴリー修道士が来ると、馬の腹に拍車を当てた。ジェニーはロイスの頑固な表情から視線を引きはがし、ゼウスのひらひら翻るたてがみをつかんで、気の毒なグレゴリー修道士を同情して見た。弾みながら通り過ぎた彼は、恐怖で大きくなった目をジェニーに必死に向けていた。無言の懇願と脅えた苦悩が見て取れた。

彼らは夕暮れまでその恐ろしい速度で走りつづけ、馬を休め水を与えるときだけ止まった。

ロイスがついにアリックに止まるよう合図し、森にしっかり保護された、小さな草地に適当な野営場所を見つけたころには、ジェニーは疲労で足を引きずっていた。翌日の朝早くに雨はやんで、淡い太陽が顔を出し、やがてぎらぎらと照って、谷から湯気が立ちのぼり、湿った、重いベルベットのドレスに身を包んだジェニーの不快さを十倍にした。

男たちの目から逃れて用を足したジェニーは、疲労で顔をしかめて茂みから出た。どうしようもないほどもつれた髪を指で梳きながら、とぼとぼと火のところへ行き、殺意のこもった目をロイスに向ける。彼は、まだ気力がたっぷりあって油断のない顔をしており、片膝《ひざ》をついて、自分で熾した火に薪を投げていた。「言わせてもらうけれど」夫の広い背中に向かって、ジェニーは言った。「これがあなたが長年送ってきた生活なら、全然うらやましくないわね」彼女は返事を期待していなかったし、たしかに返事もなかった。そして、エレノア伯母さんのことがだんだんわかりはじめた。二十年近く、話し相手なしで生きてきて、人恋しくてたまらなかったから、伯母さんは話を聞いてくれる人を見つけたら、相手が喜んで聞いてくれようとくれまいと、だれにでもぺちゃくちゃしゃべるのだ。一昼夜、ロイスの沈黙に付き合ったジェニーは、彼に怒りを吐き出したくてたまらなかった。

立っているには疲れすぎていたので、ジェニーは火から数歩離れた落ち葉の山へ腰を下ろし、湿ってはいるものの、傾いたり、揺れたり、彼女の歯をきしらせたりしない、柔らかなものの上に座れる機会を大いに楽しんだ。胸に脚を引き寄せ、腕で抱いた。「もっとも」彼の背に向かって、一方的な会話を続ける。「たぶんあなたは、木立のなかを疾走し、頭をひょいと下げて大枝をかわし、懸命に逃げるのをとても楽しく思っているんでしょうね。そして、それに退屈すると、気晴らしに包囲攻撃や血なまぐさい戦闘をしたり、あるいは無力な、罪のない人々をさらったりするの。あなたみたいな男にはぴったりの生活だわ！」

ロイスが肩越しに見ると、ジェニファーは膝に顎を置いて座り、優美な眉を挑むように上げていた。彼は彼女の大胆さが信じられなかった。この二十四時間にあらゆる試練を受けたのに、ジェニファー・メリック――いや、ジェニファー・ウェストモアランドだ、と訂正する――は、まだ落ち着いて枯れ葉の山に座り、こちらをあざけることができるとは。

ジェニーはもっと言うこともできたが、ちょうどそのとき、グレゴリー修道士が木立からよろよろと出てきて、ジェニーを見、それから彼女の隣りに慎重に腰を下ろした。修道士は座ると、一方の尻からもう一方へ試しに体重を移動し、身を縮めた。「私は――」そう言いかけて、ふたたび身を縮めた。「あまり馬に乗ったことがないのです」悲しそうにそう認める。

グレゴリー修道士は全身が痛くて苦しんでいるにちがいない、とジェニーは察し、無力ながらも同情して、彼に微笑んだ。それから、気の毒な修道士が残虐きわまりないと評判の男の捕虜だと気づき、ふたりを捕らえた男に対する憎悪から、修道士がきっと感じている恐怖をできるかぎり和らげようとした。「彼はあなたを殺したり、拷問にかけたりはしないと思います」ジェニーがそう言うと、修道士が疑いの目で彼女を見た。

「すでに、馬によって、極限まで拷問されていますよ」修道士は皮肉をこめて言い、それから真顔になった。「しかしながら、殺されるとは思っていません。そんな行為は無謀だし、私はあなたの夫を愚かだと思いません。向こう見ずではある。でも、愚かではない」

「では、命の心配はしていないのですね?」ジェニーははじめて〝黒い狼〟を見たときの恐怖を思い出し、修道士をあらためて尊敬の目で見た。

グレゴリー修道士が首を横に振る。「あそこの金髪の巨人が私に言った三つの単語から判断すると、私は証言をするために連れていかれるのだと思います。あなたがちゃんとほんとうに結婚したことを、尋ねられる機会がかならずあるはずだからです。ほら、小修道院であなたに説明したでしょう」悲しそうに認める。「私はたんなる訪問者だと。修道院長とほかの修道士たちは、心が弱った人々に奉仕するために近くの村へ出払っていたのです。私が予定どおり朝に発ってしまったら、あなたがたの誓いを証明する人間がだれもいなかったでしょう」

ジェニーの疲れた心の奥で、激しい怒りの炎が一瞬燃え上がった。「もし彼が——」夫にちらりと怒りの目を向けた。片膝を曲げて、火にさらに薪を投げている。「——結婚の証人を欲しかったのなら、わたしをそっとしておいて、きょうまで待つだけで、ベネディクト修道士が結婚式を行なってくれたでしょうに」

「ええ、知っています。そして、あなたの夫がそうしなかったのは不思議です。彼があなたとの結婚に乗り気でなかった、いいえ、激しく反対したことは、イングランドからスコットランドまで知れ渡っている」

恥ずかしさにジェニーは顔を背け、かたわらの濡れた葉に興味があるふりをして、表面の葉脈を指でなぞった。彼女の隣りで、グレゴリー修道士が優しく言う。「私は率直に話しているのです。なぜなら、小修道院で最初に会ったときから、あなたが臆病ではなく、真実を知るほうを好むと感じていたからです」

ジェニーは屈辱感のかたまりを呑みこみ、うなずいた。自分が望まれない花嫁だと、さらに言えば処女でない花嫁だと、ふたつの国の有力者のだれもが明らかに知っているとわかり、心のなかで身を縮めた。言葉では言い表わせないほど、自分が汚れていて、恥さらしだと感じた――ふたつの国の民衆の前で、卑しめられ、屈服させられたような感覚を覚えた。腹を立てて言った。「この二日間の彼の行為は、処罰されずにすむとは思いません。彼はわたしをベッドから引っ張り出し、塔の窓から放り出し、綱で下ろしたんです。そして今度はあなたをさらった！　マクファーソンやほかの氏族は休戦協定を破棄して、彼を攻撃すると思います！」陰気な満足感をこめて言う。

「いいえ、公式な返報はあまり期待できないでしょう。ヘンリーは、大急ぎであなたと結婚するよう、彼に命じたそうです。ウェストモアランド卿――いや――閣下は、たしかにそれに従った。もっとも彼のやりかたに関して、ジェームズからヘンリーへ多少の抗議はあるはずです。しかしながら、少なくとも理論上、公爵はヘンリーの言いつけに厳密に従ったので、たぶんヘンリーはこのことをおもしろがるだけでしょう」

ジェニーは憤って修道士を見た。「おもしろがる!」

「おそらく」グレゴリー修道士が言った。「なぜなら、〝狼〟同様、ヘンリーもジェームズとの約束を理論上は厳密に守ったからです。彼の臣下である公爵はあなたと結婚した。それも大急ぎで結婚した。しかもそのさいに、彼は厳重に警備されていたはずの城を明らかに突破し、周囲に家族がいたあなたを誘拐した。ええ」教義神学の問題を公正に考えるかのように、修道士は彼女にというよりも彼自身に向かって言葉を継いだ。「イングランドの人々はこれをとても愉快に思うでしょう」

ジェニーは昨夜ホールで起こったことすべてを思い出し、修道士の言うとおりだと気づいた。喉に苦いものがこみ上げ、息ができないほどになる。憎っくきイングランド人たちは、自分たちのあいだで賭けをしていた。実際、ジェニーの夫が、すぐに彼女を屈服させるだろうと、メリックのホールで賭けをしていた。そのあいだ、彼女の親類たちは見守ることしかできなかった——彼女の恥を自分たちの恥だと受け止めて、誇り高い顔をこわばらせ、彼女を見ていた。しかし彼らは彼女の名誉が挽回されるのを望んでいたし、彼女がそうするのを当てにしていた。そしてだれもが決して言いなりにはならなかった。

「もっとも」グレゴリー修道士が、ジェニーにというより自分に向けて言った。「彼がどうしてこんな危険で困難なことをしたのかわかりません」

「彼は何かの計画についてわめき立てているわ」ジェニーは喉が苦しくて、ささやき声で言った。「あなたはどうしてわたしたちについて、こんなに——起こったことを何もかも——知っているんですか？」

「有名な人々についての情報はしばしば、城から城へ驚くような速さで伝わります。ドミニコ会の修道士として、人々のなかへ徒歩で入っていくのは、私の務めであり、特権です」修道士は顔をしかめて、〝徒歩〟を強調した。「私の時間は貧しい人々のなかで費やされますが、貧しい人々は村に住んでいます。そして村があるところ、城があります。情報は領主の私室から農奴の小屋へと漏れていく——その情報が〝狼〟のような伝説的人物に関するものならば、とくに」

「では、わたしの恥はみんなに知られているのね」ジェニーは声を詰まらせた。

「秘密ではありません」グレゴリー修道士は認めた。「しかし、私が思うに、あなたの恥でもありません。自分を責めることはない——」ジェニーの悲しげな表情を見て、急に後悔した。「ああ、許してください。許しと安らぎについてあなたに話すかわりに、私は恥の話をして、あなたを苦しめてしまった」

「謝る必要はありません」ジェニーは震える声で言った。「なにしろ、あなたはあの——あの怪物によって、無理やり捕虜にされ、小修道院から引きずり出されたんですから。ちょうどわたしがベッドから引きずり出され――」

「まあまあ」ジェニーが病的興奮と疲労によって動揺していると感じ、修道士はなだめた。「私は捕虜になったとは言えません。そうではない。それに、小修道院から引きずり出されてもいない。というよりも、あの見たこともないような巨人に、いっしょに来るよう招待されたのです。たまたま、巨人は腰から戦斧を下げていて、その取っ手は木の幹ほどの太さがありますけれどね。だから彼に『来い。危害、ない』と愛想よく怒鳴られたとき、私はすぐさま招待に応じたのです」

「わたしは彼もきらい！」斧で首をはねた、丸々とした兎を二匹持って木立から出てきたアリックを見ながら、ジェニーは小さく叫んだ。

「そうなのですか？」グレゴリー修道士は困惑し、興味をいだいたようだった。「話をしない人間を嫌うのはむずかしい。彼はいつもあんなに口数が少ないのでしょうか？」

「そうよ！」ジェニーは復讐心に燃えて言った。「彼にひ――必要なのは――」涙を抑えようとして、声が詰まる。「――あ――あの氷のような青い目で見ることだけ。そ――そうされると、こちらには彼の望みがわ――わかって、そ――そのとおりにする。なぜなら彼も、か――怪物だからよ」グレゴリー修道士の腕が肩に回されて、とくに最近は同情よりも不運に慣れていたジェニーは、彼の袖に顔を埋めた。「彼がきらい！」グレゴリー修道士が警告するように彼女の腕をぎゅっとつかんでも、ジェニーはかまわず、途切れがちに叫んだ。

「きらいよ、きらい！」

なんとか自制しようとして、ジェニーは修道士から離れた。そのとき、目の前にしっかりと立った黒い深靴に気づき、視線をロイスの筋肉質の脚から腿《もも》へ、そして細い胴と広い胸へとどんどん視線を上げていき、やがてついに彼の半眼の目とぶつかった。「あなたがきらい」ロイスの顔に向かって言う。

ロイスは黙ったまま、冷ややかに彼女を観察し、それからあざけりの視線を修道士へ向けた。皮肉をこめて言う。「信徒の世話ですか、修道士？　愛と許しを説いている？」

ジェニーが驚いたことに、グレゴリー修道士は噛みつくような非難に気分を害することなく、かわりに決まりの悪そうな顔をした。「私は非常に不安に思っているのです」悲しげに白状しながら、ぎこちなく、ふらふらと立ち上がる。「乗馬と同じように、それについても上手でないかもしれないと。レディー・ジェニファーは、私のはじめての〝羊たち〟のひとりなのですよ。主の仕事に就いて、まだ間もないものですから」

「あまり上手ではないな」ロイスはきっぱりと言った。「あおるよりも慰めるのがあなたの目標なのではないかな？　それとも、後援者の好意によって、財布に裏地をつけ、肥え太ることが目標なのか？　もし後者だったら、私を喜ばせるよう妻に助言するほうがいい。憎悪の気持ちを私に話すよう勧めるより」

その瞬間、ジェニーはグレゴリー修道士のかわりにベネディクト修道士がここに現われるのなら、命を捧げてもよかった。なぜなら、ベネディクト修道士なら傲慢な公爵に向かって始めるはずの、雷のような非難の演説を、ロイス・ウェストモアランドが聞かされるところをぜひ見てみたかったからだ。

しかし、その点では、ジェニーは若い修道士をふたたび誤って判断していた。〝黒い狼〟の言葉の攻撃に修道士は立ち向かいはしなかったが、威圧的な敵を前にして、退却したり縮み上がったりもしなかった。「このような僧服を身につけたわれわれを、あなたはあまり高く評価していないようですね」

「少しも」ロイスはぴしゃりと言った。

ジェニーは心のなかで、ベネディクト修道士がこの空き地にいて、目を怒りでふくらませながら、死の使いみたいにロイス・ウェストモアランドへ迫る光景を、あきらめきれずに想像した。しかし、残念ながら、グレゴリー修道士は好奇心をいだき、少しとまどった顔をしただけだった。「なるほど」彼が丁寧な口調で言う。「理由を尋ねてもいいですか?」

ロイス・ウェストモアランドは修道士に痛烈な軽蔑の視線を向けた。「私は偽善がきらいだ。とくに、神聖さがまぶされた偽善が」

「具体的な例をきいていいでしょうか?」

「肥えた財布を持った肥えた聖職者」ロイスは答えた。「飢えた農民に大食の危険性と貧乏の利点を説くやつらだ」くるりと向きを変えると、火のところへ大股でもどった。そこではアリックが、即席の串に兎を刺して焼いていた。

「なんてこと！」ジェニーは少ししてからささやいた。先ほどまで地獄へ落ちてしまえと思っていた男の不滅の魂を心配しはじめていたとは、気づかなかった。「彼は異端者にちがいないわ！」

グレゴリー修道士が奇妙な、考えこんでいるような視線をジェニーに向けた。「もしそうなら、尊敬すべき異端者だ」向きを変え、〝黒い狼〟をじっと見る。公爵は、自分の護衛である巨人の隣りで腰を屈めていた。すっかり気を取られた、ほとんどおもしろがっているような声で、修道士がそっと言う。「非常に尊敬すべき異端者だと思います」

18

翌日ずっと、ジェニーは夫の石のような沈黙に耐えた。そのあいだ、心のなかでは、彼にしか答えられない疑問がぐるぐる回っていた。もう少しで昼というとき、あまりのいらだちから、ついに精神が参って、彼女はひとりつぶやいた。「このクレイモアへの長ったらしい旅はいつまで続くの？　そこが目的地だとして？」

「三日ほどだ。道がどれほどぬかるんでいるかによる」

これだけ。ここ数日でこれだけしか言葉を発していない！　彼とアリックの気が合うのも無理はない、とジェニーは腹を立ててひとりつぶやき、話しかけて夫を満足させることは二度とすまいと誓った。かわりにブレンナに気持ちを向け、妹がメリックでどうしているだろうかと考えた。

二日後、ジェニファーはふたたび精神的に参った。クレイモアが近いはずだと思うと、そこで待ちかまえるものに対する恐怖がどんどん大きくなっていった。馬は三頭が並び、アリックが真ん中の少し前という位置で、田舎道を並足で歩いていた。グレゴリー修道士に話しかけようかと思ったが、彼は少し前屈みになっていて、祈っているように見えた。旅のほとんどを、そうして過ごしている。将来のことから気をそらすために何か話をしたくて、彼女は後ろの男を肩越しにちらりと見た。「あなたの家臣たちはどうしたの――小修道院に着くまではいっしょだった人たちは？」

なんらかの答えを待ったが、夫は冷たく沈黙していた。妻に話すことさえ拒否する夫の残酷さに、ジェニーは理性と警戒の限界の向こうまで突き動かされ、彼に反抗的な目を向けた。「質問がむずかしすぎましたか、閣下？」

ロイスは、三日間ずっと彼女の体が密着していることから来る必然的な結果から身を守るため、まわりに自制の冷たい壁を慎重に築いていた。ジェニファーの軽蔑的な口調が、その壁をちくりと刺した。まぶたを半ば閉じた目で妻をちらりと見て、彼女と会話を始めることの無鉄砲さを考え、黙っていようと決めた。

夫を怒らせて会話することさえ無理だとわかると、ジェニーは突然、彼をだしにして楽しむというめったにない好機を見つけた。子どもっぽい喜びと、うまく隠した憎悪を伴って、相手の参加しない、あざけりの会話をさっそく始める。「ええ、家臣たちについての質問をされてとまどったのね、閣下。いいわ、もっと簡単にしましょう」

ジェニファーがわざとあざけっているとロイスは気づいたが、彼のつかの間のいらだちは、彼女が魅力的で無謀で一方通行の会話を続けるうちに、不承不承の喜びに代わった。「わたしにはよくわかっているわ」彼女が長い、カールした睫毛《まつげ》の下から、偽りの同情をこめた視線を送る。「家臣の質問をしたとき、あなたがそんなにぽかんとわたしを見たのは、知性がないからというより、記憶が欠落したからだって！　ああ」ため息をつき、一瞬、彼のために意気消沈した顔をした。「寄る年波で、もう頭に影響が出ているみたいね。でも、心配しないで」明るく言って、肩越しに励ますような視線をロイスに送った。「わたしが質問をとっても、とっても簡単にして、あなたがどこに家臣たちを置き忘れたのか思い出せるよう手助けするから。じゃあ、わたしたちが小修道院に着いたとき――小修道院は覚えているわよね？」彼を見て、思い出させようとする。「小修道院？　ほら――はじめてグレゴリー修道士に会った、大きな石の建物？」

　ロイスは何も言わなかった。アリックを見ると、彼は何に対しても無表情で、まっすぐ前を見つめている。次に修道士を見ると、ジェニファーが真剣に、悲しげに会話を続けるうちに、彼の肩がいぶかしげに震えはじめた。「かわいそうな、かわいそうな人――グレゴリー修道士を忘れたのね？」彼女が片腕を上げ、肩越しにロイスをちらりと見て、先細の長い指で修道士を指した。「ほら、彼よ」熱心に宣言する。「あの人。そこにいるのがグレゴリー修道士！　見える？　もちろん見えるわね！」わざとロイスを鈍い子どもみたいに扱って言った。「じゃあ、今度は、一生懸命集中してね。次の質問はもっとむずかしいから。グレゴリー修道士のいた小修道院に着いたとき、いっしょにいた家臣たちを覚えている？」希望をこめて、付け加える。「家臣は四十人ほどいたわ。四十人」とても丁寧に強調してから、ロイスには信じられないことに、彼の目の前に実際に小さな手を上げ、五本の指を広げて、優しく説明した。「四十というのは、これと──」

ロイスは彼女の手から視線をはずし、笑い声を呑みこんだ。

「それから、これと」ジェニーはもう一方の手を上げて、大胆にも続けた。「それから、これと」毎回十本の指を上げて、さらに三回くり返した。「さてと！」得意げに締めくくる。

「どこに彼らを置いてきたか、思い出せる？」

沈黙。

「あるいは、どこへ行かせたのか？」

沈黙。

「あらまあ、あなたは思っていたよりもひどいわね」ジェニーはため息をついた。「彼らを完全に見失ってしまったのね。ああもう」夫が沈黙を続けることにいらついて、ジェニーは彼から顔を背けた。夫をあざけるというつかの間の喜びは、怒りの爆発によってだいなしになった。「あまり心配しなくてだいじょうぶよ！　あなたはきっとべつの家臣を見つけて、大修道院から罪のない人を盗んだり、子どもたちを虐殺したりするのを手伝ってもらえるから──」

ロイスの腕に突然力が入り、彼女を胸にぐいと引き寄せた。彼が頭を傾け、そっと言うと、彼の温かな息が耳にかかり、ジェニーの背骨に望んでいないうずきが上ったり下がったりした。「ジェニファー、きみはその愚かなおしゃべりで私の忍耐を試そうとしているが、そんなふうにからかうことで私の気分を悪くしている。そしてそれは間違いだ」彼らの下で、主人の膝の力がゆるんだことにすぐに反応して、馬が歩調をゆるめ、ほかの馬たちを先に行かせた。

しかしジェニーは気がつかなかった。人間の声を聞けて無性に安心し、そして逆に、彼にこれほど長く拒まれたことに腹が立ち、怒りをほとんど抑えられなかった。「ああ、閣下、あなたを怒らせてはいけないのね！」わざと過度に脅えて言う。「そんなことをしたら、あなたによって、恐ろしい目にあわされるかもしれないわけね。ええと――どんな怖いことを、あなたはわたしにできるのかしら？　わかった！　わたしの評判を傷つけるのかも。違う」その件について公平に考えているようなふりをして、先を続けた。「それはできないわ。だって、妹なしでハーディンにわたしを滞在させたときに、あなたはそれを取り返しがつかないほど傷つけてしまったもの。そうだ！」ひらめいて、声をあげる。「無理やりあなたと寝るようにさせるのかも。そうすれば、ふたつの国のあらゆる人に、わたしがあなたとベッドをともにしたと知らせることができる！　でも、違うわ。あなたはもうそれをしたもの――」

ジェニファーがとげのある言葉を吐き出すたびに、ロイスは良心の痛みを覚え、自分はしばしば野蛮人と呼ばれているが、ほんとうにそうなったような気がした。彼女が言葉で彼を殴りつづける。

「やっとわかったわ！　それを全部やってしまったからには、あとはひとつしか残っていない」

ロイスは自制心を保てず、関心がなさそうなふりをしてきいた。「それはなんだ？」

「わたしと結婚するのよ！」ジェニーは勝ち誇って喜ぶふりをしたが、彼に向けたからかいとして始めたものが、いまでは自分に対する不快な冗談のように思え、これまでと同じ、明るい、当てこするような口調で話そうと雄々しく努力したものの、声が苦痛で震えた。「わたしと結婚すればいいの。そしてその過程で、わたしを家から連れ去り、おおやけの屈辱とあなたの軽蔑に満ちた人生をわたしに送らせる。そう、それよ！　それこそがわたしにふさわしいでしょう。大修道院のそばの丘を登り、略奪者である、あなたの弟に会ってしまうという、とんでもない罪を犯したわたしに！」わざと軽蔑するように言う。「ええ――わたしの罪の重さからしたら――はらわたを抜いて、四つ裂きなんて生ぬるすぎる！　その程度じゃ、わたしの屈辱と苦悩が早く終わりすぎるもの。その程度じゃ――」

ロイスの手が突然彼女の腰をさっと上がり、愛撫するように片方の乳房のわきを優しく包んだので、ジェニーは息を呑み、驚きで声が出なくなった。彼女が落ち着きを取りもどすよりも早く、ロイスが額に頬を押しつけてきて、妙に優しい、かすれた声で彼女の耳にささやいた。「やめろ、ジェニファー。もうじゅうぶんだ」彼がもう一方の腕を彼女の腰に回し、自分の胸に引き寄せる。胸を愛撫する手によって彼に抱きかかえられ、彼の安心させるような力に包まれて、未知の冷酷な未来への恐怖と向き合っていたジェニーは、予想外に与えられた安楽になすすべもなく屈した。

しびれたような感覚を覚えながら、ジェニーは緊張を解き、そうした瞬間、彼の腕の力が強まって、彼女をさらに近寄せた。乳房を愛撫していた手が横へ移動し、もう一方の乳房をそっと包む。ロイスはひげを剃《そ》っていない顎を彼女のこめかみに軽く当て、顔の向きを変え、温かな唇で彼女の頬に触れた。手はゆっくり、終わることなく、彼女の乳房と胴の上を滑って、なだめ、愛撫し、彼女の腰に回した腕は、筋肉質の太腿のあいだに彼女を密着させた。苦痛と恐怖しかない未来と向き合ったジェニーは、目を閉じ、不安を寄せつけまいとし、つかの間の心地よさに身を任せた。彼の体に包まれ、彼の力に守られ、ふたたび安全だと強く感じた。

ロイスは、脅えた子どもを慰め、苦痛から気をそらさせているだけだと自分に言い聞かせながら、ジェニファーの首筋から重い髪を払い、キスをした。唇は首から耳へと軽やかに移動し、そこに鼻を押しつけてから、彼女のクリームみたいな頬にそっと触れた。自分がしていることをよく理解しないうちに、彼の手は身ごろを上へと滑って、温かな素肌へ行き、それから服の下へ潜って、心地よい乳房を包んだ。それが間違いだった——抗議からか驚きからか、ジェニファーが身をよじり、彼女の尻が股にかかる圧力が変わって、長い三日間、ロイスが懸命に抑えていた欲望に火がついた。この三日間、股ぐらに彼女の腰を押しつけられ、彼女の胸は手の届くところにあって、誘うように視界に入っていた。その三日のあいだ、抑えていた欲望が爆発し、稲光のような速さで血管を駆け巡り、理性を消し去りそうになった。

ロイスは、痛みを伴うほどの意志の力で、彼女から手を離し、頰に置いた唇を上げた。しかしその瞬間、手が、それ自身の意志を持ったかのように、彼女の顔へ上がった。ジェニファーの顎を親指と人差し指でつまんで、彼女の顔を自分のほうへ向け、上へあげて、この世でいちばん青い目をじっと見る。その目は、混乱と当惑に満ちた子どもの目で、ロイスの頭のなかで、彼女の発言の要旨がぐるぐる回り、もはやじっとしていない良心を突き刺した。

〝丘を登り、略奪者である、あなたの弟に会ってしまった……それこそが、とんでもない罪を犯したわたしにふさわしい……あなたはわたしの評判を傷つけた。無理やりあなたと寝るようにさせて、ふたつの国の人の目の前でわたしに屈辱を与えた。でも、わたしははらわたを抜かれて、四つ裂きにされるにふさわしいわ――なぜって？　なぜなら、わたしは略奪者である、あなたの弟に会ってしまったから……何もかもそのせい……それだけのせい〟

ロイスは自分が何をしているのか考えずに、彼女のなめらかな頰にそっと指を置き、自分が彼女にキスをするだろうと確信した。彼女を非難する権利があるかどうか、もう確信が持てなかった。〝何もかも、わたしが略奪者である、あなたの弟に会ってしまったから……〟

ぽっちゃりした鶉《うずら》が森から走り出て、馬の前の道を横切った。道のわきから、灌木《かんぼく》だ分かれ、少年の丸く、そばかすのある顔がのぞく。少年の目は右手の茂みをじっくりと観察して、クレイモアの森に不法侵入して追っていた鶉を探した。困惑して、ふたたび観察し直す……今度はゆっくり左手を見て……道沿いを調べ……目の前を見て……それから数メートル先を見る。彼の茶色の目は、すぐ左手にいた、大きな黒い軍馬の、力強い脚のところでびっくりして止まった。密猟が見つかったかもしれないと心臓をどきどきさせながら、トム・ソーントンは不承不承視線を馬の脚から上げ、大きく、つややかな胸を通り過ぎながら、乗り手の顔が視界に入ったときに、城の管理人の冷たい目を見ることがないよう強く願った。でも、違う。この乗り手の拍車は金色で、それは騎士であることを示している。トムはほっとしながら、男の脚がとても長く、とても筋肉質だと気づいた——管理人の脚みたいに丸々していない。安堵のため息をついて、トムはちらりと視線を上げ、騎士の脚のそばに下がった盾を見て、恐怖に叫び声をあげそうになった。あの恐ろしい、牙《きば》をむき出しにしてうなる黒い狼の紋章が飾られていたのだ。

トムは逃げようと向きを変え、一歩進んでから、足を止め、慎重に振り返った。〝黒い狼〟の騎士たちがクレイモアへ来るという話があって、〝狼〟自身があの大きな城に住むと言われていたのを、突然思い出したのだ。もしそうなら、馬に乗っている騎士はもしかすると……本物の……。

恐怖と興奮で震える手で、トムは灌木に手を伸ばし、ためらい、話に聞いた〝狼〟についての描写をよく思い出そうとした。伝説では、彼は真っ黒な大きい馬に乗っていて、背が高く、人が彼の顔を見るには体を反らさなければならないということだった――道にいる軍馬はたしかに黒いし、乗っている男は脚が長くて、力強く、とても背の高い男に思える。それからこうも言われてたな、とトムは興奮しながら心のなかで言った。〝狼〟の顔の、口のそばに、Cの形の傷跡があるって――彼がまだ八歳のとき、襲ってきた狼を素手で殺したさいに、狼に付けられた傷だ。

ほんとうに最初に〝狼〟を見たら、羨望《せんぼう》の的になると思ってわくわくしながら、トムは葉を掻き分け、顔をのぞかせ、男の黒い顔をじっと見た。無精ひげの下、口の隅の近くに――あった……傷跡が！　Cの形をしてる！　心臓がどきどきするなか、傷跡を見つめ、それからあることを思い出し、〝狼〟の顔から視線をはずした。熱心に道の前方と後方を見て、アリックと呼ばれる金髪の巨人を期待して探した。夜も昼も主人を守り、木の幹ほどの太い斧《おの》を持っていると言われる巨人だ。

巨人が見つからないと、トムは視線をすぐにもどし、有名な男の全体をじっくり見ようとした。そして、衝撃と驚きに、少年の口がぽかんとあいた。〝黒い狼〟、イングランドで――世界で――いちばん荒々しい戦士は、大きな軍馬にまたがり、若い女を腕にいだいてあやしてる――赤ん坊を抱くように優しくいだいてる！

ロイスは自分の考えに夢中だったので、そばで灌木の枝が折れ、何かが村の方向へ走る、かすかな音にまったく注意を払わなかった。ロイスは、頑固で反抗的で子どもみたいな女――いまでは妻――をじっと見ていた。彼女には、狡猾さとか不正直とか、ほかの面もあったが、いまはその点について考えたくなかった。これから彼女へするキスについての楽しい考えで頭がいっぱいのいまは……。ジェニファーの目はほとんど閉じられ、長くカールした睫毛は、赤褐色の扇みたいに広がって、クリームのような頬に影を投げかけている。視線を彼女の唇へ落とす。柔らかで薔薇色の唇は、キスをするよう男を誘っている。ふっくらした魅惑的な唇だ。

緊張を解き、夢見心地でロイスの胸にもたれたジェニーは、顎をつかんだ彼の手に力が入ったことにほとんど気づかなかった。

「ジェニファー――」

その声が奇妙にかすれていたため、ジェニーが目をあけると、くすぶった灰色の目を見つめていた。形のいい唇が、彼女の唇のちょうど上で構えている。そのとき、彼女は自分が起こしてしまったことに気づき、止めなければどんな結果になるかを知った。ジェニーは首を横に振り、肘を彼のあばらに当て、離れようとしたが、彼の腕にしっかりつかまれていた。

「だめ!」ジェニーは叫んだ。

催眠作用のある、ロイスの灰色の視線が彼女の視線をとらえ、唇が有無を言わせぬ命令をひと言、発した。「いい」

　怒りの抗議の声は、熱い、独占欲の強いキスによって抑えられ、喉でつかえた。そのキスは永遠に続きそうで、ジェニーが抵抗すると、いっそう執拗になるだけだった。ロイスの開いた唇が彼女の唇の上で動いて、開くようにと要求し、彼女の唇が開いたとたん、そのあいだに舌が差しこまれ、キスが優しくなった。彼は長く、いつまでもキスを続け、ハーディンでのふたりのキスがどうだったかを彼女に思い出させようとした。そしてジェニーの不実な心は、まさにそのとおりにした。胸の奥で降伏のうめきをあげて、ジェニーは屈し、彼にキスを返した。一度のキスなどたいしたことではないと自分に言い聞かせていたが、キスが終わったとき、彼女は震えていた。

　ロイスが顔を上げ、ジェニーのうっとりした青い瞳を見下ろした。彼の顔に、純粋な満足に混じって、当惑があることに、彼女は気づいた。「なぜきみが降伏すると、私は征服された者のように感じるのだろう？」

　ジェニーはびくりとして、彼に背を向けた。細い肩がこわばっている。「わたしが屈したのは、小競り合いでにすぎないわ、閣下。戦争はこれからよ」

　クレイモアへの道は大きな弧を描いて、森を迂回している。かなり回り道になるが、木の密集した森のなかを進まないですむ。ひとりだったら、ロイスは近道を通っただろう。もうすぐ城なので、早く見たくてたまらなかったのだ。ロイスは突然、はやる気持ちをジェニファーと分かち合いたくなった。ふたりのあいだの摩擦を小さくするいい方法がほかに見つからなかったため、先ほど尋ねられた質問に答えた。小修道院までいっしょだった男たちがどこにいるかだ。声に笑みを含ませて言った。「まだ質問の答えが知りたいのなら、小修道院までいっしょだった五十人は、五つのグループに分かれて発った。その後、それぞれのグループはわずかに違った経路を取って、メリックの追っ手が追うさいに、より小さな集団に分かれなくてはならないようにした」からかうように付け加える。「それから彼らがどうしたのか、知りたいか？」

ジェニーは金褐色の頭を尊大につんと上げた。「その後はわかっているわ。待ち伏せに都合のいい場所を見つけて、蛇みたいに灌木や岩の下に身を隠し、父たちを背後から攻撃するのを待ったんでしょう」

ロイスは、自分の倫理規定をとんでもなく傷つけた彼女をおもしろがった。「それを考えつかなくて、残念だった」

ジェニファーは返事をしなかったが、肩の緊張が解けた。彼女がもっと知りたがっているとロイスは感じ、その好奇心を満足させてやろうと思った。道の最後の湾曲部を回りながら、説明を続ける。「数時間前まで、配下の者たちはわれわれの二十キロほど後ろにいて、それぞれの方面で十キロほどの幅で散開していた。この数時間のうちに、彼らは近寄ってきていて、まもなく集合し、われわれのすぐ後ろに来るだろう」そして気さくに付け加えた。「彼らは背後にいて、きみの父親たちに背中を刺されるのを待っていたんだ」

「それは必要のないことだったわ」ジェニファーが鋭く言い返す。「そもそもわたしが大修道院からさらわれ、あなたのところへ連れてこられなければ――」

「やめろ！」彼女が敵愾《てきがい》心を持ちつづけることにじれて、ロイスは言った。「いろいろ考え合わせれば、きみはひどい扱いを受けていない」

「ひどい扱いを受けていない！」ジェニーは驚いて叫んだ。「じゃあ、あなたは、無力な乙女を手籠めにし、彼女の評判と、好きな相手と結婚する機会をだいなしにしたことを、親切だと考えるの？」

ロイスは返事をしようと口を開き、それから閉じた。もはや自分の行為を弁護することも完全に非難することもできず、いらついた。ジェニファーの怒りに駆られた観点からすれば、彼女を人質にした行為は卑劣だ。ロイスの観点からすれば、自分の人質の扱いは、紛れもなく礼儀正しい！

馬はすぐに最後の湾曲部を駆け足で回り、ロイスの心から、すべての不快な思いが消えた。手綱を握る手に思わず力が入って、うっかりぐいと引き、不必要にゼウスを急停止させ、その結果、ジェニーが鞍から放り出されそうになった。

ジェニーはバランスを取りもどすと、肩越しに怒りの視線を投げたが、ロイスは遠くの何かをまっすぐ見つめ、唇に微笑を浮かべていた。見ている方向へ顎をしゃくり、彼が奇妙な声でそっと言った。「見ろ」

ジェニーはとまどいながら、彼が何を見ていたのか確認しようと向きをもどした。前方に広がる信じられない美しさに、目が喜びで大きくなった。ふたりの目の前に、金色の秋の輝きに飾られて、広い谷があり、草葺《くさぶ》き屋根の田舎家ときちんと手入れされた畑が点在している。前方の、ゆるやかに起伏する丘には、絵のように美しい村があった。そしてその後方に、広い高原を完全に覆って、巨大な城が建ち、高くそびえる小塔からは旗が翻り、ステンドグラスの窓は陽光を受け、小さな宝石みたいにきらめいている。

馬がきびきびと歩いていくなか、ジェニーは一時的に自分の問題を忘れ、目の前の壮麗さと均整美に見とれた。優雅に丸みを帯びた十二の塔に区切りをつけられて、高い壁が城の四方すべてを完全に囲んでいる。

ジェニーが見ていると、城壁に立つ警備兵たちがトランペットを上げ、長く、音程を変えてひと吹きし、少しして、吊り上げ橋が下がった。まもなく、制服を着た、馬の乗り手たちが橋を渡った。彼らの兜《かぶと》は陽光に輝き、掲げている旗が小さな、活発な点みたいに揺れている。道の前方では、農民たちが畑や田舎家から現われ、村を出て、道のほうへと走り、その両側に並んでいる。ここの領主はわたしたちが来るのを予期していて、この豪華な歓迎を計画していたのだ、とジェニーは胸の奥でつぶやいた。

「さて」ロイスが後ろから言った。「どう思う？」

ジェニーは喜びに目を輝かせて、彼のほうを見た。「すばらしいところだわ」静かに言う。「こんなにすてきなところ、見たことがない」

「きみの夢の王国と比べてどうだ？」ロイスがにやにや笑いながらからかい、ジェニーは自分が城の壮麗さとまわりの美しさを認めたことに、彼が非常に満足していると確信した。

　ロイスの笑みがたまらなく魅力的だったので、ジェニーは心がぐらつくことを恐れ、急いで顔を前方の城へ向けたが、前に広がる美しさには抵抗できなかった。突然、遠い後方から馬の蹄のとどろきが近づいてくることに気づき、ロイスの家臣たちが主人との間隔を狭めようとしているにちがいないと思った。この数日ではじめて、ジェニーは自分の外見をひどく恥ずかしく感じた。彼女はまだ、メリックから連れ去られた晩と同じウェディング・ドレス姿だったが、メリックの城壁を無理やり下ろされ、馬で森を無謀に駆けたせいで、それは汚れ、破れていた。さらに雨でドレスとマントは損なわれ、太陽に乾かされて、色が褪《あ》せ、しみが付き、しわしわというありさまだ。

　だれかとてつもない有力者の城に立ち寄ることが明らかないま、ジェニーはイングランドの貴族や自由農民や農奴にどう思われようとまったく気にならないと自分に言い聞かせたものの、彼らの前で、自分の名を、さらには自分の親族の名を汚すのはいやだと思った。けさ、野営地のそばを流れる冷たい小川で少なくとも髪は洗ったという事実で自らを慰めようとしたが、唯一の取り柄である髪が小枝や葉だらけの、もつれた髪のかたまりだと過敏なほど感じていた。

後ろを向き、少し不安げにロイスを見て、尋ねた。「ここの領主はだれ？　こんな場所をだれが持っているの？」

ジェニファーと同じぐらい、丘の上の城に魅了されていたようすのロイスが、視線を彼女に移した。あざけるように、愉快そうに、目が輝いている。「私だ」

「あなた！」ジェニーは声をあげた。「でも、クレイモアに到着するのは、三日後だろうって言ったじゃない。二日ではなく」

「道が予想よりも乾いていた」

彼の配下の者たちとはじめて会うのに、こんな醜い姿であることにぞっとして、ジェニーの手が無意識にもつれた髪へいった。外見を気にする女性に共通するしぐさだ。

ロイスはそれに気づいて、大きな軍馬をそっと止め、ジェニファーが髪のもつれを指で解けるようにした。彼女が外見を心配するのがおもしろかった。なぜなら、陽光と新鮮な空気のなかで過ごして、髪が乱れ、クリームのような肌と生き生きとした青い目が健康そうに輝く彼女は、魅力的に見えたからだ。ここは、夫としての最初の公式な命令として、おきまりのベールや頭巾で金褐色の豊かな髪を隠すことを禁止しよう、と心に決めた。彼はジェニファーの髪が下ろされ、肩に大きく広がっているのが好きだったし、厚い、波打つサテンみたいに、枕に広がっているほうがもっと好きだった。

「前もって言ってくれればいいのに！」ジェニーはとげとげしく言い、鞍の上で身をくねらせ、損なわれたベルベットのドレスのしわを伸ばそうとむなしい努力をしながら、前方の道に並んでいる人々を不安の目で見た。遠くに見える、馬上の制服姿の家臣たちは明らかに儀仗兵で、主人を適切に出迎えようと近づいている。「ここがあなたの領地だなんて、想像もしなかった」いらいらして言う。「はじめて見るような目を向けていたじゃない」

「はじめてだ。少なくとも、このような状態ではな。八年前、建築家たちに来てもらって、戦闘をやめたときに欲しい家の計画をいっしょに練った。それを確認するために、もどってこようとずっと思っていたが、ヘンリーがいつも、ほかの場所で私を緊急に必要とした。ある意味では、それがよかったんだ。資産をたっぷり蓄えたいま、私の息子たちは、私と違い、黄金を得るために血肉を削る必要はない」

ジェニーは混乱して彼を見た。「戦闘をやめたって、あなたは言った？」

ロイスが彼女の顔をちらりと見て、愉快そうに皮肉をこめて言った。「メリックを攻撃していたら、それが私の最後の戦闘になっただろう。実際には、きみを連れ去ったときが、私が最後に城の壁を突破したときだ」

驚くべき事実を明かされて、ジェニーは呆然とし、自分のために彼がこの決定をしたのではないかというばかげた考えをいだき、思わずきいてしまった。「それを決めたのはいつ？」

「四カ月前だ」決意をこめたきびしい声だった。「私がふたたび戦闘で武器を取るとしたら、それはだれかが私の持ち物に攻めてきたときだ」その後ロイスは口を閉じて、まっすぐ前を見つめ、やがて彼の顔の筋肉から緊張がゆっくりと解けていった。ついに口を開いたとき、彼はゆがんだ笑みを浮かべて、ジェニーを見下ろしていた。「私が新しい生活で何をいちばん楽しみにしているか、知っているか――夜、眠るときの柔らかなベッドの次に？」

「いいえ」ジェニーは彼の整った横顔を見ながら、自分が夫のことをほとんど何も知らないように感じていた。「あなたは何をいちばん楽しみにしているの？」

「食べ物」機嫌のよさを取りもどして、ロイスが答える。「うまい食べ物。いや――うまいだけではなく、すばらしい食べ物で、一日に三度、出てくる。繊細なフランス料理、香辛料のきいたスペイン料理、そして健康にいいイングランドの料理。皿に載っていて、完全に料理されていなければだめだ――串に刺さっていて、生焼けか、それでもなければ黒焦げというのではなくてな。それから、デザートが欲しい――ペイストリー、タルト、あらゆる種類の菓子」自嘲《じちょう》気味な視線をジェニーに投げ、愉快そうに続けた。「戦闘の前夜、ほとんどの男たちは家や家族のことを考える。私が横になって何を考えていたか、知っているか？」

「いいえ」ジェニーはなんとか微笑を抑えて言った。

「食べ物」

ジェニーは冷淡でいようとする闘いに敗れ、スコットランド人に悪魔の息子と呼ばれるこの男の信じられない告白を聞いて、突然笑い出した。しかしロイスはそれに応えるようにうっすらと笑みを浮かべたものの、彼の注意は遠くの光景へ向かい、うっとりした目で土地や城を眺めた。「この前ここへ来たのは」と、説明を始める。「八年前、建築家たちと作業をしたときだ。城は六カ月包囲されていて、外側の壁は崩れていた。城も部分的に壊されていて、このあたりの丘はすべて焼かれていた」

「だれが包囲していたの？」ジェニーは不思議に思ってきいた。

「私だ」

皮肉な返事が唇にぱっと浮かんだが、ジェニーはこの心地よい雰囲気をだいなしにするのが、突然いやになった。かわりに、さらりとこう言った。「スコットランド人とイングランド人がいつも争っているのも、無理ないわね。だって、考えかたがまったく違うんですもの」

「そうか」ロイスが、上向きになった彼女の顔に、にやりと笑った。「なぜそう思う？」

「あなたも同意してくれるだろうけれど」ジェニーは優しく教えてやった。「イングランド人が自分たちの城を壊すというのは――何世紀もそうしているけれど――とっても変な習慣よ。スコットランド人と――」急いで訂正する。「――ほかの敵と戦って、彼らの城を壊せばいいのに」

「なんと魅力的な考えだ」ロイスがからかった。「だが、われわれは両方をしようと努力している」この返事にジェニーがくすくす笑っているあいだに、先を続ける。「だが、私の知るスコットランド史が正しければ、氏族たちは何世紀も互いに戦っていて、そのうえ、われわれの国境を越えてきて、襲撃し、火をつけ、だいたいにおいて、われわれを〝困らせる〟」

ジェニーはこの話題をおしまいにしたほうがいいと判断し、陽光に輝く巨大な城へ視線をもどし、好奇心に駆られて尋ねた。「だからあなたはここを包囲攻撃したの——ここを欲しいと思ったから？」

「ここを攻撃したのは、持ち主の男爵がほかの男爵たちと共謀し、ヘンリー殺害の計画を立てたからだ。その計画はもう少しで成功するところだった。当時、ここはウィルゼリーと呼ばれていた——持ち主の一族にちなんでだ。しかし、ヘンリーは私がここの名を変えるという条件をつけて、私に与えた」

「なぜ？」

ロイスが皮肉たっぷりの視線をちらりと向ける。「なぜなら、ヘンリーがウィルゼリーを男爵に昇進させ、この場所を褒美として与えたからだ。ウィルゼリーは彼の、数少ない信頼された貴族だったんだ。私は母と父の一族にちなんで、ここをクレイモアと名付けた」そう言い足し、馬に拍車を当て、ゼウスを派手な速歩《はやあし》で前進させた。

城の乗り手たちは丘を下り、前方から彼らに近づいている。ジェニーの背後では、蹄のとどろく音がだんだん近く、大きくなり、紛れもない、全速力で駆ける馬たちの音となった。肩越しに振り返ると、後ろから五十人の男たちが迫ってくる。「あなたはいつもこんなふうに正確なタイミングで物事を計画するの？」ジェニーは不承不承感心して、目を丸くし、尋ねた。

　ロイスは半ば閉じた目で、おもしろそうに見た。「いつもだ」

「なぜ？」

「なぜなら」と、丁寧に説明を始める。「タイミングは、馬に乗って戦闘から離れるための鍵だからだ。盾に乗せられて去らないための」

「でも、あなたはもう戦いをしないのだから、タイミングとかを考える必要はないでしょう」

　ロイスの気だるげな笑みは少年のようだった。「たしかに。しかし習慣になっていて、簡単にはやめられない。後ろにいる男たちは私のかたわらで何年も戦ってきた。彼らは私が口にしなくても、私の考えや望みがほとんどわかる」

　返事をする余裕はなかった。なぜなら城の儀仗兵が、アリックを先頭にして、目の前に来ていたからだ。儀仗兵たちは止まるつもりだろうかとジェニーが思ったちょうどそのとき、全二十五名の儀仗兵が突然、くるりと正確に旋回し、彼女は拍手をしたくなった。アリックがロイスのすぐ前の位置に移動し、背後では、五十人の騎士たちがきれいに列を作った。

　飛び跳ねる馬たちと翻る旗による華麗な行進に、ジェニーは気分が高揚するのを感じ、ロイスのところの人々にどう思われようと気にしないと決めていたものの、急に、激しいいらだちと抑えがたい期待感を覚えた。夫に対するジェニーの気持ちがどうであろうと、彼らは彼女の人々となるのだし、彼女は彼らのなかで一生暮らしていく。彼らに気に入られたいという思いは止められなかった。そう気づいたとたん、汚い外見と肉体的欠点を過剰に意識する気持ちで、ふたたび頭がいっぱいになった。唇を噛みながら、ジェニーは、彼らに好かれますようにと熱をこめて素早く祈り、それから、これからの数分間、どうふるまうのがいちばんいいかを急いで考えた。村人たちに微笑むべきだろうか？ いいえ、この状況ではふさわしくない、と急いで心のなかでつぶやく。でも、あまりに超然としていたくもない。そんな態度をとったら、冷たいとか高慢だとか誤解されるからだ。たしかに彼女はスコットランド人で、スコットランド人は冷たく誇り高いと多くの人に見なされている。そして、彼女はスコットランド人であることに誇りを持っていたが、この人々に――彼女の人々に――近寄りがたい人物だと誤解されるのは、どんなことがあっても避けたかった。

道に並ぶ四百人かそこらの村人たちまであと数メートルというところで、ジェニーは、冷たすぎるとか高慢すぎるとか誤解されるよりも、ほんの少しだけ笑みを浮かべるほうがいいと決断した。唇に微笑を貼りつけ、人目を気にして、最後にもう一度ドレスを撫でてから、しゃんと背筋を伸ばした。

儀仗兵たちが見物人の前を上品に進むうちに、ジェニーの心の内の興奮は当惑に変わった。スコットランドでは、領主が戦闘からもどったとき、勝ち戦であろうとなかろうと、彼は歓声と笑みに迎えられるが、道沿いの農民たちは静かで、用心深く、不安げだ。明らかに喧嘩《けんか》腰の顔も少しは見えるが、ほとんどの顔は脅えながら、新しい領主を見ている。ジェニーはそれを見て、感じて、そして自分たちの英雄をなぜ恐れるのか不思議に思った。それとも彼らがなぜか脅えているのはわたしなのだろうか、とそわそわしながら思う。

その答えはすぐにやってきた。好戦的な男の大声が、張り詰めた空気をついに破ったのだ。「メリックのあばずれ！」彼が叫んだ。この結婚に対する公爵のよく知られた感情を自分たちも持っていると、有名な主人に熱心に示そうとして、人々が言葉をくり返す。「あばずれ！　メリックのあばずれ！」すべてがあまりにも突然起こったので、ジェニーは反応することも、何かを感じることもできなかった。すぐ横にいた九歳ぐらいの少年が土塊《つちくれ》をつかみ、投げ、ジェニーの右頬に命中させたのだ。

ジェニーの驚きの叫びは、ロイスによって消された。彼はすぐに前に身を投げ、予期していなかった攻撃からその体で彼女を守った。持ち上がった腕が何かを、短剣であってもおかしくない何かを投げたところをちらりと見ただけのアリックが、血も凍るような怒りの雄叫びをあげ、鞍からさっと降りると、ベルトから戦斧を素早く取り出し、少年に飛びかかった。少年の標的がロイスだと誤解して、アリックは少年の濃い髪をつかむと、地面から数十センチ上へ持ち上げ、悲鳴をあげる少年の脚が宙でばたばた揺れるなか、巨人の斧が大きな弧を描き……。

ジェニーは何も考えずに反応した。恐怖から生まれた力で、大きく後ろに体を反らし、ロイスをのけて、彼が出そうとしていたなんらかの命令を自分の命令でかき消した。「だめ！——よしなさい！」大声で叫ぶ。「よしなさい！」

アリックの斧が弧のいちばん上で止まり、巨人は肩越しに振り返って、ジェニファーではなくロイスに目を向け、判断を求めた。ジェニーも彼に目を向け、ロイスの横顔に浮かんだ冷たい怒りをひと目見て、彼がアリックにどう言うのか瞬時に知った。「だめ！」興奮して叫び、ロイスの腕をつかむ。彼の顔がさっと彼女に向けられ、一瞬前よりも、いっそう残忍な顔になった。彼の張り詰めた顎の筋肉がぐいと動くのを見て、ジェニーは大きな恐怖をいだき、叫んだ。「あなたの言葉をまねたからって、あなたは子どもを殺すの？　その子は、あなたのわたしに対する感情をはじめとして、すべてにおいてあなたを支持することを示したかったのよ！　お願い、ほんの子どもじゃない！　愚かな子どもなの——」ロイスが冷たく視線をジェニーからアリックに向け、指示を出したため、彼女の声は途切れた。「そいつをあす、私のところへ連れてこい」そう鋭く言うと、ロイスは黒い馬に拍車を当て、突然走らせた。無言の合図があったかのように、背後の騎士たちがすぐさま前へ飛び出し、ロイスとジェニファーの両側に動くカーテンを形作った。

人々からもはや叫びはあがらなかった。それでもジェニーは、村人すべてから完全に離れるまで、楽に息ができず、やがてくたくたになった。疲労困憊《こんぱい》した。なぜか硬直したロイスの体に寄りかかって、心のなかで騒ぎ全体を思い起こす。考えてみると、彼の子どもに対する怒りは彼女のためだったと気づいた。それに、彼は少年に猶予を与えて、ジェニーの願いを聞き入れた。鞍に座ったまま、後ろを向き、ロイスを見る。彼がまっすぐ前を見つづけているので、ジェニーはおずおずと言った。「あなた、わたし――感謝したいの。命を助けてくれて――」

ロイスの視線がさっと向けられ、ジェニーはその灰色の目に激しい怒りを見て、衝撃で身をすくめた。「これから先」ロイスが激怒して警告する。「ふたたび、人々の前で私に逆らったり、あのような口調で私に話しかけたら、どういう結果になるか、私は責任を持たないからな！」

ロイスの目の前で、ジェニファーの表情に富む顔が、感謝から衝撃へ、そして怒りへ変わり、やがて彼女は冷淡に背を向けた。

ロイスは妻の後頭部をじっと見た。あのような、きびしく罰する必要もないいたずらで、自分が子どもの首を切らせると彼女が本気で信じていることで、怒り狂っていた。ジェニファーがあの行動によって、農奴と自由農民全員に同じように信じさせたことで、怒り狂っていた。しかし何よりも、ロイスは自分に怒っていた。村人たちとのあいだであのようなことが起こると予想しておらず、それを回避する方策を講じていなかったからだ。

包囲を計画するときや、戦闘に突入するとき、彼はうまくいかない場合をつねに検討したが、きょう、クレイモアでは、何もかもが順調に進むと決めこみ、愚かにもすべてを運に任せてしまった。

だが一方で、戦闘においては、どんなにささいな彼の命令も予期されていて、疑問や議論なしで実行される、とロイスはいらだちのため息をついた。戦闘には、言い争うジェニファーがいない。ジェニファー――彼女はすべてにおいて、議論をふっかけるか質問してくる。

八年の長きにわたって、見たいと切望してきた場所の美しさを無視して、ロイスはどうすればひと目で、騎士や貴族や郷士や戦いで鍛えられた兵士たちに言うことを聞かせられるだろうかと真剣に考えた。しかし、若く、頑固で、反抗的なスコットランド娘に行儀よくふるまわせるのは無理に思えた。ジェニファーは意外性に満ちていて、何かに対する彼女の反応を予測するのは不可能なのだ。彼女は衝動的で、強情で、妻らしい尊敬の念を完全に欠いている。吊り上げ橋を渡りながら、ジェニファーのこわばった肩にちらりと目を向け、谷での騒ぎがどれほど彼女にとって屈辱的だったかに遅まきながら気づいた。同情のうずきと不承不承の賞賛を覚えながら、彼女はとても若く、とても脅えていて、とても勇敢で、きわめて哀れみ深くもあるとロイスは認めた。ジェニファーの階級のほかの女性なら、彼女のように少年の命乞いをするのではなく、首を求めただろう。

広々した中庭は、城内で暮らしていたり働いていたりする人々でいっぱいだった。馬丁、洗濯女、皿洗い、大工、蹄鉄工、射手、農奴、従僕、それに警備兵だ。もっと上の使用人

——管理人、事務員、執事、食料調達用人——は、ホールへつながる階段に礼儀正しく並んでいる。しかしいま、ロイスはまわりを見て、ほとんど全員がジェニファーに向ける冷たい敵意を見逃さなかったし、彼らのその反応を運任せにするつもりもなかった。混雑した中庭の全員にジェニファーと自分自身がはっきり見えるよう、ロイスは儀仗兵の長のほうを向き、馬小屋のほうをさっと顎で示した。最後の騎士が馬小屋へ向かうために人混みのなかに入る前に、ロイスは馬から降りた。向きを変え、ジェニファーのほうへ手を伸ばして、胴をつかんで地面に下ろす。そうしながら、彼女のかわいい顔がこわばっていて、慎重にだれとも目を合わせないようにしていることに気づいた。彼女は髪を撫でたり、ドレスのしわを伸ばしたりもせず、ロイスの心臓は同情でぎゅっと縮んだ。彼女がもはやどう見えようとかまわないと決めたのが明らかだったからだ。

中庭の人々から不快なざわめきが起こっているのを意識しながら、ロイスは彼女の腕を取り、階段の上り口へ導いた。しかしジェニファーが階段を上ろうとすると、しっかりと引き留め、向きを変えた。

ジェニーは屈辱感のどん底から浮上し、ロイスに必死に目で訴えたが、彼は見ていなかった。彼は筋肉ひとつ動かさずに立ち、きびしく冷酷な顔で、中庭の落ち着きのない人々をじっと見た。ジェニーはみじめさに感覚が麻痺《まひ》した状態にあったが、突然、彼から不思議な力が発せられているように感じた。力がみなに伝わっていく。まるで呪文をかけられたかのように、人々は口をつぐみ、ゆっくりと背筋を伸ばして、目をロイスに向けた。そしてようやく、ロイスが口を開いた。彼の低い声は、雷鳴の力と強さを備えていて、中庭の不自然な静けさのなかで鳴り響いた。

「見よ、おまえたちの新しい女主人、私の妻を」ロイスがきっぱりと言った。「彼女がおまえたちに命じるときは、私が命じたのだ。おまえたちが彼女に奉仕するときは、私に奉仕しているのだ。彼女に尽くす忠誠も尽くさない忠誠も、私に尽くす忠誠であり尽くさない忠誠だ！」

ロイスのきびしい視線が、息も止まるような恐ろしい一瞬、彼らにさっと向けられ、それから彼はジェニファーのほうを向いて、腕を差し出した。

心からの感謝から来る、流れていない涙と、畏怖《いふ》の念に満ちた感嘆を、青い目のなかでちらちら光らせながら、ジェニーは夫を見上げ、ゆっくりと、敬意を表するように、彼の腕に手を置いた。

ふたりの背後で、武具師が手をゆっくりと二度たたいた。鍛冶屋《かじ》も加わった。それから十人あまりの農奴も加わる。ロイスがジェニーを導いて、ステファンとグレゴリー修道士が待つホールのドアへ向かって広い階段を上るころには、中庭全体に拍手が鳴り響いた。それは、心の底からの熱狂を示す、自由で自発的な拍手というより、抵抗するには強すぎる力に圧倒された、魔法にかかった人々のリズミカルな反応だった。

ふたりが広々としたホールに入ったあと、最初に話しかけたのはステファン・ウェストモアランドだった。ロイスの肩を親愛の情をこめてぎゅっとつかみ、彼が冗談を言った。「ぼくがみんなをあんなふうにできればいいのになあ、兄さん」それから意味ありげに付け加える。「ちょっといいか？　話があるんだ」

ロイスはジェニーのほうを向いて、中座の詫びを言った。ジェニーが見ていると、ふたりは、サー・ゴッドフリーとサー・ユースタスとサー・ライオネルがいる暖炉のところへ歩いていった。彼らはみな、ステファン・ウェストモアランドといっしょにクレイモアに先に着いていたのだ、とジェニーは気づいた。

あのような話をしたロイスの信じがたい思いやりにまだ心がぼうっとしていたが、彼の広い肩から視線をはがし、徐々に湧いてきた畏敬の念をいだきつつ、まわりに目を向けた。ジェニーが立つホールはとても広く、天井は木造で非常に高く、なめらかな床はきれいに掃き清められていた。上方には、豪華に彫刻の施された石のアーチに支えられて、広い回廊があり、部屋の一方だけでなく、三方を取り巻いている。四つめの壁には、なかに人が楽々と立てそうな、巨大な暖炉があり、煙突には渦巻模様の装飾がふんだんになされている。戦争と狩りを描いた、大きなタペストリーが壁に掛かり、ジェニーが仰天したことに、二枚の大きなタペストリーが暖炉のそばの床に敷かれていた。ジェニーとは反対側の、ホールのずっと奥には、高座の上に長テーブルが据えられ、ゴブレットや大皿や鉢を並べた食器棚がある。

どの食器も金や銀に輝き、その多くには宝石がちりばめられていた。松明は数カ所の壁のホルダーで燃えているだけだったが、部屋はメリック城ほど暗くも陰気でもない。その理由がわかり、ジェニーは感嘆して息を呑んだ。煙突の横の高い位置に、ステンドグラスの巨大な丸窓があったのだ。

ステンドグラスの窓に夢中になっているジェニーの心に、歓喜の悲鳴に近い声が突然割りこんだ。

「ジェニファー!」エレノア伯母さんが叫んだ。回廊を囲む、肩の高さの壁から下を見ようと、つま先立ちになっている。「ジェニファー! わたしのかわいそうな、かわいそうな子!」そう言うと、視界から完全に消えた。回廊を走っているのだ。エレノア伯母さんの姿は見えなかったが、幸せそうなおしゃべりの声が、彼女がホールにつながる階段へ向かうあいだ、ずっと反響していた。「ジェニファー! あなたに会えて、とってもうれしいわ!」

ジェニーは頭を後ろに傾け、伯母の声を追いながら、回廊に目を凝らした。伯母が話を続けている。「あなたのことがとっても心配で、ほとんど食べられなかったし、眠れなかったのよ。もっとも、どちらもできる体調じゃなかったけれど。だって、不幸にも、最高に乗り心地の悪い馬の上で、弾んだり揺れたりしながら、イングランドを横断したんですもの!」

頭をかしげ、耳を澄ましながら、ジェニーはゆっくりと声を追って、大ホールの反対側に視線を向け、声の主を探した。

「それに天気がどうしようもないほどひどかったの！」エレノア伯母さんが話を続けている。「雨で溺れると確信したとたん、太陽が出てきて、生きたまま焼かれたのよ！　頭が痛くなりだし、骨が痛くなりだして、きっと死んでしまうと思ったとき、サー・ステファンがやっと短い休憩を許してくれて、わたしは薬草を集められたの」

エレノア伯母さんが最後の段を下り、ジェニーから二十メートル先に現われた。ジェニーのほうへ歩きながら、まだしゃべっている。「それはとてもいいことだったわ。一度だけ、わたしの秘密の薬湯を彼に飲ませることができたから。最初は飲むのをいやがって、においを嗅ぎもしなかったのよ」伯母さんは、エールの大ジョッキを唇につけようとしていたステファン・ウェストモアランドのほうをちらりと見て、彼女の発言を認めるよう声をかけた。「ちょっとにおいを嗅ぐことすら、しなかったのよね、あなた？」

ステファンはエールの大ジョッキを下げ、素直に答えた。「そのとおりです」軽く頭を下げてから、エールの大ジョッキを唇へ上げる。ロイスのあざ笑うような視線を慎重に避けていた。アリックがホールに入ってきて、暖炉のほうへ大股で向かうと、エレノア伯母さんは非難の目を彼に投げ、自分のほうへ歩いてくるジェニーに話を続けた。「全体的に言えば、そんなにひどい旅ではなかったわ。少なくとも、メリックを離れたときに、その男、アリックといっしょに乗らなければならなかったときほどは」

暖炉の騎士たちが振り返って、凝視し、ジェニーは突然、恐ろしさから走り出して、伯母のほうへ向かい、斧を振るう巨人に関連するような、危険な話題に彼女を立ち入らせまいと、無駄な努力をした。

ジェニファーに向かって腕を大きく開き、喜びに満ちた笑みで顔をしわくちゃにしながら、エレノア伯母さんは続けた。「アリックは、あなたよりも二十分は前にここに到着したのに、わたしがあなたのことが心配で尋ねても、答えようとしなかったのよ」ジェニファーが来る前に思いを語りつくす時間がないと予想して、エレノア伯母さんは会話の速度を倍にした。「もっとも、彼があんなに気むずかしく見えるのは、卑しさのせいじゃないと思うわ。彼にはきっと問題があるのよ――」

ジェニーは伯母に両腕を伸ばし、ぎゅっと抱きしめたが、エレノアはなんとか体をよじって自由になり、勝ち誇って話を終えた。「腸に！」

その中傷に続く、緊張に満ちた一瞬の静けさは、サー・ゴッドフリーが突然発した大笑いによって破られた。アリックの冷たい視線を受け、その大笑いが唐突にやむ。恐ろしいことに、ジェニーの体内からも抑えられない笑いがこみ上げ、きょうの信じられない重圧や、暖炉の押し殺した笑い声に後押しされて、外に出た。「ああ、エレノア伯母さん！」忍び笑いが止められず、伯母の首に笑顔を埋めて、それを隠した。

「ほら、ほら、かわいい小鳩ちゃん」エレノア伯母さんはなだめたが、その心は、彼女の診断を笑った騎士たちに向けられていた。ジェニーの震える肩越しに、興味をそそられた騎士五人と領主一人をきびしい目で見る。痛烈な声で、レディー・エレノアは彼らに知らせた。「悪い腸は笑いごとじゃないわ」それから視線を怖い顔のアリックへ移し、同情の言葉をかけた。「あなたの顔に浮かんだ気むずかしい表情を見てごらんなさい、かわいそうに——下剤が必要だという紛れもないしるしよ。わたしの秘密の調合からひとつ作ってあげましょうね。すぐにまた、笑顔で機嫌よくなれるわよ！」

ジェニーは伯母の手をつかみ、騎士たちの愉快そうな視線を徹底的に避けて、おもしろがっている夫を見た。「あなた」彼女は言った。「伯母と話がたくさんあるし、体を休ませたいの。よければ、わたしたち——その——」部屋割りについては、どうしても必要になるまでは、話し合いたくないと気づき、急いで締めくくった。「——ええと——伯母の部屋に下がらせてもらうわ」

彼女の夫は、エレノア伯母さんが最初にアリックの名を口にしたときと同じ位置に、エールの大ジョッキを持った手を置いたまま、なんとかまじめな顔を保ち、重々しく返事をした。「どうぞ、ジェニファー」

「まあ、いい考えだわ」エレノア伯母さんがすぐに叫んだ。「あなた、死にそうなほど疲れてるのね」

「だが」ロイスは冷酷な表情をジェニファーのほうへ向け、口をはさんだ。「上階の女中に、きみの部屋を教えてもらうといい。そっちのほうがもっと居心地がいいはずだ。今夜は祝賀会がある予定だから、起きたときに必要なものを彼女に頼んでおくんだ」

「ええ、あの……ありがとう」ジェニーは力なく言った。

しかしホールのいちばん奥の階段のほうへ伯母を導きながら、彼女は暖炉の完全な静けさを痛いほど意識し、彼らがみんな、エレノア伯母さんの次のとんでもない発言を聞こうと耳を澄ましているのだと痛いほど確信した。エレノア伯母さんは彼らを失望させなかった。

暖炉から数歩歩いたとき、伯母が後ずさりし、ジェニファーに新しい家の利点を指摘した――そのいくつかは、ジェニファーもすでに気づいていた。「上を見てごらんなさい」エレノア伯母さんがうれしそうに言って、ステンドグラスの窓を示す。「すばらしいじゃない。ステンドグラスの窓よ！　上の回廊の広さや、サンルームの快適さを、あなたは信じられないでしょうね。それに、燭台は金でできてるの。ベッドには絹が吊り下げられてるし、ほとんどのゴブレットには宝石がちりばめられてるのよ！　じつのところ」思慮深い声で言い放った。「ここを見てから、強盗や強奪というのはとても儲《もう》かるって確信したの――」そう言うと、エレノア伯母さんは暖炉へ向きをもどし、この城を所有する〝強盗兼強奪者〟に丁寧に尋ねた。「強盗や強奪は大変な利益が得られますよね、閣下？　それとも、わたしは間違ってるかしら？」

屈辱で霞んだ目で、ジェニーは夫の大ジョッキが彼の唇までもう数センチのところで止まったのを見た。彼がそれをきわめてゆっくりと下ろし、ジェニーは夫がエレノア伯母さんを城壁の向こうへ投げ捨てさせるのではないかと恐れた。ロイスはそうはせず、頭を丁寧に下げて、真顔で言った。「とても大きな利益ですよ、確かに。職業として、強く勧めます」

「まあ」エレノア伯母さんが叫んだ。「あなたから品のない発言を聞けて、すてき！」

ジェニーは伯母の腕をがっちりとつかみ、階段のほうへ歩きはじめた。エレノア伯母さんが明るく話を続ける。「わたしたち、すぐにサー・アルバートと話をして、着るのにふさわしい服を見つけてもらわないと。前の所有者の持ち物が山ほどあるのよ。サー・アルバートはここの家令で、いい人じゃないわ。おなかに虫がいるのよ、絶対。きのう、彼のためにいい薬湯を作ってあげて、飲むように勧めたわ。彼、きょうはとっても具合が悪いけれど、あすには元気になるわよ。それから、あなたはすぐに少し眠らないと。顔が青くて、疲れてるように……」

四人の騎士がいっせいにロイスのほうを向いた。彼らの顔は抑えられない笑みが浮かんでいる。笑いがかすかに含まれた声で、ステファンが言った。「なんと！　彼女はここへ来る道中はあんなにひどくなかった。それどころか、懸命に馬にしがみついていて、ほとんどしゃべらなかったよ。そのあいだずっと言葉を溜めこんでいたんだろうな」

ロイスはエレノア伯母さんが消えた方向へ、嘲笑するような顔を向けた。「彼女は、こちらの手が縛られていたら、古狐みたいに悪賢くなるぞ。アルバート・プリシャムはどこだ？」突然、家令に会って、クレイモアの状況を直接聞きたくなった。

「病気だよ」ステファンが暖炉のそばの椅子に腰を下ろして答えた。「レディー・エレノアが言ったようにね。だが、きのう着いたときに彼と少し話したようすからすると、心臓の問題じゃないかな。彼は今夜の祝賀会の準備をしたが、兄さんに会うのはあすにしてほしいと言っている。ここを見て回らないか？」

ロイスはエールの入った大ジョッキを下ろし、疲れたように首の後ろをこすった。「あとにする。いまは少し眠りたい」

「ぼくもだ」サー・ゴッドフリーがそう言って、あくびと伸びをいっぺんにした。「まずは眠って、それからうまい食べ物と飲み物を腹に入れたい。そしてそのあとは、温かく、その気のある娘をひと晩じゅう腕に抱く。その順番だ」とにやりと笑って付け加え、ほかの騎士たちが同意してうなずいた。

彼らがいなくなると、ステファンは椅子のなかで緊張をほぐし、少々不安をいだいて兄を見た。ロイスはうわの空で大ジョッキの中身にしかめ面を向けている。「なんでそんないかめしい顔をしているんだ、兄さん？　谷でのあの困った出来事を考えているなら、それは頭の隅にやらないと、今夜の祝賀会がだいなしだぞ」

ロイスは視線を上げた。「私はその最中に〝招かざる客〟が来るかどうか考えていたんだ」

ロイスがメリックから来る人々について言っているのだと、ステファンはすぐに理解した。「ジェームズとヘンリーの使者ふたりはもちろん来るだろう。自分たちの目で結婚の証拠を見たいと要求するだろうが、それについては慈悲深い修道士が証言してくれる。だが、彼女の氏族の者たちはわざわざここまで来るかな？　ここに着いたって、何もできないのに？」

「来る」ロイスはきっぱりと言った。「それに、力があることを見せつけるために、大勢でやってくるだろう」

「それで、来たらどうなる？」ステファンは意に介さない笑みを浮かべた。「彼らは城壁の向こうから叫ぶことしかできないぞ。兄さんはこの城を、兄さんができる最高に激しい攻撃にも耐えるように防備を固めたんだから」

ロイスの表情がきびしく、冷酷なものに変わった。「戦争はもううんざりだ！　それをおまえに言ったし、ヘンリーにも言った。むかつくんだ、何もかもが――血、におい、音が」大ジョッキにおかわりを注ごうと背後に来ていた農奴にも気づかず、荒々しく締めくくる。

「もう完全に気乗りがしない」

「じゃあ、メリックが来たらどうするつもりだ？」

あざけるような灰色の目の上で、片方の眉が冷笑的に上がった。「祝賀会に参加するよう招待するつもりだ」

兄が本気だと気づき、ステファンはゆっくりと立ち上がった。「そのあとはどうする？」

「そのあとは、数で大いに負けているのに、私と戦うのは無益だと彼が気づくよう願う」

「それで、気づかなかったら？」ステファンがなおも尋ねる。「あるいは、こちらのほうがありうるが、彼が一対一の戦いを挑んできたら、どうするつもりだ？」

「おまえは私に何をさせたい――」ロイスはいらだちからかっとなって、鋭い声で言った。「義理の父親を殺させたいのか？　娘には、見物するよう勧めようか？　それとも、彼女は上階へやって、彼女の子どもたちがいつか遊ぶであろう床から、われわれが血を拭いとるまで待たせておくのか？」

今度はステファンがいらだち、怖い顔になった。「なら、どうするつもりだ？」

「寝る」わざとステファンの質問を誤解して、ロイスは答えた。「まず、ちょっと家令に会ってから、数時間寝る」

一時間後、家令に会い、風呂と服を用意するよう使用人に指示を出したロイスは寝室に入り、大いに期待しながら、巨大な四柱式寝台の上で体を伸ばし、頭の後ろで手を組んだ。視線がベッドの上の、紺と金の天蓋《てんがい》へぼんやりと向かった。重い、紋織りの絹の垂れ布は引かれ、金の綱でまとめられている。それから部屋の向こうの壁を見た。ジェニファーが壁の反対側にいることを、彼は知っていた。使用人がそれを知らせてきた。数分前、彼女は部屋に入り、三時間後に起こすことと、風呂の用意、それに祝賀会で着られそうな服の準備を頼んだそうだ。

眠っているジェニファーの姿が思い出された。枕に広がった髪や、シーツの上にむき出しになったサテンのような肌が目に浮かんで、急に欲望が目覚め、体が硬くなった。それを無視して、ロイスは目を閉じた。乗り気でない花嫁と寝るのは、祝賀会のあとまで待つほうが賢明だ、と判断する。結婚の誓いのこの部分の実行を彼女に同意させるには、ある程度の説得が必要だ。それはほぼ間違いないとロイスは思っていたし、いまはそのことで彼女とやりあう気になれなかった。

今夜、ワインと音楽で気分がほぐれた彼女を、ベッドへ連れていこう。だが、乗り気だろうとなかろうと、ロイスは今夜、彼女と体を合わせるつもりだったし、今後はこちらが望むときはいつでもそうするつもりだった。もしジェニファーが熱心にベッドへやってこなくても、こちらが望むのだから、彼女は来ることになる。きわめて単純なことだ、と彼は力強く判断を下した。しかし、眠りへと漂いながら、ロイスの頭に最後に浮かんだのは、並外れて美しく生意気な花嫁が、指を持ち上げ、偉そうに彼に教えている場面だった。「四十というのは――」

19

ジェニーは肩の高さの風呂桶《ふろおけ》から出て、女中が渡してくれた、淡い青の柔らかな部屋着で身を包んでから、風呂桶が置かれたアルコーヴを隠すカーテンをあけた。ゆったりとした部屋着は、とても質のいいものだったが、明らかに、ずっと背の高い人の持ち物だった。袖《そで》は指先より十五センチは長いし、裾《すそ》は一メートルも床を引きずっているものの、清潔で暖かく、ずっと同じ汚れたドレスで数日過ごした身には、すばらしいものに思えた。気持ちのいい火が燃えていて、寒さを寄せつけない。ジェニーはベッドに腰掛け、髪を乾かしはじめた。

女中がブラシを持って背後に来て、ジェニーの豊かな髪のもつれを無言で梳かしはじめた。べつの女中がちらちら光る、淡い金の紋織り物を抱えて現われ、ジェニーはドレスにちがいないと推測した。どちらの女中も明らかな敵意は見せていず、それは、公爵が中庭で告げた警告を考えれば不思議でないと思えた。

あのときの記憶が、謎のようにジェニーの頭を悩ませつづけていた。ふたりのあいだに苦々しい感情があるにもかかわらず、ロイスは公衆の面前で故意に自分の権限を彼女に与えた。彼は自分と同等の立場までジェニーを引き上げたのだが、それは男のする行為としては、とくに彼がする行為としては、とてつもなく奇妙なことに思えた。この場合、親切心からそうしたようにも思えるが、これまでの彼の行動のどれを取っても、ブレンナの解放をはじめとして、彼が自分の目的にかなう、隠された動機なしにした行為はひとつも思い浮かばない。

彼に優しさのような美徳があると考えるのは、愚かだ。彼がどれぐらい残酷になれるのか、ジェニーは自分の目で見ている。子どもが土塊を投げたからといって殺すのは、残酷を超して野蛮だ。もっとも、彼に少年を殺させる気はなかったのかもしれない。ジェニーよりも反応が遅かっただけかもしれない。

ため息をついて、ジェニーは夫の謎を解こうとするのをとりあえずあきらめ、アグネスという女中のほうを向いた。メリックでは、女中と女主人のあいだではおしゃべりやうわさ話や内緒話がつねにあったが、ここの使用人たちがいっしょに笑ったり、うわさ話をしたりするのは想像できず、ジェニーは、少なくとも彼女たちは自分と口をきくべきだと決断した。

「アグネス」慎重に口調を加減して、そっと、丁寧に言う。「そのドレスはわたしが今晩着るもの？」

「はい、奥さま」

「それはだれかの持ち物だったのよね？」

「はい、奥さま」

この二時間、ふたりの女中が言った言葉はこれだけで、ジェニーはいらだつと同時に悲しくなった。「だれのものだったの?」丁寧に言葉を続ける。

「前の領主さまの娘さんです、奥さま」ドアがこつこつたたかれ、ふたりともそちらのほうを向いた。一瞬後、体の大きな農奴三人が床に大きなトランクを置いた。

「何が入っているの?」ジェニーはとまどって尋ねた。どちらの女中も答えられないようなので、ジェニーは高いベッドから下りて、自分で中身を確かめに行った。トランクのなかには、見たこともないほどすばらしい生地が詰められていた。豪華なサテン、紋織りのベルベット、刺繍《ししゅう》の施された絹、柔らかなカシミア、向こう側が見えそうなほど透けたリンネル……。「なんて美しいの!」ジェニーはエメラルド色のサテンに触れながら、ため息をついた。

戸口で声がして、三人の女はくるりと振り向いた。「なら、気に入ったんだな?」ロイスがきいた。ドア枠にもたれて立ち、深紅のシルクの上衣に、青灰色の上衣を重ねている。留め具にルビーのついた、細い銀のベルトがウエストを一周し、大きく、真っ赤なルビーが柄できらめく、礼装用の短剣がそこから下がっている。

「気に入った?」ジェニーはおうむ返しに言い、彼の視線が髪へ移り、部屋着の襟もとで止まったことで、注意がそれた。何を見られているのかと下を向き、大きく開いた襟をさっとつかんで、握りしめる。

ジェニーの慎み深いしぐさを見て、ロイスは唇にかすかな冷笑を浮かべ、それからふたりの女中をちらりと見た。「ふたりきりにしろ」きっぱりと言うと、女中たちは慌てふためいたようすで移動し、彼のわきをできるだけ素早く通り過ぎた。

アグネスがロイスの背後を通ったとき、急いで十字を切ったのを、ジェニーは見逃さなかった。

ロイスがドアを閉め、部屋の向こうから視線を向けてくると、ジェニーの背骨を不安がゆっくりと流れ落ちた。会話に逃げこもうとして、最初に思いついたことを口にする。「女中にあんなふうにきつく言うべきじゃないわ。彼女たち、怖がっていたと思う」

「使用人の話をしにきたのではない」ロイスが静かに言い、ジェニーのほうへ歩きはじめた。部屋着の下に何も着ていないことを強く意識して、ジェニーは慎重に一歩後ろへ下がり、うかつにも床を引きずる裾に足を置いてしまった。それ以上動けなくなり、開いたトランクへ歩くロイスを見守った。彼はトランクのなかへ手を伸ばし、布をぱらぱらとめくった。「気に入ったか？」ふたたび質問してくる。

「何を？」ジェニーは部屋着の喉と胸のところをきつく握っていたため、ほとんど息ができなかった。

「これだ」ロイスがそっけなく言って、トランクを身ぶりで示す。「きみのためのものだ。ドレスでも何でも、好きなものを作るのに使え」

ジェニーはうなずき、トランクへの興味を失ってこちらへやってくるロイスを用心深く見た。

「な――なんの用？」ジェニーは声が震えるのを残念に思いながら尋ねた。

ロイスは手を伸ばせば彼女に届く範囲内で立ち止まったが、手は伸ばさずに、穏やかに言った。「ひとつは、きみが自分の首を絞める前に、服を握る手をゆるめてもらいたい。それよりゆるいロープで首を吊られた男たちを、私は見てきている」

ジェニーはこわばった指を無理やり少しだけ開いた。ロイスが話を続けるのを待ったが、沈黙して彼女を見つづけていたので、ついに先を促した。「それで、ほかには？」

「ほかには」ロイスが穏やかに言う。「きみと話をしたいから、座ってくれ」

「用って――話？」そう尋ねて、ロイスがうなずくと、ジェニーは安堵のあまり言われたとおりにした。青いウールを一メートル引きずりながら、ベッドへ歩き、腰を下ろす。手を上げ、指で額の髪をどけると、一回、大きく首を振って、肩から髪を払った。肩にかかった、波打つ豊かな髪が揺れ、背中に落ちるようすを、ロイスは見守った。

彼女は、体をすっぽり包むような服を着ていても挑発的に見える、この世でただひとりの女性だ、と彼は胸の奥でつぶやいた。ジェニファーは髪に満足すると、ロイスに顔を向けた。注意深い表情をしている。「なんの話をしにきたの？」

「われわれのこと、今夜のことだ」ジェニファーに近づきながら、ロイスは言った。

彼女はかわいい尻を火の上に載せてしまったかのように、ベッドから離れ、二歩、彼から離れ、肩が壁についた。

「ジェニファー――」

「何？」びくびくしながら言う。

「後ろで火が燃えているよ」

「寒いの」彼女は震えて言った。

「もうすぐ、きみに火がつく」

ジェニファーは疑い深そうにロイスを見てから、長い部屋着の裾をちらりと見て、びっくりして叫び、灰からぱっと離した。懸命に裾の灰を払い落とし、言った。「ごめんなさい。すてきな服なんだけれど、少し――」

「私は今夜の祝賀会について言ったんだ」ロイスがきっぱりとさえぎった。「その後、私たちのあいだで起こることについてではない。しかし、その話題になったのだから」ジェニーのうろたえた顔を見ながら続ける。「なぜ私と寝ることに、きみが突然脅《おび》えるようになったのか、教えてくれるんだろうね」

「脅えてなんかいないわ」ジェニーは必死に否定した。どのような弱点も認めるのは間違いだと考えていた。「でも、すでに経験したから――たんに、またしたいという欲望がなくなっただけ。ほら、同じよ――柘榴《ざくろ》に対する気持ちと。食べてみたら、もう欲しいと思わなくなる。わたし、ときどきそんなふうになるの」

ロイスの唇がぴくりと動く。彼は歩を進め、彼女の真正面に立った。「欲望の欠如で不安をいだいているのなら、私が治せると思う」

「さわらないで！」ジェニーは警告した。「さもないと――」

「私を脅すな、ジェニファー」ロイスは静かにさえぎった。「それは間違いで、きみは後悔することになる。私は好きなときに、好きな方法できみに触れる」

「今夜、わたしが得られたかもしれない喜びをすっかり消滅させたんだから」ジェニーは無表情で言った。「出ていってくれる？　着替えをしたいの」

侮辱的な言葉も、ロイスの平静さにはひっかき傷も作らなかったようだが、彼の声はいくぶん優しくなった。「きみが今夜に不安をいだくような知らせを伝えるつもりで、ここに来たのではないが、きみを思い悩ませるより、ことがどう進むのかを言っておいたほうが親切というものだ。私たちのあいだには、ほかにも処理すべき問題がたくさんあるものの、それはあとでもいい。だが、きみの最初の質問に答えると、私がここへ来たほんとうの目的はこれだ――」

ジェニーは彼の腕のわずかな動きに気づかず、キスされるのではないかと、警戒と困惑の目で彼の顔を見つづけた。彼はそれがわかったらしく、引き締まった官能的な唇が笑みでゆがんだが、彼女の顔に近づくことなく、じっと見返した。しばらくしてから、穏やかに言う。

「手を出して、ジェニファー」

ジェニーは自分の手を見下ろし、完全に困惑しながら、部屋着の喉もとを握っていた手の力をしぶしぶゆるめた。「手?」ぽかんとした顔で聞き返し、ロイスのほうへ少し差し出した。

ロイスの左手に指をつかまれ、その温かな感触に、不必要なうずきがジェニーの腕を上った。そのときになってようやく、彼の伸ばした右手のてのひらに、宝石がちりばめられた小箱があり、なかにすばらしい指輪があることに気づいた。重さと幅がある金の指輪には、見たこともないほど美しいエメラルドがはめこまれている。重い指輪が指へはめられたとき、蠟燭の光に、石が明るく輝き、きらめいた。

指輪の重さとそれが暗示するものすべてのせいか、あるいは、見つめてくる彼の灰色の瞳に含まれた、優しさといかめしさの奇妙な組み合わせのせいか、ジェニーの胸の鼓動が倍の速さになった。ざらついたベルベットのような声で、ロイスが言った。「きみと私は、何ひとつ、普通の順番で行なってこなかった。婚約の前に結婚を完了したし、誓約を交わしてから長いこと、指にきみの指輪をはめさせたままでおいた」

ジェニーはうっとりしながら、彼の、真意の知れない銀の目を見つめた。彼の深く、かすれた声が、話を続け、彼女を愛撫し、さらに魅了していく。「そして、これまでのところ、われわれの結婚にはほかにも普通なことは何もないものの、きみに頼みたいことがある

――」

ジェニーは、気息《きそく》の交じったささやき声を、自分の声だとはほとんど気づかなかった。

「頼みって……どんな？」

「今夜だけ」ロイスが言い、手を上げて、ジェニーの赤くなった頰の曲線を指先で撫でる。「ふたりの相違をいったんわきに置いて、普通の結婚の祝宴にいる、普通の新婚夫婦みたいにふるまえないか？」

ジェニーは今夜の会が自分たちの結婚を祝うものではなく、彼の帰宅と、彼女の氏族に対する勝利を祝うものだと思っていた。ジェニーのためらいを見て、ロイスの唇がねじれ、ゆがんだ笑みが浮かんだ。「きみの心を和らげるには、たんなる要求だけではだめなようだから、取引をしよう」

頰を撫でる彼の指の影響と、彼の大きな体が突如として発した、人を引きつける力を強く意識しながら、ジェニーは震える声でささやいた。「どんな取引？」

「私に今夜を与えてくれるお返しに、きみの好きなときに、きみのための夜を与えよう。それをどんなふうに使いたいと望もうが、私はきみの望みに従い、きみといっしょに過ごす」

ジェニーがなおもためらっていると、ロイスが愉快そうに腹を立て、首を横に振った。「きみみたいな頑固な敵に戦場で会わなくてよかったよ。屈服してしまいそうだ」

なぜか、声に賞賛の響きが交じったその告白は、ジェニーの反抗心にかなりの損害を与えた。次のロイスの発言が、それをさらに破壊した。「この頼みごとは、自分のためでなく、きみのためでもあるんだ、かわいい人。今夜までに起こった混乱と、今後起こるであろう混乱を考えたら、われわれは、特別で汚点のない結婚の思い出をひとつぐらい、自分たちのために持ってもいいんじゃないか？」

名状しがたい感情のかたまりがジェニーの喉を締めつける。ジェニーはロイスに対して当然いだくべき不満を忘れたわけではないが、彼が彼女のために村人たちにした、信じられない発言は、まだ心に強烈に残っていた。それに、ほんの数日だけ――今回だけ――彼女が愛されている花嫁で、彼が熱心な花婿のふりをすることは、害がないだけでなく、非常に魅力的だった。ジェニーはついにうなずき、そっと言った。「望みどおりにします」

「なぜだろう」ロイスがジェニーのうっとりするような目をのぞきこみながらつぶやいた。「きみがこんなふうに自発的に降伏するたびに、私は征服された王のような気持ちにさせられる。だが、私がきみの意志に反してきみを征服したときは、降伏した物乞いのような気持ちにさせられる」

ジェニーがその驚くべき告白の衝撃から立ち直る前に、ロイスはドアへ向かって歩きはじめた。「待って」ジェニーはそう言って、小箱を彼に差し出した。「これを忘れているわ」

「それはきみのものだ。なかにある、ほかのふたつもね。あけてみるといい」

小箱は金でできていて、非常に凝った装飾が施されており、上の面はサファイア、ルビー、エメラルド、真珠で完全に覆われている。なかには金の指輪があった。女性用の指輪で、大きなルビーが深くはめこまれている。その隣りには——驚きで額にしわを寄せて、ジェニーは彼を見た。「リボン？」そう尋ね、王の宝石を入れるにふさわしい箱に収まった、きれいに畳まれた、簡素なピンクの細いリボンに目をちらりと向ける。

「ふたつの指輪とリボンは母のものだった。ステファンと私が生まれた場所が包囲攻撃され、破壊されたあと、それだけが残ったんだ」そう説明し、階下《した》で待っていると言い残して、彼は部屋を去った。

ロイスはドアを閉めると、しばらくのあいだ、じっと立っていた。彼女に告げたさまざまなこと——そして、その告げかた——に、ジェニファーは明らかに驚いていたが、彼自身もかなり驚いていた。彼女がハーディン城で二度彼をだまし、彼から妻と跡継ぎを同時に奪うような計画で父親と共謀していたことに、ロイスはまだ腹を立てていた。しかしジェニファーには議論の余地のない、彼女に有利な弁明がひとつあり、ロイスがいくらそれを無視しようとしても、それは彼女を無罪にするのだった。

〝何もかも、わたしが略奪者である、あなたの弟に会ってしまったから……〟

期待感による笑みを浮かべながら、ロイスは回廊を通って、下の大ホールに続く、螺旋状のオークの階段を下りた。大ホールではすでにどんちゃん騒ぎが始まっていた。ロイスはジェニファーの過去の行ないを許す用意ができていた。しかし、将来のどんな裏切りも許さないと、彼女には理解させなければならない。

ロイスが去って数分のあいだ、ジェニーはその場に立ちつくし、大ホールから上がってくる、だんだん大きくなる騒ぎの音には気づかなかった。ロイスが去るときにてのひらに押しつけてきた小箱を見下ろす。宝石がちりばめられ、ベルベットの裏の付いた箱をじっと見ながら、自分が同意したことに関して良心が突然あげた叫び声を抑えようとしていた。向きを変え、ベッドの裾へのろのろと歩いていったが、そこに置かれた輝く金のドレスを持ち上げようとして、ためらった。良心を説き伏せようとする。公爵とわたしのあいだの敵意すべてを――ほんの数時間だけ――わきに置いたって、家族や国やほかの人たちを裏切ることにはならないはずよ。この、たった一度の小さな喜びを得る権利はあるはずよ。長い結婚生活で、楽しく感じ、花嫁の気分にひたるほんの数時間を求めるのは、たいしたことじゃない。

金の紋織りの冷たい感触を感じながら、ドレスをゆっくりと持ち上げ、体に当ててみた。つま先を見下ろすと、うれしいことに、ドレスの長さはぴったりだった。

アグネスという名の女中が部屋に入ってきた。青緑色のベルベットの長いオーバーガウンと、金色の裏地の、おそろいのベルベットのマントを捧げ持っている。いかつい顔の女は急に立ち止まり、ほんの一瞬、どぎまぎして硬い表情を和らげた。なぜなら、油断ならないメリック氏族の、有名な赤毛の娘が部屋の真ん中に立って、長い部屋着の裾から裸足のつま先をのぞかせながら、急いで直した金のドレスを体に当て、うれしそうに目を輝かせて見下ろしていたからだ。「すばらしいわよね？」ジェニーが畏敬の念に打たれた声で言い、きらきらした目を驚いているアグネスに向けた。

「それは――」アグネスは口ごもった。「それは、前の領主さまと娘さんたちの持ち物から見つかった服といっしょに、運びこまれたんです」しわがれた声で言う。

ジェニーがお古のドレスをさげすんで投げ捨てることを、アグネスは半ば予想していたが、若い公爵夫人はそうせずに、うれしそうに微笑んで言った。「でも、見て――ぴったりなのよ！」

「それは――」アグネスはふたたび口ごもった。実際の無邪気な娘と、彼女についてのうわさを比較していた。農奴たちの話では、公爵その人が、彼女をあばずれと呼んだというし……。「それは、あなたさまが眠られているあいだに、切って、短くしたんです」アグネスはなんとかそう言って、オーバーガウンとマントをベッドにそっと置いた。

「ほんとう？」ジェニーが心底感心した表情になって、金のアンダーガウンの両脇の、細かい縫い目をちらりと見た。

「はい」

「それも、ほんの数時間のあいだに？」

「はい」アグネスは短く答えながら、軽蔑すべきだとされている女性について、自分が混乱した感情をいだいていることに嫌悪を覚えた。

「とても細かい縫い目だわ」ジェニーがそっと言う。「わたしだったら、こんなに上手にできない」

「髪を上げるのをお手伝いしましょうか？」アグネスは賞賛の言葉を冷ややかに無視した。もっとも、そうするのは間違いだとなぜか感じていた。ジェニーの背後へ歩き、ブラシを持ち上げる。

「ああ、だめ。上げないで」新しい女主人がきっぱりと言って、にこやかな笑顔を肩越しに向けてきて、女中を驚かせた。「今夜、わたしは数時間、花嫁になるの。そして花嫁というのは、髪を下ろすことを許されているのよ」

20

寝室でも聞こえていた騒々しさは、ジェニーが大ホールに近づくうちに、耳をつんざくような大音響になっていた。さまざまな話し声に、男性の笑い声と音楽の不協和音がかぶさっている。最後の段に足を下ろし、飲めや歌えの人々のなかへ入る前に、ジェニーはためらった。見なくても、彼女についてすべてを知っている男たちでホールが埋まっていることはわかっていた。縛られた鵞鳥《がちょう》みたいにロイスに届けられた晩、間違いなく野営地にいた男たち。メリック城から無理やり移動させられたさいに、間違いなくそこにいた男たち。それに、きょうの村での屈辱的な歓迎を目撃した男たち……。

三十分前、夫が深く、説得力のある声で残しておくべき思い出について語っていたとき、祝賀会への出席はすばらしいことのように思えた。しかしいま、自分がどのようにしてここに来ることになったかという現実が、喜びのすべてをだいなしにしていた。ジェニーは部屋へもどろうかと思ったが、そうしても、夫が連れに来るだけだろう。それに、あの男たちとはいずれ顔を合わせなくてはならないし、メリックの人間は決して尻ごみしない、と元気づけるように自分に言い聞かせた。

　深呼吸をして、心を落ち着かせ、ジェニーは最後の段を下り、角を曲がった。松明で照らされたホールで彼女を迎えた光景に、一瞬、混乱し、まばたきをした。優に三百人の人々がいて、立って、あるいはホールの一方にずらりと並んだテーブルに向かって座って、話をしていた。さらに、余興を見ている人たちもいる。その余興は、驚くほど種類が多いように見える。上の回廊では、吟遊楽人の一団が歌っているし、ほかにも、あたりを歩いて、もっと少ない人々を楽しませている楽人もいる。まだらの衣装を着た手品師四人が、部屋の中央で、空中高くボールを投げ、互いに交換している。ホールのいちばん向こうでは、三人の軽業師が宙へ跳んでいる。高座の大テーブルの向こうでは、リュート奏者がリュートを弾き、ホールのお祭り騒ぎに美しい和音を加えている。

　女性もいることに、ジェニーは少しびっくりした。三十人ぐらいいる。騎士か、近隣の人間の妻だろう。ロイスは簡単に見つかった。アリックを除けば、大ホールでいちばん背が高いからだ。そう遠くないところに立っていて、ゴブレットを手に持ち、数人の男女と話をし、彼らのひとりの発言に笑い声をあげている。そのような彼――笑い、くつろいでいる、城の主――を見るのははじめてだと、そのとき気づいた。今夜、彼は略奪者と呼ばれる人間とは似ても似つかなかった。有力で、しかも危険なほどハンサムな貴族に見える、とジェニーは彼の浅黒く、彫りの深い顔に視線をさまよわせながら思い、小さな誇らしさのうずきを覚えた。

ホールの騒がしさの度合いが突然下がったことで、ロイスはジェニファーの存在に気づいた。ゴブレットを下ろし、客人たちに中座を詫びてから、向きを変え、それから急に立ち止まった。賞賛の笑みをゆっくり顔に浮かべて、こちらへやってくる堂々たる若い公爵夫人を見守った。青緑のベルベットのドレスは、身ごろがぴったりしていて、スカート部分が前で分かれて、きらきらした金のアンダーガウンが見えている。金の裏地の、おそろいのベルベットのマントが肩に掛かり、アクアマリンがはめこまれた平らな金のチェーンで止められている。細いウエストには、曲線を描く、金色のサテンのベルトがあり、青緑の縁がつき、アクアマリンがはめこまれている。みごとな髪は、真ん中で分けられ、豪華な波と輝くカールとなって、肩と背中に落ちていて、ドレスの濃い青緑とうっとりするような対照をなしていた。

勇気ある、若い花嫁に自分のところへ来るよう強いていると遅ればせながら気づいて、ロイスは前へ進み、途中で彼女といっしょになった。両手でジェニファーの冷たい手を握り、賞賛を隠すことなく、にこやかに見下ろした。「美しいよ」そっと言う。「みんなが思う存分見られるよう、ちょっとじっとしているんだ」

「わたし、わかったわ。たとえわたしがスコットランドの女王だったとしても――あなたがわたしとの結婚に異議を唱えた、たくさんの理由のうちのひとつが。わたしが器量よしじゃないからね」ロイスの灰色の目に浮かんだ、驚きと当惑を見て、ジェニーはそれが真実だと直感的に知った。

「ヘンリーとの話し合いで、私が怒って、多くの異議を唱えたのはほんとうだが、それは絶対に理由に入っていない」ロイスはそれから静かに付け加えた。「ジェニファー、私はさまざまな名で呼ばれる人間だが、盲人ではない」

「そう言うなら」ジェニーはからかうように言った。「わたしの外見に関するあなたのすばらしい判断について、今夜は従うわ」

ロイスが太く低い声に意味ありげな響きを交えて言った。「それで、ほかのことでも従ってくれるのか？」

ジェニファーは、女王が身分の劣る人間に恩寵《おんちょう》を与えるように、うなずいた。「なんでも――このホールにいるかぎりは」

「頑固な娘だ」ロイスがわざときびしく言い、それから目に優しさと親しみをたたえて付け加えた。「さて、新郎新婦が客人たちと交わる時間だ」ジェニーに自分の腕をつかませると、彼は向きを変えた。ふたりで話をしているあいだに、騎士たちが新しい公爵夫人に挨拶するため、背後に並んでいたことに、ジェニーは気づいた。明らかに、事前に取り決められていたのだ。列の先頭には、ステファン・ウェストモアランドが立っていた。彼はメリックのホールでジェニーをにらんで以来、ろくに彼女を見ようとしなかった。いま、ステファンは、彼女の頬に、弟としての軽いキスをした。彼が一歩下がり、にやりと笑ったのを見て、ジェニーは彼がロイスにとてもよく似ていると、新たに知った。とくに笑ったときはそうだ。ステファンの髪のほうが色が薄く、顔の彫りは兄よりも少し浅く、目は灰色ではなく青いが、兄と同様、いまのようにその気になれば、魅力を振りまくことができる。「ぼくが原因であなたにかけてしまった苦労のお詫びは、いくらしてもじゅうぶんではないし、遅すぎるでしょう。いま、心からお詫び申し上げます。いつか、許す気になってくださることを願っています」

あまりにも誠実に、そしてみごとに詫びられたので、ジェニーは、今夜の雰囲気と礼儀作法から受け入れるしかなく、実際にそうした。新しい義弟が抑えられない笑みを浮かべてそれに報い、前屈みになって言った。「もっとも、兄には詫びませんよ。彼には大きな恩を与えたんでね」

ジェニーはこらえられなかった。あまりにも途方もない見解に、思わず声をあげて笑った。隣りのロイスが目を向けてきたのを感じ、彼女がちらりと見ると、彼の灰色の目は、承認と、誇らしさによく似たものが浮かんだ優しいものになっていた。

次はアリックだった。恐ろしい巨人が、普通の男の倍の歩幅で前に進むと、石の床が轟音《ごうおん》をあげたように思えた。ジェニーの予想どおり、いかめしい顔の巨人は、謝罪で自分を卑しめることはしなかった。雄々しい発言はもちろんなく、お辞儀さえない。かわりに、彼はジニニーの前に立つと、高いところから彼女を見下ろし、それから色の薄い、奇妙な目で彼女をじっと見て、頭をぐいと動かし、ぶっきらぼうな会釈をした。巨人が回れ右をして去ると、ジェニーは、彼が彼女に支配されるのではなく、その逆を受諾したような気分になった。

ジェニーの驚きと当惑を見て、ロイスが前屈みになって、彼女の耳もとで静かに笑った。

「気にするな――じつを言うと、アリックは私への忠誠も誓ってくれていない」

笑みを浮かべた灰色の目をじっと見るうちに、ジェニーは突然、これから過ごす晩が、春の最初の暖かな夜の兆しと興奮に満ちているように思えた。

次は、ロイスの護衛をする騎士たちだった。背が高く、ハンサムな二十代後半のサー・ゴッドフリーが最初で、たちまちジェニーのお気に入りとなった。なぜなら、彼女の手にキスをするとすぐ、ふたりの過去の関係を覆う緊張を完全に払いのけるような行為をしたからだ。まず向きを変え、声の届く範囲の者たちに、彼女は全軍をだませる機知と勇気を持つ、この世でただひとりの女性だと言い放った。それからジェニーのほうをふたたび向いて、抑えきれない笑みを浮かべて言った。「数週間前にわれわれの野営地から逃げたように、クレイモアから逃げると決めたときは、もっと追いやすい足跡を残して、われわれの自尊心に傷をつけないようにしてくれますよね？」

ロイスがくれたワインのゴブレットに口をつけていたジェニーは、わざとまじめに言った。「ここから逃げだそうとするときは、へまをするよう、かならず工夫するわ」それを聞いて、サー・ゴッドフリーは大声で笑い、彼女の頬にキスをした。

ブロンドでハンサムで、陽気な茶色の目のサー・ユースタスは、逃げるときにジェニーの髪が結ばれていなかったら、燃えるような金色が目に入って、どこに隠れていようが見つけられたでしょうと勇敢にも言って、ロイスににらまれた。サー・ユースタスはそれにひるむことなく、前屈みになり、からかうようにジェニーに言った。「彼は焼き餅を焼いているんですよ――ほら、ぼくのほうがハンサムで、礼儀正しい会話ができるから」

彼らは一度にひとりずつ、ジェニーの前に来た。かつては主人からのひと言で彼女を殺したはずの、腕の立つ、恐ろしい騎士たちはいま、自分たちの命を犠牲にしても、彼女を守らなくてはならない。鎖帷子《くさりかたびら》と兜のかわりに、上質のベルベットとウールを身につけ、年上の騎士たちは各人各様の礼儀正しさで彼女に応対し、若い数人は、自分たちのしたことに関して、かわいい当惑を見せた。「あの」若いサー・ライオネルがジェニーに言った。「公爵夫人に過度に不快な思いをさせるようなことを、ぼくはしていませんよね。ぼくが――あのとき――つまり、あなたの腕をつかんで――」

ジェニーはくすりと笑い、眉を上げた。「最初の晩に、わたしのテントまで付き添ってくれたとき？」

「ええ、付き添ったときです」サー・ライオネルは安堵《あんど》のため息をついた。

ロイスの若い従者ゴーウィンは、女主人となったジェニーに、最後に正式に挨拶した。年上の、経験を積んだ騎士たちに倣《なら》って過去を水に流すには、明らかに若すぎ、理想家すぎた彼は、ジェニーにお辞儀をし、手にキスをすると、恨みをうまく隠せずに言った。「ぼくたちの毛布を切り刻んだとき、本気でぼくたちを凍死させるつもりではなかったですよね、奥さま？」

ジェニーのそばから去らずにいたサー・ユースタスが、その発言を聞いて、ゴーウィンを平手でたたき、いとわしげに言った。「それがおまえの考える雄々しさなら、レディー・アンがおまえではなくロデリックに目を向けるのも無理ないな」

ロデリックとレディー・アンの名前を聞いて、若者は不快感に体をこわばらせ、怒りの目を部屋に向けた。ジェニーに急いで詫びを言ってから、ゴーウィンはかわいいブルネットのほうへ早足で向かった。彼女はジェニーの知らない男と話をしていて、彼は雄々しいというよりも喧嘩好きに見えた。

ロイスは去っていく従者を見守り、それから、すまなそうな、愉快そうな目をジェニーに向けた。「ゴーウィンはあそこのかわいい娘のことで頭がいっぱいで、明らかに良識も失っている」彼女に腕を差し出して、付け加える。「さあ、ほかの客たちを紹介しよう」

忠誠の誓いでロイスと結びついていない者たちとの顔合わせにジェニーは不安をいだいていたが、その後の二時間で彼らに紹介されるうちに、その不安は完全に和らいだ。何時間か前にロイスが城の階段で言った、前例のない言葉は明らかに、近隣の土地から来た客を含め、あちこちに伝わっていた。ときおりジェニーは敵意のある視線に出合ったが、目を向けたほうはそれを礼儀正しい笑みの奥に慎重に隠していた。

紹介がすべて終わると、ロイスはジェニーに食事を強く勧めた。高座のテーブルでは、さらに会話があった。どの会話も陽気で楽しく、それをさえぎるのは、厨房から新しい料理が来たことを知らせる、回廊のトランペットの音だけだった。

エレノア伯母さんは、逃げられない三百人以上の話し相手がいて、ご満悦だった。もっとも、彼女がいちばんいっしょにいたのは、ほかならぬアリックだった。伯母の好みが、だれともしゃべりたがらない人間であることをおもしろく思いながら、ジェニーは見守っていた。

「食事は期待どおり？」ジェニーはロイスのほうを向いて尋ねた。彼は焼いた孔雀《くじゃく》と、詰め物入りの白鳥のおかわりを自分で取っていた。

「まあまあだ」ロイスが少し顔をしかめて言った。「だが、プリシャムの監督のもと、もっとうまい料理が厨房から出ると思っていた」そのとき、家令本人がロイスの後ろに現われ、ジェニーははじめてアルバート・プリシャムを見た。彼が冷たく、堅苦しい口調で言う。

「残念ながら、わたくしは食事にほとんど興味がないのです、旦那さま」ジェニファーのほうをちらりと見てから、「薄いスープを一杯と、肉が少しあれば満足です。しかしながら、奥さまが厨房を管理して、旦那さまを喜ばせるような献立や調理法を考えてくださるでしょう」

献立や調理法について何も知らないジェニーは、その発言をまったく気に留めなかった。なぜなら、この家令に対してたちまち沸き起こった嫌悪を抑えるのに忙しかったからだ。家令の高い地位を示すものとして、腰に金の鎖を巻きつけ、白い杖を持っているプリシャムは、やつれていると言っていいほどやせている。顎の骨が、白くて透明に近い肌の下で突き出ている。しかし、ジェニーに強い反感をいだかせたのはそんな外見ではなく、彼が周囲を見るときの視線の冷たさだった。「おそらくは」ロイスに対して、より敬意を払って彼が言葉を続ける。しかし冷淡さは、ジェニーに示したものとまったく変わっていなかった。「今夜、食事を除けば、ほかはすべて満足されましたね？」

「何もかもすばらしい」ロイスは答え、ホールの向こうでダンスが始まると、椅子を後ろに引いた。「あす、きみの具合がよければ、台帳を見せてもらいたい。それから、明後日は、地所を見てまわろう」

「かしこまりました。しかし、明後日は二十三日で、通常は判決日になっております。延期したほうがよろしいでしょうか？」

「いや」ロイスは躊躇なく言って、ジェニファーの肘の下に手を当て、彼女に立ち上がるよう促した。「そのようすを見てみたい」

ロイスにお辞儀をし、ジェニーにそっけなくうなずいて、サー・アルバートが去る。杖にもたれながら、家令は自分の部屋へゆっくりと歩いていった。

ロイスがダンスに加わるつもりだと気づいて、ジェニーは後ずさりし、心細げな顔を彼に向けた。「わたし、あまり踊ったことがないの」旋回し、勢いよく踊る人々を見て、そう打ち明け、どんなステップか理解しようと努めた。「たぶん、いまはやめたほうがいいわ。こんなに混んで――」

ロイスはにやりと笑うと、彼女の両腕を強く握った。「私にしっかりつかまっていろ」そう言って、器用に彼女を回しはじめた。夫が踊りの名手だと、ジェニーは気づいた。そのうえ、優秀な教師だった――三曲めには、彼女はくるくる回り、スキップをし、ほかの人々といっしょに跳んでいた。参加者がさらに十人ほど増え、ステファン・ウェストモアランドがダンスを申しこんできて、続いて、サー・ゴッドフリーとサー・ライオネルとほかの騎士たちがダンスを申しこんできた。

ジェニーは息を切らし、笑いながら、もう一曲いっしょに踊ろうとするサー・ゴッドフリーに首を振って、断った。ロイスはほかの何人かの婦人と踊ったあと、この三十分はわきに立って、客の一団と話をしていた。いま、ジェニーの疲労に気づいたかのように、彼女のそばに現われた。「ジェニファーは休息が必要だ、ゴッドフリー」そしてゴーウィンのほうへうなずいた。彼の従者はレディー・アンの面前で、サー・ロデリックと呼ばれる騎士と好戦的な会話をしているようだった。ロイスがさりげなく付け加える。「かわりにレディー・アンを踊りに誘ったらどうだ――彼女の賞賛を得ようとして、ゴーウィンがロデリックと喧嘩をし、殺されるようなばかな結果になる前に」

サー・ゴッドフリーはそれに応じて、問題の女性にダンスを申しこみに行った。ロイスは、ホールの静かな隅へジェニファーを導いた。ワインのゴブレットを彼女に渡し、彼女の目の前に立って、その頭の近くの壁に手をつき、妻がみんなから見えないようにした。

「ありがとう」踊ったせいで、ジェニーは幸福感に包まれ、顔は紅潮しており、胸が上下していた。「ほんとうにちょっと休みたかったの」ロイスの視線が、彼女のドレスの四角い身ごろの上で盛り上がる薔薇色の肌を楽しげにさまよい、ジェニーは奇妙なことに、興奮と不安を同時に覚えた。「あなたはとっても踊りが上手ね」そう言うと、ロイスが視線をしぶしぶ彼女の目へ向けた。「宮廷でずいぶん踊ったにちがいないわ」

「それに戦場でな」無邪気な笑顔で、ロイスが言う。

「戦場で？」ジェニーは当惑して、おうむ返しに言った。

さらに愉快そうに笑って、ロイスがうなずいた。「矢や槍《やり》をよけようとする戦士を見れば、みごとなダンスのステップや足さばきに目がくらむぞ」

ジェニーの心は、強いワイン数杯と激しいダンスですでにかなり温まっていたが、みずからを笑える夫を見て、さらに温まった。照れくさくなって、視線を横に向けると、すぐ近くにアリックがいた。笑ったり、食べたり、踊ったりしている、ほかのみんなと違い、アリックは胸の前で腕を組み、脚を大きく広げて立ち、きわめて物騒な表情を顔に浮かべている。

そして彼の隣りにはエレノア伯母さんがいて、彼が反応を示すことに命が懸かっているかのように、あれこれ話しかけていた。

ロイスがジェニーの視線を追った。「きみの伯母さんは、危険を招くのを楽しんでいるようだ」と、からかう。

ワインで大胆になっていたジェニーは、夫の笑みに笑みを返した。「アリックは話をしたことがあるの――つまり、ちゃんとした文章を？　あるいは、笑ったことは？」

「あの男が笑うのを見たことはないな。それに、必要最小限しかしゃべらない」

ロイスの魅力的な目を見上げながら、ジェニーは安全で守られていると奇妙にも感じた。それでいて、夫はほとんど理解できない存在だと、不安のうちに気づいていた。彼の気さくな気分を感じ取り、質問に喜んで答えてくれると判断して、そっときいた。「どうやって彼と知り合ったの？」

「私たちは実際には紹介されてもいないよ」ロイスがからかった。ジェニーがもっと知りたがっているかのように見つめていると、彼はそれに応じた。「最初にアリックと出会ったのは八年前で、一週間以上激しく続いていた戦闘のただなかだった。彼は六人の敵に剣と矢で狙われていて、そいつらを追い払おうとしていた。私は彼を助けに行き、ふたりでなんとか敵を倒した。小競り合いが終わったとき、私は負傷していたが、私の働きに対して、アリックは礼も言わなかった。私を見ると、馬で去り、ふたたび激しい戦闘に突っこんでいった」

「それで全部なの？」ロイスが口を閉じると、ジェニーは尋ねた。

「そうでもない。翌日、日が沈むころ、私はふたたび負傷し、今度は馬から振り落とされてもいた。盾を拾おうと屈んで、ちらりと顔を上げると、馬に乗った敵が、私の心臓に槍を向けて、まっすぐやってくるところだった。そして次の瞬間、その敵の首がなくなり、アリックが血のついた斧を素早く拾い上げて、去っていった。今度もひと言もなかった。

私は怪我でほとんど使いものにならなくなっていた。そしてその夜、ふたたびアリックがどこからともなく現われ、数で勝っている敵を追い払いにきてくれた。翌日、われわれは敵を敗走させ、追撃した。私がちらりと見ると、アリックが隣りにいた。そのとき以来、彼はそこにいる」

「じゃあ、あなたは彼を六人の敵から救ったために、彼の永遠の忠誠を得たの？」ジェニーは要約した。

ロイスが首を横に振る。「永遠の忠誠を得たのは、一週間後、アリックの毛布に、彼が知らないうちに入りこもうとした大蛇を殺したときだと思う」

「うそよね」ジェニーはくすくす笑った。「あんな巨人が蛇を怖がるなんて」

ロイスがわざとばかにするように言った。「女は蛇を怖がる」と、断言する。「男は蛇を嫌うんだ」それから少年のようににやりと笑って、偉そうな発言をだいなしにした。「まあ、どちらも結局は同じだ」

ロイスは妻にキスをしたいと思いながら、笑っている青い目を見下ろした。ジェニーは彼の優しく、愉快で、気さくな面に心を打たれ、突然、ずっと思っていた疑問を口にした。「あなたはきょう、あの子どもをほんとうに彼に殺させるつもりだったの？」

ロイスがわずかに体をこわばらせ、それから静かに言った。「そろそろ上階《うえ》へ行く頃合いだ」

なぜ彼が急にそう言ったのか、そして上階へ行って、彼がしたいのは話なのかわからず、ジェニーはためらった。「なぜ？」

「なぜなら、話をしたいからだ」ロイスが穏やかに言う。「それに、きみをベッドへ連れていきたい。それなら、このホールよりも私の寝室のほうが、両方の目的に適している」

ジェニーは、ここで口論しても自分が恥をかくだけなので、彼とホールを離れるしかないと承知していた。一歩踏み出す前に、ある考えが頭に浮かび、懇願の目を夫に向けた。「彼らはわたしたちを追ってこないわよね。つまり、床入りの儀式なんてないわよね？」

「たとえあったとしても、まったく問題ない」ロイスが寛容に言った。「昔ながらの儀式だからな。話は、そのあとでできる」意味ありげに言う。

「お願い」ジェニーは訴えた。「そんなの茶番劇よ。だって、みんな知っているもの。すでに――すでに、わたしたちがしているって。儀式は、うわさをまた広めるだけだわ」

ロイスは彼女に返事をしなかったが、アリックとエレノア伯母さんの前を通ったとき、立ち止まって、アリックに何か言った。

新郎新婦がベッドへ向かおうとしていることは、ほとんどすぐ、客たちに気づかれ、ふたりが高座のテーブルを通り過ぎるころには、ロイスに下品な励ましや忠告の言葉が投げかけられて、ジェニーの顔は真っ赤になっていた。階段を上りはじめたとき、ジェニーが焦って振り返ると、ほっとしたことに、アリックが階段の下に立ち、胸の前で腕を組んでいた。明らかにロイスの命令に従って、大騒ぎの客たちがあとを追わないよう、番をしているのだ。

ロイスが寝室のドアをあけたころには、ジェニーは漠然と恐怖と無力感を覚えていた。無言で身を硬くしながら、ジェニーはロイスがドアを閉めるのを見守り、驚きの目で、きわめて広く、非常に豪華な部屋をぼうっと見た。天蓋のある巨大な四柱式寝台は、上質のベルベットの掛け布が付いていて、肘に彫刻の施された大きな椅子が二脚、巨大なフード付きの暖炉の前に置かれている。壁には、凝った彫刻の施された大きな箪笥《たんす》が三棹《さお》あった。ひとつには衣類が入っていると、ジェニーは見なくてもわかった。あとのふたつは、大きな鍵から判断すると、貨幣などの財宝が入っているのだろう。蠟燭の燃える、背の高いスタンドがベッドの両側にあり、暖炉の両側にもあった。壁にはタペストリーが掛けられ、つやのある木の床には敷物さえあった。しかし、部屋でいちばんすばらしいのは窓だった――鉛枠の大きな張り出し窓で、中庭に面しており、昼間は部屋を明るく、風通しのいいものにしてくれるだろう。

左手のドアが少しあいていて、サンルームに続いていた。右手のドアは、明らかにジェニーの寝室に通じている。ベッドを見ることを慎重に避けて、ジェニーは残ったふたつのドアを見つめ、ロイスが動いた瞬間、跳びあがって、最初に思いついたことを口にした。「あ――あのふたつのドアは、どこに通じているの？」

「ひとつは私室、もうひとつはクローゼットだ」ロイスは答えながら、彼女がベッドを見ないようにしていることに気づいた。穏やかな、それでいながら紛れもない命令の響きをにじませた口調で、彼は言った。「よかったら説明してくれないか？　きみが以前の、何もかも失う状態だったときよりも、結婚したいまのほうが、私と寝ることを恐れているように見える理由を？」

「あのときは、そうする以外になかったもの」ジェニファーがそわそわしながら弁解して、彼のほうを向いた。

「もう、失うものはないんだぞ」ロイスが合理的に説明する。

ジェニーの口のなかが乾いた。彼女は、とても寒いかのように、腕を体に巻きつけ、当惑してせっぱ詰まったまなざしになった。「あなたがわからないの」説明しようとした。「何を期待したらいいのかわからない。ときどき、あなたは親切で理性的なように見える。そして、ほんとうにいい人なんだと――普通の人ってことよ――」急いで訂正する。「思った瞬間、異常なことをして、正気と思えない非難をする」ロイスに理解してと求めるかのように、両手を差し出した。「わたし、まったく知らない人といっしょにいて、落ち着けないの！　恐ろしい、予測できない、見知らぬ人といっしょだと！」

ロイスは一歩前進し、さらに一歩前進した。ジェニーは一歩一歩後退し、ついには脚の後ろ側がベッドにぶつかった。前に行けず、後ろにも断固として行きたくないので、沈黙し、歯向かうように立っていた。「わたしに触れないで！　あなたに触れられるのがいやなの！」震えながら警告する。

黒い眉根を寄せて、ロイスは手を伸ばし、彼女のドレスの襟に指先を掛け、彼女の目をじっと見ながら、指を下ろし、指先を胸の谷間深くに入れた。その位置で指を上下に動かして乳房の側面を撫でると、小さな炎がジェニーの体を貫き、呼吸が浅く、速くなった。ロイスの手がドレスと肌のあいだを進み、乳房をしっかりつかんだ。「さあ、私に触れられるのがいやか言ってみるんだ」そっと彼女に尋ね、目で彼女の目をしっかりとらえながら、指で硬くなっていく乳首をこする。

ジェニーは乳房が彼のてのひらからあふれ出そうになるのを感じ、首を横に向けて、暖炉の火をじっと見つめながら、自分の頼りない体を思いどおりにできない屈辱感に溺《おぼ》れそうになっていた。

突然、ロイスは手を引っこめた。「きみは私を誘惑するのを楽しんでいるにちがいないと思いはじめていた。なにしろ、私の知るだれよりもそれがうまいからな」自己嫌悪で腹を立てながら、手で側頭部の髪を梳き、ホット・ワインの瓶が置かれた暖炉のそばへ歩いていき、ワインをゴブレットに注いだ。振り返って、ジェニーを無言で見つめる。しばらくして、彼が静かな、詫びるような口調で話を始め、驚いたジェニーは彼を見た。「いま起こったことの責任は私にあって、きみの〝誘惑〟とはほとんど関係ない。そのドレス姿を見てからずっと、わたしがしたいと望んでいたことに、きみは言い訳を与えてくれただけだ」

ジェニーが用心深く、疑いの目で見つめながら黙っていると、ロイスはいらだちのため息をついて言った。「ジェニファー、この結婚は私たちの選択ではないが、結婚したいま、私たちは折り合いをつけて生きていく方法を見つけなくてはならない。私たちは互いに不正をしていて、その事実を変えることはできない。私は過去を水に流したかったが、おそらく、それについてきみに話をさせるのが最善なのだろう。きみはそう決心しているようだから。結構」結論に達したかのように、彼は言った。「さあ、きみの不満を全部言うといい。何が知りたいんだ?」

「まずは、ふたつのこと」ジェニーはきつい口調で答えた。「わたしが不正をしたと考えるに至ったのは、いつのことなの? そして、わたしが不正をしたと、いったいどうして言えるの?」

「あとのほうの質問は、答えないままにしておきたいな」ロイスが冷静に言う。「夕方、きみに会いに行く前に、私はこの部屋に二時間いて、きみのしたことを理解し、すべてを忘れようと決めた」

「なんてりっぱなこと」ジェニーがあざけるように言った。「あいにく、わたしは何もやっていないの。あなたの許しを求めるようなことや、あなたに説明しなくてはならないようなことは、何もね。でも」気を変えて言う。「わたしがききたいことをあなたが説明してくれれば、わたしのほうも喜んで説明するわ。それでいい？」

恐怖を捨て、怒りを選んだ、怒りっぽい美人をじっと見ながら、ロイスは不本意ながら笑みを浮かべた。彼女に恐れられることが、きわめて苦しいと気づいた。努力して笑みを顔から消し、うなずく。「大いに結構。先を続けて」

ジェニーに催促する必要はなかった。彼女は欺瞞の気配がないかと夫の顔をじっと見てから、唐突に言った。「あなたはきょう、村であの少年をアリックに殺させるつもりだったの、そうじゃなかったの？」

「いや」ロイスがこともなげに答える。「そんなつもりはなかった」

ジェニーの敵意と恐怖のいくばくかが消え去った。「じゃあ、どうして何も言わなかったの？」

「言う必要がなかった。アリックは、私の命令なしでは行動しない。彼が動きを止めたのは、きみが叫んだからではなく、私の決断を待ったからだ」

「あなた――うそをついていないわよね？」夫の謎めいた表情をじろじろ見ながら、尋ねた。

「きみの意見は?」

ジェニーは少々不作法だったと感じ、唇を噛《か》んだ。「ごめんなさい。いまのは余計で、失礼だったわ」

ロイスはうなずいて彼女の謝罪を受け入れ、礼儀正しく言った。「先を続けて。次の質問は何かな?」

ジェニーは深く息を吸い、ゆっくりと吐き出した。危険な話題に踏みこむことを承知していた。「メリックの防御を破れることを証明し、わたしを部屋から盗み出して、父と一族に恥をかかせなくてはならないと、どうしてあなたが感じたのか知りたいの」夫の目に怒りの炎がぱっと燃え上がったのを無視して、さらに食い下がる。「そういう分野で、あなたの腕前と勇気はすでに証明されていた。それなのに、夫婦で仲よくやっていきたいと望んでいるのなら、どうしてあんなつまらない、狭量なことでそれを証明する必要が――」

「ジェニファー」ロイスが辛辣な声でさえぎった。「きみは私を二度ばかにし、さらに一度、私がばかなまねをする原因となった。すばらしい実績だよ」皮肉をこめて賞賛する。「さあ、お辞儀をして拍手に応えたら、この話は終わりにしろ!」

かなりの量のワインを飲んでいたことと生来の頑固さから、ジェニーは屈することなく、ロイスの顔をじっと見た。彼の皮肉っぽい口調にもかかわらず、灰色の目にはきびしさがあり、なんの〝策略〟について彼が言っているにしろ、それは彼をたんに怒らせただけでなく、恨みをいだくほど深手を負わせたのだとわかった。夫が質問に答えはじめたときからずっと、ジェニーをぐいぐいと惹きつける、危険で魅力的な彼の力を無視しようと努めながら、軽い口調で言った。「喜んでお辞儀をするわ。でも、まずは、そんな賞賛に値するどんなことをわたしがしたのか、しっかり知っておきたいの」

「私が何を言っているのか、きみはよく知っている」

「はっきりとは——知らないわ。自分がしていないことを手柄にするのはいやなの」ジェニーはそう言って、グラスを上げた。

「みごとだな。私の目を正視して、うそがつけるとは。大変結構」皮肉っぽい声で言う。「吐き気がする結末まで、きみのゲームに付き合おうじゃないか。まずは、きみの妹のちょっとした計略があった。彼女は、自分で服も着られないほど意識朦朧《もうろう》としていたのに、きみと羽根枕の助けを得て、まんまと逃げ……」

「あのことを知っていたの？」ジェニーはワインにむせ、笑みを隠そうとしながら言った。

「笑わないほうが身のためだぞ」ロイスが警告する。

「いいじゃない」ジェニーは顔をしかめた。「あれは、あなたに対する悪ふざけであると同時に、わたしに対する悪ふざけだったのよ」

「きみはあれについて何も知らなかったということか？」ロイスが鋭い声で言い、彼女の頬の隠しきれない赤みを観察しながら、それがワインのせいなのか、うそをついているせいなのか悩んだ。

「もし知っていたら」ジェニーはまじめになって言った。「わたしが自分の名誉を羽根と交換したいと望んだと思う？」

「わからない。どうなんだ？」

ジェニーはグラスを下げ、厳粛に言った。「わからないわ。妹を逃がすためなら、そうしたかもしれない――でも、あらゆる手を尽くしたあとね。だから、この件であなたをだましたことを自分の手柄にするわけにはいかないわ。ほかのふたつは何？」

ロイスはゴブレットをテーブルにさっと置き、ジェニーに近づきはじめた。

「ウィリアムと逃げたことを言っているの？」ジェニーは不安を覚えながら、ロイスの不気味な目つきを見て、一歩後ろに下がった。「それもわたしの手柄にはならないわ。彼は木立のなかに立っていて、あなたがアリックと去ろうとするときまで、わたしは気づかなかったんだもの」

「そのとおりだ」ロイスがひややかに言う。「そして、きみはスコットランドの女王に関する私の発言を知ってはいても、きみが逃げているちょうどそのとき、きみと結婚するつもりだと、のぼせあがったばかみたいに、グラヴァリーに言っていたことは知らない。それから、メリックで私と結婚したあと、すぐに修道院へ発つ予定だったことは知らないんだな？　そんなことになっていたら、私はまんまときみに一生縛りつけられると同時に、跡継ぎを得られないはめになっただろう。いいか、もう一度私にうそをついたら――」ジェニーの手からワインのゴブレットを取り上げ、彼女をぐいと抱きしめた。

「あなたは何をしていたって？」ジェニーは小さな声で言った。

「そんなくだらないことはもういい」ロイスはぶっきらぼうに言って、頭を傾け、ジェニーの唇に熱いキスをし、彼女を黙らせた。驚いたことに、彼女は抵抗しなかった。実際には、何をされているのかわかっていないようだった。ロイスが頭を上げると、彼女は青い目に見たこともないような表情を浮かべて、彼をじっと見ていた。

「あなたは何をしていたって？」ジェニーはふたたび言った。

「聞いただろう」ロイスがそっけなく答える。

ジェニーの体全体から、意に反して、熱い感情があふれ出た。ロイスの魅惑的な目を、彼女は凝視した。「どうして？」小さくささやく。「どうしてわたしと結婚するつもりだと彼に言ったの？」

「気が変になっていたんだ」ロイスが冷ややかに言う。

「わたしに関して？」ジェニーは感動のあまり、思わずきいていた。

「きみの非常に魅力的な肉体に関して」ロイスの言葉はそっけなかったが、ジェニーは心のどこかでほかの理由を受け入れていた……夢のようで、考えるのが怖い理由を。それならば、すべてが納得できる。

もしなかった」

「知らなかった」ジェニーは率直に言った。「あなたがわたしとの結婚を望むなんて、考えもしなかった」

「なら、考えていたら、義理の兄を帰して、私といっしょにハーディンに残ったんだな?」ロイスが冷やかす。

ジェニーは人生でいちばん危ない橋を渡った。真実を彼に話したのだ。「もし――もし、逃げたあとどう感じるかわかっていたら、残ったかもしれないわ」ロイスの顎が引き締まるのを見て、ジェニーは手を上げ、張り詰めた頬に指先で触れた。「そんな目でわたしを見ないで」ロイスの目をじっと見ながら、ささやく。「うそをついてはいないわ」

ジェニーの指の純真な優しさを無視し、傷跡を彼女にキスされたときの感触の記憶を消そうと努力したものの、完全にはうまくいかず、ロイスはにべもない口調で言った。「そして、きみは父親の策略について何も知らなかったんだな?」

「わたしはどこの修道院にも行く予定はなかったわ。朝には、あなたと出発することになっていた」ジェニーはありのままを告げた。「そんな……そんな卑劣なこと、わたしはしないわ」

ロイスはジェニファーの終わりのないうそにいらだち、彼女を腕にぎゅっといだくと、キスをした。しかし彼女は、激しい懲らしめのキスに抵抗するかわりに、つま先立ちになってそれを受け入れ、両手を彼の胸から上へ滑らせ、彼の首にしがみついた。開いた唇を彼の唇に押しつけ、優しく、愛情をこめて動かす。ロイスが驚いたことに、彼女は彼をなだめていた。そしてそう気づきながら、彼はそれを止められなかった。ロイスの手はもはや彼女を押さえているのではなく、せわしなく愛撫しながら背中へ移動し、うなじへと滑って、彼女の唇を自分の餓《う》えた口へさらに強く押しつけた。

ロイスの情熱が高まるに従い、自分が間違っていたという、恐ろしく、やましい予感も強まった。何もかも間違っていた……。ジェニファーの唇から口を離し、しっかり彼女を抱いたまま、自分の呼吸が落ち着くのを待った。話をしてもだいじょうぶだとついに判断すると、彼女を少し離し、手を伸ばして彼女の顎を持ち上げた。質問をしたときのジェニファーの目を見なければならなかったし、見たかったのだ。「私を見ろ、ジェニファー」優しく言う。

彼女が向けてきた目は、狡猾《こうかつ》さのない、妙に人を信頼している目だった。ロイスが発したのは質問ではなく、意見だった。「きみは父親の策略について何も知らなかったんだな?」

「策略はなかったわ」ジェニファーが率直に言う。

ロイスは顔を上に向け、目を閉じ、明らかな真実を見まいとした。彼女を実家の城に立たせてロイス側の人間のあざけりに耐えることを強要したあと、ベッドから引きずり出し、結婚を無理強いし、イングランドに引っ張ってきて、しかもみごとな締めくくりとして、この一時間で、彼は慈悲深くも彼女に〝許し〟と〝過去を水に流す〟ことを申し出たのだった。

ロイスは彼女の父親に対する幻想を打ち壊すべきか、夫が無情な狂人だと彼女に思いこませておくべきか迷い、前者を選んだ。崇高さを誇っている気分ではなかった。自分の結婚を犠牲にしてまで、そうする気はない。

ジェニファーの絹のような髪を撫でながら、ロイスは頭を下げて、人を疑わない目を見つめ、なぜ彼女が関係してくると、自分はいつも判断力を失うのだろうかと思った。「ジェニファー」静かに言う。「私はきみが理由あって考えているような怪物ではない。策略があったんだよ。私の説明を聞いてくれないか?」

ジェニファーはうなずいたが、彼女が向けた微笑みは、ロイスが信じがたいほど気まぐれだと思っていることを告げていた。

「メリック城へ行ったとき、私はきみの父親か氏族のだれかが、結婚式でスコットランドにいる間の私の安全を保証した協定を破るだろうと予想していた。だからメリックへつながる道に手の者を配置して、通行する集団すべてに質問をするよう指示した」

「そして、協定を破ろうとする者はひとりも見つからなかったのね」ジェニファーが落ち着いて、自信たっぷりに言った。

「そうだ」ロイスは認めた。「しかし、十二人の供をつけた女子大修道院長の一団を発見した。いやに急いでメリックのほうへ向かっていたんだ。きみが理由あって信じていることとは反対に」ゆがんだ笑みを浮かべて続ける。「うちの男たちと私に、聖職者を困らせる習慣はない。それどころか、私の指示に従って、彼らは質問をするさいに便宜的な手段を使って、自分たちは護衛のために出向いたと、大修道院長に信じさせた。彼女のほうは、うれしそうに、きみを迎えにきたのだと打ち明けた」

ジェニファーの上品に弧を描いた眉が寄って、当惑の表情が顔に浮かび、ロイスは真実を告げたことを後悔しそうになった。「続けて」彼女が言う。

「大修道院長たちの一団は、北部の大雨で到着が遅れていた――ついでながら、そのせいで、きみの父親と〝りっぱな〟ベネディクト修道士はばかげた言い訳を考え、修道士が急に病気になって、結婚式を執り行なえないことになったんだ。大修道院長によると、レディー・ジェニファー・メリックなる娘が、望まない結婚の結果として、修道院にこもることにしたようだった。神に人生を捧げるという娘の決定に、〝夫〟がじゃまをするつもりらしいから、大修道院長は、父親が娘をメリック城から出すのに――そして邪悪な夫から引き離すのに――力添えして、レディー・ジェニファーを助けるために、密かにやってきたんだ。きみの父親は完璧な復讐を考えついた。われわれの結婚は事前に完了しているから、私は無効宣告を求められない。そしてもちろん、離婚も無理だ。再婚できなければ、私は正当な跡継ぎを得られず、このすべて――クレイモアと私の持つものすべて――が、私が死ぬと、王に返されてしまう」

「わたし――信じないわ」ジェニーは元気なく言い、それから公正であろうとして、心を痛めながらこう訂正した。「あなたがそれを信じていることは信じるわ。でも、実際には、父は、少なくともまずわたしに選択させないで、わたしを一生閉じこめるわけないわ」

「彼はそうしただろうし、そうするつもりだった」

ジェニファーは首を横に振った。あまりにも激しく、力強く振ったのを見て、ロイスは彼女が信じることに耐えられないのだと、突然気づいた。「父は……わたしを愛しているわ。そんなことするわけがない。たとえあなたに仕返しをするためでも」

ロイスは身をすくめた。彼女の幻想を粉々にしようとすることで、自分の呼び名である野蛮人そのものになった気がした。「きみの言うとおりだ。私は——誤解していた」

ジェニファーがうなずく。「誤解よ」感じのいい、優しい笑みを向けられて、ロイスの心臓の鼓動が速くなった。なぜなら、これまで向けられたどの笑みとも違っていたからだ。信頼と、承認と、彼にはよくわからない何かに満ちた笑みだった。

ジェニーは向きを変え、窓へ歩き、外の星空を眺めた。胸壁の上で松明が燃え、城壁を巡回する護衛兵のシルエットが、オレンジ色の明かりを背景に、はっきりと浮かび上がっている。彼女の心はしかし、星や護衛兵、あるいは父にさえ向けられていなかった。背後に立つ、長身で黒髪の男に向けられていた。彼は彼女との結婚を望んでいた。それを知って、ジェニーの体内に抑えきれない感動が満ちた。あまりにも感激して、愛国心や復讐のような感情はつまらないものとなった。

手を伸ばし、冷たいガラスに入ったきれいな筋を指先でたどり、メリック城での眠れない夜を思い出した。ロイスのことが忘れられず、熱くなった体がむなしさを覚え、彼の体を悲鳴をあげて求めていた夜を……。背後から彼が近づいてくる音が聞こえた。ジェニーはこれから起こることを、自分の彼への愛と同様、はっきりと自覚していた。神さま、お許しください。わたしは家族の敵を愛しています。ジェニーはそのことにハーディンで気づいていたが、あのときの彼女はもっと強かった――それに恐れていた。彼女をつかの間の気晴らしとしか思っていないような男を愛したら、どうなるかを恐れていた。しかしいま、自分が彼を愛しているのと同様、彼もこちらを愛していると、確かにわかった。それで何もかも説明がつく――彼の怒りも、笑いも、忍耐も……中庭での発言も。

ジェニーはロイスの腕が背後からゆっくり滑ってくる前に、彼の存在を形あるものとして感じ取った。彼の体に引き寄せられる。窓ガラスのなかで、ふたりの目が合い、ジェニーは彼の目をじっと見ながら、愛と人生を彼に与えることに対する罪悪感から自分を解き放つ、約束の言葉を彼に求めた。「わたしの家族に手を振り上げないと、誓ってくれる？」

彼の答えは、心をうずかせるようなささやき声だった。「誓うよ」

感動的な優しさがジェニーの体内に広がり、彼女は目を閉じ、背中を完全にロイスに預けた。ロイスが頭を傾け、彼女のこめかみを唇でさっと撫で、手をゆっくりと上げて、彼女の胸を愛撫した。唇は熱い跡を残しながら頬から耳へ移動し、舌で耳の起伏を探り、一方、手はドレスのなかへ滑りこんで、彼女の乳房をすくい、硬くなりつつある乳首を親指でこすった。

純粋な感動の海を漂いながら、ジェニーは唇を彼の唇で覆われ、体の向きを変えられて、彼の腕に包まれても抵抗しなかった。ドレスが腰から滑り落ちても、ベッドで彼が身を寄せてきても、恥ずかしさもうしろめたさも感じなかった。蠟燭の明かりのなかで、ロイスの肉付きのいい肩が青銅のようにきらめき、彼がかぶさってきて、舌で彼女の唇を巧みに開く。降伏のうめきを小さくあげて、ジェニーはロイスの首に手を滑らせ、うなじのカールした毛に指を入れて、彼の口が自分の口としっかり重なるようにし、彼の舌を快く迎え、自分の舌を差し出した。彼女の率直な情熱に、ロイスの飢えきった体は耐えられなかった。ロイスは片方の腕をジェニーの腰に回し、彼女を引き締まった腿に引き寄せ、彼女の体と自分のこわばった体を密着させた。もう一方の手を彼女の後頭部にあてがい、舌を彼女の口に何度も何度も差し入れて、自分が与えている官能的な刺激を彼女も返すように強要する。

ジェニーが口を離すと、ロイスは落胆のうめきをあげ、抑えの効かない情熱で彼女を怖がらせたのかもしれないと思った。しかし目をあけると、彼女の顔には、恐れも嫌悪も浮かんでおらず、そこには感嘆の念があった。ロイスの胸の奥で、愛情が大きくふくらみ、彼はじっと体を動かさずに、ジェニーが彼の顔を両手で包み、震える指で彼の目を、頬骨を、顎を敬意をこめて撫でるのを見守った。やがて彼女が顔を持ち上げ、ロイスとほとんど同じ熱烈さで、キスをしてきた。そして体を傾け、彼を枕に押しつけ、サテンのベールみたいに髪をその枕に落として、彼の目に、鼻に、耳にキスをする。ロイスは乳首を唇で包まれると、自分を抑えられなくなった。「ジェニー」そううめいて、両手を彼女の背中に、腿に、尻にやった。指を彼女の髪に差し入れ、自分の熱くなった唇に彼女の唇を引きもどす。「ジェニー」かすれた声でささやき、彼女の口に舌を突き入れ、彼女の舌と絡ませながら、彼女を仰向けにして、覆いかぶさった。「ジェニー」熱くつぶやきながら、彼女の乳房を、腹を、腿をむさぼるようになめる。彼女の名前を口にせずにはいられなかった。ジェニーが腕を回してきて、腰を上げ、彼の怒張したものに進んで体を密着させようとすると、それは彼の胸のなかで、美しい旋律となった。彼女が鋭い最初の突きを迎え入れると、それは彼の血管のなかで歌のように響いた。彼女が鋭く激しい突きに合わせて動くと、それは彼の全身に響き渡った。彼女が「愛しているわ」と叫び、爪を彼の背中に突き立て、絶頂の波に揉《も》まれると、それはどんどん音量を増していった。

ロイスは体が張り詰め、自分を解き放ちたくてたまらなくなり、彼女の唇から唇を離して、前腕で体を支え、彼女の震えが治まるのを待ちながら、影のなかの美しい顔を見下ろした。そして、ついにこらえられなくなって、あえぎながら妻の名前を呼び、最後にもう一度、突き入れた。腰と腰、唇と唇を密着させ、何度も何度も体を震わせながら、彼女のなかへ生命を注ぎこんだ。

仰向けに寝ながら、ロイスは激しい心臓の鼓動が治まるのを待った。体をぴったりくっつけて、わきに横たわる妻のサテンのような肌を撫でる。頭がまだ、体内の爆発のせいでぼうっとしていた。長年の、手当たり次第の交わりも、激しい戯れも、いま経験した、心を揺さぶるようなエクスタシーにはかなわなかった。

隣りでジェニーが頭を上げたので、ロイスは顎を下げ、妻の目をじっと見た。眠たげな青い深みのなかに、自分が感じたのと同じ驚きととまどいがあった。「何を考えている？」上向きの妻の顔に、優しい笑みを浮かべてきいた。

それに応じた笑みを口もとに浮かべ、ジェニーはロイスの胸毛でざらつく胸に広げた手を置いた。

ジェニーの頭にはふたつだけ考えが浮かんでいて、愛しているという言葉を聞きたがっているのを白状したくなかったので、もうひとつの考えを口にした。「こう思っていたの」悲しげにささやく。「ハーディンで……こんなふうだったら……ウィリアムと逃げなかっただろうって」

「こんなふうだったら」ロイスはにんまりと笑った。「私はきみを追っていただろう」

ロイスの欲望を簡単に掻き立てられるとは知らず、ジェニーは彼の平らで引き締まった腹に指を滑らせた。「どうしてそうしなかったの？」

「当時、私は拘束されていた」ロイスがそっけなく言い、それから彼女のさまよう手をつかみ、てのひらで押さえて平らにし、さらに下へさまよっていかないようにした。「きみをグラヴァリーに引き渡すのを拒んだために」そう付け足し、彼女の手を解放した。

その手が彼の腿のわきを滑り下りると、ロイスは息を呑んだ。「ジェニー」かすれた声で警告したが、もう遅く、欲望が彼を貫き、硬くした。ジェニーの驚いた表情を見て、押し殺した笑いを漏らすと、彼女の腰をつかんで持ち上げ、膨張した彼の上に、優しく、しかし決然と置いた。「好きなだけ時間をかけるといい、かわいい人」かすれた声でからかった。「きみの意に従うよ」しかしまたがっていた妻が腰を落とし、優しくキスをしてくると、彼の笑い声は消えた。

21

サンルームの窓辺に立ち、中庭を眺めるジェニーの顔を、笑みが横切った。胸は、昨夜の思い出でいっぱいだった。太陽の角度から判断して、いまは午前の半ばあたりで、ジェニーは起きてから一時間もたっていない――こんなに朝寝坊したのは、生まれてはじめてだ。

けさ、ロイスは長いこと、名残り惜しげに彼女を愛した。このうえなく優しい、自制した愛しかたを思い出すと、いまでも鼓動が速くなった。彼は愛していると口にしなかったが、彼女を愛していることはたしかだった。愛について未熟でも、ジェニーはそれを確信している。そうでなかったら、なぜあんな約束をするだろう？　それに、ベッドのなかで、あれほど優しく扱ってくれるだろう？

思い出で頭がいっぱいだったので、アグネスが部屋に入ってきたとき、ジェニーは気づかなかった。目に笑みをたたえたまま、女中のほうを向く。アグネスはまた、急いで仕立て直したドレスを持っていた。今度のはクリーム色の柔らかなカシミアだ。使用人のきびしく、陰気な表情にもかかわらず、ジェニーはふたりのあいだの壁を打ち壊し、友人にもなろうと固く決心した。狼《おおかみ》を手なずけられたのだから、彼の使用人と友人になることはそんなにむずかしくないはずだ。

女中にかける言葉を探しながら、ドレスを受け取り、それからアルコーヴの風呂桶に気づいた。その話題なら無難だろうと判断して言う。「あのお風呂は、四、五人入れそうなぐらい大きいわね。わたしの故郷では、湖で水浴びをするか、腰ぐらいまでしか浸かれない、小さな木の桶で我慢するしかなかったのよ」

「ここはイングランドです、奥さま」ジェニーが昨夜着たドレスを受け取りながら、アグネスが答えた。ジェニーは彼女の口調に優越感が含まれていたかどうかわからず、驚きの視線を女中に投げた。

「イングランドの大きな家にはどこでも、あんな巨大なお風呂や本格的な暖炉や――」ベルベットの掛け布や、床に厚い敷物がある豪華な部屋を、手でさっと示す。「こんなものがあるの？」

「いいえ、奥さま。でもここはクレイモアで、サー・アルバート――旦那さまの家令で、前の領主さまの家令でもありました――は、クレイモアを王にもふさわしい城として保つよう指示されています。銀は毎週磨かれ、タペストリーにも、床にも、埃《ほこり》ひとつあってはいけないんです。そして何かがだめになったら、捨てて、新しいものにします」

「そんなに完璧にしておくのは、大変な仕事ね」ジェニーは思ったことを口にした。

「はい。でも、新しい旦那さまはサー・アルバートにするべきことを指示されて、サー・アルバートはきびしくて高慢な人だけれど、言われたとおりにするでしょう――内心、そんな指示をされて、どう思っているにしても」

最後の驚くべき発言に苦々しさと憤りがあまりにもにじんでいたので、ジェニーは聞き間違えたかと思った。眉を寄せ、完全に向きを変えて、女中を見る。「アグネス、どういう意味？」

アグネスは言いすぎたと気づいたようだった。青くなって身をこわばらせ、恐怖に見開いた目をジェニーに向けた。「なんでもありません、奥さま。なんでもないんです！　新しい領主さまを迎えられて、わたしたちはみんな光栄に思っていますし、敵がここへ来たら――きっと来るでしょうけど――わたしたちは作物と男たちと子どもたちを領主さまの戦争のために差し出せるのを、光栄に思っています。光栄に！」低い、絶望的な声には、ほんのわずかだが憤りがまだ含まれていた。「わたしたちは、忠誠心のある、いい領民で、領主さまがしたことに対して、なんの悪意も持っていません。そして、領主さまのほうもわたしたちになんの悪意も持っていないよう願っています」

「アグネス」ジェニーは優しく言った。「わたしを怖がる必要はないのよ。あなたの打ち明け話を漏らすつもりはないわ。〝領主さまがしたこと〟って、どういう意味？」

女中はかわいそうにぶるぶる震えていて、ロイスがドアをあけ、室内に頭を突っこんで、階下に昼食をとりに来るようにとジェニファーに言うと、ベルベットのドレスを落としてしまった。それをぱっと取り上げ、アグネスは部屋から逃げ出した。しかし、重たいオークのドアをあけたとき、ロイスをちらりと見て、ふたたび十字を切ったのを、今回、ジェニーははっきりと目にした。

手に持ったカシミアのドレスをすっかり忘れて、ジェニーは閉まるドアをじっと見ながら考えこみ、額にしわを寄せた。

大ホールには、昨夜のお祭り騒ぎの名残りはほとんどなかった——部屋を埋めていた架台式テーブルは解体され、片づけられていた。実際、昨夜の酒宴の名残は、壁沿いのベンチでまだ寝ている十人ほどの騎士たちだけで、彼らのいびきが大きく響いたり、小さくなったりしている。忙しく立ち働いている雰囲気は感じられるものの、農奴たちの動きは緩慢で、ベンチの騎士たちが眠りを妨げられるのをいやがってぼんやりと蹴《け》る足を、何人かの農奴がよけられないのを見て、ジェニーは気の毒に思った。

ジェニーがテーブルに近づくと、ロイスは例のきびきびした身のこなしで立ち上がり、彼女はいつものように感心した。「おはよう」彼が、低い、親しみのこもった声で言った。「よく眠れただろうね？」

「とてもよく」ジェニーは当惑した、小さな声で答えたが、彼の隣りに座る彼女の目は明るく、きらめいていた。

「おはよう！」エレノア伯母さんが、目の前の冷肉の皿から鹿肉を上品に切り取る作業の途中で顔を上げ、幸せそうな声で言った。「とっても気分がよさそうに見えるわよ」

「おはよう、エレノア伯母さん」ジェニーは伯母に安心させるような笑みを見せた。それから困惑した目で、やはりテーブルについている、静かな男たちを見た。サー・ステファン、サー・ライオネル、サー・ユースタス、アリック、そしてグレゴリー修道士だ。男たちの妙な静けさとうつむいた目を意識しながら、彼女はためらいがちに微笑んで言った。「おはよう、みんな」

　五人の男の顔がゆっくりと上がり、彼女に向けられた。青白い、疲れた顔で、その表情は生気のない苦痛から、朦朧とした混乱まで、さまざまだ。「おはようございます」彼らは礼儀正しく返事をしたが、そのうちの三人は身をすくめ、ふたりは手で目を覆った。けさ、いつもと変わりないのはアリックだけで、つまり、なんの表情も浮かべず、ひと言も言葉を発していない。彼のことは完全に無視して、ジェニーはグレゴリー修道士を見た。彼もほかの男たちと似たり寄ったりの状態だ。ジェニーはロイスに尋ねた。「みんなはどうしたの？」

　ロイスがテーブルに置かれた白パンと冷肉を取ると、ほかの男たちもしぶしぶ同じことをした。「彼らは昨夜のどんちゃん騒ぎのつけを払っているんだ。酒と、おん——ええと、大酒のつけを」ロイスはにやりと笑って、言い直した。

ジェニーは驚いてグレゴリー修道士を見た。彼はエールの入ったカップを唇につけようとしていた。「あなたもなの、グレゴリー修道士？」ジェニーが尋ねると、気の毒に、修道士はむせた。

「私は前者に関しては罪を犯しています」情けなさそうに、早口で言う。「しかし、後者に関しては潔白です」

ロイスが急いで言い直した言葉を気に留めなかったジェニーは、修道士に困惑の視線を向けたが、そのときエレノア伯母さんが話に割りこんできた。「わたしはこんなふうに具合が悪くなるのを予想してたのよ。それで、けさ早くに厨房へ行って、元気の出る食べ物を用意しようと思ったんだけど、サフランさえなかったの！」

厨房という言葉に、ロイスがすぐ反応し、はじめて、レディー・エレノアを興味深く見たようだった。「私の厨房には、ほかにも不足している材料がありましたか――これらを――」昨夜の残りの、かなりまずいスープを示す。「もっとうまいものにするような材料で？」

「ええ、もちろんですとも」エレノア伯母さんがすぐに答えた。「あんな、ろくに何もない厨房を見て、ものすごく衝撃を受けたわ。ローズマリーとタイムはあったけど、干し葡萄《ぶどう》も、生姜《しょうが》も、白桂《はっけい》も、オレガノも、これといった丁字《ちょうじ》もなかった。それにナッツも見なかったわ。しなびた、かわいそうな栗の実ひとつを除いてはね！　ナッツは、風味のいいソースや、おいしいデザートを作るのに、とってもいい――」

〝風味のいいソースや、おいしいデザート〟という言葉で、エレノア伯母さんは突然、男たちの注目の的となった。アリックだけが興味を示さず、贅沢《ぜいたく》なソースとデザートよりも、いま食べている冷たい鵞鳥のほうを明らかに好んでいた。

「続けて」ロイスは先を促し、好奇心をそそられた、うっとりした目を彼女に貼りつけていた。「あなただったら、どんな料理を作りましたか――もちろん、必要な材料はそろっているという前提で？」

「そうねえ」エレノア伯母さんが額にしわを寄せて言った。「わたしが自分のすてきなお城で厨房を管理したのは何十年も前だけど――そうそう――焼いたミート・パイね。皮がとても軽くて、おいしくて、口のなかで溶けてしまうの。それから――たとえば、あなたが食べている鶏だったら」料理の専門家という新たな地位にわくわくしながら、サー・ゴッドフリーに言う。「そんなふうに串に刺して焼いて、粗布みたいに乾いた硬い状態で出すより、スープとワイン半々に、丁字、メース、茴香《ういきょう》、胡椒を加えてとろとろ煮て、お皿に入れて出し、汁でパンがとってもおいしく食べられるようにするわ。それから、林檎《りんご》や梨やマルメロのような果物を使ってできることは多いけど、照りをつけるのに蜂蜜とアーモンドと棗椰子《なつめやし》が欲しいわね、それに白桂も。でも、言ったように、厨房にはそんなのほとんどなかったわ」

ロイスは自分の冷たい鵞鳥を忘れて、レディー・エレノアを熱心に見た。「このクレイモアや村の市場か何かで、そういうものを見つけられますか？」

「ほとんどのものは見つけられるでしょう」エレノア伯母さんがすぐに答えた。

「それなら」ロイスが、王令を布告する人間のような口調で言った。「厨房はあなたに任せることにしよう。みんな、今後、うまい食べ物が食べられることを楽しみにしていますよ」テーブルに近づいてきたサー・アルバート・プリシャムをちらりと見ると、立ち上がって告げた。「厨房はレディー・エレノアに任せることにいま決めた」

やせた家令の顔は注意深い無表情で、彼は丁寧にお辞儀をしたが、返事をする際、白い杖を握る手に力がこもった。「申し上げましたように、わたくしは食事にほとんど興味がありません」

「まあ、もっと興味を持つべきよ、サー・アルバート」レディー・エレノアが命令口調で告げる。「なぜなら、これまであなたはずっと間違ったものを食べてきたから。蕪《かぶ》や脂っこい食べ物やチーズは、通風持ちが食べてはいけません」

家令の顔がこわばった。「わたくしは痛風ではありません、マダム」

「そのうち、なるわよ！」エレノア伯母さんは陽気に予想し、やはり立ち上がった。庭や森に早く食材を探しに行きたくて、たまらなかったのだ。

サー・アルバートは彼女を無視して、当主に向かって言った。「地所を見て回るおつもりでしたら、ただちに出発できます」ロイスがうなずくと、家令は平然と付け加えた。「厨房以外で、わたくしの家令としての仕事に瑕疵《かし》はひとつもないと、おわかりいただけるはずです」

ロイスは彼に奇妙な、鋭い視線を向け、それからジェニファーに微笑んで、その頬に行儀のいいキスをし、しかし彼女の耳にはこうささやいた。「たっぷり寝ておくといい。なぜなら、今夜もずっと寝かせないつもりだからだ」

頬に赤みがそっとさすのを、ジェニーは感じた。ロイスが彼を制止した。アリックが、地所を視察するロイスに付き添うつもりで立ち上がった。ロイスが彼を制止した。「レディー・エレノアの食材探しに付き合ってくれ」それから、奇妙な、意味ありげな声で付け加える。「不適切なことが起こらないように見ているんだ」

老女に付き添えときっぱり命じられ、アリックの顔がこわばった。憤りと威厳を傷つけられた気持ちをまき散らしながら、大股で歩きはじめ、レディー・エレノアが彼の後ろをうれしそうに早足で進んだ。「すてきな一日になるわね」彼女が熱をこめて言う。「もっとも、これは一日じゃなくて、数日かかるでしょうけど。なにしろ、お薬や軟膏《なんこう》の材料がひどく不足してるもの。それに、料理のための香辛料も。筋肉の痛みを和らげるための丁字が欲しいし、言うまでもなく、メースも欲しいわ。メースは腹痛を予防してくれるし、下痢にもいいの。それから、ナツメグもいる。ナツメグは風邪や気鬱《きうつ》にとってもいいのよ。それから、あなたの食事には、とくに注意してあげる。だって、あなた、健康じゃないもの。ふさぎこむ傾向があるわ――それにはすぐに気づいたのよ……」

サー・ユースタスがにやにや笑いながら、ほかの騎士たちを見た。「ライオネル」去っていく巨人に聞こえる声で呼びかける。「われらがアリックが〝ふさぎこんでいる〟ように見えるか？　それとも〝腹を立てている〟という言葉を使ったほうがいいのかな？」

サー・ライオネルが咀嚼《そしゃく》を途中で止め、アリックの大きなこわばった背中を見て、おもしろそうに目を輝かせ、一瞬、考えこんでから答えた。「アリックはいらだっている」

サー・ゴッドフリーが自分の目で見ようと、背を後ろに傾けた。「機嫌を損ねている」と、結論を下す。

「腹痛で苦しんでいるんだ」ステファン・ウェストモアランドがにやりと笑って言った。男たちは仲間意識を発揮して、ジェニファーに目を向け、悪ふざけに加わるよう誘ったが、彼女が断る必要はなかった。なぜなら、ちょうどそのとき、アリックが振り返って、たいていの男が震え上がるような、岩をも粉々にする怒りの視線を仲間たちに投げたからだ。残念ながら、それは騎士たちには効果がなく、彼らは相手の目を見返すと、どっと笑い、陽気な声は壁にぶつかって、天井へ響き、ドアを出ていくアリックを追った。

ちょうどやってきて、アリックとレディー・エレノアが出ていくのを見た、若いゴーウィンだけが、アリックを擁護した。「騎士の仕事じゃないよ――薬草を摘んだり、木の実を集めたりするお婆さんの付き添いなんて。騎士じゃなくて、女中の仕事だ」

ライオネルが少年を悪気なしにひっぱたいた。「そんな考えかたをするから、レディー・

アンに嫌われるんだ。彼女が花を摘むのに付き添ってやったら、きのうの夜みたいに、喧嘩腰になって、勇ましいしかめ面で彼女の気を引こうとするよりもずっといい結果になるのに」ジェニファーのほうを向いて、サー・ライオネルは言った。「この小僧は、優しさよりもふくれ面のほうが好きなんですよ。そっちのほうが男らしいと思っている。そして、彼が怖い顔をしているあいだ、ロデリックはレディー・アンの世話をまめまめしくして、乙女の心をつかんだ。ご婦人の観点から、こいつに教えてやってくれませんか?」

ゴーウィンの若者らしい狼狽《ろうばい》に気づいて、ジェニーは言った。「レディー・アンの気持ちはわからないけれど、わたしとしては、サー・ロデリックに女性を振り返らせるような点があるとは思えないわ」

ゴーウィンは目に感謝のきらめきを浮かべてから、騎士たちに誇らしげな視線を向け、それから、どちらかというとまずい食事を食べはじめた。

ジェニーは午前の残りと午後の何時間かを、お針子たちと過ごした。服の準備のため、サー・アルバートが彼女たちを村から集めたのだ。家令はたしかに有能だ、とジェニーは以前運びこまれたトランクのなかを掻き回しながら、心のなかでつぶやいた。有能で冷酷。理由ははっきりとはわからないが、ジェニーは家令が全然好きになれなかった。けさのアグネスの言葉からすると、クレイモアの農奴たちはみな、あのやせた男を高く評価している。評価と、恐怖のうずきがある。ここの者たちに対する、自分の奇妙な感情と、部屋の女たちの不自然な沈黙にいらだちながら、ベッドに広げられたり、椅子に掛けられたりしている、豪華で色彩に富んだ布をじっくりと見た。それらの布は、液体の宝石がまき散らされたように見えた。金が散った、ルビー色のシルク、金襴と銀襴、アメジスト色のベルベット、ダイアモンドが振りかけられたように光る、サファイア色のタフタ、そして真珠からエメラルドからオニキスまでの色調の、豪華に輝くサテン……。それらのそばには、あらゆる重さと色の、イングランドの柔らかなウールがあった。明るい黄色や緋《ひ》色から、クリーム色、灰色、黄褐色、黒までそろっている。イタリア製の綿もあり、縦横の縞模様になっている。ドレスやシャツのための、豪華な刺繍の施されたリンネル。ほとんど透明と言っていい、薄手のリンネルは、シュミーズや肌着用。ベール用の、ちらちら光る織物。そして、手袋や靴のためのなめらかな革。

　ロイスと自分とエレノア伯母さんの衣装用と考えても、ジェニーはこれだけの布地の使い道がほとんど思い浮かばなかった。前途に待ちかまえる大量の仕事と、服装についての想像力と知識の欠如に打ちのめされながら、毛皮であふれる、ほかのふたつの大きなトランクを気が遠くなる思いで見た。「これは」贅沢な黒貂《くろてん》の黒褐色の毛皮を腕にかかえて、アグネスに言った。「あの紺のベルベットで作る、公爵用のケープの裏地に使えるわね」

「クリーム色のサテンです」アグネスが我慢ならないかのように大声で言い、それから口を閉じて、いつものしかめ面にもどった。

　女中――クレイモアの前の女主人のお針子だったと、判明したばかりだ――がついに自発的にものを言ったことに、ジェニーは驚きと安堵を覚え、振り返った。その思いつきに賛成できないことを隠そうと努めながら、ジェニーは言った。「クリーム色のサテン？　公爵がそれを着ると思うの？」

「奥さまです」アグネスが震える声で言った。まるで、黒貂の誤用に声を大にして反対する、内なるファッション・センスか何かに強いられたかのようだ。「旦那さまではなく」

「ああ」ジェニーは提案された組み合わせに、驚きながらも好感を持った。白い毛皮を指し示す。「で、あれは？」

「白貂は瑠璃《るり》色の紋織りの飾りにします」

「それで、公爵には？」ジェニーはだんだんうれしくなっていった。

「紺のベルベットと、黒と、その焦げ茶です」

「わたしはファッションにはうといの」ジェニーはその提案に満足し、笑みを浮かべながら白状した。「幼いときは、まったく興味がなかった。そして、そのあと――ここ数年――は、大修道院に住んでいたから、唯一のファッションは自分たちみんなが着ている服だったわ。でも、あなたが組み合わせかたをよく知っているとわかったから、あなたの提案すべてを喜んで受け入れる」

アグネスを見ると、驚きとはべつに、笑みに近いものが顔に浮かんでいた。もっともジェニーは、それがアグネスのセンスを褒めたからというより、修道院にいたと打ち明けたからではないかと思った。ほかのふたりのお針子は、どちらも平凡な顔立ちの娘だったが、彼女らも心なしか緊張を解いたように見える。たぶん、ジェニーがここ数年、敬虔《けいけん》なカトリックとして静かに暮らしていたのなら、〝敵〟というほどのものではないと判断したのだろう。

アグネスが進み出て、布を集めはじめた。使い道の決まっているリンネルや綿も集めた。

「ケープやドレスのデザインはできる？」ジェニーは屈んで、クリーム色の紋織りを拾い上げ、尋ねた。「わたしは、どう裁断するべきか、あまり考えつかないの。もちろん、切るのは手伝うわよ。どうやら、わたしは針よりもはさみのほうがうまく使えるみたいだから」

笑いを呑みこんだような、くぐもった音が若いほうの娘から漏れ、ジェニーが驚いて振り返ると、ガートルードという名のお針子がびっくりして顔を赤くした。「あなた、笑った？」理由はどうあれ、彼女が笑ったことを望んでいた。なぜなら、女同士の友情のようなものを育みたいと切に願っていたからだ。

ガートルードの顔がさらに赤くなった。

「笑ったんでしょう？　それは、わたしがはさみのほうが得意と言ったせい？」

笑いを押しとどめようとして、娘の唇は震え、目は飛び出しそうになっている。ジェニーは視線で相手を威圧していることに気づかないまま、自分のはさみの技量に関して、娘がおもしろがっている理由を考えた。ある考えが浮かび、彼女は口をあんぐりとあけた。「あのことを聞いたのね？　わたしがしたことを――あなたたちの旦那さまの持ち物に？」

目をさらに大きくして、娘は友人を見ると、笑いを呑みこみ、ふたたびジェニファーに視線をもどした。「じゃあ、ほんとうなんですか、奥さま？」小声できく。

突然、あの向こう見ずな行為が、ジェニーにもかなりおかしいものに思えた。陽気にうなずく。「あれはとってもひどい行ないだった――彼のシャツの袖ぐりを縫って綴じたよりもひどくて――」

「そんなこともしたんですか？」ジェニーが答える前に、お針子ふたりは悲鳴のような笑い声を放ち、互いの脇腹をつついて、やっぱりというようにうなずいた。アグネスさえ、愉快そうに唇を震わせている。

若いふたりが去ると、ジェニーはアグネスといっしょにロイスの部屋へ行った。新しい服の寸法を取るために、彼の服が見本として必要だったのだ。ロイスのダブレットとマントとシャツを渡すとき、個人的で、胸がうずくような奇妙な感情をいだいた。

彼はあきれるほど肩幅がある、とアグネスにウールのチュニックを渡しながら、ジェニーは誇らしさとともに思った。それに、とても裕福なのに、服を驚くほど持っていない。服は最上の品質であるものの、擦り切れるほど着られている――衣装より重要なことに関心があったという無言の証しだ。

シャツの多くは袖が少し擦り切れていて、そのうちの二枚はボタンが取れていた。彼はこういう身の回りのことをしてくれる妻をひどく必要としていた、とジェニーは胸の内でつぶやき、にんまりとした。数カ月前、野営地で服の繕《つくろ》いを申し出たとき、ロイスがあんなに喜んだのも無理はない。そして、ロイスの数少ない服を自分がわざと傷つけたと思い至ると、罪悪感が彼女の体を刺すように貫いた。お針子たちと違って、ジェニーはもうその行為をおもしろいとは思えなくなり、彼女たちの大げさな反応に困惑し、頭を悩ませた。あれはとても奇妙だった。それを言うなら、クレイモアには奇妙に思えることがたくさんある。

寡黙をやめたいま、アグネスは服作りの進めかたについて延々と話をしたいようすだった。女中は去るとき、恥ずかしそうに笑みを浮かべ、そのこともジェニーを喜ばせると同時に悩ませた。

ジェニーはロイスの寝室に立ったまま、当惑で眉を寄せていた。答えが思いつかないので、軽いケープを肩にさっと掛け、遠慮なく話ができる人物から答えを得ようと、外に出た。

サー・ユースタスとサー・ゴッドフリーとサー・ライオネルが中庭にいて、低い石のベンチに腰掛けていた。顔にはうっすらと汗が浮かび、剣が手からだらりと垂れている——昨夜の宴会と午後の剣の訓練で疲れた体を休ませているのだろう。「グレゴリー修道士を見た？」ジェニーは尋ねた。

サー・ユースタスが御者と話している修道士を見た気がすると言ったので、ジェニーは彼に指し示された方向へ歩き出した。広大な城内に密集している石の建物のどれが御者のいる建物か、はっきりとはわからなかった。高い、手のこんだ煙突の建物は厨房だと容易にわかり、それは城の本体の隣りにあった。その厨房の隣りには、貯蔵所と醸造所と美しい礼拝堂がある。中庭をはさんで、ジェニーの向こう側には鍛冶場があり、一頭の馬が蹄鉄《ていてつ》を打たれていて、ゴーウィンがロイスの盾をせっせと磨いていた。甲冑《かっちゅう》や武器の山が、彼よりも地位の低い者によって修理されるのを待っている。その隣りに御者の小屋があり、その向こうには、馬小屋と豚小屋、それに大きな鳩小屋があった。鳩小屋には鳩がいないようだ。

「だれかを捜しているのですか、公爵夫人？」ジェニーは修道士の声にぎくりとして、くるりと振り向いた。「ええ、あなたを」自分の臆病さを笑いながら、答えた。「あなたに尋ねたかったんです……あることを」そう言ってから、中庭にいる百人ほどの人間に用心深い視線を向けた。みな忙しそうにさまざまな仕事をしている。「でも、ここではないところで」

「門の外を散策しましょうか？」見られたり聞かれたりしない場所で話をしたいというジェニーの願いをすぐに理解して、グレゴリー修道士が提案する。

しかし門の警備兵に近づくと、ジェニーは衝撃を受けた。「申し訳ありません、奥さま」警備兵が丁寧ながらも無情に言った。「しかし、公爵の同行なしで城を離れてはならないと、命令が出ています」

ジェニーは信じられずに、警備兵をじっと見た。「なんですって？」

「公爵の――」

「それは聞いたわ」ジェニーは怒りを爆発させるのを抑えて言った。「つまり、わたしは――わたしは、ここの囚人だということ？」

戦場での経験は豊富だが、高貴な婦人を扱った経験がまったくない古兵は、不安そうな視線を警備隊長へ向け、隊長が前に出て、丁寧にお辞儀をして言った。「これは……あの……あなたの安全のためです、奥さま」

きのうの出来事のあとでは、ジェニーの身の安全を保証できないと隊長が言っているのだと考え、彼女は手を軽く振った。「でも、あの木立の先には行かないつもりだから――」

「すみません。公爵に厳命されておりますので」

「わかったわ」ジェニーはそう言ったが、まったくわかっていなかった。それに、囚人であるという感覚が、全然気に入らなかった。向きを変えかけてから、不運な隊長に食ってかかった。「教えてちょうだい」低い、不気味な声で言う。「城を出てはいけないというこの……制限は……だれに対してもなの？　それともわたしだけ？」

隊長の視線が地平線へ移った。「あなただけです、奥さま。それに、あなたの伯母君もです」

怒りと屈辱感とともにジェニーは向きを変えた。そのとき、思い至った。ロイスがエレノア伯母さんにアリックを付けたのは、明らかに彼女の付き添いとしてではなく、彼女を見張らせるためだと。

「心当たりの場所がほかにあります」グレゴリー修道士が穏やかに提案し、ジェニーの腕を取って、広い中庭の向こうへ導いた。

「信じられないわ！」ジェニーは怒りをこめ、低い声で言った。「わたしはここの囚人なのよ」

グレゴリー修道士が腕をさっと広げて、中庭のありとあらゆるものを示した。「ああ、でもなんとみごとな監獄なんでしょう」賞賛の笑みを浮かべる。「これまで見たどの城よりも美しい」

「監獄は」ジェニーは修道士にとげとげしく告げた。「監獄です！」

「こう考えることもできます」修道士はジェニーの主張を論じることなく言った。「あなたの夫には、あなたが考えているのとはべつの理由があって、彼が完璧に守れる範囲内にあなたを留めておきたいのかもしれないと」どこへ連れていかれるのか考えずに、ジェニーは修道士に案内されるがままに進み、礼拝堂の前に来た。修道士がドアをあけ、ジェニーが入れるよう、一歩下がった。

「どんな理由です？」薄暗く、ひんやりとした室内に入ると、ジェニーはすぐにきいた。

グレゴリー修道士に磨かれたオークの椅子を手ぶりで示されて、ジェニーは腰を下ろした。

「もちろん、知りません」修道士が言った。「しかし、公爵はちゃんとした理由なしに行動する人ではないと、私は思います」

ジェニーはびっくりして、修道士をじっと見た。「あなたは彼が好きなんですね？」

「ええ、でも、もっと重要なのは、あなたは彼が好きですか？」

ジェニーは両手を上げた。「数分前、城外へ出られないと知る前までなら、はいと答えたでしょう」

グレゴリー修道士は腕を組んだ。僧服の白い袖で、手と手首が隠された。「それで、いまは？」金色の眉を片方上げて、彼は尋ねた。「それを知ったいま――まだ彼を好きですか？」

ジェニファーが悲しげな笑みを浮かべて、力なくうなずいた。

「そういうことですよ」彼がおどけて言い、ジェニーの隣りの椅子に腰を下ろした。「さて、こんなに密かに、私になんの話があるんです？」

ジェニーは唇を噛んで、どう説明しようかと考えた。「あなたは気づきましたか――その――みんなの態度の奇妙さを？　わたしにではなく、夫への態度の？」

「どういう点で奇妙なんです？」

ジェニーはロイスがそばにいるとき、女中たちが十字を切るのを見たことを説明した。昨日、城主の帰還にだれも喝采しなかったのを不思議に思ったことも話した。そして、彼の服と毛布を損なったというわさを、うっかり認めてしまったとき、女中たちがおもしろがった話で締めくくった。

ジェニーの破壊的傾向に憤慨するかわりに、グレゴリー修道士は賞賛するような愉快そうな目で彼女を見た。「ほんとうに――彼らの毛布を切り裂いたのですか？」

ジェニーは困惑してうなずいた。

「あなたは驚くほど勇気のある女性だ、ジェニファー。私は、あなたが将来、夫を扱うのにそれを必要とする気がします」

「勇気とかじゃないんです」ジェニーはゆがんだ笑みを浮かべて告白した。「彼の反応を見るはめになるとは思っていませんでした。ブレンナとわたしはまさにその翌朝、逃げる計画をしていたんですから」

「どんな事情にせよ、彼らが暖を取るのに必要な毛布を傷つけるべきではありません」グレゴリー修道士は言い足した。「さて、村人たちの新しい領主に対する〝奇妙な〟反応について、質問に答えるとしましょうか」

「ええ、お願いします。わたしの気のせいでしょうか？」

グレゴリー修道士は突然立ち上がり、凝った造りの十字架の前に並ぶ蠟燭のところへ歩いていき、倒れていた一本の蠟燭を起こした。「全然気のせいではありませんよ。私はここへ来てまだ一日ですが、ここには一年以上聖職者がいなかったので、人々は私と話をすることをそれはそれは望んでいます」顔をしかめ、ジェニーのほうを向く。「あなたの夫が八年前、まさにこの場所を包囲攻撃したことを知っていますか？」

ジェニファーがうなずくと、修道士は安堵したようだった。

「それで、あなたは包囲攻撃を見たことがありますか？　何が起こるかを？」

「いいえ」

「間違いなく、見て美しい光景ではありません。〝ふたりの貴族が喧嘩をしたら、不運な男の草葺き屋根が燃える〟ということわざがあります。そして、実際にそうです。損害を受けるのは城と城主だけでなく、自由農民も農奴もなんです。作物は防御者と攻撃者の両方にだめにされ、子どもたちは小競り合いで殺され、家は破壊される。攻撃者が城の周囲を故意に燃やしたり、畑や果樹園をだいなしにしたりするのは、べつにめずらしくありません。労働者が防御側の兵になることを防ぐため、彼らを殺すことさえあります」

ジェニーはそのことをまったく知らないわけではなかったが、包囲攻撃の最中や直後にその場にいたこともなかった。しかしいま、かつてロイスが包囲攻撃をした地に建つ、平和で小さな礼拝堂にいると、その光景は不快な鮮明さを伴って、目に浮かんだ。

「あなたの夫がクレイモアを包囲攻撃した際、それらのいくつかがなされたことは間違いありませんし、彼の動機は非個人的なもので、国王のために行動していたと私は確信していますが、農民たちは、貴族たちの動機なんてほとんど気にしません。自分たちに得るものはなく、失うものばかりの戦闘で、疲弊《ひへい》させられるのですから」

ジェニーはハイランドの氏族たちについて考えた。彼らは戦いに明け暮れながら、窮乏について不平を言わない。当惑して首を横に振る。「ここに違うのね」

「あなたたちスコットランドの氏族、とくにハイランドの人々とは違い、イングランドの農民は戦利品を分け与えられません」グレゴリー修道士はジェニーの苦悩を理解して、説明を試みた。「イングランドの法律では、すべての土地が実際に国王のものです。王はその土地を、忠義の、あるいは特別な働きの報酬として寵臣《ちょうしん》に分け与えます。臣下は領地として望む場所を選び、それからある程度の土地を農民に与える。その返礼として、農民は週に二日か三日、領主の土地や城で働くことを求められる。当然ながら、ある程度の穀物か農産物も定期的に献上することを求められます。

戦争や飢饉《ききん》のとき、領主は自由農民や農奴の権利を守る義務を道徳的に――しかし、法的にではありません――負っています。たしかに守るときもありますが、たいていは、領主自身のためになる場合だけです」

グレゴリー修道士が口をつぐむと、ジェニーはのろのろと尋ねた。「彼らがわたしの夫に守ってもらえないと思っているということですか？　それとも、クレイモアを包囲攻撃して、畑を焼いたから、彼らは夫を嫌っているということですか？」

「どちらでもありません」グレゴリー修道士が悲しそうに言った。「農民というのは達観していて、世代ごとぐらいに領主がほかの貴族との戦争に巻きこまれ、畑を焼かれるのは予期しています。しかし、あなたの夫の場合は、違っています」

「違っている？」ジェニーは聞き返した。「どんな点で？」

「彼は戦争に明け暮れる人生を送ってきたから、敵が報復しに次から次にクレイモアへ来るのではないかと、彼らは恐れています。あるいは、彼が、戦争好きゆえに、敵を呼びこむのではないかと」

「ばかばかしい」ジェニーは言った。

「そのとおり。でも、農民たちがそれに気づくには、時間がかかります」

「わたしは、農民たちが彼を誇らしく思っていると考えていました。なぜなら、彼は――イングランドの英雄だから」

「誇らしく思っていますよ。それに、彼が、前の領主とは違って、いざというときは喜んで守ってくれるし、守る能力を持っていると、確信し、安堵しています。そういう場合、彼の強さと権力は、大いに有利ですからね。実際、彼らは彼を完全に畏《おそ》れ敬っています」

「彼を怖がっているように見えるわ」彼のそばでの女中たちの反応を思い出して、ジェニーはみじめな気持ちになった。

「それもあります。ちゃんとした理由があってのことですよ」

「彼を怖がるちゃんとした理由なんて、なさそうです」ジェニーは強く確信して言った。

「ああ、でも、あるんです。彼らの気持ちになってごらんなさい。自分たちの新しい領主は、〝狼〟と呼ばれた男です。攻撃して、相手をむさぼり食う、狂暴で強欲な動物の名がついている。さらに、うわさでは——事実ではなく、うわさです——彼はじゃまをする者に容赦しないと言われている。新しい領主として、彼は税を課す権利を有してもいるし、当然ながら、争いごとを裁くし、犯罪者に罰を与えます。さて」グレゴリー修道士が意味ありげな視線を向ける。「無情で残酷という評判を考えたら、あなたはそんな男に、こうした決断を任せたいと思いますか？」

ジェニーは憤慨した。「でも、彼は無情で残酷ではありません。半分でもそうだったら、妹とわたしは、彼から実際よりずっとひどい目にあわされていたはずです」

「そのとおり」修道士が同意し、誇らしげにジェニーに微笑んだ。「あとは、あなたの夫が人々と過ごし、彼らが自分で判断するのを待つしかありません」

「あなたはとても簡単そうに言うのですね」ジェニーはそう言うと、立ち上がり、スカートを振って広げた。「そして、そうなんだと思います。うまくいけば、そんなに待たなくても、彼らが気づいて——」

ドアがさっとあき、ふたりが振り向くと、ロイスの怒った顔に安堵の表情が浮かんだところだった。「だれもきみの居場所を知らなかった」ロイスがジェニファーのほうへずかずかと歩いていく。礼拝堂の磨かれた木の床に、深靴の足音が不穏に響いた。「今後は、だれかに行く先を告げずに消えるんじゃない」

グレゴリー修道士はジェニファーの怒った顔をひと目見てから、礼儀正しく辞去した。ドアが閉まるとすぐ、ジェニーは鋭く言い返した。「ここで自分が囚人だとは知らなかったわ」

「なぜ城を離れようとした？」ロイスが、彼女の発言が理解できないふりをわざわざせずに尋ねた。

「中庭の農奴たちに見られたり、立ち聞きされることなく、グレゴリー修道士とふたりだけで話をしたかったからよ」ジェニーは険悪な声で答えた。「さあ、今度はあなたがわたしの質問に答える番よ。なぜわたしはここから離れることを禁止されているの？　ここはわたしの家、それとも監獄？　わたしは――」

「きみの家だ」ロイスが話をさえぎり、ジェニーが大いに当惑したことに、突然にやりと笑った。「きみはこの世でいちばん青い目の持ち主だ」楽しんでいるように低い声で笑い、付け加える。「怒ったとき、きみの目は濡れた青いベルベットの色になる」

ここが彼女の家だという夫の答えに、ジェニーは一瞬、心を和らげてから、うんざりして目をぐるりと回した。「濡れたベルベット？」鼻にしわを寄せ、皮肉たっぷりに言う。「濡れたベルベット？　いいえ、いいえ、いいえ」

ロイスがすてきな笑みを浮かべ、白い歯がきらりと光った。「違うか？　なんと言うべきだったのかな？」

夫の笑みは魅力的で、ジェニーは彼のからかうような雰囲気に同調した。「そうねえ、あなたが言うべきだったのは――」十字架の首飾りの真ん中にある、大きなサファイアをちらりと見た。「――サファイアの色かしら。響きがいいもの」

「ああ、だが、サファイアは冷たい。きみの目は温かくて、表情豊かだ。こう答えればいいのかな?」濡れたベルベットに関してジェニファーがそれ以上反論しないと、ロイスは喉の奥で笑った。

「ずっといいわ」彼女が快く同意する。「先を続けてくださる?」

「お世辞の続きか?」

「もちろん」

ロイスの唇が笑いで引きつった。「大変結構。きみの睫毛は、すすだらけの箒《ほうき》を思い出させる」

ジェニーの笑い声が音楽のように響き渡った。「箒!」陽気に笑い、夫に首を横に振ってみせる。

「そのとおり。それに、きみの肌は、白くて柔らかくてなめらかだ。まるで――」

「何?」くすくす笑いながら、ジェニーは先を促した。

「卵だ。続けていいかな?」

「いいえ、お願いだから、やめて」笑いながら、ジェニーはつぶやいた。

「あまりうまくなかったようだな」ロイスがにやりと笑った。

「わたし、たとえイングランドの宮廷でも、ある程度の上品なふるまいが要求されると、てっきり思っていたわ」ジェニーが息を切らしながらたしなめた。「あなた、宮廷で過ごしたことはあるの？」

「可能なかぎり避けていた」ロイスは穏やかに言ったが、彼の注意は妻の微笑む、豊かな唇へ移っていて、いきなり彼女をかきいだくと、むさぼるように唇を合わせた。

ジェニーは心地よくて官能的な、夫の欲望の渦巻のなかへ落ちていくのを感じながら、なんとか彼の唇から離れた。情熱ですでに暗くなっているロイスの目が、彼女の目の奥をじっと見た。

「理由を教えてもらっていないわ」ジェニーは震える声でささやいた。「わたしがなぜお城を離れられないのか」

ロイスがジェニーの腕をゆっくり手でさすりながら、ふたたび頭を彼女のほうへ下げていった。「数日のことだ……」そう答え、言葉と言葉のあいだに彼女にキスをする。「問題がないと私が確信するまで……」ジェニーをしっかりと自分に引き寄せる。「……城の外で」

ジェニーは満足して、彼にキスをし、彼の大きな体が欲望に硬くなるのを感じるという途方もない喜びに浸った。

ふたりが中庭を大ホールへ向かって歩くころ、太陽はすでに下降を始めていた。「エレノア伯母さんは夕食を何にするつもりかしら」夫に微笑みかけながら、ジェニーは言った。

「いまのところ」ロイスは意味ありげな目をして答えた。「私の欲望は食事でないものに向けられている。しかし、その話題について言うなら、きみの伯母さんは自分で言っているほど料理がうまいのか？」

ジェニーはためらいがちな視線を夫に向けた。「じつを言うと、うちの家族のだれかが、その点で伯母さんを褒めていた記憶がないの。伯母さんはいつも、彼女の治療薬で賞賛されていた――スコットランドじゅうのお産婆さんが、軟膏やあらゆる種類の調合薬を求めて、彼女のところへ来ていたわ。エレノア伯母さんは、適切に調理された適切な食事があらゆる病気を防ぎ、ある種の食物には特別な治癒力があると信じていた」

ロイスは鼻にしわを寄せた。「食事に薬か？　私が思っていたのとはまったく違うな」何か突然思いついたかのように、値踏みするような視線をジェニーに向けた。「きみは料理上手？」

「ちっとも」ジェニーは陽気に答えた。「わたしが得意なのは、はさみよ」

ロイスが高い笑い声をあげたが、サー・アルバートが中庭を自分たちのほうへ歩いてくるのを見て、いつもよりさらにきびしい顔になり、ジェニーの楽しい気分に終わりを告げた。家令の冷たい目、やせた体、そして薄い唇が横柄で冷酷な印象を彼に与え、ジェニーは急に不安を覚えた。「公爵さま」家令がロイスに言う。「昨日の泥投げ事件の犯人がここへ連れてこられました」中庭のはずれの鍛冶場を手で指し示した。そこでは、ふたりの警備兵が青い顔をした少年を両側から押さえ、農奴たちが集まっていた。「わたくしが処理しましょうか？」

「だめ！」ジェニーは家令に対する反感を抑えられず、突然叫んだ。

嫌悪を隠しきれない表情で、家令はジェニファーからロイスへ視線を移した。「閣下？」

彼女を無視してきく。

「私は民間の懲罰方法や手順について経験がない」ロイスはジェニファーに、明らかにはぐらかして言った。急速に大きくなる人垣の端に近づくと、ジェニーは懇願の目を夫に向けた。

彼女の頭のなかは、グレゴリー修道士が言った言葉でいっぱいだった。「あなたが処理したくないなら、わたしがかわりにできるわ」彼女は心配になって申し出た。「昔から、父が判決日に判断を下すのを見てきたから、どうやるかはわかっている」

ロイスは家令のほうを向いた。「いつもどおりに処理を進めてくれ。処罰は妻が決める」

サー・アルバートは歯を強く食いしばり、頬骨がかなり突き出たが、承諾のお辞儀をした。

「公爵さまのお望みのとおりに」

彼らを通すため、人々が道を空けた。ロイスの側の人々が彼を通すため、必要以上に――彼の手が絶対届かないところまで――下がったのを、ジェニーは見逃さなかった。

大きな円の中央に到着すると、サー・アルバートはすぐに裁判に取りかかった。たくましい警備兵ふたりに広げた腕をつかまれ、恐怖に襲われた少年を氷の視線でにらみつける。

「おまえはクレイモアの領主夫人を故意に攻撃するという罪を犯した。イングランドの法のもとでは、きわめて重大な犯罪だ。そしてそのことで、おまえは昨日、当然の罰を受けるはずだった。きょうまで待って、ふたたび罰と向き合うよりも、そのほうが楽だっただろう」家令はきびしい口調で言い終えた。彼がいま、ロイスの一時的な執行猶予を意図的な拷問のように思わせたという考えが、ジェニーの頭にちらりと浮かんだ。

少年の頰を涙が伝い落ち、人垣の端で女が顔を手で覆い、涙を流しはじめた。少年の母親だろうと、ジェニーはすぐに思った。女の隣りに彼女の夫が立ち、顔を引きつらせ、息子を思って、目に苦しみを浮かべている。

「おまえは罪を否定するか？」サー・アルバートが鋭い声で言った。

小さな肩を震わせ、無言で泣いていた少年は、頭を垂れ、首を横に振った。

「はっきり口で言え！」

「い——」少年が腕を上げて、不面目な顔の涙を汚いチュニックで拭う。「いいえ」

「それでいい」家令は優しいと言ってもいい声で言った。「うそをついたまま死ねば、永遠に呪われるからな」

死という言葉に、すすり泣いていた少年の母親が夫の腕を振り切って、息子のもとへ駆け寄り、両手で息子をかき抱き、彼の頭を胸に優しく当てた。「なら、さっさと終わらせて！」剣を持つ警備兵ふたりをにらみながら、彼女は途切れがちに言った。「この子を怖がらせないで」泣きじゃくりながら、腕で少年を揺すってなだめる。「この子が怖がってるのがわからないの――」しゃくりあげ、声が途切れがちな小声になった。「お願い……この子を……怖がらせないで」

「修道士を呼んでこい」サー・アルバートがぴしゃりと言った。

「わからないな」ロイスが冷淡な声でさえぎり、そのせいで、母親は息子をさらにきつく抱きしめ、さらに激しく泣いた。「こんな時刻にミサを捧げる理由が」

「ミサではなく、告解です」グレゴリー修道士を呼びにやった理由を、ロイスがわざと誤解したことに気づかず、家令は答えた。少年の母親のほうを向いて言う。「おまえの極悪な息子は、当然、最後の秘跡を受けたいだろうと思うが？」

涙で話すことができず、女性は力なくうなずいた。

「だめだ！」ロイスが鋭い声で言ったが、興奮した母親は叫んだ。「はい！　この子の権利です！　死ぬ前に、最後の秘跡を受けるのは、この子の権利です！」

「彼が死ぬとしたら」ロイスが冷淡に言った。「あなたの手で窒息死させられてだろうな、奥さん。下がって、その子に息をさせろ！」

彼女は苦しみながらも、希望の表情を顔に浮かべたが、まわりの人々の険しい顔を見ると動揺し、息子の死刑執行が猶予されるかもしれないという、彼女のはかない希望をだれも分かち合っていないと気づいた。「この子をどうするおつもりですか、領主さま？」

「それを決めるのは私ではない」ロイスはきびしい声で答えた。昨日、村人たちが妻に投げつけた名称を思い出すと、ふたたび怒りがこみ上げた。「彼によって苦痛を受けたのは妻なのだから、決めるのは彼女だ」

母親は安堵するかわりに、口を手で覆った。脅えた視線がジェニーに向けられる。気の毒な母親が不安で苦しむのをこれ以上見ていられず、ジェニーは少年のほうを向き、素早く、しかし優しく言った。「あなたの名前は?」

少年は体をぶるぶる震わせながら、涙で腫《は》れた目でジェニーを見た。「ジェ——ジェイクです。奥さま」

「そう」ジェニーは言いながら、自分の父親ならこういう事件をどう扱うだろうかと必死に考えた。犯罪を処罰せずにすましてはいけない、と彼女は知っていた。なぜなら、そうすると、さらなる犯罪を生み、夫を弱く見せるからだ。一方、少年の年齢からすると、きびしい処罰も適切ではない。少年に言い訳を与えようとして、優しく言った。「わたしたちはときどき、とくに興奮すると、するつもりではなかったことをしてしまう。土塊を投げたとき、あなたにもそういうことが起こったの? たぶん、あなたはわたしに当てるつもりではなかった?」

ジェイクはひょろりとした首の喉仏を上下させて、二度、つばを呑みこんだ。「ぼ——ぼくは——」公爵のいかめしい顔を見て、うそをつかないことにする。「ぼくはいつでも、ねらったものに当てます」悲しそうに認めた。

「ほんとうに？」ジェニーはそう言って時間を稼ぎ、何か解決法はないかと必死に考えた。

「はい、奥さま」少年が陰気な小声で認める。「見えるぐらいの距離に兎がいれば、石を目のあいだに当てて、殺せます。絶対失敗しません」

「ほんとうに？」ジェニーは感心して、ふたたび言った。「わたしは昔、四十歩離れた場所から、鼠に石を投げて殺したわ」

「そうなんですか？」ジェイクもやはり感動して言った。

「ええ――まあ、そのことはいいわ」ロイスの冷淡な非難の表情を見て、ジェニーは急いで話を変えた。「あなたはわたしを殺すつもりじゃなかったわよね？」そう尋ね、愚かな少年が認めるといけないので、急いでこう付け加えた。「つまり、殺人の罪を犯して、魂を永遠に汚したくはなかったわよね？」

そう聞いて、少年は強く首を振った。

「それじゃあ、あのときに興奮していたからという理由が大きいわよね？」ジェニーがそう主張すると、ほっとしたことに、少年がついにうなずいた。

「それからもちろん、投げるのがうまいことを誇りに思っていて、みんなに少し見せびらかしたかったのかもしれないわね？」

少年はためらい、それからぎこちなくうなずいた。

「ほら、これでわかった！」緊張して待っている人々を見回し、安堵と確信をこめて、ジェニーは大声で言った。「彼は深刻な危害を与えるつもりはなくて、その気持ちは、犯罪そのものと同じぐらい重要です」ジェイクのほうへ向きをもどし、きびしく言った。「なんらかの償いが必要なことは明らかだけれど、あなたの投げる腕前はたいしたものだから、それをもっとましなことに使うのがいいと思うわ。だから、ジェイク、あなたはこれから二カ月間、毎朝、男たちの狩りを手伝いなさい。そして、新鮮な肉が必要とされないときは、お城へ来て、ここでわたしを手伝いなさい。もちろん、日曜はいいわ。それから、もし――」

ジェニーはびっくりして言葉を止めた。少年の泣きじゃくる母親が足もとに駆けてきて、ジェニーの脚に腕を回し、泣きながら言ったからだ。「ありがとうございます、奥さま。ありがとうございます。あなたは聖人です。ああ、ありがとう――」

「いえ、そんなことしないで」興奮した女がジェニーのスカートの裾を手に取り、キスをすると、ジェニーは必死に訴えた。女の夫が手に帽子を持って、妻を引き取りにやってきた。彼がジェニーを見たとき、その目は涙で光っていた。

「息子さんがあなたの畑仕事で必要な場合は」ジェニーは彼に言った。「彼は……ええと……償いを午後にしてもいいわ」

「あの――」彼は声を詰まらせ、それから咳払いすると、背筋をまっすぐ伸ばし、痛々しいほど威厳を保って言った。「これから一生、祈りのときはあなたのことも祈ります、奥さま」

ジェニーは微笑みながら言った。「夫も加えてほしいわね」

男は顔を青くしたが、ジェニーの隣りに立つ、荒々しく、色黒の男をなんとか正視して、従順に言った。「はい、あなたも加えます、旦那さま」

不気味な沈黙のなか、人々は肩越しにジェニーをこっそり見ながら解散した。当のジェニーは、二カ月は長すぎたかもしれないと思っていた。ホールへもどる途中、ロイスが黙りこくっていたので、彼女は夫に不安の視線を投げた。「あなた、驚いたみたいね」心配して言う。「わたしが二カ月と言ったとき」

「たしかに」ロイスが皮肉たっぷりに、おもしろがって認める。「一瞬、きみが投擲《とうてき》の腕前を祝って、彼を夕食に招待すると思ったよ」

「寛大すぎたと思う？」ジェニーはほっとして言った。ロイスが重いオークのドアをあけ、わきに寄って、妻を先にホールへ入れた。

「さあ。私には治安を保つために農民に対処した経験がない。しかし、プリシャムが死刑のような罰の話をしたのはよくないな。あれは問題外だ」

「わたし、彼が好かないの」

「私もだ。あの男は以前からここの家令で、私はそのまま雇った。かわりを探す頃合いだな」

「すぐだといいけれど」ジェニーは熱心に勧めた。

「いまのところ」ロイスが言ったとき、ジェニーは彼の目がいたずらっぽく光ったことに気づかなかった。「もっと重要なことが頭から離れない」

「まあ、それは何？」

「きみをベッドへ連れていき、それから夕食を食べることだ――その順番で」

「起きるんだ、眠り姫――」ロイスの物憂げな笑い声で、ジェニーは目覚めた。「すばらしい晩だぞ」ロイスに言われると、ジェニーは仰向けになり、けだるげに微笑んだ。「夜は愛し合うためにあり、いまは――」彼がジェニーの耳をふざけてつまむ。「――食べるためにある」

ロイスとジェニーが階下《した》へ行ったころには、騎士たちの多くはすでに食事を終えていて、架台式テーブルが分解され、いつものように壁にきちんと立てかけられていた。高座のメイン・テーブルで食事をする特権のある騎士たちだけが、食事をゆっくり味わいたがっているようだった。

「伯母はどこ？」テーブルの中央の、ロイスの隣りに腰を下ろすと、ジェニーは彼らに尋ねた。

サー・ユースタスがアーチの架けられた左側の通路に頭を傾けた。「あすのために、もっと大量の食事を用意するよう料理人に指示しに、厨房へ行きましたよ。どうやら」にやりと笑って言い足す。「うまい食事を与えられたとき、ぼくたちの食欲がどれほど旺盛になるのか、気づいていなかったようだ」

ジェニーはテーブルに置かれた大皿を見回した。大部分はすでに空で、彼女は安堵のため息をそっとついた。「じゃあ——おいしいの？」

「この世のものとも思えないごちそうです」騎士がにやりと笑って強調する。「みんなにきいてください」

「アリックはべつのようだ」サー・ゴッドフリーがうんざりした目を巨人に向けた。アリックは一羽の鵞鳥をきちんとばらしていて、最後の数口を残すだけになっていた。

そのとき、エレノア伯母さんがホールへ入ってきた。微笑みで顔がしわだらけになっている。「こんばんは、騎士たち、閣下」ロイスに言った。「こんばんは、ジェニファー」それからテーブルの端に立って、空の皿、そして後片づけをする農奴たちにまで、完璧な満足の笑みを送った。「みんな、わたしの作った本物の料理を食べたみたいね」

「兄さんが下りてきて、食卓を活気づけてくれると知っていたら」ステファンが兄に言う。「もっと残しておいたのにな」

ロイスは弟に皮肉っぽい視線を送った。「ほんとうか？」

「いや」ステファンが陽気に言う。「ほら、タルトをどうぞ。機嫌がよくなるから」

「何かおいしいものが厨房に残ってたはずよ」エレノア伯母さんが言って、自分の努力がこうして受け入れられたことを大いに喜んで、小さな手を組み合わせた。「湿布薬を取ってくるついでに、見てくるわ。タルトはだれの機嫌でもよくするわよ。アリックを除いて」

ステファンが仲間に愉快そうな視線を向けて、言い足した。「彼の機嫌をよくさせるものは何もない――松の大枝でもだめだ」

松の大枝という言葉を聞いて、まるで特別愉快な冗談を共有しているかのように、みながにやりと笑ったが、ジェニーがロイスをちらりと見ると、彼も同じようにとまどった顔をしていた。温かい食事と、小さな椀と布を運ぶ農奴といっしょに、せかせかとホールに入ってきたエレノア伯母さんが、その答えを口にした。「ええ、そのとおり。アリックとわたしは、きょう、さまざまな材料を持ってもどってきたわ。そして、もどるころには、彼の腕はすてきな大枝でいっぱいだったのよね」陽気に言った。

エレノア伯母さんはいったん口を閉じ、突然、笑いの発作で息ができなくなった騎士たちに当惑の目を向けてから、農奴の持つトレイから椀と布を取り上げ、ジェニーが驚いたことに、その湿布薬とともにアリックのところへ歩き出した。「きょうは、あなたにとって楽しい一日じゃなかったわね」優しい声で言い、アリックの横に椀を置いて、なかの液体に布を浸した。「あなたを責めることはできないわ」

同情と罪悪感をにじませながら、エレノア伯母さんはジェニーをちらりと見て、悲しそうに言った。「アリックとわたしは、これまで幸いにもわたしが会ったことがないような、とても邪悪な蜘蛛《くも》に出合ったのよ！」

エレノア伯母さんが布を浸すのを狭まった目の端で見て、アリックの表情が非常に不吉なものになったが、彼女は何も考えずに言葉を継いだ。「邪悪な蜘蛛は、かわいそうなアリックを嚙んだの。彼は、巣の張ってある木の下に立った以外、怒らせるようなことは何もしてないのに。でも」怖い目でにらんでいる巨人のほうを向き、六歳の子どもに言い聞かせるかのように、指を横に振る。「あんなふうに復讐するのはとてもいけないことよ」

布を浸すために言葉を途切らせてから、きびしい口調で続けた。「げんこつを蜘蛛の巣に当てたのは理解できるけど、木にも怒りをぶつけて、斧《おの》で切り倒すのは分別があるとは言えないわ！」サー・ゴッドフリーに困惑の視線を送る。彼は、おもしろくて肩を震わせていた。それからエレノア伯母さんはサー・ユースタスを見た。彼もやはり肩を揺らし、金色の髪を皿にほとんどくっつけて、笑い顔を隠そうとしていた。エレノア伯母さんが次の言葉を発したとき、ゴーウィンだけがとても脅えた顔になった。「さあ、いい子だから、これをあなたの顔に――」

「やめろ！」アリックが重いオークのテーブルに肉付きのいいげんこつをどしんと下ろし、皿を揺らした。テーブルから離れると、怒りに体をこわばらせながら、巨人はホールから出ていった。

エレノア伯母さんは呆然《ぼうぜん》としたようすで、出ていくアリックを見守り、それからテーブルにいる者たちのほうを向いて、悲しげに言った。「わたしの言ったとおりに食べてれば、あんなに怒りっぽくならなかったはずなのに。食事で、お通――消化の」夕食の席なので、急いで言い直す。「問題は解決したはずなの。そのことはきょう、彼にはっきり説明したと思ったのに」

食後、ロイスは騎士たちと男性的な話を始めた。ロイスとともにもどった兵士たちの兜《かぶと》や鎖帷子を直すために、仕事の増えた武具師の助っ人として何人男たちを割り振るべきかという話から、狭間《はざ》胸壁《まきょうへき》の大きな石弓に適切な量の石が用意されているかどうかという話まで、話題はさまざまだった。

ジェニーは熱心に耳を傾けながら、ロイスの話しかたが穏やかながらも説得力のあることにうっとりし、この仲間たちの一員であるという、思いがけない喜びを味わっていた。この雰囲気をとても温かく、とても奇妙なものであると考えていたとき、ロイスが石弓の話題に終止符を打って、彼女のほうを向き、すまなそうに微笑んだ。「外を散歩しようか？　十月にしては気持ちよい晩だ――きみを退屈させるような話をしているのはもったいない」

「退屈なんてしていないわ」ジェニーは無意識に夫の目に微笑みながら、静かに言った。

「だれが予想しただろうな」ロイスがかすれた声でからかう。「かつて私のナイフで私の顔にイニシャルを刻もうとしたのと同じ女性が、これほど好ましい妻になるとは？」答えを待たずに、ロイスは優しく妻を立たせながら、騎士たちのほうを向いた。朝食後、槍的突きの練習のために中庭に集合するよう念を押してから、ロイスはジェニファーを連れてホールを出た。

ふたりが去ってから、サー・ユースタスがほかの騎士たちのほうを向いて、にやりと笑って言った。「ロイスが月夜の散策を好むと、これまで知っていたか？」

「敵の夜襲を予期していないかぎり、ないな」サー・ライオネルが笑い声をあげる。

その場でいちばん年長のサー・ゴッドフリーは微笑まなかった。「ここに到着してからずっと、彼はそれを予期しているよ」

22

「どこへ行くの？」ジェニーはきいた。

「あの上に、景色を見に行く」ロイスは、城壁沿いの歩道に続く、急な階段を指さした。壁から広い石の棚が出ていて、十二の塔すべてにつながっているため、警備兵たちが城をぐるりと見て回れるのだ。

歩道に一定の間隔で立つ警備兵を無視するよう努力して、ジェニーは月に照らされた谷を見た。そよ風が吹き、髪が肩のあたりで揺れている。「ここの眺めは美しいわ」夫のほうを向きながら、静かに言った。「クレイモアは美しいお城ね」しばらくしてから言う。「難攻不落に見えるわ。あなたがどうやってここを奪い取ったのか、想像もつかない。城壁はとても高いし、石はなめらかだわ。どうやって登ったの？」

ロイスの眉が、愉快そうな灰色の目の上で上がった。「登らなかった。下にトンネルを掘って、梁《はり》で支え、それからトンネルに火を放った。梁が落ちたとき、城壁も崩れた」

ジェニーは驚きのあまり口をぽかんとあけ、それからあることを思い出した。「グレンケニー城で、あなたがそうしたって聞いたわ。とても危険そう」

「そのとおり」

「じゃあ、なぜやったの?」

妻の頬からほつれ毛を払って、ロイスはあっさりと言った。「なぜなら、私は飛べないからだ。となると、この中庭に入るのに、ほかにはそれしか方法がない」

「だったら」ジェニーは思慮深く言った。「ほかの人でも同じようにここに入れるわね」

「やってみることはできる」ロイスはにやりと笑った。「しかし無駄だろうな。われわれのすぐ向こう、壁から数メートルのところに、トンネルを何本か掘ってある。侵入者が私と同じことを試みようとしたときには、それが崩壊する」そう言って、妻の腰に腕を回して、自分のわきに引き寄せた。「私自身でさえ侵入できないように、城を造り替えたんだ。八年前、この壁の石はいまほどなめらかではなかった」城壁の上高くに一定の間隔で建つ小塔をうなずいて示す。「それに、あの塔はすべて四角だった。いまは丸い」

「どうして?」ジェニーは興味をそそられた。

「なぜなら」ロイスは言ってから、妻の額に温かなキスをするため、いったん言葉を切った。「丸い塔は、登るのに便利な角がない。四角い塔は、メリックの塔のように、登るのがきわめて簡単だ。きみがよく知っているように……」ジェニーはその件を持ち出したことに、当然文句を言おうと口を開いたが、気づくとキスをされていた。「敵が壁を登れず、下にトンネルも造れないとなると」ロイスがふたたびキスをしながら、彼女の唇に向かってささやいた。「ほかには、火をつける以外に方法がない。だから」妻を引き寄せる。「中庭の建物は、いまはすべて瓦葺《かわらぶ》きにした。草葺きでなくね」

キスで息ができず、ジェニーはロイスの腕のなかで体を後ろに反らした。「徹底的なのね、城主さま」

それに答えて、ロイスの日に焼けた顔に笑みが浮かんだ。「自分のものは、手放さないつもりだ」

その言葉に、彼女は自分が手放してしまったものを思い出した。それは、ふたりの子どものものとなるはずだったのに……。

「どうした？」ジェニーの顔が曇るのを見て、ロイスが尋ねた。

ジェニーは肩をすくめ、軽く言った。「あなたが子どもを望むのは当然だろうと考えていたの。そして――」

ロイスが彼女の顔を自分のほうに向けて、そっと言った。「私はきみの子どもが欲しいんだ」ジェニーは彼が〝きみを愛している〟と言ってくれるのを待ったが、言ってくれないと、〝きみを愛している〟とほぼ同様のことを言ったのだと、自分に言い聞かせようとした。

「わたしはたくさんのすばらしいものを持っていたわ――宝石やいろいろなもの――」悲しい気持ちで続ける。「それはわたしの母が所有していたもので、当然、わたしたちの子どものものになるはずだった。もう、父がそれをわたしに渡してくれるとは思えない。わたしに結婚持参金がなかったわけでないのは、結婚の契約書を読んでいれば知っているわよね」

「奥さま」ロイスがそっけなく言った。「きみにいま、持参金がないなんてとんでもない」

身につけていたきたない服だけ持って結婚したのだと突然気づいて、ジェニーは自分がほんとうに無価値だと感じ、彼の腕のなかで向きを変え、谷のほうを見やった。「わたしは何も持っていない。いちばん下層の農奴よりものを持たずに、あなたのところに来た。羊一匹、持参しなかったのよ」

「羊一匹持っていないな」ロイスが冷淡に同意した。「きみが唯一持っているのは、イングランド一美しい、小さな地所だけだ。グランド・オークと呼ばれている――なぜなら、大きなオークの木が門を守っているからだ」妻の驚いた表情を見て、ゆがんだ笑みを浮かべ、言い足す。「ヘンリーが結婚の祝いにきみにくれた。そこがきみの寡婦用住宅となるだろう」

「なんて……なんて親切な……王さまなの」ジェニーはイングランドの王をそう呼ぶのはきわめて困難だと感じながら言った。

ロイスは冷笑的な横目で彼女をちらりと見た。「彼はそれを私から奪い取ったんだ」

「まあ」ジェニーは当惑して言った。「なぜ?」

「あるスコットランド娘を大修道院からさらった行為の罰として、私から没収したんだよ」

「わたしたちが大修道院の土地にいたかどうか、あまり確信は持てないわ」

「大修道院によると、そうだった」

「そうなの？」ジェニーは尋ねたが、ロイスは彼女の言葉を聞いていなかった。突然、彼は谷をじっと見た。体は緊張し、警戒している。

「どうかしたの？」ジェニーは心配して夫の視線を追ったが、異状はどこにも見つからなかった。

「どうやら」村のずっと向こうの、見えるか見えないかの小さな明かりをじっと見ながら、ロイスは冷静に言った。「われわれの心地よい晩にじゃまが入りそうだ。客人だ」さらに六つの小さな点が現われ、それが倍に、そしてまた倍になった。「少なくとも百人、もしかするともっとだな。馬に乗っている」

「客人――」ジェニーは言いかけたが、右手遠くの警備兵がらっぱを上げ、耳をつんざくような高らかな音を出したので、彼女の声はかき消された。城壁沿いの歩道に間隔を置いて立つ、ほかの二十五人の警備兵がロイスのほうを向き、一瞬後、彼が見たものを確認すると、自分たちのらっぱを上げ、平和な夜は突如、らっぱの不吉な音に破られた。たちまち中庭に兵士たちが出てきた。武器を携え、なかには走りながら服を着ている者もいた。ジェニーは取り乱して尋ねた。「どうしたの？　彼らは敵なの？」

「メリックから派遣されてきたようだな」

サー・ゴッドフリーとサー・ステファンが城壁沿いの歩道につながる階段を駆け上がって

きた。長い剣を身につけている。それを見て、ジェニーの体がぶるぶる震えはじめた。剣。流血。

ロイスは向きを変えて隊長に命令を出し、それからジェニファーのほうに向きをもどした。彼女は口に拳を当て、揺らめく明かりのほうを見ていた。

「ジェニファー」ロイスは優しく声をかけたが、彼を見上げた彼女の目は恐怖で取り乱していた。全面的な戦闘の準備をしていると妻の目には明らかに映る現場から、彼女を遠ざけなければならないと、すぐに気づいた。

中庭と城壁で何百もの松明がつけられ、あたりが不気味な、真昼のような黄色い明かりで輝くなか、ロイスはジェニファーの腕を取り、彼女を導いて階段を下り、ホールへ向かった。

寝室のドアを閉じると、ロイスは妻のほうを向いた。彼女は苦悩で呆然とした目でロイスを見た。「あなたは行くの――兵たちといっしょに?」

「いや。彼らはこの訓練を何千回もしている」妻のこわばった肩に手を置き、穏やかで、しっかりした声で言った。「ジェニファー、聞いてくれ。男たちは、私が直接命令しなければ、攻撃しないことになっている」〝攻撃〟という言葉だけを聞いたかのように、ジェニファーが身震いしたので、ロイスは彼女を軽く揺すった。「話を聞くんだ」はっきりと命じた。「道のそばの森に、男たちを配置してある。数分すれば、どれほどの人数が近づきつつあるのか、正確にわかる。きみの父親が予想外の大ばかでないかぎり、軍隊ではないと思う。それに、彼には、きみのところの短気なスコットランド人たちに招集をかけて、完全装備の軍隊を集める時間はなかった。思うに、ヘイスティングズ卿、ドゥーガル卿、それにきみの父上を含めた一団がメリックから来ただけだろう。私がきみをメリックからさらって、彼を困った立場に置いたことを考えると、彼がここへ怒鳴りこんで、無邪気に怒ったふりをしたいと思うのは当然だ。さらに言えば、クレイモアに入ることができれば、彼の面目が少しは保てる。たとえここに入るのに、休戦の旗と星室庁のイングランド人が必要だとしてもね」

「それで、もし平和な一団だったら」ジェニファーが必死に言う。「どうするつもり？」

「吊り上げ橋を下げて、彼らを招き入れるよ」ロイスはあっさりと言った。

ジェニファーの指が、ロイスの上腕の筋肉に食いこむ。「お願い――彼らを傷つけないで――」

「ジェニファー――」ロイスはきつく言ったが、彼女が抱きついてきて、彼に体を押し当てた。「約束して！　あなたの言うことはなんでもきくわ……なんでも……けれど、彼らを傷つけないで」

ロイスは腹を立て、妻を自分から離すと、彼女の顎をつかんだ。「ジェニファー、今夜傷つくのは、私のプライドだけだ。私の門をあけ、吊り上げ橋を下ろし、きみの父親にホールを威張って歩かれると思うと、はらわたが煮えくり返る」

「父のプライドは気にしなかったのね」ジェニーは激しい口調で言った。「あなたがメリックの塔を突破して、わたしをあそこから連れ去ったときに。あれで父がどんな気持ちになったと思うの。あなたのプライドはそんなにすばらしくて、ほんの数時間も、今回だけでも、わきに置いておけないものなの？」

「いや」

確信をこめて静かに言われたそのひと言に、ジェニーはついに見境のない恐慌状態からわれに返った。深呼吸をして心を落ち着かせ、夫の胸に額を当てて、うなずいた。「あなたがわたしの家族を傷つけないとわかっている。あなたは約束してくれたわ」

「ああ」ロイスは安心させるように言って、妻をかき抱き、素早くキスをした。ドアのほうを向くと、取っ手に手を置いて、いったん動きを止めた。「ここにいるんだ。私が呼ぶまで」断固として命じる。「すでに修道士を呼びにやっていて、われわれに問題はなく、ほんとうに結婚したと証明してもらうことになっている。だが、王たちの使者は、きみが安全で傷つけられていないと確かめるために、きみを見たがると思う」

「わかったわ」ジェニーは同意し、すばやく付け加えた。「父はかんかんになっているでしょうけれど、ウィリアムは優しくて、めったに怒らないわ。彼らが帰る前に、彼に会いたいの——話をして、ブレンナに伝言を伝えてほしいから。彼を上階に来させてくれる？」

ロイスはうなずいた。「それが賢明だと思えたら、そうしよう」

怒った男の怒鳴り声がホールで響き、寝室まで届いた。ジェニーは部屋を行ったり来たりし、待ち、耳をそばだて、祈っていた。荒れ狂った父親の声に、彼女の兄弟と、ヘイスティングズ卿とドゥーガル卿の怒りの声が加わった。ロイスのきびしく、権威のある深い声が、その騒音を圧するようにあがり、静けさが訪れた……不吉で気味の悪い静けさだ。

寝室を出て回廊へ行けば、何が起こっているのか見られるとわかっていたので、ジェニーはドアへ歩き、それからためらった。ロイスは彼女の家族のだれも傷つけないと約束してくれ、彼がそのかわりに彼女に求めたのは、ここに留まることだけだった。彼の願いを守らないのは、間違っているように思えた。

ドアから手を離して、ジェニーは向きを変え、それからふたたびためらった。彼の願いを守りながらでも、ドアをあけるだけで、寝室を少しも離れずに聞くことができる。彼女は慎重に取っ手を回して、ほんの数センチ、ドアをあけ……。

「グレゴリー修道士は、ふたりの結婚を証明してくれた」ヘンリー王の宮廷から送られたイングランドの使者、ヘイスティングズ卿が言っていた。「クレイモアは、契約書を、その精神面はべつにしても、守ったように見えるが、メリック卿、あなたは娘を正当な夫から隠す計画を立てて、契約を、精神と事実の両面において破った」

スコットランドの使者が何かなだめるような言葉をつぶやいたが、ジェニーの父親の声は怒りで大きくなっていた。「イングランドの豚め！　わしの娘は修道院での生活を選び、そこへ送ってくれとわしに懇願したのだ。娘は結婚する覚悟ができていたが、神を主人として選ぶのは、彼女がそう望むなら、神聖な権利だ。どこの王も、修道院にこもり、神に仕えて生きようという彼女の権利を否定できない。それはわかっているだろう！　ここへ娘を連れてこい」大声で叫ぶ。「自分でそれを選択したのだと、娘は言うはずだ！」

父親の言葉は、歯がぎざぎざした剣のように、ジェニーの心臓に刺さった。明らかに、彼はほんとうに娘を一生、修道院に入れておくつもりだったのだ。しかも、娘にその意図をまったく告げずに……。彼は、敵への復讐として、喜んで娘の人生を犠牲にするつもりだった。復讐できるとなれば、娘への愛情より、赤の他人への憎しみのほうが強かったのだ。

「娘をここへ連れてこい！　わしがほんとうのことを言っていると、話すはずだ！」父親がわめく。「娘を連れてくることを要求する！　この野蛮人がうんと言わないのは、自分が妻に嫌われていて、彼女がわしの言うことを裏づけると知っているからだ」

ロイスの深い声は穏やかな確信に満ちていて、ジェニーは愛情と父親の裏切りに対する苦痛を体内に感じた。「ジェニファーは私に真実を話してくれた。彼女があなたの陰謀に決して協力しなかったという真実を。あなたが娘さんになんらかの感情を持っているのなら、彼女をここへ来させて、あなたに向かってうそつきと言わせるようなことはしないはずだ」

「そいつはうそつきだ！」マルコムが怒鳴った。「ジェニファーがそれを証明するだろう！」

「奥方に不快な思いをさせるのは申し訳ないが」ヘイスティングズ卿が口をはさんだ。「ドゥーガル卿と私は、この件を解決するには、彼女自身にきくしかないということで意見が一致している。いや、閣下」すぐに付け加える。「ドゥーガル卿と私が奥方をここへお連れするのがいちばんいいだろう――その……どちらかの側から、発言を強制されたという意見が出るのを避けるために。どうかドゥーガル卿と私を彼女の部屋へ……」

ジェニーはドアを閉めて寄りかかり、ドアにはめこまれた鉄の部分に頬を当てながら、体が引き裂かれるように感じていた。

緊張と敵意に満ちたホールを、ジェニーはふたりの付き添いにはさまれて歩いた。壁際に、メリックとクレイモア、それにヘンリー王とジェームズ王の兵士たちが並んでいる。暖炉のそばに彼女の父親と兄弟が立ち、その向かいにロイスがいた。全員、彼女を見守っていた。

「閣下――」ヘイスティングズ卿が言いはじめ、ジェニファーのほうを向いたが、彼女の父親がせっかちに口をはさんだ。「愛しいわが子よ。このばかどもに、修道院の安らぎへ逃れるのがおまえの願いだったと言ってやれ。この……くそったれとの生活には耐えられないと。そうしてくれるよう、おまえがわしに頼み、懇願したと、おまえは知っていたと――」

「わたしは何も知らなかったわ」ジェニーは父親の顔に浮かんだ、見せかけの誠実さと愛情に耐えられず、叫んだ。「何も！」

ジェニーはロイスが前に歩き出し、その灰色の目に、穏やかな、元気づけるような表情が浮かんだのを見たが、父親は話を終えていなかった。

「待て！」メリック卿が大声をあげ、怒りと驚きの混ざった顔をして、ジェニーに近づいた。「このことについて、何も知らないとは、どういう意味だ？　この獣と結婚するとおまえに告げた晩、おまえはベルカークの大修道院へもどしてくれとわしに頼んだではないか」ジェニーの顔が青くなった。恐怖に脅えて口にし、父親に不可能だと退けられた、忘れていた訴えが、頭のなかで悲鳴をあげた。〝……大修道院にもどってもいいし、エレノア伯母さんのところでも、あるいはお父さんが命じるどこへでも行くわ……〟

「それは――たしかに言ったわ」ジェニーは口ごもった。ロイスの顔を見ると、その顔が険しくなり、冷たい怒りの表情が浮かんだ。

「ほら！　これで証明された」父親が大声で言った。

ジェニーはヘイスティングズ卿に腕をつかまれたのを感じたが、彼の手をさっと振り払った。「いえ、お願い、わたしの話を聞いて」ジェニーは叫んだ。彼女の視線は、ロイスの震える頬と、ぎらぎらした目に据えられた。「聞いてちょうだい」夫に懇願する。「たしかにそう父に言ったわ。言ったことを忘れていたの。なぜなら――」父親に顔をぐいと向ける。「なぜなら、お父さんが聞いてくれようとしなかったから。でも、まず結婚して、それから修道院へ逃れるというような計画に同意したことは、決してない。彼にそう言って」大声で求めた。「わたしが決して同意しなかったと、彼に言って」

「ジェニファー」苦々しさと軽蔑をこめた目を向けて、メリック卿が娘に言った。「おまえはベルカークへ行かせてと頼んだときに、同意したのだ。わしは、もっと安全で遠い大修道院を、おまえのために選んだだけだ。その豚野郎と結婚せよとの王命を、おまえがまず守らなければならないことは、わしとしては当然だと思っていた。おまえだってわかっていただろう。だから、わしは最初、おまえの要求を拒否したのだ」

ジェニーは父親の非難する顔を見てから、ロイスの花崗岩のような顔に視線を移し、これまで経験した何よりも恐ろしい敗北感を味わった。向きを変え、スカートをつかんで、悪夢のなかにいるような気持ちで、ゆっくりと高座へ歩いた。

ジェニーの背後で、ヘイスティングズ卿が咳払いをし、父親とロイスに言った。「どうやら、この件に関しては、関係者全員のあいだでひどい誤解があったようだ。クレイモア、門楼にひと晩泊まらせてもらえたら、われわれは朝には発つ」

石の床を歩いて出ていく人々の靴音がするなか、ジェニーはもう少しで階段を上りきるところだった。そのとき叫び声があがり、父親の怒鳴り声がして、彼女は凍りついた。「この野郎！　殺したな！　わしが――」心臓の激しい鼓動によってほかの音すべてがかき消された状態で、彼女は向きを変え、階段を駆け下りた。テーブルの横を通り過ぎたとき、ドアのそばで、数人が何かを囲んで身をかがめているのが見えた。そして、ロイスと父親とマルコムがにらみあっていた。

やがてドアのそばの人々がゆっくりと立ち上がり、後ろに下がり……。

ウィリアムが床に横たわっていた。胸から短剣の柄が突き出ていて、まわりに血だまりができている。ジェニーの悲鳴が空気を引き裂く。彼女は横たわった体に駆け寄った。「ウィリアム！」

兄の横に身を投げ、彼の名前をうめくように言い、必死に脈を診たが、何も感じず、それから素早く彼の腕と顔をさすった。「ウィリアム、ああ、お願い――」言葉を途切れさせながら叫び、生きていてくれと哀願する。「ウィリアム、お願い、死なないで！　ウィリアム――」ジェニーの視線が短剣に釘付けになった。柄に、狼の姿が刻まれていた。

「こいつを逮捕しろ！」背後で父親が怒鳴り、ロイスにつかみかかろうとしたが、王の兵に制止された。

ヘイスティングズ卿が鋭い声で言った。「息子さんの短剣が床に落ちている。おそらく彼は剣を抜いたのだろう。逮捕はなしだ。クレイモアを解放しろ」自分の兵士にぴしゃりと言う。

ロイスがジェニーのそばにやってきた。「ジェニー――」張り詰めた声で言ったが、彼女が向きを変え、立ち上がりかけたとき、その手にはウィリアムの短剣があった。

「彼を殺したわね！」ジェニーが低い声で言った。苦痛と涙と怒りで目をぎらぎらさせ、ゆっくりと立ち上がる。

今回、ロイスは彼女の能力や目的を過小評価しなかった。妻の目をじっと見ながら、彼女が攻撃してくる瞬間を注意して待ちかまえる。「剣を放すんだ」穏やかな声で言った。

ジェニーは剣をさらに高く上げ、夫の心臓にねらいをつけて、叫んだ。「わたしの兄を殺したわね」短剣がきらめいて空気を切ったとき、ロイスは彼女の手首をがっちりつかみ、ねじって短剣を放させた。それは床に落ちたが、それでも彼女は抵抗をやめなかった。

悲嘆と苦悩でやけになって、ジェニーは夫に向かっていき、彼の胸を拳でたたいた。ロイスが彼女をしっかりと胸に引き寄せる。「悪魔！」兄が運び出されるなか、ジェニーは感情をむき出しにして叫んだ。「悪魔、悪魔、悪魔！」

「聞くんだ！」ロイスがきびしい声で命じ、妻の両手首をつかんだ。彼に向けられた目は憎悪の火花が散り、流れない涙で覆われていた。「私は彼に、きみと話がしたければ残るようにと言った」ロイスは手首を放して、荒々しく言った。「彼を階上へ連れていこうと向きを変えかけたとき、彼が短剣に手を伸ばしたんだ」

ジェニファーの手がロイスの横面に当たった。あらんかぎりの力で、彼女が平手打ちを食わせたのだ。「うそつき！」胸を上下させながら非難する。「わたしが父と共謀したと考えたから、復讐をしたかったんでしょう！　あなたの顔を見てわかったわ。あなたは復讐がしたくて、最初にじゃまに入った人間を殺したのよ！」

「いいか、彼は剣を抜いたんだぞ！」ロイスは激しく反論したが、それは彼女を落ち着かせるのではなく、激怒させた。それにはもっともな理由があった。「わたしだって、あなたに対して剣を抜いたわ」ジェニファーが怒り狂って叫んだ。「でも、あなたは子どものおもちゃみたいに、それをなんなく取り上げた！　ウィリアムは背格好があなたの半分ほどしかないのに、あなたは彼の剣を取らずに、彼を殺した！」

「ジェニファー――」

「あなたは獣よ！」鼻持ちならないものを見るような目で、彼女がロイスを見た。

罪悪感と後悔で青白くなった顔で、ロイスは妻を説得しようともう一度試みた。「うそは言わないと約束する。私は――」

「約束！」ジェニファーが吐き捨てるように言う。「さっき約束してくれたときは、わたしの家族を傷つけないって言ったじゃない！」

ふたたび彼女の平手がロイスの頬に当たり、その力は彼の顔を横に向けるほどだった。去っていく妻をロイスはそのままにし、彼女の部屋のドアがばたんと閉まると、暖炉へ歩いた。深靴を履いた足を薪《まき》に置き、ベルトの背中側に両方の親指を差しこんで、炎をじっと見る。ジェニファーの兄の意図に関する疑念が、ロイスをさいなみはじめた。

ことはあまりにも素早く起こった。ウィリアムは、ロイスがドアのそばに立って、招かれざる客たちが去るのを見守っているとき、彼のすぐ後ろにいた。ロイスは短剣が鞘《さや》から引き出されるのをちらりと見て、本能的に反応した。考える時間があれば――あるいは、ウィリアムがあれほどそばにいなければ――ロイスは本能からではなく、もっと注意して行動しただろう。

しかしいま、振り返ってみると、ジェニファーに会うために残るよう招待する前に、若者の品定めを行ない、彼が攻撃的ではないと判断したことをよく覚えていた。

ロイスは片手を持ち上げ、鼻梁を親指と人差し指でつまんで目を閉じたが、真相を頭から締め出せなかった。ウィリアムが脅威ではないという当初の直感が誤っていたのか、あるいはたんに、ロイスにだまされた場合の用心に、短剣を抜いただけの若者を殺してしまったのか……。

ロイスの疑念は、耐えられないほどの罪悪感にまで高まった。この十三年間、彼は男たちの危険性を判断してきたが、一度たりとも間違わなかった。今夜、ロイスはウィリアムを無害だと判断したのだ。

23

その後一週間、ロイスは気がつくと、はじめて突破口を見つけられない壁と向き合っていた。ジェニファーが彼とのあいだに建てた氷の壁だ。

おとといの夜、ロイスは妻のところへ行った。体を重ねれば、情熱で彼女が軟化するかもしれないと思ったからだ。ジェニファーは抵抗せず、ただ顔を背けて、目をつぶった。ロイスは妻のベッドを去るとき、自分が彼女に名付けられた獣であるかのように感じた。昨夜は、激怒といらだちから、ウィリアムのことで言い争って、妻と真っ向から対決しようと試みた。ベッドの情熱では無理だったことも、怒りの熱でなら解決するかもしれないと考えたのだ。しかしジェニファーは言い争う気力を失っていた。彼女は冷たく、口をきかず、自分の寝室へ歩いていくと、ドアのかんぬきを掛けた。

いま、夕食の席で、ロイスは隣りに座る妻をちらりと見たが、彼女にも、ほかのだれかにも、言うべき言葉が思い浮かばなかった。話をする必要があったわけではない。なぜなら、ロイスとジェニファーの沈黙を意識して、騎士たちが陽気にふるまって、その埋め合わせをしようと努力していたからだ。実際のところ、テーブルに着いた者で、場の空気に気づいていないのは、レディー・エレノアとアリックだけだった。

「みんな、わたしの鹿肉のシチューを味わってるわね」空の木皿や大皿に笑みを浮かべて、レディー・エレノアが言った。ジェニファーとロイスがほとんど食べていないことには、気づいていないようだ。しかし、鵞鳥をもう一羽食べ終えたばかりのアリックを見て、彼女の笑みは消えた。「あなた以外はね」ため息をつく。「あなたみたいな人は鵞鳥を絶対食べてはいけないのよ！　問題がもっと厄介になるだけなのに。それはもう説明したわよね。そのおいしい鹿肉のシチューはあなたのために作ったのに、口もつけないなんて」

「それは気にしなくていいですよ」サー・ゴッドフリーが自分の木皿をわきにやって、のっぺりした腹をぽんぽんたたいた。「おれたちは食べましたし、うまかった！」

「うまかった」サー・ユースタスが熱心に言った。

「すばらしい」サー・ライオネルが大声で伝える。

「最高だ」ステファン・ウェストモアランドが心をこめて同意し、兄をちらりと見た。

アリックだけが無言だった。なぜなら、アリックはいつも無言だからだ。

しかしレディー・エレノアがテーブルを離れると、ゴッドフリーはすぐにアリックをとがめた。「少なくとも、味を見るぐらいはできただろうに。彼女はとくにおまえのために作ったんだぞ」

アリックが非常にゆっくりと鵞鳥の脚を置き、大きな頭をゴッドフリーに向けた。青い目はとても冷たく、騒ぎが起こるのを予想して、ジェニーが無意識に息を吸いこんで止めた。

「彼を気にしなくていいですよ、レディー・ジェニファー」彼女の苦痛に気づいて、ゴッドフリーが言った。

夕食後、ロイスはホールを出て、必要もないのに警備隊長と一時間、話をした。ホールにもどると、ジェニファーが騎士たちに囲まれて暖炉のそばに座っていた。彼女の横顔がロイスに向けられていた。話題は明らかにゴーウィンのレディー・アンに対する執着についてで、ジェニファーの唇にわずかに笑みが浮かんでいるのを見て、ロイスは安堵《あんど》のため息をついた。この七日間で彼女が微笑んだのはこれがはじめてだった。話の輪に入って彼女の気分を害するのはやめて、ロイスは彼女から見えない位置の、石のアーチに肩を預け、エールのジョッキを持ってくるよう農奴に合図した。

「ぼくが騎士だったら」ゴーウィンが少し身を乗り出して、ジェニファーに説明している。その若い顔は、レディー・アンに対するあこがれで張り詰めていた。「村の馬上槍試合大会で戦おうとロデリックに申しこんだはずです」

「すばらしい」サー・ゴッドフリーがからかった。「そうなれば、ロデリックがおまえを仕留めたあと、レディー・アンがおまえの死体を見て泣いてくれるだろう」

「ロデリックはぼくより弱いよ!」ゴーウィンが激しい口調で言った。

「馬上槍試合って、どこの?」サー・ロデリックに対する、どうしようもない敵意からゴーウィンの気持ちを少しそらそうとして、ジェニファーがきいた。

「刈り入れ後にこの谷で毎年開かれる行事ですよ。騎士たちが遠いところからもやってくる。四、五日かけて来るのもいるんです」

「ああ、そうなの」ジェニーは言ったが、じつは馬上槍試合については、農奴たちからもっと興奮した話を聞いていた。「それで、みんなそれに出るの?」

「出ますよ」ステファン・ウェストモアランドが答え、それからジェニファーの無言の質問を見越して、静かに付け加えた。「ロイスは参加しない。兄はあんなもの無意味だと考えているんです」

ロイスの名が口にされて、ジェニーはどきりとした。あんなことをした夫なのに、いまでもロイスの荒削りの顔を目にすると、彼女の心は彼を大声で求めるのだ。昨夜は、明け方まで眠れぬまま横たわりながら、彼のところへ行って、心の痛みをなんとか和らげてと頼みたいという、ばかげた衝動と闘っていた。痛みの原因を作った本人に、癒しを求めたいと切望するのは愚の骨頂だったが、今夜の夕食の席でも、彼の袖が腕に触れたとき、ジェニーは彼の胸に飛びこんで泣きたいと思ったのだった。

「たぶんレディー・ジェニファーかレディー・エレノアが」ユースタスがそう言って、ジェニーを情けない空想から引き出した。「レディー・アンの心をつかむ方法として、ロデリックとの槍試合よりも危険でないものを提案してくれるかもしれんぞ」眉を上げて、ジェニーのほうを向く。

「ええと、まず、ちょっと考えさせて」ジェニーは、兄の死と夫の残忍な裏切り以外に意識を集中できるものができてほっとした。「エレノア伯母さん、何か思いつかない？」

エレノア伯母さんは刺繍をわきにやって、首を一方にかしげ、助け船を出した。「そうだわ！　わたしのころには長年続いた習慣があって、わたしが娘だったときは、大変感動したものよ」

「そうなんですか？」ゴーウィンが言った。「ぼくはどうすればいいんでしょう？」

「そうねえ」エレノア伯母さんが思い出しながら微笑む。「レディー・アンのお城の門へ馬で行って、彼女が国じゅうでいちばん美しい娘だと、なかのみんなに大声で言うの」

「そうしたらどうなるんです？」ゴーウィンがとまどって尋ねた。

「そうしたら」エレノア伯母さんが説明した。「あなたに同意しない騎士に、お城から出てきて試合をするよう要求するの。当然、何人かの騎士があなたの挑戦を受けることになるわ――自分たちの恋人の面目を保つためにね。そして」うれしそうにしめくくる。「その騎士たちは、あなたに敗れたあと、レディー・アンのところへ行って、ひざまずいてこう言わなくてはならない。『あなたの気品と美しさに服従します』って！」

「ああ、エレノア伯母さん」ジェニーはくすくす笑った。「伯母さんの時代には、ほんとうにそんなことをしたの？」

「もちろん！　だって、つい最近まで習慣だったのよ」

「そしてもちろん」ステファン・ウェストモアランドが慇懃《いんぎん》に言った。「非常に多くの騎士たちがあなたの勇ましい求婚者たちに負けて、あなたの前にひざまずいたんですよね」

「まあ、口がうまいのね！」レディー・エレノアが満足げに言った。「ありがとう。そして、それでわかるとおり」ゴーウィンに向かって付け加える。「騎士道はちっとも落ち目じゃないのよ！」

「でも、ぼくには役に立ちません」ゴーウィンがため息をついた。「騎士の称号がもらえるまで、騎士に試合は申しこめない。そんなことをしたら、ロデリックがぼくを笑い飛ばすでしょうし、それもしかたがないんです」

「たぶん、試合よりもっと穏やかなことで、あなたのレディーの心をつかめるわよ」ジェニーが同情して口を差しはさんだ。

ロイスは彼女の心を和らげる糸口が見つからないかと、さらに耳を澄ました。

「どんなことです？」ゴーウィンが尋ねる。

「そうねえ、音楽とか歌とか……」

ジェニファーに向かって歌わねばならないのかと考えると、落胆でロイスの目がせばまった。彼が太いバリトンで歌ったら、そこいらじゅうの犬がキャンキャン吠え、彼の踵《かかと》を噛むに決まっている。

「小姓だったときに、リュートか何かの楽器の弾きかたを覚えたでしょう？」ジェニファーがゴーウィンに尋ねていた。

「いいえ」ゴーウィンが打ち明けた。

「ほんとうに？」ジェニーは驚いた。「楽器の弾きかたを覚えるのは、小姓の訓練の一部だと思っていたわ」

「ぼくはロイスさまの小姓として送り出されたんです」ゴーウィンが得意げにジェニーに教える。「城主夫妻の小姓ではなく。そしてロイスさまは、戦闘では、リュートは剣のない柄みたいに役に立たないと言っています――ぼくがそれを振り回して、敵に当てないかぎりは」

ジェニファーの前でそれ以上ロイスをけなすなと、ユースタスがゴーウィンに険しい視線を向けたが、ゴーウィンはレディー・アンの問題に夢中で気づかなかった。「彼女の心をつかむのに、ほかに何をしたらいいでしょう？」ゴーウィンが尋ねた。

「そうだわ」ジェニファーが言った。「詩よ！　彼女のところへ行って、そして――詩を朗唱するの――あなたが特別好きなものを」

ロイスは何か詩を思い出そうと眉を寄せたが、唯一思い出せたのはこんな感じだった。

メイという娘がいた
干し草でやるには格好の……

ゴーウィンががっかりした顔で首を横に振った。「ぼくは詩なんてひとつも——そうだ！ロイスさまが前にひとつ教えてくれた。こんなんです。『メイという——』

「ゴーウィン！」ロイスは鋭い声で言ってから、急に口をつぐんだ。彼の声に、ジェニファーの顔が凍りついた。声を少し穏やかにして、ロイスは言った。「それは——その——レディー・ジェニファーが思っているような詩ではないぞ」

「じゃあ、ぼくはどうしたらいいんです？」ゴーウィンが言った。自分が崇拝する人物が、女性を感動させるためのもっと男っぽい方法を考えてくれるのではないかと期待して、ロイスに尋ねる。「あなたがはじめて女性を感動させたいと思ったとき、何をしましたか——それとも、そのときはもう騎士になっていて、名誉ある場で気骨を見せることができたんでしょうか？」

これ以上、こっそりジェニファーを観察するのは無理なので、ロイスは一団に近づき、炉棚に肩を預けて、彼女の隣りに立った。「まだ騎士ではなかったよ」皮肉をこめて答え、農奴が差し出したエールの大ジョッキを受け取った。

ステファンがロイスに愉快そうに目配せしたことに、ジェニーは気づいた。ゴーウィンがしつこく尋ねたので、話の詳細について思いを巡らす手間がはぶけた。「何歳だったんです？」

「八歳だったと思う」

「彼女を感動させるために、何をしたんですか？」

「私は……その……ステファンとゴッドフリーと勝負をした。当時、私がとくに誇っていた腕前でその少女を感嘆させられるようにね」

「なんの勝負？」レディー・エレノアがすっかり夢中になって尋ねた。

「つば飛ばし」ロイスは簡潔に答えた。ジェニファーが彼の若き日の妙な嗜好《しこう》を耳にして微笑んでいるだろうかと考えながら、彼女の横顔を見た。

「勝ったんですか？」ユースタスが笑い声をあげた。

「もちろん」ロイスはそっけなく言った。「当時、私はイングランドのどの少年よりも遠くへつばを飛ばせた。それに」付け加えて言う。「用心して、ステファンとゴッドフリーを買収してあった」

「わたし、そろそろ部屋へ下がります」ジェニファーが立ち上がりながら、礼儀正しく言った。

ロイスは彼ら全員に情報を伝えようと急に決めた。すでに話題に上ったいま、ジェニファーに隠しておかないほうがいいと思ったのだ。「ジェニファー」彼女の他人行儀な態度に合わせて言った。「ここで毎年行なわれる馬上槍試合は、今年は本格的な馬上試合に変わった。ふたつの国の新しい休戦を祝って、ヘンリーとジェームズはスコットランド人の参加を決めていたんだ」ふたりの騎士の技量を競う馬上槍試合と違って、馬上試合は模擬戦で、試合会場の両側から、双方が武器——もっとも、種類も大きさも制限されている——を振るいながら突撃する。戦闘部隊のあいだに強い敵意がなくとも、馬上試合はあまりにも危険で、四百年前までは、法王たちがなんとか二世紀間近くそれを禁止していた。

「きょう、変更を承認したヘンリーからの使者が来た」ロイスは言い足した。ジェニファーが礼儀正しく、興味なさそうな視線を向けつづけていると、彼はとげのある声で言った。「決定は、休戦協定が結ばれたのと同時に、われわれの王たちによって下された」ロイスが「そして、私は参加することになる」と付け加えるまで、ジェニファーは彼の発言の意味を理解していないようだった。彼女は理解すると、軽蔑をこめた目で夫を見て、それから彼に背を向けて、ホールから去った。ロイスは去っていくジェニファーを見守り、それからいらだちのあまり、立ち上がって妻を追い、ちょうど寝室のドアをあけたところをつかまえた。

彼女のためにドアを押さえ、それから自分も部屋に入って、ドアを閉めた。騎士たちの前では、ジェニファーは沈黙を守っていたが、ふたりきりになったいま、ウィリアムの死んだ晩にも負けない敵意を伴って、ロイスのほうを向いた。「そのちょっとした集まりには、スコットランド南部の騎士たちも来るんでしょうね？」

「そうだ」ロイスはきびしい声で言った。

「そして、もはや馬上槍試合じゃないのね？　模擬戦になったのね？」それから付け加える。

「そしてもちろん、だからあなたは参加するのね？」

「私が参加するのは、そう命じられたからだ！」

ジェニファーの顔から怒りが消え、羊皮紙のように白く、絶望した顔になった。彼女が肩をすくめる。「わたしにはもうひとり、義理の弟がいるわ。ウィリアムほど好きじゃないけれど、彼は、あなたに殺される前に、少なくとももうちょっとあなたを楽しませるべきね。彼はあなたぐらい大きいわ」彼女の顎は震え、目は涙できらめいていた。「それに、父がいる。あなたより年寄りだけれど、騎士としてかなりの腕を持っているわ。父の死は、あなたを楽しませるでしょうね。それから」途切れがちに言う。「心に留めておいて——いいえ、努力して」そう訂正して、彼に心があると思っていないことをはっきりさせた。「わたしの妹を殺さないよう。わたしに残っているのは彼女だけなの」

ジェニファーが触れられたくないと思っているのは承知していたが、ロイスはそれでも自制できず、彼女を引き寄せ、抱いた。ジェニファーは身をこわばらせたが抵抗はせず、ロイスは彼女の頭を手で包んで、胸に当てた。手のなかで、彼女の髪はくしゃくしゃのサテンのようだった。しわがれた声でロイスは言った。「ジェニー、お願いだ、お願いだから、こんなことはやめろ！　そんなに苦しむな。頼むから泣いてくれ。もう一度、私に向かって叫べ。

だが、私を殺人者のように見るな」

そして、彼は知った。

なぜ自分が彼女を愛していて、いつそのようになったのか、よくわかった。ロイスの心はあの空き地へもどった。小姓みたいな格好の天使が、きらきらした青い目で彼を見上げ、優しく彼に言った。〝あなたについてみんなが言うこと、あなたがしたとみんなが言うこと――真実じゃない。わたしは信じない〟

いま、ジェニファーは彼について、すべてを信じているし、そう思うのも無理はない。それに気づいた痛みは、ロイスがこれまで受けた傷の千倍は痛かった。

「泣けば」ロイスは彼女のつややかな髪を撫でながら、静かに言った。「気分がよくなる」

しかし、自分が勧めたことは不可能だと、ロイスは本能的に知っていた。彼女はあまりにも多くのことを経験し、あまりにも長いこと涙をこらえていたので、何ものも彼女に涙を流させることはできないだろう。彼女は死んだ友だちであるベッキーの話をしたときも泣かなかったし、ウィリアムが死んだときも泣かなかった。名誉の場で武装した兄に立ち向かう勇気と気概のある十四歳の少女は、嫌悪する夫のためには泣かないだろう。友人のためどころか、兄のためにさえ泣かなかったのだから。「きみが信じないとはわかっているが」心を痛めながら、ロイスはささやいた。「私は約束を守る。模擬戦で、きみの家族を傷つけないし、きみの氏族の者もだれひとり傷つけない。誓うよ」

「お願いだから離して」ジェニファーが声を詰まらせながら言った。

ロイスは自分を抑えられず、腕に力をこめた。「ジェニー」とささやく。そしてジェニーは、死にたいと思った。なぜなら、いまでも、彼に名を呼ばれるのが大好きだったからだ。

「二度とわたしをそう呼ばないで」しわがれた声で彼女は言った。

ロイスは長く、苦しいため息をついた。「愛していると言えば、楽になるのか?」

ジェニファーは体をひねって自由の身となったが、その顔には怒りが浮かんでいた。「あなたはだれを楽にさせようとしているの?」

ロイスの腕が両脇に落ちた。「まったくだ」同意して言う。


二日後、ジェニーは礼拝堂を出た。常駐の司祭が決まるまで、クレイモアに残ってくれることになったグレゴリー修道士と話をしたあとだった。ロイスの騎士たちは、いつもの早朝と同じく、戦闘の腕をなまらせないために練習をしていた。何時間も彼らは馬を扱い、溝や砂袋の山を飛び越させたり、あぶみに触れずに鞍に飛び乗ったりした。残った時間は、槍的を突く練習をした。槍的とは、地面に立てた柱に横木をつけたもので、横木の一方の端には盾を持った甲冑が下がり、もう一方には、長くて、非常に重い砂袋が下がっている。横木は軽く触れただけで回るように、うまくバランスが取られている。中庭の遠い端まで馬を後退させた騎士たちが、次々に、何度も何度も、さまざまな角度から、横木の〝騎士〟に向かって全速力で突進していく。槍が〝騎士〟の胸に正確に当たらないと、横木が回転し、乗り手は砂袋から強打を食らう――砂袋のほうは、決して〝的〟をはずさなかった。

角度や槍的の前に築かれた障害物によっては、騎士全員が失敗することもあった。夫を除いた全員だ、とジェニーは気づいた。ほかの騎士たちと違って、ロイスは槍的の練習にはあまり時間をかけず、いまのように、ゼウスとの練習に時間を割いていた。目の隅で、ジェニーは中庭のいちばん端にいるロイスを見守った。むき出しの、筋肉のよくついた肩が陽光にきらきら光るなか、彼は軍馬にどんどん高くなる障害物を飛び越えさせ、それから全速力で駆けさせて、小さな八の字を描かせた。

これまでジェニーはこの毎日の練習を無視することができたが、模擬戦が迫ってくると、話はべつだった。以前はたんなる運動に見えていたものが、いまはロイスの兵士たちが敵に使うために、正確な技術に磨きをかける行為になっていた。夫をこっそり見るのに夢中で、ゴッドフリーが隣りに来たことに気づかなかった。「ゼウスは」ジェニーが横目で見ている方向を見て、彼が意見を言った。「まだ父親ほどの馬ではない。あいつには、あと一年の訓練が必要なんです」

ジェニーは彼の声にびっくりし、それから言った。「彼は――わたしにはすばらしい馬に見えるけれど」

「ええ、そうでしょう」ゴッドフリーが同意する。「でも、ロイスの膝を見てごらんなさい

――ほら、前に動かして、ゼウスに方向転換を知らせなければならなかったでしょう？ ソアだったら、あれほど圧力をかけなくても向きを変えたでしょう……」ゴッドフリーが手を伸ばし、親指でそっとジェニーの腕を押した。自分が死なせた非凡な馬を思うと、ジェニーは罪悪感の痛みを覚えた。ゴッドフリーの次の言葉は、それを和らげてはくれなかった。「ロイスが模擬戦で余儀なくされるように、馬をしっかりと誘導させる必要が出てくると、実戦では命取りになりかねない」

馬から降りたばかりのユースタスとゴーウィンがふたりのところへやってきて、ゴーウィン――ゴッドフリーの発言を聞いていた――がロイスのために早速腹を立てた。「心配することはありませんよ」ゴーウィンが得意げに言う。「ロイスさまは現存の戦士のなかでいちばん優れています――模擬戦でわかります」

配下の者たちが並んで自分を見ているのを知って、ロイスはゼウスの方向転換を中止して、速歩で彼らのほうへ向かわせた。ジェニーの体はゴッドフリーとゴーウィンの陰に隠れていたので、一団の前で止まり、ゴーウィンが大声をあげるまで、彼女に気づかなかった。「レディー・ジェニファーに槍的を突くところを見せてあげてください！」

「きっと」ロイスは妻の礼儀正しい無関心の表情をいぶかしげに見て、それから拒絶した。「レディー・ジェニファーはもううんざりするほど、われわれの槍的突きを見ているだろう」

「だが」ゴッドフリーが意味ありげににやりと笑って、ゴーウィンの要求を後押しした。

「賭けてもいいが、彼女はきみが失敗するところを見ていない。さあ――どんなものか見せてくれ」

不承不承うなずいて、ロイスはゼウスを小さく旋回させ、完全に止まってから、前に飛び出させた。

「わざと失敗するの？」失敗した騎士を打つ砂袋の、不快などさりという音を思い出して、ジェニーは思わず身を縮めた。

「見ててください」ゴーウィンが誇らしげに言った。「これができる騎士はほかにはいません――」

そのとき、ロイスの槍が〝騎士〟の盾ではなく肩を強く打ち、砂袋が稲妻の速さで回転し――的をはずした。ロイスが頭をひょいと引っこめ、馬のなびくたてがみの横へ上体を下げたのだ。ジェニーは驚き、拍手をしたいという衝動をなんとか抑えた。

当惑して、最初にユースタスに、それからゴッドフリーに説明を求める視線を送った。

「反射神経ですよ」ゴーウィンが鼻高々に説明を買って出る。「あれほど筋肉がついていても、ロイスさまは電光石火の動きができる」

ロイスのにこやかな声がジェニーの頭にもどってきて、人生でもっとも幸せだった夜のひとつが思い出された。〝槍をよけようとする戦士を見れば、みごとなダンスのステップや足さばきに目がくらむぞ〟

「彼はこんなに素早いんです――」ゴーウィンが強調するために指を鳴らした。「――短剣や剣や棍棒《こんぼう》を持っていても」

今回、ジェニーが思い出したのは、ウィリアムの胸に刺さった短剣で、それによってほかのほろ苦い思い出は消えてしまった。「それは馬上槍試合では適切な早業でしょうね」感情をこめずに言う。「でも、戦闘では全然役立たないわ。だって、甲冑を身につけて、馬のわきに体を下げるのは無理だもの」

「ところが、彼はできるんです！」ゴーウィンがうれしそうに声をあげた。それから、レディー・ジェニファーが優雅に立ち去るのを見て、がっかりした顔になった。

「ゴーウィン」ゴッドフリーが憤慨して言った。「おまえの気の利かなさにはぞっとする。ロイスの甲冑を磨きに行って、口は閉じていろ！」愛想を尽かして、ユースタスのほうを向き、付け加えて言った。「ゴーウィンは戦闘では頭が切れるのに、ほかのことだと大まぬけになるのはなぜだ？」

24

「どのぐらいの人数になったと思います、奥さま?」城壁沿いの歩道にジェニーと並んで立ちながら、アグネスがきいた。この一週間、アグネスがあまりにも根を詰めて働いていたので、ジェニーが新鮮な空気を吸いに外へ出るよう強く言ったのだった。

ジェニーは信じられない光景を見渡した。〝地方の馬上槍試合〟にすぎなかったものに参加するよう、ヘンリー王が〝狼〟に命じた結果がこれだ。

貴族、騎士、そして見物人たちが、イングランド、スコットランド、フランス、ウェールズから何千人と到着していて、いまや谷とまわりの丘は、到着者たちが快適さを求めて設置した明るい色の大小のテントで埋めつくされている。まるで、模様でまだらになり、旗で点を打たれた、色彩の海のようだ、とジェニーは胸のなかでつぶやいた。

アグネスの質問に答えて、ジェニーはうんざりした笑みを浮かべた。「六千か七千人かしら。もっといるかも」そう言ってから、ジェニーは彼らが集まった理由に気づいた。彼らは、ヘンリーの有名な〝狼〟と腕前を争いたくて、ここにいるのだ。

「見て、またべつの一団が来たわ」ジェニーは東のほうへ顎をしゃくって言った。騎兵と歩兵が高台に現われた。彼らはこの一週間近く、百人かそれ以上の集団で到着していて、ジェニーはいまではイングランドの一家の手順を熟知していた。最初は少人数が現われる。そのなかにらっぱ手がいて、らっぱを吹き、自分のところの傑出した主人が近くに来ていることを知らせる。この最初の集団の仕事は、クレイモアに馬で乗りつけ、主人がまもなく到着するのを知らせることだ。しかしいまでは、そんなことをしても違いはなかった。なぜなら、城の部屋は、門楼の六十の部屋からホールの上のいちばん狭い屋根裏に至るまで、高貴な客人たちですでにいっぱいだからだ。城が満杯なので、随行員や使用人から貴族まで全員が城外に滞在することを余儀なくされ、彼らは一家の大型テント《パビリオン》でうまくやりくりしている。

らっぱ手と偵察兵が到着したのち、領主夫妻をはじめとした、もっと大人数の集団が、贅沢に飾られた馬に乗ってやってくる。最後に、使用人と、貴族の一家が必要とする荷物をすべて乗せた荷馬車の隊列がやってくる。荷物には、テント以外にも、テーブルクロス、食器、宝石、深鍋、平鍋、ベッド、そしてタペストリーまである。

この四日、こうした光景は、ジェニーにとってありふれたものとなっていた。貴族たちは、互いの城を訪ねるために二百キロ程度旅することに慣れていて、人生最大の模擬戦が見られるとなれば、この程度の移動はなんでもないのだ。

「こんなの、わたしたち見たことありません――だれひとりとして」アグネスが言った。

「村人たちはわたしの指示したとおりにしている？」

「はい、奥さま。そのことで、みんな奥さまに感謝してます。一生かかって稼ぐより多いお金を、一週間で稼いだし、これまでの馬上試合みたいに、わたしたちからだまし取ろうとする者はだれもいません」

ジェニーはにっこりと笑い、うなじの髪を持ち上げて、十月のそよ風で首筋を冷やした。最初に十ほどの一家が谷に到着して、テントを張りはじめたとき、自由農民に家畜を譲れと要求して、わずかな金しか払わず、それを育てた家族たちを悲嘆に暮れさせた。

ジェニーが起こっていることに気づき、いままでは、谷のすべての家屋とすべての家畜には、狼の頭が飾られたバッジが付いている。ジェニーが警備兵、騎士、甲冑、その他あらゆるところから集めたバッジだ。バッジの存在は、それが付いているものが〝狼〟の所有物か、あるいは彼の保護下にあることを示している。「わたしの夫は」中庭に集まった数百人の農奴や自由農民にバッジを渡しながら、ジェニーは説明したのだった。「自分の領民がだれによってでも、ひどい扱いを受けるのを許さないでしょう。あなたたちは、望むなら、何を売ってもいいです。でも」にっこり笑って助言する。「わたしがあなたたちの立場で、みんなが買いたがるものを持っていたら、いちばん高い値をつけた人に売るよう注意するわ――最初に値をつけた人ではなくてね」

「今度のことが終わったら」ジェニーはアグネスに言った。「村の女たちに話したように、新しい織機《しょつき》を探すわ。この一週間で彼女たちが稼いだお金をそういう織機に注ぎこんだら、その織機から得る利益が、さらなる利益をもたらすでしょう。考えてみると」付け加えて言う。「この馬上試合は毎年の行事なんだから、みんなは家畜やあらゆるものを、翌年に売るために、追加するべきよ。そうすれば、大きな利益が得られる。わたしはこの件を公爵や土地管理人と話し合って、それからみんながよければ、計画を立てるのに手を貸すわ」

アグネスが涙に曇った目でジェニーを見た。「あなたは神さまからここに送られた恵みです、奥さま。わたしたちはみんなそう思ってて、あなたがここへいらしたときの、自分たちの歓迎を申し訳なく思ってます。わたしはあなたの女中だから、わたしがあなたと話ができる立場だとみんな知ってて、自分たちの感謝の気持ちを間違いなく伝えるよう、毎日わたしに頼んでるんです」

「ありがとう」ジェニーは簡単に答えた。そしてゆがんだ笑みを浮かべて付け加えた。「もっとも、こう言っておいたほうが公平だわね。馬上試合や織機などから利益を上げようというわたしの考えは、スコットランド人の考えなの――ほら、わたしたちは倹約家だから」

「遠慮なく言うのを許してくださるのなら、奥さまはもうイングランド人です。わたしたちの領主さまと結婚したのだから、わたしたちの一員です」

「わたしはスコットランド人よ」ジェニーは静かに言った。「何ものもそれを変えられないし、わたしが望んでもできない」

「ええ、でも、あしたの馬上試合では」アグネスが緊張しつつもきっぱりと言った。「わたしたち、お城の人間と村の人間全員が望んでいます——奥さまがわたしたちの側に座ってくださることを」

ジェニーは城の農奴全員に、いちばん大事な日であるあしたか、あるいは明後日に馬上試合を見に行くことを許可してあった。そして城内に住んでいたり働いていたりする者たちのあいだには、興奮して張り詰めた空気が流れていた。

ジェニーが馬上試合でどこに座るつもりかという、アグネスが口にしなかった質問に答える必要はなかった。中庭から、ジェニーに付き添っていく馬上の騎士たちが現われたからだ。谷の西の端にある、メリックのパビリオンを訪問するつもりだと、彼女はロイスに言ってあり、彼はそれに同意していた——同意しないわけにはいかなかったからだと、ジェニーは知っていた。しかし、彼の配下の者が付き添うという条件付きだった。中庭には、ロイスが明らかに必要だとみなした〝付き添いたち〟がいた。十五人全員がアリック、ステファン、ゴッドフリー、ユースタスをはじめとした彼の個人的な護衛で、武装して馬に乗っていた。

近くからだと、明るい色のテントと縞模様のパビリオンは、城壁沿いの歩道からジェニーが見たときよりも、もっと活気があり、華々しかった。空いている土地があれば、そこでは練習の槍試合が行なわれていて、騎士が泊まるどのテントの前にも、彼の旗と槍が地面に刺さっていた。そして、そこいらじゅうに色があった。赤や黄や青の太い縞の入ったテント。

赤い隼《はやぶさ》や金の獅子《しし》や緑の帯が飾られた三角旗や盾やバッジ――なかにはそのシンボルのほぼ全部がそろっているものもあり、ジェニーは微笑まずにはいられなかった。

大きなテントの、上がった垂れ布の向こうに、華やかなタペストリーがあって、真っ白なリンネルがテーブルに広げられていて、そこで騎士たちばかりか一家全員が、銀の皿を使って食事をし、宝石のちりばめられたゴブレットから飲んでいるのが垣間見えた。なかには、ふくらんだ絹のクッションに座っている一家もいた。クレイモア城の大ホールにあるような、みごとな椅子を持参しているところもあった。

ときおりロイスの騎士たちに友人から挨拶の声がかけられることがあったが、ジェニーの付き添いたちは決して立ち止まらなかった。それでも、谷をくねくねと進み、西の斜面を登るのに、一時間近くかかった。実生活と同様、スコットランド人は憎悪するイングランド人とは交わらず、谷はイングランド人たちが占め、北の丘はスコットランド人たちが占めていた。そして西の高台はフランス人たちの領土だ。ジェニーの一族はクレイモアに到着したのが最後のほうだったため、彼らのテントは北の斜面の後方に張られていて、ほかよりもずっと高いところにあった。あるいは、父はそこがいいと考えたのかもしれない、とジェニーはぼんやりと思った。なぜなら、そこならば、クレイモア城のある高台と同じぐらいの高さだからだ。

ジェニーは当分のあいだ平和に存在している〝敵の野営地〟を見回した。馬上試合の期間はどの騎士も安全に通行でき、平和に居住できることを保証する、昔からの伝統をどのグループも守っているため、何百年もかけて強められた敵意は一時的にわきに置かれている。ジェニーの考えを読んだかのように、ステファンが横で言った。「三つの国の、こんなにたくさんの人々が戦うことなく同じ土地にいるのは、ここ何十年ではじめてだろうね」

「わたしもまさに同じことを考えていたわ」彼の発言にびっくりして、ジェニーは言った。ステファンはいつもと変わることなくジェニーを丁重に扱っていたが、彼の兄と彼女の不和以来、彼のなかで不満が高まっていくのを、彼女は感じ取っていた。わたしに聞き分けがないと思っているのだろう、とジェニーは胸の奥でつぶやいた。もし彼女がステファンを見るたびに、ロイスを思い出して胸の痛みを覚えることがなければ、ゴッドフリーやユースタスやライオネルとのあいだに築いたような友好関係を築こうとしたかもしれない。この三人は、ロイスと彼女のあいだの大きな溝を慎重に歩いていたが、少なくとも彼女の側の葛藤《かっとう》を理解していたのは、その態度から明らかだった。また、ロイスとジェニーの仲違いは悲劇だが、修復は可能だと、彼らが信じているのも明らかだった。ロイスがこの仲違いを辛く思っていて、自分の行動をひどく後悔していることを、彼の弟が彼の友人たちよりもずっと理解しているかもしれないとは、ジェニーは思いもしなかった。

きょうのステファンの温かな態度は、ジェニーには謎ではなかった。彼女の父親が昨日、到着の知らせをよこしていて、そのなかにブレンナの言づてがあった。その言づてを、ジェニーは読まずにステファンに渡していたからだ。

ジェニーは使者を父のもとへ送り返し、きょう、訪ねていくと伝えてあった。父が彼女を修道院へ送ろうとしたことに対する、感情的で不公平な自分の態度を説明し、謝りたかった。とくに、ウィリアムの死に関して、自分がうかつにも果たした役割について、許しを請いたかった。ウィリアムに残るよう、ロイスに言わせたのは自分なのだ。そして、ウィリアムを取り乱させ、ロイスを怒らせたのは、間違いなく、自分が修道院の件で感情を爆発させたからなのだ。

父や、氏族のほかの者たちに許してもらえるとは思っていなかったが、ジェニーは説明を試みる必要があった。現実にはのけ者のように扱われる可能性が高いと思っていたが、メリックのテントの前に馬をつけたとき、そうはならないとすぐにわかった。メリック卿がテントの出入り口に現われ、ステファン・ウェストモアランドが彼女の下馬を手助けする前に、ジェニーの腰に手を伸ばした。氏族のほかの者たちもそれぞれのテントから出てきて、突如として、ジェニーは次々に抱擁され、ギャリック・カーマイケルとホリス・ファーガソンに手をたたかれた。マルコムさえ、彼女の肩を腕でかかえた。

「ジェニー」ブレンナがようやく姉のそばに来て、声をあげた。「会いたかった」ジェニーを強く抱きしめて、そう付け加えた。

「わたしも会いたかったわ」ジェニーは言った。温かい歓迎に感極まって、その声はかすれていた。

「なかに入るといい」父親が強く勧めた。そしてジェニーが衝撃を受けたことに、父親のほうから、夫と住むよりも修道院へ行きたいという、彼女の希望を誤解したことを謝ってきた。そう言われて、普通なら気が楽になるのだろうが、ジェニーは反対に罪の意識が強くなった。

「これはウィリアムのだ」父親がそう言って、ウィリアムの装飾用の短剣を娘に渡す。「彼がわしらのだれよりもおまえを好いていたのはわかっているんだ、ジェニファー。彼はおまえにそれを持っていてもらいたいだろう。そして、あすの馬上試合で、彼に敬意を表して、身につけてほしいと思っているだろう」

「はい――」ジェニーは目に涙をためて言った。「そうします」

それから彼は、聖別されていない土地の普通の墓にウィリアムを埋葬しなければならなかったことを語った。人生の盛りを迎える前に殺された、勇気ある、メリックの未来の領主へ、自分たちがどのような祈りを捧げたのかを話した。父の話が終わるころには、ジェニーはまるでウィリアムがふたたび死んだような気がしていた――彼女の心のなかで、記憶が新たになった。

帰る時刻になったとき、父親がテントの隅のトランクを示した。「おまえの母親のものが入っているよ」ベッキーの父親とマルコムがそれを外へ運ぶのを見守りながら言う。「おまえが手もとに置きたいと思うだろうとわかっていた。とくに、兄を殺した男と住まねばならないまはな。あれらはおまえを慰め、おまえがいまも、そしてこれからもロックボーン女伯爵であることを思い出させてくれるだろう。勝手にだが、おまえの旗を持ってきた」ジェニーが去る間際に、彼は付け加えた。「ロックボーンの旗だ。あすの馬上試合では、わしらのパビリオンで、わしらの旗の隣りではためく。おまえの愛するウィリアムを殺した男とわしらが戦うあいだ、おまえの頭上にそれがあることを、おまえが望むだろうと思ってな」

ジェニーは心痛と罪悪感でぼうっとしていて、ほとんど言葉が出なかった。午後の弱い陽光が差す、テントの外に出ると、到着したときには見なかった人々が挨拶しようと待ち受けていた。まるでメリックの村人と男の親戚全員が来ているようだった。「会いたかったよ、嬢ちゃん」武具師が言った。

「あす、あんたの鼻を高くしてあげるよ」これまで彼女を好いたことがなかった、またいとこが言った。「あんたがスコットランド人であることで、おれたちの鼻を高くしてくれているようにね」

「ジェームズ王がよろしくと言っていた」父親がみんなに聞こえる声でジェニーに告げた。「それから、故郷の原野や山を忘れないようにと」

「忘れる?」ジェニーはなんとかささやき声で言った。「忘れられるわけがないでしょう?」

父親が長いあいだ、優しく彼女を抱きしめた。あまりにも父らしくないふるまいに、ジェニーはもう少しで取り乱して、クレイモアに返さないでと訴えそうになった。「そうそう」

娘を馬へ導きながら、彼が付け加えた。「エレノア伯母さんはみんなの世話をしっかりしているだろうね？」

「みんなの世話？」ジェニーはぽかんとして言った。

「ええと……」メリック卿が急いで、あいまいな言いかたに訂正する。「おまえといるあいだ、ハーブティーや薬を作っているだろうね？　みんなが健康でいられるように」

ジェニーはうわの空でうなずき、ウィリアムの短剣を握りしめながら、エレノア伯母さんがハーブを摘むために何度も森へ行っていたことをなんとなく頭に浮かべた。馬に乗ろうとしたとき、ブレンナの必死に懇願する表情を見て、昨夜ブレンナが言葉を選んで伝えてきたことをようやく思い出した。「お父さん」父親のほうを向いて、ジェニーは言った。自分が強く願っているふりをする必要はなかった。「あの――ブレンナを連れて帰って、ひと晩、クレイモアで過ごしていい？　あす、いっしょに馬上試合へ行くわ」

一瞬、父親の顔がきびしくなったが、すぐに口もとに小さな笑みが浮かび、彼はうなずいた。「妹の安全を保証できるか？」あとから思いついたかのように、付け加えて言った。

ジェニーはうなずいた。

ブレンナとジェニーが武装した付き添いとともに去ったあとも数分間、メリック伯爵はマルコムとテントの外にいて、娘たちを見守った。

「うまくいったと思う？」マルコムが言った。冷たい、さげすんだ視線をジェニーの背中に貼りつけている。

メリック卿がうなずき、きっぱりと言った。「あれは自分の本分を思い起こされていた。残虐者に対するあれの欲望がどれほど強いものであっても、その本分のほうが勝つ。ジェニファーはわしらのパビリオンに座って、夫と向こうの連中全員が見ている前で、イングランド人と戦うわしらに声援を送るだろう」

マルコムは義理の姉への憎悪を隠そうともせず、悪意をこめて尋ねた。「でも、おれたちが競技場でやつを殺しているときも、声援を送ってくれるだろうか？　おれはそうは思わない。おれたちがクレイモア城へ行った晩、彼女はやつの前に身を投げ出して、修道院へ送ってくれと義父さんに頼んだことを許してくれと、やつに懇願したも同然じゃないか」

メリック卿がくるりと向きを変えた。その目は氷のかけらのようだった。「あれにはわしの血が流れている。あれはわしを愛している。わしの意志に従うはずだ――すでに従っているのだよ。自分では気づいていないが」

中庭はオレンジ色の松明の光で輝き、にこやかな客や魅了された農奴たちでいっぱいだった。ロイスがゴッドフリーの従者に騎士の身分を与える儀式を見守っているのだ。六百人の客と三百人の自由農民と農奴のために、儀式のこの部分は礼拝堂ではなく中庭で執り行なわれることになった。

正面のそばにジェニーは静かに立っていた。儀式とその華やかさによって、彼女の悲しみは一時的に薄らぎ、口もとには小さな笑みが浮かんでいる。従者はバードリックという名の、筋骨たくましい青年で、象徴的な長い白のチュニックと、赤のマントとフード、黒い上着を身につけ、ロイスの前にひざまずいている。二十四時間断食をして、ひと晩、礼拝堂で過ごし、祈りと瞑想を終えたあとだ。日の出には、グレゴリー修道士に告白をし、ミサにあずかり、聖餐《せいさん》を受けていた。

いま、ほかの騎士たちと客の何人かの婦人たちが、〝武装〟の儀式を行なっていた。ぴかぴかの新しい武具をひとつずつ持って前に出、彼の横、ロイスの足もとに置くのだ。みんなの武具が並べられると、ロイスがジェニーのほうを見た。騎士であることの究極の象徴、黄金の拍車を彼女は持っていた。それは、騎士以外は身につけることを許されない。

緑のベルベットのドレスの、長いスカートをつまみ上げて、ジェニーは前進し、ロイスの足もとの草の上に拍車を置いた。そのとき、ロイスの膝丈の革靴に付いた黄金の拍車が目に入り、彼女は突然、ボズワースの戦場での彼自身の授与式はこれほど盛大だったのだろうかと考えた。

ゴッドフリーが、最後の、そしてもっとも重要な武具を持って前に進みながら、ジェニーに微笑んだ。彼は両手を伸ばして、剣を持っていた。その剣がバードリックの横に置かれると、ロイスが上体を曲げて、低く、きびしい声で彼に三つの質問をした。ジェニーにはよく聞こえなかった。バードリックがなんと答えたにせよ、ロイスは満足したようだった。うなずいたからだ。次に、授与式の伝統的な行為がなされ、ジェニーは思わず息を止めていた。ロイスが大きな弧を描いて手を上げ、バードリックの顔を派手な音をたてて打ったのだった。

グレゴリー修道士が騎士の誕生を教会が祝福する言葉を述べ、空気を引き裂くような喝采があがるなか、〝サー〟・バードリックが立ち上がり、彼の馬が引き出されてきた。伝統に従って、彼はあぶみに触れることなく、走って軍馬にまたがり、それから混雑した中庭をなんとか進みながら、農奴たちに硬貨を投げた。

ジェニーよりほんの少し年上で、かわいいブルネットのレディー・キャサリン・メルブルックが彼女に近づいてきて、微笑んだ。ジェニーは、吟遊楽人を引き連れて、馬上ではしゃいでいる騎士を見ているところだった。先週、ジェニーは、自分がイングランド人の何人かに好感を持っていると気づいて驚いた。そして、イングランド人が自分を受け入れているように見えたので、さらに驚いた。

メリック城での婚約の晩と態度が打って変わっていたため、ジェニーはそれを少しうさんくさく思っていた。しかし、キャサリン・メルブルックは唯一の例外で、ジェニーは会った最初の日から、とても率直で人なつこい彼女を好きになり、信用した。あのとき、キャサリンは笑いながらこう言った。「農奴たちの話では、あなたは天使と聖人のあいだのなんかみたいね。聞いたところでは」からかって言う。「おととい、あなたの農奴を殴ったことで、家令を強くしかったそうね。それから、投げるのがうまい悪がきが、ひどく慈悲深い扱いを受けたとか」

そのときから、ふたりの友情は始まり、キャサリンはいつもジェニーのそばにいて、ジェニーやエレノア伯母さんがよそで忙しくしているときは、問題の解決を助けたり、使用人を監督したりした。

いま、彼女はサー・バードリックに向けていたジェニーの注意をそらし、からかうように言った。「あなたの旦那さまが、わたしのロマンチックじゃない夫でさえ〝優しい〟と描写する視線で、いまこのときもあなたを見ているのを知っていた？」

ジェニーは思わず、キャサリン・メルブルックが見ているほうを一瞥《いちべつ》した。ロイスは、メルブルック卿をはじめとする客たちに囲まれていて、彼らとの会話に夢中になっているようだった。

「あなたが振り向いた瞬間、彼は目をそらしたのよ」キャサリンがくすくす笑った。「でも、今夜、ブロートン卿があなたにまとわりついていたときは、決して目をそらさなかった。すごく焼き餅を焼いている顔だったわ。あんな状態だと」陽気におしゃべりを続ける。「われらが〝狼〟は、結婚して二カ月もしないうちに、子猫みたいに飼い慣らされると、みんなに思われてしまうわよ」

「彼は子猫なんかじゃない」ジェニーは何も考えずに言ってしまい、しかもきつい口調だったので、キャサリンの顔が暗くなった。

「ご――ごめんなさい、ジェニー。あなたは大変な状態に置かれているのよね。わたしたちみんな、よくわかっているわ」

ジェニーは、ロイスに対する個人的感情がなぜみんなに知られてしまったのだろうかと、驚いて目を見開いた。仲違いはしていたが、一週間以上前に、思いがけず客たちが馬上試合を観戦するために城に現われはじめたとき、客には仲が悪いことで迷惑をかけないようにしようと、ふたりは合意していた。「みんながわかっている？」ジェニーは慎重に尋ねた。「何を？」

「あら、あすがあなたにとってどんなに困難な日になるかということよ――馬上試合で夫側の観客席に座り、あなたの親類が見ているなかで彼を応援すること」

「そのどっちもする気はないわ」ジェニーは冷静に、きっぱりと言った。

キャサリンの反応はまったく冷静でなかった。「ジェニー、反対側に座るつもりじゃないでしょう――スコットランド人の側に」

「わたしはスコットランド人よ」ジェニーはそう答えたが、胸が締めつけられるような感覚を覚えた。

「あなたはもうウェストモアランドの人間よ――神さまでさえ、女は夫に忠実でなくてはならないと命じているわ！」ジェニーが返事をする暇もなく、キャサリンが彼女の両肩をつかんで、必死になって言った。「あなたが公然と夫の敵側についたら、どんな結果になるかわかっていないのよ！　ジェニー、ここはイングランドで、あなたの夫は——彼は伝説的人物よ！　あなたは彼を笑いものにする！　あなたを好きになりつつある人たちはみんな、そのことであなたを憎むようになる。あなたの夫は妻を操縦できないとあざけりながらね。お願い、頼むから——そんなことはやめて！」

「わたし——夫に時刻を教えてあげないと」ジェニーは慌てて言った。「今夜は忠勤の誓いにクレイモアに来る家臣たちのために時間を取ってあったのに、気がついたらこんなにお客さまが集まってしまって」

ジェニーの背後で、ふたりの農奴がまるで平手打ちを食らったかのような顔をして、彼女を見送り、それから二十人ほどのクレイモアの馬丁たちと立っていた鍛冶屋のところへ大急ぎで行った。「奥方さまが」片方の農奴が不安と驚きを交えて口を開いた。「あした、スコットランド人たちの席に座る。おれたちの敵側につく！」

「うそだ！」若い馬丁が声をあげた。「きのう、火傷《やけど》をした手をジェニーに治療してもらい、包帯を巻いてもらっていた。「そんなことは絶対しない。奥さんはおれたちの仲間だ」

「旦那さま」ロイスのところへ行くと、ジェニーは言った。「言っていましたよね」ジェニーは彼にで打ち切って、すぐに彼女のほうへ向きを変えた。彼はメルブルック卿の話を途中思い出させながら、夫が自分を見る目つきについて、キャサリンに言われた言葉を頭から払いのけられずにいた。彼がこちらを見る目には、たしかに何かがあるようだ、とジェニーはぼんやりと思った。

「私がなんと言ったって？」ロイスが静かにきく。

「馬上試合の前の晩、みなは通常、早く寝るって」ジェニーは落ち着きを取りもどして説明し、ウィリアムが死んでから、彼に対して向けようと努力している、礼儀正しくはあるけれど冷たい表情を顔に浮かべた。「ほんとうにみんながそうするのなら、これ以上遅くならないうちに、忠勤の誓いを終えるのが賢明よ」

「気分がよくないのか？」ロイスが目を狭め、妻の顔をじろじろ見て言った。

「いいえ」ジェニーはうそをついた。「疲れただけ」

忠勤の誓いは大ホールで執り行なわれた。ロイスの家臣全員が集まった。ジェニーはキャサリン、ブレンナ、サー・ステファンほか数人とともに立ちながら、ロイスの家臣がひとりずつ彼の前に来るのを見守っていた。昔からの伝統に従って、それぞれの家臣がロイスの前にひざまずき、両手をロイスの手に置いて、へりくだって頭を下げ、忠勤を誓った。それは服従の行為で、地位の高い貴族と低い家来の絵としてしばしば描かれ、姿勢だけですぐにその場面だとわかる。メリックでこれを見ていたジェニーはいつも、家臣には不必要に屈辱的な行為だと思っていた。キャサリン・メルブルックも同じように感じたらしく、すぐにこう感想を述べた。「家臣はとても屈辱的に感じるでしょうね」

「そのための行為だ」メルブルック卿が言った。明らかに、妻のようには嫌悪感をいだいていない。「とはいえ、ぼくだって、ヘンリー王の前でまさに同じ姿勢をとったんだから、ご婦人がたが思っているほど不面目な行為じゃないよ。でも」一瞬考えてから、訂正する。「王の前でひざまずく貴族がきみだったら、違った感想を持つだろうな」

最後の家臣がひざまずき、忠勤を誓うと、ジェニーはすぐに詫びを言って、そっと上階へ行った。アグネスに手伝ってもらって、ピンクの絹糸で薔薇の刺繡がされた柔らかな白の寒冷紗《しゃ》の寝間着に着替えたとき、ロイスが寝室のドアをノックして入ってきた。「レディー・エレノアのところへ行って、用事がないか見てきます」アグネスはジェニーに言ってから、頭をひょいと下げてロイスにお辞儀をした。

リンネルの寝間着がほとんど透明なのを意識して、ジェニーは銀色のベルベットの部屋着をつかんで、急いで身につけた。ふたりが幸せだったころのように、ロイスが慎み深いふるまいをあざ笑ったり、そのことで彼女をからかったりせず、ハンサムな顔になんの表情も浮かべずにいることに、ジェニーは気づいた。

「いくつかのことで、きみと話がしたい」彼女が部屋着の帯を結び終えると、ロイスが静かに言った。「まず、きみが村人たちに渡したバッジの件だが――」

「そのことで怒っているとしても、文句は言えないわ」ジェニーは率直に言った。「まず、あなたかサー・アルバートに相談すべきだった。なにしろ、あなたの名前を使って、彼らに渡したんですもの。でも、あのときはあなたを捕まえられなくて、それに――それに、サー・アルバートは好きじゃないの」

「怒ってなどいないよ、ジェニファー」ロイスが丁寧に言った。「それに、馬上試合が終わったら、プリシャムのかわりを見つけるつもりだ。じつはここに来たのは、その問題に気づき、うまく解決してくれたことに礼を言うためだ。なかでも、きみが私に対する憎しみを農奴たちに見せないでくれたことに感謝したい」

憎しみという言葉に、ジェニーは胸がむかむかした。ロイスが言葉を続ける。「きみは正反対のことをした。おかげで」アグネスが出ていったばかりの戸口をちらりと見て、皮肉をこめて付け加えた。「だれも私のそばを歩くとき、十字を切らなくなった。きみの女中でさえね」

彼がそのことに気づいていたとは思っていなかったジェニーは、何を言っていいか考えつかず、こくりとうなずいた。

ロイスがためらい、それから嘲笑するように唇をゆがめて言った。「きみのお父さんと弟と、それからメリック氏族の三人があすの馬上槍試合で私と勝負したいと申しこんできた」

ロイスが彼女に対して優しいとキャサリンから指摘されて以来、ジェニーは彼を男性として意識し、苦しんでいたが、彼の次の言葉によって、その感覚は消え去った。

「同意したよ」

「当然でしょうね」ジェニーは怒りを隠しきれずに言った。

「そうするよりしかたなかった」ロイスが張り詰めた声で言う。「きみの家族から申しこみがあったら受けるようにと、王からとくに命じられているんだ」

「とても忙しい日になりそうね」ジェニーは言って、夫に冷淡な視線を送った。スコットランドとフランスが自分たちの屈指の騎士をそれぞれ二名選んだことはよく知られていて、ロイスはあす、彼らとも戦う予定だった。「いくつの試合に同意したの?」

「十二」ロイスがこともなげに言った。「それに加えて、模擬戦がある」

「十二」ジェニーはくり返して言った。容赦のない声には、失望と、彼の裏切りに対する絶えることのない痛みがこめられていた。「三試合が普通なのに。どうやら、あなたは自分が勇敢で強いと感じるのに、ほかの人の四倍の暴力がいるみたいね」

その言葉に、ロイスの顔が白くなった。「とくに受け入れるよう命じられた試合に同意しただけだ。ほかの二百以上の試合は断った」

ジェニーの唇に、十以上の辛辣な言葉が浮かんだが、それを口にする気にはならなかった。夫を見ながら、自分の体内で何かが死につつあるように感じた。ロイスが部屋を出ようと向きを変えたが、ジェニーは壁際の箪笥《たんす》に置かれたウィリアムの短剣を見て、突然、死んだ兄の行動を弁護したいという思いに駆られた。夫がドアの取っ手に手を置いたとき、彼女は言った。「よく考えたんだけれど、ウィリアムが短剣に手を伸ばしたのは、使うためじゃなくて、ホールであなたとふたりになったときの、自分の安全に気を配ったからにちがいないわ。あるいは、わたしの安全を心配したのかもしれない。あのとき、あなたがわたしに怒っていたのは明白だったもの。でも、彼はあなたを攻撃しようとは絶対にしなかったはず――背後からは、ありえない」

それは非難ではなくて、結論を述べたにすぎなかった。そしてロイスが顔を彼女のほうに向けなくても、ジェニーは彼が話をするとき、その肩が痛みをこらえるかのように緊張したことに気づいた。「あの晩、私も同じ結論に達した」ロイスが張り詰めた声で言う。それを口にできて安堵したような雰囲気だった。「私は目の隅で、背後で短剣が抜かれるのを見て、本能的に行動した。反射的な動きだった。すまない、ジェニファー」

彼が結婚した女性は、彼の言葉も愛も決して受け入れないはずだったが、妙なことに、彼女は謝罪を受け入れた。「ありがとう」ジェニーが辛そうに言う。「彼が刺客だったと、わたしを、そしてあなた自身を納得させようとしないでくれて。このほうがずっと楽になるわ――あなたとわたしが……」

ジェニーは自分たちの将来に何があるか考えて、言葉を途切らせたが、頭に浮かんだのは、ふたりがかつて分かち合い、やがて失ったものだけだった。「あなたとわたしが――互いに相手に礼儀正しく接するのに」弱々しく締めくくる。

ロイスがつかえながら息を吸い、ジェニーのほうへ顔を向けた。「私に求めるのは、それだけなのか?」ロイスの声は感情の高まりでざらついていた。「礼儀正しさだけか?」

ジェニーはうなずいた。声が出なかったからだ。それに、彼の目に浮かんだ表情が苦痛――彼女の苦痛をも凌駕する苦痛――だと、ほぼ確信できたからだ。「わたしが望むのはそれだけ」やがて、なんとか言った。

ロイスの喉もとの筋肉が、声を出そうとするかのように動いたが、彼はそっけなくうなずいただけだった。そして部屋を出ていった。

ドアが閉まった瞬間、ジェニーは寝台の支柱をつかんだ。目から涙が、熱い川となって流れた。もはや抑えることのできない、激しく苦しいむせび泣きで、肩が震える。胸が張り裂け、支柱を両腕で抱いたが、膝《ひざ》はもう彼女を支えきれなかった。

25

天蓋《てんがい》で覆われ、椅子が階段状に置かれた桟敷《さじき》席は、巨大な馬上試合会場の四方すべてに並び、派手に着飾った紳士淑女で混雑していた。そこにジェニー、ブレンナ、エレノア伯母さん、アリックが到着した。それぞれの桟敷席のてっぺんには旗が並び、そこの人々の紋章が明らかになっている。ジェニーが自分の旗を探して見回すと、キャサリンの言葉が正しいとすぐに裏づけられた。彼女の国の桟敷席はほかとは交わらず、イングランドと向かい合っている――いまでも反目しているのだ。

「ほら、あれ――あなたの紋章があるわ」エレノア伯母さんが言って、競技場の向こうの桟敷席を指さした。「あなたのお父さんの横ではためいてる」

アリックが口を開き、そのとどろくような声に、三人の女はほとんど恐慌状態に陥った。

「あなたたちの席はあそこ――」クレイモアの紋章がはためく桟敷席を示して、彼が命じた。

ジェニーはこれが巨人の命令で、ロイスの命令ではない――いずれにしても従う気はない――とわかっていたので、首を横に振った。「わたしは自分の旗印の下に座るわ、アリック。

あなたたちとの戦争で、わたしたちの桟敷席は、いるべき多くの人がいなくて、ほとんど空だもの。クレイモアの桟敷席は満杯よ」

それは事実ではなかった。そこの桟敷席の真ん中には、王座のような大きい椅子が置かれていて、座る人がいないのが目立っている。自分用だ、とジェニーは承知していた。馬に乗ってそこを通り過ぎるとき、胃がぎゅっとねじれ、彼女が通り過ぎた瞬間、競技場が見える範囲内にいる、クレイモアの六百人の客すべてと、農奴と村人の全員が顔の向きを変え、彼女を見たようだった。まずは驚愕《きょうがく》して、それから失望して、それから多くの者が軽蔑をこめて見た。

隼と三日月の旗が掲げられたメリック氏族の桟敷席は、マクファーソン氏族とダガン氏族のあいだにあった。ジェニーの高まる苦悩をさらに高めたのは、試合場の向こう側の氏族たちが、彼女がそちらへ向かっていると知った瞬間、耳をつんざくような喝采をあげたことだった。ジェニーが近づくに連れ、音量がどんどんあがった。ジェニーは必死に前を見つめ、ウィリアムのことだけを考えるように努めた。

最前列の、エレノア伯母さんとブレンナのあいだにジェニーは座り、彼女が腰を落ち着けたとたん、ベッキーの父親をはじめとする親類たちが、彼女の肩をたたき、挨拶の言葉を誇らしげに口にしはじめた。まわりの桟敷席の、彼女が知っている人々と、知らない多くの人々が、前に列を作って、ご機嫌伺いや自己紹介をした。以前、ジェニーは自分の身内に受け入れられることだけを求めていた。きょうは、千人以上のスコットランド人に、崇拝の的の英雄みたいにもてはやされている。

しかも、そんな扱いを受けるには、夫を公然と辱め、裏切るだけでよかった。

そう気づくと、ジェニーの胃は引きつり、手が汗ばんだ。ここへ来て十分もたたないのに、ジェニーは、あと数分これに耐えていたら、体がおかしくなってしまうと思った。

そう感じてかなりたってから、まわりに群れていた人々がついにいなくなり、気がつくと、ジェニーはイングランド側のほぼすべての人々の注目の的になっていた。どこに目を向けても、イングランド人は彼女を見ているか、指さしているか、あるいはほかの人の注意を彼女に向けさせようとしている。

「見てごらんなさい」エレノア伯母さんがうれしそうに言って、激怒し、にらみつけているイングランド人たちのほうへ顎をしゃくった。「みんな、すてきな帽子をかぶってること！想像してたとおりだわ——わたしたちの若いころも、みんな華やかな試合にうきうきして、流行のものを身につけてた」

ジェニーは無理をして頭を上げ、競技場の向こうの、色のついた天蓋や、揺らめく旗や、流れるベールの海へわけもわからずに目をやった。地面にまで垂れるベールがついた、尖塔《せんとう》形の帽子があった。巨大な羽みたいに両側へ突き出た帽子、ベールのついたハート形の帽子、垂れ布のついた、豊穣の角みたいな帽子……。正方形のベールが二枚、振り広げられて、婦人の髪に立つ長い数本の棒に掛かっているような帽子まであった。ジェニーは見るともなくそれに目をやり、聞くともなくエレノア伯母さんの言葉をぼうっと耳にしていた。「それから、見ているあいだは、頭を高く上げてるのよ。あなたは選択したんだから――もっとも、わたしは間違った選択だと思うけど――そして、選択したからには、うまくやるよう努力しないとだめ」

ジェニーは顔を急に伯母のほうへ向けた。「なんの話をしているの、エレノア伯母さん?」

「あなたにきかれたら、答えていたであろうこと。あなたの居場所は、夫のところよ。でも、わたしの居場所は、あなたのところ。だから、わたしはここにいるの。そして、ブレンナもあなたのもう一方の側にいる。彼女は、あなたの夫の弟のところに留まるというような、無謀な計画を立ててたんじゃないかと、わたしは強く信じてるんだけれど」

ブレンナも急に首を回し、エレノア伯母さんをじっと見たが、ジェニーは自分の罪悪感と不安で頭がいっぱいで、ブレンナの件にはまだ驚きを覚えなかった。「ウィリアムのことを伯母さんは理解していないのよ。わたしは彼が大好きだったの」

「彼もあなたが大好きだったわ」ブレンナが感情たっぷりに言い、ジェニーは次にブレンナが口を開くまで、少し気が軽くなった。「お父さんと違って、彼はわたしたちの〝敵〟を憎む感情よりも、あなたを愛する感情のほうを多く持っていた」

ジェニーは目を閉じた。「お願い」ささやき声でふたりに言う。「こんなことはやめて。わたしは――わたしは何が正しいのかわかっている……」

しかし、彼女はそれ以上言う必要がなかった。突然、競技場に入ってきたらっぱ手たちがクラリオンを吹き鳴らしたからだ。次に、紋章官が現われ、少し静かになるのを待ってから、ルールの説明を始めた。

模擬戦の前に、馬上槍試合を三試合行なう、と紋章官は声をあげた。三試合は、地上でもっとも優れていると判断された、六人の騎士たちのあいだで行なわれる。ジェニーは息を呑み、それからゆっくりと吐き出した。最初の出場者はフランスの騎士とスコットランド人。第二試合は、ロイスと、デュモンというフランス人。第三試合は、ロイスとイアン・マクファーソン――ジェニーの前の〝婚約者〟の息子だ。

人々は沸き返った。一日じゅう、ひょっとすると二日、〝狼〟を見るのを待つことなく、最初の一時間で二度、彼を見られるからだ。

最初、ルールは完全に通常と同じように思えた。先に三点取った騎士が勝者となるのだ。槍を裂けるほど強く敵に突き当てるたびに、騎士に一点が与えられる。どの騎士が三点取るにしても、少なくとも五回は対決するだろう、とジェニーは推測した。なぜなら、うまく槍を構えるのさえ大変なのに、駆ける馬の上でねらいをつけ、敵の槍を震わせるぐらい精確な場所を突かなければならないからだ。とくに、槍が横滑りするように、鎧《よろい》のなめらかな表面がデザインされてからはそうだった。騎士が敵を落馬させられれば、三点と勝利が彼のものとなる。

次に発表されたふたつのことは、人々に支持の大声をあげさせ、ジェニーの身をすくませた。馬上槍試合がフランス式ではなく、ドイツ式で行なわれるのだ。つまり、一般的に使われる槍ではなく、重い、正式の槍が使われることになる。しかも、危険な槍の先は、保護用の冠で鈍くなっていない。

興奮した観衆の声があまりにも大きく、しばらくしてからようやく、紋章官は締めくくりの発言ができた。模擬戦は三つの馬上槍試合のあとに行なわれ、残りの馬上槍試合は次の二日間かけて行なわれる予定だ。しかし、と彼は付け足して言った。参加する騎士たちが傑出しているので、模擬戦のあとの馬上槍試合は、騎士の価値を判断できるなら、それに従って組まれることになる。

ふたたび観客たちが興奮して大声をあげた。あまり知られていない騎士がもっと無名の騎士と戦う試合を見せられるかわりに、最初にいちばんおもしろい試合を見られるからだ。

競技場の外では、治安官たちが鞍の締め具の調査を終え、馬術や力技に頼るのではなく、革紐《かわひも》を使って落馬を防ごうとする騎士がいないことを確認した。主席治安官が満足して合図すると、治安官たちは試合会場を出て、続いてケトルドラム、笛、トランペットが大きな音を出し、すべての騎士たちによる、儀式ばった行進が始まるのを告げた。

その後の、目もくらむような光景は、ジェニーでさえ感動した。六名ずつ横に並んで、騎士たちが甲冑《かっちゅう》姿で馬上試合会場へ行進してきた。乗っている軍馬は、きらきらした銀の馬勒《ばろく》と鈴、色とりどりの頭飾り、紋章が飾られた、華やかな絹とベルベットの衣装をつけて、躍りはねている。磨かれた甲冑が陽光にまぶしく輝くため、ジェニーは気がつくと目を細めて、紋章入りの陣羽織と盾が目の前を通るのを見ていた。紋章には、ライオン、虎、隼、雄の鷹《たか》、熊といった気高い動物から、奇抜な竜や一角獣まで、ありとあらゆる動物が使われている。縞や長方形、半月、星の模様のものや、花を描いたものもあった。

目がくらむほど明るい色調に観衆のやむことのないどよめきが混じり、エレノア伯母さんは大いに喜んで、通りかかったイングランドの騎士に拍手を送った。その騎士の特別美しい紋章は、片脚立ちのライオン三頭に、薔薇がふたつ、隼が一羽、そして緑の三日月が使われていた。

ほかのときなら、ジェニーはこの馬上試合を、いままで見たなかでもっともわくわくする光景だと思っただろう。彼女の父親と義理の弟が、ジェニーの判断するところ、四百名の騎士たちとともに通り過ぎた。しかし、彼女の夫は姿を見せず、結局、最初に馬上槍試合を行なう組が競技場に現われて、「狼！　狼！」という落胆の声があがった。

それぞれの騎士は、相手と立ち向かう前に、妻か恋人の座る桟敷席のほうへ馬を走らせた。そして槍を下に傾け、儀式的な贈り物を授かるのを待った。贈り物は、彼女のスカーフかリボンかベール、ときには袖のことさえあり、彼女はそれを槍の先に誇らしげに結びつけるのだ。それが終わると、ふたりは競技場のそれぞれの端へ行き、兜の位置を調整し、眉庇《まびさし》の具合を確かめ、槍の重さを確認し、最後にトランペットの合図を待った。最初の音が出たところで、ふたりは拍車を馬の腹に強く当て、馬を突進させた。フランス人の槍が敵の盾の、わずかに中央からそれた場所を突き、スコットランド人が鞍《くら》の上でぐらつきながらも、姿勢をもどした。さらに五回組み合ってから、ついにフランス人が強打を食らって、きらめく鋼鉄の脚や腕に囲まれた競技場にどしんと落ちた。耳をつんざくような喝采があがった。

騎士が足もといっていい場所に落ちたのに、ジェニーはほとんど結果に注目しなかった。膝の上で握りしめた手を見つめながら、彼女はふたたびトランペットの音がするのを、耳を澄まして待った。

ついにトランペットが鳴り、観衆の熱狂的な声があがると、ジェニーは見まいと思ったのに、頭を上げていた。豪華な赤の衣装をつけた馬をはねさせながら競技場へ入ってきたのは、行進のときに彼女がとくに注目したフランス人だった。彼の体がとても大きかったし、肘を守る肘当てが巨大で、ひだになった板が扇形に広がり、先端がとがっていて、まるで蝙蝠《こうもり》の翼みたいだったからだ。喉もとに大きくてりっぱなネックレスあったが、胸の札に飾られた、襲いかかる蛇の恐ろしい姿には〝奇抜さ〟も美しさもないことにも、いま気づいた。彼は、例の贈り物を授かるために、ある桟敷席のほうへ馬を向け、贈り物がつけられると、観客たちの大声が静まりはじめた。

ジェニーは恐怖に震え、急いで視線をはずしたが、見なくとも、ロイスがついに競技場へ入ってきたのがわかった。競技場が突然、不気味なほど静まりかえったからだ。あまりに静かなため、ときおり鳴るらっぱの音も、弔いの鐘のごとく、畏怖《いふ》の念に満ちた静けさのなかに吸いこまれた。ジェニーは我慢できず、頭を上げ、向きを変えた。目に入った光景に、心臓が止まった。あたりの陽気さや色彩やきらびやかさとは対照的に、彼女の夫は黒ずくめだった。黒い馬も黒で身を包み、頭飾りも黒で、ロイスの盾には、彼の紋章が入っていなかった。かわりに、歯をむいた黒い狼の頭があった。

ロイスを知っているジェニーにさえ、競技場を走りだした彼は恐ろしく見えた。ロイスがみずからの桟敷席を見たとき、ジェニーのためにあった、桟敷席の前列の席に座る女性に目を留め、一瞬、誤解したのを、ジェニーは感じた。しかし、彼はそちらにも、競技場のまわりで夢中でベールやリボンを振っている千人の女たちのほうにも行かず、ゼウスの向きを反対方向へくるりと変えた。

ロイスがまっすぐこちらへ来るとジェニーは気づいて、彼女の心臓が不快な鈍い音をたてて、あばらに当たった。観衆もそれに気づき、ふたたび静かになって見守った。メリックの桟敷席のそこかしこから罵声《ばせい》が浴びせられるなか、ロイスは槍がジェニーに届く位置へゼウスを進め、止めた。しかし彼は、ジェニーが与えてくれるはずもない贈り物を求めて、槍を傾けるかわりに、彼女にとってもっと衝撃的なことをした。そんな光景を、ジェニーはこれまで見たこともなかった。ロイスは、落ち着かなげに体を動かすゼウスにまたがったまま、ジェニーに目を向け、それから器用に、しかしゆっくりと槍をひねり、槍の末端を地面に立てた。

敬礼だ！　ジェニーの心が悲鳴をあげた。彼はわたしに敬礼している。ジェニーは、何かもを、ウィリアムの死さえも超越した痛みと狼狽《ろうばい》を、一瞬感じた。どうするつもりか自分でもわからないまま、彼女は椅子から腰を浮かし、やがてその瞬間は過ぎ去った。ゼウスを回転させると、ロイスはフランス人の向こうの、競技場の端へ駆けさせた。眉庇を調整していたフランス人は、兜をさらにしっかり首に据え、それから槍の重さを確かめるかのように、肘の曲げ伸ばしをした。

ロイスが馬を敵のほうへ向け、眉庇を下ろし、槍を斜めに構え……そして静止した。完全に静止し、冷たく感情のない激しさを押しとどめ、待つ……。

トランペットの最初の音で、ロイスは身を低くし、ゼウスに拍車を当て、敵の方向へ一直線に駆けさせた。彼の槍がフランス人の盾に猛烈な力で当たり、盾がわきに飛んで、騎士が背中から落馬し、自分の曲がった右脚に落ちた。骨折はまぬがれない落ちかただった。終わると、ロイスは競技場の反対側の端へ馬を全速力で駆けさせ、入り口のほうを向いて待った。ふたたび動きが止まる。

イアン・マクファーソンの馬上槍試合を、ジェニーは以前見たことがあり、彼が飛びきり優れた戦士だと感じていた。彼が、濃い緑と金の、マクファーソンの色で身を包んで、ロイスのように危険な雰囲気を漂わせ、競技場に入ってきた。彼の馬が、地面を力強く蹴《け》って走る。

ロイスが視線をイアン・マクファーソンからはずさないことを、ジェニーは目の隅で確認した。そして、ロイスがイアンを見るようすから、ロイスがマクファーソン氏族の未来の長を品定めしており、イアンの威嚇《いかく》を見くびっていないと確信した。ロイスとイアンのふたりの騎士だけが、角張った線で人の形をかたどったドイツ式の甲冑を身につけていた。さらに言えば、ロイスの甲冑につけられた装飾は、拳の大きさぐらいの、凹面の真鍮《しんちゆう》の板二枚だけで、両肩に一枚ずつあった。

ジェニーは横目づかいの視線を上げ、ロイスの顔を見て、目を細めた容赦ない視線がイアンを嘲笑の的にしているのを、ほとんど感じとることができた。そしてあまりにも夢中になっていたため、イアン・マクファーソンが目の前で馬を止めても気づかなかった。次の瞬間、彼が槍の先端を彼女のほうへ傾け……。

「ジェニー！」ベッキーの父親が彼女の肩をつかみ、注意をイアンへ向けさせた。ジェニーは視線を上へ向け、苦悩のうめきを漏らし、驚きで動けなくなった。しかしエレノア伯母さんが、大げさな喜びの声をあげた。「イアン・マクファーソン！」そう叫ぶと、ベールをさっと取った。「あなたはいつだって、いちばん勇ましい男だった、わ」そしてわずかに体を横方向に傾け、黄色のベールを渋面の騎士の槍に結んだ。

競技場の、ロイスの向かいでイアンが位置につくと、ロイスの視線が微妙に変化したことにジェニーは気づいた。じっと動かないのは前と変わらない――しかしいま、彼はわずかに体を前に傾け、威嚇するように身を低くしている。妻から贈り物をもらおうとした、あつかましい敵に向かって、早く飛びかかりたいという構えだ。トランペットが鳴って、二頭の軍馬が飛び出し、はずみがついて、前に突進した。そしてちょうどロイスが突こうとしたとき、イアン・マクファーソンが血も凍るような雄叫びをあげ、襲いかかった。槍が盾に当たって裂け、一瞬後、イアンとみごとな灰色の馬が地面に倒れ、もうもうたる埃のなか、横に転がった。

観衆から耳をつんざくような咆哮《ほうこう》が上がったが、ロイスはそこに留まって、興奮した賞賛の言葉に酔いしれることはしなかった。従者が立たせようとしている、りっぱな敵を冷酷に無視して、ゼウスの向きを変え、全速力で競技場を去った。

次は模擬戦だった。ジェニーはこれをもっとも恐れていた。なぜなら、故郷で行なわれるときでさえ、それは本格的な戦闘とほとんど変わらず、敵同士が競技場の両端から突進するものだからだ。それが完全な大虐殺にならないのは、いくつかの規則があるからだが、紋章官がこの模擬戦の規則を告げ終わったとき、彼女の恐怖は十倍になった。いつもどおり、先端の鋭い武器を試合場に持ちこむことは禁止されている。相手を背後から襲ったり、馬を攻撃することは許されない。休息のために兜を脱いだ騎士を攻撃することも禁止だ。もっとも、休息は、馬に見捨てられたのでなければ、二度しか取れない。勝利は、馬に乗っていたり、怪我をしていない騎士の数が多いほうに与えられる。

それ以外に規則はない。戦闘が始まったら、敵味方を分けるロープも柵もない。何ひとつない。ジェニーはもうひとつ決定が告げられるとわかっていたので、息を詰めて待った。そしてそれが告げられると、意気消沈した。紋章官はこう大声で言った。騎士たちの技量と価値から、本日は、槍だけでなく、なまくらにした広刃の刀の使用が許される、と。

百名から成る騎馬武者の部隊が二隊、競技場の両端から出てきた。一方はロイスが、もう一方はデュモンが率いている。そのあとから、予備の槍と広刃の刀を持った従者たちが現われた。

デュモンの側の騎士たちを見て、ジェニーの全身が震えはじめた。彼女の父がいたし、マルコムとマクファーソンがいたし、ほかにも見覚えのある記章をつけた氏族の者たちが十名以上いた。競技場は、イングランド人側と、フランス人とスコットランド人の側に二分されていた。実際の戦いと同じように、模擬戦の会場でも、同じ分かれかたをしている。しかし、実戦と同じようにことが進むわけではない、とジェニーは胸の奥で悲鳴をあげた。模擬戦は、個人の栄誉のためと、見せるためのものであって、味方の勝利を求めるものではない。敵同士で戦われる模擬戦——そういう例は、これまでにもいくつかあった——は、血の海となる！　ジェニーはとんでもない予感を押しとどめようとしたが、少しもうまくいかなかった。ありとあらゆる本能が、何か言語に絶することが起こるとすでに叫んでいる。

トランペットが三度、警告の音を出し、ジェニファーは愚かにも知人全員の安全を祈りはじめた。競技場を一時的にふたつに分けているロープがぴんと張った。四度目のらっぱが空気を切り裂くと、ロープがぐいとはずされた。二百頭の馬が轟音《ごうおん》をあげて前へ突進し、地面を震わせる。広刃の刀と槍が上げられた。そしてそのとき、ことは起こった。ジェニーの父と弟に率いられた、彼女の氏族の二十名が、突撃する人々から分かれ、激しく刀を振るいながらロイスにまっすぐ向かった。

ジェニーの悲鳴は、イングランド人たちの怒号によってかき消された。彼らは、黙示録の騎士みたいにスコットランド人たちがロイスに突進するのを非難していた。その後、ジェニーはこれまで見たこともない、剣術と力の、驚くべき光景を目にした。ロイスは取り憑《つ》かれたかのように戦った。彼の反応はあまりにも素早く、剣の動きはあまりにも力強く、六人の男とともに馬から落ちて、彼はようやく敵に捕まった。悪夢はさらにひどくなった。桟敷席でみんなといっしょに立ち上がっていることに気づかないまま、ジェニーは男たちと金属の山のなかを見ようとした。剣が鋼に当たるさまざまな音で、彼女の耳は張り裂けそうになった。ロイスの騎士たちが起こったことに気づき、彼に向かって道を切り開いていった。そのとき――ジェニーの位置からは――戦闘のすべての様相が変化したように見えた。ロイスが人間の山から復讐の鬼のごとく飛び出た。両手で握っている広刃の刀を頭上に上げ、力のかぎり振り下ろす――ジェニーの父親に向かって。

ロイスが手首をひねって、彼女の父親ではなく、あるハイランド人に刀を振り下ろしたところを、ジェニーはまったく目にしなかった。なぜなら、顔を手で覆い、悲鳴をあげたからだ。ロイスの甲冑の下から血が流れるのを、ジェニーは見なかった。義理の弟が隠していた短剣を、ロイスの兜と胸当てのあいだの、攻撃に弱い部分に刺し、深手を負わせたのだった。彼女は、身内たちが夫の、鎧が薄くなっている腿の部分を切りつけたのも、夫を取り囲んだときに、背中や肩や頭をさんざんたたいたところも見なかった。

ジェニーが顔から手をはずしたときに目にしたのは、なぜか父親がまだ立っていて、ロイスが冷然と怒りを燃やし、マクファーソンやほかのふたりを攻撃する姿だけだった。刀を振るい、切りつけ……そして彼が攻撃するとかならず、男たちが襲われた金属の羊みたいに倒れた。

ジェニーは椅子からぱっと離れ、目をぎゅっとつぶっていたブレンナを倒しそうになった。「ジェニー！」エレノア伯母さんが叫ぶ。「だめよ、あなた――」しかしジェニーは注意を払わなかった。苦い胆汁が、喉もとにこみ上げる。涙で半ば目が見えない状態で、自分の雌馬のところへ走り、驚いている農奴の手から手綱をもぎ取った。

「見て、奥さん！」農奴がジェニーが馬に乗るのを手助けしながら、競技場のロイスを指さし、夢中になって叫ぶ。「あんな旦那さまを、これまで見たことがありますか？」ジェニーはもう一度顔を上げ、ロイスの広刃の刀がスコットランド人の肩に振り下ろされたのを見た。彼女の父親と弟、ベッキーの父親、そして十名以上のスコットランド人が、すでに血の海となった地面から立ち上がるところだった。

ジェニーは、差し迫った死を見た。

その光景は、自室の開いた窓に向かって立ったときも、ジェニーをさいなんだ。窓枠に青い顔を当て、腕で体を抱きしめ、体内の苦痛と恐怖をなんとか押しとどめようとした。模擬戦の会場を離れてから一時間がたち、少なくとも三十分前から、馬上槍試合が行なわれていた。ロイスは十一の試合に同意したと言っていたし、模擬戦の前にすでに二試合終えている。紋章官の発表からすると、模擬戦のあとの馬上槍試合は、まずはもっとも腕のいい騎士たちから始まる。ロイスの試合はすべて、模擬戦のすぐあとに行なわれると、ジェニーは確信していた。漠然と苦悩を覚えながら、こう思った。ヘンリー王は、自分のところの有名な闘士が、疲れてはいても、愚かにも彼に試合を申しこんだスコットランド人たちを破るのを見て、さらに感動することだろう。

すでに五試合が終わったのを、ジェニーは知っていた。敗者が競技場を去るとき、観衆たちからあがる、すさまじい野次から、それがわかった。あと四試合で、ロイスは競技場を去るだろう。そのときには、彼女の一族の何人が手足を失った、あるいは殺されたと、きっと知らせが来る。手を上げ、頬から涙を拭ったとき、ロイスに何かがあった可能性は考えもしなかった。彼は無敵なのだ。模擬戦の前の馬上槍試合で、ジェニーはそれを見ていた。そして……神さま、お許しください……誇らしかった。夫がイアン・マクファーソンと戦っているときでさえ、とても誇らしく思って……。

二分された忠誠心に胸の痛みを覚えながら、ジェニーはその場に立ったままでいた。競技場を見ることはできないが、何が起こっているのかは聞こえた。観客の、長く、醜い野次からすると——その声は、試合が終わるごとに大きくなっている——彼らは、それぞれの試合の敗者からたいした技を見せてもらっていないのだろう。明らかに、同郷のスコットランド人たちは、礼儀正しい拍手をもらうだけの価値がないのだ。

寝室のドアがぱっとあき、壁にたたきつけられて、ジェニーははっとした。「外套《がいとう》を着るんだ」ステファン・ウェストモアランドが険悪な声で言った。「いっしょに競技場へもどらないのなら、ぼくが引っ張っていく！」

「わたしはもどらない」ジェニーは言い返し、ふたたび窓のほうを向いた。「夫が家族をこてんぱんにしているのに、声援なんて送れないわ」

ステファンがジェニーの肩をぎゅっとつかんで、彼女を自分のほうへ向かせた。彼の声は、残酷な鞭打ちのようだった。「何が起こっているのか、教えてやろう！　兄さんが、競技場で死にかけているんだよ！　あなたの一族に手を上げないと誓っていて、あなたのすばらしい一族が模擬戦のときにそれを知ったとたん、彼を殺しにかかった！」歯を食いしばって言い、ジェニーを揺さぶる。「あいつらは、模擬戦で彼を完膚なきまでにやっつけた！　そしていま、兄さんは馬上槍試合をしている。観衆の野次が聞こえるか？　彼らは兄さんを野次っているんだ。もう体がぼろぼろで、馬から落とされても、気づいていないと思う。馬上槍試合では、相手の裏をかけば勝てると踏んでいたようだが、それができず、いまではさらに十四人のスコットランド人が彼に試合を申しこんでいる」

ジェニーはステファンをじっと見た。脈拍が狂ったように速くなっていたが、体は、まるで悪夢へ逃げこもうとしているかのように、床を離れなかった。

「ジェニファー！」ステファンが声をからして叫ぶ。「ロイスは彼らに殺されるのを、黙認しているんだ」手をジェニーの腕に痛いほど食いこませたが、その声は苦悩で涙声になっていた。「彼はあの競技場で、あなたのために死のうとしている。あなたの兄を殺したことを償おうと――」ステファンは言葉を止めた。ジェニファーが彼の手を振りほどいて、走り出し……。

ギャリック・カーマイケルが、勝って競技場を離れるさい、ロイスの近くの地面につばを吐いたが、ロイスはそんなささいな侮辱には気づかなかった。人々の罵声がなぜかしだいに耳をつんざくほど大きくなるのを、ぼんやりと意識しながら、よろよろと膝で立った。体を揺り動かしながら手を伸ばし、兜を脱いだ。それを左の腕に移そうとしたが、腕は使いものにならずにわきに垂れていて、兜が地面に転がった。ゴーウィンがこちらへ駆けてくる――いや、ゴーウィンではない――青いケープを身につけた、だれかだ。ロイスは次の敵が来たのかと思いながら、目を細くして、焦点を合わせようとした。

視界をぼやけさせ、頭をぼんやりさせる、汗と血と痛みの靄《もや》の向こうに、一瞬、駆けてくる女の姿が見えた気がした。こちらへ走ってくる。帽子をかぶっていないため、髪が彼女のまわりで跳ね、日光で赤と金色に輝いている。ジェニファー！　ロイスは驚きに目を細め、じっと見た。観客の耳をつんざくような声がどんどん高まる。

ロイスは心の内でうめき声をあげ、折れていない右腕を使って立ち上がろうとした。ジェニファーがもどってきた――彼の敗北をその目で見るために。あるいは、彼の死を。たとえそうでも、ロイスは這いながら死ぬ姿を彼女に見せたくなかったので、最後の力を振り絞り、なんとかよろよろと立ち上がった。手を上げ、手の甲で目を拭って、視界をはっきりさせると、自分が夢を見ているのではないとわかった。ジェニファーが自分のほうへ来ようとしている。そして、観衆に不気味な静けさが広がった。

ジェニーは夫に近づき、腕がちぎれたようにわきに下がっているのが見えると、悲鳴を押し殺した。ロイスの前で立ち止まったとき、彼女の父親の大声が横から聞こえ、顔をさっと動かし、ロイスの足もとにある槍のほうを見た。「それを使え！」父親が怒鳴る。「槍を使うんだ、ジェニファー」

そのとき、ロイスはなぜ彼女が来たのか理解した。彼女は身内が始めた仕事を仕上げるために来たのだ。ロイスが彼女の兄にしたことを、彼にするために。ロイスはじっと動かずに妻を見守り、彼女の美しい顔を涙が流れ落ちていることに気づいた。ジェニファーがゆっくりとかがむ。しかしロイスの槍や自分の短剣を手にするかわりに、彼女は夫の手を両手でつかみ、その手に唇を当てた。痛みと混乱でぼんやりした頭で、ロイスは彼女が自分に向かってひざまずいているのだと、ようやく理解した。うめきが胸を張り裂いた。「愛する人」途切れ途切れに言いながら、手に力を入れ、妻を立たせようとする。「こんなことをするんじゃない……」

しかし妻は聞こうとしなかった。七千人の見物客が見守るなか、ジェニファー・メリック・ウェストモアランド、ロックボーン女伯爵は夫の前にひざまずき、謙虚に服従する姿を公然と示した。彼の手に顔を当て、身をよじって激しく泣いていた。彼女がついに立ち上がったころには、彼女の行為を目にしなかった者はほとんどいなかっただろう。立ち上がると、ジェニファーは後ろに下がり、涙に濡れた顔を上げて夫に向け、背筋をぴんと伸ばした。

ロイスのぼろぼろの体のなかに、誇らしさがさっと広がった。なぜなら、彼女は王によって騎士の称号を与えられたばかりのように誇らしげに——そして挑戦的に——立つという行為を、やってのけているからだった。

ステファンに肩をつかまれて動けないでいたゴーウィンが、解放されるとすぐに駆けだした。ロイスは腕を従者の肩に載せて、足を引きずりながら競技場を出た。

デュモンとマクファーソンを馬から落としたときと同じぐらい大きな声援が、彼に送られた。

試合会場のテントのなかで、ロイスは不承不承、ゆっくりと目を開き、意識の回復とともにやってくるはずの、痛みの爆発に対して身構えた。しかし痛みはなかった。

外の騒がしさから、馬上槍試合がまだ行なわれているとわかった。ゴーウィンはどこかと、ぼんやりと思っているとき、右手が握られていることに気づいた。顔の向きを変え、その方向を見て、一瞬、夢を見ているのかと思った。ジェニファーが自分の上方で漂い、まぶしい陽光の円光に取り囲まれている。彼女の背後にある、テントの垂れ布が上げられていて、光が射しこんでいるのだ。ジェニファーは美しい目に、とてつもない優しさをたたえて微笑みかけていて、ロイスは信じられなかった。遠くから言っているかのように、彼女の優しい声が聞こえた。「お帰りなさい、あなた」

突然、きらめく光に包まれた妻が見える理由がわかった。痛みを感じない理由と、ジェニファーが驚くほど優しく声をかけ、こちらを見ている理由が呑みこめた。ロイスは生気のない、感情を排した声で言った。「私は死んだ」

しかし彼の上を漂う幻影が首を横に振って、ベッドの、彼の横にそっと腰を下ろした。上体を曲げて、彼の額から黒髪を除け、微笑んだが、涙に濡れた濃い睫毛はとげとげしかった。「もしあなたが死んだのなら」心をうずかせる声で、彼女が言う。「あの競技場へ出ていって弟を負かすのは、わたしの責任になるのね」

額に当てられた彼女の指先は冷たく、脇腹に感じる彼女の腰の圧力にははっきりと人間的な何かがあった。結局のところ、彼女は天使の幻影ではないのかもしれない。たぶん私は死んでいないのだろう、とロイスは判断した。「どうやってそれをする？」彼は尋ねた。これは、彼女が霊的な存在なのか人間なのか確認するためのテストだった。

「そうねえ」幻影が言って、彼の上に身をかぶせ、柔らかな唇をそっと当ててきた。「前回、わたしがやったときは……眉庇をぱっと上げて……そしてこうして――」彼女の舌が口のなかへ甘美にさっと差しこまれ、ロイスは息を呑んだ。彼は死んでいなかった。天使は絶対にこんなキスはしない。自由になる腕を上げ、彼女の肩に回して、彼女を引き寄せたが、キスをしようとしたちょうどそのとき、べつの考えが頭に浮かび、眉をひそめた。「死んでいないのなら、なぜ痛みを感じないんだ？」

「エレノア伯母さんよ」彼女がささやく。「伯母さんが特別な薬を調合してくれて、わたしたち、あなたに無理やり飲ませたの」

ロイスの頭のなかの最後の蜘蛛の巣が取り払われ、彼は至福のため息をついて、妻を引き寄せ、キスをした。彼女の唇が開かれ、心をこめたキスを返されると、ロイスの気分は舞い上がった。ついに彼女を離したとき、ふたりとも息を切らしていて、観衆のわめき声で揺れるこのテントのなかよりも、もっと心地よい場所で口にするのにふさわしい言葉を口にしたいと切望していた。

一分ほどして、ロイスは冷静にきいた。「私の怪我はどれほどひどい？」

ジェニーはつばを呑みこみ、唇を噛んだ。自分のせいでロイスが怪我をしたことがつらくて、目が曇った。

「そんなにひどいのか？」

「ええ」ジェニーは小さな声で言った。「左腕は折れている。それに、指も三本。首と鎖骨の傷は、ステファンとゴーウィンによるとマルコムの仕業で、長くて深いわ。でも、もう血は出ていない。脚の深手はものすごいわ。でも、出血はみんな止めた。頭はひどい打撃を受けている。明らかに、兜を脱いでいたときのものだわ――そして、間違いなく」復讐心に燃えて付け加える。「わたしの残忍な身内のだれかが攻撃したときのもの。それ以外に、体のそこかしこにひどい打撲傷がある」

ロイスの眉が愉快そうに上がった。「そんなにひどくないように聞こえるな」

そのあきれた結論に、ジェニーは笑みを浮かべた。しかしそのとき、ロイスが静かに、意味ありげな声で言い足した。「このあとは、どうなる？」

彼が何を尋ねているのか、ジェニーは即座に理解し、彼が馬上槍試合をもう一試合するためにもどった場合、肉体的損傷がさらにどの程度加わるかを考え、それから、試合をしなかった場合に彼の自尊心が受ける損傷の度合いと比較した。「それはあなた次第よ」一瞬後、彼女は答えた。父と義理の弟への憎悪を隠すことのできない声で付け加えて言う。「でも、きょう、わたしの家族が汚してしまった、外の〝名誉の場〟には、マルコム・メリックという騎士がいて、一時間前、あなたに公然と試合を申しこんだわ」

ロイスが拳の指関節で彼女の頬を拭い、優しくきいた。「その発言からすると、折れた腕の側の肩に盾をくくりつけて、彼を打ち負かせるほど、私の体調がいいと、きみが実際に思っているということか?」

ジェニーは首を片方にかしげた。「負かせるの?」

気怠《けだる》げな笑みによって、彼の口の端が引っ張られ、官能的な唇がひとつの言葉を発した。

「もちろん」

テントの外でアリックの横に立ちながら、ジェニーはゴーウィンから槍を受け取るために手を伸ばすロイスを見守っていた。彼がちらりとジェニーを見て、ほんの一瞬ためらい――何か意味ありげなためらいだった――それからゼウスの向きを変え、競技場のほうへ進みはじめた。そのとき、彼が何を望みながら求めなかったのかにジェニーは気づき、夫を呼び止めた。

ロイスのテントに急いで入って、彼の傷を縛るための細長い布を切るのに使った大ばさみをつかんだ。落ち着きをなくして前脚で地面を掻いている黒い軍馬へ駆け寄ると、微笑んでいる夫を見上げた。それから彼女は屈んで、青い絹のドレスのへりを細長く切って、手を伸ばし、ロイスの槍の先に結んだ。

アリックが彼女の隣りへやってきて、試合会場へ入っていくロイスをふたりでいっしょに見送った。観衆の支持の声が大音響となる。ジェニーの視線は、彼の槍の先で揺らめく、あざやかな青の布に釘付けになっていた。そして彼への愛にもかかわらず、やるせない悲嘆のかたまりが喉にこみ上げた。ジェニーの手にある大ばさみは、彼女がいましたことの重大な象徴のようだった。ロイスの槍に布を結びつけた瞬間、彼女は故郷との結びつきをすべて断ち切ったのだ。

ジェニーは音をたててつばを呑みこみ、それからびっくりして飛び上がった。アリックの手のひらが、突然、頭に置かれたからだ。戦槌《せんつい》のように重い手は一瞬そこに留まってから、彼女の頬へ下り、彼女の顔を自分の横腹へ引き寄せた。それは抱擁だった。

「心配しなくても、わたしたちが彼を起こしてあげるから」エレノア伯母さんが、ジェニーにきっぱりと請け合った。「彼はまだ数時間眠るわ」

一対の灰色の目がぱっとあき、部屋に視線を走らせ、それから勇気ある金髪の美人のところで、気怠い賞賛をこめて止まった。彼女は自分の寝室の戸口に立って、伯母の話を聞いている。

「わたしがあげた薬湯を飲んでなくても」エレノア伯母さんがトランクの上に置かれた、粉薬の小瓶のところへ歩きながら言葉を続けた。「怪我をしてもどってきて、馬上槍試合をさらに五試合こなした男ならだれでも、ひと晩じゅう眠ってるものよ。もっとも」明るく微笑んで付け加える。「彼はあまり時間をかけずに多くの男を打ち負かしたわ。なんて我慢強い人なんでしょうね」賞賛の笑みを浮かべる。「それに、なんて優れた技量なの。こんな人、見たことがないわ」

ジェニーはいまこの瞬間のロイスの快適さのほうが、彼がふたたび参加した馬上槍試合での腕前よりも気になった。「目を覚ましたら、彼はひどく痛がるわ。彼が試合会場へもどる前に飲ませた量より、もっと多く飲ませてよ、伯母さん」

「そうねえ、それはいいかもしれないけど、賢明ではないわ。それに、体の傷跡からすると、彼は痛みとの付き合いに慣れてるようよ。言ったように、わたしの薬を一服より多く使うのは安全じゃないわ。残念だけど、好ましくない副作用があるの」

「どんな副作用？」ジェニーはそれでも彼の助けになることをしたくて尋ねた。

「ひとつには」エレノア伯母さんが不吉な声で言う。「一週間、ベッドで役立たずになる」

「エレノア伯母さん」ジェニーは断固として言った。夫の快適さのためなら、性生活の喜びを犠牲にするのはいとわなかった。「心配するのがそれだけなら、お願いだから、もっと飲ませて」

エレノア伯母さんはためらい、それからしぶしぶうなずいて、トランクの上から白い粉の小瓶を取り上げた。

「残念ね」ジェニーは顔をしかめて言った。「それに何か、彼の精神を安定させておけるものを加えられないのが。ブレンナがここにいて、ステファンと彼女が結婚を望んでいると伝えるとき用に。彼の人生には平穏なときがなかったわね」あきれたようにくすくす笑って付け加える。「それに、わたしと出会ってから、彼はそれまで以上に混乱した人生を送ったんじゃないかしら」

「そのとおりだと思うわ」エレノア伯母さんが無情にも言った。「でも、サー・ゴッドフリーに教えてもらったんだけど、公爵はあなたと出会うまで、あまり笑わなかったそうよ。だから、波乱の人生の埋め合わせになるぐらい、大いに笑ってくれることを願うしかないわね」

「少なくとも」ジェニーは苦悩で曇った目で、父親から送られてきた、テーブルの上の羊皮紙をちらりと見た。「ブレンナとわたしを自由の身にするために、父が攻めてくることを毎日気にする必要はないわね。ふたりとも勘当されたんだから」

エレノア伯母さんが同情するように姪をちらりと見て、それから冷静に言った。「あの人はつねに愛よりも憎しみを優先する人だったわ。あなたはそれを見たことがないだけ。言わせてもらえば、彼がいちばん愛してるのは自分自身よ。そうでなかったら、あなたをまず老ボールダーに、それからマクファーソンに嫁がせようとはしなかったはずよ。彼は自分の利己的な目標に到達するため以外には、あなたに興味を持ったことなどなかった。ブレンナはありのままの彼を見てたわ。実の父親じゃないから、愛によって判断力を失うことがなかったのよ」

「お父さんはわたしの子どもとの縁まで切った——生まれるとしたらだけれど——」ジェニーは震える声で言った。「自分の孫との縁を切るほど、わたしを嫌っていたなんて」

「それについて言うと、彼があなたの子どもに対して冷淡になったのは、きょう、あなたがしたことのせいじゃないわ。彼は、公爵の血を引く子どもなんて望まなかったの」

「そんな——信じないわ」ジェニーは罪悪感でみずからをさいなむことをやめられなかった。

「わたしの子どもでもあるのよ」

「彼にはそうじゃないわ」エレノア伯母さんが言った。小さなグラスを明かりに向けて上げ、なかの粉を細目で見てから、もうひとつまみ加えた。「この粉は、数週間、少量を投与すると、男の人を完全に不能にすると知られてるわ。だから」グラスにワインを注ぎ、話を続ける。「あなたのお父さんは、わたしがあなたとクレイモアへ行くことを望んだの。あなたの夫が絶対にあなたを妊娠させないよう望んでた。それだとあなたも子どもを持てないことになると、わたしは指摘したけど、彼はまったく気にしなかった」

ジェニーの呼吸が止まった。最初は父の行動にぞっとしたから、次に、エレノア伯母さんが父の支持に従ったかもしれないと考えたからだ。「伯母さん――伯母さんは、わたしの夫の食べ物や飲み物にそれを入れていないでしょう？」

緊張し、激怒した視線がベッドから向けられていることも知らず、エレノア伯母さんはゆっくりと混合液をスプーンでかき混ぜた。「絶対にしていないし、するつもりもないわ。でも、こう考えずにはいられないの」グラスを慎重にベッドへ運びながら、言い足す。「あなたのお父さんが、結局わたしをクレイモアへ送らないと決めたとき、もっといい計画が見つかったんだろうなってね。さあ、ベッドへ行って、眠るよう努力なさい」伯母さんはきびしく命じた。その発言によって、ジェニーの苦悩がさらに増したことには気づいていない。ジェニーは、父親がほんとうに自分を一生、修道院に閉じこめるつもりだったと確信したのだ。

ジェニーが自分の寝室にもどるのを、エレノア伯母さんは見守った。ひどく不足している休息を姪がいくらか取ることに満足してから、公爵のほうを向き、はっと息を呑んだ。持っているグラスを彼が険しい目でにらんでいるのに一瞬びっくりして、手を喉もとへやる。

「私は痛みのほうがいいよ、マダム」そっけなくロイスが言う。「その粉を私の部屋から出せ。私の領地から出せ」容赦なく言い直した。

レディー・エレノアは驚きからすぐに回復して、ゆっくりと賛同の笑みを浮かべた。「あなたはきっとそう言うだろうと思ってたわ、坊や」愛情をこめてささやく。部屋を出ようと向きを変え、それからまた向きをもどしたとき、彼女の白い眉は一本のいかめしい線となっていた。「可能なら」忠告して言う。「今夜はわたしが縫った傷を慎重に扱ってね――わたしの薬がまだ最悪なことをしてないと確認している最中に」

包帯を巻かれた左腕と指がじゃまになって、ロイスは数分かけて、灰色のカシミアの部屋着をなんとか身につけ、黒い帯を結んだ。ジェニファーの寝室につながるドアをそっとあける。彼女はベッドで寝ていると――あるいは、こちらのほうがもっとありそうだったが、暗闇のなかで腰を下ろし、きょう起こったことすべてを理解しようと努めていると予想していた。

そのどちらでもない、と彼は気づき、戸口で動きを止めた。壁の張り出し燭台で獣脂の蠟燭が燃えるなか、彼女は窓辺に静かに立ち、顔をわずかに上げて、松明が灯った谷のほうを見ているようだった。手は背中で組んでいる。優美な形の横顔をこちらに向け、赤みがかった金色の髪を肩にこぼれさせている彼女は、ロイスがイタリアで見た、すばらしい像のようだった。天を見上げるローマの女神の像だ。ジェニーを見ながら、彼女の勇気と気概を思い、謙虚な気持ちになった。この一日で、彼女は家族と国に背を向け、七千の人々の前で彼にひざまずいた。勘当され、幻想から目覚めた。それでいながら、窓辺に立ち、唇にうっすらと笑みを浮かべて、世の中を見渡している。

ロイスはどう言葉をかけるべきか突然わからなくなり、ためらった。きょう、馬上槍試合場をついに離れたときは衰弱していたため、いまのいままで、彼女と話す機会はなかった。妻が自分のために犠牲にしてくれたあれこれを考えると、「ありがとう」では不十分だ。「愛している」という言葉を思いついたが、唐突にそう言うのは完全にまずい。それに万一、きょう、家族と国を失ったことを彼女が考えていなかったら、それを思い出させるようなことは言いたくない。

ロイスは彼女の気分によって対応を決めようと思い、前に進み、窓の横の壁に影を投げた。ジェニーの視線がロイスに向けられ、彼はさらに前進して、窓の横で足を止めた。「ベッドへもどりなさいって命じても、きっと無駄よね?」不安を隠そうとしながら、彼女が言った。

ロイスはいいほうの肩を壁にもたせかけ、ベッドへもどることに同意したい気持ち——彼女がいっしょに来るならば——を抑えた。「まったくそのとおりだ」明るく答える。「窓の外を見て、何を考えていたんだ?」

驚いたことに、その質問に彼女は動揺した。「わたし——考えてはいなかったの」

「では、何をしていたんだ?」好奇心を掻き立てられ、ロイスは尋ねた。

魅惑的な唇に悲しそうな笑みを浮かべて、ジェニーは彼を横目でちらりと見てから、窓に向きをもどした。「わたし……神さまと話をしていたの」と白状する。「習慣なのよ」

驚き、そして少しおもしろく思って、ロイスは言った。「ほんとうに？　神さまはなんて言っていた？」

「こう言ったと思うの」ジェニーが静かに言う。「『どういたしまして』って」

「なんに関して？」ロイスはからかった。

ジェニーは視線を夫に向け、厳粛に答えた。「あなたに関して」

からかいの表情が顔から消え、ロイスはうめき声をあげて、妻を荒々しく胸に引き寄せ、ぎゅっと抱いた。「ジェニー」かすれた声でささやき、よい香りのする妻の髪に顔を埋める。「ジェニー、愛している」

彼女が体の力を抜き、ロイスの引き締まった体に体を密着させ、彼の激しい、むさぼるようなキスに唇を差し出し、それから両手で彼の顔をはさんだ。夫の腕のなかでわずかに上体を後ろに反らし、哀愁をそそる青い目でじっと彼の目を見ると、震える声で答えた。「わたしのほうがもっと愛していると思うわ、旦那さま」

ロイスはすっかり満足して、暗闇のなかで横たわっていた。ジェニーはわきで丸くなり、肩に頭を載せている。妻の腰の曲線を手でゆっくり撫でながら、部屋の向こうの火を見つめ、きょう、髪を風になびかせながら、試合場を駆けてきた彼女を思い出していた。ジェニーが自分の前にひざまずく姿が見え、それから立った姿が見えた。頭を誇らしげに上げて、愛情たっぷりに彼を見上げたその目には、涙が恥じることなくきらめいていた。

百以上の本物の戦闘で勝利したのに、これまでいちばんの勝利の瞬間が、馬から落とされ、敗北し、ひとり立っていた模擬戦の場にあったとは、なんと奇妙なのだろう、とロイスは胸の奥でつぶやいた。

けさ、ロイスの人生は死のように荒涼としていた。今夜、彼は喜びを腕にいだいている。だれか、あるいは何か――運命か幸運かジェニーの神――が、けさ彼を見下ろして、彼の苦悩に気づいたのだ。そして、なんらかの理由で、ジェニーが彼のもとへ返された。

ロイスは目を閉じ、妻のなめらかな額にさっとキスをした。ありがとう、と声に出さずに言う。

そして彼は間違いなく返事を聞いた。〝どういたしまして〟

エピローグ

一四九九年一月一日

「ホールがこんなに空いていると、変な感じだな」ステファンが冗談を言って、ロイスの個人的な護衛十五人を含む、二十五人の人々をちらりと見た。ちょうど豪勢な食事を終えたところだった。

「今夜、踊る熊はどこへ行ったんだ?」ロイスはからかって言い、ジェニーの椅子の背に腕を置いて、彼女に微笑んだ。今回ほどクリスマスの季節を楽しんだことはなかった。

「わたしの姿は、まるで一頭呑みこんだみたいね」ジェニーが笑って、おなかに手を置いた。

ジェニーは臨月だったものの、クレイモアとその住民全員がクリスマス・イヴから顕現日までの十四日間を伝統的なやりかたで祝うべきだと主張した。つまり、そのあいだ〝自宅開放〟を続けるということだ。結果として、この八日間、宴会が途切れることなく続き、クレイモアの門に到着した旅人は無条件で家族に歓待された。昨夜は、ロイスの農奴と自由農民、それに村人全員にとくに楽しんでもらうための晩で、城は巨大な祝宴の場となった。吟遊楽人を呼んでの音楽やクリスマス祝歌、熊の芸、手品、軽業、さらには降誕劇まであった。

ジェニーはロイスの人生を笑いと愛で満たしてくれていて、さらには、ふたりの最初の子をもうすぐ彼に与えてくれる予定だった。ロイスの満足は限りがなかった――だから、ゴーウィンのふざけた行為でさえ、今夜の彼は気にしなかった。この季節をできるだけ伝統的に祝おうというジェニーの決定を守るため、ゴーウィンは〝無秩序の主人〟に選ばれていた。つまり、三日間、彼は高座で主人役を務め、主人のまねをしたり、とんでもない命令を出したりできる。ほかのときならロイスによってクレイモアから追放されかねないことをしたり言ったりしても、たいていはだいじょうぶだ。

いま、ゴーウィンはテーブルの中央で、ロイスの椅子にゆったりともたれ、エレノア伯母さんの椅子の背に腕を置いている。ジェニファーと座るロイスをおもしろおかしくまねているのだ。「閣下」ロイスが相手を素早く服従させたいときに使う、早口で歯切れのいい話しかたで、ゴーウィンが言った。「このテーブルには、ある謎の答えを知りたがっている者たちがいる」

ロイスは眉をぴくりと動かし、しかたなく質問を待った。

「これは事実なのか、うそなのか？」ゴーウィンが尋ねる。「あなたが〝狼〟と呼ばれているのは、八歳のときに狼を殺し、その目玉を夕食に食べたからというのは？」

ジェニーが笑いをこらえきれずに吹き出し、ロイスは気分を害した視線をわざと彼女に向けた。「奥さま、笑っておられるのは、そんな幼い私に狼を殺せるほどの力があったとは思えないからかな？」

「いいえ、旦那さま」ジェニーはくすくす笑って、ゴッドフリーとユースタスとライオネルと同様、すべてお見通しだという顔をした。「でも、まずい食事は食べるより抜くほうを好む人が、何かの目を食べるとは思えないわ！」

「そのとおり」ロイスはにやりと笑った。

「閣下！」ゴーウィンが強く要求する。「答えをお願いできませんか？　狼のどの部分を食べたかということは、重要ではない。重要なのは、殺したとき、何歳だったかということ。語られている話では、四歳から十四歳までいろいろなんです」

「そうなのか？」ロイスはばかにするように言った。

「話自体はほんとうだと、わたしは思うわ」ジェニーが問うような目を夫に向けた。「つまり、子どものときに狼を殺したという部分は」

ロイスの唇がぴくりと動いた。「ヘンリーがボズワース・フィールドで私を〝狼〟と呼んだ」

「なぜなら、あなたがそこで狼を殺したからだ！」ゴーウィンが決めつけた。

「なぜなら」ロイスは訂正した。「あまりに多い戦いと、あまりに少ない食料で、私の骨に肉をつけておくことができなくなったからだ。戦闘が終わったとき、ヘンリーが私のやせた体と黒髪を見て、まるで空腹の狼みたいだと言った」

「それは違――」ゴーウィンが強い口調で言ったが、ロイスは黙れという視線で従者の発言をさえぎった。その視線は、ゴーウィンの悪ふざけはもううんざりだと、はっきり告げていた。

くり返す痛みに襲われていることを慎重に隠していたジェニーは、エレノア伯母さんをちらりと見て、わずかにうなずいた。ロイスに上体を近寄せて、そっと言う。「しばらく休もうと思うの。立ち上がらないで」ロイスがジェニーの手をぎゅっと握り、わかったとうなずいた。

ジェニーが立ち上がるのと同時に、エレノア伯母さんも立ち上がったが、アリックのそばで立ち止まり、彼の椅子の背に手を置いた。「まだプレゼントを開いてないのね、坊や」と話しかける。ほかのみんなはすでに贈り物の交換を終えていたが、アリックは夕食時まで姿を現わさなかったのだ。

アリックが皿の横に置かれた、絹で包まれた小箱の上に大きな手を載せて、ためらった。多くの人の注意を引いたため、ひどく心地の悪そうな顔をして、ぎこちなく包みをあけ、小さな丸い物体が下がる、重い銀のチェーンを一瞥すると、それを手で覆った。落ち着かなげにそっけなくうなずいて、彼なりの〝深謝〟を表わしたが、エレノア伯母さんはそれで気をそらされはしなかった。巨人がテーブルから立ち上がりかけると、彼女はにこりと笑って言った。「なかに、干した葡萄《ぶどう》の花が入ってるわ」

アリックの太い眉が寄った。彼は声をひそめて尋ねたが、それでもその声は響き渡った。「どうして?」

巨人の耳に顔を近寄せ、エレノア伯母さんが自信たっぷりにささやく。「なぜなら、蛇は葡萄の花が大嫌いだから。ほんとうよ」

エレノア伯母さんはジェニーに付き添うために向きを変えたので、アリックの顔に起こった奇妙な変化を見なかったが、テーブルにいたほかの人々はほぼ全員がそれに気づき、ぽかんと口をあけた。一瞬、アリックの顔がぴんと張ったように見え、それからひびが入った。目のわきに割れ目ができ、目の下がたるむ。一文字に結ばれた唇のまず一方の端が、それからもう一方の端が震え、その後、白い歯が現われて……。

「なんとまあ!」ゴッドフリーが思わず言って、ライオネルを小突き、熱狂のあまり、ブレンナまで小突いた。「笑うぞ! ステファン、見ろ! われらがアリックが――」

ゴッドフリーが急に言葉を切った。ジェニファーが暖炉のそばに座るものだと思って、彼女を見守っていたロイスが、突然、椅子から立ち上がって、エールの大ジョッキを持ったまま、回廊へ続く階段の上り口へ素早く行ったからだ。

「ジェニファー」ロイスは不安を覚え、鋭い声で言った。「どこへ行く?」

少しして、エレノア伯母さんが回廊から下を見て、陽気に答えた。「あなたの子どもを産みに行くのよ、閣下」

ホールの農奴たちが互いに笑みを交わし、そのなかのひとりが駆け出して、厨房の下働きたちに知らせに行った。

「階上《うえ》に来てはだめ」ロイスが階段を上がりはじめると、エレノア伯母さんがきびしい口調で警告した。「わたしはこういうことに不慣れじゃないし、あなたはじゃまになるだけよ。それから、心配しないで」ロイスの顔から血が引くのを見て、明るく付け加える。「ジェニーの母親がお産で死んだからと言って、動揺する必要はまったくないわ」

ロイスの大ジョッキが石の床に落ちて割れた。

二日後、中庭でひざまずく農奴、自由農民、家来、騎士たちはもう、クレイモアの跡継ぎの誕生を期待して微笑んではいなかった。彼らは徹夜をして、頭を垂れ、祈っていた。赤ん坊は生まれず、ホールのなかの大慌ての農奴たちから漏れてくる知らせは、どんどん悪くなっていた。めったに礼拝堂へ行かない公爵が、四時間前、苦悩した、不安げな顔で礼拝堂に入ったことも、よい兆候とは見なされなかった。

ホールにつながるドアがぱっとあいたとき、人々は希望をこめて顔を上げ、レディー・エレノアが礼拝堂へ駆けこむと、不安に顔をこわばらせた。一瞬後、公爵が飛び出てきた。彼のやつれた顔からは、どんな知らせを受けたのかはだれにもわからなかったが、それが吉兆とは見なされなかった。

「ジェニー」ロイスは妻の枕の両側に手を置き、顔を近づけて、ささやいた。

青い目が開き、彼女が眠そうに微笑みながら、小さな声で言った。「男の子よ」

ロイスは喉をごくりとさせ、妻の乱れた髪を頬から取り除いた。「ありがとう」力なく言う。その声は、二日間、恐怖に脅えていたため、まだ痛々しかった。顔を下げ、自分の口で妻の口を覆う。その優しく、荒っぽいキスは、愛と、ジェニーの無事を深く安堵しているロイスの気持ちを雄弁に物語っていた。

「赤ちゃんを見た？」ようやく夫が唇を上げると、ジェニーはきいた。

ロイスは立ち上がって、生まれたばかりの息子が眠る、木のゆりかごへ歩み寄った。手を下ろし、指で小さな手に触れると、ジェニーをちらりと見た。彼の額は、不安でしわが寄っていた。「ずいぶん――小さいな」

ジェニーはくすくす笑いながら、妊娠を告げてすぐ、ロイスが注文した広刃の刀を思い出した。その刀は重く、柄にルビーがはめこまれていた。「いまのところは、ちょっとちっちゃいわね」からかって言う。「あの広刃の刀を振るうには」

ロイスの目が愉快そうに光る。「アリックが自分のために作らせている刀は、持ち上げることも不可能だろうな」

ジェニーの笑顔は、彼女が窓のほうを向いて、夕暮れ時なのに、中庭で何百もの松明がともされていることに気づくと、当惑のきびしい顔に変わった。「何かあったの?」父親がクレイモアに来た晩、こんなふうに松明がともされていたことを思い出して、尋ねた。

ロイスはしぶしぶと息子から離れ、窓辺へ行き、それからジェニーのベッドへ行った。「みんな、まだ祈っているんだ」少しとまどった顔で言った。「何もかも順調だと知らせに、きみの伯母さんに行ってもらったのに。途中で呼び止められたにちがいない」それから後悔したように付け加える。「数分前、彼女が呼びに来たとき、私が礼拝堂から飛び出したせいで、いずれにしても、彼女は話を信じてもらえないかもしれない」

ジェニーが笑みを浮かべて腕を上げると、ロイスは理解した。「きみの体を冷やしたくない」そう反対したが、すでに彼は上体を曲げ、彼女を毛皮の上掛けもろとも、ベッドから持ち上げていた。一瞬後、妻を胸壁のところへ運んだ。

下の中庭では、鍛冶《かじ》屋が胸壁を指さし、声をあげた。熱心に祈り、涙ぐんでいた人々がゆっくりと立ち上がり、笑顔をジェニーに向け、そして突然、耳をつんざくような歓声があがった。

ジェニファー・メリック・ウェストモアランドは、安心させるように手を振って人々を見下ろし、人々は彼女が無事であることを確認した。彼女の夫が妻をさらに高く、さらに自分に引き寄せると、歓声がさらに大きくなった。クレイモア公爵夫人が、愛する人すべてに愛されていることは、一目瞭然だった。

ジェニーは彼らに笑みを返しながら、泣いていた。なんと言っても、女が夢の王国を与えられるのは、よくあることではないのだから。

訳者あとがき

『黒騎士に囚われた花嫁』は、作者ジュディス・マクノートの処女作

『とまどう緑のまなざし』の出版から四年後の一九八九年、作者がヒストリカル・ロマンス作家として脂が乗ってきた時期に発表された作品で、主人公のふたりは、前作のヒーロー、クレイトン・ウェストモアランドの八代前の祖先になります。

十五世紀末のスコットランド。大修道院で見習い尼として暮らしていたジェニファー・メリックは、敵のイングランドの武将、ロイス・ウェストモアランドに捕まってしまう。ロイスは〝黒い狼〟と呼ばれ、その残虐さは伝説的で、泣く子も黙る怖い存在。しかしジェニファーは果敢にも彼に反抗する。そんな勇敢で強情なジェニファーに、ロイスは憤慨しながらも惹かれ、やがてふたりのあいだに愛情が芽生えるが……。

本書の原題は *A Kingdom of Dreams*（夢の王国）といい、ジェニファーが夢見る、理想の国を指しています。そのような国を空想しなければならないほど、ジェニファーは愛に飢えていて、またそれゆえに、不屈の精神を持っています。ロイスへの愛と祖国や家族に対す

る忠誠心のあいだで揺れる彼女が、どのようにして夢の王国を手に入れたかが読みどころです。そして彼女の葛藤が頂点に達する馬上槍試合の場面では、作者マクノートは読者の心を動かすような描写を目指して、執筆に打ちこんだそうです。

ところで、この十五世紀末のイングランドとスコットランドとは、どのような時代だったのでしょうか。ロイスが仕えるヘンリー七世は、シェークスピアで有名なリチャード三世をボズワースの戦いで破って薔薇戦争に終止符を打った、イングランドの国王です。息子には、アン・ブーリンと結婚するために王妃と離婚した、あの有名なヘンリー八世がいます。ヘンリー七世はもともとは正当な王位継承者ではなかったため、即位後はたびたび王位僭称者《せんしょう》に悩まされることになり、スコットランド王ジェームズ四世はそのひとりであるパーキン・ウォーベックを支持し、一四九六年にイングランドへ侵攻しました。しかし彼はスコットランドとイングランドの平和が両国の利益になると気づき、一五〇二年には平和条約を締結します。またヘンリー七世は政略結婚を好み、自身も敵対していたヨーク家のエリザベスを娶《めと》ったばかりか、のちには娘をスコットランド王ジェームズ四世に嫁がせています。一四九七年にロイスとジェニファーが王命によって結婚させられた背景には、このような歴史的事実があったのです。

さて、マクノートのヒストリカル・ロマンスをもっと読みたいと思われたみなさまに朗報です。時代はまた十九世紀にもどりますが、*Something Wonderful*（『あなたの心につづく道』のスピンオフ）と *Once and Always* が二見書房から刊行予定となっています。どうぞ首を長くしてお待ちください。

二〇一〇年一月

23 ザ・ミステリ・コレクション

黒騎士《くろきし》に囚《とら》われた花嫁《はなよめ》

著者 ジュディス・マクノート
訳者 後藤由季子《ごとうゆきこ》

発行所 株式会社 二見書房
東京都千代田区三崎町2-18-11
電話 03(3515)2311［営業］
03(3515)2313［編集］
振替 00170-4-2639

印刷 株式会社 堀内印刷所
製本 合資会社 村上製本所

落丁・乱丁本はお取り替えいたします。
定価は、カバーに表示してあります。

ISBN978-4-576-10015-9
http://www.futami.co.jp/